李鴻章（1823-1901），是清末洋務運動的提倡者，也是中國少數幾位揚名國際政壇的領袖人物。他在光緒二十年甲午戰爭爆發時，擔任北洋大臣，一面承受朝廷主戰主和相持不下的壓力，一面統籌軍機以抵抗日方不斷進逼的情勢。甲午戰後，被任命為議和大臣，簽訂馬關條約。

一八九六年李鴻章赴俄談判簽訂密約，並訪問德法英美等國，受到各國領袖禮遇，圖為李鴻章在德國首都柏林與俾斯麥會面後留影。

日方的眼中釘「濟遠艦」，被日軍接收後所拍的照片。

「致遠艦」在大東溝海戰中沉沒，管帶鄧世昌隨艦消失在大海中。

北洋水師旗艦「定遠艦」被日方魚雷艇擊燬。

「鎮遠艦」被日軍擊毀俘虜後，成為日軍所擁有的第一艘戰鬥艦。

「威遠艦」在威海衛港內被日軍魚雷艇隊偷襲擊沉。

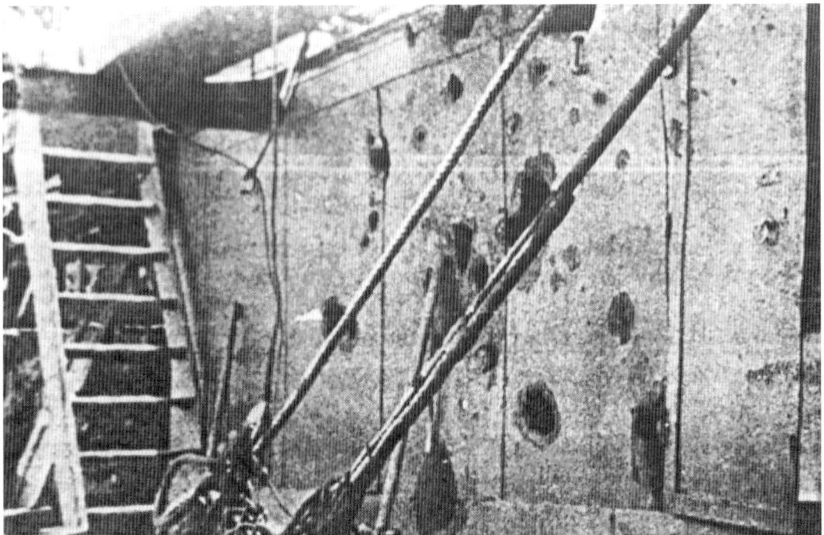

鎮遠艦砲痕累累

致遠艦管帶鄧世昌

北洋水師提督丁汝昌

定遠艦管帶劉步蟾

孤軍北上馳援金州城的徐邦道

為培養海軍人才，清廷先後派遣專修製造、駕駛的學生赴英法進修。圖中人物：翻譯羅豐祿（上中）、黃建勳（右一）、林永升（右二）、林泰曾（右三）、劉步蟾（右四）、方伯謙（右五）、嚴宗光（右六）、蔣超英（左一）、葉祖珪（左二）、薩鎮冰（左二）、薩鎮冰（左三）、林啓穎（左四）、何心川（左五）、江懋址（左六）。

經遠艦管帶林永升

康濟艦管帶薩鎮冰

北洋水師魚雷艇官兵合影。中國海軍的服飾，與日本全盤西化的風格完全不同。

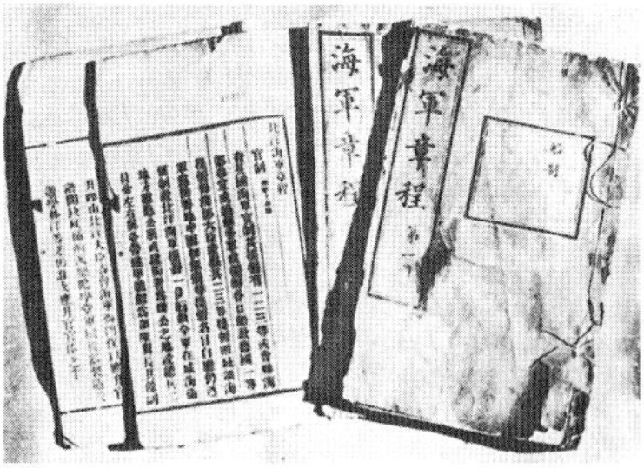


光緒十四年九月（西元一八八八年），中國近代第一部海軍章程制定完成，內容共分船制、官制、升擢、事故、考核、俸餉等十四個項目。

位於劉公島上的北洋海軍提督衙門

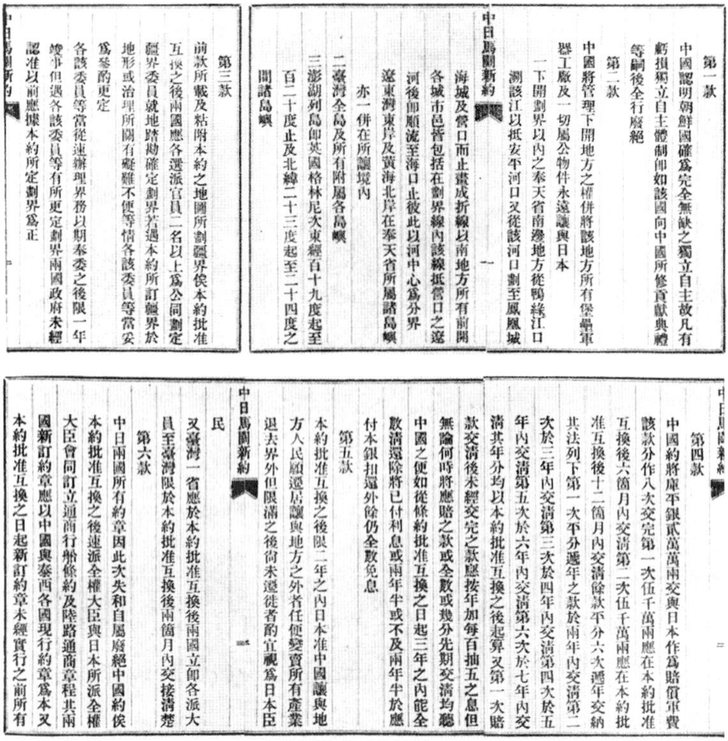
第一款
中國認明朝鮮國確爲完全無缺之獨立自主故凡有
虧損獨立自主體制即如該國向中國所修貢獻典禮
等嗣後全行廢絕
第二款
中國將管理下開地方之權併將該地方所有堡壘軍
器工廠及一切屬公物件永遠讓與日本
一下開劃界以內之奉天省南邊地方從鴨綠江口
溯該江以抵安平河口又從該河口劃至鳳凰城
中日馬關新約 一
海城及營口而止畫成折線以南地方所有前開
各城市邑皆包括在劃界線內該線抵營口之遼
河後即順流至海口止彼此以河中心爲分界
遼東灣東岸及黃海北岸在奉天省所屬諸島嶼
亦一併在所讓境內
二臺灣全島及所有附屬各島嶼
三澎湖列島即英國格林尼次東經百十九度起至
百二十度止及北緯二十三度起至二十四度之
間諸島嶼
第三款
前款所載及粘附本約之地圖所劃疆界俟本約批准
互換之後兩國應各選派官員二名以上爲公同劃定
疆界委員就地踏勘確定劃界若遇本約所訂疆界於
地形或治理所關有礙難不便等情各該委員等當妥
爲參酌更定
各該委員等當從速辦理界務以期奉委之後限一年
竣事但遇各該委員等有所更定劃界兩國政府未經
認准以前應據本約所定劃界爲正
中日馬關新約
第四款
中國約將庫平銀貳萬萬兩交與日本作爲賠償軍費
該款分作八次交完第一次伍千萬兩應在本約批准
互換後六箇月內交清第二次伍千萬兩應在本約批
准互換後十二箇月內交清餘款平分六次遞年交納
其法列下第一次平分遞年之款於兩年內交清第二
次於三年內交清第三次於四年內交清第四次於五
年內交清第五次於六年內交清第六次於七年內交
清其年分均以本約批准互換之後起算又第一次賠
款交清後未經交完之款應按年加每百抽五之息但
無論何時將應賠之款或全數或幾分先期交清均聽
中國之便如從條約批准互換之日起三年之內能全
數清還除將已付利息或兩年半或不及兩年半於應
付本銀扣還外餘仍全數免息
第五款
本約批准互換之後限二年之內日本准中國讓與地
方人民願遷居讓與地方之外者任便變賣所有產業
退去界外但限滿之後尚未遷徙者酌宜視爲日本臣
中日馬關新約 二
民
又臺灣一省應於本約批准互換後兩國立即各派大
員至臺灣限於本約批准互換後兩箇月內交接清楚
第六款
中日兩國所有約章因此次失和自屬廢絕中國約俟
本約批准互換之後速派全權大臣與日本所派全權
大臣會同訂立通商行船條約及陸路通商章程其兩
國新訂約章應以中國與泰西各國現行約章爲本又
本約批准互換之日起新訂約章未經實行之前所有

馬關條約部分條文

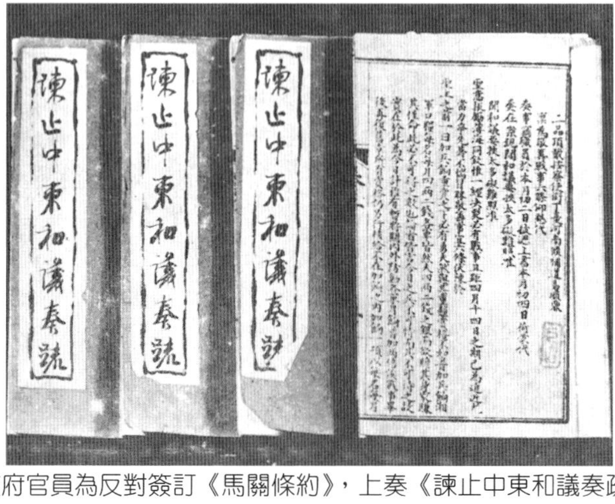


清政府官員為反對簽訂《馬關條約》，上奏《諫止中東和議奏疏》。

# 小說人物叢書

實學社

小說人物

147 一八九五，李鴻章

作　　者／ 王明皓
主　　編／ 黃　驗
責任編輯／ 翁淑靜
發 行 人／ 王榮文
出 版 者／ 實學社出版股份有限公司
台北市 100 中正區汀州路三段 184 號 6 樓之 1
台北郵政 30 ～ 98 信箱
電話：(02) 2369-5491　傳眞：(02) 2365-6840
讀者服務專線：(02) 2365-1212

製作印刷／ 鴻柏印刷事業股份有限公司
電話：(02) 2247-0989　傳眞：(02) 2248-1021

總 經 銷／ 遠流出版事業股份有限公司
台北市 100 中正區汀州路三段 184 號 7 樓之 5
郵撥帳號： 0189456-1
電話：(02) 2365-1212　傳眞：(02) 2365-7979
YLib 遠流博識網
http : //www.ylib.com
E-mail : ylib@ylib.com

法律顧問／ 蕭雄淋律師
電話：(02) 2367-7575　傳眞：(02) 2369-2525

初版一刷／ 2002 年 1 月 15 日
ＩＳＢＮ／ 957-2072-28-5（平裝）
定　　價／ 320 元

行政院新聞局局版臺業字第 6433 號

【小說人物147】

# 一八九五，李鴻章

王明皓◎著

# 歷史小說的新讀法

## 〔小說人物〕叢書出版緣起

王榮文

中國古書，一向以實用歷史爲主流。不論經籍、史傳、諸子，內容多數爲政治而寫，爲政治而用，爲政治而辯。從《周禮》、《左傳》、《商君書》、《鹽鐵論》一路下來，隨手列舉皆是，至宋朝司馬光編著的《資治通鑑》，更是實用到底。實用歷史一直是知識界與官方的主流書，其地位從未動搖過。

市井小民離政治雖遠，對史事卻津津樂道，但他們偏愛的是趣味的、人性化的、民間觀點的歷史故事。於是，唐宋以後，實用歷史在民間發展出「另類」，那就是「說書」。說書演變成後來的歷史小說，最具代表性的便是《三國演義》，透過作者的巧妙創意與春秋之筆，把古人寫死寫活。曹操之奸、諸葛亮之智，便是歷史小說家的傑作。

在日本也有相似之例：山岡莊八未寫《德川家康全傳》之前，這位十六世紀的軍閥披上不少惡評：吝嗇、精明、狡猾，形象不明。山岡莊八爲他立傳後，日本人透過小說重新認識德川家康，重新肯定這位開創後世兩百年安定政局的偉大人物，而《德川家康全傳》普及的程度，幾乎就像我們的《三國演義》。

一流的歷史小說家，是小說人物的檢察官兼審判長。他掌握史料線索，明察秋毫，剖揭眞相；他鋪陳故事，決斷價値，讀者的認知隨他起舞。現在，隨著時代推移，意識型態解放，價値觀與立場調整，使小說家的眼界更寬了，對史事人物關注的焦點更多了，於是有了截然不同的發現：曹操豈只是一個奸字了得？他的誠信、人才經營、治績都甚可取；同樣的，諸葛亮又豈只是智與忠而已……。在作家以現代的、實用的觀點探照之下，千古英雄人物，紛紛產生了豐富多元的新貌。

不止此也。一部成功的歷史小說要寫出傳主的人格特質、經世眼光、組織管理、領導與決斷等能力，它的內涵不再只是文學或歷史，還包括心理學、人際學、管理學、策略學等各種現代知識。歷史小說的格局與視野不斷開闊延伸，已使它作爲現代人、企業人共同讀本的條件更爲成熟。

實學社推出〈小說人物〉系列叢書，就是基於上述理念；以百萬元獎金所舉辦的【羅貫中歷史小說創作獎】更是這一理念的具體實踐，雖然薄有一點成績，文化出版界也不吝給予鼓舞，但我們不敢稍懈。歷史小說的舞台無限寬廣，我們誠摯地邀請作家們一起來經營這個新局——歷史小說的新世代；我們敬邀讀友們一起進入作家所模擬的歷史現場，去觀賞、參與每一個時代盛事。

【推薦一】

# 再創歷史小說新局面

◎王爾敏

中國近代史上，文學領域產生巨大變化，承受西洋文化衝擊，自十九世紀漸次改變文學主流重心。至二十世紀，小說空前繁榮，進而取得當代文學宗主地位。

中國文學固有之內涵，數千年來以韻文學爲主體，戰國秦漢以後散文亦漸受重視。唐宋以後，散文始與韻文分庭抗禮。然唐詩、宋詞、元曲、明戲劇，仍然全是韻文爲一代文學正宗代表。小說雖自古以來，俱不能與韻文、散文取得相等地位，但歷代亦未嘗壅塞小說創作生機；小說固未能佔據前代文學主流，亦實自具有廣大領域，其產品亦是洋洋大觀。尤其在明季之四大小說：《三國演義》、《西遊記》、《水滸傳》、《金瓶梅》，清初小說之《紅樓夢》、《儒林外史》、《聊齋誌異》，不但成爲中國文學瑰寶，同時在世界文學遺產中也是照耀古今。雖然如此，中國自古直迄二十世紀，小說未嘗取得文學主流地位，歷來備受文人輕視。中國小說實因西洋文學翻譯輸入的啓發，遂至於二十世紀一躍而登上文學冠冕地位。文家自此競寫小說，同時接受了西方文學(Literature)概念與內涵，在小說方面尤其接受西方的Fiction之名義與形式。自此，與中國固有小說大相異趣。無論形式結構，描敘表達，展現風格，亦完全不同，因是，而被文家區別爲古典小說與現代小說。

以今日文學上之古典小說一門而言，其中歷史小說是創生最早，可以上推至戰國時代，而近世之明清兩代更見盛況。入於民國時期，雖被當代文學屏拒於文學園地之外，而新著仍綿延不斷，《民國演義》即其一例，直迄二十世紀之末，其生機並未斬絕，當然仍是作家輩出。當世歷史小說名家，可推前有南宮搏，後有高陽，南宮搏只較早成名，而高陽後起則聲名最大，作品出產最多。南宮搏文筆高妙、敘議曲折，已足令讀者傾倒。而高陽學識才氣足以睥睨文壇，冠冕小說家之林。吾在一九八〇年代任教香港，與南宮搏同時而未嘗見其人，惟高陽受邀到香港中文大學演講，其演講《紅樓夢》係中國文化研究所所長陳方正主持。其講戊戌翁同龢係本人主持。有數度同席酒食之緣。高陽才氣縱橫而志節高尚，亦足爲文壇表率。無論南宮搏和高陽，兩人小說俱膾炙人口，在我同時代中之歷史小說言，均可視爲傑構，必能傳世。

《一八九五，李鴻章》這部歷史小說，作者的歷史知識相當豐富，而表現才華也十分突出。作者利用史實人物的熟識功力，在歷史發展關節，無不忠於史家載述的情節，而在文藝表現上，則亦極盡曲折起伏與細密的心理照射。不論清廷皇族巨宦，戰陣中海陸將校，大大小小，多有表露，當然全是出於文藝想像，人物雕塑，並不依靠任何眞實。小說家自當保有其創作權衡。

作者在小說中議叙之間，一路不斷反映淸代政情的腐敗黑暗：官員的貪瀆無能，朝廷中的黨同伐異，不顧國家的危難，不知外界的進步。一味粉飾敷衍，而至一遭變故，即土崩瓦解。甲午戰敗是歷史的必然反照，對於一個腐敗政權的歷年積弊，由外來衝擊而達於千孔百瘡，奄奄一息。陳叙多表露嚴格批判。這部小說全書高潮應在於大東溝的海戰，不必完全眞實，但要予人逼眞之感。寫來宜緊湊有力。當日北洋海軍實情，是將怯兵愚，而李鴻章及其幕僚參軍，於海戰完全無知，招致潰敗乃是必然之勢。惟在李鴻章等人智盡能索，無術挽救中國，並非不是全神以赴，掬盡心血。何況日本謀華日久，處心積慮要與中國決戰。李鴻章並非才智不足，亦非不了解世局，而是淸廷主政者之黯愚無知，李鴻章被重用，只在爲之看大門，又恐其擁兵自重。李鴻章實在疑謗之中任事，支撑危局，已掬盡心力。日本求戰乃爲百年之勝，中國戰敗乃招致百年之患。此戰關係中國存亡，但非李之罪也。

寫晚淸的歷史小說，當無須再走章回小說的老路：《孽海花》、《官場現形記》、《老殘遊記》、《二十年目睹之怪現狀》等書，代表晚淸名著，但俱反映歷史。這四部小說各有諷諭的事實領域。其人物事實脈絡俱在，譏彈意旨亦透露給讀者觀照其用心。但此四種小說，世人不以歷史小說看待，再加魯迅命之爲譴責小說，更無人注意其中歷史痕跡。

《一八九五，李鴻章》在歷史事實上專志於甲午中日之戰，情節轉折上嚴守歷史脈絡。人物安排上亦必一一合於其身分職司，行徑立場，無不以眞名眞事登場，可謂十分忠於歷史。凡此俱在歷史小說的基礎原則上站得穩，文界自無所挑剔。若果與前賢相比，遠比南宮搏更忠於史事，以同類清史領域言，則差可追侔高陽小說，而高陽實更多軼越史實，任情發揮。由此比較，可知本書作者謹守史實較多。至於本書的文采表達，情節描繪，人物穿插，環境點綴，當爲小說家個人文筆運用的自由發揮空間。陳定山、高陽寫胡雪巖俱成煌煌巨著，本人寫胡光墉（雪巖）傳，只有一頁，當知史家與文家宗風之殊異，亦可見文筆生花，是海闊天空。作者之才華大致可以肯定，但仍望其多所創作，以期追侔南宮搏、高陽兩人的歷史小說地位。

——二〇〇一年十一月五日寫於台北善刀書屋

【本文作者簡介】

◎王爾敏，河南人，國立台灣師範大學史地系畢業。曾任中央研究院研究員、香港中文大學教授、國立政治大學教授、國立台灣師範大學教授。學術專長：中國近代史、中國近代思想史、中國外交史、中國近代軍事史、方志學、明清社會文化史、中國歷史地理、掌故學。

◎論著有《清季軍事史論集》、《海防檔》、《清代籌辦夷務始末引得》等。

【推薦二】

# 歷史深處的腳步聲

◎王 干

王明皓寫作這部長篇小說歷時已久，我好像一認識王明皓，就覺得他在磨一部長篇，人們常說「十年磨一劍」，王明皓的這部長篇寫作時間並沒有十年，但在我的印象當中遠遠超過了十年，望著王明皓憔悴而瘦弱的身體，我有一種歷史將他的肌膚耗乾了的感覺。

「北洋水師」在中國近代史上留下了諸多遺憾和悲劇。它之所以成為一個揮之不去的意象，被文學、影視反覆表現，就在於一百年前的那場戰爭有值得人們反思和咀嚼的巨大內涵。多年以前電影《甲午風雲》成功地塑造了鄧世昌這樣的愛國英雄的形象，但甲午戰爭留給我們的，不應僅是一個愛國將領的形象，北洋水師的興衰有著更大的歷史隱痛和文化成因。《一八九五，李鴻章》將筆端伸向了戰爭的深處，對這場戰爭的起因和過程進行了全方位的描述和探討，以豐富的歷史史實和藝術想像，將當年的硝煙和風雲再現，特別是對覆滅過程的精彩表現讓人感慨深思。

有人說《一八九五，李鴻章》是一部優秀的戰爭小說，我認爲是很恰如其分的。在這部長篇中，作家對戰爭的描述堪稱大手筆，這種大手筆主要表現在以下兩個方面：一是對戰爭來龍去脈、外在動因的把握。它將戰爭與當時的政治、經濟、文化密切聯繫起來，戰爭只是政治鬥爭的外化，戰爭的核心衝突是政治、文化和種族的衝突，作者側重於這場戰爭敗因的描述，對戰爭的外因作了各方面的探討，他寫出了那個時代的大氛圍。二是他對具體戰爭過程的描寫。可以說《一八九五，李鴻章》寫出了「戰爭的肌理」，這種「肌理」的特性，首先是因爲作家採用了層層剝筍的結構方式，一層一層地叙述戰爭的進展程序，作家的筆觸像外科醫生的手術刀一般，順著歷史的肌膚，從宏觀著眼，從微觀入手，既能寫出氣勢，又讓每一場戰鬥、每一個場景甚至每一個角落的驚心動魄與平淡如水，都栩栩如生地再現在讀者的面前。小說集中描寫了豐島、黃海、旅順和劉公島四大「戰役」，這四大戰役可以說構成了甲午海戰的全部，而且四大戰役就是北洋水師毀滅的四部曲，寫透了這四大戰役，也就大致從另一個角度可以窺見滿清王朝衰亡的必然性。作家以大視野寫出了戰爭的氣勢，寫出了戰爭的大格局，特別是對每一支軍隊、每一艘軍艦的命運的交代，讓歷史的悲劇和個人的性格緊密地聯繫起來；特別是丁汝昌、林國祥等人在海戰中的表現，更讓人意識到近代中國歷史上的巨大失敗是那樣的不可避免。

歷史小說的創作可以說容易陷入兩種侷限之中，一種就是爲史實而史實，使人覺得作家的任務只是蒐集資料，尋找典籍，實地勘察，對倖存者的訪問，對專家觀念的演繹，這種小說容易變成對歷史結論的印證。

歷史小說的另一種傾向就是背離了歷史格局本身，片面強調個人的經驗，片面強調歷史的當代性，使歷史和歷史人物變成作家意念中的木偶，使歷史變成了虛假的故事，人物失去了歷史性和生命力，歷史在作家的筆下只是一個氣球，他要鼓吹的個人氣息，與歷史沒有必然的聯繫，最爲突出的是電視劇中頗爲流行的「戲說」模式。因此，如何尋找歷史的「精神連結」，是小說創作中的一大難題，這個「精神連結」，其實也就是個人與歷史、當代與過去、虛構與紀實的關係。王明皓的《一八九五，李鴻章》恰好地處理了這三者的關係，可以說找到了一個準確的「連結點」。

歷史與個人的關係是歷史小說一個重要的組成部分，如何處理好歷史人物與歷史的關係，是一部小說成功的關鍵所在。成功的、栩栩如生的人物不僅是文學創作的閃光點，也是歷史的閃光點，因爲歷史是由無數個有個性的歷史人物構成的，個人是歷史的派生物，但歷史又會烙上個人的印記。《一八九五，李鴻章》在處理歷史與人物的關係時，精準地把握了這個原則。作家側重塑造了北洋水師之魂李鴻章的複雜性格。李鴻章不僅是北洋水師的締造者，也是北洋水師的毀滅者，這是因爲李鴻章的性格悲劇勢必要輻射到他手下的這支水師。作家除了濃墨重彩地展現李鴻章的多重性格以外，還側重刻畫了他周圍的文臣武將，特別是一些將領的刻畫，取得了新意。除了寫出甲午之魂鄧世昌的英氣和忠烈外，還寫出了方伯謙、翁同龢、劉步蟾、丁汝昌、林國祥等人的複雜性格。

但歷史不是現實的翻版，小說也更應如此，小說要有當代意識，但不能變成今天某種觀念的圖解，不能變成使之成為服務的工具，這是歷史小說能否具有生命力的關鍵所在。所謂「精神連結」，一方面是當代人眼光對歷史的觀照，另一方面則需要超越當代的功利心和價值觀，讓他從對歷史的認識中提升起一種抽象的精神來，從而更好地連結歷史和現實的內在脈絡。《一八九五，李鴻章》的成功之處，就在於能夠把握歷史與當代價值觀的關連，他迴避了古今對照的影射模式，而把小說當作一個審美的悲劇來看待，繞開了庸俗的套路。《一八九五，李鴻章》從百年前的這場悲劇中去反思我們民族精神的侷限，雖然這一主題並不新鮮也不尖銳，但以此作為這部小說的精神連結點，你會覺得它是那樣的貼切、眞切和深切。王明皓的小說風格是以寫實取勝，他善於以冷靜無華的筆調來描寫那些驚心動魄的事件。在《一八九五，李鴻章》中，他採用了純紀實的手法來面對歷史，不時交代歷史事件和人物的行蹤，以強調這種歷史的眞實性和小說的客觀性，但在細節的處理上，他又按照藝術規律，採用了大膽虛構的手段營造小說的氛圍和塑造人物的性格，由於這些虛構不違背歷史，又是從人物性格出發，所以很難看出其具體虛構的成分來。這不僅是小說藝術的成功，也是作家把握歷史的成功。

甲午海戰已經過去一百多年，中日海戰的硝煙也早已消失，甚至中國人民自鴉片戰爭以來第一次抵禦外來侵略獲得全勝的抗日戰爭也已經有五十三幾年，但今天我們來重新審視那樣一段屈辱而傷心的悲劇，來閱讀《一八九五，李鴻章》，耳邊依然迴響在歷史深處的槍炮聲、吶喊聲和腳步聲，我們的心情依然難以平靜，它依然刺痛了我們的心，我們的神經。「輪到中國，樂隊吹奏之聲嘎然而止。大清國有著悠悠千古的文化傳統，竟然沒有一首國歌，全場啞然而尷尬。」這是《一八九五，李鴻章》的最後一節的情節，它像電影的最後的一個定格，怎麼也抹不去。

——二〇〇一年十二月一日於金陵

【本文作者簡介】

◎王干，男，一九六〇年生，江蘇高郵人。中國作家協會會員，中國文藝理論協會理事，中國當代文學研究會理事，江蘇省作家協會創作室副主任。

【自序】

# 引人深思的歷史畫卷

◎王明皓

中日甲午戰爭（一八九四年）已經過去一百多年的日子。

一百多年前中國亦曾極力謀圖過自強，於是便有了洋務（自強）運動的發生。可是它在甲午戰爭中，卻被另一個幾乎是在同時進行變革的東鄰日本打敗了。北洋水師是中國第一支近代海軍，它是洋務運動的結晶，它在中日甲午戰爭中毀於一旦，這其中滲透出的東西沉甸甸的，讓以後的中國人欲罷不能地苦苦品味著、思索著……

所謂「用銅作鏡，可以正衣冠；用史作鏡，可以鑑興亡」。歷史對於今天是有著某種燭照與借鑒作用的。我以中日甲午海戰中，豐島海戰——黃海海戰——旅大的失陷——在威海劉公島整個北洋水師的覆沒為線索、為載體，著重描寫當年洋務運動與中日甲午戰爭的一個大環境大氛圍，和活動在其中的一個個極力自強，極力掙扎而內心又極其矛盾痛苦著的人物，從而展開一幅值得一百年後所有中國人深思的歷史畫卷。其中：

（一）李鴻章，寫這位當年洋務運動的倡導者、力行者，面對「三千年來未有之一大變局」所懷的種種憂患意識。他實際上是個鮮爲人知的政體變革的首倡者，寫他的欲圖振作，他的無奈，寫他對淸廷的忠與變革政體的矛盾，寫他謗滿天下的結局與他那充滿矛盾的極其痛苦的靈魂。

（二）寫淸廷的核心人物，慈禧、光緒、翁同龢、奕訢、奕譞等面對列強環視，正經歷著東南海疆由天險而變爲通途的複雜心態，淸廷何嘗不想自強，力圖振作了三十多年，幾已達成了同治、光緒年間的小康，但數千年的封建政體像一塊墜在它身上的巨石，終於將大淸墜沉了。

（三）北洋海軍中的許多將領都是以自殺走向人生道路終結的，爲什麼？政治的腐敗是其一，另一方面則是中國傳統文化對他們心理上的負面影響。一個個非常矛盾而痛苦的心靈，都爲同一種東西所趨導，走向了相同的結局。死是一個句號，這句號爲他們博得了什麼？

方伯謙是個例外，他在黃海大戰後被斬首了。方伯謙是怎麼一回事？在他身上凝聚了什麼？他的被斬，僅僅是預示著北洋水師的覆滅麼？

（四）北洋水師中的洋員問題。如何看待洋人，一直是近百年來中國人的一大課題。

（五）一百年前中日甲午戰爭最直接的後果就是賠款割地，台灣被割了出去。李鴻章當時對此有何感觸，作品中將有耐人尋味的描述，以此作爲本篇的終結。

此作的海戰氣勢恢宏，在血與火的交相飛迸中鑄出了一個個鮮靈靈的人物。

此作的宮廷鬥爭驚心動魄，展示情勢的必然所趨。

以上是這部長篇小說的一個簡介。當時寫的初衷是爲了將它寄出去，以便爲這部剛剛動筆的作品做些宣傳，尋求出路的。

寫作之初我只準備將這部作品寫到三十萬字的，沒想成稿後已是近四十萬字了。現在將這個簡介作爲序的一部分，另一個因素則在於這個簡介是記錄了我寫這部長篇時最初的一些想法，從某種意義上說它其實是這部作品的一個大綱。當這部書稿即將有繁體字版本面世，而飄散著油墨的純香時，回首觀照這個大綱，尙能感到欣慰的是，這部四十萬字的作品比之最初的設想，已覺豐滿厚實有血有肉起來，因此心裡也就變得安靜而祥和，因爲我覺得已盡了我的所能，對得起一百年前我們中華民族所共同經歷過的那段不堪回首的歷史，對得起這本小說的讀者諸君了。

爲了這本書，我曾沉沉重病了一年，以割去七十公分長的一段小腸才告結束，因之我亦覺得對得起我所付出的長達七八年之久的心血了。

——二〇〇一年十一月十五日

# 一八九五，李鴻章

## 目錄

# 主要人物表

李鴻章　海軍大臣、直隸總督、總理海軍衙門行走。頭銜有：欽差大臣、太子太保、文華殿大學士、兵部尚書、都察院右都御史等。
奕譞　醇親王，光緒帝之生父，前任海軍大臣。
奕訢　恭親王，光緒帝之伯父。
翁同龢　禮部侍郎，光緒帝之師。
丁汝昌　北洋海軍提督。
漢納根　德國人，北洋海軍總教習。
方伯謙　濟遠艦管帶。
劉步蟾　北洋海軍右翼總兵，定遠艦管帶。
鄧世昌　致遠艦管帶。
林國祥　廣乙艦管帶，後繼任濟遠艦管帶。
林泰曾　北洋海軍左翼總兵，鎮遠艦管帶。
黃建勳　超勇艦管帶。
邱寶仁　來遠艦管帶。
蔡廷幹　福龍魚雷艇管帶。
王平　左一魚雷艇管帶。

吳敬榮　廣甲艦管帶。
程璧光　廣丙艦管帶。
薩鎮冰　康濟艦管帶。
楊用霖　鎮遠艦繼任管帶。
林永升　經遠艦管帶。
泰　勒　英國人，定遠艦幫帶。
劉銘傳　首任台灣巡撫。
伊藤博文　日本內閣總理大臣。
樺山資紀　日本海軍軍令部長兼海軍大臣。
邵友濂　第二任台灣巡撫。
龔照璵　旅順水路營務處會辦。
趙懷業　大連守將。
徐邦道　本守旅順，孤軍北上支援金州防務。
連　順　金州守將。
牛昶昞　威海衛水路營務處提調。
戴宗騫　威海衛北幫砲台道員。
劉超佩　威海衛南幫砲台守將。
陸奧宗光　日本外務大臣。
孫　文　字德明，號日新，光緒二十年密會李鴻章。

「我辦了一輩子的事，練兵也，海軍也，都是紙糊的老虎，何嘗能實在放手辦理？不過勉強塗飾，虛有其表，不揭破猶可敷衍一時。又談何功名建樹？如一間破屋，由裱糊匠東補西貼，居然成一淨室，即有小小風雨，打成幾個窟窿，隨時補葺，亦可支吾對付。乃必欲爽手扯破，又未預備何種修葺材料，何種改造方式，自然真相破露，不可收拾，但裱糊匠又何術能負其責？恭王，若說我李鴻章一輩子有什麼建樹，自不敢應承了，我其實就是個裱糊匠呀，你也是個裱糊匠，我們都是裱糊匠。若說這輩子有什麼遺憾，也唯有這一件，一輩子都沒放手辦過一件事的呀！」

——摘自第九章〈百年榮辱〉

# 一八九五，李鴻章

# 第一章 暗潮伏流

# 1

艦隊在黑烏烏一片的海上航行著，雲很高，卻遮蔽了一天的星星和月亮，猛一看眞不知它向何處行駛，只有看見前方定遠艦上那時時閃爍著的燈光信號，才能感覺出那座小城堡般的鐵甲巨艦在海上移動的身影，才似聽見了風聲、濤聲和這海宴輪上機器的律動聲。

李鴻章站在船頭，把向前翹望的眼光收回來，他看見艦首像一隻巨大的鐵犁，正在這一片汪洋上極力地耕耘，於是便體驗到這腳下早已熱鬧得紮實了，海濤掀翻開來，騰高了，向犁頭砸去，嘩嘩響著撞得粉碎又紛紛灑落，些許海水飛濺到他長袍的前襟上，一陣海風迎面掠過，他感到有些涼了。

這是光緒二十年（西元一八九四年）五月中旬的一個晚上，循例每三年一次的海軍大閱已進行了一半，北洋水師的艦隊晚九點整從旅大起航，向著威海的方向疾駛。李鴻章已吩咐過，叫人勿來打攪，他要立於這艦首，好好地站一會兒。而每次站於艦首，聽著機器轟隆隆的律動，看著艦首劈開海濤前行，他的心就總是跟著一陣陣地躁動不已。夏者，中國之人也；何謂中國？天下之中心也；而它的四周，都是些蠻荒而未開化的地方：「北狄」、「東夷」、「南蠻」、「西戎」。一個四四方方的天下。這些都是中國人數千年來的認識了。而自本朝嘉慶、道光年間以來，六七十年工夫，西洋的艦隊逐次東來，一向是屏蔽中國東南的萬里海疆、天險就因了這鼓輪馳如奔馬、疾如飄風的西洋艦船，反倒變成了通途。而西洋槍炮機器之精堅神妙，火輪車盤龍行地般的快速，電報電線瞬息萬里的迅捷，都叫人切膚地感到世界原不是中國人想像的那個樣子，西洋人再也不是「北狄」、「東夷」、「南蠻」、「西戎」可以同日而語的了。對於原先概念中的四夷，中國人一可以用武力征伐，二可以同化。而隨著西洋艦船泊過來的，便是另一種咄咄逼人的文明，可征伐乎？可同化乎？這眞是中國人三千年來未遇到過的一大變局！

一個側浪打來，海宴輪猛烈地顛簸了一下，李鴻章伸手緊緊抓住了船舷上的欄杆。變則通，變則存，自滅了粵捻之禍以後，凡三十年，修鐵路，建工廠，開礦山，他李鴻章是竭盡全力了。眼前的這支北洋水師，大小二十餘艘艦船，也已自成一隊。李鴻章放目四顧，汪洋大海中一片黑濛濛的，他忽地覺得有些迷糊，這是朝何處去？何處又是彼岸？一種莫名的孤獨朝他襲來，他驀然間感到有些冷了。

「來人。」李鴻章將手背在身後，一動不動地只是略略側了下頭，「著致遠、濟遠兩快船上來，在海宴左右行進。」

一會兒，致濟兩艘驅逐艦悄沒聲息地出現在海宴輪的左右時，李鴻章才一步一步走進海宴輪的船艙。

船艙中的電光燈光華四射，照得此處一應的西洋物器十分耀人的眼，艙中央是一張長桌，四周十幾把高背木椅精雕細刻，都是西洋樣式；艙的頂頭，大紅鑲花的地毯上，一張高腳兩人沙發，依舊放在那裡。李鴻章走過去，兀自坐了下來，眼光木木地望著前面，他忽地一拍沙發，兩邊的艙門口一下擁進了十幾個親兵，如臨大敵，提槍持刀四顧而視，最後把眼光集中到了他的身上，都略略有點吃驚的樣子。

李鴻章坐在那裡，略略抬了抬手，「熄燈，熄燈。」

燈一盞一盞熄滅了，親兵們一個一個無聲無息地退下了，這沙發上只獨獨地坐著他一個人。

光緒十二年（西元一八八六年），也是這春末夏初季節，也是在這剛剛離開的旅順口，他陪總理海軍事務大臣、醇親王奕譞巡閱北洋海軍以及陸上各軍港要塞的情景，至今還歷歷在目。那日他陪醇親王登上旅大黃金山炮台，面南看「定遠」、「鎮遠」、「濟遠」、「超勇」等七艦合操演習，令旗揮舞過後，各艦或分或聚，或縱或橫，極有張致，艦炮打靶轟轟隆隆，最後定鎮二艦施放十二吋大炮，炮彈射出，石破天驚，遠處的靶船立即被炸得粉碎，碎片飛上了半天，懾人心魄。而那一列軍艦，卻已掩在發炮時散出的一片淡煙之中了。接著五艘魚雷艇從灣那邊轉出，先是一串小黑點而已，接著很快變大了，來到黃金山的淺水處，一聲號令，魚雷射出，唯見海中白紋一線，箭般的鑽行，中靶，一艘艇頃刻轟成齏粉。後來醇王興發，又親令各炮台打靶，環山各炮台用二十四吋及十二吋克虜伯後門鋼炮連環發射，炮聲聲震寰宇，此伏彼起，煙焰成雲，彌漫天際。那天他乘興請醇王親自引發水雷，醇王先似有難色，後來還是一按開關，電線入火，電火入雷，八具水雷同時爆發，地動山搖，海中的水柱直立湧起，高十餘丈，他與醇王同時拍掌，哈哈大笑了……

海軍的第一次大閱時，他就是與醇王奕譞同乘這艘專爲巡閱而置的海宴輪上的。那次巡閱時，非必要，李鴻章總是不多露面，是爲了產生一種這一切都是在醇王親自謀劃妥籌下才產生的效果。

這張沙發李鴻章也從不擅坐，總是醇王見到他，硬拉他坐在身邊，共同接見海陸文武各官員，他才坐上去的。一想到此，李鴻章心裡總是非常感動。

而現在，已是第三次大閱了，這張沙發的另一邊，已是空的了。

第二次大閱後，光緒十七年（西元一八九一年）剛開春，醇王就死了。醇王死前，李鴻章赴京去看過他。醇王府，這個光緒皇帝生父的府邸，他一腳跨進去，就見檐下石階上曬滿了煤餅，心中便一聲感嘆：這眞是個勤儉的親王，是個時時想讓大清江山重新崛起的親王喲；但同時又是個可憐巴巴，活得極艱難，極其戰戰兢兢的親王。入見親王時，李鴻章眞不相信自己的眼睛，僅幾個月的工夫，醇親王已形容枯槁，病入膏肓了。探視時說些閒話，醇親王微閉眼皮，並不作聲；一旦要告辭，他又緊緊拉住李鴻章的手，睜開眼來，切切地說：「北洋水師，京畿鎖匙，國家命脈所繫，往後我不能助公之力了。」李鴻章問：「醇王一病，何以至此？」醇王聞言立時淚如泉湧，說：「蒙太后顧念，每日請御醫診視數次，凡用醫藥，都是出自內廷，我沒有延醫之權呀！」李鴻章默默相對，竟說不出一句話來。

醇親王奕譞一死，李鴻章在朝廷內就形單影隻了。自己雖爲北洋大臣、直隸總督、總理海軍衙門行走，但畢竟是個漢人，是個外臣，要想有作爲而施展自己的夙志，要想應對這三千年來前所未有的一大變局，就必須在內廷中有所依附，否則就會事事掣肘，行未至而謗言生，一事無成。道光皇帝三子早亡，四子奕詝，是咸豐皇帝，六子奕訢，七子奕譞。咸豐帝死後，奕訢、奕譞相繼出任攝政王，李鴻章與他們都建立了非常好的互爲依託的關係。但若把兩王比起來，這死了的醇親王又比恭親王差得遠了，他與恭親王，凡事往往是心有靈犀一點通。開煤礦，建工廠，修鐵路，他李鴻章身體力行於外而恭親王奔走呼應於內，自平了粵捻之禍以後，短短二十年已出現了同治中興的局面。醇親王與他的哥哥比起來，就顯得志大才疏，但畢竟還是一個謙恭的明白人。在醇親王柄國的六年中，總算把北洋水師創建得自成一軍。而現在的慶親王奕劻，則是皇族的遠支，對朝政的影響力，自然要遠遜於恭醇兩親王。這倒也罷了，最要命的是這慶親王還占著茅坑不拉屎，無事不上朝，有事不問事，對上唯一的好處就是聽話，善在皇帝與太后之間走鋼絲。此人還是個貪財好貨之徒，直聽人說，在京城若有事面求，見一面，就得花老大一筆銀子。三十年間三個親王，奕訢、奕譞、奕劻，那三張臉就在李鴻章的眼前轉了起來，便叫李鴻章感慨萬千了。這次大閱，奕劻不露面，這張沙發上也只好空空地坐著他一個李鴻章了。盡皆小事，但戶部已在三年前奏准朝廷，停了北洋海軍添置新艦的款子，而從北洋水師成軍那年算起，已有七八年未能新增一艦，新添一炮了！我爲海軍幫辦大臣！他是堂堂的海軍大臣呀！

艙門處的電光燈亮了，一個幕僚立在那裡，「稟中堂，電報。」說罷一撩長袍的後襬跨進來，疾步走到李鴻章面前，李鴻章將電報接過展開一看：「袁道電，全羅道匪黨（朝鮮一八九四年起義反韓王之東學黨）頗猖獗，韓兵練潰敗，又添江華槍炮隊四百餘往剿。」李鴻章望著幕僚說：「不對呀，前些日我只准袁世凱將駐仁川的『平遠』兵船分載韓兵赴格浦海口登岸，聊助聲勢而已。」李鴻章用手撣撣電報紙，「他這往剿是什麼意思？」

幕僚又用手指指電報，李鴻章一看，還有第二張，上云：「譯署（總理各國事務衙門）電，倭以

『平遠』船有華兵四十名，亦欲派兵前往……」李鴻章立即從沙發上站了起來，捧著電報就近艙壁上的燈，又看一遍，便就把目光凝在電報上不動，牙關便也就咬緊了起來。

## 2

北洋水師的艦船是在晨六時從南口駛進威海灣的。是時，旭日初升，雲蒸霞蔚，碧波展展；隨著艦上的汽笛長鳴，劉公島、日島、南北幫炮台的克虜伯巨炮便轟隆隆悶雷般地鳴響了。在三通禮炮的餘音聲中，海宴輪輕捷地靠上了劉公島的鐵碼頭。因李鴻章有令，早飯後各艦管帶到提督署議事，所以絲竹管弦與西洋銅號合璧的軍樂鐃歌以及種種禮儀都盡皆免去了。

管帶們上岸，都是行色匆匆的。

海軍公所衙門便是丁汝昌的提督署。它坐落在劉公島中部，北面靠著青山，南臨大海。署前石階寬展，第一進的大門就築在這高高的石階上。提督署大門兩邊繪著四幅巨大的門神，均各手持一把長柄大錘，面對所有的人都永遠是一副形狀威武而神情飄逸的模樣，相形之下就使守衛在門口的兵弁們顯得十分渺小而形絀了。

第二進是議事的大堂，李鴻章居中而坐，一邊是北洋海軍提督丁汝昌，一邊是北洋海軍總教習德國人漢納根，漢納根與李鴻章的身後，還坐著一個翻譯。李鴻章坐在那裡將雙手握成了拳放在案上，微微仰著頭，兩眼虛瞇著似睜若閉，眼神卻烱烱地從中逼出來。他久久地不出聲，他不願一下子切入主題，他準備揮灑開去，讓衆將領從他的揮灑中逐漸產生一種感受……他的眼神緩緩地掃向分坐在大堂兩邊衆管帶們的臉上，像在一張張的臉上刷上了他的意志，這大堂裡空氣因了這眼神也便有些凝滯起來，彷彿被注進了一種緊壓感。

「兵，何以言能戰？」他頓了頓，接著便緩緩而鏗鏘地說了下去，「同治元年（西元一八六二年）三月，我募兩淮子弟自成一軍，屍山血海前仆後繼。時粵匪猖獗，江南糜爛，上海爲關稅兵餉之所在，國脈維繫。粵匪屢攻，志在必得，滬上早已孤懸一隅、危在旦夕了。鴻章蒙曾國藩恩師臨危重託，率兩淮子弟兵六千五百人，登英船展輪東駛，於金陵、鎮江炮火紛飛的隙縫中鑽行抵達滬上，力挽危局。時，滬上洋人、洋槍隊，和那個洋槍隊的華爾以及官民人等都看不起我們，稱我帶的這支兵叫『大胯褲子兵』。何言『大胯褲子兵』者也？那年冬未盡而春未來，地有冰凌，而我們兩淮子弟盡皆赤腳草鞋。鄉下的褲子，褲襠肥闊直掛於襠下；所有器械行裝，唯手中的一柄鋼刀，背上一把雨傘而已。人之手、臉、腳下經一冬皆已凍得皮開肉裂了。於是群議紛紛，幾多的不信任，幾多的疑慮重重，當面問我，這樣的兵能戰否？鴻章當即慨然而答曰：兵，不在賣相，而在能戰；我軍方起，有朝氣也。虹橋一戰，我以三千軍破敵十萬，後下蘇州，克常州，江南歸復，舉國皆讚矣！」

漢納根問翻譯：「中堂大人說了些什麼？」翻譯說：「他在回憶他的光輝戰績。」

漢納根點點頭，又把肩聳了聳，坐在那裡不吱聲了。

「中堂大人。你的意思是否是說，兵切忌暮氣？」

李鴻章看見問話的是那個有點恃才傲物的濟遠快船管帶方伯謙，便略一點頭。「兵切忌暮氣。我自辦洋務以來，畢三十年之功，集辦洋務之精華，歷盡艱辛，總算使北洋水師自成一隊，馳騁於海上。座中諸位多係閩粵之人，但皆少年先進，國家培育多年的人才，我一向視為肱股。倘國家有事，舉國上下，朝廷內外，就全看著你們了，老夫亦對你們抱著殷殷之望也！」言至此，李鴻章拿出一紙電報，讓衆人傳閱。劉步蟾是個圓臉的壯漢，濃眉大眼，手腳輕捷，因坐得近，緊上一步雙手接了過去。李鴻章又說：「有何意見，但說無妨，可以盡言。」

劉步蟾看罷電報站了起來，剛才方伯謙的話已說到他前頭，他這個總兵銜的旗艦艦長，便有些落後了。衆管帶盡皆當年「福建馬尾海軍學堂」的同學，從心裡是拿他這個總兵攞不平的。見著李鴻章示意他坐，他就又穩穩地坐下來，說：「稟大人，倘果如電報中言，日人尋釁之意則洞然可見。日本近十年以來，一直把我大清國視為假想敵，年年都添新船炮，現在他們船的總噸位已與我不相上下了，且他們艦的行速、炮的射速皆優於我。標下竊以為，應極力避免與日在兵事上爭鋒。」說罷他看一眼李鴻章，在那張不動聲色的臉上卻已窺到了深以為然的信息，便噓出一口氣來。

這時丁汝昌在座中說：「大人，自光緒十七年（西元一八九一年），戶部奏請停購北洋艦船以來，我們已有七八年沒新添一船一炮，而現有戰船，則已逐漸老化，速率也大為遲緩了。以備戰言，則請速添新式速射格林機炮為要事。」

「為要事？為要事。」李鴻章坐在那裡，一身都不自在起來，添船添炮，他當然知道添船添炮。似都以爲他竟昏庸到如此，可是銀子呢？於是說：「丁軍門，老夫久歷戎行，你爲一武員，有話你不必文縐縐，有屁你就直接放好了。」

丁汝昌說：「船炮不如人，你讓我跟日本人打個屁！」

李鴻章臉色一正：「還沒見倭人，你就先有懼色。難道我北洋海軍就處處不如人？」

「作爲馭軍主帥，當知之人長，亦知己之長，激勵奮發，馭軍重在育士氣。」李鴻章繼續說著。

丁汝昌這時反倒有些高興。這個老上司的脾氣他盡知，越是他信用的人，他就越是當面教訓你，毫不客氣，而越在此時你頂一頂牛，就越顯出關係的不同尋常了。他說：「中堂大人，我雖半路出家當的這海軍提督，但我隨你打了那麼多年仗，死人堆裡從來都是殺了個暈乎乎的，從來也不知道哪是個怕字。中堂是說我怕死？」

李鴻章果然笑了，「添船增炮，那是朝廷的事，自當會有全盤統籌謀劃。汝昌，老夫不是這個意思。老夫對你，特別要鑾鼓重槌。北洋水師，國之精粹，老夫的性命所在也。」

丁汝昌一下子從座中單腿跪地，說：「標下還是習慣文縐縐地說重要的話。我汝昌得中堂大人知遇之恩，常思唯有以死才能圖報。在下今日不作虛言，蒼天在上，我汝昌誓與艦隊共存亡！」

劉步蟾一下子也跪了過去，作誓言道：「步蟾雖習西學，猶重古訓，決守艦亡與亡之義。」

衆管帶們紛紛離座，地下跪了一片，紛紛作誓言，語言昂揚鏗鏘，宛如一曲正氣之歌，迴繞在這劉公島海軍公所的大堂上。

李鴻章從昨夜一直綳緊的心情，總算略略鬆弛了一些，說：「設若衆志成城，志誠可嘉，志誠可恃了。倘不免一戰，老夫心中亦添了底氣。」

「中堂大人，設若衆人皆亡，北洋水師安在？」

李鴻章一下子驚呆了，直愣愣地望見座中只有致遠管帶鄧世昌、濟遠管帶方伯謙坐在那裡未動。他望了半天，終於從嘴裡迸出一個字：「講。」

鄧世昌說：「圖一死易，標下以爲北洋水師當務之急是圖決勝之策。」

方伯謙從座中驀然挺立，他說：「我大清國自建海軍以來，總欲制勝於敵，若人船盡失，便是不堪設想的事。我以爲鄧世昌說的絕非虛言。」

劉步蟾跪在那裡，將頭扭過來說：「難道我等都作虛言了麼？」

李鴻章對衆人說：「歸座，且聽他言。」

衆人歸座後，方伯謙侃侃言道：「標下以爲，當務之急倒不是先作悲聲，而是要籌劃制敵的良策。標下妄言，我大清國建海軍的目的，在於守口。而西洋各國的海軍，則重在爭奪制海權。想我大清國萬里海疆，處處是口岸，處處設防，便防不勝防。若照西國的道理，把海上的第一道防線建立在敵國，比如日本的大阪、長崎等軍港碼頭去，日本人何敢聲揚！」

丁汝昌說：「盡是胡說！兵船都開出去，家裡呢，英吉利、法蘭西、德意志的兵船用什麼去防備？」

方伯謙一拱手，「丁大人，誠如所言，一個渤海灣內，英國、法國、德國、俄國的兵船你來我往，海上相遇與我艦禮炮互答我們見得還少麼？人家是早把第一道防線建到我們的家門口了。」

李鴻章只覺一種潛在的情緒在他的身上蠕動起來，急急地要伸張著。

「老實說，我們制服日本的機會已錯失了。」大堂內安靜下來，方伯謙彷彿四顧無人般地說了起來，「光緒十二年（西元一八八六年）秋，我北洋水師六艦訪日本長崎，名爲接中俄勘界大臣吳大澂，實則向日本炫示武力。那年，我北洋海軍定鎭二艦新添不久，亞洲絕無可匹敵者。日本舉國上下彌漫著恐定鎭二艦之情緒，又因此產生忌恨仇視心理。我水兵上岸，日本人突然堵塞街道兩頭，數千日人持刀相向追砍我水兵，更有在街邊樓上向我水兵潑水者、拋磚者。事後日本人衝入熊本要塞欲向我大清國軍艦開炮。琅威理總教習亦欲炮轟長崎，並力勸丁汝昌丁大人向日宣戰。天賜良機也。是時日本羽翼未豐，我若果藉些口實炮轟長崎，以那時北洋水師倍於日本居世界第六的軍力，優於日本的武器，至少消滅日本的艦隊是不成問題的。哼哼，如那樣就此把日本打下，至少叫它二十年爬不起。沒了海軍，又從何談起它現在欲向朝鮮派兵尋釁的事？」

李鴻章聽著，暗自長長地吐出了淤積在胸中的一口悶氣，只感到一種說不出的痛快。他這個周旋於英、法、德、俄，現在又加上一個東鄰日本的洋務大臣，實在是被人壓迫得久了，苦了。日思夜想的不就是求得一國之尊嚴，在洋人面前也一言九鼎、揚眉吐氣麼？倒也難得這個看似桀驁不馴的方伯謙，還有這一番志氣。然而他望著方伯謙，臉色卻是一沉，「荒唐之至。兩國開戰，事關國家的安危，哪能如此妄議。再者，列強環伺，虎視眈眈，即使當時打了一個日本，引得英法、俄、美強行干預，作何了結？老夫有言，今後若有妄言開戰尋釁者，嚴懲不貸！」他緩了緩口氣，「方伯謙你還有何話說？」

「中堂大人，若是您這樣說，標下就沒有話說了。」

「你欺老夫老了麼？是想哄老夫麼？」李鴻章呵呵一笑，「你奶毛才乾半大的一個孩子，只眼一眨，老夫也知你要放什麼屁。講！」

「中堂大人，方伯謙從來也沒有妄言開戰、輕啓事端的意思，只是把當年那件事作個假設而已。就當今的情勢，我倒要進一言：我以爲現在日本確不可小視，我北洋水師艦船之間實力過分懸殊，鋼甲艦僅六艘而已，且速率也快慢不齊。知己短者則明，標下以爲，倘有戰事，動則我艦應集中應用，切切力避分散兵力；靜則歸各口依傍炮台散泊爲好，以旅順、威海爲例，均皆港灣出口狹窄，極易被人堵在裡面形成甕中捉鱉之勢，那樣勢就必危了。」

李鴻章問：「依你言，散泊就難於調隊集中了。」

「標下以爲似可將我北洋水師分成兩隊，靜時各駐旅順、威海兩口，作猛虎在山之勢，扼住渤海咽喉，窺視東洋大海。」

李鴻章緊問：「若事誠危急，當如何？」

「事誠急，可仗定鎭二艦之威，護隊急駛南下，入吳淞進長江，則我水師可保萬全。」

李鴻章說：「坐下。爾言雖多偏頗，亦有一定之見，老夫頗以爲然的。但偏頗出自何處，有人知道否？」他目視劉步蟾，劉步蟾輕輕一笑而已，不答。又目視丁汝昌，丁汝昌咧嘴一笑，看看方伯謙便向衆人一揮手，「都答，都答。回對了中堂大人，便是我北洋水師的幹才，本提督今晚請客，單獨請他吃酒。」

座中立時站起了七八個。

漢納根見狀，有些吃驚，問：「他、他們要幹什麼？」

翻譯顧不得回答，只一勁兒說：「看，看。」

突然從近門口處有人急步過來，一下子就跪在了李鴻章的面前，「標下廣乙魚雷炮船管帶有言稟中堂，並不是爲了要吃提督大人的酒。我北洋水師建軍，實爲拱衛京畿，倘遇危南下，則京畿必然不保，此事實關國家安危的宏旨，萬萬不能有絲毫動搖之意。我林國祥出生南國，今次駕艦北上會操，雖是初到，然拳拳報國之心直繫津京。」他咕咚一聲磕了個頭，「中堂大人！是時萬萬不可有南撤動搖之意，標下以爲步蟾總兵的話不錯，我亦決守艦亡與亡之義！決守艦亡與亡之義！」

李鴻章說：「難得一片赤誠，請起。」

林國祥道：「中堂大人，標下的話您還未置可否，不答應我我今天就不起來。」他抬起頭看一眼李鴻章，「中堂！您雖身居高位，我林國祥也自感人微言輕。然，我林國祥今天冒死以諫。」突然他兩手扶地，頭一低向著案角，「您老人家今天倘說一個不字，國祥就一頭撞死在您面前，以遂我報國之夙願！」

一直安坐不動的李鴻章早已站了起來，「其志可嘉，我北洋水師原多骨梗之士！守衛京畿，實爲我水師的根本。」他讓丁汝昌將林國祥扶了起來，看林國祥已是淚流滿面，不自覺發一聲感嘆，「退一萬步說，我李鴻章肯，皇上太后也是不肯的。」他目送林國祥回到座位上，便坐下來說：「上次大閱，是我同山東巡撫同來，今次雖我一人，但已深感北洋水師，攻人尚不足，而守口則有餘，半是我水師已成規模，半是因爲我水師人心可恃矣。然，倘我水師集隊在海上遇敵之全軍，不知爾等有何應對之策？」

劉步蟾其實已在久久地望著坐在對面的林泰曾了，他說：「左翼總兵林大人，你是鎮遠巨艦的管帶，一語未發，想是久已成竹在胸了。」

林泰曾與所有管帶年齡相仿，四十三、四歲年紀，只是面皮白，個頭矮一些，看上去叫人覺得更年輕罷了。他發現劉步蟾在盯著他，便如給人撒了一身亂毛，坐也不是，站也不是，言也不是，不言也不是，突兀間便是老大一個窘迫，他說：「說什麼呢？都是金玉良言，中堂大人擔待，丁軍門擔待，步蟾總兵擔待，各位管帶都擔待，我泰曾在軍中口拙，大家都知道的……」

李鴻章說：「我知道你爲人素來勤奮，治軍也堪稱嚴謹，口拙無妨，但有意見，只當向老夫說罷。」

林泰曾說：「誠有一事我日夜深慮，今天如實稟報大人。雖是小事，可能將來也要關係大局。其一是，北洋海軍章程早已制定，一切應依章行事，軍紀不能弛。」

丁汝昌心裡格登了一下，說：「當年章程是你、我、步蟾和那個琅威理共同草定，當然深知其理，深明其義，又經中堂大人審核報朝廷奏准的，當然要依章而行，不在話下。」

林泰曾望望丁汝昌，就又說了下去，「其、其二就是，海戰中旗艦若有不測，便會牽亂全隊，事先應以預定代理旗艦爲要。」

劉步蟾很是驚訝的樣子，「怎麼說到這一頭來了？」他望望丁汝昌，「丁大人，有這個必要麼？」

李鴻章似覺得有些道理，問丁汝昌：「你的意思如何？」

丁汝昌被問得有些懵懵懂懂的，但他不情願當衆顯出窘迫，就對衆將領說：「這件事關係重大，一如朝廷的預立太子，立與不立，立誰，衆人都可參議。」

鄧世昌說：「日本艦隊的軍力與我不相上下，海戰向來凶險莫測，依照西洋海軍的慣例，若旗艦遇險，則必須有他艦來代替旗艦全盤指揮。中堂大人，此實爲關係我北洋水師生死存亡的大事。」

劉步蟾說：「那倒也不見得，中堂大人，定遠旗艦乃我北洋水師的軍魂，軍心士氣之所在，此巍巍巨艦倘失，還有北洋水師麼？戰未開而先分軍心渙士氣，最大的忌諱莫過於此了。再，我朝太子都不預立，爲什麼？實怕渙散人心而成派系。因此，《北洋海軍章程》中早有定規，北洋水師兵船概聽提督一人之令，總兵不得與提督平行。丁提督長駐定遠旗艦，提督在旗艦，旗艦萬不可易幟。」

鄧世昌說：「《北洋海軍章程》中又云，提督他往，則聽左翼總兵一人之令。」

左翼總兵鎭遠巨艦管帶林泰曾一下子急白了臉，「哪裡是這個意思！我……」

劉步蟾說：「慢。海戰中他往是什麼意思？臨陣脫逃？」他拿眼望著丁汝昌，「艦船漂於海上，逃也沒處逃呀？那你的意思是說，丁提督陣亡了？」

丁汝昌恨恨地一拍桌子，「本提督在，還沒死呢！」

李鴻章通過翻譯問總教習漢納根：「他們的話你明白了麼？」

漢納根說：「意思都清楚了。」

李鴻章問：「以你的意見是？」

「公正地說，海軍是要有頂替的旗艦，但它有一個前提，就是在旗艦沉沒了，不能再履行作爲旗艦的職責。但定鎭二艦是我們德國建造的，堅固無比，亞洲第一。老實說，講它會被擊沉，這是不可能的，我的感情也無法接受。」

鄧世昌一下子從椅子上跳了起來，「漢納根！你假充什麼內行，你他媽什麼東西，德國陸軍上尉而已！」

李鴻章喝道：「放肆！」

鄧世昌說：「中堂大人！……」

李鴻章又喝道：「住嘴！」

鄧世昌一轉臉看見了劉步蟾，單腿給他跪了下來，「步蟾，你當眞置北洋水師的凶險於不顧麼？」

劉步蟾安坐不動，反問：「世昌學兄，你眞的相信定遠會沉沒？」

是時，方伯謙、林泰曾、來遠艦管帶邱寶仁、超勇艦管帶黃建勳等八人一齊跪到了李鴻章的面前，道：「此關乎我水師存亡之大事，請中堂三思，再行定奪。」

李鴻章的臉黑著，久久地不說話。劉步蟾站了起來，指著鄧世昌對李鴻章說：「中堂，這是幹什麼呀，欲陷我於不忠不義之地麼？」

李鴻章悶沉沉地咳了一聲，說：「世昌，我素念你忠義耿直，本中堂向例寬容爲懷，起來吧！」又對衆人說：「都起來，預定代理旗艦一事，暫置再議。」言罷起身，走了。

鄧世昌久久地跪在地上不起，忽縱聲高叫：「此議不決，我水師危險了！」抬起頭來，劉步蟾的座位上早已空了。

三天後李鴻章回天津去了。他至少是帶著一個懸而未決的問題走的。

第二章

# 霧鎖紫禁城

1

同治、光緒年間的政壇是一個斑駁陸離的萬花筒。

同治皇帝是慈禧太后的親生兒子，他於同治十二年（西元一八七三年）初親政以後，經常微服深夜出宮冶遊，得了一種作爲皇帝絕不該得的病，於隔年初死了，時年十九歲。這個個性倔強又過於玩世不恭的皇帝，在位期間做了一件影響深遠的事，就是要重修在第二次鴉片戰爭中被英法聯軍付之一炬的圓明園。他的理由也不謂不充分，修園是爲了讓歸政後的皇爸爸（滿族兒子、兒媳婦對於母親的尊稱）有個燕息之所來頤養天年，這是兒子向母親盡孝的地方，本朝向以孝治天下，也正爲天下做一個倡導的意思。沒有說出的理由也有，同治深知母親的個性，他認爲只有眞正把母后安置妥了，他才能切實地掌握到作爲皇帝的權力。再則，那座被焚毀的園林，他雖沒見過也聽說過的，重建後供他時常去巡遊，比起一棵樹也不種的宮中便正是個再理想不過的處所。

這個修園計畫的龐大，對於初安不久正勵精圖治著的大清國簡直不堪重負，理所當然地遭到了以他的叔叔恭親王奕訢爲首的朝臣一致反對。而這件事，卻又是小皇帝同治第一次眞正行使權力，於是修園的計畫在數次受阻後，同治皇帝暴躁無比，肆無忌憚地胡鬧起來。今天革張三的職，明天革李四的職，直革到他叔叔恭親王奕訢的頭上還不解氣，下令要砍叔叔的腦袋。這就使一方面恪於祖訓，在兒子十六歲親政後退居深宮，另一方面卻還要親閱重要奏章，二品以上大員任免仍需稟告，正在猶抱琵琶半遮面的慈禧，以一個再確當不過的理由，出面干預，廢除了皇帝一道道聖旨，平息了一場朝廷上的鬧劇。

不久，同治皇帝死了。

但重修圓明園的宏大計畫卻像一個魔影，一直籠罩在紫禁城的上空。

自咸豐年間以來，平粤捻之禍，辛酉政變，殺八個顧命大臣而親執朝政，與恭親王聯手一步步將一個破爛不堪的中國治理得粗有條理、天下太平之後，本還可以大顯身手的慈禧皇太后面對著一個殘酷的事實：兒子不可阻擋地一天天長大了，她必須結束垂簾聽政的局面，把大權還給兒子。歸政後的慈禧，隱居深宮，每想到多年的辛苦，自然是極願意有一座像樣的園子供她安度晚年的，只是同治十二年兒子親政時她的年齡才三十七歲，所謂「安享天頤之福」確實稍稍嫌早了些。但倘有一座園子，無可奈何之下，倒也能讓心理稍稍達到平衡。

她有這個意思，兒子又主動提出，再合情理不過，這期間她也試探過奕訢的意思，在巡遊紫禁城裡的三海時，她曾有意無意地指著有些殘舊的樓台對她的叔子說：「此處該修修了。」無奈恭親王立即正顏厲色地答了一個「喳」字，便再無下文。小有破損的尚不修，更何況重建圓明園？於是作罷。當初爲了修園，兒子同滿朝大臣鬧翻時，她出面阻止順理成章。一個太后能在皇帝親政後否決皇帝聖旨的惡例，便在不知不覺中勢在必然地開了頭。

同治死後，立誰爲帝的事便提了出來。

已嘗過退居深宮滋味的慈禧將一個十分值得玩味的人選提出，並立即決定了下來。這人就是光緒皇帝。

光緒帝是恭親王奕訢的弟弟、醇親王奕譞的兒子，而醇親王的福晉（妻子），又是慈禧的妹妹。這樣一種近親的交錯關係固然是因素的一種，更為重要的是光緒的年齡正和當年同治皇帝的年齡彷彿，只有四歲，必然的，慈禧又可垂簾聽政了。於是在宣布光緒為皇帝的廷議上，便出現了頗為精彩的一幕，包括恭親王奕訢在內的一班王公大臣個個張口結舌，而已成為當今皇上生父的奕譞則突然昏厥於地。

奕譞在咸豐辛酉政變中，利用他與慈禧的特殊關係出入熱河行宮，為慈禧與坐鎮北京正與英法聯軍辦交涉的奕訢傳遞消息，促成了辛酉政變的成功，殺了八個顧命大臣。（殺了肅順、載垣、端華三位軍機大臣，其餘五位斥革。）但這以後他的哥哥恭親王奕訢與慈禧實際上管理著大清的江山，幾使他處於閒置的地步。眼見著奕訢柄國期間辦工廠，修鐵路，造輪船，開煤礦，搞得國事日隆聲譽也日隆，他就眼熱，他就用熱眼把一切看得分明。慈禧在同治年間最得寵的太監安德海，帶人藉西太后之名出京，一路胡作非為到了山東，被山東巡撫丁寶楨抓住，丁寶楨請示奕訢。奕訢趁慈禧在看京戲，先告與東太后慈安，於是快馬帶著東太后殺安德海的懿旨出了京城，那邊的戲也散了，這才告之慈禧，慈禧「暫緩，拿京審問」的懿旨傳下來，到得山東時，就怎麼也晚了半場戲的工夫。安德海人頭落地。而後奕訢又以太監不得出京的祖訓為名，叫慈禧盛怒之下又發作不得，鬧了個倒憋氣。

第二件事就是為了園工，回太后一個「喳」字而無下文便罷了；當同治皇帝在朝上鬧得厲害，為臣子的念著是皇上，是皇上年幼倒也算了，他的這個哥哥還把事情直接指到了當媽的頭上。也是在慈禧聽戲的時候，帶著朝臣十餘人的聯名陳疏直接去見慈禧。慈禧說一同觀戲，戲後說。他哥哥說，戲中是演的前朝興亡事，遠矣；而本朝的興亡事，卻誠急。太后不得已叫聽得在興頭的戲半途停下來。奕訢就拿出聯名陳疏當衆宣讀，讀畢還借題發揮，指陳利害，接著又跪伏在地痛哭不起。西太后又是一個盛怒，又是一個發作不出，又只好一再地善言安撫。

第三件事，是爲著同治皇帝的性命，奕譞看得分明，他哥哥是把自己也搭進去了。同治小皇帝夜間著黑衣冶遊的事，自以爲機密，沒想一日早朝時奕訢啓奏，勸小皇帝不要這樣不要那樣，最後勸「聖上顧及身分與龍體，以社稷安危計不宜夜出宮門」。同治本來就覺著被折磨得可以，此時再也掛不住臉了，叫叔叔拿出憑證，若拿不出憑證便「該當何罪」。奕訢左推右擋，要私下裡說，小皇帝卻以爲他捕風捉影益發地任性使氣。到底抵不過皇上那一句：否則就是「有意污損朕的清白」。奕訢就只好說出是從自己的兒子，同治皇帝的堂弟那裡知道的。小皇上當即啞了口。不久同治帝果然得風流病死了，但若不是奕訢的兒子勾引（至少慈禧這樣認爲），他還是不會死的。奕譞認爲奕訢這麼一個精明幹練的人，畢竟做了一件傻事，再怎麼也不能說出自己的兒子是同夥呀！因是觀見了這些，他不時在慈禧太后面前搧些小扇子，終於使得奕訢日趨被冷落。然而令他始料不及的，卻是讓自己的兒子當了皇帝。這皇帝是好當的麼？他同樣把自己也搭進去了。

四歲的兒子去入宮當皇帝，骨肉分離還要受慈禧這個後媽的任意擺布折磨不說，最最根本的問題在於，他奕譞便是當今皇上的生父，而這一位子不論他願意不願意，都具有無可否認的與太后分庭抗禮的性質。他抗得過太后麼？於是他就以不便面君（老子總不能給當皇帝的兒子磕頭吧？）爲由，引退了。但他想引退，慈禧爲了用他來對付奕訢，又不讓他引退，叫他當海軍大臣，以分奕訢軍機處的權。海軍衙門裡的這位大臣，後來又管修天津到山海關的戰略鐵路。奕譞不幹也不成了，他就這麼若即若離地幹了起來。

然而慈禧用他，時時又充滿了猜疑與警惕，不時向他使出些不測之威，始終叫他處在誠惶誠恐的地位上。光緒八年（西元一八八二年），朝鮮壬午事變，中國派兵去朝鮮，中國的軍艦與日本軍艦對峙於仁川，終因日本當年國力不及大清，沒動起手來。發動政變的朝鮮王的父親大院君李昰被押至中國，幽禁於保定。事後奕譞去請示：「朝鮮國內亂已平，何時放大院君歸國？」慈禧說：「不放，我要叫天下當爹的都有個榜樣。」一句話說得奕譞魂飛魄散，跪伏在地上半個時辰也不敢爬起來。慈禧也使恩，那恩也使得奕譞毛骨悚然：忽一日下懿旨，賜他與妻子坐杏黃轎。金黃、明黃、杏黃，自唐朝以來，都是帝后專享的，是至尊的標誌。奕譞接旨後，一面謝恩，一面抵死固辭，總算把這恩謝了，還得到了太后「醇親王素來忠勤誠敬」的誇獎。

到了光緒十年（西元一八八四年）的中法戰爭時，東太后慈安已莫名其妙地暴死了三年，慈禧藉故趕走失去依託的奕訢，這皇上的生父就頂替了哥哥內閣總理大臣的位子。不當家不知柴米貴，執掌了權柄以後的奕譞，始知他的才能遠不及那個被人稱爲鬼子六的哥哥，這才知道治理一個國家的不易。但此時他已如上鉤的魚兒，再也擺不脫了。

向慈禧表現出無盡的忠誠，關乎生死存亡；竭盡全力把國家引向富強，又關係兒子的江山萬世不倒的長遠。奕譞在夾縫中拚搏求生，再沒人比他與大清江山的關係更密切了。爲了生存，光緒皇帝十六歲，理應親政時，奕譞以皇帝年幼，朝政萬萬還需太后扶持爲名，苦勸慈禧留下來。慈禧故作推諉了一番，便就改聽政爲訓政了。爲了江山，他上台時中法戰爭方了，中日又因朝鮮訂下了《天津協議》，海防的問題已經成爲首要之首要，同大清國的命運緊緊維繫在一起了。奕譞傾全力在哥哥奕訢草創的基礎上，與李鴻章聯手，終於在光緒十四年（西元一八八八年），使北洋水師自成一隊。

然而光緒也同樣不可阻擋地長大了，二年後舉行了大婚典禮，恪於祖訓，太后便再也沒有什麼理由來訓政了。對於奕譞來說，漫天的陰霾終於閃現出了一線朝陽的燦爛。然而慈禧雖退了下來，但重要的奏章依舊還是要看的，二品以上官員的任免也還是要勞她來定奪的。這就使光緒皇帝和父親奕譞處在了一種非常微妙的境地：有了親政皇帝的名分，而手中實際掌握的東西卻不多。

歷史在這裡彷彿有意要顯示一下輪迴的玄妙，那個久久籠罩在紫禁城上空不祥的魔影重又越來越清晰地顯現出來。

光緒帝通過慈禧屢次要動用戶部多年節餘下的八百萬兩庫幣，而逼戶部尚書閻敬銘稱疾去職的事，看出慈禧意欲修園子的心事，就主動提出爲了感謝「聖母爲天下憂勞」多年和無微不至的慈母般的撫育，爲了以孝治天下，修一座園子吧。慈禧是要權也要園子，卻又故作推託，說恐園工一動，有傷農本。光緒帝就說，重修圓明園確實耗資太巨，國力難支。那麼就將萬壽山下的清漪園改名爲頤和園加以修建，且得山水之趣，又省錢，作爲我向母后盡的一點孝廉之心，給皇爸爸在那裡頤養天年。否則我是「實覺寢饋難安」的。這一番母慈子孝的對話隱藏著無窮的內涵。

園子與權，此刻緊緊地攪和在一起，再也難捨難分了。園子修好，慈禧退。那麼園子何時修好呢？

慈禧接受了。

由光緒帝道出的這一切，都是奕譞的所想所思，或者乾脆就是出自他的謀劃。慈禧是會一天天老下去的，他兒子光緒馬上就會有兒子的，並且還會一天天再大起來，時間對他有利。倘太后住進園子十足地安逸了，眞的萌生退意，而兒子又逐步將權攬過來，那麼他就如同撥開烏雲重見天日一般。他要盡可能地將天上已裂開一道隙縫的烏雲再撕大，扯碎，讓皇皇天日無一遺漏地傾瀉下來！

修園子要錢。

可是銀子呢？

銀子就是那戶部尙存的八百萬兩。動起工來才知道，這八百萬兩就像一盆水潑在乾涸的地上，僅濕了一層地皮而已。

奕譞想到了李鴻章。

## 2

「坐鎮北洋，遙執朝政」，李鴻章一聽這話就有種說不出的滋味。是他執了朝政還是朝政朝議執著了他，世人可以信口，遍嘗其中滋味的天下恐怕只有他一人了。

李鴻章清楚地記得同治元年（西元一八六二年），朝廷初設同文館，意在培養翻譯人才，都沒有人願意去考，也沒人敢去考。偶或有幾個去了，同輩中人就把他們看成異類，竟以絕交相威脅。同治年間的世情就是這麼一個世情！後來李鴻章的密友、大清國第一任駐英國公使郭嵩燾回國述職，一言西方的見聞，便被人怒斥為「漢奸」。而第二任駐英公使、曾國藩的兒子曾紀澤就更慘了，歸國後乘小火輪回湖南老家，剛登岸即被家鄉人當作洪水猛獸一般，一把火便將小火輪燒了。及至同治十二年，同治皇帝將舉行親政大典，各國駐華公使出席參賀前，聯銜照會，要求行免冠鞠躬禮，而不行三跪九叩的中國傳統禮儀。兩邊相持不下，便有人上奏排解說，一旦我們把洋人視為「禽獸」，那麼他們如果要行我們的三跪九叩禮，「反倒是中國之羞」了。盡皆是些小事了，而在關乎國家富強的大事上，也是弄得你哭笑不得，處處掣肘。

光緒元年（西元一八七五年）日本侵台事件發生後，朝廷內興起了一場關於海防的大籌議。東南各省巡撫大都支持全力建設海軍，他李鴻章更切陳利害，認為過去歷代邊患，多在西北，而現在則多來自東南，萬里海疆由天險屏蔽而變成了通途，實為數千年未有之一大變局！自道光年間從海上乘舟而來的西方之列強，也實為數千年來未有之強敵。就在這樣一種形勢下，朝廷的清議派們竟然放出了一種嚇破人膽的高論。他們說，洋船，是至笨至蠢的東西，船應以輕捷才為好的。今天的夷船，不燒煤火不能開；炮要人運，重不可舉，如果突然襲之，那麼這船這炮就只好束手待斃了。況且船又上不了岸，一切皆以陸戰定勝負，而我們的陸地遼遠，人口又眾，夷上岸，我們以眾敵寡，眾志成城以百以千攻一，何患不克？所以船不可要，越要越笨拙。後來只有到了當年主政的恭親王奕訢說了「毋庸置議」，注重海防的設想才定下來，才了結了一場甚囂塵上的反對狂潮。

這便是深有感觸的一種了。

李鴻章感到不對勁的還在於，本朝吸收了歷朝的教訓，絕不以廷議治罪。於是手無實權、身不擔干係的朝廷諫官們便把廷議上奏之權看成了一種獲取利祿的工具，動輒搖唇鼓舌狂發清議，危言聳聽以取引人刮目之效，而得出人頭地之實，至少也博它個敢犯龍顏而死諫、忠心耿耿的名聲。不以廷議論罪，莫名其妙之間竟成了一種弊政。李鴻章一聽到種種傳來的廷議，總有一種心寒的感覺。就以修鐵路而言，民間反對，說是壞了風水斷了龍脈，自然荒唐不經；廷議除集此大成而外，則更有進一步的發揮，認爲修了鐵路，就會斷了挑夫販卒的生路，還會使西洋的勢力藉此侵入內地。於是修鐵路必然會資敵，也必然會危及大清江山的永固了。他們舉出了一個有力的事實：我朝乾隆之世，沒有火車，不是照樣倉庫充實得糧食直朝外流嗎？老百姓不是照樣地豐衣足食，而使西洋紛至沓來稱臣納貢嗎？滔滔宏論簡直叫人無從指亦無從說。

但他李鴻章指了也說了，並且毅然決然地幹了。他先在開平煤礦修築了唐山至胥各莊鐵路。光緒六年（西元一八八一年）建成他才正式奏知朝廷，幹時膽子大，奏時卻是一派戰戰兢兢，竟硬生生地把鐵路說成「馬路」。這時醇親王奕譞支持了他。這個皇帝的生父憑著巨大的利害干係敏銳地識出了對錯。光緒十一年，奕譞還直接到天津來和李鴻章籌畫擴展鐵路的事，說：「思得一計：如果修鐵路，那麼就必須從胥各莊一路造起，沿老路修新路，就說是爲發運煤炭出口，爲了調兵運軍火。只有這樣才能免去從前的種種梗議。我也有話好說。」李鴻章心領神會，兩年後一直將鐵路修到了天津，再修到了大沽。因是半公開、偷偷摸摸幹的，就像一個世代賢良的人家突然娶回了一個婊子，引得光緒帝的師傅翁同龢等數十名京官的反對，說李鴻章壞祖宗之法，資敵而擾民之生計，就差指著他臉說他是漢奸了。李鴻章因有了奕譞暗中支撐，一時間也上疏指名道姓潑潑辣辣給予批駁論辯，痛快淋漓。同時他又委婉地排解了當政者的心事，「創興鐵路，本意不在效外洋，而專主利於運兵，志期應援全局。」

所謂遙執朝政，就是這樣遙執的。裡應外合，終於叫朝廷徹底改變了對修鐵路的看法，決定修兩條運輸大動脈：北京至漢口的京漢鐵路和天津到瀋陽的關東鐵路。

當然做到修鐵路、建艦隊，還需有些許小動作進行巧妙的配合。外面要建要修的，北京的紫禁城內也總要同時有一個。那昆明湖中時時操練的小汽船艦隊，是李鴻章爲投太后所好而購製「捧日」、「翔雲」、「飛鯨」三艘小火輪，經常在昆明湖中開駛。那昆明湖畔爲滿清貴族子弟辦的水師學堂，那率先在紫禁城裡亮起的電光燈和響起的自鳴鐘，那留影機，那環宮修造的鐵道上奔跑著的豪華小火車，都使宮內與宮外蔚然成了一種奇觀。他李鴻章的用心深矣，苦矣，只有讓柄國者嘗到了新鮮，世間的一切才可能成爲可能。而奇觀的另一面則是，任何西洋新鮮的玩藝兒，總是柄國者先一步淋漓盡致地享用到，只要嘗了鮮，他們也絕不是一味地排斥。試想京漢鐵路也好，關東鐵路也好，北洋水師也好，那麼多工廠、煤礦、金礦也好，倘不得到慈禧的認可點頭，盡做了賊似的偷偷摸摸幹，搞得起來麼？每思及此，李鴻章心裡又總是湧起一縷縷帶著苦澀的欣慰。

這樣的遙執朝政，使他的心實在太累了。

然而就在這光緒皇上要大婚親政時，醇王奕譞摸上門來找他，商籌修建頤和園經費的事。他李鴻章有什麼？手中暫可挪動的，只海軍經費一項了。

那日李鴻章與奕譞談至午夜，還是鬆不下口來。看著醇王唉聲嘆氣地去歇息後，李鴻章在床上苦思冥索，竟是一夜的迷濛。

第二天見到醇親王，見禮畢，枯坐半天竟無一語。最後醇王坐不住了，站起來雙手一抱向李鴻章打了一躬說：「此事還需中堂定奪，望能觀顧全局。」李鴻章立即起身跪伏在了醇親王奕譞的面前，「臣擔當不起，實擔當不起。」醇王扶他起來，他就硬挺著，不起來。醇王「唉」地一聲淚如泉湧，說：「你也在逼我哇！」一撩長袍也要跪下，嚇得李鴻章跌跌撞撞爬了起來，「我們誰逼誰喲！」他兀地吐出口長氣，一屁股又坐到了椅子上，闔起了眼，淚從眼眶裡一點一點地溢了出來。全局，全局，老實說他不喜歡慈禧這個一身霸氣又極善弄權術的女人，他希望光緒帝能眞正的親政。但自己是漢人，是個外臣，又能如之奈何？修了頤和園，便可能迎來皇帝的親政大權，便可能在奕譞的支持下大肆擴展海軍；反之，不修頤和園，海軍再擴展的希望也就十分的渺茫了。海軍，頤和園；頤和園，海軍。兩樁本風馬牛不相及的事，因了政治的需要竟緊緊地紐結到了一起。李鴻章已深深知道，自去年北洋水師成軍後，上上下下都鬆了一口氣，都以爲他手上還有餘款，奕譞來便是最好的證明。殊不知每年從戶部解來的海軍款，到位的也只有十之三四，帳，戶部是認的，掛著，你又如之奈何？他天津直隸總督手中的款子也已逐年墊出，所謂餘款就是在這些該到而未到、猶如畫餅充飢的款子上頭了。但對奕譞，他又必須支持，朝廷內外只他們二人遙相呼應，否則奕譞一倒，又談何海軍？李鴻章終於一咬牙，對醇王說：「臣思得兩計，醇王可以與太后言。但此計亦請王爺一力主持，否則鴻章將謗滿天下了。」

李鴻章說的第一計，就是以報效海軍名義，責成各省疆吏每年撥專款，不經過戶部直接解天津生息，利息用於園工。

醇王立即點頭了，覺得這樣海軍的款子和園工的款子都有了，可謂一舉兩得。萬一園工急用，有這筆款子墊底，還可先行挪用。但總覺得有些緩不濟急，緊問第二計。

誰知李鴻章緊緊閉著口，久久地說不出來了，在奕譞一再的催問下，李鴻章才說：「不得已也，供醇王三思。京城與各地方，有許多革職不再續用的官員，如果讓他們出錢報效海軍，准其降職續用，不委重任，再把這筆錢全數用於園工，或可解燃眉之急。」

醇王一聽，拍手連連說了三個「好」字。

李鴻章說：「見好就收，此絕非長久之計。望醇王明鑒，國家吏治若由此敗壞，我就是千古罪人了。」

醇王說：「深知，深知。」

李鴻章苦著臉，長嘆一聲，「萬不得已，鴻章我這是飲鴆止渴矣！」他拿起几上的茶碗來，一飲而盡。

碗中的茶苦了，正是泡出了味兒來。

## 3

清代的皇家沒有睡懶覺的習慣。

對於皇帝，清代的祖訓第一句就是：「黎明即起，萬機待理。」其實未必盡然。對於沒有親政的小皇帝，黎明即起後，也沒有什麼機要理，而是吃過早飯後便給太后請安去；及至皇上親政以後，待理的萬機蜂擁而至，然而萬機待理中的第一機仍舊是到太后處去請安。即便是山崩地陷，這也是個萬萬動搖不得的規矩。

已是陰曆的六月上旬，早晨的太陽已是斜斜地掛在了養心殿的飛檐翹角之上，紫禁城裡的紅牆金瓦也就顯出了一片燦爛輝煌。光緒帝已起身去儲秀宮給他的皇爸爸聖母皇太后慈禧請安去了。往日的這時都是他一天中最難過的時刻，而今日他的心情卻如這一派明媚的朝陽，因而他沒有乘轎，邁出的步履也是少有的輕快。這全是爲著他昨日下了一盤棋的緣故。其實昨天下午那盤棋他下得糊裡糊塗，本是索然無味的。他先是在上書房看那些重要或不重要、緊急或不緊急卻又似乎永無休止的奏章，這時他的師傅翁同龢與禮部侍郎、謹珍二妃的哥哥志銳，還有翰林院侍讀學士、珍謹二妃的師傅文廷式，先後來了。他一見此三人的到來就知定會有什麼話要說，他先不說，只等著他們說，他們卻要與皇上下起棋來。當時光緒皇帝便明白，這下棋一如作詩，由手談而起興，由起興才宜論及正題的。都是些俗透了的套路。好在光緒帝比較好說話，又把這三人視爲肱股，於是就與文廷式下起來。棋行至最後，看看都要結束了，卻又生出個生死劫來，打來打去打了個天昏地黑。光緒帝有些不耐煩，他就不明白作爲臣子，他們就不知道皇上近日來正爲朝鮮事莫衷一是舉棋不定麼？這劫打得他都要發火了，好在棋也下完了。與他對弈的文廷式才說：「臣知道皇上的心事實不在下棋上。」旁邊的翁同龢佯作無事踱到書房門口望望，見先在門外伺候的太監因對弈的時間過長而偷懶去了，便匆匆過來說話，光緒皇帝這才明白了他們的良苦用心，急問：「莫不是爲朝鮮事來的吧？」他們三個點點頭，文廷式卻把棋弄得嘩啦嘩啦直響示意他再下起來，那邊志銳卻又佯作看字畫古董什麼的轉到外間去了。光緒投下一子說：「朕頗顧慮到日本。」他見文廷式像在一心一意盯著棋盤，又說：「柄國而處事者，總欲謀圖宏遠而周至。」

文廷式反問：「日本與法蘭西比，誰強？」接著他又說：「光緒十年，我無鐵艦，尚能抗法人數路之攻，現在怎麼會敵不住倭賊一隅之擾？斷斷是沒有這個道理的。倘今次我懼區區東洋人，將來何以在西洋人面前抬頭？」

翁同龢頻頻點頭說：「對對，臣也是這個意思。然而近來在總理衙門屢屢見著李鴻章在奏章中言及向朝鮮派兵的事，字裡行間，似都透著怯意。」

光緒皇帝說：「是，朝廷依恃的重臣有怯意，若眞動起兵戈來，後果便堪慮了。朕也是爲此舉棋不定，日有所思。」

翁同龢說：「只叫老臣不明白的是，李鴻章的淮系軍隊十萬餘人，一律的新式槍炮，德國的教習，練的西洋鴨步操，練了這麼多年；再者北洋水師，巍巍巨艦，亞洲無可匹敵者，國家的銀子也不知花了多少。所謂養兵千日，用在一時。國家需用著了，他反先將話撂出來向後畏縮，那國家還要淮軍幹什麼？要北洋水師又有何用？」

光緒皇帝久久不語。

翁同龢又說：「事無遠慮者而近憂必至。臣有一言，只因當年為家兄充軍新疆的事鉗口，恐被人誣為公報私仇，誠惶誠恐，正不知當說不當說。」

「唉」地一聲，光緒帝便有些感嘆起來，說：「在朝中還有誰向朕吐露眞言呢？師傅，有什麼你就儘管說什麼。」

翁同龢說：「老臣久已鯁在心中的話，為了大清江山，為了皇上，今日是一吐為快了。李鴻章對西洋人自不必說，現在對區區蕞爾小邦的日本東洋人，兵未至而怯意生。皇上，淮軍倘遇外敵而不禦，那麼李鴻章久馭十餘萬精銳淮軍又是為了什麼？拱衛京畿？老臣以為名為拱衛京畿，實則有自重之嫌。歷朝平亂之後，悍將多將裁撤，而李鴻章的淮軍卻越弄越大，越弄越強。此人是悍將，更是儒將，如是下去，倘發展到擁兵自重，尾大不掉之時，臣實怕是後患了。」

光緒把棋推到了一邊，再也沒心思去裝模作樣怕什麼耳目去稟報太后了，他心裡被深深地撼動著。對李鴻章和就駐在京津周邊的淮軍，他一直都隱隱地覺得有什麼不妥的地方，只是說不清道不明罷了。師傅的話，把什麼也點得透了。另外，大清，大清事實上是滿族人的江山。然而自粵撚之亂以來，漢盛滿衰，全國的十幾個封疆大吏的督撫以及朝中的大臣一大半都叫漢人占了去。雖都為朝廷的臣子，但於大清，卻也不是什麼好兆頭。而這個功高足以震主的李鴻章，自曾國藩退後便是這些漢臣中的第一人。翁師傅是漢人，他不願明說的話，他也分明聽出來了。

「皇上，」文廷式的聲音把光緒的思緒又喚了回來，「師傅的話，深及底裡。淮軍諸將只聽令於李鴻章一人，雖合於軍制，但對於朝廷終有些芒刺在背的感覺。皇上不記得前幾年李鴻章手下的那個大將劉銘傳？出身武將而要文職，給他個陝甘的欽差大臣還不當，後來非要弄個封疆大吏的台灣巡撫，遇事朝廷稍加駁詰，便辭職以去，驕悍到如此。是朝廷駕馭他，還是他欲駕馭朝廷？皇上，廷式以爲，淮軍不是李鴻章的私家軍隊，淮軍是皇上的淮軍，是國家的淮軍，遇事皇上要當馭則馭，當遣則遣。當機立斷，應爲第一要事。」

這時外間的志銳疾步走進來，更進一步說：「廷式先前說得對，日本與法蘭西比，誰強？我大清當年尚能力抗法人數路之進攻，現在還怕一個東洋日本麼？倘日本今次在朝鮮確有尋釁之意，對皇上，對大清社稷，臣以爲恰恰是提供了一次機會。助朝抗倭，以振國威，是舉國上下沒有人敢言一個『不』字的事。皇上若以此爲由，厲行天子之威，抓住李鴻章，嚴責其發兵，對於兵事，事事責其報奏，事事嚴加督導。倘朝鮮事稱捷，則舉國皆服。皇上威立，群臣人心之所歸於皇上……」他忽然止住了口，抓起筆來目視著皇上，便在紙上寫：皇上尾大不掉，太后去矣！隨即便把紙搓成一團塞進了嘴裡。

光緒皇帝看著志銳嚼動的嘴，臉上的肌肉不由自主有些哆嗦，伸手抓起一把棋子，棋子便又「叭嗒、叭嗒」一顆又一顆從指間漏下來，他直視著志銳看了良久，突然問：「倘兵事不順，又作何了結？」

翁同龢緊趨上一步，「淮軍是皇上親手操練的？」

志銳說：「淮軍已有坐大之勢，於大清，一石二鳥，即便挫了淮軍，也非全然是壞事。」

光緒悵然若有所失，走到窗前透過窗扇的孔久久凝視著窗外，說：「不論怎麼說，淮軍也是我大清的精銳之師呀！」

「皇上大可不必擔心的了，」文廷式笑了聲說：「淮軍洋槍洋炮，歷來久經戰陣，更兼西洋教習，日軍充其量不過如此耳，李鴻章許多年提倡自強，也就始自於練軍，當眞是吃乾飯的？倘以我大清一國之力搏日本，想也還有餘地。再則，日本需跨海作戰，只此一項，大清便占著地利了。」

光緒皇帝的臉上，漸漸露出了笑容，而手卻無意地將棋子拿出，「嘩啦」一下全灑到了棋盤上。

遠遠地望見了儲秀宮，光緒皇帝的步子漸漸慢了下來，隨行的太監已先奔去通報皇上的駕到。從養心殿至儲秀宮這段不算太長的路，對於光緒皇帝來說卻是極其艱難而漫長的。四歲時被抱進宮中，他在上面整整跋涉了二十個年頭了。對於光緒皇帝來說，他本是不要當這皇帝，也不要走這段路去給一個陌生的「額娘」請安的。那時的他只會成天吵著鬧著要見他的親爹、親額娘，但宮中的太監指指蒼天對他說：「您現在是皇上了，皇上是什麼？是天子，是老天的兒子，老天爺一切都給您安排停當了。」又說：「做了天子就是君，您原來的爹和額娘就是臣，不能見面，一見面他們就要給你磕頭的！」四歲的光緒哇地一聲不知是嚇得還是委屈得哭了。他想不出他爹和額娘將要跪下磕頭是個什麼可怕的情景，又爲什麼要給他磕頭。他只覺得很怕，只覺得天地間充滿了他永遠也摸不透的玄機。

隨著年齡的長大，他開始明白了天子是怎麼一回事，天子應該是個想幹什麼就幹什麼，想要什麼就能得到什麼的人，可不明白的依舊是：他這個天子爲什麼偏偏見不得爹娘呢！然而十數年如一日坐在簾前擺樣子做皇帝的生活卻叫他漸漸明白了，他其實並不是什麼天的兒子。若眞說有天，那麼其實天離他很近，就在簾子的後邊。天其實就是他的姨媽，姨媽就是他的天。除了各種功課以外，每日一早他去給他的姨媽或者亦可稱之爲伯母的慈禧太后請安，太后總要格外不厭其煩地對他進行孜孜不倦的教誨。這教誨貫徹一個「孝」字，內涵意旨都十分地宏遠了。由此他聽過無數個關於孝的十分美好的故事，而慈禧太后特別樂意提及的，便是本朝的先祖乾隆皇帝了。說乾隆帝是個至孝至德的人，他的母后倘稍有不宜，便是跪在床前親奉湯藥並且必是先要親口以嘗的，每十年必親自給他的母后辦一回大壽，而母后八十大壽那一回，那排場是叫人想也不敢想的了。至於平時那就更不必說，即使乾隆帝病在了床上，一大早爬也是要爬去給母親請安磕個頭的。「你說這是爲什麼？」慈禧太后問他，卻並不要他回答，「大清朝是以孝悌爲表率，是以孝悌治天下的！因此孝悌深入人心，誰人不孝，便失天下人心，便要全國得而誅之，任他是誰也不例外。」太后如是說。太后又反過來舉了個例子，說李鴻章在朝鮮甲申事變時，正好母親亡故，服喪在合肥老家守孝才半年便奉命銷假，火速北返天津任上，調軍遣將，預爲布置。本都是極在情理之中的事，自古忠孝哪能兩全？但事後朝議嘩然，朝中諫官紛紛上奏，以李鴻章沒能爲母在陵前結廬守孝兩年而要彈劾他。彈劾他的奏章說，一個大臣不能守孝，不能爲天下之表率，便是挫動了國家的根本；說洋人再蠻橫，不過動我大淸區區之膚表而已，斷斷撼不動我華夏的人心，而不孝則是壞亂人心的事，動了大淸的底裡。這樣的奏章固然過於迂直了些，當然是不能准的。但也足見本朝以孝治天下，是如何地深入人心了。「我老了，這天下的江山將來都是你的，但你是哪來的？沒有我哪有的你這個皇上？」

當年的光緒小帝是過繼給慈禧太后作兒子的人，太后這樣說，自然是入情入理的了。至於太后對他格外地嚴厲，他便用一個「孝」字對待，一切也就變得十分平和了。然而叫光緒皇帝把慈禧口中說的「孝」字看穿，卻是因爲他親生父親奕譞的死。光緒永遠也忘不了光緒十六年（西元一八九〇年）他已親政後的那個冬天，他的父親奕譞病了，他終於有了個正當的理由提出要去看父親。然而他每去看父親，慈禧也總要去，而每次探視，一到天之將晚，慈禧太后便必要叫他一同回宮。這些倒也罷了，讓光緒漸漸看得明白的是：他父親的病，本也不是什麼大病，卻就因爲他的探視，此後必是由宮中的御醫診視配藥，倒是把病越看越重了。而光緒對最後一次見到父親的情景，至今依舊是刻骨銘心。那次他的父親已病得不行了，見著他便是殷殷切切的樣子，掙扎著抬起手來拉他，要說什麼，忽見太后在旁，立即就滿目生畏欲言又止了。光緒要親奉湯藥給父親，太后又是在一側喊了聲：「皇上。」太后是在提醒他，他是皇上，他與躺在床上那個行將就木的人本是有著不可逾越的君臣之分的。此時的光緒悲憤已極，他想發作，可他奇怪他就怎麼也發作不出來。太后十數年如一日對他的威，對他講的孝，死死地把他羈住了。可爲什麼只要他對她盡孝而不許他對自己的親生父親盡孝？光緒再清楚不過地看出，所謂太后說的孝，不過是掛在他這個皇上與母后之間的一層遮羞布而已。

那次光緒時時想著發作的事，他在極力醞釀著傾瀉一腔憤懣的情緒。回到宮中以後，他無端地發火，無端地杖責太監，無端地把寢宮中瓷、銅、金、銀、玉各式各樣珍貴無比的器皿銜砸得乾淨，搞得個遍地狼藉。他等著太后御駕親征到他的寢宮來責問他，來訓斥他，來處罰他。一來就好了，那樣他便會藉著大婚不久的親政之威，藉著這難得的悲憤欲絕而又失去理智時的膽子，惡惡地噴發一回；而那鬱積在心中的東西，當太后的面噴薄而出又將是何等樣地痛快淋漓？那樣他就找到了身為一國之君的感覺，至少，至少作為人，就不再那麼地卑怯，他就挺起腰桿子來了！

然而那晚的紫禁城中儘管光緒皇帝鬧得火山迸發熔岩瀉地，慈禧太后終是沒有來。她十分明智地避開了。發過火以後的光緒一旦心情逐漸歸於平復，便產生了一種給人徹底毀了的感覺，像死了一樣地難受。第二天，當已習慣於早起的光緒皇帝看見皇皇天日又重新掛在養心殿那翹檐上的時候，太后的威嚴與她所說的那個「孝」字，便如張堅實而有韌性的網，又牢牢地罩住了他。他又身不由己地走上了由養心殿至儲秀宮的、跋涉了近二十個春秋的「請安」之路。

然而事情還沒有了結。

慈禧太后在另一頭不動聲色地等著他。不久，他的生父奕譞死了，墳前有一棵巨大的白果樹，慈禧以什麼祖制為由，毫不容情地命人將它砍了。那墳的周邊，也就一如這紫禁城的太和殿四周，光禿禿地沒有一點遮蔽，沒有一點餘蔭了。光緒明明白白，這其實是對他的致命一擊。作為一國之君，父親死後連墳前的一棵樹也保不住，便叫他一輩子的情緒都是處在一種壓抑與懊喪之中了。

望著不遠處的儲秀宮，光緒皇帝有些亢奮的情緒便冷卻下來，便又處在某種鬱悶與壓抑之中了。然而他覺得今日的他畢竟不是過去的他了。看見去稟報的太監從那裡出來，喊了一聲：「老佛爺請啦！」便就向儲秀宮走了過去。他覺得他的神情舉止應當一如既往，不能顯出哪怕是一點點的不同來，尤其是朝鮮的事，就更要把著太后的心事說了。

儲秀宮坐落在紫禁城西北面，它的東北邊緊靠著御花園。

儲秀宮的庭院寬敞而幽靜。院中有兩株古柏，植於何年又有什麼經歷就不知道了，唯見它枝幹挺拔，頂出了團團簇簇濃濃的墨綠，便顯出了它的蒼老和堅毅。儲秀宮面南而坐北，台基下東西兩側安置了一對戲珠的銅龍。銅龍日照雨淋，卻似得到了天地的精華，整日裡金光燦爛；它三爪立地，一爪抬起，抬起的爪中緊緊攥著一顆珠子，格外地顯出神采飛揚、威風凜凜。

儲秀宮裡的西暖閣，雍容華貴，一色的紫檀木家具上，西洋的自鳴鐘、黃金的薰香爐、景泰藍的半人高大花瓶、各種器皿，形形色色無不華光閃爍。雕花鏤空的屏風上方掛著一方匾：「順時施宜」，與吊著的盞盞琉璃宮燈相映生輝。慈禧太后早早地起了，梳妝過後，喝過了茶房送來的奶子，又嘗了兩個餑餑局送來的酥合子，望著滿桌的點心就覺得膩味了，她問：「『和尚跳牆』怎不見了？」太監李蓮英連忙說：「回老佛爺的話，『和尚跳牆』已連上了三日，因想這是太后一道喜歡的點心，所以奴才做主，特地留著主子的胃口。」慈禧盤腿坐在這暖炕上，想想也是。這點心是用酥造肉和剝了皮的鷄蛋四枚放在一起上屜蒸的，鷄蛋光滑，一半陷在肉裡頭，像個禿和尚頭，所以她就特意爲這類點心起了個葷名「和尚跳牆」。伸頭露腦的跳牆幹什麼？想到這，慈禧心裡就是一個笑。點心吃到這分兒上，取個樂罷了。

想了一回，慈禧下得炕來。近日來她的心情很好，自光緒十二年（西元一八八六年）修頤和園，各處工程處處順利，今年西曆十一月七日又是她的六十壽辰，紫禁城裡凡她要去拈香的廟宇都已整飭一新：景山上的五亭子，城裡的慈寧宮、寧壽宮等十幾處改建工程業已接近完工，而六十慶典期間從宮中西華門至頤和園經過的道路兩旁，正在搭建龍棚、龍樓、經棚、戲台、牌樓、亭座等景點。這一路城內作二十七段；城外至頤和園作三十三段，共計六十段，正是取與她的壽辰相合的意思，每段花銀四萬兩，這一路就是二百四十萬兩，四六二十四，二百四十歲她從來也沒想活到過，但她又正在試著活過去，要不幹嘛人家見著她開口便是萬壽無疆呢？二百四十也不多，取個吉祥，這十年來風調雨順，不也正是個吉祥？

時辰尚早，皇上、皇后、皇妃以及各府的福晉、格格們都還沒到，慈禧踱出西暖閣站在了儲秀宮的檐下，看外面打粗的太監幹活。她見有個太監正在用絹綢擦著銅龍，把每個摺皺、每片龍鱗都擦到了，就覺得像擦到了她心裡樣地舒坦。看看這太監也有三十多了，白面無鬚，人也長得魁梧健壯，慈禧開口問：「成家了嗎？」那太監停下手，不知太后跟誰說。

慈禧說：「老大個人，缺心眼兒，說你吶。」

那太監眨眨眼，立刻欠著點腰恭立著說：「奴才不缺心，就是少眼兒。回太后，成過了。」

「有兒子沒有？」

「有。」

慈禧說：「好哇，媳婦有了，兒子也有了，又想當太監啦，你倒不錯。」說完就咯咯直樂了起來。

這時皇上那邊的太監來了，剛在庭院門口一露面，院門口的執事太監就說：「老佛爺請啦！」那太監就轉回去報知皇上了。過會兒院門口的太監跑到太后跟前奏道：「萬歲爺來了。」慈禧便轉身進了儲秀宮的正殿。

光緒皇帝進來後就請了個跪安，「請皇爸爸安。」慈禧走著踱著，看一眼皇上若有所思，「皇上，前日裡我看你習英文，眞眞是挺有趣兒的，那豬叫什麼？」

「匹克。」

「匹克，叫匹克。我這正琢磨著吶，這就想起來了，那西洋寫字的筆叫，噴，就一如打了個噴嚏。」

「沒、沒想皇爸爸也學起英文來……了。」

「我這是鬧著玩的。」慈禧又看一眼光緒，見還站著，便讓皇上在一邊坐下，她也坐在了正面，說：「其實也不盡是鬧著玩兒的。聽說一百多年前，正是乾隆爺的時候，廣州那地方有個叫劉亞匾的人學英文後，又教洋人習漢文，被砍了腦袋。皇上，我習英文，依律又該怎麼處置？」

光緒屁股一滑跪到了地上，「皇……爸爸，現今世情已不同了，兒臣也、也在習英文，有罪，罪在皇……兒。」

「是個理兒，你現在五年皇上當下來，眞是歷練得多了。只是你平常言語滔滔不絕，怎麼見著我就結結巴巴，叫我的耳朵難過，不利索。」

「因了皇……兒恭敬已極，沒有皇爸爸，哪、哪、哪有皇兒？」

「你也會摸著我心窩眼裡說話了。起來吧。」光緒皇帝坐下來，慈禧卻站了起來，在堂裡慢慢走著踱著，「世道是不同了，外國洋人恃強不講理，咱可不能不明事勢。等咱把外國人的玩藝兒學過來學透了，就由著咱說了算，斷非殺幾個洋人，燒幾處教堂就算報了仇的。」

光緒說：「皇爸爸六十壽辰只……有半年工夫了，一切大、大致也已妥帖，唯、唯、唯一事要請皇爸爸定、定奪。就是洋人提出要參、參賀的事。」

「又是要行萬國公禮，鞠躬。從嘉慶、道光年間就鬧鞠躬禮，我是煩了。到咱大清的地面兒上來，不隨咱的俗，叫咱隨他們，這是什麼理兒？皇上已經親政，我過壽，是我們自己家的事，不挨邊兒，回了。」

「喳。」

「近來還有什麼大事？」

「倒也沒什麼大、大事。」

「聖旨都下了，催著李鴻章向朝鮮發兵還不是什麼大事？」

光緒皇帝兩眼視著皇袍上繡著的青龍，青龍大張著嘴，他也張了張嘴，又看著了腳尖，只是半天也說不出話，頭上發熱，竟憋出了一頭汗來，終於他說：「眞不是什麼大事兒，朝鮮幾個東學亂黨鬧事，人家請我們助剿，我們不去，有失上國之威。」

慈禧便是咯咯咯一陣子笑，說：「這你就說話利索了。告訴你什麼事也都可大可小，朝鮮那地方，日本已連著摻在裡邊鬧了幾回，你留著心好了。」

「李鴻章越老越沒有剛性，兵到現在還遲遲不發。日本小國，現在也要用強？然兒臣又實恐他意存輕視，於事無補，已讓他斟酌調派，以操必勝之勢……」

慈禧沉吟一下說：「也是，日本蕞爾小國，在東洋列島上，再強，能搏我全國之力？」

「喳。」

「好，皇帝去罷。」

光緒立即起身，面朝著慈禧太后倒幾步，退了出來。

在儲秀宮的檐下，光緒看著那對張牙舞爪戲弄著珠子的銅龍，從來沒有過的，他笑了一下。

## 4

天津直隸總督署衙門。

天剛放亮不久，院裡噪叫著的麻雀竟然沒能把李鴻章吵醒。待他醒時，已是早上八點多鐘，一輪明晃晃的太陽早已躍上了窗櫺。他起來在長隨們的伺候下穿好了衣服，漱洗而後吃罷早點，回房望著窗旁的長桌猶豫了一下，還是走了過去。把昨夜親筆擬寫的奏章，又捧在了手上，逐字推敲起來。

「西洋各國以舟師縱橫海上，船式日新月異。臣鴻章此次在煙台、大連親詣英法俄各鐵艦，詳加察看，規制均極精堅，而英尤勝。……即東鄰日本，地雖狹小，物也不及我廣博，猶能節省經費，歲添巨艦。中國自光緒十四年北洋海軍開辦以後，迄今未添一船，僅能就現在大小二十餘艘勤加訓練，竊慮後難爲繼。」

他提起筆來點點著，終於將「東鄰日本，地雖狹小，物也不及我廣博」一句劃去，改成了「日本蕞爾小邦」，這樣該說的話都說了，也能讓皇上、太后看了心中稍稍舒服一些。這是篇大閱海軍後不得不寫，回到天津前思後想了多日才算寫好的奏章，現在一切總算都覺妥帖了。早飯後便就批閱公文，辦理公務。近日來駐朝鮮袁世凱的電報紛至沓來，朝鮮王也電告清廷請求派兵助剿東學黨。但這是一件令李鴻章睡著了也要睜著半隻眼的事。他已於前天去電給駐日公使汪鳳藻，請他探一探日本的情勢。可發出的電報就像斷了線的風箏，杳無音訊。想著這件事，別的公文就一件也看不進去，頭腦裡這一早的起來，就有些亂糟糟的，只好看著窗外發呆。

這是總督衙門後面的一個側院，很靜的，院內一叢已過了花季的梅，正綠得可愛，而丁香的苞蕾已是越脹越大，好似人一觸，它馬上就會開了似的。外面的一棵不知名的樹向院牆裡伸進斜斜的一枝，葉子肥闊地就掛在這窗的不遠處，一隻碩大的青蟲，正從枝的那頭，脊背一聳一聳地朝這頭爬來。李鴻章看得有些入神，日本是個狹長的島國，就像這青蟲，那麼中國呢就是這葉兒了？他的心不由得拎了一下，冥冥中就感到了蒼天的造化，恰恰造就了這麼一對兒。忽地窗外飛來了麻雀，牠們叫著落在枝頭，其中一隻正側著頭看著青蟲，那蟲子一動不動了。「螳螂捕蟬，黃雀在後」？似不太確切，「以夷治夷」固然是方法的一種，但與目前朝鮮的情勢一合，就顯出了荒謬。中國是朝鮮的上國，朝鮮是大清的屬國。人求於我，我不動，顯然失了做上國的體面；若我動，日本也動，兵事上爭鋒在所難免；若我不動，日本動？若我不動，日本也不動，而西洋列強正好有了藉口在朝鮮動起來，又將是個什麼了結？特別是那個俄國，一想到西伯利亞大鐵路正穿過荒原和森林，從西北一日一日地向海參崴修過來，李鴻章就覺似有一條巨蟒正在朝他身上箍著，並且就要越箍越緊了，勒得他喘不過氣來。最要命的還在於，京城的皇上似乎並不問這些，正督催發兵助朝靖難。他已是拖了一而再、再而三，再也不好應付下去了。

幕僚周馥走進來，輕輕咳嗽了聲，就對李鴻章附耳道：「那個人捉到了。」

李鴻章一時記不起該捉到的是誰，只把頭斜著望著周馥。

周馥說：「就是天津商紳聯名舉報的那個，內務府的。」他見李鴻章沒吱聲就又說：「中堂，現在放也來得及。」

李鴻章哼哼冷笑了一聲，從案頭將帽子拿起，端端正正地戴在了頭上，「這怎是一個『放』字了得？」

衙役們一聲長長的「威歐」喝過，天津直隸總督府的大堂上還久久地迴盪著陣陣「歐歐」的餘音，李鴻章側著點身坐在高高的案桌後面，只用眼角的餘光掃視著被押進來的人。

來人中等個子，白淨的臉，著一身便裝，進了大堂兩手一掙，擺脫了衙役，急走上來，看見了李鴻章像看見救星一般，「中堂大人，我，我是……」

李鴻章瞇起眼好好把他看了看，帶著點調侃的口吻道：「似好像在哪裡見過。」

那人就滿有些輕鬆的樣子了。

李鴻章一拍驚堂木，「跪下！」

來人雙腿一屈，不由自主跪了下來。

李鴻章說：「本是由天津府審的案子，你知道爲什麼老夫還要親自坐堂？」跪著的人要答，李鴻章就不由他答下去，問：「押來何人？」

「內務府派出採購頤和園木料的。」

李鴻章展開一張狀紙，拋於案下，「天津地方的商紳人等聯名具狀告你，告你強索賤買，侵攬行市。我大淸自同治年以來，太后垂簾聽政，日夜辛勞，勵精圖治，始達今日中興之局。太后賢德，深知下情，於民間從來是一介不取。你竟敢說是內務府派來的，敗太后的名聲！」

來人以爲是遞話給他，連連把頭在地下磕著，「在下實不是內務府派來的。」

李鴻章又一拍驚堂木，「大膽刁民，是誰借你的膽子？冒充內務府買辦！」

「青天在上！」那人跪在地上喊了聲，抬起頭來，「在下實是內務府堂官手下的買辦，鑲黃旗籍，名叫景春。」

「可有內務府的印信文書?」

「我馬上到客棧裡去拿。」

「去拿?直隸總督府把你請進來,那麼好就再一腳跨出去?」

景春一下子強硬起來,「是內務府的不好,不是內務府的也不成,中堂今天是有意同在下過不去了。是眞的假不了,太后手下少了一個人,倒看中堂作何交代;再說,你說我強索賤買,侵攬行市,證據何在?」

李鴻章毫不懷疑景春的身分,望著景春一個冷笑,吩咐把同案的證人帶上來。

同案證人是個五十多歲的老頭,天津茂林木行的老闆。

李鴻章問景春:「他,你認識麼?」

景春楞了一下,立即說:「不認識。」

茂林木行的老闆急了,「相公,我認識你,自園工始,你在我這裡買的木材,我是一筆一筆記得好好……」

李鴻章輕扣了一下驚堂木,「多嘴。」

大堂上的衙們「威歐!」一聲喝了起來。

李鴻章說:「老夫沒閒工夫同你扯下去。景春,我只問你一句,你怕不怕死?」

「誣我的罪名,死也不怕!」

李鴻章又一個冷笑,「想你內務府一個小小買辦的頭,老夫還是擔待得起。」他把大紅頂子從頭上拿下來，撣一撣又端端地戴在頭上，「來人，菜市口著即淸市戒嚴，斬！」李鴻章站起來，手一舉，低低地喝一聲：「退堂。」

兩個粗壯的衙役虎狼一樣地撲上來，景春就綳不住了，大喊道：「招，招，小人招。」

李鴻章回過身鄙夷地看著他，「你要招，老夫就不要你招了。自光緒十五年以來，你以園工採買木材爲名，串同茂林木行老闆，十萬的銀子買四萬的木材，經木行洗過的錢落入你手。在京拿你沒辦法，又到天津，老夫張網等你久矣。斬！」言罷一甩袖子準備走，忽地又回過身來，把案桌拍得直響，咬牙切齒地說：「狗才！你知道這銀子是什麼銀子麼？」

當李鴻章步入總督衙門的後花園，依舊是憤憤難當。這銀子實在是墜在李鴻章心裡太沉了，這些銀子兩兩都來得骯髒，兩兩又都費盡了心機，兩兩都繫著國家的安危！這狗娘養的竟把手伸進油鍋裡撈起錢來了，找死！李鴻章面對假石山伸臂開合數回，才覺一口污氣慢慢舒出了些。見周馥跟來，就說：「你要說的我知道了。」

周馥忍了下還是說：「人頭落地，就再安不回去。學生以爲老師還宜斟酌。」

李鴻章說：「斟酌還是要斟酌的，一開始我就沒想要殺他。」周馥說：「學生也以爲內務府中牽牽帶帶，太后的面上也過不去。原來老師早已成算好了。」

李鴻章說：「你隨我作幕多年，還是不懂爲師的心事。這景春算什麼？十顆頭也不夠砍的。當年我在恩師曾國藩帳下作幕，代擬的一紙奏章，令滿朝文武張口結舌，讓皇上、太后也不便說情，硬是把同治帝師傅翁心存的公子、當今光緒帝師傅翁同龢的哥哥安徽巡撫翁同書發配到新疆充軍去了。內務府的景春又算什麼東西？砍了他，內務府裡那麼多景春便就高興死了，什麼罪都朝死了的身上一推便了，老夫反倒幫了他們的忙，老夫反倒蠹起來了。」

周馥說：「那太后那裡？」

「你以爲太后會責難我？錯了，太后會叫皇上下一道旨，列數景春罪狀，還要好好嘉勉一番老夫的。老夫不這麼做，老夫要把景春送到刑部，再上一道奏章給皇上、太后，出道題大家都一齊做做。」

於是周馥將話傳出去，把景春送刑部。回頭時帶來了一紙電報。李鴻章一看，原來是盼望已久的駐日公使汪鳳藻來傳的，上云：「日本議院與內閣衝突，無外顧之暇。」李鴻章快步回到書房，坐下闔眼一一作了斟酌，即口授電文三封：一給皇上告之發兵事；二給總理各國事務衙門，請照會日本政府，中國發兵代朝鮮剿東學黨，別無他意，剿滅即行撤兵；三給直隸提督葉志超、太原鎮總兵聶士成，著選派淮練一千五百名分坐招商輪赴朝鮮。並派「濟遠」、「揚威」二艦赴仁川、漢城護商。

才處理完這幾件大事，長隨進來提醒說，演習跪拜禮的時辰到了。李鴻章便起身雙目平視望著白壁凝神片刻，兩臂一動，兩隻馬蹄袖就垂了下來，接著跪在地上說：

「臣李鴻章恭賀慈禧端佑康頤昭豫莊誠皇太后六十壽辰，敬祝皇太后萬壽無疆，萬壽無疆。」

起身後他問長隨怎樣？長隨說：「落袖時需啪啪甩出兩聲響，就格外顯出精神俐落；下跪時也是應以雙膝同時著地爲佳。」李鴻章又如是演習三番，袖子是甩出聲了，只是雙膝一個先著地，另一個總要慢一拍。最後一次李鴻章跪在地上就抬著頭，對著空白一片的牆壁作個苦笑，說：「太后，臣腿腳遠不及過去靈便，到底是七十一歲的人了。」

慈禧太后的六十壽辰，是在陰曆十月，西曆則是十一月初七日，只有五個月的時間了。

第三章

# 豐島喋血

*1*

大清國在向朝鮮「遣兵代剿」的同時，依照《天津協議》將出兵事通知日本政府。聲明一旦朝鮮事定，立即撤兵。

奇異的情況出現了，因「衆議院與內閣衝突，無外顧之暇」的日本政府，內爭立即偃旗息鼓，全國上下沸沸揚揚地掀起了一片「征韓」的聲浪。

約六月八日左右，日駐朝鮮公使大鳥圭介率領護衛隊八百人直趨漢城。

六月十三日，日本帝國混成旅團長陸軍少將大島義昌率八千日軍在仁川登陸，盡占仁川險要之地，並進而占據漢城。其鐵艦也緊緊扼守住了仁川海口，其運船日日向仁川增兵，並逐次築壘，架設軍用電報線不止。

一八九四年六月中旬，李鴻章飭令在朝鮮的清軍鎮壓東學黨，以期達到與日本兵同時撤出朝鮮之目的。

六月中旬至七月中旬，由於李鴻章的堅持，爲了避免在劣勢中與日本開戰，清政府相繼請俄、英、美出面調停，強迫日本撤兵。無奈諸西方列強都譴責日本無理，但又都不願與日本決裂，終使「調停」成爲望梅止渴。

因調停失敗，御史張仲炘等上書，抨擊李鴻章「觀望遷延」，並請「一意決戰，以弭後患」。

七月十四日，日本發布第二次決絕書，書中言：「中國政府對朝鮮之措施，徒爲滋事，將來有不測之變，日本不負責任。」

七月十六日，李鴻章在光緒帝的嚴責下，遵旨派總兵衛汝貴、提督馬玉崑、總兵左寶貴率軍近萬人由陸路入朝鮮，進駐平壤。

後幾日，李鴻章又從天津抽調精兵二千餘，走海路增援孤寄敵後，位於仁川南一百二十里的葉志超、聶士成在牙山的駐軍。

中日戰爭，遂有一觸即發之勢。

*2*

在威海衛，北洋水師的艦船靜靜地泊在灣內，船都熄了火，往日濃煙沖天的景象沒有了，灣內一片安然靜謐；入了晚間，熄燈的號角在這威海灣內錯錯落落地響起後，碼頭上也就熱鬧起來。官兵們三五成群登上碼頭到劉公島上去，沒靠碼頭的軍艦，也紛紛放下了小艇，槳起槳落七上八下蜂擁著朝岸上划去。

獨獨二千三百噸的致遠艦上一片沉寂。

致遠號管帶、總兵鄧世昌是個沉鬱的將領。

熄燈號一響，他就從臥艙裡鑽出來，帶著那頭德國種的狼狗太陽犬從船頭到船尾來回巡視了兩趟，哪個艙裡亮燈，他就提起刀鞘「噹」一聲在鋼門上搗一下，那燈立即就滅了。接著他同太陽犬一起站在船舷邊，望著碼頭上、水上、岸上的一片躁動入了神，牙關也緊緊咬了起來，一扭頭又鑽到他的艙裡去了。朝鮮局勢發展到這一步，早已使他寢食不安，憂心如焚了。

鄧世昌過去與日本人單獨接觸過兩次，他一直在留心那個近二十年來奇蹟般崛起的島國。光緒元年（西元一八七五年），正值日本派兵入侵台灣，他任雲東炮艦管帶時，奉命扼守澎湖與基隆要塞。到了光緒八年（西元一八八二年），朝鮮發生壬午事變，日本又準備進行軍事干涉，他那年駕著揚威艦鼓輪疾駛與超勇號搶先一步到達仁川口，日艦後到，進口不得，雙方緊張地對峙著。那次差點打起來。日艦在口外待了一夜，天一亮就朝裡開，並打出旗語：「本艦有權進口接僑。」鄧世昌也令水兵打出旗語：「本艦接令，阻擋一切進口船隻。」那日艦就慢慢朝裡逼，揚威、超勇先在口外巡邏，這時一點點地已退到了仁川口內，停了下來，鄧世昌令打出旗語「我已無可退」，日艦不理，鄧世昌立即命令各炮炮彈入膛取準，打出旗語：「本艦管帶鄧世昌，三千碼內發炮，彈無虛發。」日艦打旗語說：「那是宣戰，你無宣戰權。」鄧世昌又打出旗語：「中國有言，將在外，君令有所不受，敢否入三千碼？」隨令揚威開足馬力，向日艦駛去。日艦退縮了。那次日艦雖退縮了，卻叫鄧世昌切實感到日本人那咄咄逼人的氣勢。時間又過去了十二年，這一次就不是那一次了。

太陽犬的耳朵豎了起來，鄧世昌站起身又來到艙外，他看見洋員余錫爾正要躡手躡腳下船，鄧世昌立在他身後用英語悶悶地喝一聲：「站住！」

余錫爾站住了，余錫爾用膠東口音的漢語解釋說：「我實在太悶了，上去走走，不是賭博，也不是逛那不許逛的地方。」鄧世昌說：「你知道軍規麼？」

余錫爾聳聳肩一攤手，「可我是英國人。」鄧世昌說：「大管輪余錫爾。在我艦上軍法對洋人、中國人一視同仁！」余錫爾野性大發，操著夾生的中國話說：「操你個姥姥的！別的艦都上岸，為什麼我不行？我非下去，我來當兵，不是坐牢。」

鄧世昌立即讓艦上的哨兵吹起了哨子，水兵們一個個從艙內鑽了出來站成兩隊，鄧世昌說：「水兵兄弟們，我依軍規不許大家上岸，因為這是主力艦，東邊事急，隨時都可能升火起碇。」鄧世昌頓了一下，目光把水兵們一一掃過，「再者，我如果上岸，不許大家上岸，衆人理當不服。今我堂堂總兵管帶不上岸，都不許上岸，余錫爾先生，這沒什麼不公平。都說，對不對？」答聲錯雜。鄧世昌猛一下提高了嗓子，「聲音高一點，對不對？」水手們脖子一昂，「對！」

「余錫爾先生，今天你上岸，以自動離船論，本月餉銀一兩沒有；你要是去了又回來，以逃跑捉回論處，重責八十皮鞭。」

余錫爾說：「那我就沒話說了。」

鄧世昌喝令一聲：「解隊！」

鄧世昌回到艙裡依舊是憤憤不平，一拳砸在桌子上，桌上的什物紛紛彈起，又一一滾落。執勤的水兵跑來兩個，怯生生地探進頭來，「鄧大人，鄧大人。」喊了兩聲，就輕手輕腳走進來幫他收拾，邊嘰咕說：「撇開軍規不說，我們又不怪你，我們知道你為軍艦好，也為我們好，兩個銀子摔進賭場窯子裡，家裡人吃什麼？」鄧世昌長長地舒出一口氣來。「對了。」他說，「這樣，代我把余錫爾喊來。」兩個水兵走了，鄧世昌久久地站著，透過圓圓的舷窗，看著燈火隱隱閃爍著的劉公島，極力使心境一點點地歸於平復。憑心而論，余錫爾是不錯的，船要升火，隨時隨地都跑得起來，艙裡機器是機器，煤是煤，有條有理，但他媽的他總以爲是個洋人，洋人又怎麼了？

這時甲板上一陣沉沉的腳步聲，余錫爾一彎腰進了艙，走到桌前伸手就拔出兩把手槍來拍到桌子上，說：「選一支。」

鄧世昌坐在椅子上，抬起頭來衝余錫爾艱難地笑笑，「算了吧。」

余錫爾說：「中國話說，剛才是公了，我沒說的。現在你喊我來是私了，我們英國叫決鬥，最有紳士風度。」

「爲什麼？」

「因爲，你不許我上岸，我又罵你：操、操、操你姥姥！」

鄧世昌一拍桌子，「坐下。」

余錫爾眨眨眼睛，乖乖地坐了下來。

鄧世昌說：「前些日鎭遠、廣丙、超勇三艦去仁川十幾日，隨艦的六百陸軍都未能登岸，這情況你知道不知道？」

「知道，但我……」

鄧世昌說：「我跟你說一個人，漢子，就不是你這熊樣，我鄧世昌最佩服他了。」

余錫爾反唇相譏問：「鄧世昌還有佩服的人？」

「有。前任的總教習，你們英國人琅威理上校。」鄧世昌望著余錫爾，問：「要聽聽你的英國老鄉嗎？」

余錫爾不吱聲。

鄧世昌說：「琅威理上校來當過我們北洋水師兩次總教習。第一次來不到兩年，光緒十年（西元一八八四年）中法交戰，英國中立，他被召回國了。第二次來是光緒十二年，到光緒十六年走了。琅威理上校有琅威理上校的脾氣，可在人家手上，那艦隊才叫艦隊，開出去威風凜凜的。哪還有在定遠艦大炮筒上曬衣服的事，他媽的軍艦上都快成個洗衣作坊了。我隨他西曆一八八七年到你的祖國英倫三島和德國接我們致遠、靖遠、經遠、來遠四艘軍艦回國。回來的路上他說這是軍艦，不是客輪，哪有白白開回的道理，那要浪費多少銀子？這樣他帶我們一路操練，每天要演習數次陣法，還一會兒演習搶火險，一會兒練習堵水險，一會兒備攻，一會兒攻敵，練得各船將士如臂使指，如心使臂。我服了，我眞正明白了這才叫軍艦，這才叫艦隊！琅威理上校說，你們的海軍章程太粗，我們英國艦上的軍規很細，各行各項都有條例，他說已經粗了的軍規再不執行怎麼行，那就沒有戰鬥力。後來他懂了一些中國話，他就打比方，說軍規不是婊子門前的牌坊，不是掛出來遮醜給人看的。

「他第一回跟丁軍門搞得不痛快，就是爲了軍規。那回晨號吹過，定遠旗艦上列隊集合訓話了好一會兒，丁軍門的那個親兵長發急匆匆地跑來，聲也不吱就站在了丁軍門的身後，琅威理上校一眼瞥見，吼一聲：『出列。』劉步蟾那東西立即輕輕對他說：『他是丁軍門的親兵。』琅威理望也不望劉步蟾一眼，說：『親兵也是兵，是士兵。』呼地一鞭抽過去，把長發抽了出來，丁軍門的臉一下子漲得血紅。琅威理上校說：『丁提督，琅提督，你比我們還大？說！』啪地一下鞭子又抽過去，長發吼叫一聲，一下子跪在了丁軍門的面前，要丁軍門為他做主。丁軍門沉著臉說：『琅提督，你打隻狗，也得看看主人的面子吧？』琅威理說：『軍中只認軍規。丁軍門，我是拿了大清國的銀子為你們練海軍。我們英國人辦事，講責任感，你身邊的親兵不守紀律，』他指指艦上三百多個士兵，『叫人怎麼服，軍紀還要不要維持？士兵們還怎麼服你丁軍門？』就在這時劉步蟾又說：『你是叫士兵服丁軍門，還是服你琅提督？』一句話說得丁軍門一袖子走了。可那以後，我們水師的軍紀森嚴。當時軍中流傳一句話，叫『不怕丁軍門，就怕琅提督』。那時軍中多數人都恨這個洋鬼子，可我服他，因為艦隊經人家手練出來，指哪打哪，集合三分鐘，沒哪個敢遲半步的。」

鄧世昌望著余錫爾，一笑，「余錫爾，聽明白了麼？要是今天遇上你們的琅威理上校，還決鬥？他不把你捆起來扔海裡，你還敢操他姥姥？」

余錫爾站起來把兩支手槍一齊都掖回了腰裡，「鄧總兵，我服你了，我要維護我們英國軍官的形象。」

「不對，你首先為我大清國服務，是我致遠號上的軍官。」

余錫爾站在那裡老半天，點點頭。

余錫爾走了。

鄧世昌獨自悶坐了一會兒，站起來準備解衣睡覺，卻聽見艦外甲板上值更的士兵低低地喝了一聲：「誰！」

「總教習漢納根。我要上艦。」

士兵說：「軍事重地，非本艦士兵官佐，不經允許，不得擅自登艦。」

「誰說的？」

「本艦管帶鄧世昌。」

那漢納根就在鐵碼頭上用洋話朝艦上叫喊。

鄧世昌一頭鑽了出去，對士兵擺擺手，「讓他上來。」自己先回艙端端地坐著。

漢納根一頭拱進艙來，直起腰就對鄧世昌一個笑，用德語說：「晚安，總兵鄧大人。」

鄧世昌側目而視，用中國話說：「陸軍少尉大人，岸上鬧得還不夠？想來幹什麼？」

漢納根用英語說：「會英語嗎？我是特地來向你辭行的。」

鄧世昌用英語說：「不敢當。」

漢納根用眼望望椅子，「不想讓我坐嗎？」鄧世昌拎起椅子將一隻腿銜地，「咔嚓」一下斷了，說：「沒見著？壞的。」言罷一個冷冷的笑。

漢納根一臉的難堪，「朝鮮的事到這一地步，中堂大人召我到天津去，我想是個機會，我要當面對中堂大人陳述。」

鄧世昌慢慢抬起頭來望著他，猛然間又站了起來。

漢納根攤開手，一副無可奈何的樣子，「你讓我解釋，說完我就走。我是一個普魯士將軍的兒子，我有正義感，也有榮譽感。威海、旅大的炮台、船塢是我的傑作，我為它感到自豪。但我現在正受到良心的譴責，就是為代理旗艦的事。」

鄧世昌使勁一擺手，「罷。上次會議期間李中堂的耳朵就聾了？」

漢納根說：「你們中國的話，各人有各人的難處？知道嗎？」

鄧世昌滿是狐疑地望著他，「拿大清的銀子，胡亂當個總教習，還，還難處？」

「上一任總教習是英國人琅威理，回國後很尷尬的。我是德國人，我當不下去，我要受到本國輿論的譴責，我的聲譽也完了。」他見鄧世昌沒完全理會過來，忽然用中國話說：「不見琅威理是怎麼走的……」他將嘴噘了幾噘，終於發出一個「乎」字來。

鄧世昌全明白過來，氣也喪得透透的了，琅威理，怎麼一要打仗就都想起這個琅威理來了？可是琅威理總教習算是窩囊透了，練軍五年，二次任職，吃住在艦上，還沒有見過這樣盡職的人，可是卻走了，被人趕走了，走後還落下個謀篡大清海軍權力的壞名聲。鄧世昌永遠記得那是在光緒十六年（西元一八九〇年）冬，北洋水師循例每年冬練將艦隊南下開到了香港，沒幾日丁汝昌忽然帶他的致遠、濟遠等四艦再向南去訪問新加坡。回來後才知道他們去新加坡的當天，劉步蟾就與琅威理為駐港艦隊是升總兵旗還是提督旗的事鬧翻了，電報一直打到天津李鴻章那裡，請求裁奪。中堂覆電：「以劉為是。」中國人的軍權當然絕不容外人染指。當時鄧世昌也這樣認為，但總覺得事情在哪裡不對勁兒。

北洋水師返天津的路上，琅威理一句話不說，也不視事，回到天津就找李中堂辭職了。辭職後他也曾來向鄧世昌道別，淒淒然又憤憤然，然而琅威理有琅威理的理由，那天琅威理激動得有些語無倫次，「鄧，我們共事多年對不對？你必須承認我是個盡職的軍人對不對？你必須承認我竭盡全力幫助你們對不對？北洋水師強大了，中國的海軍強大了，是我事業的成功，是我畢生的榮耀對不對？東方再沒有比你們中國更大的國家了。中國有句古訓，『用人不疑，疑人不用。』對不對？」琅威理激動得手直抖，從懷裡掏出一張紙拍到鄧世昌面前，「這是你們皇上、太后前幾年下的聖旨，說我練軍有功，親授的提督銜。多少年來凡北洋水師電報文函，都是丁提督、琅提督並題。那麼我問你，鄧，你公平地說，爲什麼我幹成這樣，還懷疑我的人格！從下面的士兵到軍官一直到李中堂，懷疑我要代英國篡大清國的海軍指揮權。丁提督在時，我協助練兵，協助指揮，軍隊不練兵不用紀律維持，還成什麼軍？我的職權所在，我何時越過他了？何時篡過權了？丁提督暫時離隊帶你們南下，我是皇上親授的提督，爲什麼不掛我的提督旗？這是對我的不公平，對我的侮辱。我剛才從中堂大人那裡回來，不幹了，我辭職！」直到那一刻，鄧世昌才強烈地感到悵然若有所失。他開口要勸，琅威理止住了他。琅威理說：「我對中堂大人言明了，因爲我是英國人，就總懷疑我暗中接受了英國政府的指示來挾制中國的海軍，那就錯了。不錯，我是應你們中堂大人的請求，經駐中國稅務司的赫德代表英國政府推薦來的，可赫德是赫德，我是我。我不是英國政府的官員，我是受雇於你們大清國。我們西方人講究的是獨立的人格。我對中堂大人說了，我說：『如果我同時是英國政府官員，接受英國政府指使，那麼我就沒有膽子擅自來向您辭職！我要我的清白，我要我的人格，我必須辭職。』」

琅威理這個他一直很尊敬的長者，就是這樣來向他道別的，就是這樣走的。

事後想想，鄧世昌發現的確不對勁，本來是完全可以不發生的事，爲什麼偏偏鬧成這樣？本來丁汝昌完全可以不到新加坡去，爲什麼去了？明明知道琅威理與劉步蟾關係甚惡，爲什麼偏偏要這兩個人錨泊在香港？爲什麼偏偏丁汝昌又帶走了與琅威理關係甚好的自己和方伯謙等四個管帶，發生衝突連個緩衝的餘地也沒有？那次鄧世昌再往下想，簡直無法想下去了，他透過這些爲什麼，彷彿撥開層層紗帷，窺見了一些東西。他又明白了，以北洋水師的人情，也絕容不下這個琅威理的。而在耍弄人的權變之術面前，琅威理的西洋人派式，簡直就如一個孩子。倒是眼前這個漢納根，更懂中國的事情，變通得多了。他變通苟且，又置北洋水師於何地步？但前面的琅威理恰如一面鏡子，能怪得了他漢納根麼？

鄧世昌反覆地想著，便確鑿嘗到了思索理味的痛苦，慢慢抬起頭來望漢納根，漢納根早已走了。

鄧世昌的心氣一哽一哽的一時還難以平復，碼頭上又有人喧嘩起來。他彎腰一拱又鑽了出去，看見艦上的水兵正攔著方伯謙。方伯謙見著鄧世昌，立即一拱手，「鄧管帶，見你一面，比求見皇上還難啊！」

鄧世昌見他滿臉嘻皮笑臉的樣子，就是一股莫名的惱火，「不見！」轉身又要回去。

方伯謙衝他喊起來：「鄧世昌！你怎麼擺味兒擺到我們老同學的頭上來了？我是喊你上來，到酒樓窯子裡去看看，一家家可都是生意火爆爆的……」

鄧世昌猛一轉身，橫下臉來說：「本艦官兵依律正在安寢，你要幹什麼？」

「少廢話，上來，我有個習慣，就是每夜都要出來巡查它一番，數數島上有多少個酒樓，有多少家窯子，什麼人又在摟著婊子哼呀唱的吃花酒，有哪幾家窯子又是租丁汝昌大人房子開的。告訴你，我也在島上蓋房子了，住自己的，憑什麼就非要租他丁汝昌的？」

鄧世昌怒不可遏，「咚」地一跺甲板，「滾！」

「滾？叫我滾？你也曾是個記名提督，現在是個副將銜，實授主力戰艦管帶，哪點比別人差？」

鄧世昌身邊的太陽犬已嗅出了兩人之間的敵意，低低嗚嗚起來，鄧世昌一眼瞥見，口中喚一聲「嘍」，太陽犬嗚地一聲就竄了過去。方伯謙慌了，面對著太陽犬說拔槍就把槍拔了出來，對準那狗朝這邊叫：「姓鄧的，你再叫牠上，我就打。」他後退了一步，「你說我敢不敢！」

鄧世昌一下也拔出槍來，舉平了手遠遠地瞄準了方伯謙，「你若敢開槍，我就開槍，你說我敢不敢！」

方伯謙嚇得愣住了，連連退了幾步，手一軟把槍垂了下來，「狗日的，有種，有種。」他將槍插回腰間，忽地笑了，說：「姓鄧的，眞的，我方某在艦隊，誰也不佩服，就獨獨佩服你一個！」

方伯謙走了。

鄧世昌依舊久久地站立在甲板上，仰望著了無星辰的天穹，作一聲嘆息，長長的……

## 3

清晨了，海天一片灰濛濛的，落起了飄飄灑灑不疾不徐的雨，環衛著威海灣的山巒，便被洗浴過一般，鬱鬱蔥蔥一片青翠。這灣內船不行舟不發，倒是灣外有幾點漁帆悄沒聲息地蠕動著，愈來愈要隱到雨霧的那一頭去了，顯出了一種無所事事的慵懶，慵懶得好像天下一片太平了。

劉公島上西南一帶卻是過節一般地熱鬧，由海邊向西北倚山而建的房子層層疊疊在綠樹叢中時隱時現；而離提督衙門西首不遠處的戲台，是座高高叫人仰望的磚石亭樓，檐下赫赫然四個字「環海境清」，台上演的戲就正好顛倒著。從京城來了個不知什麼角兒，正沙著嗓子在唱《徐策跑城》，是齣大兵壓境的戲，角兒在那裡念唱做打，正不遺餘力跑得汗流浹背時；下面的水兵渾身上下漸漸被雨水浸得濕了，而情緒則已漸入佳境。「一家綁在西郊外，三百餘口把刀開。韓山發來人和馬，韓山發來三千七百人和馬，薛蛟、薛葵、薛剛……青龍會還有八百兵。」餘音還沒止，四周一片喊好聲就已沸沸揚揚地把它蓋了下去。

戲台北面不遠處是劉步蟾的住宅，廣乙艦管帶林國祥來了好一陣子了，賴著不走。一會兒叫他去吃酒，一會兒又叫他去逛窯子，說：「依翠樓來了個婊子，蘇州人，你一看就曉得了，風情萬種，還唱得一口好曲兒。你聽聽：『桃花粉面，留情在眉梢。湘裙下，金蓮小，嚦嚦鶯聲吐櫻桃……』你聽聽你聽聽，這麼的誘人，你當眞就是個鐵石心腸麼？你當眞就像那個鄧世昌，二五兮兮樣地整日都待在船上麼？」這人今次大閱從廣東帶艦來北洋會操，論相處遠談不上熟悉，但劉步蟾已看出他是個角兒了。劉步蟾煩他，對他懷著一種戒心，故意大喝一聲：「呸！仗說打就打起來了，你還窯子呀婊子的！」

林國祥說：「在軍中凡事都要看得開，特別是在這快要打仗的前一刻，你不想想炮彈哪有長眼睛的，到時候一顆飛過來，你就窯子進不著，更不要說婊子了。我這是仗也要打得，婊子也要嫖得。」

劉步蟾哼哼一笑說：「北洋海軍章程，總兵以下不得攜眷陸居，你知道麼？」

林國祥說：「喲，這說擺臉就擺臉，同我玩起官派來了。古語云，君子不黨，我是小人，正見著你是君子，告辭了。」

見林國祥轉身要走，劉步蟾立時心裡又是空落落的。軍中依律辦事，可北洋海軍章程中的律多著呢，你天天搬搬得了麼？劉步蟾看得分分明明的，這軍中最終還是要靠人情維繫倒是眞的。好人歹人也都有用得著的時候，各派各的用場。再說自己是好人還是歹人？連自己也說不清楚。他喊林國祥回來。

林國祥回過身來，一臉的笑已燦若桃花，「那我們就去聽戲好了。」

劉步蟾忍不住笑起來，說：「這蒼天怎麼就不長眼睛，硬要叫你當個什麼魚雷炮艦的管帶，叫你當個戲子，便是天下一絕，你不當戲子，天下就此少了一絕的！」

林國祥說：「蒙總兵大人抬舉，眞還不知道在下竟還有這一才。」

劉步蟾說：「你裝死，你當眞忘了麼？」他站在門口處臉色凜然一正，身子微微一側一個亮相，「鏘！鏘！」接著就踏著碎步朝屋中的條案前走來，口中打著鑼鼓點，「台，台，台台台，鏘台鏘鏘，稟中堂！」劉步蟾扮著要跪下去的樣卻又站了起來，回過頭望著林國祥笑了，說：「看看那個身段那個步伐，再加上後來死活不起來，非要一頭撞到案角上去的做派，楊三（當時崑劇中的丑角）他爹也是你徒弟了。」

林國祥長嘆一聲，「知我者，步蟾兄也，敝人苦修多年的一招一式都能盡收眼底，正所謂物以類聚，同病相憐了。」

劉步蟾說：「放屁，誰和你同病相憐。我步蟾蒙朝廷厚恩，向例是決心以死報國的，堂堂七尺，哪能作虛言。」

林國祥滿頭滿腦都是大惑不解的樣子，「那你怎麼知道我跪稟中堂是假的？」

劉步蟾格外地笑容可掬了，說：「跟林管帶開個玩笑便當個眞了？這不是林管帶的做派，都算玩笑玩笑，我們是要盡忠報國的，不報國，用你剛才的話說，到時候一顆炮彈飛來，不報國也是要報國的。國祥，我這倒是跟你說句體己的話，與其到時一顆炮彈飛來死得不明不白，倒不若平時多說些報國的話激勵自己又鼓舞士氣，也好使自己將來死得個明白，何樂而不為？你看看文天祥那一句『人生自古誰無死，留取丹心照汗青』。一句話一個人，不是留傳千古了麼？」

林國祥就望著劉步蟾一個勁兒「嘿嘿嘿」地笑，說：「這我就看出步蟾總兵確非凡人了。」

又說：「那我們這就走吧。」見劉步蟾猶豫，就一下子用手搭住劉步蟾的肩，把嘴湊過去，活像要一口咬下人家耳朵似的，「我有一個好題目，丁汝昌那個老頭，不是還欠我一頓酒麼？」

劉步蟾一下來了精神，「對，對呀！你怎麼到現在才說！」

*4*

丁汝昌的寓所在戲台的西面稍稍偏點兒北，很近。

他每逢陸居去海軍公所公幹，都要路過這戲台，台柱上的對聯雖冗長，他卻能不緊不慢一字不差地背出來：「烏紗帽如花石斑斕輝光照耀玉皇閣；管弦聲似波濤洶湧音韻傳聞望海樓。」一個彈丸大的小小劉公島，駐島的水陸士兵數千，提督、總兵、副將、都司、游擊比比皆是，倒眞是烏紗帽如花石斑斕，且遠比那戲台上假模假式來的燦爛得多了。

丁汝昌是這島上的最高軍事首領，他的居處在這島上應被稱之爲「玉皇閣」或是「望海樓」的，然而他的居處卻是較爲典雅，平房兩進，中間圍著一個不大不小的庭院。庭院中一色種著月季，紛紛細雨中正盛開得嬌艷欲滴，衰敗的卻已是花瓣零落凄凄切切了。多年的行伍生涯叫他一早就起了床，早飯後不久，外面戲台上的開場鑼鼓便叮叮咚咚地敲了起來。往常這種休假的日子，無論是由哪來的草台班子南腔北調地唱些什麼狗屁的戲，他是無論如何也要坐在戲台下聽它幾齣，調高了嗓子喝它幾聲好的，取個與將士們同樂的意思。今日外面那絲竹管弦之聲與那抑揚頓挫的唱腔又波濤洶湧般地傳來時，卻攪得他心緒不寧了。前些日他以沒有魚雷艦防護，將從仁川轉到牙山以南駐防的「鎭遠」、「廣丙」、「超勇」調回後，迭經李鴻章催問，準備帶八艘主力戰艦去朝鮮漢江、大同江一帶探巡一下，五六日便回。隨即就遭到中堂的電報訓斥，說：「汝帶八船操巡漢江、大同江一帶，五六日即回，此不過擺架子耳。大同江是我將來進兵要口，既往巡，即須在彼妥酌布置。備護陸軍同去同回，有何益處？」不錯，將「鎭遠」等三艦藉故調回，後又遲遲不帶大隊往朝鮮，他就是要等一等望一望，那邊中堂不是在請俄、英、美諸強出面與日本調停著麼？

他在二進的堂屋裡兀自地坐著，又站起來走到院中無情無緒地看那月季。久經戰陣的人對戰爭總是有一種特殊而切實的感受。烽煙數千里，屍殍遍野的戰爭，他已經足足經歷過兩場了。先是咸豐三年（西元一八五三年）他十八歲時參加太平軍，足足跟湘軍打了八年，後來隨程啓學投降了湘軍再轉到淮軍劉銘傳的部下，同治元年（西元一八六二年）隨劉銘傳去打捻軍，又是六年的征戰，從一個小小的哨官直殺到當時的總兵加提督銜。細雨中丁汝昌用手摸摸頭，恍恍惚惚間帽子竟然忘記戴了，心中不禁有些小不自在。他與他的那些福建馬尾水師學堂出來的管帶們不同，他頭上戴的是怎樣一頂歷大小數百仗而被鮮血染紅了的頂子呀！他珍惜這頂子。練軍打仗，千古一理，他自信他並不怕打仗，然而這仗說打就要打起來了，卻又叫他心理上一時間有些難以承受下來。再去經歷一次炮火的摧折，生死猶難說，即便秋毫無損地活下來，他的頂子呢？他已是武員的極品，無可再升了。總不能叫中堂讓過來，給他當北洋海軍大臣不成？一陣海風輕輕拂過，月季搖曳著，幾片鮮嶄嶄的花瓣就掉落了下來。丁汝昌望著，心裡動了一下，但願北洋水師在他手上無大閃失就好，有艦隊在，他這個一品的提督，就還是會當下去的。正想得入神，親兵長發屁顛顛地跑來說：「總兵劉大人和廣乙管帶林大人到！」話音剛落，兩位大人已經進來了。

林國祥一進屋就大聲呵斥長發，「不懂事的東西，我倒也罷了，劉大人來你也擋駕讓他在門房候著麼？」

劉步蟾說：「丁大人有丁大人的規矩，你還是不要爲難下人的好。」

丁汝昌說：「我這裡有什麼規矩，你們到京城裡看看，是官都有個府，那個規矩我就比不得了。」他請二位坐，看茶。見兩人站著不坐，丁汝昌的心裡就一個勁兒嘀咕起來。

劉步蟾望著丁汝昌有些個發愣的樣子，笑了，一屁股自自在在地坐了下去，倒是林國祥把眼直眨直眨地望著丁汝昌，「丁軍門當眞想不起來了？」

丁汝昌望望劉步蟾，又瞥一眼林國祥，也不由得眨了下眼，他眞的想不起什麼來了，但一看見劉步蟾在望他笑，便有些後悔起來。乘上次會議當李中堂的面，代理旗艦就代理旗艦，或是乾脆把旗艦換成林泰曾的鎮遠艦就好了。劉步蟾難得有個空子，伸過臉來那麼多管帶扳著他手朝上抽，他偏偏就是沒搧下去。但反過來一盤算，林泰曾？又不如劉步蟾精明幹練，若依託他駕馭艦隊，管帶們盡皆科班出身，又留過洋，個個鳳毛麟角，橫說橫有理，豎說豎有理，就光是一個方伯謙一個鄧世昌，他弄得住他們麼？窩囊處就在於，大戰說話間就可能打起來，不靠著劉步蟾不行；靠在一起，自己就非要當一回漢獻帝玩玩，難。爲什麼小孩子生下來第一聲就是哭呢，難哇！

劉步蟾坐在那裡「嘖嘖」兩聲，十分惋惜地衝林國祥說：「提督大人怕眞是想不起來了。」

林國祥說：「丁軍門，你還差我一頓酒呢！」

丁汝昌一下子想起來了，便是一個氣憤，「什麼？什麼？倒吃到我頭上來了。」他覺得話不該這麼說，便就那麼說：「爲將的，仗輪到頭上不思謀思謀該怎麼打，爲頓把酒倒這般地用心用意起來了。」

劉步蟾站了起來，緩緩地朝外走著說：「丁軍門這麼說，我就什麼也沒說的了。」

林國祥叫了起來，「一頓酒事小，爲將者，向例應該一言九鼎，打起仗來手下才會刀山火海地拚命呢！」

丁汝昌臉沉了下來，「國祥，也不是老夫倚老賣老說你，老夫大小數百仗，久歷戎行也幾十年了，撇開官長高下，也自信有這個資格說你。爲官帶兵的說話做事要講個氣派，都，都什麼話，有酒就拚命，沒酒就不拚命了？」

劉步蟾走到堂屋的門口突然回身拍手大笑著說：「丁大人，他是在激你呢！」

林國祥立即改口說：「眞是，我也是在激你的。丁軍門，正因爲大戰在即我才來請你吃酒，我是廣東新到的，也爲了表示個戰時同心協力、同仇敵愾的意思，依翠樓的花酒，如何？」

丁汝昌有些感動，說：「眞難得這一片心了。」隨即手一揮，「本提督何曾食過言？這酒老夫請定了。」

正要走時，超勇號的管帶黃建勳跑了進來，還沒站定就氣咻咻地說：「丁軍門，致遠號，致遠號，鄧管帶的鞭子重，打出人命來就不好辦了！」

眾人看著丁汝昌。丁汝昌沉吟了一下，緩緩地把手伸出來，親兵長發立即將帽子遞了過去，丁汝昌戴好了也不言語一聲，說走就奔出了門去。都是琅威理從英國搬來的東西，長官動不動用皮鞭責打士兵，打得個皮開肉裂，偏偏在這事情上頭他是必要問一問，他在軍中，便要顯出他馭軍的恩澤，否則在這北洋水師中豈不更顯得沒有他這個提督了麼？丁汝昌淮軍出身，過去的淮軍，儘管上面三令五申要嚴肅軍紀，李中堂還把湘軍的《愛民歌》搬過來讓淮軍唱。但中堂馭將，將官馭兵。馭兵時便自有馭兵的道理，平時偷一下，摸一下，搶一次，賭一把，調戲人家女兒婦人一回，都是睜一眼閉一眼不問的；及至戰場上眞刀眞槍幹起來，誰縮頭，誰貪，砍你腦袋叫作斬無赦。這便是馭兵之道，恩威並重呀！

二千三百噸的致遠艦靜靜地泊在鐵碼頭邊，艦首的三角形黃色青龍海軍旗正在獵獵飄揚，艦身中央的煙囪宛如粗壯的立柱，昂昂挺立。而煙囪前後的信號瞭望台兼旗杆，便像兩支畫天戟，直戳天穹了。

甲板上二百個水兵站成兩隊迎風而立，個子不高的鄧世昌此時已把雙眉擰成了一團，細長的眼睛瞇得更細了。他咬牙切齒地掂著手中一杆皮鞭，篤篤篤篤篤，蹬著短靴一路走到隊首，驀然一轉身又走回來，呼地下鞭子抽出了聲空響，「講，多少下！」隊列的前方放著一張長凳，四個水兵蹲著，一人一隻手，一人一隻腳正把一個光著屁股的水兵按在凳上。呼地一聲皮鞭在那屁股上騰跳了一下，隨即「噭」地一聲，撕心裂肺般地嚎叫就在這鐵碼頭上蕩開了。「深夜泗水離船，一夜方回，去賭，以我北洋海軍章程當作何處置？」列隊水兵齊答：「鞭責二十！」鄧世昌用鞭杆戳戳那水兵的屁股，「鞭責多少，自己說！」被按在長凳上的水兵忽然把頭扭了過來，「打死我也無怨，就是心裡不服！」「不服？」「叭」地又是一鞭子，就又是一聲：「不服！」

長長的鐵碼頭上一陣步聲的雜沓，丁汝昌等人上了致遠艦，不吱聲，站一旁看著。

鄧世昌又抽一鞭子，傳來的還是一聲「不服」。鄧世昌氣得手直抖，說：「依律二十，你有種言一聲不服，我就加你一鞭子。」又是幾鞭子過後，下面的「不服」聲嘶嘶啞啞依舊是不絕。

丁汝昌發話了，「鄧管帶，慢，什麼事？」

鄧世昌說：「標下管束不嚴，有人上岸聚賭。標下依章程處置，以明軍紀。」「叭」地一鞭子下來，「不服唉！」下面便格外是一聲狂。

丁汝昌手一抬擋住了又要落下的鞭子，「我有話說。」他過去讓那四個按人的水兵鬆手，水兵不動，一個說：「回大人話，軍紀所在，鄧大人不發話，我們不鬆手。」丁汝昌就蹲下來側著點頭與那個被按著的水兵面對著面，「軍紀也犯了，罰也罰了，官長是官長的道理，說個『服』字不就行了？」那水兵說：「別船一靠碼頭，賭也賭過，嫖也嫖過，憑什麼我要吃鞭子，我嘴上服，心裡也是個不服。」

鄧世昌的鞭子一直懸著，看見劉步蟾正衝著他一個笑，便也冷冷一笑，說：「丁軍門，聽見了麼？東面朝鮮怕終究免不掉一個打字。我今天不把他打出個『服』字來，往後的仗怕就沒法打了。」說著又要打，被衆管帶攔住了。

丁汝昌站起來，「打也打過了，世昌，今天你就給我一個面子。」

鄧世昌說：「我給你面子，打起仗來誰給我們水師的面子？」

丁汝昌說：「可他總不當死罪。平時該給人恩惠時還是要恩惠，打起仗來才能指望人用命的。」

鄧世昌兩眼一動不動地望著丁汝昌，「丁大人，海軍不同於陸軍，打起仗來，這二百多人的性命繫於一船，若發炮，若射雷，若遇炮擊，若有水險火警，倘有一人不聽命令，也要禍及全船。標下不才，知道對下嚴而寡恩，卻懂此理，是個萬萬不敢稍有鬆懈以致誤國的意思呀！」

丁汝昌的臉有點綳不住，並且一點一點地漲紅了，問：「當不當死罪？」

丁汝昌就又蹲下去，對那水兵說：「你給老夫一個面子，說，服了。」

「我只要一個『服』字。」

「服了。」

鄧世昌手一揚把皮鞭進了海裡，轉身就走。

致遠大副問鄧世昌：「演習還演不演了？」

鄧世昌停住，頭卻不回，「呸」地一聲，「解隊，北洋水師當真就我一個鄧世昌了麼？」

丁汝昌慢慢站起來說：「鄧管帶，若你今天打死了人，依海軍章程，我也是嚴懲不貸！」說罷氣哼哼地走下船去。

5

丁汝昌的情緒算是徹底地敗了下來，然而話已說出去，便就把吃花酒的時間改在了晚上。他還特地關照超勇管帶黃建勳，叫他晚上一定去。黃建勳說恐怕他晚上還有事，提督的雅意實在是不能遵從了。丁汝昌便又是個怏怏不快。劉步蟾見黃建勳不住拿眼朝致遠艦那邊瞟，就說乾脆也把鄧世昌喊來，都不過爲些屁大的事，何必搞得見不得面，動不動要搬軍紀章程的上下失和？他說：「我知道你黃建勳素來與鄧世昌不錯，這回你就居中說和說和。」

黃建勳覺得是這個道理，就問：「依翠樓的花酒，鄧世昌就比不得旁人隨和了。」

劉步蟾一拍巴掌，「把依翠樓改在望海樓不就結了？」

一直沒說話的林國祥說：「怕是還要看看丁軍門的意思吧？」

劉步蟾說：「你廢話，你跟丁大人這麼久，你還不曉得丁大人麼？事情過去就算，事情過去了不記仇，丁大人一軍的統帥，這點度量都沒有了？」

丁汝昌不屑一顧地白了林國祥一眼，說：「眞是，當眞老夫這點度量都沒有了？」

劉公島上的望海酒樓，就在提督署東邊不遠的海邊上，臨著海的一邊是兩層樓的店堂，穿過院子還有第二進。第二進十分雅氣，一排頭三間，一東一西的兩間都是用花格子玻璃窗隔開的，藍一塊，黃一塊，白一塊，紫一塊，就把裡間的屋遮掩得有些夢幻般的色彩了。而在這裡間朝院裡望，叢叢青竹簇擁著一處太湖石，風吹竹影搖，晚間的這院中就又是一番朦朧的景致。屋裡的陳設亦不俗，一色的紅木桌椅，沿牆擺著上了椅圍的茶几寶座，加上壁間掛著的條幅字畫點綴，就眞以爲是個家藏十萬貫的人家閒來讀讀書的去處了。

黃建勳喊鄧世昌去了，座中的丁汝昌、劉步蟾、林國祥便坐著喝茶，顯得有點無聊。林國祥「嘖嘖」兩聲，便發起感嘆來，說前半個月他到京城公幹那回，才知道若論做官，還著實須在京城；在這個荒島上做，做得連官味都沒有了。他說京城裡是官都有個衙門，是衙門都有個門房，進去先都要投個牒的，等半天人家才哼哼呀呀出來，味兒是擺足了。及至迎到裡面一看，那眞是「天棚、魚缸、石榴樹；先生、肥狗、胖丫頭」。叫你眼看了發直，心裡呢，一勁地癢，癢得了不得。他說京城裡爲官的應酬，就更是了不得，一個晚上的場子，場面大的便要趕三四處，跑得個不亦樂乎。哪像我們這樣枯坐著？京城裡的酒席，就更是了不得，那眞是無歌不成飲，無妓不成席的呀……

丁汝昌聽得有些呆呆的，只把眼盯著隔間的花格子玻璃上。那玻璃在燭光的照映下，便格外紅、黃、藍、綠般地閃爍起來了。大的世面他見過，便又不只是京城的那一隅了。無事勾不起，一旦勾起來，思緒卻又如野馬般地奔騰。今冬北洋艦隊例行南下冬練，船過上海靠泊，十里洋場引得人眼花撩亂。因慕滬上名妓胡寶玉之名，他到其寓所張筵擺席，捧了她一回。那日眞虧了胡寶玉親自爲他主觴，使他好好地樂和了一番。那天胡寶玉爲他倒一杯，他就喝一杯，他喝下一杯，胡寶玉就用吳儂軟語淺吟低唱一曲，倒著喝著，喝著唱著，後來他只輕輕一碰，胡寶玉就羞竊竊而又輕軟地坐到他腿上來了。「四目相窺情脈脈，玉人漫漫淺依懷」，座中的滬上名流，見狀就爲他吟誦了這兩句。當時他擁著胡寶玉那柔若無骨的玉體，看著那張雪白粉嫩一切均恰到好處的臉，細細品味著那詩的韻味，便就有一種茅塞頓開的感覺：狎妓的高雅處，卻原來盡在一個「調」字；而對過去在軍旅中大砍大殺，逮著就幹的那些赤裸裸勾當，竟有些不堪回首了。活法有多種，一時間竟又以爲過去他那六十歲的光陰，算是白活了。這以後艦隊到香港，再從香港返回，他一直都對胡寶玉戀戀的。他想納她一個妾玩玩，安徽廬江老家安頓一個夫人，而外面又不多帶上一個小老婆，小老婆跟他一人在軍中就是堂堂頭品武員的夫人，有什麼說不過的？船再回上海時，他微服私下裡會過一回胡寶玉，去表明心跡，沒想她不肯。幫她跳出火坑還不肯，給她個頭品的夫人當當她還不當，可見得婊子就是婊子。那天他掀翻了桌子伸手又給胡寶玉一個大嘴巴，拍拍屁股走了。可是回頭想想他又莫名的感傷，一個頭品武員夫人的地位，竟敵不過燈紅酒綠的一個名妓的位子？

正這時外面一陣急匆匆的腳步聲，有人在大聲喊著：「丁軍門！丁軍門！」隨即來人一頭闖進了這裡間，看見丁汝昌就說：「丁軍門，電報！」丁汝昌一看原來是艦隊的電報生，心裡就有些慌起來。他將電報生打發走了，手裡捏著電報不急看，穩了穩神理味一下，北洋水師的艦船外面沒有一艘，全都歸口泊在這威海灣內了，心這才稍稍有些落在實處，便就慢慢打開電報看了起來。

電報中寫道：「六月十四日譯署致李鴻章，聖旨。」他又一驚，轉而一下悟過來，聖旨是給李中堂的，中堂已跪接過了，他便自可不必矯情，就接著看下去，「現日韓情事已將決裂，如勢不可挽，朝廷一意主戰。李鴻章身膺重寄，熟諳兵事，斷不可意存畏葸。著懍遵前旨，將布置進兵一切事宜，迅籌覆奏。若顧慮不前，徒事延宕，馴致貽誤事機，定惟該大臣是問。欽此。」

多一個字也沒有了。將皇上的聖旨原樣轉到劉公島上來，丁汝昌便明白中堂的意思了，剛才還溫騰騰的身子與情緒便像被浸到了冷水裡，涼了下來。艦隊都好好地泊在口內，這叫他放心。他的老上司在藉聖旨責他「顧慮不前，徒事延宕」，以及那不可避免的戰事，卻又叫他心煩意亂。劉步蟾伸過頭來要看電報，他卻一反常例地將電報收了起來。他覺得打了那麼多仗，這點「泰山崩於前而不驚」的功底還是有的，他說：「也不是什麼大不了的事，既已坐了，酒還是要吃下去的。」

劉步蟾藉機掩過一個尷尬，立即就把話接了過來，說：「丁大人，丁大人，今天這是『主人下馬客在船，舉酒欲飲無管弦』呀！」

林國祥也藉故碰碰丁汝昌，「當真就喝寡酒了？要不要弄兩個唱的來？」

丁汝昌這才從恍惚間轉過神來，問：「鄧世昌來了麼？」

劉步蟾用筷子輕輕一敲桌上的杯子，瞇起了眼問道：「這又是一個謎了，你們猜鄧世昌會不會來？」

丁汝昌左右望望，一口氣悶悶地沉下去，忽地說：「來就上酒上菜，不來就上酒上菜上婊子。媽的，打起仗來老夫當眞還會有個怕字？向來都是要死朝上，不死翻過來。當眞是白活一回了？」

黃建勳在鄧世昌的船艦裡急得直搓手，他問鄧世昌到底去不去？鄧世昌拗著脾氣說不去。黃建勳就耐著性子左說右說，可鄧世昌一句也沒聽進去。丁汝昌那老頭不用黃建勳說，他是知道的，照理說那老頭人還眞不錯。光緒六年（西元一八八〇年）他和丁汝昌一起去英國接過一回艦。那次在途中，那老頭見什麼都是個新鮮，見艦上的電燈亮，就問他光見亮怎麼就看不著火，還老盯著看說煙好不好在上面逗。房間裡去洗手，一會兒去一趟，一會兒去一趟，後來才知道，因爲他問：「那個鈕子，怎麼一碰就來水，一碰就來水？」把個鄧世昌笑歪了。他還對鄧世昌那個漱嘴的豬毛牙刷好奇，對牙粉也好奇，明白了後就明白了，但他不用，卻也不反對他鄧世昌用。這老頭每天都起得早，總是他爲鄧世昌在杯子裡盛好了水，又在牙刷上抹好了牙粉放在那裡。按說在軍中攤著這麼一個上司，該是修來的福氣了。但久而久之最讓鄧世昌來氣的也是這地方。軍中哪容得了婦人之仁？軍中向例要的是惡人！軍中還要的是有謀略能統盤全局的人，卻又不能奸。不知怎地，他看見一個丁汝昌，一個劉步蟾，就有些爲艦隊心懸得厲害了。

黃建勳過來踢他一腳，問：「我講的你沒聽見？」

「你講到哪塊了？」

黃建勳「哎」的一聲就一屁股坐到他的對面，說：「我是問你記不記得光緒八年（西元一八八二年）在仁川口堵日本軍艦的事，你我二人在仁川與日艦周旋，丁汝昌丁大人乘威遠艦返國調艦火速回援，故日本人那次未便用強，那是賴的什麼？上下同心協力！」

鄧世昌久久地不吱聲。

黃建勳過一會兒又問：「我是個好苟且的人麼？」

「斷不是。」

「好，那麼說看在你了解我素昔爲人的分上，今天就算陪我苟且一回。」

「建勳，此話怎麼聽也不是個味兒了。」

「鄧公！朝鮮那邊事不發則已，發，這回怕就不是那回，日艦已稍強於我，倘戰前我艦隊再上下失和，那就利害關係全軍了！」

鄧世昌慢慢站了起來，黃建勳緊接著說：「誠然，我北洋水師積弊已深，但現在斷斷不是論是非的時候。世昌，爲國家計，我們也不能雪上加霜了。」

「建勳兄，別說了，我實是再不忍心聽你這樣說下去了。」鄧世昌鑽出艙後，便一步一步上了鐵碼頭，朝劉公島走去。

鄧世昌與黃建勳一踏進望海酒樓後進東首的那間屋時，桌上已擺得紅是紅、白是白了。鄧世昌站在門口望著裡面尷尬地一笑，拱拱手說：「諸位久坐，在下來遲了，來遲了。」說著疾步走到丁汝昌面前，又一拱手說：「多少年下來，提督大人知道標下的臭脾氣，還請海涵，請諸位海涵。」

丁汝昌見著鄧世昌，剛才敗壞的情緒立時好轉；他高興，鄧世昌眼中總算還有他這個提督，特別是在這大戰前夕，他著實高興，哈哈一笑，指著劉步蟾說：「神機妙算，這回你就猜輸了。」

他一轉臉對鄧世昌說：「這麼多年了，老夫的脾氣你還不知道？請你來吃酒就是這個意思，老夫根本就沒朝心裡去過。坐，坐。」

鄧世昌剛落座，林國祥拍了兩下手，那門外就轉進五個姑娘來。鄧世昌屁股下一彈，就又站了起來。

劉步蟾笑嘻嘻地望著鄧世昌，手朝姑娘一伸，「鄧大人先。」搞得鄧世昌站也不是，坐也不是，臉漲得血紅，他嘴裡嚥了嚥還是說：「丁軍門，只怕是這樣的情形軍中不宜……」

劉步蟾搶著說：「鄧管帶，今次是丁大人做的東，林管帶又特特請她們來助的興。剛說過京城也這樣，再說仗都要打了，也是個連絡情誼的事；再者說打仗都不怕還怕這個？你還是入鄉隨了俗吧。」說完他拉了一個，林國祥也拉了一個。

丁汝昌仰起臉來對鄧世昌說：「他拉了姑娘來，老夫這不是也入鄉隨俗了？」黃建勳在一旁急了，硬把鄧世昌拉得坐了下來，說：「不過就陪一陪酒罷了，應個景罷了，又不是要你帶上艦去。」

黃建勳這一說，丁汝昌便衝一個姑娘招招手，那姑娘就坐到他身邊去了。黃建勳見剩下的兩個姑娘一臉都是可憐巴巴的相，就拉過一個來，又推了一個在鄧世昌的身邊坐下來。

鄧世昌坐那裡立即把身子讓了讓，正襟危坐的樣子，叫人看了都禁不住呵呵笑了起來。

於是衆人端起杯先敬丁汝昌的酒，一杯下去，姑娘們代爲斟滿，又要端起時，丁汝昌說聲：「慢。」他問：「怎麼個喝法？」

林國祥說：「提督大人做的東，當然是提督大人說什麼吃法就什麼吃法。葷的也好，素的也罷，一如海上爭鋒，國祥絕不說個『不』字。」

「我們還是來個雅的。」丁汝昌說，「今冬我在上海的桌上，就是這麼吃的。」他讓跑堂的拿過一只空的大海碗，倒扣在桌中央，上面放了一只小碟子，碟中再放把小湯匙，接著他用手一撥，湯匙便在小碟子上轉起來，「看見了麼，雅的不得了，包你各人盡興，又不失各位大人的身分。」他見各人還沒看出奧妙來，就說：「這還不懂？這匙把指著誰，大人們呢就義不容辭喝一杯，姑娘呢，要喝就喝，喝與不喝，唱一曲是跑不掉的。」劉步蟾便是一臉恍然大悟的樣子，連連稱「妙不可言」。但他說還應把規矩動一動，那樣就喝得更鬧猛了。他說：「應該一個大人與一個姑娘就是一對兒，匙把不論指著兩人中的哪一人，大人一杯自是少不得的；姑娘呢，要唱也要喝，不喝，那就大人代她喝，最見著情意了。姑娘要是不唱呢，大人三杯就少不得。」

都說好，於是丁汝昌先去撥，那匙把轉了幾圈恰恰指著他自己，「這仗要打起來，怕就第一炮要開中我了，怕什麼？喝！」他一口就把酒喝了。他歪頭問身邊的姑娘：「喝不喝？」姑娘推了他一把，嘴一笑，丁汝昌就又抓過她的杯子喝了。於是衆人都說：「好！好！」叫那姑娘唱，姑娘站起來一邊斟酒，就一邊唱了一曲《噯喲喲》：

噯喲喲，實難過，
半夜三更睡不著。

睡不著，披上衣服，我坐一坐。
盼才郎，脱下花鞋占一課。
一隻仰著，一隻合著，
要說是來，這隻鞋兒那麼著，
要說不來，那隻鞋兒是這麼著！

都說這一唱，有些個把味兒唱上來了。林國祥勸那姑娘不要難過，劉步蟾就還要叫那姑娘把酒喝下去，說：「一喝下去就不難過了。」那姑娘到底拗不過，一口就把酒倒進嘴裡，都覺得爽利得不能再爽利，卻見她眼淚也了出來。鄧世昌見了覺得心裡有些不是滋味，別人都笑了。

輪到劉步蟾去撥，一撥指著了黃建勳，黃建勳喝一杯，又非叫姑娘喝下去，姑娘有些感激的樣子，喝過了要唱。丁汝昌卻叫沒喝的人要喝，就先可自便，於是都樂呵呵地喝著聽著，那姑娘便唱起來：

情人愛我腳兒瘦，
提起羅裙，我就故意又把金蓮露。
舌尖嘟著口，情人莫要丟。
渾身上酥麻，就顧不得害羞，

哎喲，是咱的？

不由得身子朝上湊。

湊上前，奴的身子夠了心不夠。

林國祥說：「假如仗打到這會兒，便篤定也是烈烈的，直叫人渾身辣火火的勁兒也上來了。怎麼就沒輪著我呢？」言罷迫不及待伸手一撥，天公作美，恰恰匙把指的就是他。該笑的就都一齊笑了個夠。林國祥便格外地有些意氣風發，他把椅子朝後一移，拍拍大腿拉著身邊的姑娘就讓她坐了上來，抓過酒杯一氣灌下三杯，「做爺的呢，就喝；做婊子的呢，你就給我唱；爺管喝，就不要你喝。」他摸摸那姑娘的屁股，一拍，那姑娘就坐在他腿上一晃一晃地唱了起來：

情人把我哄得個團團轉。

林國祥問：「眞的？」

情人哄我上了他的船。

林國祥看丁汝昌一眼，又故意望望鄧世昌，連說：「你說的這個船，還是那個床？乖乖，反正軍紀所在，不敢，不敢。」

姑娘笑了，又唱：

就算是上了船，拔了篙子離了岸。
離了岸，可那情人又把心兒變。

林國祥笑起來，「瞎說，瞎說，你盡瞎說。」

姑娘輕輕地打了林國祥一下臉說：「一點兒也不瞎說。」又唱：

口念著李四，你懷抱著張三。
勸情人，貪的多了嚼不爛，
勸情人，貪的多了你就是個嚼不爛。

林國祥說：「我今天就要把你嚼個爛。」一把抱住懷中的姑娘，狠狠地就上去親了一口。

丁汝昌見了說：「不雅，不雅。」

劉步蟾望一眼鄧世昌，又對林國祥一臉責怪的樣子，說：「你怎麼說葷就葷起來了。」

鄧世昌對丁汝昌說：「標下今天肚子不適，標下今天身上有些不自在，標下請辭，標下……」

鄧世昌身邊的那個姑娘就要哭出來，拉著鄧世昌的膀子一個勁兒地搖晃，哀求著：「鄧大人，鄧大人，奴家與你又沒得難過一個，你這一走，掙不著銀子奴家回去就要吃媽媽的生活，皮也要褪一層的了！」言罷就是個哭。

鄧世昌一下姑娘呆住了！雖說是個婊子，但與人家近日無冤往日無仇的，可他沒玩過婊子，就怎麼也想不到這一層上去。他覺得著實有些對不住這個可憐兮兮的姑娘了，想不走，卻又著實是個坐不住，左也不是，右也不是，終究是想到「無情未必眞丈夫」，心裡這才有點鬆下來，正要對姑娘說句什麼，那邊林國祥已突然一把推開了腿上坐的姑娘，故意大驚小怪地叫了起來：「鄧大人不能走，鄧大人斷斷不能走，讓我們也開開眼，今天還沒輪著你呢！」

鄧世昌猛然間扭過頭去，怒目相向，牙關也一點一點地咬起來了。黃建勳見了，一個勁兒在底下踩他的腳，鄧世昌便一點一點地又把一口氣沉了下去，慢慢低下頭看著酒杯，便撐出一個笑來，忽地站起說：「姑娘，匙把我就不撥了，是爲了誠心誠意聽妳唱一個的。各位大人，有勞高抬一次手了。」

那姑娘感激涕零，說：「奴家雖下賤，見識的人也多了，這就曉得鄧大人的好了。」她想了想，一抹淚就唱了起來：

從來婊子一嘴的蜜。
有錢的，八十老翁她也去；
無錢的，白面書生不願意。
奴雖是婊子，可提起婊子，
我也要日她家二姨。
怎麼著，鄧公呵你切記，
從今不上婊子家裡去。

丁汝昌呵呵笑了起來。劉步蟾也笑著說：「見著了麼？她這邊跟我們鄧管帶卻又『道是無情卻有情』起來了。」

鄧世昌猛灌下一杯酒，喝了一聲好後就又說：「你就給我鄧某再唱一個！」

這姑娘想也不想，嘴一張就又唱了起來：

催征鼓，威海敲，
赤焰烈烈膽氣豪。
打仗你就直往死裡打，
歸不來都仰你的報國志，

歸來八面的鑼鼓為你敲。
騎大馬，挎寶刀，
皇上老子也親自為你解戰袍，
解戰袍。

這一唱舉座皆驚，更是唱得鄧世昌把眼淚也要落下來了，他驀然立起抓過酒，倒一杯，飲一杯，飲罷一杯又倒一杯，一杯杯的酒下肚，便彷彿吞下了一團團的火，頃刻間就在胸膛內澎澎湃湃地燒了起來……

正在這時候，「哐噹」的一聲，隔間的門被推得大開，嚇了一跳的人都把眼朝那邊望去，卻見方伯謙氣勢洶洶地堵在門口。

方伯謙哼哼一聲冷笑說：「找你們好一個時辰了，吃酒玩子，爲什麼不帶我一個！」說著他一個箭步衝進來，「都說是要開戰了，從提督到總兵，個個吃酒玩婊子。」他哈哈一聲怪笑，雙手一抬，一桌子的酒菜便叮叮噹噹極爲轟轟烈烈地掀翻下來，人的身上，地上，湯是湯，水是水，落花流水般地潑灑開去，五彩繽紛，一片狼藉。

所有的人都驚得呆若木雞。只鄧世昌立在那裡搖晃了一下，看著外面那一片黑濛濛的天地，作一陣狂笑，一仰頭卻引吭高歌起來：

怒髮衝冠憑欄處，
瀟瀟雨歇。
抬望眼，仰天長嘯，
壯懷激烈……

*6*

濟遠艦從狹長的牙山海灣內駛出，東面牙山方向黑沉沉的天空也就一點點地變得微紅、轉黃而後就是一片通亮；浩浩黃海裡海水的色澤因了海上的薄霧，也慢慢由灰轉成了淡綠色。濟遠艦管帶方伯謙站在前主炮後面高高的望台上，隨著天色的變明，看見牙山海口越來越顯寬展，總算把懸著的一顆心漸漸地放了下來。

七月二十二日，濟遠、廣乙、威遠艦奉命護送淮系仁字軍五營與作戰輜重往朝鮮牙山，增援孤懸敵後二十餘日的葉志超所統領的清軍。

第二天形勢就急轉直下，牙山方面傳來消息，日軍衝逼朝鮮王宮，漢城內大亂，隨即日軍又分兵四千南下，欲襲牙山清軍。接到葉志超送來的軍情，方伯謙便出了一身冷汗。漢城距牙山一百五十里，代日本人設想，陸路襲擊，若再從海上包抄後路，才最爲理想。如果日本艦隊駛來堵住牙山這又細又長的海口，他們這三艘軍艦便就唯有彈盡船沉了。他帶的這三艘艦，廣乙是木質包鋼皮的，一千一百一十噸，今年大閱時由廣東北上會操，因朝鮮形勢，被李鴻章留在北洋的；威遠艦是艘練習艦，就更不行了；能管用的還就算他的這艘二千三百噸的鋼甲驅逐艦。他們三艘軍艦一到了牙山，林國祥就大發牢騷，問爲什麼那麼多好艦不派，偏派這三艘艦去？方伯謙反問他：「爲什麼不當面去問問丁軍門？」一句話噎住林國祥，這才叫他不好吱聲的。方伯謙自己卻明明白白，現在該是他嚥著苦果子的時候了。廣乙艦本來就有客居的意思，不願戰，而練習艦威遠又不能戰，這就明明白白是丁汝昌與劉步蟾在有意調理自己，但二十二日早晨派他率三艦去護航前，見他憤憤欲言的樣子，丁汝昌告訴他，過一日將親率大隊去接應。劉步蟾說這是眞的，別的不說中堂近日也催得緊了，這時候火燒著眉毛哪能作戲言？說他想得太多了。這的確也是入情入理的話，叫他似信非信，便也就沒什麼好再言語的了。昨天聽說了葉志超送來的消息，他本是要立即帶隊返航的，但看見林國祥乘小艇到他艦上商議時那個急惶惶坐立不安的樣子，他便改變主意了。怎麼走是個大課題，有條不紊，神安心定爲撤；慌慌張張，拔腿就跑爲逃。再說，天已將黑，倘牙山岸上的陸軍新到的新到，久勞的久勞，見軍艦連夜退走，便會感到背後的大海無依無靠，夜裡眞的日艦襲來亂了營怎麼辦？他決定不走了，覺得這事既然讓他遇著，爲人就要作出個堂堂的氣派來。他命沒什麼作戰能力的威遠及愛仁、飛鯨兩運船立即起碇返航。林國祥也要帶廣乙走，方伯謙不許。林國祥問他：「你把廣乙艦留在這絕地是什麼意思？」方伯謙說：「你艦所屬的小火輪入口短駁還沒回來，一戰沒打，一炮沒發，你要把它留下送給日本人不成？」林國祥沒話說，隨即就跳起腳來破口大罵小火輪的船長。方伯謙又勸他說：「定定神，你先定定神，這樣眞要遇著日艦，開戰你神慌，跑，你的速率又慢，非給人家轟散了不可。」林國祥當時就差哭了出來，連問他怎麼辦？怎麼辦？方伯謙說：「多一句不說，這一夜背靠自己的陸軍，總不是什麼壞事吧？」這句話立時止住了林國祥的痛處。方伯謙勸他說：「我們是同僚，正是相依爲命的時候。倘這次遇到敵艦，我看首先不能慌，跑不過人家只有打，再說勝敗兩可，無鬥志就全輸了。」林國祥鎭定下來，回廣乙艦去了。倒是這一夜方伯謙心神不寧，未脫衣在船上轉了一夜。絕地，這三面環陸的牙山灣是個絕地，但爲將者應眼界拓展，環視全局。眞正的全局他是過問不了的，方伯謙心裡隱隱地有些遺憾，而這一夜他爲著陸軍，令二艦駐泊牙山口內，總算有些叫人意氣舒展的事。

海越來越寬了，陸地被遠遠地拋到了身後，太陽也悄然懸掛了起來，大海顯得一望無垠，薄霧退得遠了，只似乎隱隱約約抹在那海天的交際處。不一會兒艦過豐島，方伯謙在望台上看見北邊的地平線上似有些變暗起來，就像淡淡的墨落在紙上，慢慢地侵蝕著天際。他舉起單筒望遠鏡望去，發現三個黑點出現在地平線上。心裡「格登」了一下。他向後望，見廣乙的旗杆上已懸起了「發現敵艦」的旗子，並急速地向他濟遠靠過來。方伯謙讓望台上的信號兵懸旗，叫廣乙先不要靠得太攏，隨即便命濟遠艦上敲響了戰鬥的警報。濟遠艦上喧鬧起來，水兵們從艙裡魚貫跑出站位，前後主炮的炮塔也很快旋轉起來，艦上粗大的煙囱，縷縷淸淡的煙霧也爲一團團噴出的濃黑煙團吞沒。大副沈壽昌這時已跑上望台，方伯謙將望遠鏡遞給他，即令將艦首向北。他掏出懷錶看看：七點三十分。

北面的三個黑點越來越大，連肉眼也望得見了，方伯謙問沈壽昌：「是何艦？」

「日艦，怕是仁川那邊南下的。」

「什麼艦？」

「其中一艘掛旗艦旗。」

「哦，是吉野，四千三百噸，全鋼裝甲，大小炮三十四門，六吋主炮四門。另一艘無疑是浪速，三千七百噸，全鋼裝甲，炮數二十門。還有一艘是什麼？」

「看模樣有點像秋津洲，三千一百噸。」

方伯謙拿過望遠鏡又望了一會兒，嘴中喃喃道：「媽的，遇著了，遇著了！」他感到有些莫名的興奮。這麼多年操練打靶，打的都是假的，這回玩眞的了。他轉臉對沈壽昌說：「你說，這回我們要是把吉野打沉怎麼樣？」他一拍大腿，「怕是皇帝老子也要請我們吃酒了！大清被人欺的年數太多了。」

沈壽昌說：「方管帶，遇上的是吉野，先就不宜輕敵。」

「對，對。你不見我們濟遠的會議大艙裡到處都掛著日本艦的圖形麼？遇著了我們速度慢反正跑不掉，打沉打不沉，先得要這一番志氣。反過來，我們要是被它打沉，沉我也要放個挺屍屁臭臭它。」

沈壽昌說：「方管帶，我老想你就老也想不明白，水師學堂畢業，又留過洋，說起話來就不像，文的武的一齊來。」

方伯謙說：「軍中當官，二五郎當。你給我望著，我去訓訓那些狗日的們去。」他說罷就朝望台下面跑，下到甲板上便猛猛地吹起哨子，二百名水兵就飛快地跑來站成兩列。方伯謙興奮地說：「不錯，不錯，這回就不像死了娘老子，腿像給抽了筋似的。」

士兵的隊列裡立時亂哄哄起來，七嘴八舌。

「死爹死娘，也沒跑得這麼快。」

「看不起人了，誰的筋給抽掉了？」

「方大人，你說打仗的時候是驢是馬就要拉出來遛遛了，我們是在給你長臉呢！」

「住嘴！」方伯謙說，「但說得不錯。可我還是要問問你們：平時下了艦，你們但有個小錯不規矩什麼的，我方大人爲難過你們麼？」

二百多條喉嚨齊刷刷地喊：「沒有。」

「好。我方大人亂用鞭子抽過你們麼？」

「沒有。」

「放屁！抽過，犯了大紀照抽，輕著點兒罷了。說，爲什麼？」

「不知道。」

「不知道？告訴你們，是省著你們的皮肉，打起仗來拚死用。」方伯謙拔出手槍高高舉過了頭頂，「看見了麼？」

「看見了。」

「今天遇見的是吉野，旗艦，誰要縮一下頭……」方伯謙「噹噹」朝天放了兩槍，「明白了麼？」

二百條嗓子齊刷刷一聲：「明白了！」

「給我炮彈上膛！解隊！」

方伯謙旋即重上望台，三艘日艦吉野居中，浪速在右，秋津洲在左，一字排開已清晰可見。方伯謙命令濟遠將速度慢下來，又命：「讓廣乙在我右後側，稍靠近些。」

日艦的速度也慢了下來，雙方打著慢車，對峙著，漸漸地越逼越近。

相距一萬碼時，方伯謙緊盯著日艦對著通風管說：「管輪注意，我已快入日艦射程，準備加速。」他又對沈壽昌說：「我艦都是舊式慢炮，射程近。它若不開炮，我艦便升交會旗……」正說間，船舷左側突然升起了一支水柱，像一朵巨大的玉蘭花驀然綻開又瞬間即逝，海水灑濕了一大片甲板。吉野的前主炮口散出一縷淡淡的青煙，旋即聽到了一聲悶雷般發炮時的鳴響。

「加速！衝上去！」隨著方伯謙的命令，濟遠號猛地震顫幾下，很快加起速來朝日艦衝去。也就在這時，日方三艦同時發炮，濟遠、廣乙艦的周圍便像開了鍋一樣，水柱一根根此起彼落。濟遠、廣乙兩艦在水柱裡鑽行著。因了陡然間的加速，日艦取不準目標，竟奇蹟般地未中一炮。近了，靠得近了，沈壽昌提醒方伯謙：「不能太近，六七千碼夠了，防它的幾十門機器格林快炮。」方伯謙遂命令減速後，便衝望台下面的前主炮喊：「前主炮，取準吉野……放！」轟隆一聲巨響後便看見吉野的前甲板上火光一閃。吉野中炮了！濟遠號上一陣歡騰喧沸聲。接著廣乙艦上的炮聲也隆隆響起來。

「豐島海戰」就這麼打響了，方伯謙望望懷錶，是時七時五十五分。

雙方激烈的炮戰進行了一小時許，相互絞著，時進時退。雙方各艦都中彈累累，艦上的火幾起幾滅，已是半懸著的太陽照得艦上盡皆一片狼藉。這時日方三千七百噸的全鋼裝甲艦浪速突然加速，與四千三百噸的旗艦吉野同時將所有炮火對準了濟遠艦猛轟，浪速邊轟邊飛速地向濟遠與廣乙之間插去，而日方另一艘軍艦秋津洲則迂迴到濟遠的左側，猝然發炮不止。

濟遠與廣乙之間的聯繫被切斷了，浪速的炮火突然轉向，朝廣乙傾瀉過去，一千一百一十噸木質包鋼皮的廣乙艦受傷施放魚雷不出，微微傾斜著艦體，拖著艦上冒出的一溜溜黑煙向西退去。

浪速不追廣乙，便將全部炮火撲向了濟遠。

濟遠的前後甲板、左右船舷以及望台周圍，綻開著一朵朵灼烈的火焰，炮彈的爆炸聲響成了一片。沈壽昌拉著方伯謙說：「這樣打不行！浪速，浪速，盯住它一艘艦！」

方伯謙喊：「右滿舵，右滿舵，浪速右舷，打！」濟遠艦的前主炮開炮，因距離近，浪速的右舷水線下中彈。正在裝填第二發炮彈時，隨著一聲爆炸聲，方伯謙發現沈壽昌的半個頭顱立即消失了，像突然爆開的一朵花，血液和腦漿飛迸出來，隨即一種熱乎乎的東西濺到了他的頭上肩上。而沈壽昌抓著望台欄杆的雙手抽搐著，身子也隨之抽搐了兩下，就一歪慢慢地向他斜過來，方伯謙扶著沈壽昌已失去了半個頭顱的身軀，心牽動著全身都在陡然間劇烈地顫抖著。一下子沒扶住，沈壽昌轟然一聲撲倒在他的腳下。方伯謙自己的腿說軟就軟，一跌跌在了望台上。這時吉野飛來的數發炮彈全都落在了前甲板的主炮塔周圍，猛烈的爆炸震得望台與整個濟遠艦劇烈地抖動著。方伯謙的身子隨著這爆炸掀起的氣浪翻了一個身滾到了望台邊，他一眼看見前主炮被炸錯了位，斜在了一邊，炮位的後面，士兵的屍體層層摞成了一堆，並發出一聲聲呻吟。在海軍數十年，終見著這就是海上炮戰了。方伯謙努力抑制住渾身的顫抖，可怎麼也抑制不住。當他一抬眼望去時，渾身的抖動奇蹟般地消失了，他看見相距不遠的日艦浪速被他擊中後艦位已稍現出了傾斜，整個側面都暴露在濟遠艦船頭的前方，「魚雷！」方伯謙高喊著，主炮周圍死一般地沉寂，「準備魚雷！」主炮塔前面忽然站起了一個人，實習生黃承勳正從屍體的最上面爬起來，「魚……雷！」黃承勳撲地又倒下來，方伯謙見他的一隻膀子已沒有了，而倒在黃承勳旁邊的二副柯建章胸前炸開，血乎乎的一片。方伯謙一躍，從望台上爬了起來，發現艦首正好對著浪速：「放！放！」魚雷還不見放出。方伯謙飛奔至魚雷艙中，見幾個汗涔涔的水兵正從魚雷管中拖出一個人來，方伯謙的頭「嗡」地一下子！他看見被拖出的人是天津籍的魚雷大副穆晉書。魚雷艙的裝甲最厚，這狗日的猶嫌不夠，鑽進魚雷發射管裡避彈來了，致使發射管裝氣不足，發不出魚雷來。方伯謙的手又抖起來，摸向腰間，「斃！我斃了你！」可槍沒摸到，頭頂的艙面上劇烈的爆炸又將濟遠號整個兒地搖撼起來。方伯謙鑽出魚雷艙，命艦「左滿舵」，將艦首向西，全速開去。

這「左滿舵」與加速西駛，使日艦猝不及防，炮彈只有少數在濟遠艦上爆炸，其餘紛紛落在海裡，高濺的水柱一簇一簇密密麻麻地在濟遠周圍湧起。濟遠已無可挽回地在向西疾駛，三艘日艦在後面鳴著炮，緊追不已。立在望台上的方伯謙看見濟遠號的艙面已是面目全非，甲板上屍體狼藉，旗杆與信號兵的望台也被炸折了，一半斜在那裡搖搖欲墜。艦上除前主炮外，兩舷的小口徑炮也都成了一堆扭曲的廢鐵。爲了躲避日艦的炮擊，方伯謙一會兒左舵，一會兒忽地右舵，指揮著重傷的濟遠扭扭曲曲作著蛇般的航行。「倘能逃回眞是萬幸了！」方伯謙慶幸濟遠的水線以下沒有中彈，呆乎乎的日本人全將炮彈送到他的甲板上來了，他的鍋爐機器竟然也沒中炮，像個健全的心臟在「突突」有力地跳動著。這時水兵們冒著炮火已把甲板上稍作清理，向他報告：「後主炮還能用。」

「媽的，這就是老子的挺屍屁了！後主炮準備。」

「瞄準吉野，打。」

轟隆一聲單調的發炮聲，吉野的船邊湧起了一支水柱。

轟隆又一炮打過去，日方三艦便也忽左忽右作起了避彈航行，雙方距離縮小的程度放慢了下來。

「方管帶！」一個聲音彷彿是從天上飄飄渺渺地傳來，方伯謙望了幾望才發現煙囪後面旗杆上部的望台，那個瞭望的水兵正在朝他喊。他簡直都不相信自己的眼睛，旗杆都快被炸折了，晃盪盪隨時都像要倒下來，那水兵竟然還秋毫無損。他發現那水兵已用繩子把自己綁在望台的鐵欄上，便覺心頭一個熱浪打來，他的眼睛濕了。

「方大人，西面發現軍艦！西面發現軍艦！」

方伯謙站在那裡了一下，立時淚如泉湧，腿一軟，一屁股墩在望台上，手撐著下面的鐵板，立時便是一手黏乎乎的血跡，沈壽昌的屍體沒有了，望台上又受過了第二番的炮擊，到處都是一片血肉的痕跡；他的二副柯建章沒有了，被轟開了膛；剛上艦幾個月的水師學堂的優等生黃承勳沒有了，死前他被炸飛了一條胳臂……可是我們的接應艦隊來了，我們的援軍來了，西邊，西邊！啓航時他與丁軍門約好，丁軍門答應率大隊接應他的，這回該著日本人吃不了兜著走了，可我方伯謙被人家打慘了呀！

方伯謙抑制著激動，爬著跪在望台上，舉起單筒望遠鏡。太陽已升得很高，薄霧消退了，海邊天際一片清廓，他看見遠處兩支煙柱幾乎是直直地升騰著。他的頭「嗡」地一下差點暈過去，這不是北洋水師的大隊！要是日艦他就完了！方伯謙掙扎著站起來，仔細地又看一遍，西邊的艦船與濟遠都在全速地行駛，很快他就看出那是北洋艦隊只有九百五十噸的操江號炮艦和它護送著運兵的高陞輪。他的心立時涼得透了，頭上的冷汗已逼出了一層又一層。他嘶啞著嗓子仰著頭向望台上的那個水兵喊：「換旗示警！換旗示警！前方是日艦！」轟隆一聲，濟遠的左舷又中一炮。在劇烈地震動搖擺中，方伯謙回頭望時，日艦已距濟遠艦更近了，三千碼，只有三千碼。濟遠的後主炮還在一個勁兒地還擊，可惜一炮也沒打中。「不要打了，省著點兒吧！」方伯謙發著命令，他再明白不過，最後的時刻到了。方伯謙又向前望望，他看見操江已迅速調轉船頭向西開去，而高陞輪也已放慢了速度觀望著在徐徐地前進。正在慢慢緩著一口氣的當兒，他彷彿總像有什麼不對勁的地方，靜了，周圍太靜了。驀然間方伯謙恍然大悟：三艘日艦已不再向他開炮了！為什麼？

預感中一個可怕的威脅向他撲來，日艦是想連船帶人一齊捕獲他！他衝動得一下子從望台上跳起來，「後主炮準備，吉野，打！」方伯謙望見這一炮打過去，依舊沒有打中，只是在吉野的船舷邊激起了一個孤單單的水柱而已。吉野立即還擊了，但它沒有用大口徑的主炮，僅僅是用小口徑的機炮和艦上的機槍恐嚇示威般地轟掃一通。方伯謙呆呆地蹲著，頭腦中一片空白。他低下頭，突然他發現他的那支手搶正落在腳下的血泊裡。他撿起手槍，將槍口對著自己的頭。這瞬間他把黑洞洞的槍口看得眞切，槍口中溢出的血沿著槍管的外壁正緩緩地滑動。他的手顫抖起來，簡直不能自已。方伯謙休矣！這瞬間他後悔透了，要死挨一刀，這是躲不過的。但就這麼死了？他忽地羨慕起劉步蟾來，「決守艦亡與亡之義！」他在死前連這句話都沒有來得及說，便眞眞的死得有些冤了！他緊緊捏著槍，仰天長長地嘆息著，又在這個一瞬間，他忽地瞥見行速遲緩的操江、高陞已處在濟遠的西南邊不遠處，而日方的浪速和秋津洲也已脫離了吉野，向西南邊全速追擊操江與高陞輪去了。這對他，對濟遠艦，對濟遠艦上尙存的一百多個水兵意味著什麼？他的眼一亮，衝望台上的那個水兵大喊：「白旗，白旗，給我把白旗升起來！」

濟遠艦上的白旗遲遲疑疑地升起來了，濟遠艦上的水兵們一陣大嘩！方伯謙血淋淋的手扣動扳機，兩聲清脆的槍響立即叫水兵們不知所措地站在那裡呆若木鷄。方伯謙站在望台上看見吉野已停止了一切射擊，只是依舊在忽左忽右地行進著，窺探著……「升日本國旗！」方伯謙連喊了兩聲，瞭望台上那個用繩子綁著自己的水兵無動於衷。方伯謙立即用手槍指著他，終於，日本帝國的太陽旗無可奈何般地懸升在了濟遠號傾斜的桅杆上。方伯謙又對著通風管喊：「輪機，慢，慢慢……」感覺中濟遠明顯地慢下來，方伯謙嘴不離風管把身子轉過來側著頭用眼向後瞥去，他看見吉野槍不鳴炮不發，正瘋狂般全速筆直地向濟遠駛過來。「哈哈！」方伯謙一聲大笑，直起身的同時，手一揚把手槍扔進了海裡，他飛速地下了望台跑到後主炮，活像怕驚動一個正熟睡著的嬰兒竊聲竊氣地命令：「炮彈入膛，炮彈入膛，取準吉野望台，慢，慢，炮身悄悄移動，取準，取準，取準……放！」「轟隆」一聲巨響終於打破了後主炮塔周圍、乃至整個濟遠艦上籠罩著的、危乎其危幾乎令人直要暈眩的空氣。隨著發炮的轟鳴，後主炮所有人的頭都探了出來。吉野艦的指揮台瞬息間爆出了熾烈的火光，接著火焰騰起，這望台便似四分五裂地散開去了。這一炮打得太猝不及防，太逼眞，太近切了！沒容水兵們興奮地喊一聲，方伯謙沉著臉，滿臉的殺氣便洋溢了出來，依舊是低沉地命令道：「裝彈！吉野前主炮，掀掉它，放！」瞬間一炮飛出去，主炮沒打著，落在了它的側後卻意外地引發了吉野主炮周圍零落炮彈的劇烈爆炸，頃刻間吉野前甲板上屍飛火迸，爆炸連連，轉而便陷入一片火海之中了。濟遠號上再也壓抑不住，立時爆發出了一片毫無顧忌勝利般的狂號：「打沉吉野！」

吉野在急速地轉頭，濟遠號上的水兵看得分明，吉野的艦首已被炸裂，像一張巨口恐懼地大張著，猝然的兩聲炮響，使濟遠號上的士兵大部分都已跑到了甲板上，蹦著跳著又是一陣狂呼。方伯謙急了，抹了一把臉，立時手上的血污和著臉上的汗水把臉變得面目全非。他抬腳猛踢身旁一個水兵的屁股，狂吼一聲：「嚎什麼！」後主炮暫時陷入了安靜，「裝彈，快！快！快！吉野中部機艙，放！」第三炮隨即呼嘯而出，吉野的煙囪旁騰起了一個巨大的火團，繼而便被濃濃的黑煙吞沒了。濃黑的煙很快在吉野艦上彌漫開來。當濟遠第四炮發出時，顯得茫茫然，吉野整個兒籠罩在一大片濃黑的煤煙之中。方伯謙嘶啞著嗓子叫著：「正前方，全速，逼上去！」他竟還命令水兵拿起槍械準備跳上吉野。可是他發現不對勁，濟遠的艦首卻急速地向一邊轉過去。他抓過身邊士兵的一支哈乞開斯六發裝長快槍正要發射。驀然間明白過來，是他糊塗了，是他打得糊塗了。他是站在船尾，站在後主炮的位置，他竟然把艦尾當成了艦首。艦首的前主炮，早已被炸壞了，屍積如山。他制止了舵手將艦首調過來的舉動後，看見吉野已從那一片煙霧中逸出，正全速地向南逃去。方伯謙悔恨不已，他的思路一時間又陷入了混亂的死胡同，濟遠，濟遠，你爲什麼偏偏不能全速地倒著開！濟遠後主炮又發一炮，在吉野的側後掀起了一個無可奈何的水柱。

恐慌成一片的吉野艦在全速奔逃中升起了白旗，緊接著又把大清國的黃色青龍三角旗也高高地懸在了桅杆上。

一切都是同一種行爲與動作的重演與翻版，可是對象卻戲劇性地調換了位置，是吉野了。

在方伯謙傻子般地目送著吉野遠遁時，中午的太陽已燦爛輝煌地照耀在黃海之上。

在濟遠艦激戰四小時之久死裡逃生幾乎已完全喪失戰鬥力的時候，卻奇蹟般地幾乎將吉野擊沉。

在濟遠號上倖存的一百多個水兵狂呼勝利興奮得又滾又跳時，方伯謙卻坐在後主炮的前面，呆呆地望著已變成一個小黑點的日艦，突然爆發出一陣撕心裂肺、悲憤欲絕的嚎號大哭……

北洋艦隊的主力和大清國號稱亞洲第一、海上長城的定鎮二鐵甲巨艦爲什麼不來呢？

他哭著一抹眼淚，臉上便格外是一種開了花般的燦爛。他久久地木木地坐在那裡，欲哭也無聲了……

*7*

兩日後的日本各家報紙上，都報導了豐島海戰的經過，並在最醒目的位置上刊登了「濟遠」艦的手繪圖形，用以告誡日本帝國的所有海軍軍官與士兵。

*8*

廣乙艦。

據以後成爲日本艦隊司令、在日俄戰爭中戰功赫赫的當時浪速艦長東鄉平八郎回憶說：「廣乙號在我艦一側出現，即時開左舷大炮進行高速射擊，大概都打中了。從此廣乙號開始逃遁，不再與我爲敵，向陸地航行而去。我艦隨即追擊濟遠號。」

豐島海面的炮戰進行了一個多小時，廣乙因在濟遠的右側，中彈不多，它那大小十一門炮轟轟隆隆鳴放不已。當大噸位的日方鋼甲艦浪速從濟遠右側揷來時，形勢急劇地轉變了。當不遠處浪速像一堵牆擋在廣乙前面，濟遠艦看不見了，咬牙惡戰的林國祥心裡慌起來，他正命令魚雷準備發射，浪速已先快一步，將它那左舷的十多門口徑不一的高射速火炮發出的灼熱彈雨飛蝗般地向廣乙傾瀉過去。廣乙受重傷起火，向東退去。日艦未追來，艦上的火也很快撲滅了。陸地漸漸看見了，廣乙一頭鑽進了朝鮮西海岸一個叫十八島的小港灣，便發現不對勁兒：假如被日艦堵在裡面那就完了。當想到回頭時，林國祥的心早已涼了大半截，海上是再不能轉悠了，否則死無葬身之地。他痛切地感到只有一腳跨到陸地上去這才算是踏實地。正在左右爲難尋死覓活的時候，廣乙已慌不擇路一頭衝到岸邊，擱淺了。這時的林國祥反倒一顆心放鬆下來。

廣乙艦的舢板放了下來，九十多名廣乙的官兵棄船登上了陸地後，林國祥毅然決然命令炸艦。一把火在廣乙的彈藥庫點著，聲聲巨響便如暴雷般地傳來，震得已登陸的廣乙艦的官兵們大張著嘴，心一個勁兒地狂跳不已。廣乙艦的上半部被炸得粉碎，碎片連帶著火球飛上半天又紛紛灑落，艦的下半部也被炸成了兩截在近岸的地方燃燒著，濃煙夾裹著烈焰直衝天際。

有的官兵哭了。

林國祥一時間也淚水漣漣，他說：「與廣乙相處多年，迫不得已，總不能讓它留下來資敵呀！」當他們走開了一段距離又回頭時，林國祥看著海岸邊的烈焰，回過神來，便又像在欣賞著自己的什麼傑作，臉上露出了笑意。

可是岸邊的烈火濃煙卻引來了海上的一股高聳著的煙柱，水兵們指著讓林國祥看時，他只看了一眼就癱了下來。正準備讓官兵們四散落荒而逃各尋活路時，那隻船的身影，在近午的陽光下變得已隱約可辨，岸上的官兵們突然歡呼起來！那是艘常泊天津大沽並經常在渤海灣內與北洋水師艦艇交會的英國商船亞細亞號。

廣乙的官兵們獲救了，他們登上了亞細亞。

就不知是不是好事多磨，還是冥冥中有什麼作怪，英輪亞細亞開航，走到半路就遇到了日艦。林國祥們所乘的英輪亞細亞被日本人連船帶人押到了北面的仁川。好在他們登的是英輪，經英國人的強硬交涉，日本人放了他們一馬，但提出了一個條件，必須由中國人寫一個〈永不與聞兵事服狀〉才行。

已經是幾驚幾喜心力交瘁的林國祥沒怎麼猶豫，就寫好了服狀，並在上面第一個簽了名。一切總算是化險爲夷了，這對於多磨出來的林國祥，終究是件好事。

## *9*

操江艦。

操江炮艦九百五十噸，定員九十一人，五門舊式炮。當它看見濟遠艦上的示警旗並遙遙望見後面的日艦時，調頭就跑。當三千七百噸、二十多門火炮且速率幾乎是它一倍的日艦浪速追上來時，操江的管帶王永發嚇傻了眼，茫然不知所措。時有丹麥電報師受雇赴朝鮮，恰好搭乘操江艦。此電報師勸王永發投降，並勸他先將重要文件付之一炬。王永發立即言聽計從，但爲難的事立即又來了：艦上帶有支持葉志超陸軍的餉銀二十萬兩，好端端地送給日本人總是不甘心的。王永發下令將銀子投於海中。於是乘該艦的陸軍便始知要投降的事，在隊長的帶領下一齊鼓噪起來，不願投降，決意戰死，並占據炮位要朝日艦開炮。

是時管帶王永發突然表現出了堅決果敢的精神，乘陸軍隊長不備一聲令下，他的水兵們便一擁而上將該隊長捆了；再一聲令下，水兵們口喊：「一、二、三！」便將該隊長抬起來到了海裡面去，所有的陸軍士兵都不敢動了。

於是，二十萬兩餉銀未及扔，只扔了個隊長到海裡，浪速就已追了上來，連船帶人帶銀子一齊捕獲，押往日本長崎。

*10*

高陞輪。

高陞輪自認為是英國船，當它看見濟遠懸旗示警以後，並沒有返航，只是把船速放慢了，邊觀望，邊徐徐緩行，很快便被迎頭趕上的日艦秋津洲截住。

秋津洲命令高陞輪下碇，自己也在相距高陞輪的四分之一哩停下來，並將其側翼的火炮對準了高陞輪。

高陞輪上有從天津運往牙山增援的淮系精兵一千二百名，裝備精良，同船裝載大炮十二門。他們早已聽見了遠方隆隆的炮聲，又看見濟遠被日艦追著在遠處疾駛而過，知道事情不好了。高陸輪停下後，他們看見日艦上放下一小艇向這邊駛來，幾個淮軍的軍官商議了一下，他們請德國顧問漢納根告訴英國船主，決心寧死不降。士兵們知道後，船上一陣騷動，紛紛表示寧死不降。

這天漢納根恰巧在船上，他是受李鴻章之命隨船去牙山察看情形協助指揮的。他從船長室出來，船上士兵們的情緒已是沸沸揚揚了。「鎮靜，鎮靜。現在我們唯一要做的事就是鎮靜。」他極力勸官兵們稍稍鎮靜下來後，日本的小艇到了。日艦的幾個軍官上了高陸輪，並不理會衆人，直奔船長室，船長把高陸輪的有關文件給他們看了，日本人無言以對，旋即卻命令高陸輪隨秋津洲一同啓航。英國船長情緒激動地幾番抗議以後，日本人理也不理，復歸小艇而去。漢納根又去船長室，從船長那裡知道了最新情況，已深感到形勢的嚴重，他覺得這事不能對大清的官兵有任何的隱瞞。他急速地跑出船長室，英語，德語，漢語，用三種不同的語言交錯著把事情說明白了後，又不無激動地說：「我把命運交到了你們每一個人的手裡。但我還要極力勸大家鎮定，注意形勢的發展……」沒等他說完，憤怒的呼聲就猶如那號角，十分嘹亮地響徹了全船。船上的清軍一律荷槍實彈，雪亮的鋼刀也都紛紛出鞘在頭頂上舞動著。他們迅速地看押了船上除漢納根以外的所有西洋乘客，英國船主也被幾個士兵嚴密地監視看管起來，並警告他：「若膽敢起錨隨日艦而去，就統統讓所有的西洋人做刀下鬼。」

秋津洲發出信號，令高陸輪起航。

高陸輪回信號，請日本人再來談一次。

日本的小艇又來了，這次他們充滿了警惕，再沒有上船來。漢納根來到高陸輪的跳板上，與日本軍官用英語談判。漢納根告訴日本人：「船長已被士兵看押起來，失去自由，對不起，不能服從你們的命令了。船上的軍官與士兵堅持讓他們回原出發的海口去。」日本人堅持要見船長，船長出來後說：「情況確實這樣。考慮到我們出發時還在和平時期，即使已宣戰，這也是個公平合理的請求。」

日本的小艇返回軍艦後，秋津洲上掛出了信號旗：「快快地離開船。」顯然這是向高陞輪上的歐洲人發出的信號，但船上所有懸吊著的救生艇已被清軍的士兵們看管起來。船上懸旗告訴日艦，其語含糊而微妙：「人們不許我們這樣做。」

秋津洲上懸出了一面答旗。

秋津洲開動起來，距一百五十公尺將艦首對準高陞輪船腰部停下後，旋即艦上的汽笛尖厲而驚心動魄地拉響了，一面紅旗冉冉地升上了它的前桅，似在舉行著某種儀式。一枚魚雷在巨大的氣壓頂推下衝出魚雷發射管，卻又是悄沒聲息地在海中向著高陞輪鑽行而來。射出魚雷的稍後幾秒，秋津洲上的六門火炮齊放，其桅頂望台上的機槍也「咯咯咯」地狂叫著。頃刻間高陞輪上爆炸迭起，火團滾滾，也就在這時那枚魚雷也已觸到高陞輪的鍋爐煤倉，隨著一聲巨響，黑煙煤屑在爆炸的氣浪中四裂，襲滅了船上一切的火團並升騰彌散開來，半邊的海天為之黑沉沉下來，猶如陡然間掉進了黑夜。

爆炸後短暫的一刻是死一般地靜，人們在窒息中嘶喊不出，只感到高陞輪傾斜了，艙面上的人立不住，便像餃子一般紛紛滾落到海裡。

漢納根就是在這一刻掉進海裡的，他盲目地掙扎出海面，又盲目地游動起來。一陣海風吹過，黑夜的幕被推到了後面，高陞輪重又處在了午間烈日的照耀之下。漢納根看見高陞輪的船首已漸漸翹起，它的尾部正慢慢地向海裡插去。在這重見陽光的時刻，秋津洲上的大炮機槍重又喧囂起來。漢納根看見還在高陞輪上的清軍用槍無畏地向日艦射擊，一批倒下一批又從船艙裡鑽出來。海中密密麻麻滿是人頭攢動的黑點。日艦上放下了小艇，漢納根見著總算鬆下一口氣來。本著人道的精神，落海後失去戰鬥能力的人，是應該得到營救的。他揮動長臂奮力向小艇游去。但是一個景象叫他驚呆了！小艇上的機槍小炮開始向海中求生的人們射擊起來，海中的人頭一個個一片片地沉了下去，冒上來的便是一縷縷的血花，藍綠色的海中，一時間竟出現了無數枝紅珊瑚。漢納根悲傷得很，不同的人種，也是同樣的生命，就這樣消失了。這時他發現日本的小艇停止了槍炮的射擊，向艇上拉上了幾個落海的歐洲人，又在遠遠地向他招手。一種難以抑制的悲憤猛烈地向他的心頭痛擊，他嗆了一口水重又鑽出水面後，毅然拒絕了日本人的援救，向西面游去。他游動了一小段，突然發現近旁海水被激起朵朵水花，而在西面更遠處游動的，幾乎可以說是已脫離了險境的大清士兵又三三兩兩地沉到了海裡。槍彈或在他的身邊或從他的頭頂「撲撲」地擊入海中，他側頭看見，日本的軍艦、小艇依舊在開著火，卻不是朝這邊，他們已顧不著屠殺游遠的人們，正放慢了節奏在不緊不慢地向高陞輪上射擊。漢納根在海中一轉身，面向著高陞輪，他驚呆了！高陞輪已進入了最後的時刻，船首已高高地翹起，船上的士兵們正攀緣在這船頭一切可以攀緣的物件上，槍口再也不向著日本人，而是在用最後的槍彈與生命，向著他的同夥，或是兄弟與同胞們作著瘋狂的射擊……

這個血緣毫不相干的日耳曼人奮力向西游去時，便也感到一種無可奈何的巨大悲慟籠罩著他，並將與他相伴終身了；他覺得不可理解，同時終身也解不開中國人身上的這個謎……

那日高陞輪上得生還者，不過一百七十餘人。

## *11*

漢納根在海上漂游了二個多小時後，遇上英輪而獲救，隨輪到達仁川，不期而遇見到了已寫過服狀的林國祥。西方各國多在仁川設有領事館，正對未經宣戰而爆發的海戰衆說紛紜，很快，漢納根與林國祥就成了西方記者採訪的焦點。

漢納根敘述了他所見到的海戰經過，特別是日艦擊毀英船高陞輪並屠殺清軍的經過。

林國祥敘述了海戰的起始，說得頗爲情感動人，聲淚俱下，當講到他的廣乙在擱淺後自己引爆焚毀以免資敵時，他的話鋒一轉，說他已盡到最後一分努力了，而濟遠只顧西逃，並不肯援救他。

漢納根忍不住問：「據我所見，日方三艦是緊追著濟遠，邊炮擊邊西去的，如果不是這樣廣乙恐怕早就被擊沉了。」

林國祥一笑，鎭定自若地說：「那是因爲濟遠不救廣乙在先，日艦見廣乙受傷過重肯定行將沉沒才出現的情形。漢納根總教習，正因爲這樣，濟遠應該是自食其果，不對麼？」

漢納根一時感到有些愕然，竟不知怎樣回答爲妥。

倒是外國某記者問：「林先生，你說你駕駛的廣乙艦行將沉沒，但結局是並沒沉沒而是行駛了十幾海浬後在十八島擱淺的。」

林國祥說：「這恰恰證明我是想極力保住廣乙，全艦將士盡了最大努力的結果。但它畢竟受傷過重駕駛不靈，它擱淺了，我們引爆彈藥將它炸毀。作爲一個軍人，我與全艦官佐士兵盡了最後的努力。」

一番話說得記者們頻頻點頭。有記者又問：「聽說你後來向日本人寫了服狀才獲得自由？」

林國祥毅然地說：「不對，是因爲我們首先獲得了英國商輪亞細亞的援救。據國際公法認爲，從那時我們就得到了第三國的保護。」

記者問：「服狀可是事實？」

林國祥說：「是事實。但那是有第三國在場的情況下履行的一種冠冕堂皇的手續……再說，我們廣乙艦上除戰死的，還剩下九十多名已失去了武裝和自衛能力的官兵。先生們，我可以毫無愧色地說：我，前大清國廣乙艦的管帶林國祥，盡了我最大的努力，其結果那就是經過炮火摧殘，幾度死裡逃生的前廣乙艦上的九十多名官兵，現在還生氣勃勃地活著。他們的生命還屬於他們自己！」

記者們報之以一片熱烈的掌聲，而在周圍的廣乙艦的官兵們都嗚嗚地哭了起來。

林國祥拱起手，頻頻點頭致意，「謝謝各位先生，各位先生。」

有一記者問：「林艦長，請允許我問最後一個問題。」

「請問。」

「你對這場海戰最大的感觸是什麼？」

「先生，你肯定以爲我要說是日本人不宣而戰了。不對！軍人的神聖職責就是隨時要準備打仗，對這我早有準備。最叫人憤憤不已的就是，濟遠的裝備遠比我們好，爲什麼他不與我廣乙並肩作戰，一直拚戰到最後一刻，而是見死不救，撇下我們自行西逃！」林國祥說著的時候，已是淚如泉湧，激動得全身戰慄不已了。

記者們也全都受到感染，情緒激動地鼓起掌來，久久不得平息。

漢納根坐在椅子上，一言不發，沉默無語。林國祥爲什麼要在事後一口死死咬住濟遠，咬住方伯謙不放？不知怎地，他的腦海中浮現出高陞輪行將沉沒時，遭到日軍射擊的那血淋淋的一幕。

# 第四章 鏖戰大東溝

1

光緒二十年（西元一八九四年）七月二十八日，日本陸軍進攻駐朝鮮牙山清軍，在成歡驛附近爆發激戰，葉志超、聶士成部力不能支，孤軍遠遠繞過漢城由朝鮮中部北上奔往平壤。

八月一日，中日雙方正式宣戰。中日兩國公使即各自下旗歸國。而西方英、法、美、德、俄、義、荷、丹、瑞典、挪威等國，皆先後宣布中立，一任東方的兩個鄰國在沃血中搏殺，坐山觀虎鬥。

清軍衛汝貴、馬玉崑、左寶貴、豐陞阿於八月上旬先後南下到達平壤，得牙山葉志超部失利之消息，且聞日軍在漢城、仁川一帶厚集兵力，並有派大軍北進之舉，便決定先部署平壤防務，並令在增援途中的盛字、練軍兩步隊，吉字馬隊二營，進駐平壤北面的安州、博川、定州之間，擔任後方連絡與警備。

進駐平壤四大軍將領會商認為，清方須有兩萬戰鬥兵，一萬後方守備兵，方可南下取攻勢。認為最可慮者，清軍只有一條後方連絡補給線，倘日軍在安州、定州、清江等瀕海處登陸切斷此線，平壤便將陷入日軍包圍之中。

李鴻章據此報軍機處，且謂現在除布防北洋各處淮軍以外，就算極力調派，手中也不過能抽出八九千人，尚須緊急徵募二十營，方足資調遣。

八月中旬，清廷仍諭命李鴻章，要駐平壤四大軍急速南下進攻日軍。李鴻章抗旨未行。

時，日軍由釜山、仁川、元山等口分別增援，侵朝鮮的日軍兵力已達五萬。八月下旬，葉志超、聶士成部退至平壤，平壤大清守軍約一萬五千人（野炮四門、山炮二十八門、機槍六枝），共爲三十營。

葉志超抵平壤後，受命統一指揮在平壤各清軍部隊。然而清軍諸將以其庸懦無能，都輕視之。而葉志超每日置酒高會，僅令勇丁與朝鮮百姓在城外築壘而已……

日本當時的國力並不充實，經濟財政尤顯短絀，故於宣戰詔書下達之後，又有徵募公債敕令如下：「爲支辨有關朝鮮事件之經費，政府得撥用屬於特別會計之資金，並得供款徵募公債……以五千萬日元爲目標，分五十年還清。」日本舉國上下以此敕令爲號召，有錢出錢，有力出力，最終募得戰爭公款七千六百九十萬九千日元。遠遠超過了原訂目標。

## 2

這天早晨起來感覺就不怎麼好，丁汝昌的兩個眼皮一齊跳。

用過早飯他便匆匆直朝提督衙門走去，因被眼皮跳得心煩，路過戲台時也就省去欣賞那上頭的對子並且駐足留連了。俗話說：「左跳凶，右跳福。」他一路上只在心裡不住地掂量著凶吉，亂糟糟是一個也沒摸出個頭緒來，倒是思緒一觸及凶，凶便跌跟頭打滾似地接踵而至了，且盡惹得他兩個眼皮又是一陣地跳。

及至到得提督署裡坐了下來，眼皮終是跳得發累有些懶懶地稍歇，心卻悠悠然懸了起來，不願承認又不得不承認，「濟遠」、「廣乙」、「威遠」三艦護航朝鮮牙山，至今還沒回來。其實他的心一直也是懸在這上頭的。從日期上算，三艦是該回來了，但反過來想，出航海上每每遲早個一兩日也是常有的事，當也不致弄出什麼事來的。會出什麼事？丁汝昌想到前些日「鎭遠」、「廣丙」、「超勇」在牙山口駐防半個多月，不是都好好地回來了麼？如今「濟遠」等三艦才去不過三五日就出事，那分明是見鬼了！

可是偏偏在這時他的左眼皮單單獨獨又跳了起來，凶兆，分明是凶兆！他吩咐長發爲他拿了根洋火棍來，折一半就撐住了左眼皮，左眼皮依然有些微微地顫動著。這是三十多年前在劉銘傳的銘字營中的一個老方子，記得那年攻打常州的前一夜，他的左眼也是一個勁兒跳的，後來用此法把跳給撐跑了，第二天他便踏著死屍第一個攻上了常州的城頭，雖身中數彈，終是於性命無礙了。因此不能不說，這是個逢凶化吉的方子。丁汝昌的左眼不跳了，但他又不敢貿然就取下撐著的洋火棍來，只好左眼被支撐得如怒目圓瞪，右眼卻微微閉上養息起精氣神了。左眼的跳既不是爲著「濟遠」等三艦，怕就是爲別的什麼事情，思來想去中他終於摸出個頭緒來。七月二十二日李中堂電令切切要他「統大隊船往牙山一帶海面巡護」，並有「如倭開炮，我不得不應，祈相機酌辦」一語，全權都交下來了。可他卻聽了劉步蟾的話，給李中堂回電中除講了七月二十日（西曆七月二十二日）「濟遠」、「廣乙」、「威遠」已開往朝鮮牙山，自己正準備率定鎭致靖等九船，雷艇二艘再去而外，接著就是念的一通苦經，「惟船少力單，彼先開炮，必致吃虧，昌惟有相機而行。

倘倭船來勢凶猛，即得痛擊而已。威（海）防無船可留。牙山在漢江口內，無可遊巡，大隊到，彼倭必開戰，白日惟力拚，倘夜間暗算，猝不及防，只聽天意。希速訓示。」訓示第二天一早就來了，中堂在回電中幾乎是連諷帶罵，「牙山並不在漢江口內，汝地圖未看明。大隊到彼，倭未必即開戰，夜間若不酣睡，彼未必即能暗算，所謂『人有七分怕鬼』也。葉志超電，尚能自固，暫用不著汝大隊去。將來俄擬派兵船，屆時或令汝隨同觀戰，稍壯膽氣！」

看來不去接應「濟遠」等三艦，是可有個交代的，但正是由於他的這封電報才改變了李中堂的初衷，卻又是事實，總有那麼一點讓老上司上當的意味。再者，雖說李中堂有那麼一種對自己親信的人才會痛加訓斥的怪癖，但讓頂頭上司如此嚴厲地痛斥到自己幾乎不通軍事常識上來，總也絕非是件好事情。丁汝昌想他的眼跳，十有八九便是來源於此，他無可奈何地踱到了院中，抬頭看看，天上已是懸著一輪早晨八、九點鐘的太陽了。

門外一串急促的腳步響，先是劉步蟾一頭闖了進來被轉過身來的丁汝昌嚇了個張口結舌。直到看見丁汝昌扯下了左眼上撐著的棍兒，劉步蟾這才好好地舒過一口氣來，極力平靜地說：「丁軍門，鎮定，要鎮定……」

丁汝昌正感到莫名其妙，門外又跌跌撞撞跑進了幾個親兵，一齊衝丁汝昌報告：「不得了，不得了，濟遠艦回來了！」

「回，回來了？」丁汝昌幾步衝到了提督衙門的大門口，只一眼他就望得呆掉了。他看見靠在提督衙門對面民用碼頭上的濟遠艦，已被打得焦頭爛額，簡直認不出了原來的形狀！丁汝昌震驚得扭頭看看劉步蟾，回頭就要衝出去，卻被身邊的劉步蟾一把死死地抱住了說：「丁大人，萬萬去不得，濟遠艦上正個個嚷著都要把屍首抬到提督衙門的大堂上來呢！」

丁汝昌渾身發軟，冷汗也下來了，長發這邊要來扶，被他一手狠狠吼出了聲：「探！」

長發探消息去了，丁汝昌這才回到提督署的大堂內，一屁股墩在了椅子上。他用眼尋著了劉步蟾，劉步蟾只是一個勁兒地咧嘴啜著牙齒，正說不出什麼的時候，長發跑了進來報告說：「濟遠艦是跟日本人打上了。傷二十七，死十三，其中八人被炸得屍骨不全。」長發好好喘了口氣，說：「甲板以上全都打爛了，聽說至少中了三四百發炮彈。」

「胡說！」丁汝昌一下彈了起來，顯出了莫名其妙的激動，「一艦被人轟三四百發炮彈，早，早散了嘛！」

外面又有兩個親兵飛奔來報，說：「濟遠艦上的水兵抬著屍首，方伯謙正帶著他們朝這邊來了！」

丁汝昌的兩個眼的眼皮說跳就跳了起來，他想吩咐立即把大門關了，可分明又是逃得了和尚逃不了廟的事，正在神不守舍時覺得身邊有動靜，伸手一把就抓住了劉步蟾的衣裳角，死死地不放，說：「別走，你先別走。」

劉步蟾說：「還是迴避的好，假如兩人都獻上去，連個轉圜的人也沒有了。」

丁汝昌鬆開手時外面傳來了一片嘈雜聲。當方伯謙渾身血跡衣衫襤褸，帶著一群水兵兄弟闖了進來，像十幾棵樹樁子矗立在人前時，大堂內外一片寂靜，只見方伯謙久久地凝視著丁汝昌，忽然撲通朝下一跪，嗚哇一聲，便是號啕大哭。

丁汝昌望著已是跪了一地的水兵，心頭直是顫顫地憋出一句話來，「方管帶，老夫也難，老夫的心頭也不好過，你，你說是不是？」

「不！」方伯謙抬起頭來便是頂調一聲嘶喊，「我是代沈壽昌、黃承勳等濟遠艦上十三個官兵向你報到來了！」言罷一抬手，門外就轟轟然地進了一隊人，一時間大堂內外放滿了擔架和擔架上一具具支離破碎的屍體。

丁汝昌的臉色十分難看，他的手在桌下抖動著，猛然使勁一握，便覺連心也握得硬了起來。他說：「方伯謙，你是說老夫沒見過死人麼？」

方伯謙說：「我是代死了的兄弟向你討回一個公道來！」

丁汝昌深深吸了一口氣，把牙關咬得鐵緊，他明白眼前是他的一個坎兒，今天是豎要豎著過，橫也非要橫著過了。他捫心自問，戰場不說，官場不也混了這許多年了？官場之道就一點不懂？他媽的不就是要橫下心來找，找出個人模狗樣的所謂道理的麼？他悄悄舒出一口氣來，說：「向我討公道，那麼依你看，老夫再該向誰討公道？」

跪在地上的方伯謙一下子愣住了，很快他便向丁汝昌發出了一串令人毛骨悚然的冷笑，回頭衝水兵們喊：「走，把濟遠給我開到天津，屍諫，老子向李中堂討公道去！」於是大堂裡的水兵一律爬起來，抬上擔架就跟方伯謙朝外走。

丁汝昌情不自禁站起來跟了兩步，忽地喊聲：「慢！」他說：「我有中堂的電令在此！」見方伯謙在門口處止住步慢慢回過身來後，他又說：「你們是跟日本人打的麼？誰先動的手？」

方伯謙說：「日本人。」

丁汝昌一拍手，「這就對了，足見中堂的遠見。日本人先動手，不宣而戰，理屈在彼，這就是洋務，列強是會自有公論的。」

方伯謙反問：「中堂果真明令不准接應的麼？」

丁汝昌抽出一份電報拍在桌子上，方伯謙要拿，他卻抽了回來說：「當真指望你們吃了虧回來麼？那我就不是北洋水師提督，是他媽個吃裡扒外的東西了。可接仗的情形老夫還一無所知，你說出來果是老夫失職，丁某立馬就一同隨你到天津請罪去！」

一席話說得方伯謙把那昂昂激憤的精氣神落了下來，情緒便又回到了海戰中去，當他淚如雨下地將豐島海戰的經過講了一遍後，丁汝昌問：「廣乙艦，還有威遠呢？」

方伯謙說：「廣乙交戰數小時後，不知所往。」說到這裡他有些愣住了，問：「威遠沒回來？威遠練船不堪禦敵，我先一日就叫它回來了。」

丁汝昌的臉板得像塊鐵樣地說：「令你保護載兵船，五船同出你就一船獨歸？」

方伯謙莫名驚詫，「丁軍門，你怎麼把事情攪混了一齊講？哪五船同出，哪一船獨歸？那麼高陞輪與操江艦又怎麼說？」

丁汝昌說：「白旗呢？是懸在高陞、操江艦上還是濟遠艦上的？辱國甚矣！你還有臉問我？我若戰時懸白旗，李中堂早把老夫的頭搬下來獨獨請到金鑾殿上去了！」

方伯謙氣昏了，說：「這麼說反是你要把我告到津門去？」他一拍胸口，「我方某問心無愧，我怕誰去告我？讓中堂把我逮去問罪，那反倒好了！」

丁汝昌說：「老夫也並沒說要去告你。」

方伯謙若有所悟，說：「明白了，我方某有些明白了……不想到當路猛醒反回頭來，如此一番卻原來是爲了封住我的口。可北洋水師危矣！哀莫大過於心死呀，可我還想最後說一句！要知道當北洋水師提督的是你！」

方伯謙望著丁汝昌慘慘地笑著，「接下來免不掉是大戰連連，如果你還代北洋水師設想，還想把這個水師提督當下去的話，你就先到中堂那裡告我去。我方伯謙絕不會死死咬住你不放，爲了北洋水師，我只要把事情說清楚，給你提個醒就行了。」說罷他轉身就走，走幾步呼一聲又站住：「告？我方某委實提不起那份勁頭來爲你自作多情了！」

方伯謙與水兵才走，劉步蟾就從大堂後面走了出來，他說：「沒想到丁軍門老辣到如此。」

丁汝昌說：「不得已也，」他的眼朝劉步蟾一翻，「你倒落得一身乾淨了。」

劉步蟾說：「要落一身乾淨，我就不來了。」見丁汝昌繃著臉不作聲，就說：「電報，立即給中堂發電報！生孩子報喜，死人報喪，都瞞不過的事。到時怪下來說遲遲不報，便又是一過了。」

丁汝昌領悟過來，「先入爲主，對了。怎麼報？」

劉步蟾說：「就說據濟遠回報，在豐島遇敵三艦攔擊，濟遠爭戰甚力，擊沉敵旗艦吉野兵輪。」

丁汝昌說：「狗日的，偏偏大虧的時候你給人家大補，老夫也長回見識了。」

劉步蟾說：「剛才不都是方伯謙自己說差點擊沉的麼？只有這樣，中堂那裡才顯我們與方伯謙是沒什麼難過的。至於查下來是否擊沉吉野，那就是中堂去問方伯謙的事。」

丁汝昌點點頭，說：「速辦，水師大隊也馬上往朝鮮大同江口去再說。」他覺得事情大體已妥善下來，卻又忽地想到了另外一件事，那就是威海灣本身的防務，等把防務都照早已想好的布置下去，太陽已近中午了。

*3*

丁汝昌率北洋水師主力，從七月二十七日至八月十三日三次往朝鮮大同江口巡探，盡皆來去匆匆。

就在第三次去大同江口巡探的早晨，日本艦隊司令伊東佑亨忽率其主力出現於威海衛港外，與港口諸炮台略一交炮即退去。本日深夜又出現在旅順，與黃金山炮台交炮數十發便又退去。此後一個多月內，北洋艦隊退守威海、旅順一線，未出此範圍一步。

就在北洋水師往返於威海與朝鮮大同江口期間，林國祥搭乘英輪回到了劉公島。

林國祥帶著他那班人，一下船便感到了威海灣內已是一派戰雲密布，山雨欲來風滿樓的蕭颯景象。一南一北兩個出海口，施工的艦船往來穿梭，正夜以繼日地在打木樁，拉鐵索，布置水雷；沿著已拉好粗大攔海鐵索的一線，木船滿載著石塊，正在不時一艘接一艘很悲壯地自沉在這預定的位置，以便在海中疊起一道護衛海灣的暗堤。

林國祥站在鐵碼頭上久久地望著，那種最初的如釋重負，戰爭已離他遠遠而去的感覺便慚慚消失得乾淨，丟掉一艘軍艦，現在看來只是保了一條，不，僅僅是保了一次命而已，而他依舊是落在了這戰爭的漩渦之中。眼前的景象叫他望得惶惶然而又淒淒然，他的腦海裡也曾冒過一個惡狠狠的念頭，一咬牙一跺腳，拔腿先回老家廣東去再說，海戰那血淋淋的滋味他已是好好的一口先嘗過了。但一走便是在逃的欽犯，光蒼天之下莫非王土這一點，他又能躲到哪裡去？躲了再被抓回來，一切便是鐵案，死定了。這時他便切膚地體驗到，特別是在大戰將臨的時候，作為管帶艦長丟了一艘軍艦的滋味實在也是尋死覓活的。於是先前有廣乙艦時的好處便就在他的心中一一抖落開來。軍艦於一個管帶艦長，是衣食父母，是安身立命、做人的資本，也是打起仗來的資本，這資本可以為他立功，也可以助他逃跑，哪怕是投降呢？……這時他便想起剛才聽說的，方伯謙就是掛了白旗而後逃掉的。這狗日到底是比他精明多了，掛著白旗跑得掉就逃，逃不掉就降，好歹還有艘軍艦在手裡墊著底呢！想到這裡林國祥就渾身上下禁不住直打寒顫，他林國祥是什麼假神氣，簡直一隻呆鳥，在牙山附近十八島他將廣乙一把火燒了，這時來的是英國船，要真的是日艦先一步到，見他兩手空空盛怒之下不先一刀宰了他？現在艦沒了，他與廣乙艦上的九十多人盡皆兩手空空地候在劉公島上聽憑發落，喪家之犬，現在他林國祥已經和喪家之犬差不多了。

林國祥整日在島上轉著，坐臥不安，北洋艦隊往大同江口去了還沒回來，他盼著他們早點回來，那時他便要從一派敗局中覓出一線生機來。

## 4

幾日後北洋水師大隊返回劉公島了。

劉步蟾回到劉公島上他的宅邸，略事洗理過後，換了身淡青色的長褂，便悠悠地在他那不大的院中踱起步來，數日來艦上那日夜不息的機器轟鳴離他遠去，他吩咐伺候他的親兵將大門緊閉，什麼人也不見，他要獨享這一份難得的淸靜。

劉步蟾的院中什麼也沒種，他覺得在這劉公島上他這府非府、宅非宅、衙門非衙門的地方種什麼也都是個不倫不類。宅後就是劉公島上的高山，一山的青翠欲滴這就夠了，他常常喜歡獨自一人倒背著手仰望，便常常能生出一種仰望高山而視之爲小的感覺。

此番北洋水師大隊主力數度出洋巡探朝鮮大同江口，丁汝昌因丟了廣乙、操江艦又失高陞輪受到朝廷的嚴辭切責，正所謂「天塌下來自有高個子頂著」，都盡是他當提督大人的事了。惡戰或遲或早地就逼在身後，「決守艦亡與亡之義」就實在値得他好好地理味再三了。

自小他劉步蟾就讀過文天祥的〈正氣歌〉，雖半通不通的，但畢竟在那位老塾師抑揚頓挫的講解中感知到了一種耿耿的正氣，以後又讀了文天祥的〈指南錄後序〉並詩，對這位南宋末年的右丞相兼樞密使便就了解了。

文天祥是在蒙古人大兵壓境，南宋都城杭州岌岌可危時，受命出城與元人談判退兵的。可他出了城後就讓朝廷中要投降的人出賣了，被蒙古人押著向北而去。文天祥此時悲憤交集要自殺，但爲了力挽危局他隱忍了下來。北渡長江後文天祥終於得以逃脫，他找到南宋的維揚將帥李庭芝，告之元兵虛實，卻又遭到自己人的懷疑，被驅趕出來。於是文天祥不得已「變姓名，詭踪跡，草行露宿，日與北騎（元人的軍隊）相出沒於長淮之間，窮餓無聊，追購又急，天高地迴，呼號靡及。已而得舟，避諸洲，出北海，然後渡揚子江，入蘇州洋，輾轉四明、天台，以至於永嘉（溫州）」。緊接著文天祥在這留傳以永遠的〈指南錄後序〉中便是「嗚呼！」一聲長嘆說：「予（我）之及於死者，不知其幾矣！」在百死中而求生的文天祥像一盤指南針始終追隨著南宋皇帝的足跡向南、向南，「臣心一片磁針石，不指南方誓不休。」這以後文天祥又一次被俘，在元將押他去廣東海上勸南宋最後一個皇帝投降時，文天祥作了首名叫〈過零丁洋〉的詩。

每想到這首留傳千古的詩，劉步蟾總是有些襟懷激盪，他仰面望著青山，微微瞇起眼吟哦起來：

辛苦遭逢起一經，干戈寥落四周星。
山河破碎風飄絮，身世浮沉雨打萍。
惶恐灘頭說惶恐，零丁洋裡嘆零丁。

文天祥後來被押往元朝的首都大都，凡四年，被關押在地牢內每日備受「水、土、日、火、米、人、穢」七氣的煎熬，而他都以孟子的「我善養吾浩然之氣」爲精神的支柱，始終不屈，遂有〈正氣歌〉成，「時窮節乃現，一一垂丹青……是氣所磅礴，凜烈萬古存；當其貫日月，生死安足論！」它與〈過零丁洋〉中的「人生自古誰無死，留取丹心照汗青」，相互映照而都成爲千古絕唱了。人活一百也不免一死，而名留千古的又能有幾人？人死而留名，雖死而猶生，這太使劉步蟾神往了，多少年來劉步蟾也常常暗自捫心自問：我能如〈正氣歌〉中所列舉的漢蘇武、唐張巡以及作者本人文天祥那樣一一垂丹青麼？他覺得他每次在心馳神往過後便都生出種無端的怯意來，如蘇武在荒漠中牧羊十幾年而不變其節；如張巡在安史之亂中砥柱中流守一城而捍天下，殺妻以充軍食，死守孤城睢陽近一年直打到最後僅餘三十六人被俘而遇害；如文天祥備受獄中煎熬而不改其志；劉步蟾覺得實在是太難了，難到了一想就不由得要打一個寒顫的地步，一個人死後而能夠做到「留取丹心照汗青」竟如登「蜀道之難，難於上青天」了！

這些年來，劉步蟾從南到北走過大半個中國，見過無數的忠烈祠，看過無數座忠烈牌坊，最叫他留心的便是揚州廣儲門外的梅花嶺了，那裡有座史可法的衣冠塚。史可法是前朝南明的大學士與兵部尙書，其所處時代與自身地位幾乎與他的前輩文天祥如出一轍。不同的是史可法當時手中握有軍隊，他領兵抗擊當年大清軍隊的南下，於是便有了「揚州十日」城破被俘，後又被殺的事蹟。另一個不同處是史可法是被他的敵人十分乾脆俐落地砍掉腦袋後，又被封爲忠烈公的，城外建墳，城中立祠，使這個在南明弘光小朝廷中備受排擠的人一舉成名，名垂青史。劉步蟾是個聰敏而善思的人，他覺得箇中的奧妙太值得玩味了。但這奧妙在何處，卻總是扯不斷理還亂般地叫他如墮五里雲霧。但他終於有一個機會窺見到了這二百多年前的奧祕。

那是劉步蟾前幾年冬練駕艦路過上海時，在一個不起眼的小書鋪裡得到了一册題爲《甲申朝事小紀》的手抄本，此書是本朝嘉慶、道光年間，一個浙江湖州人託假名「抱陽生」收集編撰的。此書共四編，每編十卷，對二百年前那個風起雲湧、驚濤裂岸的時代的史事記之甚詳。劉步蟾首先讀到的就是那篇〈閣部史公答睿親王書〉，睿親王是誰？就是當年大清入關時主持一切軍政的攝政王多爾袞。此文引大義而論時政，言天時而推大勢，剛柔相濟，雄辯滔滔。此書最後寫道：「北望陵廟，無淚可揮，身陷大戮，罪應萬死！所以不及從先帝者，（崇禎帝自盡於北京煤山，我爲什麼不以死盡忠呢？）實維社稷之故也。法（史可法）處今日，鞠躬致命，克盡臣節，所以報也。」一個忠心耿耿的史可法便躍然紙上了。這書是清軍南下前幾個月，駐守揚州的史可法對於多爾袞投來勸降書的一個答覆。書中對於過去的明福王、當時的弘光皇帝是這樣寫的，「今上天縱英明，刻刻以復仇爲念，廟堂之上，和衷國體……」云云，但劉步蟾卻在該手抄本中讀到了大量關於那位弘光皇帝的記載：

**乙酉年，大清兵南下，勢如破竹。福王除夕悄然不樂，亟傳各官入見。諸臣皆以兵敗地蹙，俱**

叩頭謝罪。（福王）良久曰：「朕未暇慮此，所憂者，梨園子弟無一佳者。意欲廣選良家，以充掖庭，惟諸卿早行之耳。」

大兵壓境了，這弘光皇帝竟爲他的宮廷戲班無上好的角兒而悶悶不樂！這是一個昏庸得令人切齒的皇帝，身處當年的史可法大約是不會不知道的，他重用權奸馬士英、阮大鋮，直把史可法驅到這江北來，史可法應該是更有切膚之痛的了，偏偏卻說「今上天縱英明，刻刻以復仇爲念」。劉步蟾分明就感到了這裡面必然隱藏著玄機。劉步蟾後來聽到這樣一則軼聞，說史可法面對還在數千里以外的清兵，就開始盡心盡意地寫這篇〈閣部史公答睿親王書〉了，清燈冷夜，數日寒窗，字斟句酌，增刪數次，總算嘔心瀝血地將此書寫了出來。親自抄好卻又對自己的書法不甚滿意，特地請了當時的大書法家韓默將它謄抄一遍，這才令快馬送出。這是什麼一種心態？這幾年劉步蟾也反覆地揣摩，反覆地玩味過，終於若有所悟了。此書與其說是寫給遙隔數千里的敵人看的，倒不若說是寫下有意留給後人看的；與其說是爲了弘光皇帝、爲了明朝的江山寫的，倒不若說是爲自己的名與節而作的一大伏筆。後來的所謂「揚州十日」便無不一一證實了劉步蟾的想法。

數月後清軍南下包圍了揚州，史可法並不在行轅謀劃軍事，也不在城頭部署戰守，而是召集諸將謀劃他的後事。一句話說到底就是城破時他將是個什麼死法？如何安排好他最後的造型。此時，城牆外清軍一次次投書勸降，城內史可法一次次擲書於地，慷慨拒絕，而對於後事的安排卻又密鑼緊鼓，極有張致。早先寫給福王的不算，首先是史可法又親手寫了五封遺書，給城外的清豫王多鐸，給他的母親，給他的妻子，給他的伯叔兄弟等等，其中特別囑咐在他死後要葬於「太祖高皇帝之側，萬一不能，即葬於梅花嶺可也」。他最後的全節怎麼個全法呢？史可法特別將他的副將史德威收爲義子，千叮嚀萬囑咐，城破之時，就由史德威一刀將他殺了，幫助他最後完成大節。諸事稍定卻發生了一件令人髮指的意外，史可法手下的兩員部將李栖鳳、高風岐見主帥整日爲身後的全節而煞費苦心，那麼城破之後他們怎麼辦？便不由得生出別樣的想法來，他們密謀要挾持史可法出降，卻又不幸被這個史閣部識破。如若堅欲守城，必然是要先殺此二人，用他們的腦袋來祭旗的，然而史可法不但令其「自便」，且還允許他們率領部衆大搖大擺地出城投降了清軍。這樣一種舉措，這樣一種心態，這樣一種安排，結果搞得江北四鎮十餘萬兵馬形同一盤散沙，都被一種濃烈的失敗氣氛包圍著，竟沒一處戀戰的。揚州城的攻守戰，實實在在只打了一天，清軍躍馬揚鞭一蹴而就，所謂「揚州十日」其實是指清軍入城後進行的十天血腥大屠殺，殺得揚州城血流成河屍積如山，八十萬人成了刀下鬼，曾繁華一時的揚州城變成了一片廢墟。

若用這「揚州十日」比起二個月後江陰的抗清來，劉步蟾覺得簡直黯淡得沒一點光彩。此手抄本中記載江陰可以說沒有大明正規軍的一兵一卒，僅僅一個江陰的典吏閻應元，帶城中百姓六萬，就抗擊了城外二十四萬清兵日夜的圍攻，守城八十一天，叫清兵死傷七萬五千人，是役殺死清軍親王三，大將十八，使得悍勇一時的清軍鬼哭狼號，三軍掛孝。

揚州城破之後，史可法並沒有完全按照他的事先安排走上歸結，出了點小岔子。是時史可法欲拔刀自裁，偏偏被諸將抱住，兵部尚書自殺欲置他人於何地？也自殺麼？史可法情急大呼德威，史德威涕泗橫流就也下不得手了。於是被清人活捉。滿人不比元時蒙古人來得囉嗦，似乎把一切都看得十分透闢，豫王多鐸對史可法說：「你既爲忠臣，當一刀殺了你以幫你全名。」閣部史可法終於在此時得到了比預先安排的還要好的效果，大呼曰：「城亡與亡，我意已決！即劈屍萬段，甘心如飴。」遂慷慨而就義。

「城亡與亡，我意已決！」慨當以慷，壯懷何烈！倘沒有這位史閣部先前的層層鋪墊，這最後的一聲怕早也就被揚州城破之時的廝殺聲所湮沒了。每當這些史事一幕幕在劉步蟾的腦海中閃現時，他總不禁要佩服起這個史可法來。史閣部眞不愧是個精明的人，以文天祥與史可法比，文天祥是知死而不死，死中而百計求生，太難過，也太難爲了；史可法則是尙有可爲而不爲，一心一意奔著一個全名節上來，精心安排，環環緊扣，沒有守城的浴血，也沒有逃奔的艱辛狼狽，更沒有牢獄中的煎熬，先將名聲揚出去，叫他的敵人也覺得還是乾脆將他一刀殺了的好，還是死後爲他分封建祠的好。史可法生前的地位與死後的名節都全了，兩相對映，熠熠生輝。而叫劉步蟾嘆息的便是那個死守江陰的閻典吏，一介粗人，生前一勁蠻打，沒說什麼也沒寫下什麼片紙隻字，死時也不過喊了聲「速殺我」而已。果眞速殺了麼？唏！即便是死，也不像史閣部那樣痛痛快快地挨了一刀，而是難過痛苦的多，是被清兵在他大腿上左一槍右一槍地戳，戳得癱在地上再也站不起來而死的。這樣一個人連死都死得不甚得法，便就只好一直沒沒無聞著，哪能比得上史可法的名聲！當然有一點在劉步蟾心中再明瞭不過，那就是這二人在生前的地位，一個兵部尙書，一個小小典吏，後人作史時當然是不能相提並論的。劉步蟾翻過官修的明史，有史閣部史可法，偏偏就是把那個闍應元丟了。嗚呼！什麼叫史，這就叫史，劉步蟾至此把這一切看透，爛熟於胸了。

已是將晚上燈的時分，家中眷屬因這將來的戰事，前些日就已著人護送回福建老家去了，目前只有劉步蟾一人與他的幾個親兵相伴。一個長得肉頭肉腦名叫二子的親兵這時躡手躡腳跑過來站在劉步蟾的側後不吱聲，靜默片刻將頭伸過來望望劉步蟾的臉後又盯著自己的腳片刻，轉而又伸頭看看劉步蟾的臉色。劉步蟾沉浸在那莽莽蒼蒼的歷史煙雲中，正在百味咸集地把它和現今的情勢融爲一體了，猛覺有人在窺視他，嚇了一大跳，突然轉過身來喝一聲：「幹什麼？」

二子也嚇了一跳，旋即笑了說：「我是請大人來用飯的。」

「用飯？」劉步蟾望望天色，「是該用飯了。」但他又陡起疑惑，這樣一種不出一聲的窺視，叫他的心裡受不了，只覺得內心某些隱祕的東西被人揭開，正在牽牽帶帶地往外扯出來，他說：「吃飯就喊吃飯，這麼伸頭縮腦的幹什麼？」

二子覺得著實冤枉，說：「回稟劉大人，小人怕是大人正在爲要跟東洋人打仗的事心煩，怕一喊大人嚇一大跳。不，不能候著也候出錯來了？」

劉步蟾心裡一派釋然，笑了，走兩步他停下來，又返身面對著二子問：「說什麼？你看出我爲打仗的事心煩？你，你是說我……」劉步蟾話到嘴邊費了下斟酌，「有些畏縮了不成？」

二子一咧嘴憨憨地笑著說：「人家都說劉大人有些疑心病重。『決守艦亡與亡之義』我都聽了一萬遍，有這句話在，講一萬個人怕死，哪個還敢講你劉大人怕死？」

劉步蟾聽了心中舒泰極了，仰面「哈哈」暢懷笑了聲，走進堂屋裡問：「飯呢？菜呢？今晚爾等要伺候劉爺吃什麼？」

二子笑咪咪地一樣一樣把菜端上桌來，粉蒸的肉、紅辣椒清炒的山鷄、海參燉蹄膀，總也有六七樣，還外加一壺酒，劉步蟾坐下自斟自飲，這些日在海上，雖說伙食也不錯，但一則被顛得沒了胃口，二則也是多日沒享受到獨食獨飲的樂趣了。劉步蟾細嚼慢飲時，總也是想著剛才二子的話，「決守艦亡與亡之義」。「決守艦亡與亡之義」，世人都以爲是他劉步蟾的名言，而他劉步蟾卻是不敢專擅了，此語是他從當年史閣部史忠烈史可法先賢臨就義前那句「城亡與亡，我意已決！」中化來的，他端杯咂了一口酒，看著面前的菜，便是滋味的悠長了。

「砰砰」兩下，有人敲門，劉步蟾認眞聽時它便就又沒了，這邊剛端起杯子，它便就又是「砰砰」兩下。如是三番，劉步蟾有些惱火，吩咐二子去開門，「倒要看看哪來的鬼！」門一開，林國祥便是疾步流星般地走進堂屋，看著劉步蟾像是有些錯愕的樣子，「剛剛用飯？」隨即他單腿跪地一手垂下打了個千，說：「標下給劉總兵劉大人請安！」

劉步蟾對林國祥的到來覺得是個早已在預料之中的事，但這人現在就一個跪安跪在面前，終又叫他有些感到突兀，他頭腦中急速地滾動著，就把先前的所思所想推得遠了，使得腦子裡騰出了一大片清廓留給這個林國祥。劉步蟾站了起來，兩手在胸前一拱，「不敢，步蟾也給林管帶林大人請安。」林國祥慢慢抬起頭來，便是一聲高呼：「劉大人，標下冤枉！冤枉啊！」劉步蟾已坐下了，依舊端起杯來咂了一口。林國祥自己爬起來望望，便把身子與嘴湊近他的耳朵。劉步蟾慌忙一把捂住耳朵說：「輕點，輕點，再一聲我耳朵就聾了。」林國祥就輕輕在他耳邊說：「標下確實冤枉啊！」

劉步蟾哼哼一個冷笑，「你把艦丟了，正是個留營聽候發落的人。冤枉不冤枉到提督署大堂上說才是。」言罷他目視二子，二子脖子一梗就是一聲火辣辣的「送客」了。

林國祥立在那裡愣愣然，躬著點身倒退兩步便又是個憤憤然了，「呸！」地朝地下吐了口唾沫，一跺腳，轉身頭也不回就走了。

二子跟在林國祥身後把門重重關上，回來說：「乾淨俐索，把個廣東賴子送走了。」他看著劉步蟾在細嚼慢嚥，由不得也嚥下了口水，「劉大人，剛才我這一嗓子如何？」劉步蟾笑了說：「不錯，不錯，跟了我多年算得著些神韻來了。」他扭頭看見二子兩眼直勾勾地瞄著桌上，問：「嘴饞了？」二子嘻嘻竊笑著。

劉步蟾站起來手一伸就拎著了二子的耳朵，說：「你們這些當大爺的，以爲我不知道？第一發你們就已嘗過了，這才來伺候我劉大人，是不是？」

二子急了說：「劉大人，哎喲喲！冤枉死小人了。」

劉步蟾笑了說：「你光看看這盤鹽水鴨子，要把頸子一塊塊接起來，就是短一截？還有這腿根上的把兒呢？這鴨爪就直接長在脯子上？」

二子笑起來，說：「小人是代大人先嘗兩塊鴨子，鹹淡正好，只是那海參倒一塊也沒動過。」

劉步蟾手一鬆，說：「那不就是嘗兩塊海參的事？嘗好了，」劉步蟾坐下來，又指指酒壺，「來，再來陪你劉大爺乾兩杯！」

二子樂呵呵地揉揉耳朵轉身拿來了杯子倒酒，劉步蟾叫他坐下，他說：「不敢，小人就站著。」接著就把一杯酒哧溜吸到了肚裡。

劉步蟾小抿了一口，問：「二子，我劉大人待你如何？」

二子一抹嘴，「那還有話說，進門是父母，出門父子兵！」

劉步蟾緊著問：「要是我劉大人遇著危難，你怎麼辦？」

二子激動起來，把杯子垛在桌上，「那還有話說！就像戲上的那個樣子，我討飯，討著的飯第一口就先敬大人吃，如何？」

劉步蟾倒有點急，說：「不是這個路子，我是說我要是一炮給日本人打傷，打得痛得死去活來，比死還難受怎麼辦？再者，我要是快給人家抓住了怎麼辦？」

二子愣愣然，「怎麼辦？」

劉步蟾關照二子：「吃菜，吃菜。」自己喝了一口酒說：「記住，你就不論如何衝上來給我一刀再說。」

二子的嘴猛然之間不動了，他大驚失色「噗通」一聲跪到地上，「那我他媽不是連個畜牲都不如了！」

「嗨，你腦子怎麼就是個直的？還說跟我多年得著了神韻？」劉步蟾嘆口氣搖搖頭，「只有等我慢慢調教了……」他忽地神情一轉，望著緊閉的大門，「今天我就教你先長個見識。二子你說林國祥走了麼？」

二子直眨巴著眼。

「我說他沒走。」劉步蟾一笑說。

二子四下望望，「人呢？那不是瞧見鬼了？」

劉步蟾一笑說：「這哪來的人？他在門外候著呢！」

「眞的？」二子一下子從桌邊竄了出去，「那你劉大人不成仙了麼？」

於是二子在前，劉步蟾也興致盎然地跟在後面來到大門處，二子便把門一拔，將門打開來一望，門旁不遠的樹影下就立馬走出一個人影來，二子趕緊把頭一縮，「哎喲我的媽！」

這時林國祥已來到門前跪了下來。

劉步蟾說：「這是幹什麼，起來，起來。」

林國祥聲淚俱下說：「劉兄，劉大人！你不代我作主，我今天就死也不起來。」

劉步蟾隨手要閤門時，林國祥一個打挺就從地上站了起來。

劉步蟾重又坐在了堂屋的寶座上時，吩咐林國祥坐著，林國祥要站著，劉步蟾說聲：「那站著便站著。」林國祥跌跌爬爬就又要跪下來，即至彆扭得劉步蟾渾身不自在要發火了，林國祥這才用屁股擦著點兒板凳的邊就了座說：「標下，不，小人……」

劉步蟾手一揮，「算了，早知道了，不就是你在仁川對外國記者放的那些屁麼？」

「正是。」

劉步蟾一拍桌子，「放肆！交戰的事干係重大，你不回來稟報，先和外國人通起聲息來，我與丁軍門不說，你且把中堂放在哪個地步了？」

打死了林國祥，他都沒想來這上頭，他把眼瞪得圓了。

劉步蟾說：「惡人先告狀，丟了艦還想叫方伯謙來代你兜著？」劉步蟾見林國祥像散了架子樣的一頭的汗直朝下淌，又猛一拍桌子說：「老老實實講吧，找我，我要聽的就不是胡說給外人聽的那些東西了。」

林國祥此刻一想到放火燒艦還有給日本人寫服狀的事，就比叫他死了一百回還難過，他一咬牙從地上慢慢爬起來，老長地把脖子伸出來，用手比作刀樣在脖梗上狠狠砍了兩下，說：「剁碎了我，也是一樣的說法。對，對了，又不是我一個人，我們廣乙艦上的水兵多著呢！」

劉步蟾重又好好打量一回林國祥，覺得這人無賴歸無賴，關鍵地方一口眞還咬得住，更重要的是他們艦上官佐士兵假如都衆口一辭，豐島海戰或者就另是一個說法了，他還有些不放心，說：「國祥，你今天信誓且且，倘廣乙艦上回來的人生出別樣的講法來，你區區一顆腦袋可就不夠砍的了。」

林國祥的眼眨了眨，裡頭便閃出一線光來，道：「劉大人若此處不便，明日可在提督衙門召廣乙艦官兵來當堂明鑒。」

劉步蟾一笑說：「我劉步蟾算老幾？你帶人去天津直接面稟中堂，中堂就是眞要砍你吃飯的傢伙，你也不改口，就是你的本事了。」

林國祥心裡豁然洞開，心花怒放，他說：「承劉兄點撥，明白了，標下告退。」

劉步蟾說：「明白了什麼？連我也不明白了。」

林國祥笑了說：「標下一萬個糊塗著，就這點再明白不過，聽講朝廷內近日來說丁軍門畏葸避戰，劾奏如雲，丁軍門的水師提督怕快也做到頭了。」

劉步蟾正色道：「不許胡說。」

「不胡說，絕不胡說，只是我早說過『良禽擇木而棲』怕是不會錯的。」言罷林國祥一躬到地，無比虔誠。

林國祥走了。

劉步蟾望著被二子慢慢闔上的門，心裡有種說不出的痛快，林國祥的來與走，使他又好好地回味起了前幾日李中堂發來的那封電報：「濟遠接仗情形已悉。一炮如此得力，果各船大炮齊發，日雖有快船、快炮，其何能敵？汪使（清駐日公使汪鳳藻）電稱，日艦在牙山受傷，未言吉野沉。如無確實證據，豈能濫賞？」這封電報對劉步蟾來說，似乎看出李中堂一時間還來不及追究接應的事，避過了一關。另一面又表明李中堂對上次的戰報是極其不滿的，那麼豐島海戰的事肯定便還沒了結，便留著以後慢慢地算了。

夏日的劉公島上總斷不了海風徐徐，方伯謙躺在小院中的一張竹椅上就著樹蔭納涼，他的眼只直直地盯著一個地方。對面斑駁的泥牆是一幅幅畫，高山巨川，江河日下，只要留心領悟，便能看出說不盡的滋味來。

濟遠艦已駛往旅順，進船塢大修去了。

方伯謙有傷在身，便一直在家裡養著。這些日他常常躺在椅上衝著泥牆出神，斑駁的泥牆彷彿像被他掀開的重重帷幕一般，他曾千百次地試圖把這帷幕重新掩上，讓一切重新朦朧，他不得不承認朦朧是種閃耀著奇幻色彩的美，使人置於欲探究卻又不甚分明的氛圍之中，便又會重現出勃發的生命力。然而這帷幕既已拉開了即便重又闔上，而那裡面掩著的東西即便是只看上一眼，便也叫人著了魔似地永遠也抹不掉了。他明白了，閱歷眞是個可怕的東西，他懷念那些已逝去的時光，更懷念那個生氣勃勃的他了……他感到他老了，他的心老了，並且正在一天天地衰竭下去。他問自己，自己果眞年輕麼？一旦想到已是四十二歲的年紀，便渾身上下都充滿了一種驀然回首的感覺，一如看著這泥牆，殘破不堪斑駁陸離。

院門被推開一道縫，有人伸頭望望就側身擠了進來。來人身材高大魁梧，紅光滿面，儀表堂堂，靴子踩在山石胡亂鋪出的小徑上竟不出一點聲響，他來到方伯謙面前，單腿跪地給方伯謙打了一個千，說：「標下給方大人請安。」方伯謙一看原是他的魚雷大副穆某穆晉書，有些意外，不得不在椅上坐直了身子，他覺得這個人本是應該避著自己才好。穆晉書還一個千千在那裡，說：「因怕近來方大人心緒煩亂，因此一直未便上門請安。」說著從錢袋裡掏出樣東西雙手呈上，「區區一千兩。給大人作碗茶喝。」

方伯謙愣了下說：「我並沒有深責你，起來，起來，這是幹嘛？」

穆晉書連聲應諾著，「正是，正是。」他站起身來還沒站穩，誰知又一個千打到了地下，說：

「標下實是還有一個意思……」

方伯謙說：「還有？」

穆晉書說：「我濟遠艦上大副已殉國了……」

方伯謙直眨眨眼，「……你的意思？」

「標下的意思，由此正好開了個缺。」

「頂缺？」方伯謙一下從椅子上跳了起來，「你來是想頂沈昌壽大副的缺？」

穆晉書將兩眼直視著方伯謙，「國家也正好在用人之際。」

方伯謙簡直不相信自己的耳朵，他憤怒已極撲過去，一把揪住了穆晉書的衣領，「無恥之尤！我一槍斃了你！」

「遲了。」穆晉書坦然自若地說，「在魚雷艙裡你就該斃了我。遲了，現在遲了，現在就是一命抵一命的事。再說，兩條命比起來，你的值錢，還是我的值錢？」

方伯謙的手顫抖著，「大副一職，有我方伯謙在，你休想！」

穆晉書不急不怒，「休想，就不想了。倒是我還記得濟遠是怎麼掛了白旗和敵國的太陽旗，這才被日本人放了一馬跑掉的。」

方伯謙的手驀然鬆開了，轉而他鎮靜下來，「濟遠上不是你一個人，我還有一百多個兄弟。」穆晉書彎腰撿起銀票裝起來，「不錯，不錯。可我不明白還有誰來問你那一百多個難兄難弟，要問這北洋水師的提督就不是丁汝昌，該由你來當著了！」說完他又一撣前襟上沾的灰說：「我走了。」

方伯謙說：「不送。」

走了兩步的穆晉書突然轉身，十分古怪地衝著方伯謙笑了起來，「這，我可是要到天津直隸總督衙門走一趟的。你也敢送？」

方伯謙望著穆晉書消失的身影，腿一軟頹然坐到了椅上。他眞的感到自己老了，再也掙扎不出一些青春的熱血來。

## *6*

天津直隸總督衙門門前車水馬龍熙熙攘攘，從來沒有這麼熱鬧過。往來進出的都是些金髮碧眼的外國人。中日宣戰了，好像全世界的軍火都匯集到了中國來，騰騰烈烈，彷彿首先就要把這直隸總督衙門炸它個分崩離析似地。

九月上旬的一個下午，直隸總督衙門的大堂裡仍是高朋滿座。盡是各色各樣的洋人，有來賣手槍火藥的，有賣洋藥綳帶紗布的，有賣魚雷水雷的，有賣大炮毛瑟槍的，更有來賣據說是一點鐘能開三十邁（邁，英哩）大兵艦的，反正是個個空著手，個個都又是奇貨可居地瞄著大清國的銀子。他們都在苦苦等著李中堂接見，不見著就發誓不走的樣子。他們有的傲岸而坐，只儲蓄著精氣神等著到時的傾瀉；有的卻已等不得，已在滔滔不絕地纏著接待的幕僚、衙役、買菜回來的廚子，甚至是拎著銅壺來添茶上水的雜役大說一通，直把這些人說得諾諾連聲，直把個頭點得像雞啄米一般。

但說著說著，聲音就小下來，所有人的眼睛都朝一個方向望去，只見大堂的後面轉出一個衙役，高呼一聲：「中堂到！」接著便見一個侍從用綢布裹著一個公文包之類的東西走進來，立在一側，少頃李鴻章出現了，他疾步走到案桌後，拱手向所有人招呼：「讓諸位久等，久等。」侍從在身後挪動椅子讓他坐下，他卻轉了個身一步一步踱到案桌的前面來，說：「並非開堂問案，大可不必拘泥了。」接著滿臉含笑地把眾洋人一一望過，洋人們便起身鞠躬。李鴻章漫不經意地把手一揮，「不必拘禮。」這才坐在已搬到他身後的椅子上。洋人們紛紛坐下，有人掏出匣子，從裡面拿出又粗又長的古巴雪茄，突然李鴻章大咳一聲，舉座皆吃了一驚，就見大堂的後面又跑出兩個侍從模樣的人，一人手裡端著一個黃燦燦的水煙袋，另一個手裡捧著煙絲，躬身在李鴻章面前把煙點起來。李鴻章大咧咧地坐著，嘴一張吸了一口，又慢慢地一點點吐了出來，一縷煙霧便極其自在地在這總督署的大堂上裊裊地升騰變幻著。那幾個洋人這才想起自己的雪茄，抽出長長的洋火棍，翹起腳，一下一下地在鞋底上劃起來。

有洋人站起來說：「中堂大人，我這次帶來的東西非同一般，很有新意。」

李鴻章望他笑笑，卻用手漫不經心地一顆顆解鈕子，一直把鈕子解到右臂的胳肢窩下才停住手，一任長袍上方的衣襟散漫地搭在胸前，這才望那洋人點點頭。

那洋人望李鴻章望得兩眼發直，這才嚥了口唾沫往下說：「是兩輪小山炮，運轉靈活，朝鮮山地多，會十分合適的。」

李鴻章凝起了神，問：「是不是後膛炮？」

「不，它不需要後膛，有前膛就可以了。」

「哦，知道了，從前膛先裝藥後裝子，裝一炮打一炮。就是我們叫『開花田鷄炮』的那種，我們江南製造局還有幾十門。先生如要，我可以頂多半價賣出。」

那洋人還要說什麼，李鴻章已是一揮手，「罷，我這裡有的是銀子，但並不收舊貨。」

有英商說有魚雷快船可賣。

李鴻章說：「有賣當然好，但據我所知日本買定的幾艘軍艦在貴國已被扣下，你賣與我，我拿不回來豈不是畫餅充飢？」

英商說：「其餘可再商量。」

李鴻章問：「行速多少？是何配備？」

英商說：「每點鐘行二十八邁，長二百〇八尺，寬二十三尺，載三百六十噸，三吋五七口徑快炮兩尊，一吋八五口徑哈乞開思炮四尊，魚雷筒五隻。」

李鴻章說：「日本吉野每點鐘二十三點五浬，我只要二十四浬就夠，快了些，船又過小了些。

有大些的就好。」

接著兜售各色物品的人就各自搶說了一通。那個企圖賣開花田鷄炮的商人突然站起來問：「中堂大人，我可不可以問些題外的話？」

「講。」

「據說天津軍械局的劉芬暗通日本間諜石川五一，將北洋所購軍火的清單統統交給了日本人？」

「被這位先生知道就已不是什麼新聞了。」

「據說劉芬是中堂大人的外甥？」

「對，這是老夫的疏失，我已稟明聖上，自請其咎了。」

「所以中堂便就親自辦理採買軍火的事了？」

「這位先生如果覺得今天生意沒做成，把這裡的情況知會日本人，自然也可以從那裡另外得些酬勞的。老夫絕不深究。」李鴻章呵呵一笑，又說：「就怕你送去的情報與劉芬通過石川五一送去的一樣，日本人也鬧不清個眞假了。」

這人站在那裡一個勁兒地發愣的時候，就有一個美國人起來說，他有一項奇技的專利可作價二十萬賣給大清，二十萬不過一艘魚雷快船的價格，卻可以運兵上岸叫敵人不能見，打沉敵船卻叫敵船看不見你，經過敵設水雷處而無險，活捉敵船而不使其受傷，將商船改成軍艦一樣好用，種種好處他一共說了十條之多，歸到底他說此奇技的核心就是用化學祕方作霧，頃刻之間能下起彌天大霧。

李鴻章心裡「格登」地一下，但隨即便「脫」地一聲把口痰吐在地上又一腳踩上去，腳下就是慢慢地踏來踏去，他斜眼望著那美國人古怪地送過一個笑。

美國人一下冒出了英國話：「Sure!」（眞的。音似「熟兒」。）

「熟？是熟了。」李鴻章一抬手，喚過侍從說：「這個美國人一副窮紳士相。」他哈哈笑著，「是餓瘋了，去關照廚子，好好下碗牛肉大麵給他！」侍從「喳」地一聲就要去，李鴻章就又把他喊回頭，煞有其事地說：「美國人要吃生，這個人便要熟，關照牛肉澆頭一定要到口就酥的。」

侍從走了後，那美國人在所有競爭者譏笑的目光中直眨巴眼，總算明白了後便咿哩哇啦喊了起來，所有的洋人終於把風度拋灑到九霄雲外，大堂上轟然之間暴發出一陣大笑。那美國人便是一副捶胸頓足指天發誓且還尋死覓活的樣子。李鴻章只是望著他側頭默笑著。

那美國人安靜下來，跑到李鴻章面前躬著點腰，眼對眼把李鴻章望了又望。

李鴻章鼻孔裡擠出了一個長長的「嗯」字，一臉地威嚴就咄咄逼人了。

那美國人退了兩步，突然說出一口流利的中國話來，「李中堂，我在美國時就聽到一個貴國膾炙人口的神奇傳說，說貴國三千年前就懂了陰陽八卦，爲所欲爲無所不能。」

李鴻章問：「何以見得？」

「孔明，孔明不是有草船借箭，借東風火燒連營？」

李鴻章明白，這算是遇到洋人中的一個中國通了，他怎麼會是美國人？他有點想不通，他在肚裡默默地猜度著。

那美國人見李鴻章不吱聲，看臉色卻又看不出個究竟，突然憤慨得咬牙切齒，舉著雙拳在頭上直抖，他說：「李中堂，我們美國，整個西方都比以前的中國落後，落後了至少兩千年！兩千年！可我們千辛萬苦總算把中國早已失傳的奇特技藝又恢復了，它是和中國古老文明一脈相承的，你爲什麼不相信？爲什麼不相信？還要大庭廣衆之下侮辱我，侮辱我的尊嚴。中堂先生，去你的牛肉大麵吧！我只問你，爲什麼兩千年前孔明能作霧借箭，兩千年後我們美國人就不行？」他面向著所有的人說：「這不公平，這是歧視，這是種族歧視，這太不公平了！」

李鴻章被這人說得心裡熱乎乎的，中華，我中華五千年的文明光華爍爍，哪裡不是瑰寶，可惜失傳了，反被洋人翻出來當作了發明。李鴻章心裡溢出了些許的苦澀，但他覺得這美國人像個說客，並不像是個正經搞格致之學的，也不像個正經的商人，所說的話語總有種霧裡觀花般的玄乎，就把頭微微一昂道：「門外大轎伺候。」言罷李鴻章望著他，哼哼作聲冷笑：「此奇技如在你手裡，可即便就去大沽炮台一試如何？老夫孤陋寡聞，中國有句俗話，『活到老學不了』，老夫也正好長長見識。」

那美國人連連搖手說，他手裡只掌握了配方的三分之一，另三分之二在他的兩個朋友手裡。

李鴻章一臉都是調侃的神色，問：「那兩人現在哪裡？」美國人說被日本人扣在神戶了。李鴻章說：「那豈不是日本人也已掌握了三股中的兩股？」

美國人說：「不不，我的話沒說完，我那兩個朋友後來又偷上了商輪，現在貴國的上海，一個叫宴汝德，一個叫郝威密。」李鴻章緩緩地又坐下來，側過身子便端起了茶碗。身邊的侍從頂調一聲「送客」，總督衙門購軍火的事就告一段落了。

洋人們一無所獲走了後，便又有人遠遠地跟去把那個要賣魚雷炮船的英國人和要賣奇技的美國人偷偷喊了回來。李鴻章分別細細問過，魚雷炮船價二十萬英鎊，合白銀四十萬兩，運資、魚雷另算，最主要的是這個商人聲稱可以掛英國旗把船偷偷開到中國來。於是李鴻章當即發兩封急電，一封致總理各國事務衙門，報告了魚雷炮艦的事，一封去了大清駐英國公使館，查一查此英商的信用。倒是美國人叫李鴻章有些犯難，兩國交戰，如果把這個美國人放跑了，到了日本真的玩出奇技來，便後悔莫及。問題在於這美國人說的奇技太奇，但世事巨變，什麼奇事也是斷不可不信的，電燈璀燦耀眼而不見其火，電報滴答瞬息萬里而信息互通，倘這奇技當眞，那麼北洋水師決勝海上便就易如反掌了。他決定再發一封電報到滬給盛宣懷，把另兩個美國人找著，一同送到威海，先讓他們試試再說。

在天津總督署後院的那間書房裡處理完這些事後，李鴻章起身踱到院子裡來，已是夕陽落照，滿目黃昏了，雖說夏日已近完結，但這落日時的暑氣依舊是咄咄逼人。李鴻章脫下長衫遞給身邊的侍從時，看見自己絲綢背心裡的皮肉皺巴巴地緊貼在一根根歷歷可數的肋骨上，竟想起一句「吾瘦而天下肥」來，無端地苦笑了下，如今的情形便可能是「吾瘦而天下未必肥」了。前些日光緒皇帝一再督催，「著李鴻章電飭各軍統領，剋期進發，直指漢城。」後來又忽然要他經海路在仁川強行登陸，南北合擊欲圍平壞的日軍。但李鴻章心裡再清楚不過，仁川登陸數千軍無濟於事，再多添兵力，京城與陪都奉天的防守便要空虛了，另外即便有數萬軍仁川登陸，卻又哪來的那麼大的運力？最堪慮的是海軍，海軍如若打不過人家，登陸根本談不上不說，讓日本人在鴨綠江新安州登陸，駐守平壤的清軍就給切斷了後路，結果不堪設想。這邊正在回電婉爭，那邊皇上的電報便又飄然而至，原因是令人捉摸不定的日本聯合艦隊，常常在威海、旅順兩口外放空炮實施騷擾後便跑得不知去向。皇上電報中云，敵艦騷擾後，「難保不乘我之懈，再來猛撲」；此二處「為北洋要隘，大沽門戶，海軍各艦應在此數處逡巡，嚴行扼守，不得遠離。勿令（日本）一船闖入。倘有疏虞，定將丁汝昌從重治罪。」皇上又要登陸，又要確保不讓一艘日艦入北洋，動輒便要治罪，搞得他也有些戰戰兢兢，莫衷一是。皇上的旨意頻來，而廷議卻又紛起，翰林侍讀學士、珍瑾二妃的師傅文廷式近日便有上疏，責他李鴻章「欺朝廷則智，籌攻戰則愚；抗朝廷則勇，禦敵兵則怯，甘受凌侮，屢失事機」。而珍瑾二妃的哥哥志銳則更進一步說他「衰病昏庸，貽誤大局」，請求另行簡派重臣至津誓師。大戰在即，他李鴻章已感到芒刺在背，前後受到夾擊了。

今日從早晨一睜眼就為婉拒仁川登陸事愁腸百結，打電報給駐平壤四大軍將領徵求意見，以便用來回覆皇上。中午正在吃午飯時，平壤的電報來了叫他喜出望外，可是僅僅來了幾行字便突然中斷，又叫他把氣喪得透透的。電報三天兩頭中斷，這已不是什麼意外的事。起先懷疑是日諜破壞，一查竟都是沿途中國老百姓割掉電線，倒也並非百姓通敵的緣故，抓來的人一一細審才知，他們大多對大清與日本開戰還茫然無所知，割掉的原因近乎於荒謬，他們把那些豎起的木棍子和上面拉過的電線，算作自己土地上長出的一宗莊稼，割了電線去換糧吃。想到這些，李鴻章心裡就不是滋味，查出來的已殺了幾個，可數千里的電報線，這裡接了那裡斷，猶如永無寧日，便深感一國若要自強，還需啓發民智，卻是一個殺字不能了結的。他有些後悔辦了這麼些年洋務，在這上頭的事竟沒能做到萬一。由此又想到在朝鮮正與日軍對峙於平壤城下的淮系清軍，想到後路的接濟，竟然飯一口也嚥不下，中午只喝了幾口湯匆匆了事。

正在等著這封將另從俄國海參崴轉來的電報，卻接到了皇上的聖旨，皇上爲他撥來了三百萬兩銀子的軍費，確實爲一喜。可是一旦想到日本舉國上下認購五千萬日元戰爭公債的事，心裡就有些不是滋味，光一艘定遠艦就七百萬兩，這三百萬兩又能買什麼？

天色漸漸暗了下來，總督署內的燈火一盞盞地亮了，李鴻章感到了一陣難耐的飢餓。他回到書房用飯時，望著窗外又走起神來，今天接見那些外國商人時自己強作姿態，殊不知他們看見的只是一個穿著空心大褂子的李鴻章而已。在天津言購軍火，不過放些空氣讓日本人看看，三百萬兩銀子的軍火，他隨即已請駐英、德、法、美的公使打聽去了。李鴻章吃著飯，想起「兵行詭道」，而他今天的詭道此時想起來又多少覺得無聊，一多半的意味，不過是拿洋人排遣排遣罷了。而軍費的籌措則還需上奏，請皇上有個統盤的籌畫才行。正這時有侍從進來送上一封電報。李鴻章望著那人問：「平壤來的？」不等答已一把將電報抓了過來。電報卻是北京慶親王奕劻發來的，上云：「少荃（李鴻章的字）中堂鑒：本署生息之巨款二百六十萬現能立時收回，以備防務，可有若干？希速電覆，慶具。」李鴻章呑嚥著的飯猛然間噴薄而出，正是要死要活的時候，慶親王奕劻倒記掛起爲修頤和園而送到外國銀行裡生息的款子來了。見有侍從跑入，李鴻章心裡的惡氣左衝右突，卻久久地一句話也說不出，終於他從臉上擠出了一絲苦笑後慢慢站了起來，看一眼桌上的飯菜平淡地說一聲：「撤了。」便一步步走過去躺倒在椅上。侍從過來輕手輕腳將他的腳擱在小杌凳上後，他再也支撐不住，把雙眼闔了起來。

起風了，漫天沒有月亮也了無星辰，房外的院落，風動樹影搖曳，把從窗櫺上瀉入屋內的微微亮色攪和浸潤得如在冥冥之中似有若無了。李鴻章感到很累很累了，有些心力交瘁的意味。屋裡的燈熄了，天黑沉沉地也像是很晚很晚了，李鴻章就這麼躺著一動也不想動，他極力什麼也不準備想，然而什麼事便也忽而清晰忽而朦朧地在他的腦海中紛至沓來。

在這冥冥的夜色中，一個西裝革履、中等個頭、腮旁頷下留滿鬍子的日本人，隨著樹影的搖曳正翩翩地踱進屋來。他旁若無人般地在屋裡散著步，不時地駐足，觀賞著屋裡的一切。紅木上鑲嵌著大理石的雕花家具，西洋的鋼架大床，案頭文房四寶和西洋的自鳴鐘，西洋的黑墨金絲眼鏡，壁上的鄭板橋字畫旁掛著一把青鋒寶劍和一只西洋的單筒望遠鏡。那日本人看著驀然回首，細眼中目光灼灼，問：「十年不見，老朋友別來無恙？」

李鴻章吃了一驚，「伊藤博文？」

伊藤博文說：「正是。得知中堂近來寢食欠安，特來道一聲珍重。」

李鴻章呼吸有些發緊，十年前的情形和今日何其相似！他李鴻章也是處在一種進退兩難的境地。這日本人現在要幹什麼？李鴻章說：「光緒十年（西元一八八五年）你我達成《天津協議》，協議上一國出兵須通知另一國的條款，等於放棄了大清爲朝鮮宗主國的地位，終使你春風得意滿載而歸，回國後就出任內閣總理大臣了。我不及你，初次交手就慘失一著，終於埋下了今日的禍端，授人以柄了。」

伊藤博文說：「當年中堂是在謀以退爲進的故技，你想想西曆一八八四年韓國獨立黨發動政變，劫持國王以圖變革，求我日本支持，我們能不支持？倒是你們的那個袁世凱突發強手，包圍王宮後又率兵衝進去，殺死我日本士兵數十，後又放火焚毀我使館……」

「使館是貴國駐朝鮮公使自己焚毀的，不過是要把責任推給我國罷了。我有證據。」

「中堂，十年前袁世凱此舉就不怕引起兩國衝突，把兩國捲進戰爭？」

「賢相，日本派兵先入王宮，難道就不知朝鮮是我屬國麼？」

伊藤博文一笑說：「我倒是想起唐朝時傳入日本的貴國國技圍棋來了，勢未定突放強手力圖毆搏，往往要吃虧的。」

李鴻章也報一冷笑，「已經吃虧了。」

「不，在我看來，當年不過是個平手。中堂當眞忘了當年的情形？大清國那年正在南面與法國人開戰，福建馬尾的大清艦隊全軍覆滅，廣西的鎭南關又正是烽火連天，那年我日本若果欲尋事，還有比這更好的機會麼？那樣，大清國危矣。是我出使到中國，一紙《天津協議》才了結了朝鮮甲申事變，使貴國避免了兩面受敵，也使中堂脫開了日夜焦慮的境地。」

「誠然。」李鴻章說，「但賢相也應知道中國地域廣大，不比貴國狹長一條孤懸海上，我北方的兵未動，我北洋水師也正枕戈待旦，巡弋海上，打起來的結果，誰也不能輕言一個『勝』字。

倒是我後來聽說賢相在國內與陸軍部爲打不打而激烈辯論之事。貴國陸軍部要打，賢相認爲日本當年羽翼尙欠豐滿，此事萬難冒昧。陸軍部說，一旦中國經過中法戰爭，振作起來，當如何？他們還用中俄伊犁爭端後大淸架設電報線，中法戰爭中輿論又要建立強大水師爲例，力駁賢相。賢相說，中國太大，且老矣，振作頂多一兩年，而後又要睡了。如我們現在發動戰爭，勝負一無把握，且又斷難吃掉中國，反倒給中國以更強的刺激，假使這個巨人再不貪睡了當如何？那是幫了中國人的忙！當時你們日本的廷議，盡皆啞然。由此我對你伊藤博文的過人處，深爲欽佩。」

「中堂過獎了，也過謙了。甲申事變後中堂不是也在給你們總理衙門的信中說，『日本現專注於通商、睦鄰、富民、強兵諸政，雖屢露機鋒，但終不輕言戰事，併呑小邦，其志大矣。大約十年內外，日本富強必有可觀，此中土之遠患，而非目前之近憂，尙祈當軸諸公及早留意是幸。』用中國的一言作比喩，這叫『打開天窗說亮話』，從那年起，你中堂就把眼光放在十年內外了。《天津協議》後，中堂力薦朝廷重用袁世凱，得其人也，此人果敢幹練，英勇好鬥，結果朝鮮內政外交，關稅電信，幾無不在其掌握之中。而你李中堂把中國人的急欲取之，緩以圖之，以退爲進的謀略發揮到淋漓盡致的地步。再者甲申事變，即便算你退一步，卻爲大淸國爭取了十年的時間。這樣一種眼光我伊藤博文心有靈犀，亦深爲嘆服。」

李鴻章心裡一陣發顫，猛然從椅上坐起來，恍恍惚惚中他醒了，但他又覺得他根本就沒睡著過，伊藤博文，伊藤博文，那個伊藤博文明明剛才就在他身邊與他作著機鋒犀利的交談。他懵懵懂懂地坐著，只覺心在砰砰地跳著，他深深吸了口氣，慢慢地平靜了下來，方知是剛才懵著了。

然而一想到夢中，一切又是那麼樣地眞切，十年內外，十年內外。剛過四年，北洋水師剛剛成軍，關東鐵路才修一半，那邊又要修頤和園了，一切竟被伊藤博文不幸而言中。他抹了把頭上的冷汗，又慢慢慢地躺下來，就再也睡不著，往事歷歷，活生生地出現在眼前。

應該說，他和伊藤博文的私交很好，是有些惺惺相惜的，然而世界的大勢卻又把他們擺在了潛在敵國的各自位置上。

光緒十年（西元一八八五年）的《天津協議》立約後，作爲東道主的李鴻章宴請伊藤博文，席後的相談，雖有機鋒但也很推心置腹。

李鴻章問：「大使今年貴庚幾何？」

「四十五歲。」

「像你這樣歷遊歐洲又才展有識的人，日本有幾個？」

「二百多。」伊藤博文反問：「似李中堂這樣的輔國巨擘，極力以西學富國強兵者，中國有幾人？」

李鴻章說：「少，也有一百多個。」

伊藤博文說：「國事已了，中堂應待我以誠。據我觀察，大清國還沒有一個與中堂比肩的人。」

李鴻章啞然，但立即把話岔了過去，問：「大使歷遊西洋十幾年，對於西學一定是很精通的了？」

伊藤博文反問：「中堂所說西學，是指物理、化學、格致之學，用以製堅船利炮的學問麼？」

「然。」

伊藤博文說：「我向中堂進一直言，你說的西學其實與西人觀世界的看法是互為表裡的，脫開習慣的思維方法，才抓住了西學的根本。西人認為地球是圓的，而不像中國人以為是方的。」

李鴻章擺擺手說：「你以為我是蒙童麼？這我知道。」

伊藤博文說：「但大多數中國人至今還這麼以為。西人認為環球處處都可通達，不應有封閉的地方。」

李鴻章說：「也不無道理，但也不免有強橫的地方。老夫發一聲感嘆了。所謂強則腰直，富則氣壯。」

伊藤博文說：「我，我們日本舉國上下都有同感。這幾十年工夫，西洋的兵船大炮一次一次轟開大清國的國門，我們日本一衣帶水不但看在眼裡，感到心寒，而且也嘗盡其中滋味。三十年前（西元一八五七年）荷、俄、英、法、美等西方諸強與我強訂不平等條約，不久又發生下關事件，致使英艦隊進攻鹿兒島，後英、美、法、荷四國聯合艦隊攻擊下來，我日本被迫簽約賠款。當年我們兩國的經歷何其相似！不同的是你們中國地大物博，有本錢；我們日本就沒有，所以一八六七年我們明治維新，主動敞開國門。據我觀今日之世界，誰強誰富，誰就可以行使強權，再也沒有什麼天險可以屏蔽。先進的東西用強力侵入，是阻擋不住的，不若開國門以迎，迎來先進的東西何樂而不為？因此我們日本學習西洋，從政體的裡，一直學到制器之學的表，圖富圖強，不這麼辦，被你們稱爲『蕞爾小國』的日本，肯定早就壽終正寢了。」

李鴻章端坐座中，半天沒吱聲，後又問：「若依大使意見，我大清有何富國圖強的良方？」

伊藤博文說：「其實你中堂大人不是已作了二十年的努力了麼？」

李鴻章點點頭，說：「我常思並不甚得其法矣。」

伊藤博文說：「但你至少做了一半。」

「另一半呢？」

伊藤博文不說，把話題岔到了另一件事上去，說：「這次我到中國來，本欲去北京與大清總理各國事務衙門交涉，可他們不讓我去，聽說還是太后定下的。所以我才在津門有幸結識中堂。爲什麼不讓我去京城，是怕我洞觀京城形勢？是怕我帶的這些人刺探貴國情報？殊不知，了解貴國的情勢，我伊藤博文在你這洋務運動的發祥地豈不更好？中堂，你不必擔心，我什麼地方也沒去，我只抽空看了天津的幾家書店，可是竟連一張世界地圖也沒見著，也就什麼也知道了。再進一衷言，我們日本每一間小學裡都掛著世界地圖，圖書館裡的西學書籍排積成山。」

李鴻章在心裡一遍遍咀嚼著十年前的那次談話，百味咸集。同治三年（西元一八六四年）大清開始進行自強運動；同治六年（西元一八六七年）日本明治維新幾乎是同步，可是這近十年中日本人一路狂跑，而中國人不過醒來打了個呵欠伸伸懶腰便又睡了。一切讓他十年前不幸而言中，日本終於由受人欺負的國家而變成了個躍躍欲試，準備要欺辱鄰邦的國家了，終於成了大清國的大患。現在仗未打，十年中的大勢卻已分明，勢敗何以言戰？但既已宣戰便只有打下去。李鴻章望望窗外，窗外的浮雲游動，屋裡的一應器物也隨之不時變幻著些許的色澤，似乎處處都隱伏著種種的玄機。外仗才開場，而內仗便已叫他李鴻章處處掣肘，舉步維艱了。唯願與日本人交手能得一個勝仗便速速議和，體面地從這場戰爭的狂瀾中退出來，便是他李鴻章的大幸，大淸的萬幸了。李鴻章遙望窗外嘆口氣，就不知道上蒼再給不給他這個機會了。窗外的蒼天無言，仍舊是漫天的浮雲游動，唯屋內案頭的自鳴鐘格達格達的走動，似乎永無盡時。

李鴻章感到他的心臟也隨著這分明的格達聲，空洞洞漫無邊際地律動著……

## 7

時間一晃過去月餘，夜間懸在天上的月亮圓了起來，快近中秋了。

朝鮮平壤方面的形勢一日緊似一日，昨夜北洋水師提督丁汝昌已接到李鴻章李中堂的明確電示，令其將軍艦的煤水加足，隨時準備率大隊護送運兵船。於是威海衛劉公島上由日至夜一派繁忙的備戰景象。

丁汝昌心思恍惚，在海軍公所內躺在煙榻上一夜未眠。紫禁城內皇上因他「尋倭船不遇」，叫李中堂察看他「有無畏葸縱寇情事」。而朝廷中更是一片彈劾他的聲浪，御史高燮曾奏稱，「夫我海軍之所以怯，非水師盡無用也，提督不得其人……爲重門戶計，請皇上整頓海軍，更易提督。」兵部侍郎志銳把話說得就更明白了，「丁汝昌如此玩誤，朝廷若不迅發明威，立正軍法，欲海軍得力，恐未能也。」何以迅發明威，立正軍法？御史安維峻建議，用「來京陛見」的方法，誘捕他丁汝昌！

他丁汝昌從十歲時給人磨豆腐的一介小廝一直殺到這提督的份兒上，說他怕死？然而皇上要他出洋尋敵，又不准把一艘日艦放入北洋（指渤海灣），就不是怕死不怕死所能了結的了。在這快天亮的時候丁汝昌點燃煙燈重重地吸一口鴉片，半天才將濁濁的煙霧從鼻孔內悠悠蕩蕩呼出來，李中堂在前一封電報裡的聲音便又在他耳邊響起，「參摺甚多，諭旨極嚴，汝當振刷精神，訓勵將士，放膽出力，如方伯謙牙山之役，敵炮開時躲入艙內，僅大二副在天橋上站立，請令開炮，尚遲不發，此間中西人傳爲笑談，流言有滿都下。汝一味顢頇袒庇，不加覺察，不肯糾參，禍將不測，吾爲汝危之。」

危之！危之！皇上疑他畏葸！朝中言官要撤掉他立正軍法，中堂大人向他已警鐘頻敲了！這危的根源來自何處？此次豐島海戰倘他當時率大隊接應，大勝而歸是篤定的事，劉步蟾卻以爲此一去極可能碰上日本的大隊，竭力勸說叫他臨時改變了主意，一失足跌成千古恨也！隨後又是林國祥這樣一個丟艦候參的人繞過現職提督去天津告狀，沒人撐腰他哪來得這吃屎的膽子！這情形明裡是對著方伯謙，實質上是衝著他丁汝昌一下一下地掄刀子了呀！丁汝昌從煙榻上一躍而起，要罵它一句什麼，鬱憤卻攪和著鴉片煙一同噴了出來。正咳著，親兵長發跑了進來，直著嗓子報告說：「丁大人，快！快！定遠艦官兵和擔煤的鄉親打起來！」

鐵碼頭旁的煤場亂紛紛熱鬧得很，男男女女的挑夫們已和水兵打過了，不是對手，這會兒扁擔簍筐扔了一地，人都躺在煤堆上蓬頭垢面地在號哭；當水兵的大爺正提著洋槍對著他們。其實原因再簡單不過，定遠艦是半夜開始裝煤的，歷來的規矩是以筐計酬，抬一筐煤上艦領一根籌子。因是天晚，因是劉公島上就這麼多人，因是這些人抬煤的次數多了，見識也就廣了，半夜的煤抬下來，額定的筐數已到，艦上的煤艙卻沒裝滿，挑夫們要錢，劉步蟾不給，就有挑夫說：「要是丁提督在就好了，反正是官銀，哪還會這般斤斤計較。」劉步蟾一聽勃然大怒，手一招喊來水兵要用槍押著他們挑，於是衝突起來搞得有些不可收拾。

丁汝昌來到煤場時看見劉步蟾正立在另一邊，臉上就漾起了一個莫名其妙的冷笑，他就故意不看他。有個水兵不識相，偏偏這時候上去動手動腳又要拉挑夫，結果讓丁汝昌打狗給主子看，不由分說過去掄圓了膀子一巴掌甩到臉上，那水兵立時鼻血橫飛出來。那水兵傻了，全場的水兵都傻了，丁汝昌卻破口大罵了起來，「要狠跟日本人狠去，人模狗樣地打起百姓來了。你們打百姓，老子就打你們！」挑夫們此時一律從煤堆上站了起來，感動得熱淚盈眶，都說：「好了！丁提督，青天大老爺來了！」

丁汝昌越發地來勁兒動起感情來了，他指指挑夫對水兵們說：「百姓是你們什麼人？是你們的親娘！兒打親娘不忠不孝，爺就要來管！」他轉身面對著百姓躬腰拱拱手，「鄉親們，有怨氣只管對我發，都怪我當提督的沒調教好他們。」

挑夫們慌得立時跪了一地，「丁大人一品的大員，折煞草民了！」

丁汝昌說：「本提督也是草民出身，衆鄉親就不要說客氣話了。」他走過去問那個被打的水兵，「你也是百姓出身，本提督問你，本提督打你服不服？」

那水兵怯怯的，只捂著臉不出聲。

丁汝昌說：「爽快些，服就說服，不服就說不服。」

那水兵說：「服了。」

丁汝昌說：「我打了你個鼻子開花，你說服了，不是眞話，你是口服心不服。因爲你還不懂得民本的道理，也不懂得自家人和爲貴的道理。這倒叫老夫想起多年前的一支歌子來，什麼歌，曾大帥親編的〈愛民歌〉，當年從湘軍一直唱到淮軍，現在不唱了。老夫唱與你聽聽，一唱老夫是叫你口服心也服。」

丁汝昌哼了兩下，一下子找準了調子，於是他的脖子略略斜著一昂，帶著安徽鄉音的歌子便抑揚頓挫極有韻致地從他的嗓子裡流出來：

三軍個個仔細聽，行軍先要愛百姓。
第一紮營不貪懶，莫走人家取門板。
莫拆民房搬磚頭，莫踹禾苗壞田產。
莫打民間鴨和雞，莫借民間鍋和碗。
莫派民夫來挖壕，莫到民家去打館。
築牆莫攔街前路，砍柴莫砍墳上樹。

挑水莫挑有魚塘，凡事都要讓一步。

丁汝昌瞥一眼劉步蟾，又望著水兵們說：「聽見了麼，當年打仗血流成河，曾大帥還教導我們『凡事都要讓一步』呢！下面你們再細聽。」

無錢莫扯道邊菜，無錢莫吃便宜菜。
更有一句緊要書，切莫擄人當長夫。

「什麼叫擄人當長夫？不給錢強迫人家幹活，就叫擄人當長夫；有家歸不得，這就叫擄人當長夫。」丁汝昌解釋一句，便又接著唱起來：

一個被擄挑擔去，一家嚇哭不安居。
娘哭子來眼也腫，妻哭夫來淚也枯。
軍士與民如一家，千萬不可欺負他。
日日熟唱愛民歌，天和地和又人和。

丁汝昌問：「聽見了？」水兵們點點頭。丁汝昌又問：「唱得好不好？」衆人都說唱得好。丁汝昌說：「走腔走調，跟戲班子的角兒比，就差得遠了。我說的是唱的那意思。」

水兵們都說：「意思我們懂得了。」

丁汝昌說：「對了，將人心比自心，叫你抬一夜現在又不給錢，就和當兵到月不發餉一個道理，你也不幹的。本提督扣過你們的餉麼？」

水兵們答：「沒有！」

丁汝昌點點頭，又問那個水兵：「服不服了？」

那水兵揉揉血乎乎的鼻子，倒有些不好意思起來，「服了，眞服了。」

丁汝昌一手摸著鬍鬚，便就嘿嘿嘿地笑了起來，笑罷他走過去拿起一根扛子來，「不就是一點煤嗎？鬧得天地人三不和，誰來跟我抬？」

下面的場面可想而知，挑夫們感動得個個熱淚盈眶，整個煤場也沸沸揚揚地熱鬧起來了，挑夫水兵們都要抬，都不給丁大人抬，情景十分地感人。

丁汝昌自然是挑不成了，但他站在場地的一邊，又有些戀戀不捨樣的，如同在欣賞著自己的一篇傑作。他的心情好起來了。這時他看見劉步蟾走過來了，沒等他開口就說：「丁提督這算是公了還是私了？」

丁汝昌問：「此話怎講？」

劉步蟾說：「有件事要向丁大人稟報，致遠艦上打死人了……」

「誰打死誰了?」

「鄧世昌打死他艦上的水兵了!」

丁汝昌兜頭像被潑了盆冷水,隨即對旁邊的長發吼起來,「傳!鄧世昌到提督衙門見我。」劉步蟾一把拉住長發,「還應召我北洋水師衆管帶一齊來。丁提督,大戰在即,這可比不得區區幾筐煤的事,我等要看著丁大人秉公處置,才心服呢!」

丁汝昌被將著了,可又不得不以爲然。

於是劉步蟾便分頭派人召集北洋水師各艦管帶速來提督衙門會議。

丁汝昌先在提督衙門裡等人,時間不長,卻越等越不是滋味。若是事實,難道立馬就把鄧世昌開下來?要打仗了,一艘主力戰艦的管帶又是誰來當?他覺得只這一下,劉步蟾著實是搗在他的骨節眼兒上了。這時提督衙門內已亂亂地來了幾個人,只聽有人喊他,不等答便滔滔不絕起來,「丁軍門,近來倭艦在威海、旅順之間忽去忽來,標下以爲不過是佯作姿態而已,其目的就在於吸引我北洋水師回防,而得以保住仁川一線進兵要口的安全。」

丁汝昌愣愣然地點點頭,定下睛來,這才看出是來遠艦管帶邱寶仁。

邱寶仁望著他又說:「那麼我們何不一不做二不休,去襲擊他的下關、長崎?」

丁汝昌覺得偏偏有事,偏偏這個邱寶仁就先來了,大約這人是出了什麼毛病,偏偏是要打仗了,他就偏偏像是顯得特別興奮似地,就像是在證實他的這個想法,邱寶仁又說:「就是以其人之道還治其人之身,我們也搞他個不得安寧。」

丁汝昌只好應付著說：「我北洋水師艦船多已老損，速度槍炮不如人，只怕是有其心無其力了……」

邱寶仁立即變了一個思路，「或者我護送運兵船後，再直下仁川去襲他的運兵船，支持了陸軍不說，倭船也絕不會置他的陸軍於不顧，必來回援，是時以逸待勞，決戰海上也是上策。」

丁汝昌只覺得心頭格外堵得慌了，他拿出一紙電報來遞給邱寶仁沒好氣地說：「皇上的意思就反過來，要我們尋敵，又要我們嚴行扼守，不得把一艘倭艦放入北洋，不然就要拿我從重治罪。」說到這裡丁汝昌故意笑著問：「寶仁，你說我這顆頭是放在哪邊砍呢？不出去尋戰，言官要砍，放進來倭艦，皇上也要砍。」

邱寶仁手裡拿著電報，卻望著丁汝昌一時不知說什麼好了。

在一旁一直不言聲的林泰曾連忙說：「不妥，不妥，仗還沒打，怎麼就說到這不吉利的上頭來了？」

「不吉利？」丁汝昌苦笑著，看見來的人已差不多了，手抬平了朝下按按，說：「坐，坐，都坐。」他一眼看見了鄧世昌，便長長嘆出一口氣來，「偏偏在這要開戰的時候，鄧管帶，你就不能給本提督再添出什麼亂子來。」

鄧世昌驀然在座中抬起頭，「亂子？」

丁汝昌接過鄧世昌投來的炯炯目光，心中就是一個疑惑，但他立即認定劉步蟾既有膽子把眾管帶召來，是不大可能開自己玩笑的……他再望著鄧世昌的時候，便覺得這可能是天幫忙，鄧世昌這種直漢子做事也賴起來了！就怕他不賴，這回眞希望他賴得比狗舔得還乾淨才好。一旦等打過了仗，事情淡了不說，至多也是罪加一等或是將功折過的事，再說，一仗下來，眼前有幾人還能依然座中？他突然對鄧世昌說：「這軍中有人參了你一本，沒有就好，沒有就好，大戰在即，還是以和爲貴的好。」

沒想劉步蟾倒先呵呵地笑了起來，「當然是以和爲貴的好，但你這和和得人心服麼？」

鄧世昌說：「都直著來好了。丁軍門，標下正要向你稟報，是標下失手打死了本艦水兵，當拿當罰，一切依律而行，世昌我認了，但世昌偏偏不承認給我北洋水師添了什麼亂子。」

丁汝昌一個倒憋氣，他說：「打死了人，你倒像占著什麼理了？」

鄧世昌說：「標下只有一事不明，豐島海戰李中堂爲何只賞濟遠艦炮手，而不獎管帶方伯謙？以致曾被我鞭責過的那水兵聞聽後便似過年過節一般，公然在艦上聚衆飲酒起鬨，標下爲嚴明軍紀，標下委實氣不過，這才失手將他打死！」

劉步蟾「哦哦」連聲，說：「原來鄧管帶打死水兵，過失卻追到李中堂身上來了。」

鄧世昌說：「追究到中堂身上不敢，但中堂坐鎭直隷，若不是聽了來自水師的稟報，豈會賞罰如此？」

丁汝昌倒是略略鬆下一口氣來，說：「步蟾你是見證，老夫給中堂的電報，可是言明濟遠力戰擊沉吉野的。」

林泰曾插一句說：「總以據實上報才好的。」

魚雷艇管帶蔡廷幹說：「我與王平等駕魚雷艇的都是小字輩，但既要開仗了，就不得不說，丁軍門，一應據實上報，二要分明賞罰，這樣打起仗來九死一生，我們心裡才會落個踏實的。」

邱寶仁望望蔡廷幹，「我的意思怎麼一眨眼都讓你們說出來了？」

超勇艦管帶黃建勳接過來就對丁汝昌說：「人同此心，丁軍門明鑒……」

丁汝昌臉色有些尷尬，「明鑒，當然明鑒，本提督又不昏。」

鄧世昌說：「濟遠艦上有個小人叫穆晉書，也這麼說，據傳還有人慫恿他與林國祥到天津告了刁狀，由此看來，李中堂未賞濟遠管帶方伯謙卻也未罰，倒是中堂遠謀，預留地步，準備騰出手來就要搞個明白的。」他提高了嗓子，忽忽地站了起來對大家說：「諸位同學同僚，鄧某尚有一腔碧血還熱著，鄧某提議，鄧某願出頭與大家聯名上書李中堂，就說一艦的管帶若爲保命躲避艙中，一路的炮戰如何進行？濟遠又如何能返回威海？船被擊沉，命又焉能保住？那豈不滑天下之大稽了呀！」

座中不知是誰問：「只是有一事不明，濟遠望台上指揮的大副沈壽昌、黃承勳等人屍骸不全無一生還，爲什麼炮彈偏偏就打不中濟遠管帶方伯謙呢？」

鎮遠管帶林泰曾說：「也未必就非得要打中才好的……」

來遠管帶邱寶仁說：「對，那是人家有福。當初派濟遠、廣乙去就覺單薄，後又沒去接應，難道就是想叫人家死在外面？」

鄧世昌再也按捺不住，一拳擊在身邊的茶几上，「寶仁兄說得對！天下人都不是傻子。我只想問劉管帶，濟遠艦二千三百噸，使用十一年後，航速也只有每個鐘點十四浬了。而日本人的吉野巡洋艦二年前才從英國購進，航速每鐘點二十三浬，重四千二百六十七噸；日本的浪速重三千七百〇九噸，秋津洲重三千一百五十噸，航速、也都是每鐘點十九浬，豐島海戰日本人是三艦打一，總噸位是濟遠的近五倍，航速炮速都比濟遠快多了，濟遠有一萬條理由也是回不來的，但它居然回來了，作何解釋？濟遠管帶暗通了關節，被日本人放一馬回來的？諸位相信麼？豐島一戰爲中日有海軍以來之首戰，意義非凡，軍人嚮往戰功，日本人在占盡優勢的情形下，有看著被打得幾乎支離破碎的敵艦而肯鬆手的麼？仗打到那個分上，死也不肯的。更何況，日艦吉野也被濟遠擊成重傷，與敵暗通關節一說根本就立不住腳。那麼濟遠重返威海，方管帶安全歸來，只能是天助神佑，方管帶命不當絕了；還不僅僅是這些，濟遠歸來，是爲我大清國保住了一艘主力戰艦，我們只能這樣說，這樣認爲，濟遠管帶方伯謙確有過人的地方，他是個罕見的海軍奇才。爲國著想，這是我中華、我大清國的福分吶！」

衆管帶情緒奮然地鼓起掌，劉步蟾臉色僵僵地也將手拍了兩下，說：「熱烈得很，可惜方伯謙本人卻不在。」他慢慢將眼盯著了丁汝昌，說：「丁軍門，這據說是該獎的我們報之以掌聲，該罰的呢？」

廣甲艦管帶吳敬榮說：「一點不錯，打死水兵的、丟船失艦的如不處置，開起仗來兵士不出力或者萬一有個鼓噪嘩變那就糟了。」

丁汝昌道：「老夫自當秉公處置，管帶鄧世昌暫記過在船效力，薪金罰沒，用以撫恤已故水兵，以安軍心，一旦戰後再行上報中堂並按水師軍紀處置。本處置通報全軍，以儆效尤。」

「慢！」邱寶仁說，「你讓鄧管帶通報全軍再去打仗？那我就要問，林國祥丟了一條船，還向日本人寫了服狀又當怎麼說？如若秉公，就請丁軍門一同連林國祥也秉了再說。」

衆管帶齊了聲地應和著，蔡廷幹的聲音軒昂又將他們都蓋下去了，「大戰在即，爲安軍心，爲鼓士氣，我們應要誓師，誓師出征！對！就先拿那個丟了艦逃命的林國祥的腦袋祭旗！」

劉步蟾忽問吳敬榮說：「現在的情形你以爲如何？」

吳敬榮說：「如若賞功罰過，那就心即服，口也服。」

劉步蟾「呸」地一口痰就吐到了他的臉上，「心服？你他媽心花怒放了。你們廣甲、廣乙、廣丙艦是姊妹船，本應有骨肉之情的，不過就爲第二次大閱北上會操時，林國祥極力向李中堂要求留在北洋以禦國難，你就不舒服了。」

吳敬榮說：「林國祥其人，盡人皆知，他留北洋是爲禦國難？取寵於李中堂而已，他是覺得靠近直隸，升遷的機會遠多於廣東而已……」

劉步蟾冷笑著說：「廣乙林國祥要留下，沒想李中堂一下留了廣東三艦，搞得你回廣東爲送貢品荔枝來津，沒躲過去還是被留在了北洋，一留就把你們留進這戰爭的窩裡來了……」

廣丙艦管帶程璧光聲明：「劉管帶，我留北洋，並無怨言的……」

劉步蟾一手指定了吳敬榮，「可是他有怨言的……」

吳敬榮一笑反問：「劉管帶你爲什麼這樣護著林國祥，早聽說北洋水師內派系縱橫，莫非你與林某都爲福建同鄉？他又投到你的門下的緣故？」他對丁汝昌說：「丁軍門，我雖新來，我們可都是安徽同鄉。」

劉步蟾說：「方伯謙也還是我的同鄉呢！」他轉臉對丁汝昌說：「外電早已紛傳，都說廣乙勇而濟遠怯，因此林國祥、方伯謙事一時難辨眞僞。倒是方伯謙若有理，爲什麼偏偏不吱聲？反被人告到天津去了？丁軍門，林國祥……」

「本提督不是個昏庸的人吶！」丁汝昌說，「現在林國祥名聲在外，老夫豈能亂來？」

邱寶仁問：「丁軍門，林國祥、是個向日本人寫過服狀的人，聲言永不與聞兵事，才由英國人作保放回來的，倘若將其留在軍中，渙散軍心不說，你就不怕英國干涉？」

丁汝昌說：「軍中以和爲貴，大戰一開，難免不減員，老夫的主意，叫林國祥候著好了。至於洋人那頭，好糊弄，大丈夫坐不改名行不更姓，老夫偏偏讓他改個姓名不就得了？」

「更名改姓？林國祥？」衆管帶盡皆愕愕然的，一時說不出話來。

鄧世昌直眨著眼，「不叫林國祥了？不還是那個林國祥嗎？」他忽地明白過來，便覺是個莫大的荒唐與恥辱襲了過來，「減員頂缺。誰戰死就由這個人來頂缺？」他忽地熱淚盈了眼眶，「管帶諸公是個見證，丁軍門，鄧某開戰倘有不測，萬望不可讓此人來頂，我致遠號戰艦浩浩正氣，哪能讓這號敗類來玷污哇！」

劉步蟾說：「仗還沒打，這樣說不吉利的，再說，戰艦也是國家的。」

鄧世昌說：「人爭一口氣，佛爭一爐香，那麼一個國家呢？難道我堂堂大清國將來就盡是林國祥之類了麼？天道不公吶！」

8

鄧世昌也不知道他是怎樣從提督衙門出來的。

在軍中僅僅熱血沸騰，僅僅聲嘶力竭又有何用？他想找個地方哭一回，想找個人傾吐一番，然而在軍中趣味相投的聚一起，便只會是嘆息復嘆息了。他需要慰藉，可妻兒遠在數千里外的廣東老家，現在卻又奈何？他的耳畔不覺盤旋著那支曲子，「歸不來都仰你的報國志，歸來八面的鑼鼓爲你敲。騎大馬，挎寶刀，皇上爺也親自爲你解戰袍！解戰袍！」一個妓女竟有這樣的言詞，竟能唱到他的心裡面去，一想到這上頭，他的心裡便產生出一種遏制不住的衝動，他恨不得立即就要會會那個姑娘去。可那姑娘姓甚名誰？又在哪窯子他卻一無所知，於是鄧世昌空空地在島子上亂轉。島上的土娼野鷄亦很多，想想那天姑娘們的穿戴飾派，便斷斷不是那個檔次，隱約約又想起那次聽說過的依翠樓，就認著一個依翠樓尋了過來。

天是正午的時候，依翠樓前一片陽光燦爛。

鄧世昌剛站在門前張望，就被門裡閃出的兩個姑娘與聞聲跑來的烏龜纏住了，於是鄧世昌由烏龜陪著進去看了幾個姑娘，終於認出了其中一個是上次吃花酒時在座的，就向她打聽。

那姑娘也認出了鄧世昌，哈地大笑了說：「看都把你急的，鄧大人，奴家來陪你不一樣？」

纏了半天見鄧世昌急起來，這才有些著惱地把頭伸出窗外，對著樓上喊一聲：「娟娟，不要打起來，又有個大人來找你了。」

樓上的門卻是「砰」地一聲，關了。

鄧世昌奔上樓去敲門，那裡面便就說：「一點規矩都不懂，有客。」鄧世昌這才理會到「有客」的意思，正愣著的當兒，門開了，娟娟出現在門口，瞬間的驚喜莫名之後她又把門關了起來。鄧世昌禁不住連聲喊著：「娟娟，娟娟。」門便又開了一道縫，再看到娟娟便是一臉淡淡的神情，「上這兒來……鄧大人，錢呢？」

鄧世昌羞得簡直無地自容，「只是來和你說說話，心裡煩得慌！我……」正說著，門被拉開後，裡面出現的是林國祥，鄧世昌就有些驚得發木。

林國祥說：「鄧管帶雅興，這兒見面不亦樂乎？」他扭頭對著娟娟說：「這回妳可要來味兒了。」

娟娟哼了聲，對鄧世昌說：「林大人這些日子上門，就非要把我玩出跟你的味兒來，可我就出不來那個味兒，卻又怎麼了得？」

林國祥說：「不和妳個婊子說。」他望鄧世昌一笑說：「鄧大人，窯子裡同僚相遇，你這樣顧惜體面的人，應該用袖子一遮臉，匆匆而過才是，怎麼衝起我的窩子來了？」

鄧世昌臉紅了起來，問：「你是誰？」

林國祥說：「林國祥。」

鄧世昌說：「這個名字不是早已賣給日本人了麼？」

林國祥問：「誰說的？」

「丁提督已令你改了姓名再在北洋水師混了。」鄧世昌冷冷一笑，「『林國祥』三個字只在〈永不與聞兵事服狀〉上寫著，你又是什麼東西？」

娟娟「哦」了聲說：「原來你投降了日本人。難怪整日裡黏黏地在這兒泡，沒骨頭樣的。」

林國祥繃不住臉，吼一聲：「你放屁！」

鄧世昌說動手就動手，揮拳砸了過去，林國祥栽倒在地上剛爬地來，卻見劉步蟾從門外闖了進來，一把攔住鄧世昌。林國祥乘勢將鼻子裡的血抹了一臉，叫起來，「他媽的簡直沒有王法了，上茅坑也還有個先來後到的！」

劉步蟾說：「鄧管帶，你怕是打過河了！」

鄧世昌抹抹拳頭，「就算代沉沒的廣乙艦，代我北洋水師打的，一拳，不多！」

劉步蟾說：「別假充個正經的樣子！就光憑爲個妓女能一直打到這窯子裡來，你也算不得什麼好東西了。」

鄧世昌說：「現在才明白，妓女又怎麼了？妓女還辨得清是誰投降了日本人。」

娟娟說：「娟娟也明白了，到這來的人，也並不都是沒骨頭的。」

林國祥「呸」了聲：「婊子。」伸手給娟娟一個嘴巴，鄧世昌一把抓住了林國祥的手時便與他揪到了一處，劉步蟾見狀淡淡地說：「算了，算了，爲個婊子鬧下去，只怕開戰時要朝人打黑炮了。林國祥你先鬆手。」

「你竟這樣想？」鄧世昌的手驀然間鬆了開來，他的整個心也在顫抖著，「就要面對日本人，你想的卻是戰場上的黑炮！」他好好地望著劉步蟾，「我鄧某從公爲國，定遠艦是我北洋水師軍魂，危急時我願替定遠死！」言罷他轉身就走。

娟娟撲了過來，「鄧大人！」

鄧世昌才想起還有個娟娟，說：「這地方不要待了，跟我走。」

林國祥說：「嘿！要代婊子贖身了？」

娟娟狠狠一巴掌抽在林國祥的臉上，「你到哪贖身來？日本人怕還不讓你贖了呢！」

鄧世昌瞥一眼林國祥，冷冷一笑說：「眞的，那就是椿用錢也不能了結的事了。」

## *9*

九月初，日軍共二萬七千人分四路向平壤移動，其中三路由南往北，從開城、漢城出發直撲平壤；另一路由元山（朝鮮東海岸）西行，往平壤以北之安州方向挺進，以期切斷清軍退路。

駐平壤清軍布防大致如下：

南門外大同江左岸由馬玉崑帶四營駐守。

大西門至與馬玉崑部防守交界處，由盛字軍駐守。

北門外山上駐守江自康二營，豐陞阿的盛字營爲其第二梯隊。

大西門至七星門，由蘆瀹各營防守，衛汝貴之盛字營爲其第二梯隊。

左寶貴駐城北內調度一切。

按以上部署，馬玉崑越大同江嚴行警戒；左寶貴遣軍三營出玄武門往北方向探敵，至大同江上游八十里處遇日軍正在渡江，發生遭遇戰。

是時光緒二十年（西元一八九四年）九月十五日。中日甲午戰爭陸路的平壤大戰，於此爆發。

九月十七日，日軍猛攻城北山頂，並占領之。左寶貴部退守入城，雙方展開激烈炮戰。由是，清軍諸將慮補給線被切斷，葉志超準備乘夜北撤回國，左寶貴不從，並怕其獨逃，派親兵將葉志超看押起來。左寶貴巡往玄武門山頂，準備決一死戰。

九月十八日黎明，城北日軍作兩路猛撲，時玄武門清軍營壘二重，以牡丹台爲支撑。左寶貴在城上指揮，清軍竭力抵禦，日軍強攻不止死傷累累。戰至上午八時，除防禦中心牡丹台外，清軍駐守的其餘各壘盡失。由此日軍得以集中炮隊，猛轟牡丹台，日步兵乘勢仰攻，牡丹台失守。

左寶貴退至正城的玄武門上，身著朝服，以必死之決心指揮戰鬥，清軍士氣大振。日軍試作三次攻擊，均被擊退。旋即左寶貴中炮殉國，部將也死傷多人，清軍士氣大挫。日軍力攻不得，選敢死隊十餘人潛至城下，用繩梯入城殺守兵，打開玄武門，敵兵蜂擁而入。由晨至下午二時，日軍激戰多時，疲憊已極，不得已暫時休戰。

同日晨，日軍在南路分三路進攻，馬玉崑率隊應戰，硝煙沖天，炮聲震地，日兵死傷狼藉，雙方相持至午，日軍終不得逞，退去。

同日下午四時許，葉志超見左寶貴陣亡，玄武門失守，敵兵入城，遂於城上懸上白旗。是夜九時許，葉率軍向義州方向的大路退走，被日軍乘夜襲擊。清軍爭先恐後，自相殘踐。退至順安後復又爲日軍襲擊，直逃至安州，始遇聶士成與呂本元軍，被收容。

馬玉崑自左寶貴陣亡後，仍一力主戰，後見大部分清軍捨城而逃，才率部迂迴至大同江以西後北歸，安全抵達安州。

光緒二十年九月十九日，平壤地方已無清軍可言。

光緒二十年九月中旬平壤告急後，求援電報急如星火。清軍馳援之路，以海上運兵至鴨綠江口中國境內的大東溝最爲便捷。九月十六日李鴻章派招商局五船運銘軍十二營，由天津大沽駛往大東溝赴援。並命已在旅大待命的丁汝昌率北洋艦隊主力同行護航。

九月十八日，在平壤失守的同一日午間，北洋水師主力護送運兵船抵達大東溝。

*10*

緊張的卸船從午間一直延續至深夜。

這是中秋節後的兩夜，月亮似有點殘缺，依舊很大，燦若銀盤，大東溝的沿岸完全浸在半透明的月色之中。月色中的岸上馬喧人嚷，人影幢幢，營帳內透出的燈火瑩瑩相接，連綿數里。北洋水師除了留下平遠、廣丙兩艦和幾艘小炮船、魚雷船、護衛船入口卸載外，主力都駛往港外十二浬下碇。

九月十九日的早晨，天清氣爽，旭日火紅，漸升於東方，黃海上微波四起，宛若顫動著的紅綢。夜幕退盡，定遠、鎮遠二艦在太陽的照耀下，顯現出了海戰史上絕無僅有的奇觀，它們前後的四座炮台周圍環護著裝滿煤的麻袋，兩舷的輕炮則用沙袋防護，上面再掛滿了一種叫作門特勒特的鐵索以防彈片可能的飛擊。於是兩艘巨艦顯出了一種庸態，像一個披掛過分的將軍，更如在海中突兀地添了兩座島嶼。

晨七時陸上報告，運船上所載之軍隊與輜重已悉數上岸完畢。

北洋水師主力本可以返航了，但它沒有即刻返航。

丁汝昌站在高高的艦橋之上，隔海遙望著東面平壤的方向，他不知道平壤是夜已經失守，清軍正潰不成軍地向安州、義州方向奔逃，他以爲在那裡還在進行著拚死的血戰。此時他不願意就這麼平平淡淡地回去。他是個久經戰陣的人，在劉銘傳部下從軍時，江蘇常州、安徽廣德，屢攻而不下，都是他率敢死隊赤膊上陣，冒著槍彈擂石，踩著雲梯第一個衝上城頭，殺得血肉飛迸，他的悍勇善戰在當時淮系銘軍中也是聲名赫赫的。一個六十歲數上的人，憑著軍功與這麼多年的辛勞，吃也吃過，樂也樂過，已是吃時也無多，樂時也無多，再沒有比保住一輩子名節更重要的東西了。皇上的嚴責、李中堂的警告、朝廷中一片彈劾他的聲浪已使他在夢中猛醒，死他不怕，但他絕不願背一個「怯」字、一個「懦」字了卻一生。丁汝昌估計今天遇上日艦的可能極大，他傳令漢納根、劉步蟾、泰勒一齊上天橋，研究返航時的隊形。

上午十時，剛把回程的一切布置好，南面的海面便出現了黑煙一縷，不久黑煙一縷又一縷從海平線上冒出來，定遠艦上的軍官拿起單筒望遠鏡觀望，漸漸看清是一支艦隊，艦上盡懸美國旗。在這是非之地哪會突然出現一支如此龐大的美國艦隊？丁汝昌即令各艦開鍋爐微火，先燒足蒸氣。是時午餐號響了，眾人下甲板吃飯，飯過一半，甲板上傳來報告，說來艦十二艘，突然換成了日本旗。丁汝昌命令照既定隊形迎向敵艦。

北洋水師排成縱隊，以可機動又可相互依託的每兩艘型號噸位大體相同的軍艦並肩而行，隊形如下：

敵對雙方，北洋水師自東向西偏南，日本艦隊自西南往東北方向對進，航速都不快，都似在非常謹慎地相互窺望，而雙方艦隊行進中拖帶出的煤煙卻愈加濃重。丁汝昌在望遠鏡裡觀察到的日艦有十二艘，分成本隊與第一游擊隊，單列行進，第一游擊隊在前，相距不遠本隊緊隨其後。第一游擊隊由四艦組成，吉野，

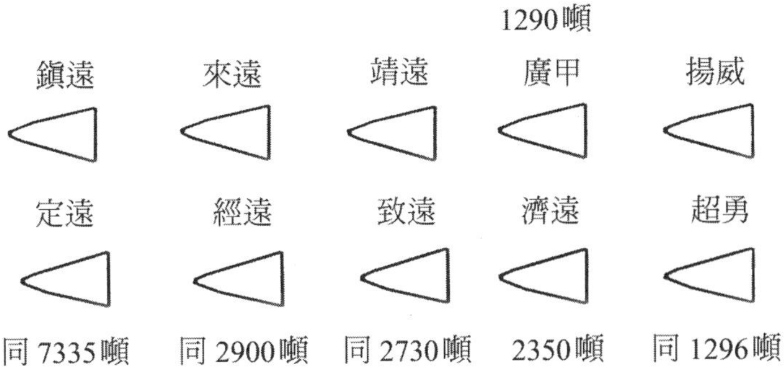

四千二百六十七噸；高千穗，三千七百噸；秋津洲，三千一百七十二噸；浪速，三千七百噸；其航速，吉野二十三點五海浬，其餘均在十八點七海浬以上。本隊旗艦松島，四千二百七十八噸；千代田，二千四百三十九噸；嚴島，四千二百七十八噸；橋立，四千二百七十八噸；比叡，木質二千三百噸；扶桑，三千七百七十噸；赤城，六百二十二噸；西京丸，爲武裝商船（鋼質，二千九百一十三噸）；其中赤城、扶桑、西京丸、比叡每小時航速在十三海浬左右，其餘均在十七點三海浬以上。

雙方漸漸相距得近了，丁汝昌放下望遠鏡也能望清對方艦上所懸的旗幟，他見日方將赤城、西京丸移至本隊的左側加以屏護。正在丁汝昌全神貫注的時候，他身後的北洋艦隊也已變換了陣形，雙列縱隊變成了一字橫隊。

## 定遠艦

泰勒是半月前剛調上定遠艦做幫帶（副艦長）的，他原是英國海軍少尉，到中國後當過海關緝私船船長和琅威理手下的北洋水師教習。琅威理走了他也走了。這回李鴻章突然將他派到北洋海軍的旗艦上來，便十分地耐人尋味。此刻他匆匆地跑上天橋，擋住了丁汝昌的視線，他的神情非常激動，嘴裡哇啦哇啦地喊著洋話。天橋上沒翻譯，泰勒指手畫腳地亂比畫，最後他撲上去猛地一下扳過丁汝昌的肩來。丁汝昌一望呆住了，他的艦隊已一字排開，而身後已是一片空蕩蕩銀光閃閃的海了，他順著泰勒的手望去，發現定遠的桅杆上早已換上了改變隊形的令旗。丁汝昌咬牙切齒正要喊什麼，突然天橋下的十二吋巨炮轟隆一聲巨響，他只感到他被彈起來又摔了下去，五臟六腑也隨之震顫欲裂……

劉步蟾在英國留學多年，他在主炮位後方已聽淸楚了頭頂上那個洋鬼子在喊：「司令閣下！司令閣下！劉艦長已擅改陣形，看，你往身後看！」他隨即下令發炮，轟隆一聲巨響後，一切都無可更改地成爲既成事實了。陣形是他改的，他是旗艦，他不能讓旗艦首冒敵矢。然而這一炮距敵萬碼以遠施放，炮彈在六千碼處孤零零地墜入海中，海中湧起了一枝粗壯的水柱，但意外的效果卻始料不及，本不堅固的天橋被震塌了，丁汝昌和那個泰勒被彈起後又重重地摔到了前甲板上。

旗艦開炮，各艦一字橫列著也相繼開起炮來。一時間北洋水師一側陣式威武雄壯，各艦連環發炮，炮聲震耳欲聾，彷佛是在進行著一場早已預定好陣式的聲勢浩大的演習。

日艦偃旗息鼓，鼓輪而進，毅然在北洋水師的一字橫隊前成縱隊魚貫行進，鑽入北洋水師的炮火中來，相距三千碼時，衝在最前列的日本第一游擊隊的殺手「吉野」首先發炮，頃刻間日方各艦所有炮火齊射，一條條火龍襲向了北洋艦隊。

定遠巨艦上的煤包砂包被炸得碎屑彌天亂飛，那種叫作門特勒特用來防彈的鐵索錚錚斷裂的飛迸聲，和著炮彈的激烈爆炸聲攪滾成一片喧囂的聲浪，頃刻之間，定遠艦上的桅纜被炸斷了，懸於前後桅杆上的帥旗與令旗便也隨之飄然墜落。

洋員幫帶泰勒從天橋上摔下，眼眶受到撞擊，一時失明黑白莫辨，耳朵也震得一派嗡響，被抬進了船艙。丁汝昌腰腿部受傷，當有人在抬他入艙時一顆炮彈呼嘯而來落地開花，兩個抬他的水兵一頭栽倒在他身上就再也沒能爬起來。丁汝昌感覺到這炮火的猛烈，與他三十多年前經歷的簡直有天壤之別，他在兩具屍體的重壓之下已處在半昏厥的狀態之中了。有人來移開了屍體，又不由分說地七手八腳抬他時，丁汝昌醒了，一把死死扒住艙門，掙扎著就差哭了下來，「你們這是叫我死哇！」他再明白不過，一進了艙，他便有一萬張口將來也難以辯解了。他讓水兵們將他安置在甲板上的一個死角裡，就急令這右舷的水兵們開炮，水兵們紅著眼吼一聲：「打誰？打自己的軍艦麼？」丁汝昌這才清醒地看見與之並排的鎮遠艦像堵牆一般擋住了舷炮，便覺腰腿部的劇痛一下子襲上心來，他暈了過去。

劉步蟾立於前主炮後面的指揮台上，當日艦一批批炮彈像飛蝗般地襲來，並在艦上炸成一片時，他猛地趴下來，然而不遠處前主炮發射時的震動卻將他顛起來一送，一頭撞在了指揮台的護欄鐵板上，幾乎都是痛不欲生了。他情願受傷，受傷後被抬到艙裡去。劉步蟾什麼也不顧地爬了起來，卻在一片爆炸聲中看到了血淋淋的一幕。三四個炮手禁不住前主炮炮位連續發射的彌漫硝煙，剛一跑出來就被彈片炸得四開五裂，段段肢體被掀上了半空。他被驚得大張著口發不出聲，旋即他又驚奇不已。這就在主炮前後指揮台四周開花的炮彈，竟然對他秋毫無損？也就在這一瞬間他徹底地明白了，這會兒該誰死是躲也躲不過的，躲不過便就不躲，看命了。劉步蟾緊緊咬著牙關站在那裡觀察著。別的艦隻中炮都不多，日艦的炮彈幾乎有一半都送到他的定遠艦上來了。代理旗艦就代理旗艦，活該當初自己一口死死咬住，定遠是旗艦，人家不盯著你打，打誰？當他發現定遠艦帥旗與令旗已被擊落時，心中一陣鬆快與欣慰；他又朝左右張望著，巴不得有誰升旗代理起旗艦來，那樣他就輕鬆了，日本人的炮彈也就不再盯著他打了。

在一片炮火交織濃煙彌漫之中，劉步蟾失望了，北洋水師竟沒有一艘戰艦重新毅然升起旗艦的戰旗來。然而也就在這時，劉步蟾看到日本四艘最精銳艦隻組成的第一游擊隊，已在北洋水師陣前二千五百碼處強行通過，定遠艦上落下的炮彈明顯地變得稀稀落落了。

## 戰場

日本第一游擊隊吉野、高千穗、秋津洲、浪速四艘大噸位高行速高射速的軍艦，邊射擊邊冒著炮火強行通過定遠、鎭遠、來遠等北洋水師的主力艦正面後，它們的目的也就顯現出來。爲了便於發揮火力攻擊北洋水師右翼兩艘最弱的軍艦揚威與超勇，它們故意偏向左行駛，稍稍拉開了些與北洋水師的距離。

超勇、揚威購於光緒七年（西元一八八一年），木質，每艦十吋慢炮兩門，雖名爲巡洋艦，可早先卻有個更爲質樸的名字「碰快船」。此時因爲北洋水師主力又迎來了日本艦隊本隊，對這兩艘「碰快船」已是無暇顧及了。日本第一游擊隊與揚威、超勇互擊數炮，已感覺到這兩艦比預想的還要虛弱，便大膽地抵近，用幾十門速射炮作低彈道平射，情景幾乎猶如打靶，先是揚威轟然一聲起火，在原地兜著圈，接著超勇也起火，一時間海上烈焰騰飛，半邊的海也映照得變成了紅色。

然而當日本第一游擊隊在向揚威、超勇作最後一擊時，戰場的北偏東方向剛剛趕到的北洋水師平遠、廣丙二艦與兩艘魚雷艇出現在第一游擊隊的正前方，雙方艦首對艦首，日艦兩舷的高射速炮發揮不出來，於是皆用前主炮相互轟擊，廣丙、平遠與兩魚雷艇不敵，且戰且退，但終是暫緩了揚威與超勇的滅頂之災。日本人也有忙中出錯的時候，後面跟進的日本艦隊本隊見其第一游擊隊越追越遠，有背於預定的從右翼迂迴包抄北洋水師背後的作戰意圖，遂急懸信號旗令第一游擊隊向右轉。在吉野艦上坐鎮指揮第一游擊隊的坪井航三竟將它看反了，即令全隊左轉，北洋水師右翼的危機解除了。日本艦隊本隊見狀大驚，在旗艦松島號的帶領下，不顧一切跟上來，將錯就錯欲越過北洋艦隊已亂的右翼後右轉來實現包抄，但卻將本隊中行速緩慢的比叡與赤城艦丟在了後面。這時從開戰前就得到丁汝昌嚴令，要將艦首始終對準敵艦的北洋水師從東北方向西衝擊，將日艦比叡與赤城、扶桑攔截在自己的陣內。

戰場上的形勢呈現出了犬齒交錯的狀態，幸運之神第一次降臨到中國人身上。

是時下午一時二十分。

比叡首先被鎮遠十二吋巨炮擊中，後桅倒下時，它的甲板上又同時中了幾發炮彈。比叡起火後像一隻巨大的火炬在北洋水師的陣中燃燒著，卻始終不屈不撓地向北，後又向東追逐著他的本隊。日本的赤城號見比叡起火，不顧一切地來援救，卻受到來遠準確的射擊，一炮擊中其指揮艦橋，在爆炸聲中赤城的艦長與周圍的二名官佐被炸得四碎，緊接著第二炮又飛來了，這顆劣質的彈頭硬是把赤城的下甲板裁了一個洞鑽進去，而後不好意思再不爆炸似地在赤城的腹內傳來了悶悶地一聲響，赤城號的蒸氣管被炸壞，乳白色的蒸氣隨即便無孔不出地從艦內鑽出來。此刻從致遠、經遠上飛來的炮彈也紛紛擊中赤城，在彌散的蒸氣中它的後桅炸斷了，前主炮也啞了，然而一面新的艦旗卻緩慢而又艱難地從赤城的前桅上升起，它的新指揮官也同時毅然登上了艦橋，在赤城號上傳來一片嘶啞而悲壯的歌聲中，它的後機械快炮又驟然響了起來。……緊追在後的來遠艦一炮打過去，赤城的新指揮官栽倒了，幾乎是與此同時，赤城的機炮一串炮彈傾瀉過來，正中來遠的彈藥庫，立時來遠艦上傳來一陣陣懾人心魄的爆炸……

這時的戰場爲中日雙方數十艘軍艦噴吐出的濃煙所籠罩著，海中五艘軍艦燃燒起的火焰已把大海染得一片通紅，炮聲隆隆宛若經久不息的悶雷在天空中來回滾動，而炮彈在海中激起的水柱、嗆人的氣味，夾裹在灰色的煙霧中，使得一切都變成灰黃色的一片了，頭頂的太陽也不得不黯然失色，像一個紅通通的燈籠那麼近切地懸掛於頭頂之上。在這一片天昏地暗敵我莫辨之中，雙方的形勢已悄然地發生變化。

北洋水師主力雖忙於打擊比叡、赤城，但反過來又被這兩艘日艦的進入而攪

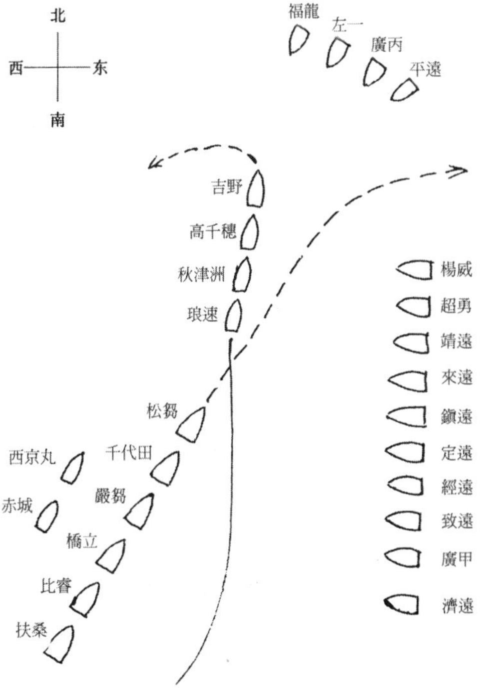

得陣形大亂，沒有統一的指揮，便都處在各自爲戰的境地。而日本的艦隊卻始終保持著隊形，第一游擊隊在西，本隊在東，幾乎已完成了對北洋水師的包圍。

## 天機！天機！

海戰已進入了第二階段。

戰場上的整體形勢對北洋水師明顯不利，但上蒼就在此時，把可能改變整個中日戰爭的機會拱手送到了中國人的面前。

下午二時二十分。

日本艦隊本隊加速之後，西京丸落在了後面，它遠遠望見比叡與赤城相繼起火的危急，便立即升旗示警。正在誤向西轉的日本第一游擊隊見後迅速回援，卻忽視了西京丸，讓它一船孤零零地漂泊於這戰場的西北端。這時它的前方出現了返身而來的廣丙、平遠二艦與福龍、左一兩魚雷艇。

西京丸不是一艘軍艦，而是一艘裝飾考究豪華的武裝商船，本來這樣的船不應該出現在海戰的戰場，但它出現了，便就顯出了異乎尋常。它的上面乘坐著日本的海軍軍令部長兼海軍大臣樺山資紀和一大批高級軍官。

樺山資紀本來不一定在西京丸上的，因爲他在一八九〇年時雖爲海軍大臣，卻已除役了。但中日甲午戰爭爆發後，當時的日本海軍軍令部長中牟田倉之助海軍中將認爲，日本海軍對北洋水師取攻勢，不一定有充分把握，主張日本艦隊「取守勢運動」。這一主張遭到了日本海軍內主戰派，尤其是樺山資紀的堅決反對。樺山資紀主張把日本的海軍力量集中運用，組成聯合艦隊，在爭奪制海權中尋機與北洋艦隊決戰。這一方針甚合日本天皇的「聖意」。於是在日本大本營召開御前會議並決定發動侵華戰爭的當天，明治天皇發布特旨，恢復樺山資紀的海軍現役，接替中牟田倉之助的海軍軍令部長職務，並作爲大本營成員參與整個戰爭的指揮與重大決策。戰爭爆發以來，因日本聯合艦隊久尋北洋水師主力而未遇，樺山資紀便親駐聯合艦隊，數千噸的巨艦不乘，偏偏帶著一群官員坐在西京丸上，就是爲了要強調他的身分與動機，他是以海軍的最高長官隨行督戰來了。

魚雷艇福龍與左一在海上以每小時二十四海哩的速度朝西京丸高速行駛著。福龍的管帶蔡廷幹時年三十三歲，人長得又瘦又長，他是大清國一八七三年第二批派往美國學習的學生，回國後就當上了魚雷艇管帶。他對魚雷艇的全部認識可能並不精粹，卻非常務實，那就是魚雷艇小，是禁不住一發重炮轟擊的，但它速度快，專門適合幹些偷偷摸摸的勾當。因而他的魚雷艇在日本第一游擊隊駛來時退得最快，在第一游擊隊突然西轉後又回頭撲得最凶。廣丙艦與左一艦緊隨福龍艇而來，落在後面的平遠艦卻對日本本隊旗艦松島號展開了炮擊。炮彈接連在松島號的中央魚雷室上爆炸，這叫蔡廷幹羨慕不已，連連發令讓福龍轉頭追本隊，同時張大了嘴準備聽日本旗艦松島號上傳來引發魚雷驚天動地的大爆炸，他在那一瞬間甚至都覺得，如果一爆炸他的心也會忌妒得碎了。然而爆炸聲始終沒有傳來，他看見松島號帶領全隊依舊全速朝北洋水師的背後迂迴行進，感覺到這塊肥肉並不好吃，便又令福龍轉過頭來，一心一意撲向西京丸。這兩次在高速行進中的轉頭，鬼斧神工恰恰如一個巧妙的迂迴，抄到了已回頭西逃的西京丸的一側來，相距約三千三百碼。蔡廷幹看見他的好朋友王平正駕左一魚雷艇在尾追西京丸，其位置卻並不利於魚雷的發射與命中了。蔡廷幹意識到他的機會已飄然而至。突然他看見西京丸的尾部輕煙縷縷，接著就聽見了響亮的輕機炮聲，左一艇上已是中炮累累。這時跟在後面的廣丙也開炮了，一炮便叫西京丸的桅杆轟轟烈烈地傾倒下來，接著又中一炮，一場大火便在西京丸的尾部燃燒了起來。

這時蔡廷幹駕著福龍已出現在西京丸左側一千碼遠，他高喊「魚雷準備」，準備了後又不發，他覺得仗正打得海中像起了層泡沫樣的時候，艇上四枚魚雷便顆顆都是他的命，一千碼發射一點把握也沒有，就又命令開炮。艇上的單發小口徑炮隨即「通、通」地響了起來，西京丸甲板以上是木結構，因為相距得近、彈道低平，顆顆炮彈呼嘯而出並且發發命中，命中後就把西京丸的船艙上打出了一個個的彈洞，卻盡是從左面打進去右面飛出來，噗噗地落在了海裡。蔡廷幹看時興奮得要死，心急得狂跳不止，他伸手甩了自己一個大嘴巴，一種熱辣辣的痛使他的心驟然間減低了狂跳的節律。蔡廷幹冷靜下來，看看距西京丸只有五百碼的距離時，便悶沉沉地喊一聲：「魚雷，放！」魚雷隨即從左舷飛了出去，巨大的後座力叫福龍艇驟然在海中頓了一下，艇前不遠處波濤四漾的海面，便出現了一道快速伸向西京丸的白色水紋。看著看著就要擊中了，艇上突然暴發出一陣狂呼，可是這枚魚雷卻從西京丸的船首滑然而過……蔡廷幹跳了起來，吼道：「嚎什麼嚎！都嚎跑掉了！」他沒吼出來的意思是打沉了西京丸，一艇獨占其功，賞銀該是多少萬兩呀！他憤然，他又激動不已，他覺得這簡直都不是打仗，而是在賭博，賭運氣了。雙方都在高速行駛，魚雷的速度、角度、前置量，西京丸哪怕快一秒，或者魚雷哪怕慢一秒便就是驚天動地的一聲響啊！也就是在一瞬間的工夫，福龍艇已正正處在了西京丸左偏前側二百碼的地方，蔡廷幹命令準備第二發魚雷。志在必得，蔡廷幹修正了一下福龍艇首的角度，把顫抖著的雙手高高地懸於頭頂，猛地朝下一劈，「放！」聲出雷隨，一顆魚雷便從福龍的右舷飛出，一時間艇上的人確如在觀看一場巨大的賭博，屏聲息氣個個把脖子伸得老長，眼卻緊盯著魚雷的行跡越望越遠，眼看要擊中了，個個都憋足了一口氣只等著發出那酣暢淋漓的一聲喊時，西京丸卻在這千鈞一髮之際，突然船頭一偏尾部一甩，那枚可怕的魚雷又幾乎是擦著它的尾巴衝了過去。艇上的水兵「哎喲」的一聲，彷彿盡皆被這無比惋惜的呼喊掀跌在了甲板上。此刻瘦長高細的蔡廷幹已再也來不及有任何惋惜可惜的表示，雙方的距離正在飛快地縮短著，蔡廷幹屏聲斂氣，兩眼瞪得就差突了出來，口中一個勁地喊：「慢，慢！他媽的給我慢下來！」西京丸的左舷這回正正對著福龍艇，雙方的距離僅僅四十米！就是讓一個瞎子、癡子來發一顆魚雷也是百分之百要命中的了！「哈哈！」蔡廷幹忘情地笑了起來，他幾乎是手舞足蹈，口中竟突然冒出一句京腔的道白：「我兒，看你哪裡跑？放！」

正立在西京丸天橋上，剛剛親自指揮避過第二顆魚雷的日本海軍大臣樺山資紀，清清楚楚聽見了蔡廷幹的一聲喊，扭頭一看嚇傻了，兩旁的官佐盡皆啞然，面色青灰一片，樺山資紀失語一聲：「我事已畢。」而後便面朝東南慢慢地閤上了眼，心魂蕩飛已是在和他們的天皇作著默默的，也是最後的道別了。樺山資紀閉上眼等著西京丸的爆炸，等著他也隨西京丸的殘片飛向半空，而後灰飛煙滅地消逝殆盡，這便是他的葬禮了……一瞬間，西京丸上充滿了死一般的沉寂。少頃，西京丸上卻傳來了一片歇斯底里的狂呼，樺山資紀睜開眼看時發現，本來必然命中的魚雷在水下潛行，卻從西京丸的船底穿過後才冒了上來，越去越遠了……

福龍艇發射魚雷後就急劃了一個大彎，到了西京丸的後方，當蔡廷幹看見魚雷從西京丸的另一邊逸出後，便一頭撞在了指揮台的欄杆上，血流如注……

日本艦隊第一游擊隊飛速回援西京丸，擊沉它的機會便永遠地一去不復返了。

當天的海戰，日本人的艦船屢遇滅頂之災卻又屢屢化險為夷，簡直若有神助。當後來的中國人又知道這個樺山資紀成了第一任台灣總督，指揮了中日甲午戰爭割占台灣，時對台灣抗日軍民的血腥屠殺，是誰也要懊喪得吐血，是誰也要仰望蒼天而後扼腕嘆息，是誰也要問：難道這一切均為天意？及以西京丸的境遇，是不是當時冥冥蒼天就已透出了信息，注定浩蕩神州還要經歷若干年月的曲折磨難，而又勢在必然了呢？

**揚威與超勇：**

在北洋水師二艦、兩艇獵襲西京丸的同時，日本聯合艦隊本隊正向北洋水師背後迂迴，這時揚威艦拖著大火濃煙一頭衝出了陣外，向東北方駛去，行至不遠的海洋島附近陷在了淺灘上。管帶林履中不知為什麼不想再留在這個世上，跳海自殺了。第二天，擱淺的揚威艦被繼續出海搜巡的日本艦隻發現，用魚雷將其轟碎。

受重傷不能再戰，逸出陣外搶救，或是退出戰場返回基地，似乎並沒什麼說不清楚的事。日艦比叡、赤城、西京丸受傷後都退出陣外搶救，或返回再戰，或直接返航，其艦長都以保艦有功受到了嘉獎。但事情一旦發生在中國人身上，便即刻化作了迷霧一團。揚威受重傷而未沉，不久左一魚雷艇又來救援，戰後由巨艦將其拖回也是完全有可能的，可是他的管帶林履中卻跳海自殺了。從另外一個角度看，把不堪再戰而退出陣外看成是逃呢？那麼就是另一回事了。

如果以此觀點說到黃海海戰中的逃跑，揚威無疑是第一個了。但林履中自殺了，時人後人對他的評價卻頗高，「見危受命，激烈效忠，其所謂臨大節而不可奪者。」而對揚威第一個不論是退也好逃也罷，卻避而不言；對它的第二日復被日軍轟沉，則更是諱莫如深。艦在而死，林履中盡職了麼？好在在國人的傳統認識中，追究一個死者的責任是算不上道德的，於是便一死遮百醜了。然而站在林履中的角度，將最弱的揚威艦置於右側受人攻擊，因不得已而退出，因憤怒絕望而自殺，當也在情理之中，是完全說得通的事。可惜後來的人們都不這麼說。

揚威的遠去直接導致了超勇的覆沒。起火的超勇在大海中熊熊燃燒著，濃煙滾滾烈焰捲騰，猶如巨龍照耀在海上，右側的揚威衝過日軍本隊以後，它便再也沒有什麼屏蔽的了，整個兒暴露在日軍五艘軍艦的炮火之下，日軍本隊邊行邊擊，彈如雨下，竟將超勇上的火炸滅，超勇的右舷傾斜著，它斷斷續續鳴著炮作最後的抗擊，卻終像一個再也不堪痛苦的傷者翻了個身，便悄無聲息地滾沒進了海中，而大海的喧騰，炮聲的轟隆，落水者的竭力呼號彷彿都在爲它盡力唱著輓歌。管帶黃建勳落水了，這個「爲人慷慨，尙俠義，在軍奮勵，往往出人頭地」的人，又一次作出了激越奮勵的選擇，他拒絕了友艦拋來長繩的援救，與蒼茫大海化作了一體。

日本聯合艦隊本隊在東，它的第一游擊隊在西形成了前後夾擊之勢，被困在核心的北洋艦隊的陣型猶如一團亂麻茫無頭緒。

此刻從背後繞過來的日本聯合艦隊本隊，在北洋水師的左翼與濟遠和廣甲相遇了。帶著某種強烈的復仇心理，本隊五艦對廣甲置之不理，將炮火一齊集中猛轟濟遠。濟遠全力反擊著，方伯謙看見己方的艦隻紛亂一團，沒了隊形也沒了指揮，盡在各自為戰，內心便感到一片蒼涼，看見定遠艦全然沒有在後桅上升旗的打算，正傍依著鎮遠雙雙作戰，他的憤慨油然而生。方伯謙欲和廣甲並肩而戰，以便自己的右側處於安全的位置，只要能喘過一口氣來，就毅然升起旗艦旗來指揮全局。可廣甲在他的側後槍不鳴炮不發，不斷地躲避，他恨不得調過炮口來轟它，可日本人不允許，日艦的炮彈不斷在濟遠上開花，方伯謙知道他已經處在了自顧不暇的地步，還升什麼鳥旗，他望著被炮彈激起密密麻麻水柱的大海，也只有嘆息復嘆息了……這時他忽地看見日本的第一游擊隊出現在西面，正不知是迎擊哪一頭是好，卻見在他西北面不遠處的致遠艦突然開足馬力向日本的第一游擊隊迎去。

是時下午三時二十分。

## 致遠艦

致遠有致遠的優勢，在同是二千多噸的戰艦中，有五千五百匹馬力，自重二千三百噸，比二千九百噸的來遠、經遠還多五百，比二千三百五十五噸的濟遠幾乎整整多了一倍。酣戰了近四個小時的致遠，已是彈藥無多，受傷累累，顯得行履蹣跚了。致遠艦管帶鄧世昌本欲與濟遠迎戰東面的日本艦隊本隊，無奈廣甲夾在中間叫他無可奈何。他看自己的艦隊混亂一團各自爲戰，就知道最不願見的情形終於來臨了，這一切他早有預見，這一切他早就大聲疾呼過，但這一切似乎都無可挽回了。

鄧世昌挺立在指揮台上，憤與怒已離他相去甚遠，他已是來不及憤恨與怒吼了，他邊命令艦炮打擊日本艦隊本隊，以支持濟遠，邊觀察整個戰場，以圖找到改變形勢的契機。他看見西面的日本第一游擊隊首艦吉野，正率艦猛撲己方旗艦定遠，便預感到某個契機的到來。鄧世昌立即命令處於定遠一側稍後方的致遠，將火炮全部射向日本第一游擊隊。驟然而至的炮火打得日本第一游擊隊突然減速，在分辨這突如其來的打擊。重又立於指揮台上的鄧世昌精神立時處於高度亢奮狀態，若這時有四五艘艦同時猛擊日本第一游擊隊，一切便可改觀了，可是已失去統一指揮的北洋水師各艦，依舊在茫然各顧東西，不得已鄧世昌又命令致遠的炮火集中於吉野一艦射出，但是此時致遠的炮火全啞了，鄧世昌驀然回首，他看見各炮位的水兵正不約而同從炮位裡鑽出來，便明白，炮彈打完了！正這時，日艦的炮彈卻成批地飛來，致遠的側舷水線以下同時中了致命的幾炮，悶沉沉的爆炸聲從艦腹中傳來，引得軍艦猛烈地震顫抖動過後，便開始向一側傾斜，而致遠艦的甲板以上，它的煙囪被快炮打成了蜂窩狀，濃黑的煙正無孔不出地四處漫溢。軍艦受傷過重，已是難得保全了，唯它的輪機還在運作，它的前方便是吉野，鄧世昌看出吉野的目的在於切斷致遠與定遠的聯繫，率隊攻擊定遠，他一瞬間便作出了抉擇，指著前方對大副陳金揆說：「日艦專恃吉野，撞沉它，我軍可奪其氣！」

艦上的汽笛淒厲地拉響了，致遠猶如一頭怒號著的烈馬側身衝出。吉野艦驚呆了，炮擊頃刻之間偃旗息鼓，在僅距數百碼的距離內將致遠用炮擊沉已不可能，艦首對艦首的避讓只可能導致致遠號撞中吉野致命的艦腰而斷成兩截，雙方的艦隻在這海戰的一隅彷彿落入了一個沉寂的無底深淵。然而致遠艦上幾聲清脆的槍響，宛如暗夜中的醒鐘，劃破了一片難堪的寂靜。鄧世昌一回頭，看見艦上六七十名已無事可幹的炮手手持哈乞開斯長槍，鼓噪吶喊著朝他的指揮台衝來。鄧世昌下了指揮台迎上去，他看見衝在最前頭的就是那個被他鞭責過的水兵，鄧世昌剛拔出手槍，對方同時也有五六枝槍頂住了鄧世昌的胸口。

生死攸關的當口，士兵們嘩變了！

鄧世昌面對一雙雙充滿恐懼而垂死的目光。

「讓我們一齊去死？」數十條嗓子一齊吼起來，「我們不想死！」

「我意已決。死，對了，今日不過一死而已。」鄧世昌低沉地說一聲，猛一側身指著吉野吼起來，「撞上去與吉野共碎！」

「我們先打死你。」「噹噹」兩聲槍響，子彈從鄧世昌的耳旁倏然飛過，他愣了下，望望昏黃一片的蒼天，握槍的手鬆開了，槍掉在了甲板之上。他轉身疾行了幾步，突然停住背對著眾人說：「不要在背後，是男兒到我的前面來，」他頓了頓從牙縫中擠出了兩個字：「開槍！」言罷大步走進駕駛台與陳金揆並肩站在了一起。

致遠號拖著濃濃彌散著的黑煙，傾側著艦身向吉野衝撞而去……

致遠號上的水手們嚎地一聲衝到前甲板，將幾十支槍口對準了鄧世昌與陳金揆。

鄧世昌巍然挺立，舉起單筒望遠鏡久久地觀測著吉野，突然他另一手猛一捶胸口，悲憤欲絕地大呼：「快朝我開槍呀！」

幾十雙持槍的手全都顫抖了起來。

鄧世昌用手一指吉野，「開槍！那你們就給我瞄準吉野，打！」

嘩變的水兵幾乎同時回過頭去，吉野艦上的人影已是清晰可見了，他們呼啦一下一齊反過身去，半跪在甲板上，一時間陣陣暴豆般的槍聲響徹了致遠艦的前甲板。吉野回擊的炮彈幾乎同時在致遠的前甲板上炸開，與此同時，吉野上的一枚魚雷已悄然發出……

鄧世昌看到了這枚魚雷的射出，他在海中仔細辨認著它的行跡，但已偏西的陽光使海上一片波光粼粼，這枚魚雷在波光粼粼中便顯得了無蹤跡了。

致遠艦前甲板上又傳來了第二陣零落而淒厲的槍聲時，這枚魚雷行進了不足二百碼就準確地觸到了致遠的艦首，一聲天崩地裂的爆炸過後，致遠艦便如一個奔跑得精疲力竭的人一頭栽了下去，它的艦尾高高地翹起，矗立於這黃海之上，出水後失速的螺旋槳在半空驟然飛旋著……致遠艦似乎非常從容地進行著它的葬禮，它直立著慢慢朝海裡鑽去，鑽了一半海水浸入鍋爐哧然一聲尖厲的巨響後，接著便是驚天動地的鍋爐爆炸聲，蒸氣團隨之四向迸飛，宛若一幅瞬息之間騰起的乳白色帷幕將致遠遮蓋了……遮蓋得無影無蹤了……

此時定遠艦上的水兵正打得東西莫辨，突然聽見了這鍋爐的爆炸聲，看見了在巨大的蒸氣氣團中飛旋著的螺旋槳，竟以爲是一艘日艦被擊沉後而出現的奇觀，都立在船舷爭相觀看，興奮不已地爆發出了一陣陣的喝采聲，當吉野的一批炮彈飛上定遠並立即引起大火時，這觀看的人群才四散開去。

鄧世昌在艦首中雷的那一刻從駕駛台內被拋到了甲板上，而後落入海中，當他從海裡冒出來後，便看到了致遠鍋爐爆炸那瞬間極爲悲壯的一幕，他被致遠沉沒時震盪喧騰的浪濤重又捲入海中，掙扎著嗆了一口水又浮了上來時，致遠已消失得無踪影了。茫茫大海中一艘魚雷艇向他駛來，是己方的左一。左一停在了不遠處向鄧世昌拋來了長繩，他不由自主地一把抓住了，當綳緊的繩子拖著他向著左一艇滑去時，鄧世昌看見海面空蕩蕩的，他的水兵呢？他致遠艦上足足二百零二名水兵呢？願意不願意，全都與艦共沉了，他的手驀然間一鬆，人沉了下去。海裡是安適而寧靜的，那一派血與火的喧囂漸漸離他越去越遠了……

他的身子終於在海中頓了下，便又向上浮去，海中的色澤由灰，變黃，轉而是碧綠一片，他又重新在海中探出頭來，有人在喊他，並拋來了救生圈，是他的親兵劉忠。他雙臂伏在救生圈上大口地喘息著，海面上的一切重又清晰起來，他看見不遠處的經遠艦上一片火海，看見定鎭二艦上的巨炮隆隆響著正在各自爲戰，他的眼睛突然犀利起來，一下子躍上了定遠艦的桅杆，桅杆上一片空白。一個悲哀，一個萬念俱灰的感覺籠罩著他。鄧世昌憤然推開救生圈沉了下去。可是他垂於腦後的髮辮卻突然被扯住，他自由下墜的身體重又悠悠地浮出了海面，他環顧而視，突然雙眼熱淚盈眶，他的狗太陽犬正一口死死咬著他的辮子，正在海中撲騰著「唬哧唬哧」地看著他，他又遇救了。當鄧世昌重又面對著這個世界的時候，他又看見了定遠艦上那光禿禿的桅頭，他想起了定遠艦上突然升起的改變陣形的令旗，想起了這場亂成一團窩囊透頂的海戰，想起了劉步蟾，想到了衆多令人心悸的紛爭，立時便憤懣得眼瞪欲裂……他正羞於，也恥於與這人同頂一方天，同立一塊地了，大海，他認定了這蒼茫大海便是他最後的歸宿。鄧世昌顫抖著伸出手去，突然死死地卡住了太陽犬的脖子，而後用力將狗按入了水中一同最後一次沉了下去。

鄧世昌下沉著，爲了防止上浮，他大口大口地呑著海水。海水中的色澤變得越來越暗了，光明離他越來越遠，鄧世昌感到了一種莫名的恐懼，他一把將掙扎著的太陽犬死死地摟在懷裡……在窒息的痛苦中，他模糊地感到他是擁著一輪太陽朝黑暗中墜去的，艦隊、戰爭、報國，一切都變得飄飄渺渺。太陽犬的最後一下掙扎，在鄧世昌殘存的意識中激起了波瀾萬縷，「人生自古誰無死，留取丹心照汗青……照汗青……」

他覺得他的確是擁著一輪太陽與浩浩黃海化作了一體。

## 經遠艦

經遠與致遠是姊妹艦，紛亂的海戰中它們自覺地結伴在一起，互爲依託。致遠艦衝鋒後，經遠艦管帶林永升也緊隨著驅艦而出，阻止了日本第一游擊隊與本隊對定遠、鎭遠二艦的圍攻，自己卻陷入了日本第一游擊隊的合圍打擊之中。來遠與靖遠二艦欲來解圍，卻被日本本隊扭住打成一團。

管帶林永升在開戰的前一刻就下令拆盡軍艦甲板上的木梯，統統將其抛於海中，以作決死一戰之狀態了。此刻他左一炮右一炮邊還擊，邊指揮經遠作機動航行盡力躲避飛來的炮彈。是時一日艦水線以下中彈，船體傾斜，林永升立即發令向該日艦疾駛而去，但這時日艦數十門快炮的彈雨擊中了經遠的一側，林永升撲地倒在指揮台上，他的頭顱被炸開了。

大火在經遠艦上燃燒了起來，煙焰把天空烤得一派焦黃，經遠開始向左傾斜。經遠大副三十六歲的陳榮奔進駕駛室親操舵機，向受傷的日艦撞去，然而經遠的舵機失靈了，它依著一個固定的方向，向左向左，在海上艱難而蹣跚地駛了大半圈，艦尾首先一墜，便就慢慢地將船首托舉了起來，它停止了前行，它昂著首墜入了海中，因了鍋爐的爆炸，一片慘白的海水鼓蕩湧起，方圓數十丈，激越飛揚。

## 來遠、濟遠、廣甲

來遠艦在下午一時三十分左右，攻擊日艦赤城時就被擊中彈藥艙，它急駛陣外將大火撲滅後，便重又入陣格鬥。是時恰逢致遠、經遠艦危急，來遠赴援時卻被日本艦隊本隊拖住，只好與靖遠、濟遠一齊向日本艦隊本隊展開了一場炮戰。不多時來遠艦上重又燃起了熊熊大火，讓日本人奇怪的是這艘軍艦再也不退出去救火了，連戰場上的緊急搶救也沒有，只見烈火夾裹著濃煙從來遠艦尾燒到艦首，甲板以上數十間艙房無不一片火海，猛烈的火頭隨著軍艦的行駛轉向，隨著風勢在艦上肆無忌憚地竄動，然而它艦上的所有火炮卻步調一致，怒放不已。日艦望著這艘猶如一頭火牛般瘋狂，在前方左衝右突毫無顧忌的軍艦，漸漸都產生了怯意。

「兩軍相逢勇者勝」，來遠管帶邱寶仁越是打成這樣越是意氣風發。日艦的炮彈不斷如飛蝗般地飛來，這邊救了那邊又打著怎麼辦？不若乾脆他媽的不救，所有能動的人員只做一件事：在烈火中搶出炮彈，並在他聲嘶力竭且又是窮凶極惡的口令中一批批地發向了敵艦。大火漸漸越燒越深入，艙內的鋼鐵大樑也被燒得通紅而後扭曲起來，來遠的大管輪陳景祺不得已率眾救火，火遂有減弱之勢，然而艦上的發炮聲也稀疏下來。事情就在這上頭顯出了離奇的怪狀，大火熊熊，濃煙彌漫時日本人的炮反倒不是前就是後，總也打不準，火勢一旦受到約束，敵炮便就十分準確老打中了來遠，幾發炮彈首先在來遠的船尾爆炸，船尾被炸裂，艦首隨之又遭炮襲，三四個水兵被炸得血肉橫飛支離破碎地騰起了數米高又紛紛掉進海裡。邱寶仁不知是受了傷還是被濺了一臉的血，搖搖晃晃地從指揮台上跳下來，飛跑到艦後，看見陳景祺破口就罵：「救了火讓日本人打呀！燒！燒！讓它燒，老子都要看看它到底燒出怎樣一朵花來。」他蠻橫地命令水兵一律各就各位時，猛然悟過來，他命令陳景祺下機艙傳令，將甲板以下各艙各室的鐵門一律關起來，他說該燒的燒，不該燒的老子就不給他燒了。所幸的是來遠水線以下未中一彈，更慶幸的是邱寶仁採取了這斷然措施將甲板上下隔絕了開來，宛如一條火龍似的來遠竟在海面上左迂右迴往來自如，炮火的發射聲始終不絕於耳。日艦大約是覺得被這樣一艘北洋軍艦纏著打討不著便宜，拖下去反可能貽誤了戰機，遂邊射擊，邊丟開來遠、濟遠、靖遠、廣甲，向正在與日本第一游擊隊四艦進行炮戰的定遠、鎮遠二艦撲去。

落在來遠艦上與周圍的炮彈稀疏並消失了，「火警！火警！」邱寶仁站在指揮台上嘶啞地號叫著，接著來遠艦上響起了急促的鐘聲，隨著鐘聲，水兵們爬出炮位後，就一個個全都栽倒在甲板上，熊熊烈火朝著水兵們越燒越近，昏死過去的他們竟全無知覺。邱寶仁帶著指揮台周圍幾個能動的瘋了般地壓水，顧不著滅火便先向人噴去，躺在甲板上因發炮時的熏嗆與外面的火烤昏厥過去的水兵立時像落入油鍋裡的蚊子一個個蹦了起來。「滅火！滅火！不然就完了，一個活不成！」邱寶仁大喊著。可是艙面上幾十個搖搖晃晃隨時都可能栽倒的人，壓水也好，撲火也好，對於滅火的作用簡直是杯水車薪，邱寶仁急得眼血紅，驀然吼叫：「艙下的人呢！死啦！」艙下連一點反應也沒有，邱寶仁這才察覺他是有點暈頭了，他上指揮台對著通風管喊了幾聲，裡面聲息杳然，他隨手操起鐵棍在管壁上「噹」地猛敲一下，把耳朵貼上去，停了下，通風管裡才傳來了一下悶悶的敲擊聲，接著他又聽見似乎是在極遠極深處，傳來了隱隱的喘息聲，和斷斷續續的陳景祺的聲音，「悶死了，開，開！開艙門……」邱寶仁一屁股跌倒在地隨即一滾爬了起來，操起鐵棍下了指揮台，「開艙門！救救我們艙下一百多個兄弟呀！」喊著，他一頭衝進烈火之中。甲板上的水兵全都不要命了，一個個都衝進火海裡，水壓龍頭裡噴出的一枝枝水柱也隨著射了進去。甲板以下的艙內已成了一個熔爐，有人用手一握下艙的把手，慘叫一聲就栽倒了，用鐵棍砸，撬，一個艙門打開後，灼熱的氣浪噴然而出，令火勢猛然一縮，續而「轟」地一聲又燒了起來，邱寶仁被復燃的烈焰給掀了出來，一身是火，他在甲板上滾滅了火就再也無力站起來。邱寶仁深深地知道，來遠艦完了，日本人之所以丟開它，就是因爲看出這火必然要把來遠燒化在大海之中。有水兵過來將邱寶仁拖到指揮台艙壁邊倚著，邱寶仁總算透過一口氣來，渾身便感到一種被揭了皮般的火辣辣的痛，他看見了放在不遠處甲板上躺著的水兵，明白是從下面艙裡抬來的，一問知道那裡已悶死了好幾個，其餘的也一律都是奄奄一息的了。他的眼前一陣發黑，一陣痛疼使他猛地張大了眼渾身戰慄不已，然而就在此刻他卻欣喜若狂了，他看見廣甲在不遠處行駛著，他連滾帶爬地上了指揮台，命令來遠艦慢慢地轉著彎朝廣甲靠去。這時已從下艙救出了二十幾個人，轉醒後都掙扎著站起來，向廣甲艦啞啞地嘶喊，無力地揮動著手臂。

廣甲艦越來越近，來遠幾次欲靠上去，它卻像躲避瘟神似地幾番都避開了。仗打到這分兒上，這狗日的一直龜避陣中，竟然未中一炮完好無損，而現在竟然不伸援手見死不救！邱寶仁嘶喊著，歪歪倒倒跑到前主炮將一發炮彈一下子就塞進了炮膛，他全力驅動著炮身，瞄準。廣甲已感到了什麼，正要加速，邱寶仁已是一拉發火繩，一發炮彈帶著滿腔的憤怒呼嘯而出，打得廣甲的廁所騰空而飛。廣甲立時加足了馬力，飛駛而去。它逃了，來遠的第二發炮彈發出後遠遠地落在了它的後面。

濟遠向來遠駛來，暈頭脹腦且又殺紅了眼的邱寶仁隨即又把大炮對準了濟遠，濟遠上的汽笛短促地響了聲，叫邱寶仁忽地警醒過來，他看見濟遠艦艙面的人跡寥寥，而艦首已被炸裂，命令水兵懸旗，就說領情了，讓濟遠快點離開。濟遠號放慢了速度還是駛過來，邱寶仁一蹤腳爬上了艦的頂部，手舞足蹈地大叫起來，「你也慘了！我也慘了！靠在一起等死呀！」這時戰場的南面，日本的第一游擊隊出現了，它們發現了濟遠，便帶著復仇的慾火撲了過來。濟遠猛然轉過船頭，向西面駛開去，它的後面，日方四艦尾隨著。

駛去的濟遠艦上升起了一面致敬的旗幟，邱寶仁望著它，這個硬漢深深地鞠了一躬。當邱寶仁收回目光時，簡直呆住了，來遠的火小了，來遠有救了，大火在燒盡了來遠甲板以上一切能夠燒的東西後，正一點點地小下來。邱寶仁望著奮不顧身依然在滅火的水兵們，望著數十間艙房一片焦黑中依舊是餘煙裊裊，他欲怒也無言，欲哭也無聲了，只兩行淚默默地從眼眶內垂掛下來，一滴，一滴，又一滴。

邱寶仁明白，是濟遠救了他。方伯謙把第一游擊隊引開了……

來遠行履蹣跚地駛出陣外，默默地舔舐著一身的巨創。

靖遠也拖著一身大火駛來，在來遠的四周尋游，一邊滅火，一邊守護著它。

濟遠艦向西一路疾駛，以吉野爲首的四艘日艦尾追著，卻不敢靠得太近，只是用大炮不斷瘋狂地轟擊，濟遠不論怎樣作避彈航行，它的甲板上終是爆炸連連。

方伯謙爲海戰出現這樣的局面而悲哀，卻又對尾追的日艦充滿了輕蔑：復仇？僅僅爲了復仇麼？傻，倘若這會兒去圍攻定鎮二艦，你們就贏定了！由此方伯謙內心又是一陣欣慰與自豪，他把日方最精銳的四艦引開了，日本人太看重他了！

## 鎮遠、定遠、靖遠

自中午十二時十分定遠發射的第一枚炮彈開始，海戰進行了近四個小時。整個大東溝一帶的海域漸漸有些冷清下來，炮火交織、犬齒交錯而瞬息萬變的海戰變得有些單純了。

日本艦隊完成了他們的構想，打垮了北洋水師的左右兩翼，以第一游擊隊追擊濟遠，以本隊的六艘軍艦圍攻起北洋水師的定遠、鎮遠二鐵甲巨艦。

是時，大戰的雙方都已疲敝不堪，都在擠壓與傾注著全部餘力，作著最後的絞殺與格鬥。

定遠與鎮遠並肩，在按著一個看不見的弧形徐徐行進，與日方六艦周旋，發炮聲時斷時續地從兩艘軍艦上傳來，兩艦都數次中炮起過火，定遠升旗的桅杆徹底地被炸折了，想升旗也無處可升。劉步蟾渾身血跡衣衫襤縷，立在指揮台上沉著地指揮著戰鬥。近四個小時的激戰，使他手下的洋員英國人戴樂爾，德員哈卜門，都先後受傷被抬了下去，英國人尼格路士在救艦首大火時，又被日艦上飛來的炮彈炸得四分五裂，僅留下了一頂軍帽，而總教習德國人漢納根督帥水兵滾撲滅火的情景，又都出現在他的眼前，外國洋人且如此，他這個中國人倘有怯意，便很難在軍中抬起頭來了。他指揮發炮，指揮定遠機警靈活地作著避彈航行，使定遠艦始終如一座海上的城堡，浮動於這戰場之上。劉步蟾明白，他的命運，他一世的名聲現在都緊緊地與定遠艦的沉浮繫在一起了。當他聽見身後不時傳來丁汝昌受傷後仍在大聲激勵著士氣的聲音時，一種後悔的情緒湧了上來，以定鎮二艦居中一字排開的陣形，致使左右兩翼的軍艦沉的沉，逃的逃，最後叫日本人得以如此從容地收拾起他來；但是反過來說，倘以定鎮二艦在左右兩翼，或是以原隊形首當其衝呢？能堅持到現在麼？這麼一想，他的內心又比較泰然起來。然而當炮又在定遠上隆隆爆炸時，他昂首挺立著，腦海中畢竟又掠過一絲陰影，沒想到定遠艦也有薄弱處，旗杆炸倒命令傳不出去，他縱有百計也無從施出。日本人六艦，將敵方擊沉而突圍已無可能，而這樣下去到夜間又如何了結，日本人沒帶魚雷艇，倘夜間日方的魚雷艇來了，定遠就再難逃出厄運了⋯⋯

集隊，集隊！只有將各自為戰的軍艦召集起來，才可能重現轉機的呀！他突然望著右邊二百碼處的鎮遠，便恨恨不已，鎮遠艦的林泰曾為什麼不升旗艦旗，為什麼不升旗艦旗？為一個爭執難道他就置北洋艦隊的凶險於不顧麼？

鎮遠艦管帶林泰曾駕艦一直在外側偕帶著定遠繞圓行駛著，艦上歷四小時的炮戰已起火八次，中炮千餘發，整個艙面已是打得凸凹迭起、滿目瘡痍了，除照管機器巡視艙底的人而外，他將艦上三百餘名水兵分成兩批，一批滅火搶險，一批全力進行戰鬥，而這兩批人每次也只用一半，交替施用，因而水兵有勞有歇，效率極高。林泰曾一直緊緊盯著日方六艦，他在尋覓著機會，他偶爾命令發一兩炮，以引來與他同樣環行而駛，在三千碼以外對峙著的日艦的炮擊，他等待著日艦將炮彈耗盡，那時他就發炮也好，誘敵靠近後撞擊也好，一切就主動了。但現在不能讓日艦再近，現在一讓日艦靠上來，小口徑高射速的敵炮在近距離內的威力便將發揮得淋漓盡致，現在是最後毅力、耐力、堅忍的惡鬥，更是智慧的惡鬥。林泰曾眼都不敢稍眨一下地盯著日艦，倘日方的第一游擊隊返回，來遠、靖遠重傷，平遠、廣丙又不頂用，實際上便就可能是兩艦對十艦了。他欲盡快地升旗，但桅杆上的繩索已被炸斷，派人爬上桅杆接繩索又是談何容易！必須等待著機會的出現。林泰曾的心中還藏著另一個巨大的隱憂，他是一個內向而精細的人，鎮遠艦上的炮彈已不多，計還有六吋口徑的開花大炮彈五十九枚，再小口徑的炮彈已用盡，十二吋巨炮的開花巨彈僅剩一枚，每一輪炮戰的間歇，他都詳細統計，前十二吋主炮開戰後一個半小時，炮彈打得便只剩下一枚，且已入膛，他果斷地下令不經他許可誰也不許將它打出去。林泰曾似乎從海戰一開始就準備著最後的殊死拚搏了。

日艦的炮擊時斷時續，日艦也在窺探著定鎮二艦的動向，找尋著機會。機會的到來是在雙方作環狀艦行，而日艦占據著上風的那一刻。日方六艦近十隻巨大的煙囪噴吐出的黑煙，隨風不斷撲到了定鎮二艦上來，雙方相距三千碼之內很快遮起一道煙的幕帷。日方六艦陡然之間上百門火炮一齊發射，而艦隊在旗艦松島號的率領下鼓輪怒駛，直朝定鎮二艦衝來。

定鎮二艦上一時間彈落如雨傾注，爆炸的火柱一束一束地騰起，隨即便是火起，火隨著爆炸聲越揚越烈，在艦上東奔西突，很快便就把這兩艘巨艦重又捲入了一片火海。林泰曾有些慌神了，但旋即便意識到一個久等的機會的到來，他下令幾門六吋火炮同時發炮，同時命令三副池兆瑸、大副何品璋率人乘著濃煙彌漫之時攀登桅杆接繩升旗。登上桅杆中部望台的那個水兵還沒來得及直起腰，就被日艦的炮彈擊中一頭栽了下來，池兆瑸緊隨其後攀上了望台，又向桅頂攀登，一顆炮彈準準地打在他的背後，將他的背胸戳穿了一個洞而後觸在桅杆上爆炸，池兆瑸的身軀被爆得四碎，而他的手臂和雙腿卻死死地抱住桅杆慢慢地朝下滑著，腿與臂在下滑中驟然失去了力量，他那破碎的身軀向後一仰飛落下來，甲板上頓時堆起了一灘血餅。當大副何品璋緊隨著攀上桅中部望台時，已是渾身血跡斑斑了，他將桅繩綁在了自己身上，一聲大吼，叫下面的水兵收繩將他向高高的桅頂拉去，可是拉至一半，桅頂部的繩索絞作了一處，再也上不去了，何品璋不得已從身上拿出了旗艦旗，這旗幟便在他的手中獵獵地飄揚著了。

林泰曾一面命令炮火阻擊日艦的逼進，一面時時回頭看著桅杆的方向，當他看見何品璋的手臂垂了下來，而那面旗艦旗飄飄蕩蕩地向海中落去時，他淚流滿面兀自一聲嘆息，然而周圍炮彈爆炸拋起的硝煙卻又叫他大咳不已，大咳中他看見日旗艦松島號已率先在一千五百碼左右的煙幕中出現了。松島號艦上正不時爆炸著定鎭二艦發來的六吋口徑炮彈，但它不顧一切衝來，若衝進巍巍然二艘巨艦炮擊的死角，那麼定鎭二艦就完了。林泰曾立時一身冷汗，他愣在那裡嘴角一勁地顫抖，卻喊不出聲來，他忽然將左手伸進嘴裡一咬，「啊！」的聲慘叫，一旦把血淋淋的手抽出來，失語的口中便發出了命令：「停止炮擊！停止炮擊！」炮擊聲在鎭遠號上嘎然而止，艦上一片沉默，沉默中洋溢著一種決死的氣息。果然，鎭遠艦在林泰曾的命令下將那如巨犁一般鋒銳挺拔的艦首對準了松島，並且開始加速，隨著林泰曾的口令，鎭遠艦所有艦面上人員在艦舷排成了兩列。「前主炮準備！」數小時內一直默然不動的前主炮驀然動了起來，巨大的炮口直戳天穹，「瞄準日本旗艦松島前主炮！」林泰曾逼視著日艦松島，發射的口令正欲傳出，轟隆一聲一發小口徑炮彈卻出奇準確地落在了鎭遠的前主炮炮位上，正作發射前最後準備的鎭遠炮手隨著爆炸，頭飛到了甲板上，他身軀完好的手中緊握發炮牽繩在一個勁地痙攣著，眼看就要栽倒而牽動發炮的一瞬間，身旁的一個水兵一把抱住了這具無頭之軀，使他的手漸漸鬆開了。此時隊列前端撲出三個水兵，將那水兵的軀體放倒，便對主炮重新進行瞄準修正，連續兩發炮彈又不偏不斜地落在炮位上，四名炮手血肉橫飛一齊栽倒下來，列隊的水兵們立即又衝出三個，林泰曾兩眼血紅一言不發，一揮手又衝出七八人，手臂挽著手臂，用身軀在炮位後邊組成了一堵頗爲悲壯的人牆。

松島號上的人已從望遠鏡裡注意到了鎭遠號上巨炮的移動瞄準，這太意外了，但想避開已覺太晚了，便乾脆以殺身成仁的氣概朝上衝，邊連連鳴放它的主炮射擊不已，邊估算著只要鎭遠主炮一炮打不準，衝入鎮遠這巍巍巨艦的死角，北洋水師就完了。然而就在此時，一聲天崩地裂的巨響過後，鎮遠的十二吋主炮將最後一枚三十公分直徑的巨型炮彈，用五名炮手生命的代價發射了出來，它狂瘋地呼嘯著飛過來，也異乎尋常準確地落在松島號的艦首。松島上的前主炮和一門機炮與十幾名水兵立即被炸飛了起來，幾乎同時，松島號上前甲板零散著準備發射的炮彈瞬間轟轟烈烈地爆發開來，松島號的前部艙面建築驀然迸飛消失了。松島號上一片火海。松島一轉頭，滅頂的大火便毫不猶豫地從艦首捲向艦尾，速度之快簡直猶如飛捲殘席，大火過處，爆炸聲連連不絕於耳，日本水兵被炸飛的軀體不斷三五成群飛揚在半空。

這一炮叫松島號上三分之一約九十多名官兵丟掉性命。當鎮遠鼓輪怒駛正欲衝撞松島旗艦時，松島卻以它二十三浬的最高航速向戰場外飛駛而去，航速最大只有十四浬的鎮遠只能望之嘆息。在日方後進艦隻不顧一切的炮火阻擊下，乘定鎮二艦上大火四起時，日本五艦便掩護著松島漸漸退得遠了。

日本艦隊本隊變更旗艦於「橋立」號。橋立立即懸旗緊急召回已放棄追逐濟遠號，正在返程中的第一游擊隊。

而此時北洋水師脫離戰場已將大火撲滅的靖遠、來遠也已回駛向定鎮二艦靠攏。當靖遠艦看見日本的軍艦在將晚的暮色中徐徐集隊時，一面旗艦的旗終於在極盡艱難之後，徐徐地升上了靖遠的桅頂，隨即它的另一桅杆上又升起了集隊的旗幟，戰場遠處因失去指揮正在觀望而不知所措的北洋水師平遠、廣丙二炮艦以及左一、福龍兩艘魚雷艇從不同方向向新的旗艦駛來，重新列成了一隊。

北洋水師與日本聯合艦隊都以艦首接艦尾的一字長條隊形排開，相距二三千碼的距離對峙著，並同向東方徐徐行駛，雙方艦舷的所有火炮都瞄準著對方，然而又都緘默不言一炮不發。

雙方經歷了近五個小時空前慘烈的大海戰，都已精疲力竭再也擠不出最後一點餘力來了，雙方都又幾死復活，早將生死置之度外而咬著牙關，在這最後的時刻不肯示弱，雙方都明白此刻不論是誰哪怕稍鬆一口氣，都可能引來最後的覆沒。

夕陽向西墜去，這戰場上一片落日殘陽的餘暉，灑照得黃海一片閃爍不定的金黃。當北洋水師的兩艘重型魚雷艇突然作桀驁不馴之狀駛出隊列作異向游動時，日本聯合艦隊便漸漸加速，越行越快地脫離北洋水師而去了。

北洋水師也一轉船頭，向著西方緩緩駛去。

太陽西沉了，通紅而巨大的一輪，正在越來越近地貼向著海，將欲與一派金紅而殘然的大海作著最後的吻。北洋水師一列，靖遠、來遠、定遠、鎮遠、平遠、廣丙、左一、福龍，船頭激起的浪花「嘩嘩」作響著，正在向西，向西作著它們悲壯的返程之行。

它們正對著夕陽，彷彿是要從容地駛進去，熔化到這血色的太陽裡。

# 第五章 冤海浮沉

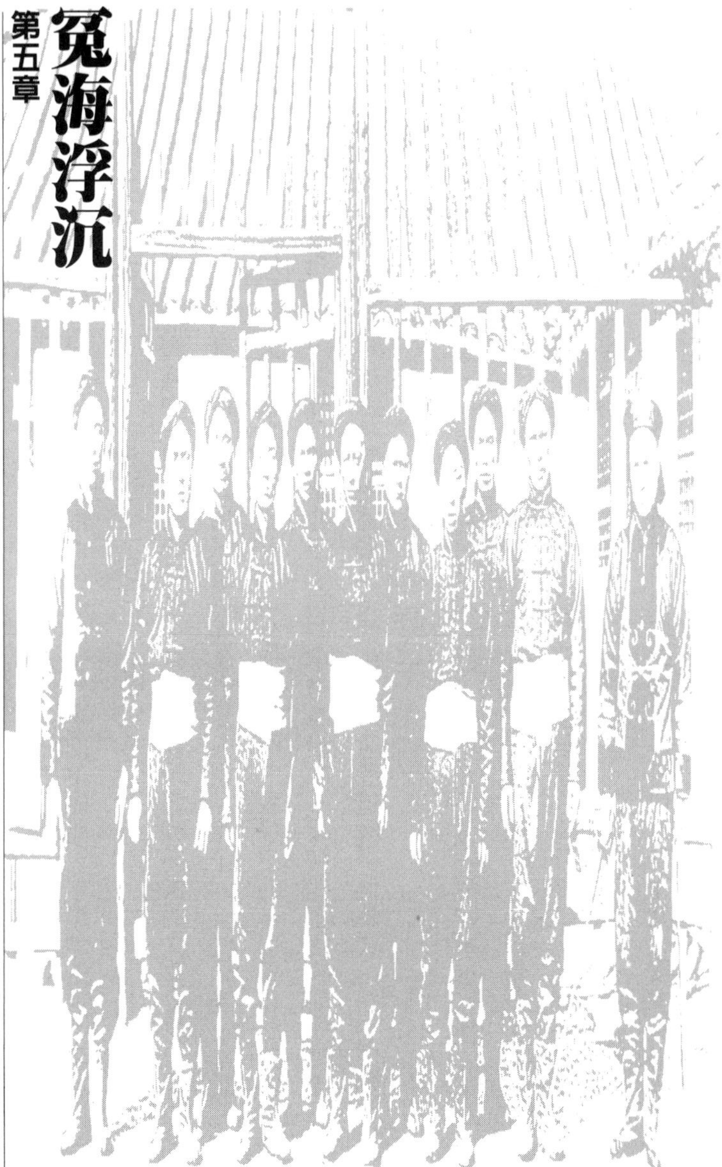

# 1

又是一個十分晴和的秋日早晨，身爲戶部尚書毓慶宮行走的翁同龢，早早地走進紫禁城內的軍機處值房。

平壤城清軍的大敗與黃海海戰中北洋水師的敗績，使皇上在一系列重大的人事安排上大刀闊斧地採取了新的舉措，其中最緊要的便是起用了廢置多年的、人稱「鬼子六」的恭親王奕訢、翁同龢與李鴻藻三人，使他們進入軍機處，名正言順地參與決策甲午戰爭中的一切事務。恭親王奕訢是慈禧的死對頭就不用說了，連受奕訢牽連在十年前甲申事變中一齊被罷了官的前任戶部尚書李鴻藻也一併進入了軍機處，再加上翁同龢這個皇帝的師傅，單憑這麼一個陣式，一切便都在不言之中了。

今日的翁同龢是來得稍稍早了些，軍機處值房內空無一人。以往的翁同龢是不到軍機處來的，他是個潔身自好的君子，待事爲人重大義而又拘小節，從來都是在遠處望一望，是爲了個避嫌的意思。今日則不同，他不但來了，不但有伺候的太監開門，並且還爲他沏來了一掬清茶，茶碗朝桌子的哪一個位置上放，這太監請他的示，他說隨便朝哪裡放都可以了，沒想那太監爲難起來，便端著茶碗一個勁兒愣著。翁同龢背過身去裝著並未察覺的樣子，他覺得在某些微妙的事情上頭顯出大智若愚，便是智中的上品，「鬼子六」來與不來還是在兩可之間的事，來了無疑便是名譽上的軍機處首席大臣，他這個初入軍機處的帝師，便要和這個稜角一向犀利的皇上的叔叔共事了，但皇上的叔叔又如何？畢竟是個曾被廢置過的人，想來也要敬讓他三分的。那麼這碗茶到底朝這桌上的哪個位置擺，便就看這個太監的見識了。他覺得身後沒了聲息，回頭一看，那太監已退了出去，而茶碗卻已擺在了這張方桌正中間的位置。翁同龢的心裡自在，他覺得這太監是個聰明的人，他爲他放下了一著棋，看別人怎麼來動這只碗了。

當然翁同龢是絕對不會動手摸一摸這個茶碗的，他在一旁的寶座上坐下來，太監隨即傳送來了一大疊奏摺，翁同龢讓他放在身邊的茶几上後，那太監便又無聲無息地退了出去。翁同龢隨手翻看了幾本奏摺，覺得這些奏摺和他在毓慶宮向皇上講課時見著的並沒有什麼不同，然而坐在這堂堂的軍機處看時，滋味畢竟不同了。很快地，他的精神便凝聚起來，奏摺上的內容大多是朝廷的言官們因海陸戰事的敗績，而揚起的一片痛罵李鴻章的聲浪。罵當然是要罵的，敗也已是敗過一陣子了，一向飛揚跋扈的李鴻章已是受到了「拔三眼花翎，褫黃袍馬褂」的處分，已是有些面子不是面子，裡子不是裡子了，翁同龢想到就不只是停留在一個表層的罵字上。仗依靠李鴻章打已被事實證明只是一個敗，那麼再打下去便就是個更易將帥的事，「將不易，帥不易，何論其他？」此想法、此腹案他已在皇上面前言語過，皇上是心領神會深以爲然的。然而要動李鴻章這棵老樹椿，卻又談何容易，皇上也做主不得，不在昨晚便是在今晨，正請示太后去了。然而翁同龢手翻著一本又一本奏摺的時候，忽然兩眼爲之一亮，「哧」地聲笑了起來。

「翁師傅何以在這裡竊然失笑？」翁同龢扭頭一看，原來是軍機大臣孫毓汶、李鴻藻與徐用儀來了。

翁同龢指指手中的奏摺說：「我是笑這人罵人罵得太過，卻又別出心裁翻出了全新的花樣來，你們聽聽此摺中說李鴻章朽若枯屍，『每日須洋人上電氣一百二十分，時用銅綠浸灌血管，若不如此，則終日頽然若醉。子女僚友，刻不能離，而言無或聽。起居頗近於無節，號令亦幾於不時……』李鴻章的昏庸固然令人髮指，但也絕不至到了被描畫的這般地步呀！」

三人一笑，盡皆諾諾，他們並不在意這些，倒是看中了桌中央的茶碗，孫毓汶過去看看，問：「是翁師傅的麼？」

翁同龢似乎渾然不覺，說：「哪個的？不是我的吧！」

三人又一笑，徐用儀說：「我等三個才來，不是師傅的又是誰的。」言罷就將茶碗移到了首席的位置。

這一舉動就差叫翁同龢跳了起來，他撲過去把茶碗放在了桌邊，「萬萬使不得了，如此置我於何地？還有恭親王呢！」

徐用儀將茶碗又置於首席說：「恭王來不來還在兩可，來就稍稍移一移便了……」

正在了了無休，那邊已有太監來宣，請翁同龢去面見慈禧太后了。

爲茶碗的問題搞得翁師傅心裡很自如，而太后在這一刻召見他，顯見得旁人說他「周旋帝后之間，同見寵信，頗不易也」之不虛，而剛入軍機處，太后便單獨傳他去召對，是爲何事？翁同龢覺得，八九不離十便是爲著李鴻章的事了。

2

恭王府久已是門前冷落車馬稀了，其實又何只是車馬稀的事，連府門兩旁的那對大石獅子蹲在那兒也是一派百無聊賴樣的，一任幾十隻麻雀從這隻的頭上呼啦啦又飛到那隻的頭上啄來啄去地優閒，連身上頭上盡被拉上了斑斑駁駁的雀糞，也懶得稍稍抖一抖身子。

恭王府內更是一種安謐的景象，後花園內，亭台樓閣掩隱在一片綠樹濃蔭裡。在被一泓碧綠的池水三面環抱著的怡春塢，恭親王奕訢今日的午飯就擺在這裡吃的，淡蔬五六個，醇酒三四杯，正唱得有些微醺時，他又倚在怡春塢的美人靠上觀起魚來。池水中肥碩碩的金紅色大魚百許頭，游來動去，或疾或徐，似在怡然自樂。奕訢看了一會兒，微微閉著眼細思片刻，便雙唇啓動，悠悠地吟出一首詩來：

白髮催年老，顏因醉暫紅。
有時閒弄筆，無事則書空。
縹緲晴霞外，筋骸樂臼中。
一瓢藏世界，直似出塵籠。

聽罷他禁不住打了個酒嗝，兩眼茫茫然的有些入起神來，「一瓢藏世界，直似出塵籠」一句尤妙，前幾日忽然偷偷來了幾個前任的軍機大臣拜訪，因談及國事，讓他一端茶盅「送客」，都被客客氣氣地請出了恭王府。但他還是從他們嘴裡知道，因黃海大戰敗績國事日緊，總理衙門也架起兩尊八吋的大炮來。叫他不解的是，大炮應趕緊著送到前邊用去，何故架在堂堂總理衙門口？守城乎？壯膽乎？恭親王輕輕搖頭一笑，覺得「筋骸樂臼中」也罷，「直似出塵籠」也罷，都還不夠，於他心情的表布還不確切，便又信口吟出另一首來：

只將茶荈代雲觥，竹塢無塵水檻清。
金紫滿身皆外物，文章千古亦虛名。
因逢淑景開佳宴，自趁夏涼賀太平。

吟到這裡奕訢心裡終是起了幾縷波瀾，緊又吟道：

猛拍欄干思往事，一場春夢不分明。

吟完他品味了一下，覺得「猛拍欄干」四字到底激烈，容易生事，且也證明自己六根並未清靜，修煉未到家的緣故，便改成「吟寄短篇追往事」，這才覺得比較地通圓了。然而追及往事，依舊是叫他不堪回首的……

這時有僕人進來稟報：「皇上的宣旨太監到了，六爺快請往銀安殿接旨。」奕訢不敢怠慢，緊隨僕人到了銀安殿時，見前面關閉了六年的大門已是打開，門前的街上也風光起來，一片人馬的喧嚷。宣旨的太監見奕訢來了，尖聲尖氣又是一聲高叫：「聖旨到！」

奕訢幾步上去跪下來，「臣聽旨。」太監宣道：「聖旨：著即召恭親王奕訢入宮陛見。欽此。」奕訢接了旨後有些爲難，問宣旨的太監是不是就去，那太監立在那裡不說也不動，只自上而下、自下而上把恭王看遍了、看厭了以後，那雙眼睛就翩翩瞟上了屋樑。恭王府剛才進去通報的僕人見狀悄悄從後面湊上來，對奕訢耳語道：「辛苦一趟的鞋錢怕是不能少的。」奕訢吃了一驚，牙也咯咯地咬起來，可是他旋即又直點頭，側過身對僕人暗暗伸出五個指頭，僕人不言，伸出三個指頭，奕訢微微一笑，低低說：「就五十兩罷。」僕人一聽就急了，直拉奕訢的衣襟，「現而今的常例三百之數斷斷不能少！六爺多年未入宮門，凡事還靠他照應的。」奕訢的喉頭翻動了幾下欲言又止，竟沒想到外間的世事已是「洞中方一日，世上已千年」！然而他轉過身來已是滿臉的笑容可掬，請宣旨的太監坐下用茶了。接著奕訢藉故到側間轉了圈，估計銀票已被太監攏到了袖子裡，這才轉出來問太監：「敢問公公，皇上急宣入宮陛見，有何急事？」太監「呀」了一聲站起來說：「六爺敢眞是世外之人了，朝鮮的平壤被日本人正打得大敗不算，黃海大戰我大淸又輸了一著，皇上立馬要見六爺。」太監忽地跪到地上，「恭喜六爺，皇恩浩蕩，奴才恭喜六爺，奴才猜度六爺這一去，怕是又要重領軍機了。」奕訢說：「立馬就走嗎？」太監說：「從來沒有過的，皇上叫奴才來了後，就一直站在保和殿的門口望著呢！」奕訢咂咂嘴，倒眞像有些急起來了。

這時奕訢的福晉從殿後出來了，說：「六爺，那還不趕快更衣。」

宣旨的太監連聲諾諾，說：「那就快些，請六爺快些。」

恭親王奕訢疾步朝後面去了，出了銀安殿後門便放慢了步子，一步一步地踱了起來，見著自己的福晉跟在後面，忍不住說：「三百兩，宣一道聖旨要三百兩。」

福晉低低說：「頤和園裡好端端的漢白玉雕花欄杆都被太監砸掉，年年換新，不然哪來過手的銀錢？連內務府也覺得園工的費用十之三四用在園工上都是正當的了。」

過二門穿神殿來到後面的下房「天香庭院」，奕訢進去後福晉接過僕人拿來的朝服，便把僕人打發開了。

奕訢伸展手腳正等著伺候更衣，見沒動靜，回頭一看，見福晉已摟著朝服坐到了暖炕上。奕訢放下手臂說：「夫人有話要說？」

福晉說：「棋下死，這就想起你來了。你，你當眞是頭驢，被人一牽就動的麼？」

奕訢說：「怎講？」

福晉一把將朝服扔到了炕上，說：「王爺，你這輩子下的死棋還少麼？英法聯軍入京城火燒圓明園，當年你哥哥咸豐皇帝都跑到承德避暑山莊躲了起來，只王爺您留在京城支撐局面，接著又是八個顧命大臣篡權，是你幫著他們孤兒寡母除掉這八個叛逆，接下來又是平粵捻之亂，沒有你哪有這些年的中興之局？」

奕訢感嘆一聲道：「只當是我看在大清這一統江山的分兒上，我奕訢對得起列祖列宗。」

福晉說：「王爺是對得起列祖列宗，可人家對不起你呀！早先咸豐帝不過因你爲生母死後加封的事，就罷了你的軍機大臣；後來呢，同治四年僅藉那個翰林院編修蔡壽祺對你的一紙參劾，又認定你有貪墨、驕盈、攬權、循私四大罪狀，慈禧便革去你的一切差使並要從重治罪，那回不是滿朝的大臣、衆多的親王，硬頂了三十九天不從命，怕是王爺的腦袋也搬家了。同治十二年爲皇帝夜出冶遊事，差點又殺了你。到了光緒十年（西元一八八四年）藉中法戰事，革了全班軍機大臣，幾乎又是殺身之禍，最後到底還是將你恭親王、堂堂的皇叔一擼到底了。」

「猛拍欄杆思往事，一場春夢不分明。」春夢，豈止是春夢，簡直是惡夢一場，且一旦勾起來便叫他奕訢心底狂瀾迭起，而渾身卻又寒顫不已。

福晉說：「王爺心裡還有什麼丟不開的？我只問王爺一句，過去英國人、法國人那麼厲害，打進北京城圓明園也燒掉了，但他們要得了你恭親王的腦袋麼？要不掉。這次東洋日本人肯定也要不掉。王爺，能叫你腦袋搬家而身敗名裂的，就都不是洋人呀！」她見恭親王不作聲，有些急了說：「大清不愛你，你還屁兒顛顛地幹什麼？」

恭親王一屁股坐在了椅子上，長長地吐出一口氣來，喃喃自語道：「慈禧皇太后，一個婦道人家，大字也不多識著幾個，竟也調理得滿朝文武俯首貼耳諾諾連聲，可見紅顏也是不讓鬚眉的。今天我眞是要在家關起門來聽聽婦訓了。」

福晉說：「見著聖旨傳你進宮，我這心就直抖。王爺你今番出去，我好有一比。」

「何比？」

福晉走過去推開窗來，指著檐下的一排檩子說：「它們齊不齊？齊，齊是因爲被人砍的，出頭的檩子總是要被斧頭砍的！」

恭親王奕訢也已走到窗前，看著檐下的檩子出起神來。

福晉說：「王爺，此番出山，不宜行於人後，但也切不可行於人前，凡事不前不後，皇上叫你去了，你就還須觀顧著太后的意思，人家母子的事你就萬萬不可捲進去了。」

恭親王奕訢點點頭，這就要出門去，被福晉緊緊一把拉住了，福晉將朝服拿過來給他穿上，就又死死一把握住他的手，「眞的，夫君，你這一出去，我就指望你還好好地扛著顆腦袋回來的呀！」

恭親王奕訢兩行淚無聲地滾落了下來，「我，我謹記，謹記。」

奕訢一出得了房門，外面皇皇的天日就照耀得他眼也睁不開了，他仰臉望望茫茫蒼天，突然雙腿一屈跪了下來，「蒼天，列祖列宗，非子孫不肖，實大廈將傾，獨木難支吶！」

*3*

相距陰曆十月初十日的六十大壽之期，只還有一個月加十天的時間了。

慈禧太后「被頭風」的毛病，在這由夏入秋的季節又犯了起來，夜裡頭痛失眠，白天便心緒煩躁，說翻臉就翻臉。李蓮英百計齊出，連看家的本領都使了出來，依舊還是敵不過慈禧的翻臉不認人，常常被罵得豬狗都不如。於是祭出了撒手鐧，將多日不用的「和尙跳牆」乘早間用膳的時候送了進來，誰知慈禧一掃常日的偏愛，直如恰恰戳到了她的痛處，抬手就將那「和尙跳牆」扔了出來，竟把蓄了多年的長指甲也弄折了一截。

「大膽的奴才！」慈禧在西暖閣裡罵人，「旁人不把我放在眼裡，你也摻和在裡面來寒磣我了，是笑我守寡三十多年了麼？是笑我無後，親生的兒子也死了麼？是笑我這個太后在抱著姪子當兒的麼？哦喲喲，好你個閹狗，原來你是以爲皇上親政了，就不把我這個當後媽的人算作個數了麼？」

李蓮英照說是最能摸度著太后心事行事的人，今天沒想到拍馬屁竟然拍到了馬蹄子上，再也不敢耽擱一頭跑進來跪在地上，不解釋便是聲淚俱下地說：「都是奴才該死，奴才引得主子不痛快，奴才引得主子發了雷霆萬鈞之怒。太后息怒，太后息怒了，怎麼發落奴才都行，叫奴才吃屎都行；太后不息怒，有傷鳳體，奴才眞眞是見著比死了都難過！」

「噁心，吃屎太噁心了。」慈禧有些爲難起來，「叫你死了吧，容易，那，那以後又有誰伺候我？連個說句知心話的人也沒有了。」

李蓮英轉啼爲笑了：「我就知道太后從心裡還是疼著奴才的。」

慈禧說：「廢話。這樣，屎也不叫你吃了，死也捨不得你死了，掌嘴，你給我退出門外掌嘴去。結實著點兒。」

聽著外間有板有眼「劈叭、劈叭」的聲音，就像聽著什麼可心的曲兒，慈禧的「被頭風」漸漸平息了下來，思維也理智得多了。她近來每日早晨的平息，都有類似的這麼一個過程。

慈禧覺得她的命並不好，她是一個苦命的女人。

爲了大清，她二十七歲就守寡了，忍受著無盡的宮廷寂寞；爲了大清，三十三年以來整個國家的干係，都重重地壓在她這個女人身上。儘管或許是多少爲了排拒這深宮的寂寞，更多的則是爲著權力慾的驅使，她擔下了國家的干係，可有哪一個柄國者願意看到國家社稷在自己手中日日衰落呢？這些年慈禧也自覺是用心用力的了。同治三年（西元一八六四年）太平天國滅亡，天下初定，當時大江南北久經戰亂，人煙稀少，田野荒蕪，爲了使國家恢復元氣，三十歲的她就仿康熙、乾隆模樣親下江南，在南京大校場這片曾是屍橫遍野的荒原上，親自赤腳下田，驅牛耕作，以太后之尊提倡農耕；她支持奕訢既使之又馭之的主張，繼續重用漢臣，大力興辦洋務，凡三十年，終使一個幾乎分崩離析的大清出現了同治、光緒年間的中興之局，至少也是小康了。對外，這些年則是列強環伺，艱險莫測，一會兒聯日以拒俄，一會兒聯俄以抗日，一切大計最終都由她主之，就像駕馭著一艘在驚濤駭浪中前行的航船，稍有不愼便有傾覆的危險，但一切艱險都一一度過來了。

但叫慈禧憤憤的則是天道不公。她用盡了心力使大清中興了，蒼天卻偏偏和她作對似地，竟沒讓她好好過一次像模像樣整十的誕辰。同治十三年（西元一八七四年）四十大壽，日本人侵台；光緒十年（西元一八八四年）五十大壽，便又是中法大戰，連著朝鮮的甲申事變日本人要同大清動武；她無數次地聽過，也無數次地向人說過，乾隆皇帝爲太后十年辦一大壽的事，特別是八十大壽那一回，風光的了不得，排場是擺盡了。現在是光緒二十年（西元一八九四年）她六十大壽，她就是比照著當年那八十大壽安排的，她爲大清嘔心瀝血操勞了三十年，索得這點回報，一切當是入情入理。在這將要舉國同慶的時候，偏偏老天作對，偏偏的在這節骨眼兒上，大清與日本國爲朝鮮的一樁小事打起來了，且不可開交，且戰事空前的浩大，且敗績連連。這仗打得不是時辰，也不是地方，離她的壽辰太近了，離著京城也太近了。蒼天明明地就是不給她的臉兒，要她的好看來了！

由此最叫她擔心的有兩件事。一件是日本。淮軍不弱，可一同人家交手就是輸；北洋水師也不弱，可大東溝海戰一打，就連著沉了軍艦五艘，仗再這麼打下去沒法打，一開始是從根子上就把日本看錯了。倘現在就息兵，丟一個朝鮮就算了，倒也不傷著大清的元氣。另一件就是她的皇兒光緒皇帝，一心一意要同日本打，打著打著什麼事對她這個母后便就是先斬後奏了。處分李鴻章說處分就處分，任命新的軍機大臣，頭品中的頭品呀，竟然也是連個招呼都不打。想到這裡慈禧的脊背上就涼得一點熱氣也沒有，仗如是打下去，不論輸贏，最後的結果便是把她這個太后打得無影無踪的了。

慈禧絕不能一任事情就這麼發展下去，她要好端端的一個大清，她要她現在的位子，她要在這個無可比擬的位子上，妥妥地過她的六十大壽，因此她要議和。議和本是該想到洋務大臣李鴻章的，她首先想到的卻是剛入軍機處的戶部尙書翁同龢。

翁同龢，太后我待你不薄，是我親點你當了同治皇帝的師傅，又接著當光緒皇帝的師傅；待你一門翁氏更不薄，三代狀元公、二代帝師還要怎樣？現在越當越當得有點不是個味兒了。議和，不是一個勁兒要打麼？就同你談議和，倒要看看你的屁股究竟朝哪條凳上坐。

外間的嘴巴還在「劈哩叭啦」地搧著，慈禧喝一聲：「好啦。臉兒腫起來了麼？」

李蓮英帶著哭腔說：「奴才不敢說腫，胖倒是有些胖起來了。」

「還敢說嘴！」

「不敢。」

「聽著，替我把翁同龢叫來。」

「喳！」

翁同龢來到了儲秀宮的中堂，叩見畢，太后賜坐。

慈禧說：「翁師傅已入軍機處了麼？」

翁同龢趕緊又要下跪，慈禧擺擺手說：「不必拘禮了。」

翁同龢說：「老臣正要來向太后叩首謝恩。太后的信任，臣敢不鞠躬盡瘁，以圖報效於萬一？」

慈禧一笑說：「罷了。」又說：「翁師傅，國家正處艱難之局，你確要格外多費心力。現在的局面……」

翁同龢說：「現在的局面，臣以爲罪在李鴻章一人，洋法操練海陸軍數十年，我大清的銀子花了無其數，打起一個區區的日本來，卻一觸即潰、不堪一擊，臣以爲誤國至此，其罪當誅而不可惜！」

慈禧太后說：「也是。因此皇上將他『拔三眼花翎，褫黃袍馬褂』的處置，我也以爲甚當。」

翁同龢說：「老臣以爲李鴻章之罪，此其一也。其二，他這些年來力倡洋務，厚西學而謗科舉，建工廠而薄農桑，把個大清搞得非中非西不土不洋，人心不古道德淪喪，是從骨子裡動了大清的根本。臣以爲此次對日本連戰皆北，遠因實在於此。這些並非老臣一人之見，言官就中日之戰無不言及於此，奏章紛紛如雪花飄飛，已充塞朝廷了。」

慈禧略一沉思說：「師傅所言不無道理，但眼前之急又將作何處置？」

「更易將帥，重振旗鼓，大局當有爲之一變的展望。」

慈禧說：「聽說聖上已經屢屢發旨，召劉銘傳緊急進京陛見了？」

翁同龢心裡有些打起鼓來，「可劉銘傳不知何故卻屢屢推託。」

慈禧冷笑了一下，「此人是個大才。現在要用人家，聖旨卻不直接送到人家手上。要人來拚命出力，卻又禮數不盡，要我也是個不來。」

翁同龢頭上有些冒汗了，「臣，臣實是有所顧慮。此公驕悍成性，怕不如此，出山後更是個難以駕馭的意思。再者，他曾是李鴻章手下的舊部，著李鴻章代傳聖旨也是合於情理的事。」

慈禧說：「算了，這仗打下去也無多大益處。今天喊師傅來，是想聽聽師傅的見地，怎樣把這事了了。」慈禧瞥一眼翁同龢，「把眼兒瞪老大，光望著我幹什麼？」

翁同龢立即把眼光垂了下去，「臣不敢。」

慈禧說：「聽清楚了，我是說議和。」

翁同龢一頭的汗下來了，「臣實是沒有想過議和的事。」

「師傅也不必爲難，事情就算是李鴻章做下的，屁股就還要他揩，跑也跑不掉。要師傅來，是請你到天津辛苦一趟，傳我的旨意，並與李鴻章會商與俄聯手，壓日本議和的事。」

翁同龢咕咚一聲跪在了慈禧的面前，「臣請辭，老臣請辭天津之行，老臣實不敢以和局爲舉世唾罵矣！」

慈禧的臉上勃然變色，「唾罵？是罵你還是罵我？禍撩下來了，仗打敗了，還要打，再打敗呢？難道你們還要叫日本人打到陪都奉天，把老祖宗的陵寢也翻過來、曬曬太陽麼！還非要讓東洋人直下京城，搞得皇上再入承德避暑山莊麼？」

翁同龢磕頭不已，說：「臣口誤冒犯太后，臣死罪，死罪。」

慈禧說：「罷了，說到底議和總是椿叫萬人唾罵、臉不是臉、鼻子不是鼻子的事，你脫口而出的倒也是大實話。這件事要罵就罵我好了。不對，要罵就罵李鴻章。誰叫他用了那麼多銀子，辦了那麼多年的洋務，跟日本人一打就敗下來了呢？讀書人一輩子就看重個好名聲，何必非要再把師傅搭上去？」

翁同龢跪在地上抬起頭來，「臣謝太后格外恩典，臣謝恩。」他恭恭敬敬地一個頭又磕了下去。

「慢著！」慈禧忽地又是一聲，「天津你還是要去，代我去面責李鴻章，就說是我說的，問問他對日本的戰事何以貽誤至此！」

「臣，臣遵領懿旨。」翁同龢把頭慢慢抬了起來。

慈禧笑嘻嘻地問：「這回不為難師傅了吧？」

翁同龢又一個頭叩到了地上，「臣領旨謝恩。」

## 4

黃海大東溝北洋水師戰敗已是七八天了，李鴻章獨坐書房，面對著一份份電報欲寫什麼，懸著的胳膊肘卻久久地落不下來，毛筆的頂尖早已乾了一塊，在硯上舔舔再要寫時，李鴻章的手微微有些發抖，因為他要殺人了。

其實李鴻章這輩子殺的人多了，他的手從來也沒抖過。

僅僅是在同治二年（西元一八六三年），由於蘇州城內的太平軍納王郜永寬叛變，終於讓血戰數月的淮軍占領了蘇州。是時蘇州城中仍有太平軍降卒十萬人，且並不都是甘心投降的，到手的蘇州城對李鴻章來說，依舊是危乎其危。當他得知投降的太平軍諸王在一起歃血為盟誓同生死時，為了避免蘇州得而復失，乘太平天國納王郜永寬、比王任貴文、康王任安鈞、安王周文佳等出城拜謁時，竟在軍營中暗伏刀兵，一下子就將這四個王殺了，同被殺戮的，還有這四王手下親信將士數千人。殺降歷來都是為人所不齒的事，可他李鴻章當時眼眨都不眨。

然而現在李鴻章卻是猶豫再三。黃海大戰的當夜，旅順水陸營務處會辦龔照璵來電說「濟遠」先回，該艦陣亡七人，傷處甚多，船頭開裂漏水，炮均不能施放，餘艦仍在交戰等語。可是丁汝昌於第二日回旅順後連發兩電，言說海戰情形，卻對「濟遠」一字未提。當即就引起了李鴻章的懷疑，去電質詢、「此戰甚惡，何以方伯謙先回？」

事過七八天後，北洋水師提督的回電報終於發來了，就在他的案頭，上云：

**現逐細查明，當酣戰時，自「致遠」衝鋒後，「濟遠」管帶方伯謙首先逃回，各船觀望星散，日船分隊追趕「濟遠」不及，折回將「經遠」攔截擊沉，餘船復歸隊。……此次，「來遠」、「靖遠」如不歸隊，「定」「鎮」亦難保全。乃「濟遠」首先退避，將隊伍牽亂，「廣甲」隨逃，若不嚴行參辦，將來無以儆效尤而期振作。餘船請暫免參。「定遠」、「鎮遠」異常苦戰，自昌受傷後，劉步蟾尤爲出力，所有員弁兵勇及各船陣亡受傷者，容查明稟請奏加獎恤，先此電稟。**

前者在豐島海戰中「濟遠」管帶方伯謙連掛降旗，事後就已有「廣乙」管帶林國祥、濟遠艦上的魚雷大副穆晉書接踵來到天津告過狀，而此次丁汝昌的查報更是言之鑿鑿。李鴻章終是將筆又在硯上舔舔，牙一咬，給總署（總理各國事務衙門）擬了份電報，上云：「現茲據丁汝昌查明，『致遠擊沉後，該管帶方伯謙即先逃走，實屬臨陣退縮，應請旨將該副將即行正法，以肅軍紀。』」寫到此李鴻章的眼竟有些直的。黃海一戰，僅管帶艦長他就失去了致遠的鄧世昌、經遠的林永升、超勇的黃建勳、揚威的林履中，現在又去一個方伯謙。死一個少一個，殺一個亦少一個，這些人都是歷二十多年工夫才培養出來的，福州馬尾船政學堂，遊歷西洋，每年的南下冬訓，無一不凝聚著他李鴻章，凝聚著大清數十年的心血！但不殺行麼？最叫李鴻章痛心疾首的便是一打起仗來，他的軍隊都變得不堪一擊。陸軍的大將衛汝貴就更是叫他丟盡了臉面。四大軍開進平壤時，這個衛汝貴恰好接到其妻家書，書中曰：

**君起家戎行，致位統帥，家既饒於財，宜自頤養，且春秋高，望善自爲計，勿當前敵。**

於是，他的這位愛將竟恪守婦誡，遇敵則避走。以致平壤潰敗後，此家書爲日軍所得，被廣爲傳播當作一個笑柄了。

李鴻章就這麼坐著老也不動，及至他又把這封「乞代奏」的電文看了一遍，在末尾簽了一個「鴻」字，便感渾身酥了似地，手一鬆筆便也掉在了地上。

院中歸巢的麻雀又在夕陽的餘暉中噪叫起來，牠們紛紛撲朔於檐下。李鴻章記起了今春他寫畢大閱北洋水師奏章的那個早上，曾因了這麻雀的噪叫，而久久望著外面這樹這葉凝思。麻雀作壁上觀，並沒有叼去青蟲，樹葉就落得斑斑駁駁了。北洋水師是敗過一大仗了，方伯謙也將被斬首了，可難道北洋水師的敗就敗在一個方伯謙的身上麼？大清國難道就單單是一個打不過日本，像葉兒盡給青蟲來侵蝕麼？與日本的交戰彷彿是把他多年搞洋務的業績一下子和盤托出，放在了皇上與滿朝文武的面前，放在了萬萬之衆的國人面前。而面對累累的敗績又叫他作何解釋？任何解釋也是難辭其咎的啊！淮系新式陸軍、北洋海軍何至於如此？李鴻章爲重重的苦悶籠罩著，久久地難以排解。背上有塊地方突然癢了起來，李鴻章將手彎到背後撓，可手臂發僵總也是搆不著，他只好聳動著肩背來解癢，不由得又嘆息一聲，李鴻章老了，再也難從心底裡擠發出當年那種勃勃的朝氣來。這老，是一種衰竭，是一種發自於內而見於外的衰竭。

一股哽哽不平之氣忽地湧上了李鴻章的心頭。李鴻章老矣，大清國難道就不老了麼？大清開國二百七十八年了，鴻章不過時年七十一歲，大清比他李鴻章老得多了。大清搞洋務自強幾幾乎是與日本搞明治維新同時開始的。自那時十年後的一八七四年，日本以「促進朝鮮開化」爲藉口，製造了「江華島事件」，李鴻章就開始與日本人有了接觸，那時李鴻章還不算老，只有五十一歲年紀。當年李鴻章面對日本派來的談判使臣柳原前光又是何等的氣宇軒昂，傲岸而視。李鴻章教導柳說：「大丈夫做事，總應光明正大。雖兵行詭道，而兩國用兵，題目總要先說明白，所謂師直爲壯也。」日本人打仗的題目並不光明，師不直，而柳原也被李鴻章的氣勢鎭住了，所以支支吾吾言語不得，只好洗耳恭聽李鴻章的訓誡，「中國十八省人多，拚命打起來，你日本地小人寡，吃得住否？」一席話說得柳原言盡默默，鎩羽而歸。

然而在那次的數月後，日本又派了一個使臣名叫森有禮的來華，在北京與恭親王談得不合，就又到了天津來。此番李鴻章仍想用氣勢壓住對方，當一見面劈口就問：「森大人多少年紀？」

森有禮答曰：「不及李中堂年壯，整三十。」

一句話便叫當年剛剛五十出頭的李鴻章對這個小字輩的人有些刮目相看了，又問：「森大人到過西洋？」

森有禮答：「自幼出外國周流，在英國學堂三年，而環地球走過兩圈。」

李鴻章問：「日本西學有七分否？」

森有禮答：「五分尚沒有。」

李鴻章笑而言曰：「日本衣冠都變了，怎說沒有五分？」

森有禮答：「衣冠，僅外貌而已。」

李鴻章抓住契機緊追不捨，「對於貴國近年來的革新舉措，很爲讚賞。然，獨對貴國改變舊有服裝，一味效仿歐風，感到不解。」

森有禮迎而上，「其原因很簡單。我國舊有服飾，正如閣下所見，寬闊爽快，極適於無事安逸之人，但對於多事勤勞之人則不完全合適。」

李鴻章言帶譏諷，說：「衣服舊制，體現著對祖先遺志的追懷，其子孫該珍重，萬世保存才是。」

森有禮說：「距今一千年前，我們的祖先看到貴國的服裝優點，就加以採用。不論何事，善於學習別國長處正是大和民族的好傳統。」

李鴻章說：「話雖如此，閣下對貴國捨舊服而仿歐俗，拋棄獨立精神而受西洋支配，難道一點不感到羞恥嗎？」

森有禮說：「毫無可恥之處，我們還以這些變革感到驕傲。這些變革絕不是受外力強迫，完全是由我們自己決定。正如我國自古以來對貴國，只要發現長處就必取之爲己用一樣。」

當年的這一番唇槍舌戰，叫李鴻章增添了幾多的警醒，也叫他自此對日本刮目相看了。當年的森有禮一如當年的日本，正在成長著；而今他的對手卻是一個壯實而格外成熟的伊藤博文了，日本也早已不是當年。而國人中的智識者對日本的認識，還不如他與森有禮口舌之辯的水平。李鴻章想起了二十年前，有人從日本歸來後寫了本叫《日本雜記》的書，二十年後的今天還在刊行著，書中觀顧日本，就全然是以一個老大者自居，以一個飽經閱歷長者的調侃口氣來寫日本的，「（日本）明治維新改服飾皆改西裝，以致有人剪短髮，穿西裝而著木屐；有人卻反過來不剪髮，穿和服而踏皮鞋。一言以蔽之曰：東（日本的）頭西（西洋的）腳，西頭東腳，不成東西。」同時的另一本書中竟還忍不住塡起〈竹枝詞〉來挖苦日本的變法，「國法紛紛日逐更，究依何國沒權衡。昨天美法剛剛換，今又匆匆奉大英。」「文明開化說常誇，直是吳牛井底蛙。」

這些便是叫李鴻章最爲痛心疾首的地方了。因此洋務也好，練軍也好，辦海軍修鐵路也好，李鴻章不得不這麼痛苦地想，這一切盡皆像一個老人虛圖矯飾地做著的一大篇表面文章了……眞正痛楚的情緒在李鴻章的心裡湧出，難道他需做的，僅僅就是這表面的文章嗎？人老固然是免不掉的，但那顆心實是不能老的呀！

門「篤篤」兩聲被敲響了，李鴻章猛地轉過身來，正欲大喝一聲發作開去，來人卻搶先一步低聲說：「稟中堂，翁同龢已到津門。」見李鴻章並無動靜，那人又說：「投牒的剛到督署，說翁尚書的轎子已離得不遠了。」

李鴻章的眉頭似乎動了動，稟報的人見狀說：「那我就去回，說中堂身體不適，不能親自迎接？」

沒想李鴻章卻是悶沉沉一字一頓地說出話來，「開督署大門，著親兵門前擺隊迎接。」

5

天津直隸總督署的沉重大門轟轟然打開了，兩排士兵執槍緣大門八字型地向外展開，洋槍上的槍刺寒光閃閃，當李鴻章衣帽齊整地來到總督署大門口時，一乘青布帷幔的小轎與三兩個長隨已從大街的不遠處飄然而至。

小轎放在了總督署大門的前方，轎後身略略掀起，轎前的布簾一掀，翁同龢就從裡面不緊不慢地鑽了出來，才仰起頭，一聲嘹亮的西洋喇叭兀然鳴響，緊接著又是三通清脆的排槍，翁同龢猛然一驚愣在了那裡，等明白了是怎麼一回事，一片難堪的笑容和著紅暈，一齊飛揚到了他那張保養得極好的臉上。

及至李鴻章將他迎入總督署一間清雅的側室內分賓主剛坐下後，翁同龢卻欠起身來悄然問道：「請教中堂，剛才督署門前三通槍響，一邊二十個士兵，這一百二十顆西洋炸槍子該是多少兩銀子？」

李鴻章一愣，說：「也在二十兩之數罷了。」

翁同龢用手輕拈鬍鬚，「哦哦」兩聲地像若有所悟了，「一百二十顆炸槍子，若都打進身子裡也就是要了倭賊一百二十條的性命，統共不過二十兩銀子的花費罷了。」他不看李鴻章，將眼睛久久地在李鴻章的帽子上，帽上的花翎沒有了，禁不住心裡一笑，便又侃侃言道：「既論花費，二十兩也是上上的一桌酒席了。」

李鴻章覺得臉有些要紅，卻把一個笑慢慢地擺到了臉上，「深知翁師傅家風素來儉樸，掌管戶部經濟，總理一國的支度，國家深得其人也。手下人已告知師傅在城外野店中用過飯，敢問適才一飯所用幾何？」

「破費了，四菜一湯一壺米酒，一百五十枚銅板而已。」

李鴻章旋即凜然而立，說：「師傅再客氣，也是聖上欽派的大員，鴻章卻不能不知禮數而讓人誤以爲有藐視聖上之意。鴻章已備下六十兩銀子一桌的酒席，特爲翁師傅洗塵。」

「免了，免了，同龢此來主要還是代皇上、太后過來表示個『慰勉』的意思。就不必虛禮。」

李鴻章聽了點點頭，一笑，就又坐了下來，說：「鴻章老雖老矣，卻不糊塗，師傅此來就絕非只是一個『慰勉』。」言罷脫下帽來抓抓頭，又將帽子捧在手上看著那光禿禿的頂子，用手摸摸，又不經意地舉過頭頂戴了起來。

翁同龢沉沉地咳嗽了聲，眼皮耷拉著就不看李鴻章了，似在自說自話，「皇上、太后的『慰勉』確是我來意思的一層，以示對功勳老臣的體恤；然，對於朝廷所依恃的疆吏重臣，國之棟樑，兩國交兵時迭有貽誤，敗衄累累，致使我大淸連對付區區東洋人都顯捉襟見肘盡失上國體面，而又貽笑西洋諸強，實再難辭其咎。」

李鴻章一頭的熱汗已是蒸蒸騰騰地冒了出來，站起身對翁同龢雙手一拱，打恭道：「請代爲回稟皇上，臣，惶恐引咎，惶恐引咎之至矣。」

翁同龢說：「皇上還問，這些年歲耗巨費所練十數萬淮軍都到哪裡去了？」

李鴻章愕愕然，一屁股墩在了椅子上，久久不吱一聲，忍到後來還是說：「請師傅代稟皇上，我練新式陸軍是十二三萬之數，四大軍入朝用去不過一萬五千人，其餘分防遼東半島、京津周邊，臣實是既有敵倭之任，又有守土之責，兩相皆顧而顧此失彼，力難從心。」

翁同龢說：「既然敵倭，當傾全力才是，才不負聖上殷殷之厚望。」

李鴻章把牙關緊緊咬了起來，他也不看翁同龢，從牙關裡迸出兩個字：「師傅，」頓了下又說：「不知這話是皇上的聖訓，還是師傅的雅意。」

翁同龢望李鴻章，臉色一正，問：「怎講？」

李鴻章勃然作色，說：「現在的戰事，實是以北洋一隅之力，搏倭人全國之師。」

翁同龢望著李鴻章，竟笑了起來，「平壤城下戰守，中堂所練淮軍哪怕都是紙糊的人，手持卻是西洋新式槍炮，也不該只一天的工夫，便叫日本人一蹴可幾。皇上倒是叫我這樣問中堂，倭軍已抵鴨綠江畔，奉天（瀋陽）乃陪都重地，祖宗陵寢所在，設有震驚，怎麼辦？」

李鴻章說：「若調各處淮軍，各處盡皆要塞，奈何？再則也是鞭長莫及，此事臣實無把握。」

翁同龢想了想突然問：「那麼你的北洋兵艦呢？」

李鴻章猛然間將眼睛瞪得老大，怒視著翁同龢，續而頭一調，他意識到自己失態了，半天也作不得一語，總算慢慢將心氣壓得平和下來，轉過頭對翁同龢說：「宋時有一句名言謂之曰：『樞密方議兵，三司云節餉。』尚書大人還記得麼？這些年來師傅總理一國的支度，三年前就上奏皇上以節餉爲名，停掉北洋水師的一切費用了，這些年北洋未購一艦一船，艦船老化，炮慢速緩，不知師傅知道否？這些年北洋海軍開銷費用，一是來自各省的接濟，二是在直隸地面挖肉補瘡、東挪西湊才得以維持，此情師傅知道麼？平時請陸軍款，師傅都動輒駁詰，臨事問兵艦，兵艦果可恃乎？」

卻誰知翁同龢竟然臉不變色心不跳，他說：「爲臣子者，都是應盡本分，我執掌戶部總理支度，本就是應以事事節省才爲盡職的。中堂執掌兵事，明知事急，爲何不盡職以復請款項？」

李鴻章這算是見到了人的厚顏，竟然也能達到不動聲氣的地步，憤憤地說：「練了十數萬陸軍，政府疑我跋扈；而手中時有軍費經過，台諫又參我貪婪，我李鴻章再嘵嘵不已、喋喋不休，今日還有李鴻章乎？」這一回翁同龢語塞了，一句話也說不出來，李鴻章依舊是心氣難平，便故意把聲音放得緩緩地，惡狠狠的一語刺過去，「內政外交，攬了許多事在手上，鴻章不識時務欠矣，鴻章也不及師傅遠矣，鴻章何嘗不想『不時袖手談心性，臨危一死報君王』？」

翁同龢臉漲得通紅，袖子一甩，頭也不回地走了出。

## 6

李鴻章的目光欠欠地留在翁同龢身上，一直到他的消失。這個人身上似乎有一種叫他排解不盡而又感嘆萬分的東西。

翁同龢是個讀書的世家出身，江蘇蘇州府常熟縣人。翁同龢父子姪三代在大清的咸豐、同治、光緒三朝眞是太有名了，以至於朝野內外婦孺皆知。翁同龢父親翁心存是咸豐、同治兩朝的宰相兼師傅，翁同龢是在咸豐六年（西元一八五六年）中的狀元，僅過七年他大哥的兒子翁曾源亦中了狀元，父子宰相，叔姪聯魁；加之大哥翁同書是進士出身，曾經官至一省的巡撫，最差的三哥翁同爵的官也做到了兵部員外郎。父子二人相繼入閣拜相，又都是皇帝的師傅，這在大清國歷史上是絕無僅有的。這樣一個由讀書而爲宦以至於達到如此輝煌的家世，翻翻自隋唐以降科舉取士的歷史，大約也是僅此一家別無分店了。

據李鴻章所知，其實翁同龢的父親翁心存在二十四歲時也是一個窮酸的讀書人，其時也並沒有什麼遠大的志向，一如翁心存在〈祀竈〉詩中說：「微祿但能邀主簿，濁醪何惜請比鄰？」氣短得很，當年亦只要求讀書後能在縣衙門裡謀個差事，能有些閒錢來買些便宜酒請請四鄰罷了。然而天命也！翁心存當年科場得利一舉便考中了進士，官一直做到咸豐、同治兩朝的宰相還兼了個帝師。原先兩手空空，其志不大，其望不奢，一登龍門則聲價萬倍，享不盡的榮華富貴了，一切盡皆源出於讀書，得源於學而優則仕的科舉。所以李鴻章這樣想，翁心存對兒子與孫子們讀書，向例應是現身說法嚴加督導，讓兒孫們在科舉考試中奪取功名富貴當是情理中的事。

但科舉考試中脫穎而出的文才對國家是否有用，是否就等於治世安邦的人才呢？李鴻章總也覺得，箇中講究便值得玩味再三了。因爲除了翁同龢以外，他的哥哥翁同書就是一個極好的例子。他李鴻章就因了當年的那個翁同書，才與翁家結下了仇的。

翁同書道光二十年科場得利中了進士，意氣風發地走上了宦途，官至封疆大吏的安徽巡撫時正是咸豐八年（西元一八五八年），太平天國在長江下游的軍事行動正如火如荼地激烈進行，而在河南、山東、皖北一帶捻軍的勢力也愈加壯大。咸豐九年，捻軍與太平軍合勢猛攻翁同書駐節所在的定遠縣城，翁同書無力抵禦，無一戰而退至壽州，把個定遠縣白白拱手送了出去，結果得了朝廷一個革職留任的處分。咸豐十年壽州又被太平軍英王陳玉成所攻，但由於在當地團練的協防下，陳軍退去，總算使壽州得以保全。然而城內的團練首領孫開泰、蒙時中、徐立壯卻與城外的團練首領苗沛霖相互仇殺，苗沛霖因此背叛了大清造起反來，帶領衆多強悍的部衆又攻起了壽州城，並縱兵在四鄉大肆掠殺侵擾。作爲籌畫一方的翁同書對此局當作何處置，便直接關係到中原一帶的安危，翁同書知道前任安徽按察使張學醇素爲苗沛霖所信服，便派張去說降，本也是大事化小，小事化了的無可非厚的手段。苗沛霖一口答應投誠，但提出兩個要求：一，大清寬恕他的罪行；二，將殺害姪兒苗景開的城內團練首領孫開泰、蒙時中的頭顱交付給他苗沛霖祭靈雪仇。孫開泰、蒙時中是守城的功臣，是他翁同書的左右臂，然而至今叫李鴻章想不通的是，作爲一方巡撫的翁同書權衡左右、左右權衡之後竟沒了主張，直至城外的苗沛霖等不得又攻起城來，翁同書這才慌不擇路，一面傳話叫苗氏緩攻壽州，一面就要砍他的左右手臂，致使孫開泰聞訊悲憤自殺，而蒙時中則措手不及被突然抓住一刀砍下了首級。於是兩顆血淋淋的人頭交與張學醇帶出城，獻與了苗沛霖。

事出必然。苗沛霖在達到了攻城也沒達到的目的後，偏偏就不歸順了，他從這個翁同書身上，便格外地看不起大清的朝廷來。這個擁兵自重的一方梟雄大旗一舉，正式地反了，攻下壽州殺得翁同書落荒而逃。

翁同書是當年帝師翁心存的兒子，同治皇帝與兩宮太后本也不想拿他怎樣，但在長江沿線正與太平軍進行殊死惡戰的曾國藩不幹了，朝廷若不明賞罰，在這烽煙遍地的生死存亡之秋，仗他就沒法打了。就在滿朝的大臣礙於翁心存的面子，支支吾吾態度曖昧之際，由當時在曾國藩帳下作幕僚的李鴻章代寫的一紙劾疏，便以六百里加急的速度送到了朝廷。李鴻章至今也對此疏中的言詞歷歷在目，疏中說翁同書先棄定遠，已有失守封疆之罪；後又不能善處境內團練間的仇隙，以致彼此仇殺，激成大變，再失壽州，最後言語犀利一語破的，「臣職分所在，例應糾參，不敢因翁同書之門第鼎盛，瞻顧遷就。」此疏一上，叫皇上、太后啞口無言，不得不將翁同書褫職逮問，定擬大辟。大辟者，殺頭也。翁心存就因此氣急交加，一病嗚呼了。因此也叫皇上和太后找到了藉口將翁同書從輕議處，充軍新疆去了。

這是他們李翁二人結下的一段私仇。事情過去了幾十年，李鴻章看出翁同龢是汲取了經驗教訓的，那就是他只一心一意在京爲官，再不願放外缺圖個封疆大吏獨當一面什麼的了。於是近三十年的時間倒也順利，混到了眼前的地步。但李鴻章同時又看出，翁同龢卻又是個不甘於寂寞而頗有政治抱負的人，身爲朝廷重臣執掌戶部，雖不出京城，對於國家政治、軍事、經濟方面總有一己之見，好在京城朝廷有的是御史諫官，也就總少不了淸淡閒議、放言高論的時候，倘言過論過作罷倒也罷了，然而翁同龢還有一個帝師的身分，每日還要到皇上讀書的毓慶宮給皇上講課，有一個任何人也沒有的「獨對」之權，於是翁同龢對於朝政的影響，便是不言而喩的事。其結果便是這二三十年的時間內，修鐵路、架電報線也好；建工廠、購軍艦也罷，總有疆吏們說生薑，他講不辣的時候。久而久之凡辦洋務的大臣疆吏，碰到這個翁同龢便就頭痛，便就一籌莫展，無奈之中私下裡送了翁同龢一首詩，其中兩句便是：「平時袖手談心性，臨危一死報君王。」聊作頭痛之餘的一種排解。

然而尋著源頭追上去，李鴻章感到問題似乎並不全出在一個翁同龢身上，問題似乎與那個科舉考試有關。記得平了粵捻之亂以後，他就接連上奏，力陳己見，「小楷試帖，太蹈虛飾，甚非作養人才之道。」那麼這個科舉應當是怎樣的試法呢？「考試功令稍加變通，另開洋務進取一格，分爲格致、測算、輿圖、火炮、機器、兵法、化學、電器數門，此皆有切於民生日用軍器製作之原。」他力倡通過洋務進取一格取士，在奏章中竟直接言明了是欲作一個「發其端者」，而叫整個國家「當路猛省而自擇」！

可是如同修鐵路、架電報、辦工廠時一樣，此言立即遭到了朝廷中那些「正途」出身的一派拚死的反對，他們認爲只有誦經典，才能明大義。「人若不明大義，雖機警多智，可以富國強兵，或恐不利社稷。」如果以洋學取士，就會培養出一批「以禮義廉恥爲無用，以洋學爲難能的無恥之人」。這便是他李鴻章的大逆不道，「直欲不用夷便夏不止」了。

看來翁同龢確比清議的諫官們高出一籌，他從另一個角度來攻擊要害，他問李鴻章：「科舉有什麼不好？歷代都以時文小楷（八股文）作爲考試的科目，歷代不都是出現過偉人麼？即以你李鴻章、曾國藩而言，不都是以此科目得之，才脫穎而出的麼？」

李鴻章當年反駁道：「正因爲我是經過科舉而出頭，所以深知其中弊端；即使國家通過科舉得到幾十個曾國藩、李鴻章，洋務亦斷斷辦不好，國家的求富求強，實有賴於這一大批精通洋學的人才，國家欲得到這樣的人才，就必須改變取士的科目與制度。此皆微明自照，不敢強飾……」

這些都是二十多年前發生的，長達十年之久的辯論了。數十年前出了個翁同書只誤一省，而今出了個翁同龢豈不要誤了一國麼？洋務他李鴻章幹了三十年，操辦的新式海陸軍與日本一經交鋒即遭敗績，叫人怎能不痛心疾首！此情僅僅能歸罪他李鴻章一人麼？李鴻章覺得這裡還有一個世態的問題。拔三眼花翎，褫去黃袍馬褂，理當，理當。然而卻叫一個翁同龢問他的罪來了，卻叫這麼個一件實事不干的人入軍機處，而扶搖直上，眞個是幹的不若看的，將來天下還有誰敢於任事呢？

該吃飯了，因了總督署到來的客人，幕僚們忙得也還都未吃，所以此時大家同圍一桌。往日逢著此時，席間總是說說笑笑的，但今日卻就顯得氣悶，誰也不說話，筷子也伸得拘謹了。李鴻章只是望著他面前的酒，這酒是他用人參、黃芩與鐵水泡製的。看去有些像暗紅的血漿，太濃稠了。他想叫人換上些淡的來，又想到既然每日都要飲一點，爲什麼今日就怕了？於是端起來昂脖一飲而盡。酒如一團火，進去後就直朝空腹內鑽，立時只覺五臟六腑也給點著了；而口中則是苦辣得禁不住長長「啊」了一聲。幕僚們見著吃了一驚，都低低地直喚：「中堂。」

周馥說：「中堂，此酒力大只宜慢慢來，一大杯只怕太猛了。」

李鴻章淡淡地說：「我自釀的苦酒，快慢也終都是一個『飲』字。」言罷他伸手又給自己斟，卻讓幕僚一把將壺端了過去。

周馥說：「翁同龢此來是太過分了，黃海大戰難道僅僅……」

李鴻章說：「不談國事，國事素日談得夠多的了，今日我們只飲酒談詩。」

有幕僚立即就把話題引到這上頭來，「詩仙李白便有一首好的，『白玉一杯酒，綠楊三月時，春風餘幾日，兩鬢各成絲，秉燭惟須飲，投筆也未遲。如逢渭川獵，猶可帝王師。』」

李鴻章側耳佇聽著，聽罷言道：「不切，不切，姜子牙垂釣渭川時已八十，還沒出山呢。這些都是些文人的做作。」說著他伸過手去將酒壺抓過來斟滿了，說：「老師我倒記得幾首元曲，你們聽聽，閒散得很，情緒就不一樣，」說著他呵呵一笑，吟道：「舊酒投，新醅潑，老瓦泥盆笑呵呵。」他飲了一口酒，側頭問了聲：「如何？」就又吟起來，「共山僧野叟閒吟和。他出一對鷄，我出一個鵝，閒快活。」

周馥說：「這曲子雖然野味十足，倒也透出了些文人的閒適，還應算作文人的另一種做作了。」

李鴻章說，「也對。」

周馥說：「不過其中意趣卻十分雅致，也似乎透出些……」他突然噤住了口，只拿眼偷偷望著了李鴻章。

李鴻章說：「透出了什麼？只管說，現在亦只是我們師生閒談，閒快活罷了。」

周馥說：「透出了些生氣，似乎也透出了些無可奈何。」

衆幕僚都說：「扯得遠了，扯得遠了……」

李鴻章忽地又痛飲一杯，「說得對，文人到了無可奈何時，總喜歡在文字上做作些個的……」他將頭伸過去問周馥：「只不知道這個做作的文人是誰？」

周馥說：「關漢卿。」

李鴻章拍掌連說：「對，對。老師我還記得他的另一首曲子，要聽聽麼？」不等衆人作答，他便擊節而吟道：「『南畝耕，東山臥，世態人情經歷多。閒將往事思量過，賢的是他，愚的是我，爭什麼！』爭什麼？不爭了，七十二歲年紀，老夫本該是個歸隱田園的讀書人……」

衆幕僚慌得站起來，「老師，你有些醉了。」

李鴻章一臉都掛著慘慘的笑了，「醉了有什麼不好？人家關漢卿淪為戲班班主，因了他的才氣與生氣，卻仍不失為一代宗師呢！我是醉，我便就尋他一個醉了，老夫是以醉除暮氣，醉裡尋出他些生氣來……」

李鴻章也不知什麼時候被人推醒的，只見周馥站在身邊說：「中堂，有廷寄到。」

李鴻章躺在床上懶懶的，「剛欲修身，卻又要治國了。」說著他不由自主地一從床上翻了起來，「念。」

周馥念道：「聞俄使喀西尼將到津，李某與之晤面，可先會商於翁某，並將詳情告翁某，回京覆奏。」

李鴻章坐在床邊愣了一下，「原來翁師傅來，還有與我會商請俄使調停中日戰事一節。」他揉揉眼睛，「但他羞羞答答，偏就是不先說。」

## 7

翁同龢出了門，隨他來的跟班長隨們一個不在，一問卻盡皆由這督衙裡招待飲酒去了，心裡便是一個抹不直。盡是跟他多年的人，這才一入人家的門，卻都人心不古起來了。卻又無法，只好由李鴻章的長隨們引著來到督署的客房。上茶也好，盥洗也罷，一聲不發就盡由著他們擺布，臨了一切妥當。長隨們退下去後，他就悶悶坐在床邊發呆，過一會兒這才把手伸到脖子下解起鈕子來。一顆一顆的解，便是一顆顆的不如意，那鈕子一排拐了個彎兒一直解到了胳肢窩下時，翁同龢目光停到了那案頭的綠玻璃罩子燈上，說起身就起身奔過去，鼓嘴仕氣一吹，燈還亮著。他側頭看看又是一口，電光燈一如既往，依舊是華光閃爍。他扣扣桌子，回頭朝門口望望，沒人；

當眞是一出京城，一進了這天津衛直隸總督衙門就將被人擺布了麼?!又一拍桌子，外面這才有人敲門，他嚷一聲：「進來。」外面的說：「翁大人，我進不來……」翁同龢這才發現門閂上了，他的頭嗡地一下，百思不得其解，這擺定的是他的一個疏失了，臨睡第一要事便是閂門，否則豈不成引賊入戶了麼?可今天他卻是氣昏了頭，忘記閂門了;門是明明忘記閂了，卻怎麼打不開來呢?他對著外面發火，「門我又沒閂，你出得去就進不來麼?」外面說：「這是西洋的司派靈鎖，上頭有個把兒，大人扭一下就行了。」翁同龢氣得把拳頭在桌上咂得蹦蹦響，「奇巧淫技，到你這直隸總督衙門後，直是要把老夫關起來了。」又有長隨提著鑰匙跑來，這才把門打開了。進來後兩個長隨垂手恭立，說：「請大人的示，大人有何吩咐?」翁同龢站在那裡衝著燈一擺手，「代我把它吹了。」兩個長隨十分奇怪，其中一個已是跑過來問：「就這個?」伸手在燈上碰了下，燈滅了，整個屋子頃刻便落入了一片黑之中。

門「卡達」一聲響，兩個長隨像幽靈樣地退出去了，而那個長隨過來熄燈時的眼神卻叫翁同龢百味咸集。天津直隸總督府中的一切，都與他翁同龢格格不入。翁同龢在黑暗中摸到床邊坐下來時，便又想起了李鴻章最後直刺過來的那句「平時袖手談心性，臨危一死報君王」來，直如戳著了心窩子般的，又叫他翁某人憤憤難當了。翁同龢脫衣在了床上，沿途的奔波勞累使他渾身的骨頭發酥，他想丟開一切氣惱早早入眠以養身心，無奈屋內的西洋自鳴鐘卻又偏偏代李鴻章和他作對，滴答、滴答一路響下去，好似永無止息。

翁同龢便只好在這黑暗中睜著眼了，這時他聽見有人輕輕叩門三兩聲，說：「翁師傅，鴻章來打攪了。」

翁同龢不吱聲，反而把眼閉了起來。

外面的李鴻章把門拍得重了些，「有廷寄到了。」屋裡有了響動，李鴻章關照：「師傅你先開燈。」

「我不用電光燈，一摸那東西，攪亂了心性又怎麼理味京城送來的廷寄？」

是時已有長隨跑來開了門，李鴻章進門後把電光燈打開時，看見翁同龢一個勁兒用手遮著眼說：「衣冠不整，何以見人？少荃，一到你的地面上來，就被你搞得狼狽不堪，狼狽不堪了。」

這時已有翁同龢的長隨趕來幫他套好裳，兩人這才坐下來。李鴻章無言，遞上了廷寄。翁同龢看了亦不吱聲，隨手就將廷寄拋於案頭，他只用眼望著李鴻章。

李鴻章問：「戰和一事，不知京城可有腹案？」

翁同龢似笑非笑，說：「大內來的腹案，不是也還要聽聽中堂的一二麼？」

李鴻章說：「這幾日喀西尼就要來了，鴻章夜不能寢，正是來與師傅相商的。」

翁同龢說：「我回京後不過是把中堂的意思原樣奏報罷了。」

「明白了。」李鴻章說，「但不知對俄使前來，師傅有何見教。」

翁同龢正襟而坐，見著李鴻章正雙目地觀望著他，只一眼便叫他心頭的波瀾陡起。仗是打輸了，一聽議和的風聲這就夜不能寐了，藉議和而脫身，難不成天下的便宜事就總要匯集於你李鴻章一身乎？翁同龢莞爾一笑，說：「同龢的底細想是中堂也知道的，一介讀死書沒用的人罷了，哪敢勞動中堂求教？但既有請俄使出面調停議和一事，同龢臨危一死報君王的志氣還是有的。同龢以爲調停議和之事斷不可爲，俄窺我東三省久矣，俄似虎而倭似狼，都不是什麼好東西，結虎以禦狼，無疑是引虎狼結伴入室。此其一也。其二，要俄調停，我大清則必須給它好處，那樣英、德、美群來紛至，紛紛效仿又作何了結？」

「又作何了結？」李鴻章聽著突然站了起來，以手拍桌，擊節稱快而言曰：「師傅之論深矣，與鴻章的想法不謀而合。」

翁同龢大出意外，只望著李鴻章直眨眼。

李鴻章說：「請師傅不要疑惑，鴻章爲人尚還磊落。鴻章也以爲，再怎麼說倭人畢竟地窄人寡，以蛇吞象，它就怎麼也吞不下一個大清去。但日本畢竟這些年來準備充裕，又仍需我們不存輕敵之心，不以一仗之勝負爲計，全力應付。鴻章此來，就是想請師傅回京後面君，言說爲臣的這個意思，要打便作打到底的成算。」

翁同龢趕緊插上問：「不知中堂的成算是什麼？」

李鴻章說：「李某的成算則在於破釜沉舟打到底，大不了請聖上做好遷都四川或是西安的打算。既以大清國土之遼闊，人口之眾多，內外同心，南北合勢，集舉國一十八省之兵力財力，我就是硬拖也要把個日本拖垮它！且此戰只一個日本，列強各守中立，天之幸也！」

翁同龢哈哈大笑起來，「中堂國之棟樑，出乎此言，存乎此心，國之幸也！倘中堂能拚出全力與日本毆搏，我以爲勝負之數尚在兩可，中堂也不宜太悲觀了，又何需談到遷都……還是那句話，皇上、太后的意思是連奉天的祖宗陵寢也不容震驚的。」

李鴻章的臉陡然沉了下來，「師傅的意思，怕是在用日本人打我一個李鴻章了！」

李鴻章憋了一肚子的氣回到書房，依舊是擋不住渾身的困頓，眼皮直在沉沉地朝下墜著，但他發現又一封電報已在桌上等著他了，拿到手中一看，便感動得一個熱浪襲上心頭。電報是皇上發來的聖旨。我李鴻章豈只是一個人？日本人豈只是在打我一個李鴻章？京城裡的皇上也是由日至夜，已近子時（夜間十一時）還沒能安寢的。李鴻章的雙膝一軟跪在了地上，至恭至誠地言一聲：「皇上，老臣在這裡接旨了……」然而低頭一看電報，便如咬著了一口生豬油，不知該說什麼好了。此電是十萬火急召劉銘傳進京陛見的。劉銘傳乃蓋世奇才，原是他李鴻章的部下，可李鴻章從來也不把他看成手下，是引爲知己與同僚的。聞鼙鼓而思良將這當然不錯，但此人因是武職出身，特別有個怕人輕視的怪毛病，幾乎是朝野盡知的事。皇上自黃海大戰戰敗後，已有四五封電報召劉銘傳，要他來當北洋會辦大臣，協助他李鴻章的軍務，他李鴻章求之尚且不得，簡直望眼欲穿呀！可皇上卻偏偏不直接下旨給劉銘傳，偏偏都是他李鴻章代傳聖旨，一出手就用他這個老上司壓了劉銘傳一頭。豈不聞古時臨危，帝王盡皆要親自設壇授印拜將的！李鴻章死活想不明白皇上一次次急如星火召劉銘傳，卻又何惜乎這一點點禮數？李鴻章艱難地從地上爬了起來，聖命難違，他面對著聖旨思之又思，斟酌再三就又想到劉銘傳的那一頭去，總覺得劉銘傳在此國難當頭之際，總不能爲著一個禮數，爲著數年前在台灣巡撫任上被革職留任的事而拒不出山吧？總不能當眞就不給他這個老上司一點面子吧？可是一這麼想，李鴻章就把所想的完全調了個底朝天，皇上要用人家時都不給個面子，更何況乎他李鴻章？李鴻章咂咂嘴就又反過來想，那我李鴻章給你面子，我李鴻章把皇上缺了的禮數補回來如何？於是捉筆情切切地在聖旨下面又寫一段，便速速叫人發出去了。

電報是發出去了，李鴻章卻只是坐在那裡望著案頭爍亮的孤燈，愣愣的，思想還在困頓中疲憊地竭力掙扎著；這一天他都做了些什麼？……今天還有哪些事要做？他仍在極力地思謀時，屋內的西洋自鳴鐘響了，清脆的聲音一下一下又一下，按部就班地整整敲了十二下，接著天津直隸總督門內值更的梆子聲，便也「篤、篤篤」地打響了。

終於再也禁不住一個長長的呵欠從李鴻章的嘴裡打了出來……

*8*

安徽大別山東麓的六安一帶，十月的金風颯起，漫山的樹葉紅黃一片，都被染得醉了；河水依山而轉，緣路而出，卻依舊是碧綠清澈；山間的碎石小路似河水般地從山裡溢出來，被林木與山間薄薄的雲霧所遮蔽，顯得若斷若續，極有耐心又是連綿不絕的樣子，隨著時時傳來的「的篤、的篤、的篤」清脆的蹄聲，山路上出現了一頭矮小而老實的毛驢，驢背上坐著一個同樣精瘦矮小，臉長得像他坐下毛驢一樣的老人。他側身坐著，又細又長的眼睛，看不出是睜著、還是閉著或是虛瞇著，對一切景物似都在飽覽，又都似乎是視而不見。已是天涼好個秋的季節了，此人著一身不灰不白的絲綢長衫，手裡卻還持一柄蘇州雙面繡的扇子，不時有一下沒一下地搧著。一陣山風吹得滿山樹葉紛紛飄落下來，騎驢的人睜了睜眼，搖了一下扇子，口中文不甚切題地吟起了一首詩來：

一夜北風寒，萬里彤雲厚。
長空雪亂飄，改盡江山舊。
仰面觀太虛，疑是玉龍斗。
紛紛鱗甲飛，頃刻遍宇宙。
騎驢過小橋，獨嘆梅花瘦。

遠處一陣馬蹄的疾響由遠而近，一隊官差模樣的小夥子騎馬飛奔著，他們一看見騎驢的人就勒住馬翻身跳下來，氣喘吁吁地跑過去，鋪鋪拉拉跪了一地，其中一個說：「巡撫劉大人，小的們有禮了。」騎驢的人似乎眼也沒睜，那官差便就委屈地嘆起苦經來，「小的們在城裡、鄉下，凡該跑的地方都找過了，又在這山裡轉了一大圈才找到大人的。」坐驢背上的人說：「該不是聖旨又到了吧？」那跪著的官差連說：「正是，正是。」這才站起來說：「請，請劉大人接旨。」那人從驢背上慢騰騰地滑下來卻不急跪，轉身去拿驢背上墊屁股的馱子，官差們趕緊要幫忙，被這個巡撫劉大人一揮手趕開了，他把馱子扔在地上，拎起長衫要跪卻又站了起來，彎下腰把馱子重新放得舒適了，並且懸起四指撣了撣上面的灰，這才跪下來。

那官差這時念起來，「寄廬州電局專足送六安劉，光緒二十年九月初七日（西曆十月九日）丑刻（夜間一時至三時）。」

跪著的劉巡撫不耐煩，一仰頭，「廢話！老子跪路當中好玩的麼？」

那官差趕緊念：「奉旨。」劉巡撫磕下一個頭去，「臣聽旨。」

**前台灣巡撫劉銘傳，馭軍有法，卓著勳勞。六月間，因日人肇釁，特旨起用，旋據電覆，因疾未能赴召，現在軍事日棘，統帥乏人。該前撫受國厚恩，當此邊防危急之時，豈得置身事外，著李鴻章再行傳諭劉銘傳，諒不至借詞諉卸，視國事如秦越也。仍將遵旨啓行日期先行電聞。欽此。**

「臣接旨。」劉銘傳又叩一個頭接過聖旨就站了起來，那官差指著電報說：「後面還有李中堂給你的話。」

劉銘傳打開看時，後面是這樣寫的，「平壤潰退，我軍不振，倭益猖獗，有分道內犯之勢，中外望公如歲誼，應投袂速起，共拯危難。何日啓行，即電覆。鴻。」看罷他將電報收起，將馱子扔上牲口背，就又爬上毛驢，拍拍驢屁股就又一顛一顛地走了。

官差們急了，起來拉住毛驢，「劉大人，我等重命在身。等著大人的啓程日期好回去覆命呢！」劉銘傳的長臉掛得更長了，手牽動繮繩把驢調了個頭，官差們急了，十幾個人跌跌爬爬跑過去圍著毛驢跪了一地，「劉巡撫，劉大人，我等這是奉的皇命，萬死不敢兒戲。」

劉銘傳睜開了眼，「你等的模樣是捉拿在逃的欽犯，還是在請老夫出山？」

爲頭的官差說：「不敢，不敢，小人們是祈求大人的啓程日期，到時也好遠迎遠接。」

劉銘傳說：「也罷，何日啓程老夫還要想一想。」言罷一拍毛驢就走起來，邊走邊罵罵咧咧，「昔日劉備三顧茅廬請諸葛，今上倒也是來了四五份電報，只因國事日急，老夫就不計較這個禮數了。可廬州的知府也不來，派你們這群雜毛像捉欽犯樣的來，又他媽從哪一節哪一章說起……」他一路走一路信口開河，除了皇上、李鴻章不罵，天高皇帝遠地想著罵誰就罵誰，領著後面一長溜騎快馬的，在山裡轉到夕陽西下，山嵐四起這才回到鄉間他的住處來。

這是座倚山傍水的兩進院落，磨砌的青磚，糯米汁勾的磚縫，然而屋頂上卻是厚厚的山柴茅草頂，叫人見了說不出個味道來。劉銘傳屁股一蹭一蹭，蹭了幾下還沒從驢背上蹭下來，官差們便跌跌爬爬一齊跑過來扶他，他就屁股半墩在驢背上要下不下地不下來了，一條縫的眼忽地睜開了些，像是很驚訝，「可憐，可憐，怎麼還沒走？」

衆官差就差哭了下來，說：「我等當官差的苦哇！」

爲首的官差機靈，一下子跪在驢邊上兩手支撐著地，說：「劉大人，你就踩在小人的背上下來。」誰知劉銘傳不領情，一腳就把他踢到旁邊去，說：「當眞七老八十？老子今年五十八！」他一用力滑到了地上，想想似乎又是個氣不過，「什麼大人，大人，劉大人的？老子現在是民，你們是官。」他朝門口走兩步又回過頭來，指指自己的門，「我這門為官為民，一道劃得清清白白，四年還沒有一個當官的跨進去過！」言罷劉銘傳走到門前，卻又停了下來，倒背著手，將門旁別出心裁掛著的兩塊長匾上的一副對子看了起來，匾上曰：

仗英雄三尺劍，橫掃中原，卻東國旗，麾西士旌，豎南天柱，任北門鎖，聞聲破膽不言動。

披居士六朝衣，來尋舊雨，吟梁父詞，賭謝傳棋，顧周郎曲，策韓王蹇，拜爵抽身才及壯。

看罷吟罷，劉銘傳這才搖著雙面繡的扇子，一步一步踱入家門中來。

已是上燈的時分了，用畢晚飯，劉銘傳對燈枯坐又想起了那幅對聯。那是他的好友、安徽全椒人薛時雨送他的，因覺說中了他的心事，看了貼切而又舒服無比，就將其掛於大門兩旁也好時時把玩。此聯上聯寫了他劉銘傳戎馬一身的勳業；而下聯卻將他辭去福建台灣巡撫後的心情，以及一生的夙志、脾氣、秉性都赤裸裸地一傾無遺了。諸葛亮是好〈梁父吟〉的，破了苻堅八十萬兵的東晉名將謝安好博弈，棋自然下得很好，〈周郎曲〉不說也明白，〈韓王蹇〉的蹇指的是毛驢，說的是南宋中興名將韓世忠解甲歸田後，終日騎毛驢寄情山水的事。劉銘傳每每想著這幅對聯，至今也沒弄清的一個地方則在於，韓世忠解甲歸田後騎著毛驢亂轉悠的時候，年歲到底幾何了？

劉銘傳是怎樣一個人？他曾經是李鴻章手下，倚之爲左右臂的最得力幹將。他的最初出道行武，本身就帶著濃郁的個性色彩。

劉銘傳的家鄉在安徽合肥縣西鄉的大潛山下。當劉銘傳十八歲時，太平天國起義，淮北平原因此興起了辦團練，村村修堡建寨，地方的豪強乘機自雄一方，發號施令，並且徵糧派款。劉銘傳家世代爲老實的農民，一天有大豪路經村子，呼劉銘傳的父親至馬前，責問攤派錢糧的事。劉父愣愣不能語，大豪便肆無忌憚地辱罵了劉父一通，還說錢糧交不出，等髮匪來了就先將劉父捆了扔出寨牆去。

本來事情就過去了，可上私塾的劉銘傳回家後不見父親，就問。劉銘傳的幾個哥哥把剛才的事說了，講爹這時還躲在村裡不敢回家呢。劉銘傳立時變了臉色，一口氣再也難忍不下去，一跺腳說：「我去看看，人家的頭到底比我們大多少！」

在村裡見著那豪強，劉銘傳上去一把卡住馬籠頭。那豪強看看是個半大孩子口口聲聲要與他拚個你死我活，突然狂笑起來，抽出刀晃晃，一下子扔給了劉銘傳，說：「你能殺了我，就眞算你是條漢子了。」一言才了，劉銘傳忽地一刀上去，手起刀落一顆人頭就骨碌碌滾了下來，失了頭的身子撲倒，噴了劉銘傳一身的血。由此十八歲的劉銘傳拉起了自己的隊伍。

後來劉銘傳帶著這支隊伍參加了李鴻章的淮軍，官階從一個不起眼的千總，三年時間就殺到了實授直隸提督。但劉銘傳最忌諱的，就是別人把他看成一介武夫。十幾年的戰爭結束了，國家什麼都缺，唯獨不缺武夫。當時有句話，所謂「提督總兵滿街走，都司游擊多如狗」。單單曾國藩的一個兩江總督府內的差弁，幾乎個個都是提督銜，個個都因戰功而穿上黃袍馬褂的。這些武員大多目不識丁，不打仗就成了廢人。劉銘傳是個念過半拉子書的人，卻又無功名，在當時重文輕武的風氣下，要想如曾國藩、左宗棠、李鴻章等在政治上有發展，幾乎是「漫眼迷霧遮望眼」的事，雖然他是實授的直隸提督握有兵權，不打仗了整日無所事事只是一個勁在官場上鬼混，又叫他覺得無聊、無奈、無比地寂寞。此公瀟灑，別人求之不得的位子他卻稱病辭了拂袖而去，跑到南京秦淮河畔和一班文人墨客風花雪月起來。

自同治八年（西元一八七〇年）辭掉直隸總督，到光緒十年（西元一八八四年）朝廷任命他作福建台灣巡撫，整整十四年的時間內，朝廷知道此人有才能，先後五次起用他，五次他都因爲人家骨子裡還在把他看成個武夫，上任不久便稱病辭掉了，也叫朝廷漸漸認識到他確不是個單純的武夫，而是個通才。

劉銘傳過人的地方，則在於他政治眼光的拓展與深邃。當年爲修建鐵路，舉國上下一片反對之聲，朝廷舉棋不定時也曾詢問過劉銘傳的意見。劉銘傳在光緒六年（西元一八八〇年）十一月上了一道〈籌造鐵路以圖自強摺〉，此摺中曰：

> **自強之道，練兵造器，固宜次第舉行，然其機括則全在於急造鐵路。鐵路之利於漕務、賑務、商務、礦務，以及行旅、厘捐者，不可殫述，而於用兵一道，尤急不可緩之圖。**

他在鳥瞰了修鐵路於全局的利害後，便著重說軍事：

**中國幅員遼闊，劃疆而守，則防不勝防，惟鐵路一開，則東西南北呼吸相通，視敵所趨，相機策應，雖萬里之遙，數日而至，雖百萬之衆，一呼而集。以中國十八省計之，兵非不多，餉非不足，然各省兵餉主於各省，督撫此疆彼界，各具一心，遇有兵端，自顧不暇，徵餉調兵，無力承應，雖詔書切責，無濟緩急。若鐵路造成，則聲勢聯絡，血脈貫通，節餉載兵，並成勁旅，防邊防海，轉運槍炮，駐防之兵即可爲游擊之旅，十八省合爲一氣，一兵可抵十數兵之用……**

這確實是一份叫人對他刮目相看的奏摺，即使到了一百年後人們見了，也同樣爲他當年提出的軍事思想而讚嘆。但終因當年反對修鐵路的勢力太強大，劉銘傳的意見，也只能是潤潤皇上、太后的耳目罷了。

及至到了光緒十年（西元一八八四年）中法戰爭爆發，經他的老上司李鴻章推薦，清廷立即起用他爲督辦台灣軍務的欽差大臣，此公竟對堂堂欽差大臣一職不屑一顧，上書要挾朝廷說：「非封疆，勿相溷（混）也。」一非要個實授的巡撫幹幹不可。朝廷用人之際，環視全國，再找不出如他劉銘傳這樣文武兼備的人了，但赤裸裸地要官又叫朝廷忍受不了，因此遲遲不給答覆。劉銘傳不見答覆，便從南京帶了幾個妓女去杭州遊起西湖來，搞得朝廷格外尷尬，經李鴻章兩面轉圜，更經法國人在福州馬尾一打，朝廷這才放了個福建巡撫的缺給他。劉銘傳自有他的道理，「既讓我獨當一面力挽危局，欽差有兵而無餉，怎麼幹？」當時台灣沒有建省，歸福建管，劉銘傳到了台灣後，首先遇到一個與他素來有隙的湘系將領劉敖。此人持巨餉一文不發，擁兵二萬坐鎮台南，一卒不給，劉銘傳手上只有台北的駐軍四千多人，缺兵無餉，然而他的用兵之道從來也是看明形勢，以少擊衆，以弱敵強，並不是非要「韓信用兵，多多益善的」。

劉銘傳到了台灣基隆才七天，法國的艦隊就打來了，基隆是台灣的大港與軍事要塞，卻只有區區五座炮台、五門大炮，法國艦隊十幾艘軍艦上的百門大炮開炮一轟，五座炮台頃刻土崩瓦解。基隆失陷，南面僅六十里，台北府的大門也就打開了。朝廷上下群情憤憤，已到福建坐鎮的劉敖的老上司左宗棠，以及數千里以外朝廷的言官們紛紛上書，說劉銘傳擁兵盈萬，而法軍不過四五千，怎麼一觸即潰呢？顯見得銘傳懦怯株守，而朝廷用所非人了。朝廷的面子難堪，一封封急電，傳出一道道聖旨，嚴詞切責這個要官而無能的劉銘傳。

劉銘傳面對兩個戰場毫不手軟應付自如，首先他上言抗辯，「基隆、滬尾（今淡水）駐軍四千餘人，左宗棠疏稱數且盈萬，不知何所見聞？基隆疫作，將士病其六七，不能成軍。八月十三日戰，九營僅選一千三百人，尚有扶病應敵者。當孤拔（法軍統帥）未來之先屢接警電，滬尾兵單，炮台尚未完工，無險可扼，危險不待言。」劉銘傳將情形一一奏報了後，便毫不客氣地給皇上，給左宗棠上起軍事課來，「基隆靠近海，敵船入口，即不復可守；我之所恃者，山險；敵之所恃者，器利；彼攻我，我得其長，我往攻彼，彼得其長。且敵營據山傍海，兵船往泊其下，若不能逐其兵輪出口，縱窮陸軍之力，攻亦徒攻，克猶不克。臣治軍十餘年，於戰守機宜稍有閱歷，惟事之求實，不務鋪張粉飾，若空言大話，縱可欺於一時，能不貽笑於中外？臣實恥之。」這份就差指著鼻子教訓人的抗辯發出後，劉銘傳就一心一意對付起法國人來了。

法國人占了基隆後，在基隆的獅球嶺築起堅壘，上置巨炮。劉銘傳避開了法軍的鋒銳，將軍隊轉移到基隆的後山，乘著八月早晨漫山彌起的大霧，選精兵百餘人潛至敵壘下突然發起襲擊，將驚恐萬狀的法兵擊潰卻又不追，當法兵退至山間一小路時，便被劉銘傳伏兵截住了，但這支伏兵只是隱在濃霧中，擊鼓吶喊乒乒乓乓地放槍而已，卻也搞得法國兵如驚弓之鳥奔逃到岸邊爭相上船，造成了紛紛落水自相殘踐的結局。這一仗其實只是虛張聲勢，但已擊斃敵酋三人，斬敵數百，奪了軍旗二面，收復了基隆。然而劉銘傳的眞正目的卻達到了，初戰弱兵不能用強，這一仗使他手下的兵士氣大振，畏懼法軍的心理一掃而空，軍隊有了士氣，便爲一支勁旅了。

北面皇上得到勝捷，用人有方，便顯得聖明起來，興致勃勃地拿了三千兩銀子犒賞三軍時，劉銘傳卻又率軍撤出了基隆，立時搞得皇上呆若木鷄。

劉銘傳認爲基隆於他的軍隊依舊是個絕地，如果法軍從別處登陸抄了他的後路，海上的軍艦再一夾擊，他就死無葬身之地了。他將全軍拉到僅距台北三十里的滬尾，只留下二百人扼守基隆的獅球嶺。一切如有神算，法軍在劉銘傳撤出基隆的第二日，果然派巨艦十二艘載兵大張旗鼓地猛攻基隆，另外又派出最精銳的部隊偷偷登陸直奔滬尾，企圖抄清軍的後路。基隆那邊的二百兵抵抗了一下就佯作退卻，把法國人的大軍引入了劉銘傳的伏擊圈，頃刻間兩兵相雄，殺聲震天，正好是時天落暴雨，法軍的槍炮難以發揮，劉銘傳一律命士兵短兵相接進行肉搏，兩軍殺得幾進幾退，每當清軍頂不住稍退，劉銘傳便當陣一呼，率領親兵殺入敵陣，於是退下的士兵復又回頭，便立時像變了一個人，無不以一當百。這一仗從山叢中一直殺到海邊，斬敵千人，大獲全勝。以後法軍又各攻了滬尾、基隆近處的月眉山一次，無不敗績而返，望滬尾而驚懼，再也不敢來輕試了。

台灣傳來大捷，皇上、太后與滿朝上下無不擦亮了眼，重新看這個自以爲熟知的劉銘傳，百思不得其解，都說兵最忌久安而厭戰，最忌缺糧而無餉，最忌統帥新到而不熟兵情，爲什麼劉銘傳在所有忌諱面前卻能連戰皆捷呢？其時大清南方的艦隊在福建馬尾已被法人全殲了，若不是劉銘傳，台灣就是法國人的了！便都把劉銘傳看成了神一般。在天津的李鴻章因識人舉薦有功，更是得意非凡了。於是劉銘傳上奏告那個劉敖，朝廷便也不顧左宗棠的面子，一直把個劉敖發配到新疆；劉銘傳建議台灣單獨建省，朝廷便就單獨建省，原來因軍務迫不得已給劉銘傳的福建巡撫，這回改成了正式任命，任命劉銘傳爲台灣單獨建省後的第一任巡撫了。

劉銘傳苦等死要的正是封疆，這回他好一一施展他的政治抱負了。

台灣建省以前，年收入還不夠行政以及軍事方面的開支。那麼台灣的賦稅到哪裡去了？劉銘傳認爲原因並非全在於經濟的落後，而是大戶的逃漏與貪官污吏的侵蝕漁利，所以他第一步的舉措就是重新丈量田畝，而後根據地畝的肥瘠，訂立課賦的標準，當年就使田畝的賦稅由原來的十八萬兩白銀，一下子增到了七十萬兩。第二步舉措就是清理海關，茶、鹽、金、煤、林木、樟腦這些財源方面的賦稅，由原來的每年九十萬兩逐漸增加到了三百萬兩。由於這些利益都是從地方豪強與貪官污吏手中奪過來的，所以「賦溢而民不病」，老百姓的日子反而越過越好了。經過一、二年大公無私、堅忍不拔的努力，台灣的吏治清廉，府庫充實。緊接著，劉銘傳展開了全島大規模的建設，劉銘傳的思路極爲清晰，就是以建造貫穿台灣南北七百里的鐵路爲綱，輔之以電報、郵政，從而帶動台灣建設的全局。劉銘傳在台任職六年，台灣的各項事業蒸蒸日上，僅軍事方面，台灣就單獨修築了炮台，開了造槍炮的軍事工廠，設了水雷堂，引得舉世刮目相看，俄、日等國的軍艦不斷來訪。

劉銘傳終於在台灣實現他爲全國樹一榜樣的理想。

然而就在這時發生了一件事，叫劉銘傳憤而辭職，再也不留戀這個封疆巡撫的位子了。這其實是件屁大的事。劉銘傳在台灣基隆開辦了一座煤礦，由於礦址選擇得不理想，再加上因是官辦，人浮於事經營不善的緣故，賠本了以後難以爲繼。劉銘傳就請來一位外國工程師重新實地勘察，結論是不重新選礦址，就不能起死回生，而重建礦井，就需新購機器設備，加上償還舊礦的虧損，資金沒有一百萬銀子應付不下來。劉銘傳認爲更大的問題則在於，如若依舊官辦，不唯銀子難籌，仍舊不能保證不賠本。於是他開了一條新思路，那就是吸引外資，中外合辦，而有個英國商人范嘉士願出一百萬的資金。劉銘傳爲此事奏報朝廷，朝廷卻認爲有傷國體，總理衙門駁回不准。並責令他另想辦法，且仍必須由官辦。這個所謂是否有傷國體乃至愛國還是賣國的問題，以後一直困惑了中國人近一百年。公正地說，就光緒十六年（西元一八九一年）的情形，清廷駁回也不難理解。劉銘傳立即另想了一個辦法於光緒十六年六月奏報上去，說：「銘傳以官本短絀，仍當由官商合辦爲便。如洋人不便令其參加經營，則已另選本國商人合股。」光緒皇帝見到後，便交由戶部合同總理衙門核議。准與否，本來也無需太多的時日，可是偏偏就是核議來核議去，核議得杳無聲息。這邊的基隆老礦開一日就賠一日，關門大吉衆多的工人又衣食無著，於是七月間劉銘傳就依與各商股的約定，先行同意開辦的事宜，將官商合辦的礦局牌子掛出，並且據實奏報了上去。劉銘傳此舉有個造成既成事實，力促朝廷同意的意思。可是這回聖旨沒幾天就異乎尋常，快速地下來了，言詞極其嚴厲，「劉銘傳並不奏明請旨，輒即議立章程（官商合辦之章程）擅行開辦，尤非尋常輕率可比。劉銘傳著吏部議處。」這對在台灣政績赫赫，官聲極好，信譽尤著的劉銘傳，無異於是一記掄圓了拳頭砸在臉上的嘴巴子。劉銘傳多日閉門不出。狼狽已極時，那邊吏部遵旨議處的結果又飛快地下來了，是「應革職」。第二天卻又接到一道聖旨，「著加恩改爲革職留任。」

光緒十六年七月的一天，劉銘傳接到了皇上關於「留任」的聖旨後，久久地站在台北巡撫衙門的大門口，他看見滿眼蔥鬱的闊葉大樹迎風搖曳，幾片黃葉隨風飄落了，雖值盛夏，卻所謂望一葉而知秋！國家又太平了幾年，可太平期間爲什麼不好好想想強國的根本呢？官辦已碰了壁，爲什麼就轉不過彎來呢？小處不變，何況於大處乎？他有些清醒起來，自己在台灣的所作所爲如高山流水，格調怕是太高了，曲高便和寡，豈不聞行高於衆，衆必非之？然而對於這次戶部參與核議一事，劉銘傳漸漸品出了另一番滋味來。戶部尚書翁同龢與故帥李鴻章是老對頭，他拿李帥暫無辦法，藉故便拿他劉銘傳開刀。翁同龢是皇上的師傅，爲皇上講歷代帝王的治御之術再借古喻今；說淮系的頂尖人物藉富國強兵，一南一北遙相呼應搞得尾大不掉；說他劉銘傳這個漢臣倘有二心將會養虎遺患，都是順理成章的事。思謀到這層上，劉銘傳一身的冷汗便也下來了，藉事將他革職留任，再明白不過是在向他示警了。即使自己硬著頭皮留下來，將來亦必是事事掣肘，他再難有舉措，再難有施展了……

劉銘傳稱病辭職，不幹了。皇上連句假模假樣安撫他治台功績，日夜辛勞了六年的話也沒有，乾乾脆脆地旨准了。這叫劉銘傳把一切格外看得入木三分。然而一旦要走時，卻沒了以往的那麼一種拂袖而去的瀟灑，劉銘傳顯得意猶纏綿。登船返陸前，他登上滬尾炮台，舉目四望，昔日抗法的舊戰場也就歷歷在目了，冒雨的血戰，迴盪於山谷、響徹海濱的陣陣殺聲似又在耳邊嘯嘯作響……他不覺有些襟懷激盪起來……此時恰逢新到任的巡撫邵友濂也來觀看戰場的遺跡，見著他恭敬地請教昔日的戰事。劉銘傳面朝東北不答，觀望復觀望，凝視復凝視，說：「那邊就是正在卓然奮發蒸蒸日上的日本了。」他忽地問新任巡撫邵友濂，近來朝廷內又有何新消息。新任巡撫說：「劉公請辭以後，接著便就是戶部奏請三年內北洋水師不得再增船添炮的事了。」劉銘傳的兩眼大睜，問：「准了麼？」「帝師所請，哪有不准的？」劉銘傳不覺拍掌長嘆，「日人久欲圖我，我乃自折藩籬，亡國之日不遠了！」言罷拂袖而去。哀大，莫過於心死。更叫他刻骨銘心的是，大清，這個他為之浴血奮戰多年，為它求富圖強耗盡心血的大清，現在看來已將是萬木落葉蕭蕭下了……

第二天，露宿了一夜的官差們一早去敲劉府的門，門立即開了，門內站著劉府的一個老家人。

老家人說：「劉大人天未明就從後門騎驢出去了。」

眾人傻了，急急問：「劉大人今天又是朝哪邊去了？」

「沒說。行踪無定。」

眾官差只差哭了下來。那個老家人又說：「有劉大人的電報，也好讓諸位回去銷差。」他遞過一紙電文，轉身就把門關了起來。

眾官差接過電報看起來，電報中曰：

**前台灣劉撫電覆：來電敬悉。傳兩耳聾閉，左目早廢，僅剩右目一線之光，畏見風日。兼之憂鬱氣結，肝風愈重，左邊手足麻木，難以行動。庶民食毛踐土，尚思報國，身受厚恩，何能漠視國事。接前敵電，不勝憤懣，無奈病難速癒，耳聾目暗，不能陛見，又不便見客，軍事機密，豈可大聲疾呼？庚午、庚辰、甲申皆奉諭即行，如稍可撐持，公誼私情，斷不敢託詞推諉。今特再行乞恩賞假調養，若蒙恩准，傳當拜伏於地，不勝感激涕零之至矣。**

眾差官看完便都笑了起來，言說：「劉巡撫用它回皇上，我等用它回知府大人，想是定無話說的了。」

言罷上馬，疾風而去。

劉銘傳的電報發來，李鴻章雖在意料之中卻依舊悵然若有所失，而京城卻又送來奕訢、奕劻的密函說，「刻下戰守均不可恃，」令他與俄使喀西尼密議，以「妥籌善策」。

卻不知怎麼地，遠在煙台休假的俄使喀西尼還沒到，近在京城的英使歐格訥卻先到了，他與李鴻章密見時說，英國外交部「以中日戰事未便持久，現兩有損傷，囑相機解勸」。並乘勢探詢李鴻章將如何辦。

李鴻章一則由於得到的指令是與俄使談，未便擅與英使透底，二則因慮英國人此來的用意，三則認爲從地理政治的角度看，只有俄國人與日本人同爲中國緊鄰，有更爲切實的利害關係，因此俄國人則是更可能切實出力的。若在此前請由英國人出面調停，俄國人知道，能出力的也就不出力了。於是對英國人說，事已至此，只有一意主戰了。

數日後，俄使喀西尼到津，與李鴻章會談中日戰事。李鴻章極欲以夷治夷，慫恿俄國出頭干涉。然而俄國人卻給了大清國一個極大的失望，喀西尼非常客氣地表示要「暫守局外之例」。

幾乎同時湖廣總督張之洞此時向皇上獻上一策，主張以二三千萬兩白銀作誘餌，「密聯英德以禦倭人。」

光緒帝對此計深以爲然，即刻下諭召張之洞來商討。

英國人的主張頂多不過是對中日雙方「勸解、勸解」而已，徒做個好人。及至大清動眞格的，他們卻自有主張。一八九四年十月十三日，英使歐格訥到總理衙門會晤已出了山的恭親王奕訢，提出由各列強保護朝鮮，中國賠償日本兵費，並蠻橫要求即日定議。

第二天，軍機大臣們就英使歐格訥的提議展開了激烈辯論，奇怪的是在辯而未決的情況下，將此事直接請示了皇太后慈禧。請示的結果，慈禧與奕訢都贊成在英使歐格訥提議的基礎上議和。而帝黨的翁同龢與李鴻藻則痛恨歐格訥「要挾催逼」，並因「天意已定」屈辱求和而「求死不得」，只好仰天長嘆了。

奕訢剛出山就與過去的死敵慈禧數度保持意見一致，這是光緒皇帝所始料不及的。

然而日本人的身子不過才剛剛打得熱了起來，正對遼東半島意猶未已，因而斷然拒絕了英國人的出面調停。這更叫整個大清國始料不及。

## 10

旅順口外白浪滔天，海空莫辨。若站在黃金山上觀海，茫茫一片，顏色是鉛灰的，而天空是白灰色的。從天幕中透出的亮色和著濛濛細雨，便將海與陸、水與天一律籠罩在其中了。

北洋水師從那場空前的黃海大戰中退回旅順口以後，己方多少艦沉了，多少艦還沒回來，而日本艦船又傷多少沉多少，便都是昏昏糊糊講不大清，然而驚心動魄的海戰卻叫人想起來就心悸，於是都不願談，也不願想，生怕觸著了一個疼處。戰後的第一夜，便是在緊張的心情難以鬆弛，而肌體又極度疲勞中度過來的。

丁汝昌是被水兵們抬下艦的，他的頭腳都腫了起來，兩眼腫成了一道縫，而雙耳也被震壞了，稍一顛簸，裡面就淌出一股股血水來。別人可以稍息，他做提督的卻還要將戰況的電報發出去，但他自從天橋上摔下，當時就傷了右臂，而右臂後來又被「定遠」艦上的大火燒傷了。見此時劉步蟾寸步不離地環護左右，便留住劉步蟾，由他口授，劉步蟾代筆寫了出來。大致是說，「『致遠』沉，『經遠』起火，『超勇』或『揚威』一火一駛山邊，煙霧中望不分明。而日軍十一船，各員均見擊沉彼三船。」於是李鴻章在接到此電的當天，便認爲此戰甚惡，然「或可稱爲小捷」。

但到了第二天下午，一件意外的事叫剛剛緩過一口氣來的北洋水師諸將領一下子把心拎到了嗓子眼上來。那就是這天下午，「廣甲」艦的管帶吳敬榮因船在大連灣三山島外擱淺，棄船後終於跑了回來。跑回來正好在旅順的提督衙門口遇到了「來遠」艦的管帶邱寶仁。吳敬榮一見邱寶仁和他那張半邊被燒得發焦而紅腫的臉就愣住了，面對面地不知是笑好還是不笑好，正猶豫間被邱寶仁一口痰噴到了臉上。此時邱寶仁眼瞪得就差蹦了出來，突然猛擊住吳敬榮的右手側身背一躬，一個背跤就把吳敬榮從自己背上掀過來摔在地上直叫，然後邱寶仁又一把揪著吳敬榮的辮子拖死狗般地朝海邊拖，嘴裡不住地罵。「叫？叫你狗日的先看看老子的『來遠』艦去！」結果總算被劉步蟾聽見後趕出來，才把他們拉開了。

這件出乎預料又在情理之中的事意味著什麼？劉步蟾突然間無比清醒起來，秋後算帳，有德報德，有怨報怨，或是以怨報德，或是以德報怨的時候，不管你願意不願意，隨著黃海大戰的結束，就要以某一種血火交迸的方式展開了。一想到大戰中改變的北洋水師隊形，他就出了一身冷汗，他覺得首先便是要使自己腳跟立穩了才能顧及其他。劉步蟾返回提督署，發現邱寶仁咬牙切齒般地急匆匆跟了進來，心頭就是一急，他不願意立即就把海戰中眾多的是非擺出來，他需有個再緩口氣的工夫，他攔住邱寶仁，邱寶仁將他推開了，一頭衝進丁汝昌養傷的臥室，高喉嚨大嗓子地嚷起來，「丁軍門，丁軍門，吳敬榮那鳥人倘軍法從事那就便宜了他！」劉步蟾緊跟著進來後就注視著躺床上的丁汝昌。丁汝昌極其痛苦地望著邱寶仁指指自己的耳朵說：「寶仁，一點聲音這裡就像有十幾個人在喊。」

邱寶仁說：「丁軍門，來遠慘了，我也慘了，你就更慘了，寶仁這也是來看你的。」

丁汝昌力竭般了地闔上眼去說：「嘴不能多說話，一講心裡就搖擺不寧了。」

劉步蟾鬆下一口氣來，沒想邱寶仁翻起眼來望望，突然沒頭沒腦說一句，「這麼說，這提督衙門裡，除了丁軍門就是你了？」言罷神情古怪地笑了下說走就走了。

對極了的一句話，這提督衙門內，除了丁軍門，就是我了，且一步也不能離開。劉步蟾俯下身來安慰丁汝昌，要他安心調養，說旅順水陸營務處龔照璵會辦那裡的醫生是個聖手，晚飯前還要來；說一切放心，這裡就他支撐著了。可是丁汝昌就像沒聽見樣的，在哼哼嘰嘰中一個翻身面朝著了牆，只把脊背衝著他。這便叫劉步蟾又看到了幾許險惡與不善來。

於是劉步蟾就住到了提督署內，像個貼身侍從似地就與丁汝昌一牆之隔，而往來電報，他便吩咐電報生一律送到他的手上來。於是一封封以丁汝昌名義發出的電報便與天津的直隸總督衙門往來交馳。於是這些電報中的「丁汝昌」便奏報著一系列的戰況，並「請於兩鎮（劉步蟾、林泰曾）中飭一個暫行代理，昌傷稍愈再行辦事」等語。而這一系列的戰情奏報中，劉步蟾已成了一個力挽危瀾，並最後施放十二吋大炮擊中日本松島旗艦的人物。李鴻章於是便奏准皇上保劉步蟾暫行代理了丁汝昌水師提督的職務，讓「丁汝昌趕緊調治」了。

劉步蟾事實上已成了提督，處理著北洋水師的一切事務，但黃海大東溝一戰究竟是勝是敗，外電的報導和從日本那邊間接傳過的消息，都與這些電文的內容大相逕庭，日本四艦重傷卻一船未沉，而北洋水師有五艘戰艦一去不返卻是事實。他不得不面對著一個戰敗的事實，而這戰敗的直接責任將由誰負？當然他劉步蟾不能負；丁汝昌？根太老了，且定遠艦戰時的一切都在他眼中，碰也不能碰，一碰自己也難保不落下水去。但此事由誰來擔著？正在苦思冥索而百計無出時，卻翻到了海戰當天，北洋水師還未歸港時李中堂的一封電報，開頭第一句就是：「此戰甚惡，何以方伯謙先回？」先回與先逃有何區別？微乎其微，玄妙極了，再發往天津的電報便就有了「乃『濟遠』首先退避，將隊伍牽亂……若不嚴行參辦，將來無以儆效尤而期振作」等語了。這是件干係重大的事，當大戰後的第五日將電報發出後，劉步蟾依舊是心緒不寧，推敲再三，總覺得還有個致命的漏洞，正在心神不寧之際，忽然心有靈犀般地豁然洞開了，他想到了一個人。他立即命人把依舊住在艦上的總教習漢納根請了來。

兩人寒暄一番，漢納根也感到劉步蟾有什麼話要說，同時又感到了可怕，終於忍不住問：「劉總兵，您是怎麼知道李中堂要派小火輪來接我回天津的？」

劉步蟾只覺被人猛敲一棍，李鴻章眞他媽太老奸巨猾了，他差點就要一頭栽上去，眼前這個德國人此行天津，自己的性命前程就全捏在他的手上了。劉步蟾極力迸著口氣虛眼望著漢納根，朦朧的目光裡，對方的身上像灑上了西洋鏹水，在他眼中模糊起來，然而劉步蟾的眼皮稍一動，漢納根便又重新鮮淋淋地出現在他的眼前，一切只當是個白日的夢。劉步蟾說話了，語氣竟是那樣出乎意料地自信而心平氣和，「漢納根先生，旅順口總共就這麼大，官佐士卒又都是中國人呀。」

漢納根有些慌張起來，他說：「劉總兵劉大人，您聽我解釋，召我回天津的電報是由水陸營務處龔照瑗龔大人急交給我的，出於禮節臨走前我也會要來向您道別的；再說，我們一直合作得也很融洽。」

「誤會了，漢納根總教習，您絕對誤會了。」劉步蟾死死咬住一個誤會，便覺是篇好文章，「此次大戰，我北洋水師中洋員尼格路士、余錫爾等人都獻出了寶貴的生命，而受傷者也十分衆多，洋員的表現實在是可歌可泣，足以驚天地而動鬼神，我正準備將洋員的獎恤辦法與名單稟報中堂，因恐有不周之處，特請總教習先生來此會商。」他望望漢納根，「即以先生而言，戰時也十分英勇卓越，三次奮不顧身率士卒撲滅大火，才使定遠得以保全。所以一併問一問，也好據實請賞。」

漢納根點點頭，沉吟著。

劉步蟾接著說：「蒙中堂大人信任，現在由我代理提督。考慮到洋員的考績，中堂大人多要參照水師提督的意見，所以特請您來預通聲氣，以免先生天津所言與我相報的大相逕庭，若搞出誤會來了，深怕會影響到漢納根先生在中堂大人面前的信譽。前任的總教習英國人琅威理你知道麼？」

劉步蟾見漢納根有些在裝傻，一笑說：「其實北洋水師跟琅威理也沒什麼大不了的過節，現在想來頂多不過是些誤會罷了。」

漢納根有些撐不下去，覺得冷汗直在脊背上冒，他說：「不，劉提督，是您誤會了，請您注意到我說話的前提，我是說我們一直合作得很融洽。」

劉步蟾哈哈大笑起來，立即單刀直入，「就算是我誤會了。那麼，漢納根總教習，你對北洋水師此次惡戰的表現有何評說？」

漢納根繞了個彎子，「我們德國造的定鎮二巨艦禁受住了考驗。」

劉步蟾又問：「那麼你對同是德國造的濟遠號怎麼看？」

漢納根說：「戰時煙霧彌漫炮彈紛飛，各人都有各人的戰鬥位置，我確實觀察不到許多。」說著他思索了下，「中堂問起來，我只請他看艦隊和龔照璵的電報就是了。」

劉步蟾便笑著站了起來，「洋員此戰能勞卓著，先生放心，我自當力薦請功。」

漢納根聳聳肩，「我想劉提督是會公平的。」他告辭走了。

## 11

一天後，逮捕「濟遠」管帶方伯謙的電報從天津飄然而至。

此電報依舊是發給丁汝昌的，劉步蟾見後便領會到中堂的人情練達了，是並不願叫他這個代理的提督爲難的意思，電報拿給丁汝昌看，丁汝昌一見，激動得手一撐從床上坐了起來說：「不能這麼辦。」

劉步蟾說：「此次大戰，現在連中堂也不好辦了，有更好的辦法，丁軍門去辦好了。」

丁汝昌立即理味到這裡還有個此戰的責任問題，口氣立馬軟下來，揮揮手說：「現在你主事，你就看著辦，我不問了。」

劉步蟾覺得在水師給誰辦都不好辦，於是就執電報親自去旅順口水陸營務處找龔照璵會商，沒想龔道台眼眨也不眨，一口應承了下來。

一隊水陸營務處的兵弁在趾高氣昂的龔道台帶領下，開到濟遠艦上，召出了方伯謙後就像抓老百姓一樣，兵弁們一擁而上就把方伯謙綁了，結果鬧得濟遠艦上水兵一下子就把槍頂在了龔照璵的背上，肩上還架了兩把雪亮的鋼刀。陸軍兵弁們都傻了，個個呆若木鷄。而龔照璵對於鋼刀架在脖子上的事還是第一回嘗新鮮，人一動不敢動地僵在那裡，卻把劉步蟾恨得要死，明明知道代理了提督後所求第一件事，龔某不會駁他面子，卻活活讓他一頭拱進這虎狼窩裡來了，誘捕，應該是誘捕的！龔照璵忽地喊起來，「這是奉命辦事，你們不怕死哇！」

濟遠艦上的水兵就把刀調過背來，在他脖子上揉了揉，一種寒森森的感覺直朝龔某的骨髓裡鑽。水兵說：「在海上要死，早也就死過幾回了，死倒還眞是不怕。」

有水兵見方伯謙還綁著被擁在陸軍兵弁的中間，過來揮手一巴掌抽在龔照璵的臉上，「放人！不放馬上把你頂到炮口上，開大炮先轟了你。」

龔照璵不及反應過來，幾個水兵一擁而上，不由分說就把他架在了艦側的大炮上，他的肚皮頂住了炮口，頭朝下倒著抱住炮筒，兩邊由水兵推住又動彈不得，臉對臉看見幾個水兵在下面拉開了炮閂，黃亮亮一發老大的炮彈被塞進了膛，便再也止不住「天！」地一聲發狂地喊起來，「救命啦！」

隨著一陣清脆的槍響，聲聲尖厲的氣笛嘶鳴起來，濟遠號上的水兵扭頭一看，都傻了。不遠處定遠艦上數百號水兵都列隊站在城堡般高聳著的艦舷邊，示警的排槍放出後無不將槍口朝下瞄著了他們，更可怕的是定遠艦上十二吋的巨炮炮口俯不下來，卻將近日內緊急裝在艦舷上的五六門高射速格林機炮的炮口，直衝衝地瞄著了濟遠。

正愣神的當兒，另一側的碼頭上忽地跑來一隊水兵荷槍實彈，都是原「廣乙」艦的人。他們在林國祥的帶領下衝到艦邊，幾十支槍口全都瞄準了方伯謙。林國祥站在水兵的後頭跳起腳來對龔照璵喊：「聖旨！你的聖旨呢？」

龔照璵騰空一滾，從炮管上翻了下來拔腿就跑，直跑到林國祥的身邊這才站了下來，喉嚨裡迸力發一聲喊，顯得無比的淒切而激越，「昨有旨，令升擢林國祥，應即派充『濟遠』管帶。令其整頓，專文具報！」

林國祥道：「謝恩謝恩，標下不能叩謝皇恩了。念！」

龔照璵說：「『濟遠』管帶方伯謙，應速撤任，派人看管，候奏參。」他好好喘過一口氣來，這才沉沉地念出了最後一個字：「鴻。」

林國祥驀然抽出腰間雪亮的西洋指揮刀來，「本管帶有令，原濟遠艦上官佐士兵一律繳械，否則以謀反罪，格殺勿論！」

「濟遠」號上的水兵們一陣噪動，立即被陸上的兵弁砍翻了兩個，隨著幾聲槍響，陸上的兵弁就有四五人倒在了血泊之中，林國祥的帽子也被飛來的槍彈擊落。

殘殺轉眼就要在濟遠艦上展開時，一聲「住手！」終於從方伯謙口中聲嘶力竭地喊了出來，他說：「都把刀槍放下來，濟遠上血已經流得夠多的了。」

「濟遠」號上的水兵都不動了，但手裡依舊緊緊握著刀槍，方伯謙見狀淚水奪眶而出，他雙腿一屈跪了下來，「生死一場，我謝謝兄弟們了。打起來是非曲直有口也難辨，我求求兄弟們了。」

「濟遠」號上水兵們的武器，便紛紛丟落在甲板上。

方伯謙被龔照璵押走了。

而林國祥隨即便在濟遠號上展開了一場血腥的清洗。

坐鎮在「定遠」號上的劉步蟾看見方伯謙被押走，這才算長長地鬆下一口氣來。

請龔照璵逮捕方伯謙算得上是一著妙手，但龔照璵一口應承下來後，劉步蟾的心反而放不下來了。龔某固然是個官場上罕見的能手，但於兵事，顯見得就怕不行了，特別是濟遠，上艦抓人談何容易？應該誘捕，本是應該誘捕的！然而誘捕以後水師中肯定會有人不幹，倘將風聲透給濟遠艦那就糟了，濟遠艦上的人什麼事也能做得出，倘只要稍稍將艦駛離碼頭，不許新任的管帶林國祥上艦，實行兵諫非要給方伯謙一個說法，水師中的管帶們再一應和把功過是非全部兜出來，他劉步蟾也就完了。因此劉步蟾鋌而走險用了強硬的一手，用定遠彈壓濟遠的同時，讓林國祥帶兵突然衝上了濟遠艦。現在看來，一切都是做對了。

在逮捕了方伯謙的第二天，劉步蟾收到了一紙將「方伯謙即行正法具報」的電令。劉步蟾心中一陣不可言喻的鬆快。戰時的軍法，雷厲風行，一切都無需方伯謙辯說，他的身首就要別離。劉步蟾的眼長久地盯在「具報」二字上，覺得玩味十足，甚至有些興奮不已。

*12*

方伯謙被捕後，關押在旅順口水陸營務處子藥庫的地下室內。

方伯謙被推進去後，便如同掉進了一個無底的深淵，眼前的一切便一律黑白莫辨了。他的眼有些適應後，看出幽暗中，後腳下一條長長的石階一直伸向這地下室的底部，便試探著一步一步朝下走去……簡直荒唐至極，之所以抓他無非是爲了兩次海戰中的事，思緒一落在這上頭，他塡滿胸臆的憤懣便要噴湧而出，難以阻擋了。然而「欲加之罪，何患無辭」？

只需一個「莫須有」足矣。

方伯謙到了地下室的底部，發現這裡反倒比台階的上面亮一些，抬頭望望，原來是地下室上部牆壁，有個兩塊磚頭般小的窗口，一束強烈的白光如同利劍般地從那裡刺了進來，也就在這一瞬間，他的心裡又充滿了希望。即便是「欲加之罪」，也終當有審一審他的時候吧？那便是他辯白洗冤的機會了！那時衆管帶也都會感到心寒，都會出頭說公道，那就好了，把是是非非兜出來，倒便看看姓劉姓丁的如何了結了。大不了押往天津，那就更好，豐島海戰爲什麼只派三艘弱艦去，爲什麼不接應？黃海大戰中爲什麼全無指揮亂作一團？爲什麼在開戰前一刻突然改變了隊形，爲什麼旗艦……想到這裡，方伯謙的腦子豁然洞開，到那時就不單單是他方伯謙一人的事了，李中堂一定會明白他的冤，一定會爲他親解其縛的。可是抓人好抓，放人就那麼好放了麼？

方伯謙因了這地下室的幽暗與陰冷，忽地打了一個寒顫。畢竟抓他捕他是奉了旨行事，他方伯謙這回算是栽了。但一跤栽到底又如何？總不能砍他的腦袋吧？記過，革職，頂多不過充軍新疆，流黑龍江烏蘇里台而已，那樣這個北洋水師大約也到頭了。只要掙扎著能活下一口氣來，此冤也終有大白於天下的時候了……

方伯謙就這麼忽冷忽熱、忽喜忽悲地想著想著，直望到小窗口那束光變得暗下來，地下室內黑得伸手不見五指了，他終於再也打不起精神來，不由得背依著石壁昏昏欲睡了。

也不知過了多久，台階上方那扇沉重的門轟轟然打開了。昏睡中的方伯謙驀然間被四五盞燈籠的光線耀得睜不開眼來，當其餘的燈籠隨著大門的關閉而隱去後，他隱隱看見剩下的一盞已是一晃一晃飄飄忽忽地朝下來了。當那燈籠下來後沿著石壁而尋，終於落過他的頭頂時，一個聲音飄然而至，「方同學別來無恙？」

方伯謙大吃大驚，他看見燈籠的光亮後面顯出一張臉來。劉步蟾！終於他冷冷一笑說：「一夜工夫，並沒有長出兩個腦袋來。」

劉步蟾將燈籠的提杆插在了石壁縫內，而後說：「一夜的工夫，北洋水師卻像少了什麼，人氣和聚，清靜得多了。」

「劉提督也稱心多了。」

劉步蟾一笑，「誤會了，豈不聞，上命難違？」

方伯謙咧咧嘴，「當年琅威理總教習不是中堂大人一句『以劉爲是』便了結了麼？可是中堂一年能來水師幾回？」

「既這麼說，我也不好回卻方同學的雅興了。」劉步蟾覺得此刻應該出擊，一如西洋拳式，伸手一勾拳猛擊他的左下顎，此來何爲？不就是尋個從也沒有過的快意麼？他說，「知道我此來爲什麼？同學一場，同僚一場，我這是來爲你送行的！」

方伯謙驚得從地上跳了起來，轉而古怪地一笑，「乾脆，說，何時起解，押我到天津？」

劉步蟾說：「不見得吧？」

方伯謙緊問：「那還要我怎樣？」

劉步蟾冷冷一笑，「要你死！」

方伯謙目瞪口呆，身子不由自主，一下仰靠在石壁上，腳下似在極力地退著，可是已無路可退。

劉步蟾拿出電報，就著紅燦燦的燈籠說：「有聖旨，我爲你念念。總署電，本日奉旨：李鴻章電奏，查明海軍接仗詳細情形，本月十八日開戰時，自致遠衝鋒後，濟遠管帶副將方伯謙首先逃走，致將船伍牽亂，實屬臨陣退縮，著即行正法。欽此。」

「劉，劉兄！」方伯謙再也撐不住，哇地聲哭下來了，「這不是眞的吧？」

劉步蟾說：「怎麼又劉兄起來了？記得在英倫三島拍同學照時叙過年庚，依西曆你我雖同爲一八五二年生，可你終還比我大三個月呢。」

「可我才四十二歲呀！」方伯謙腿一屈跪在了地上哭喊著，「我就要被砍了麼？我還能爲國效力，爲皇上盡忠的。」

劉步蟾再也禁不住，「噗哧」地聲笑了出來，「方同學，這可是以皇上爲是了。同學我心裡也殊爲不忍，但是『君要臣死，臣不得不死』，你只要朝這上頭排解開來，也算得不違忠君之志了。」

方伯謙哽咽了，「可我冤枉吶！」他驀然間伸手抽了自己一個嘴巴，「可我不向你說。」

劉步蟾走過來拍拍方伯謙說：「怎麼能說冤枉呢？一點也不冤枉。水師的情形你知道，殺了你，其實也是爲了水師；爲了國家，是借你的一顆頭來服衆，來整肅艦隊，也算你爲國效力，盡忠於皇上了。這是其一。」

方伯謙一把打開了劉步蟾的手，「呸」一口痰就噴到了對方的臉上。聽見了動靜，地下室上方的門打開了，擁進了一大群人。

劉步蟾向他們揮揮手，說沒事沒事，見門又關上了，便十分冷靜地抹掉了臉上的痰，說：「不錯，從你的立場看，著實是冤枉了。我要說的其二就在這裡。你我之間，只有一個冤枉，不是你冤枉，就是我冤枉。說到底了，好歹我現在也是個代理提督了，而冤枉只有一個，再好的同學，我也是當然要讓給你的了。」

方伯謙仰天一聲長嘆，「我北洋水師這就要敗在你手上了！」他突然對劉步蟾咬牙切齒怒目而視，「方某不過先走一步罷了，水師不存，你以爲你的下場就會好了麼？」

沒想劉步蟾竟然興高采烈，連連拍掌道：「我來正是要說清楚的，免得這最後一別留下什麼遺憾。」他望著方伯謙十分認眞地說：「即使如你所言，即使以死而論，即使不能壽終正寢而死於非命，頂不濟一顆炮彈飛來炸死，艦沉落海淹死而已，你還能代我想出別的什麼死？不論怎麼死法，爲國捐軀，一生忠烈的名聲怕是少不了的，皇上下旨表彰而家鄉立祠祭奠，怕也不是不可能的了。人生一世，活一百也是死，活一百也未必能得這些。方兄，夠了，足了，你說說我還要什麼？倒是你要想想了，你是怎麼死的，首先逃跑而致戰敗，是被軍前正法，斬了腦袋的。你的腦袋一落下便是鐵案，哈哈，遺臭萬年了。」

方伯謙覺得他的腦袋已經被砍了下來，而他的靈魂便也已飄逸而出，任他千呼萬喚不復回了。

劉步蟾看著癱倒在地的方伯謙，心頭便湧上了一股不可名狀的快意。他也認爲其實砍下腦袋，不過是個形式罷了，方伯謙在腳下，其實已死了。且死得徹底，整個兒靈魂出竅。

## 13

初秋的季節本應是天高氣爽的，然而將午時分一場大暴雨不期而至，雨和著狂風從渤海方向傾瀉過來，橫掃過遼東半島，便又撲到了黃海之上，一陣過後又是一陣，摧枯拉朽般的幾乎要將這荷葉形的半島撕碎在這一片汪洋大海之中了。

雨至黃昏終於漸漸地止住了，空氣中全是濕漉漉的海腥味，旅大的上空灰濛濛一片。

方伯謙的斬首就因了這場突如其來的暴雨而被遲滯了下來，直到這黃昏的時分才得以進行。行刑的場地就選在黃金山炮台北面，提督署的大門前。劉步蟾手握聖旨便是有恃無恐，他要在大庭廣衆之下奉旨殺人，以鎮人心了。北洋水師的大小管帶們都被召了來，觀看這身首分離時的場面。

一聲悶沉沉的炮聲響過之後，方伯謙被兩個陸營的壯漢架了出來，後面又跟著兩個手執鋼刀殺氣騰騰的劊子手。方伯謙面若死灰顯得沒有一點活氣了，一排排的人臉在眼前一一晃過，卻是模糊一片，架他的人將他朝著了一個方向，喝了聲大約是要他下跪，他的腿不由自主地動了動，那兩人手一鬆他便癱在了地上，他聽見一個聲音，很熟悉，好像是劉步蟾的聲音，很有板有眼地，抑揚頓挫地講了些什麼，最後就抬高了嗓子喊他兩聲，問他還有什麼說的。

方伯謙的身子動了動，死也就死罷，一刀了事，還有什麼說的？他想站起來，滿不在乎地衝著眾人臉上溢出一個笑來。可是身子偏偏怎麼也動不起來。他忽然間明白過來，身軀已不聽他的思想指揮，他的靈魂已同身軀分離，靈魂出竅了。一個悲哀使得他的靈魂號啕大哭著，終於震盪、搖撼他的軀殼。他淚如湧泉，手腳顫抖不已。

方伯謙又被人架了起來，恍惚間看見林國祥臉對臉看著他，「再不說，馬上就要開斬了！」一語才了，異常響亮的「劈拍」兩聲後，他感到頭顱在一陣鑽心的劇痛之後便飛上半空，腔子裡先是一聲「哎喲」，而騰於半空腦袋上的嘴也昂聲呼應，「痛也！」方伯謙怒目圓瞪了，一瞬間他彷彿看見血從無頭的脖子中噴湧飛濺，一道血幕遮得他眼前一片燦爛的通紅。血幕落下去了，他卻看見福龍魚雷艇管帶蔡廷幹一把將林國祥推得老遠，綳帶紮得剩下一隻右眼在一閃一閃地看著自己，「方管帶，方管帶，你還沒死呢，定定神，你先看著我，看著我。」

方伯謙他猛吸一口氣把雙眼定定地望了蔡廷幹。

蔡廷幹說：「剛才是我送你的兩個嘴巴，你要死，還要等著砍一刀呢！老實說，中式的砍頭我還沒見過。聽說先要給人喝一大碗酒，而後從背後就是一刀，讓人死得個快活也死得個糊塗，西法的槍斃，十二歲後我到美國的那些年倒是見到一回了，那是由劊子手先在人犯的心臟部位用粉筆畫碗口大的一個圈，而後用槍瞄準了那圈打，面對面地幹，殘酷得多了。不過也有一道好，不從背後砍，放你的黑刀子。」

劉步蟾坐在那裡驀然失態，猛一拍桌子，「蔡廷幹！」

蔡廷幹望著劉步蟾說：「這兒也是面對面地幹，劉大人今天不就是要殺隻雞給猴看？我是怕不精彩了，被殺的雞連蹦都不蹦幾下。」說著他又看著了方伯謙。

方伯謙此時卻對蔡廷幹感到無比的憤怒，臉也就漲得血紅了，

「近日無怨，往日無仇，你……」

「誤會，你今天絕對誤會了！」蔡廷幹說，「我的意思是說，咱們中國也有中國的東西，被砍的人凡是個漢子，臨刑前也都要高呼一聲，『二十年後又是一條好漢』的！」

一語剛了，方伯謙站起來哈哈哈哈哈一陣狂笑，脖子一昂，高呼道：「二十年後方某又是一條好漢！」

蔡廷幹擊掌而言曰：「好！要的就是這一嗓子。死也要死出個氣魄來！」

然而此時的方伯謙卻哇地一聲哭了下來，「衆學友，方，方某死得冤枉哇！」

劉步蟾坐在那裡已回過神來，厲聲喝道：「聖旨在此，鐵案，豈容你來說冤枉！推下去，斬！」

兩個兵弁就要架方伯謙時，「慢！」地一聲七八個管帶一齊擋住了說：「都要殺人了，還不讓人把話說完麼？」

蔡廷幹搶上來，「我的話也沒說完呢！」他就斜著頭對方伯謙說：「劉大人說是鐵案，誰還能信了你的冤枉？你要是眞冤枉，現在就除非來一齣《竇娥冤》了。那竇娥唱，『你道是暑氣暄，不是那下雪天，若果有腔怨氣噴如火，定要感得六出冰花滾似綿……』聽見了麼？今天若是一刀砍下你的頭來，漫天的大雪飄飛冰花滾似錦，就眞叫我們開了眼啦！」

此時全場一片寂寂，兀然間便是一片哀哀的悲哭抽泣之聲。

頭二十個管帶連同水兵們都痛哭失聲時，林泰曾幾步衝上來，手端著一碗酒說：「伯謙兄，這碗酒便算我代你送行了。」

方伯謙淚雨滂沱，他接過酒來一飲而盡，便把碗遞了回去，說：「有一言相送，並不中聽。你與我一樣，窩裡鬥全然是個外行，你平時出語都更是深恐傷他人之意，但君所處的位置，兩艘巨艦獨占其一。於你不利呀。人之將死其言也善，林兄！」

林泰曾愣愣然，下意識地扭頭一望劉步蟾，劉步蟾正也在盯著他。林泰曾的手一抖，碗便跌落在地上了。

「伯謙兄！」來遠管帶邱寶仁捧著碗酒奔了過來，「邱某不能代你一死，只好代你一醉了。有什麼話，儘管對我說。」

方伯謙又說：「此恨綿綿矣……你我的性格類同，死者已矣，是你的一面鏡子呀！」

邱寶仁高喊一聲：「可我還怕什麼？」他轉身走到了劉步蟾的面前，「一如有人把水師搞到了如此境地，他還不怕呢！」

劉步蟾臉色大變，他身子不由得向後退著，卻被坐下的椅子頂住了，倉皇地一聲問：「你，你想幹什麼？」

邱寶仁說：「你想幹什麼？同學同僚一個個去了，就讓你一個人過？」他將身子逼前了一步，舉手將酒碗摜在了地上，「你還想殺了我？老子海戰時已死過幾回了！我還怕什麼？」邱寶仁盯住劉步蟾，忽地冷冷地笑了起來，「可惜呀，你還來不及一個個殺，邱某倒想不幹了！」

眾管帶一起喊起來，「邱管帶！寶仁兄！」

邱寶仁說：「都衝我喊什麼？剛才你們一個個的嘴呢？」

一陣紛擾的人聲傳了過來，丁汝昌躺在擔架上被人抬了過來。丁汝昌在擔架上撐起身子來尋望著方伯謙，他覺得不過是因了自己裝死的緣故，一任劉步蟾把戰敗的責任一齊卸到了一個方伯謙的身上，他是鬆軟了，可方伯謙的頭卻要落地。他望著了方伯謙，「伯謙，今日這地步，實不是我所爲，再再怨不得老夫！」

方伯謙側目而視，「丁軍門倒眞把豐島一戰不接應的事忘了？」

丁汝昌無言以對，撐不住他又仰倒了擔架上時，北洋水師的眾多將領一齊擁了上了，嗚咽之聲一片。

方伯謙突然大笑起來，「這是爲我哭？還是爲水師哭？爲我哭不必了；爲水師哭倒該，水師艦盡人亡的一天，當不在遠了！」

劉步蟾緩過一口氣來，猛地拍拍桌子，「反了，反了，今天都反了，快，快給我斬！」

四周的陸軍兵弁一擁而上，押著方伯謙走出轅門，就要把他按得跪下來，方伯謙強一掙扎扭頭大呼，「丁軍門！」兵弁們停住了手腳。

躺在擔架上的丁汝昌仰天長嘆一聲，「老夫甚不忍你被此一刀也，但聖命難違，晚了哇！」

方伯謙急了跳起腳來狂呼，「誰說我要求饒的！我要站著，被此一刀！」

丁汝昌揮揮手，「如你所願。」

方伯謙說：「快哉！快哉！」他一眼瞥見蔡廷幹，說：「二十年後又是一條好漢，了無趣味，現在這樣如何？看著九月的天氣飄大雪吧！」

一刀從方伯謙的身後飛來，他的頭驀然向前飛出在地上翻滾著，終於被一棵樹根擋住，便一口死死地咬在了樹根之上；而他的身子久久不倒，久久地挺立著，一任鮮血似泉般地噴湧而出；鮮血最初噴出，無一不又紛紛灑落在這無頭的軀幹之上，後來便化作一股股紅色的小泉，順軀而流。失去了血的軀幹在挺立了這最初的片刻之後，向後仰去，轟然一聲倒在了地上。

蔡廷幹望著，慢慢地跪到了地上，哇地聲哭了。

林泰曾哭了，邱寶仁哭了，這北洋水師旅順提督大門口跪倒了黑鴉鴉一大片的人群。

循例方伯謙的人頭被繫著髮辮懸於轅門外高高那旗杆之上。它大張著嘴老也像在死死地要咬著什麼，而一雙死不瞑目的眼大睜著，面目全非，猙獰可怖。

那雙眼從那高高的旗杆之上俯瞰著這旅順島，俯瞰著這北洋水師還泊在灣內的十來艘大小艦隻，似乎要盯著它一直走向自己的終結。

陰曆八月二十五日，依西曆已是十月初的這個黃昏。大雨過後的旅順口，並沒有飄飛起大雪來，卻忽地又變得細雨霏霏。霏霏細雨中四周鉛灰色的海濤湧起，海空一色，便又似要把這個伸入海中的半島吞沒了。

## 14

旅順口入夜後還被濛濛細雨籠罩著。泊於口內的各艦散散落落，艦上的燈火透過雨霧顯得很遙遠也很朦朧。

一反往常，劉步蟾在方伯謙被正法的當晚返回定遠旗艦，住在了艦上。艦上銅牆鐵壁，他的心就彷彿依在了上面，覺著很牢實。然而當夜深沉時，他獨處一室卻是久久地不能入眠。他發現他的心又變得空落落的。他站在舷窗前望著港灣之內，燈火明滅，時現時隱，像許多神情詭祕的眼在向他眨動。他不由自主翻轉身來，將後背牢牢地貼在艙壁上。

劉步蟾久久地背依著艙壁站著，他看見對面艙壁鏡框裡鑲著的一張照片，照片中全都是他們第一批赴英海軍留學生。此照由每人的一個頭像組成，宛若一顆心臟的形狀。此照右邊由上至下第四人是他劉步蟾，而第五人便是方伯謙了。他禁不住打了個寒顫，一股涼氣隨之便從後背通向了前心。方伯謙正在高深莫測地看著他，「哈哈」大笑後便是一聲吶喊，「北洋水師艦盡人亡的一天，不遠了，當不在遠了！」感覺中，這一瞬間定遠艦搖晃起來，晃悠中正在傾向於沉沒，劉步蟾的手在摸索著艙壁上可抓的把手，無意中腰間的刀鞘「噹」地一聲撞在了鐵壁上。彷彿是這一聲救了他，他的手一把握住了刀柄。方伯謙不復存在，他已經被殺了！他依舊凝視著照片一步一步走過去，另一隻手便伸到了鏡框上。既是不存在了，他便要將那人從照片中摳下來。可是他的手指在上面一個勁兒地滑動，方伯謙依然如故地在照片上衝他調笑著，吶喊著，簡直如同一個不滅的幽靈！一種恐懼一個莫名的悲哀襲上心來，劉步蟾瘋狂了般地一拳擊在鏡框上，玻璃如冰般地破碎了，消解了，紛紛地滑落……他的手指觸著了照片，劃了劃用勁一摳，便將方伯謙從中摳了出來。他終於長長地舒出了一口氣來，一種快意油然而生……劉步蟾再一次望著這照片，右邊第一個是黃建勳，第二個是林永升，都在此次黃海大戰中永遠葬身於大海之中了，他的手又在照片上劃動著，將這兩個從裡面摳了下來再審視一下，於是處於左三位置的林泰曾便恰好單單一人壓在了他的頭上，而林泰曾的眼神，卻和此照左面長二個的葉祖珪、左三的薩鎮冰、左四的林穎啓一樣，都在憤憤而不屑地怒視著他。這些人都還在，就在北洋水師，相差無幾的年齡，相同的學歷，相同的資格，且互有長短互知底細，只要他劉步蟾稍有不慎，他們隨時都可以取而代之！

劉步蟾的眼死死地盯在了照片上，他的手又伸過去，卻一時不知先摳下誰好，先摳下林泰曾？一如被斬了的方伯謙所言，兩艘巨艦，林獨占其一，是個幾乎與他比肩的人，那就太明顯了；摳下現在最不起眼的薩鎮冰？可人家的把柄又在哪裡？他的眼在照片上逡巡著，突然發現了被他忽視了近二十年的一個祕密，照片中恰恰十三個人！十三，一個西洋人眼中最不吉利的數字，那麼誰是耶穌，誰又是出賣耶穌的猶大？

劉步蟾從壁上扯下鏡框就奔了艙外，揚手將它遠遠地抛向了海裡。隨著相框的抛出，一陣海風吹過，海浪拍擊著艦體「哐哐」作響，隨風而至的急雨劈掃在艦的甲板上，劉步蟾眼中彷彿海也為之傾覆了，使得旅順口一片漆黑，一切便盡沒於這大海之中了。他的眼極力在這黑漆漆的海中搜尋著，他再也看不見那像框，那照片了，它已無可挽回地隱匿於這風狂雨急的黑夜，葬身於這蒼茫一片的大海之中。他的心在一點點鬆快下來的同時，隨著船的猛一搖晃又收得緊了，一種淒淒然的感覺不期而至，他伸手一把死死地抓住了艦舷的欄杆。這照片中幾乎包括了撐起北洋海軍的所有將領，其中也包括他劉步蟾！此舉等於是將北洋水師盡抛於海，而任憑惡浪將其吞沒，又是那個方伯謙！難道一切都將被方伯謙不幸言中？北洋水師不存，他劉步蟾安在哉？劉步蟾忽地理會到，儘管他在獄中對方伯謙大談了一陣關於死的不同與死的種種哲理，然而換了一個處所彷彿使他身臨其境時，他的全身依舊被這情境驅使著禁不住地寒顫連連，寒顫連連……

「轟隆、轟隆、轟隆……」數聲巨響傳來，卻反叫劉步蟾解脫開來。他已分辨出第一第二聲的響是從口外海面上傳來的，是日艦乘著夜黑雨時前來窺探，而後的聲聲巨響，便是旅順口側黃金山、威遠幾處炮台克虜伯巨炮的回擊之聲。定遠艦在他的大聲呼喊中汽笛被拉響了。警報聲聲，水兵們紛紛鑽出艙來在他的命令聲中各就各位。

劉步蟾奔上了艦橋指揮台，隨著警報的拉響，他在雨夜中看見各艦驟然間燈火一片通明，燈光中水兵們四處奔跑著站位，接著便是各艦閃閃爍爍地向著定遠艦發來了燈光信號，問是否要起錨解纜？劉步蟾卻傳令熄滅了定遠艦上所有的燈火，只用信號燈回示各艦，「滅燈。倭艦僅騷擾而已。」各艦燈火久久地才熄滅下來，而岸炮也漸漸地停止了發射。海空如是這雨夜一樣，一切又歸入了死一般的沉寂。

劉步蟾久久地立在艦橋上，面對著一片黑暗，心境變得豁然開朗了。對於定遠艦，他信心十足，十二吋巨炮口徑足足三十六公分，全鋼裝甲平均厚八吋，儘管它炮慢速緩，但在黃海大戰中硬是挨了一千餘發大小炮彈而安然巍立。一如大清老了，但它依然巨大。只要保住了定遠艦，他便永遠處於主動的位置；大清離不開定遠，而定遠又非他莫屬。日本人可以在戰爭中取勝，可以打沉水師的一艘艘軍艦，然而那不過是日本人在幫他的忙而已。漢納根說對了，因爲定遠艦不沉！到時偌大一個中國的海軍，便沒有一人能與他比肩的了。

這雨夜中，一切漆黑莫辨。雨早已把劉步蟾渾身都淋濕了。定遠艦就沒有致命弱點？有，那就是怕遇上魚雷艇的襲擊，它不怕重炮而怕魚雷了！劉步蟾在黑暗中思忖著，他覺得他已變得格外理智而清醒。但防魚雷艇的最好方法就是魚雷艇，以小對小，以快對快，所以魚雷艇不能失，北洋水師的其他艦都可以丟，但魚雷艇不能失！要讓它們時時地環護在定遠的周圍。

劉步蟾在黑暗中忽然又命令拉響了汽笛，繼之全艦的燈火一片通明。在定遠上的燈光信號指示下，旅順口的魚雷艇啓動了，高速地向海灣出口處的黃金山、老虎尾駛去……

# 第六章 旅大失守

*1*

平壤與黃海大戰後，日本當即決定將其侵朝鮮軍隊重新擴編，分爲兩個野戰軍，以利大舉攻擊中國之目的。

一、以原在朝鮮之第五、第三師團編爲第一軍，任陸軍大將山縣友朋爲司令。準備由朝鮮義州方向渡鴨綠江，從陸路進犯遼東。

二、以第一師團及第六師團之一半編成第二軍，司令官爲陸軍大將山岩（當時日本的陸軍大臣）。欲取海道，窺奪旅順口、大連。

平壤清軍潰敗歸國後，清軍沿鴨綠江一線築防。清廷命四川提督宋慶總統諸軍。奪葉志超職，逮問逃跑將軍衛汝貴。

時防守鴨綠江沿岸清軍共有七十餘營，四萬五千餘人，兵力尚稱雄厚。除黑龍江將軍依克唐阿部十二營士卒不歸宋慶指揮以外，其皆歸宋慶調遣。然宋慶新到，守土諸將多不悅服，大軍散漫屯集於鴨綠江邊，坐視日軍在對岸義州方向的集結。

一八九四年十月二十四日，日本陸軍新編第一軍開始了搶渡鴨綠江的行動。同日，日本第二軍也在黃海之濱的花園港展開了大規模的登陸。

從戰略的視角看，這是一番聲勢浩大的聲東擊西。

## 2

東面的鴨綠江邊，日本陸軍新編第一軍渡江的起點，不選擇中方重鎮九連城方向這是肯定的。但在何處他們也不清楚，因此便就有了種摸著石頭過河的情形。

日軍佐藤支隊從九連城東北方向四十里的安平河渡江。也眞是天大的巧事，清軍駐守在安平河的，恰恰就是那支由滿人黑龍江將軍依克唐阿率領的，不受宋慶節制的，並且是久已駐防鴨綠江的，最散漫，最拆爛污的部隊。

有趣而令人憤然的情形出現了：最初日本人摸著石頭過河，僅三三兩兩，二三十人一群探水徐渡。而守口的依克唐阿部第一次見到日本人，驚慌萬狀，老遠地開槍遙擊，炮兵也亂轟轟地向河中開炮。誰知日軍數百人反而悉數一擁下河向對岸衝來。依克唐阿軍百思不得其解，槍炮擊之應退，反倒把敵人打得進了，覺得槍炮是放不得，於是步卒像炸群的雀兒頃刻間四散奔逃，炮兵亦丟下大炮驚走而去。日軍上岸追擊，最可悲的事發生了，按理說是久駐鴨綠江邊的邊防軍在自己的家門內逃跑，熱門熟路，應是一溜便沒影兒的。可是這群平日養尊處優，早已漲昏了的東西偏偏跑進了一條死山溝，此路不通，被日軍堵在裡面一陣打，死了百餘人衝出來奔了北面的寬甸。

安平河口丟了。清軍的注意力轉向安平河時，日軍的主力部隊卻從安平河南之虎山一夜間架成浮橋三座，而清軍竟未發現。十月二十五日晨日軍大隊欲渡河，河北岸了無聲息，日軍反倒不放心起來，疑有詐，遂將大炮數十門列於江岸，轟隆隆一陣亂炮轟擊後，數千日軍這才浩浩蕩蕩衣不沾水地渡過河來。

是炮擊通知了清軍日本人渡河的事，可是已晚了，對岸清守軍先潰，其餘諸軍相從。是時唯聶士成軍尚死守虎山不退，日兵圍山環攻，相持多時，聶士成見諸軍沒了影子，相持已了無趣味，遂率兵衝出。聶士成退了，宋慶派來的援兵卻又到了，日本人占著虎山居高臨下，他們也只好望著山頂，枉自一聲嘆息。

十月二十六日，江北重鎭九連城丟失。宋慶退保西面近百里處的鳳凰城。

日軍在攻擊安平河口的同時，又遣第二十一聯隊第三大隊攜炮兩門循鴨綠江往西，屯駐厖城之日兵復分兵東下夾攻清軍右翼，豐陞阿、聶桂林遂棄安東退至嚴州。由是清軍鴨綠江國境防線全部土崩瓦解。

*3*

同爲一八九四年十二月二十四日，日本第二軍在黃海之濱的花園港實施登陸了。與東面的鴨綠江邊比起來，便又是另外一番景象。

這一天花園港一帶的天氣奇好，碧空萬里，水波漣漣，一片安然靜謐的環境。但此處作爲登陸地卻極不理想，海灘水淺使得數十艘日軍艦船不得攏岸，只好雲集海面，一時蔚成大觀。轉運的浮碼頭架好了，卻因浮碼頭上下顛簸棧橋狹窄，人喊馬嘶、輜重擁擠、又時時形成了混亂的局面。

日軍二萬四千人的登陸就這樣整整進行了十二天，宛若在進行著一場並不熟練卻又規模空前的登陸大演習。

倘若清軍在日軍登陸之初來襲，後果是可以預想的，然而這終於沒有成爲事實。此次日本人花園港的大登陸，只能以其登陸延續時間的漫長而導致在船兵員病倒的衆多，以及登陸環境的安然而永垂史册了。

日軍安然登陸後，往西攻擊距花園港一百五十里的貔子窩，是時大清彷若又從沉沉的一夢中醒來，舉國驚駭，亂成一團。日本人欲抄旅順、大連的後路，這戰略重鎮、京城鎖匙已是岌岌可危了。

旅順、大連是大清國自光緒六年（西元一八八〇年）開始經營的戰略要地，歷時十五年。其守備兵力三十三營，一萬二千七百餘人，各自分屬姜桂題、程允和、徐邦道、趙懷業、張光前、連順以及後到增援的統領衛汝成。

守將各有防地，各不相屬。

爲了協調諸將以及陸軍與海軍，在旅順口又增設了一個叫作「北洋前敵營務處」的衙門，由龔照璵擔任最高長官，官名會辦，道台銜，從二品。

與守備兵力的單薄相反，旅順、大連共有陸路炮台七座，火炮從二十公分的巨型臼炮到小口徑速射的機關炮五十三門。海岸炮台亦爲七座，火炮更爲先進，以巨型的二十四公分加農炮與十二公分的榴彈炮爲主，共計五十八門。

僅大連灣一處有炮台五座，配有火炮一百二十餘門。儲備有炮彈二百四十六萬餘發，步槍六百餘枝，子彈三千三百八十餘萬發，而馬匹服裝不計其數。

旅大守衛戰就是在這樣的情勢下展開了……

## 4

和尚島炮台坐落在大連灣的北端，炮厲壘堅，日軍侵犯貔子窩的消息傳來後，全島戒嚴了。兵勇們各自守衛在由花崗岩巨石壘砌的堅固無比的炮台上，看著近岸的海濤一陣陣的掀動，看著霧正在海上湧起彌散開來，四顧望去，海天茫茫的，似乎什麼也就分辨不大清。清晨的號角在這戒嚴令發出以後，依舊同往日一般兀自清亮地響起，只是淹沒了起操的吆喝聲與集隊時雜沓的步履聲了，四周的一片沉寂應和著它，它卻又似在極力催醒這沉寂，攪得人心陣陣壓抑。第二番收操的號角響起了，已是到了吃早飯的時辰，這號音在士兵們的心理上引起了混亂，東西兩炮台的官佐士兵便不由得把眼一齊向中央炮台望去。中央炮台上的人影旗幟一律見不著踪影了，只巍巍聳立的平台式高大敵樓在濃霧中若隱若現，士兵們有些不安地騷動起來，看看哨官們正帶著親兵沉著臉巡查來了，這才悄悄地鎮靜下來。哨官登壘遙望，便也望出了一派空落落的感覺。

中央炮台的地堡裡闊大而幽深，趙懷業像隻隨時準備撲出去的巨獸，坐在地堡的深處，虎視眈眈地望著門前那一片白晃晃的光亮，凝視了良久，就又把目光留駐在兩旁哨官們的臉上。哨官中有人竟然要去金州助守，眞是「吃的燈草，說得輕巧」了！金州在大連灣的西北面，東西兩面臨海，最窄處寬不過十里，金州若失，旅順、大連的門戶便就豁然洞開了。這是個淺顯的道理，他趙懷業何用得著部下教導？但金州自有守將連順的一營人馬，他若率部去守，守住了是連順的首功，守不住他卻要共擔丟金州的責任，另外若率隊守了金州，日本人從海上襲了大連怎麼辦？他所統帶的六營人馬是明確要守大連的，這些哨官們腦筋不會拐彎，統統都是一根直的。他自隨中堂、劉銘傳平了捻患升了總兵以後，官場中的利害他雖談不上通達，卻也能把玩一二了。在得知日軍進至貔子窩後，他就向李鴻章打電報要求派重兵增援。中堂告訴他暫無「重兵可添」，要他「實力籌辦」。如何實力籌辦？原駐防大連的劉盛休部十二營早在平壤大戰時就由海軍運去大東溝，而駐守旅大的宋慶也率部開到了鴨綠江邊的九連城。但無兵可添是一回事，要不要增援就又是一回事了。他趙懷業便又鍥而不捨地向天津發報，提出要旅順方面派兵增援大連。中堂回電說：「旅順兵單，同一吃緊，豈能分撥過灣？可謂糊塗膽小！」罵得好！趙懷業覺得中堂這一罵，罵得他打心眼裡透出了痛快，因爲「旅順兵單，同一吃緊」，明確了他吃緊的同時，似還有一層意思了。果然中堂的電報過了一個時辰便又飄然而至，裡面就已多有安撫的味道了，「汝等只各守營盤，來路多設地雷埋伏。並無守城之責。」看著這電報，他覺得他的餘地變得十分地寬展起來，又有種賺老中堂上了他一個當的感覺，對不起老中堂了。當得到旅大方面傳來的消息，聞知中堂正從營口急調大軍向金州方面日夜兼程，他心中便又是一種平衡，中堂當然知道金州的重要，中堂已在運籌帷幄，倒是他顯得有些失態而多情了。但這些情形有的他說不出口，有的他又不願對哨官們說，說得多了讓下屬把自己看得明白，威從何來？單單一個爲官的味道，便如一杯白開水，淡了。

這時門口的光線驟然一暗，有人走進來，趙懷業背光看不大清楚，卻先驀然喝一聲：「你也請往金州助守麼？」見來人立在那裡發愣，他哼哼冷笑著說：「那就先留下腦袋來！」

來人說動就動，猛然間撲了過來，伸手抓住趙懷業的肩，隔著桌子朝面前一拉，「趙兄開口就要我的腦袋？」臉對臉趙懷業吃了一驚，「徐邦道？徐提督。」

徐邦道摘下帽子，伸手就加到了趙懷業的頭上，「還是先把頂子寄在這兒吧！借兵，我是來向趙兄借兵的！」

趙懷業拿下了徐邦道的頂子在手裡把玩著，「徐兄已爲提督銜，我還是個總兵，擔待不起了。」他好好地望著了徐邦道，「只是有點不明白，徐提督率的拱衛軍駐在旅順，怎麼反向我借兵來了？」

徐邦道說：「我率拱衛軍三營剛到。趙兄，趙大人，我這三營有一多半都是宋慶宋大人調走後新近招募的，還望借我二營人馬死守金州。」

趙懷業說：「坐，坐。」他伸手把徐邦道按得坐了下來，咂咂嘴，「大連緊連金州，我倒覺得徐大人借兵好像是借錯了地方。」他把手中的頂子又戴到了徐邦道的頭上，「既從旅順來，應該在旅順借……」

徐邦道嘆息一聲，「旅順各將目光短淺又各不相屬，整個是老爺不聽老爺叫哇！」他握著的雙拳擂擂桌子，一股熱淚便滾滾而下了，「明明知道金州只有連順的一營大爺兵，非但不援，竟還說金州若失，就要連順的腦袋。」

趙懷業側著頭問：「我若丟了大連，朝廷就不要我的腦袋？」

徐邦道驀然從座中跳了起來，「局面危如累卵，你……你！」

趙懷業一拍桌子突然對著門口的衛兵指著和尚罵禿驢，「讓人闖進來，假如闖進個奸細呢？」

徐邦道怔住了，屁股坐下去正擦著椅子邊滑跌在了地上。他一隻手撐在地上，一隻手摸索到了椅子的把手，只抬著眼緊盯著趙懷業，一點點地重新站了起來，乾乾地笑兩聲說：「失了金州，大連、旅順同樣不保。」

趙懷業頭一昂說：「這個我比徐大人理得還淸了，金州失守若在先，大連自然不保。」

徐邦道反倒安穩地坐了下來，仰天呵呵一笑，「趙懷業，趙大人，」他目光炯炯地盯著對方，「你這話我記住了，倘日後問下來，我正有話回。」

趙懷業立即軟了下來，趕緊走過來撫著徐邦道的肩，「徐兄，徐大人，氣話，氣話。」他的眼直眨巴著說，「你就不能，你也該爲我想想，原守大連十八營，劉盛休一下子帶走了十二營去朝鮮。現在我把手下的一個兵，也都看成個金豆子呀！」

徐邦道一把拉住了趙懷業的手，「趙兄，趙大人，就看在你我當年同爲劉銘傳劉大人部下，也曾出生入死相互救援過。」說著徐邦道注意到趙懷業的臉色，「罷了，就當我徐某不算個老幾，亦請趙兄看在久食國祿，看在大清的分兒上吧！」說著便就要跪下來。

趙懷業一把拉住徐邦道，手卻又像燙著了似突然自叫了起來，「二哨，只兩哨，多一個都沒有了！」

## 5

十一月三日，日軍開始進犯金州的消息不脛而走，旅大震動了。

北洋水師的艦船統統錨泊在旅順口內，官佐士兵一律在艦枕戈待旦。艦上升著微火，淡淡的清煙飄飄渺渺……

唯北洋水師提督丁汝昌一大清早就帶著親兵登岸，到旅順口的水師提督署悶坐著了，他覺得他現在是進亦憂，退亦憂，委實是不知怎麼是好了！十月十七日軍艦修好，他的傷也好了，在中堂「出巡威（威海）灣（大連灣）一帶」的督催下，帶著艦隊藉此名義從旅順開出，在威海待了十天。十月二十四日，日本人在花園口登陸時，大清國雖還蒙在鼓裡，李鴻章和光緒皇帝卻數次去電令他帶數艦往旅灣遊弋巡視。他十月二十七日率艦又返回旅順口便沒再出來。然而他不是沒有道理的，如果出去巡探，北洋水師新敗不說，方伯謙被殺後，水師的人心已經散了；就老也待在這旅順口內其實也行，周圍陸岸炮台層層環抱，對付日本海軍就等於為他多了數十艘巨艦，然而日本人偏偏是從陸上抄旅順的後路，情形就正好反過來，旅順港的海口寬僅三百公尺，他的艦隊倘被日本海軍堵在裡面，簡直就成了盆中的一群鱉。

丁汝昌向親兵要過鴉片煙來吸，吸兩口便覺了無趣味，格外地心煩意亂起來。他是北洋水師的統帥，倘有一點辦法，他當然是不願看著艦隊在他手中歸於灰飛煙滅的，但爲了脫得目前的險境，只有再把北洋水師帶回暫還無事的威海劉公島去，可是問題就在於目前旅大正吃緊要命的時候，他若離去，皇上、李中堂不說，單單面對天下人，也非剝了他的皮不可！

丁汝昌狠狠一下將煙槍墩在了桌子上，一步一步踱到了提督署的大門口。這裡地勢頗高，遠處的一片蒼茫大海闖入了他的眼簾，出洋與日本人拚戰，現在已根本不是對手了，丁汝昌的心裡湧起了一陣蒼涼的感覺。走又走不得，只好待在這口內拚戰到最後一船一艦，丁汝昌苦笑了一下，最後一船一艦，何其悲哉壯哉！只是他丁汝昌卻要永遠背著惡名，大清國的艦隊是在他手上毀於一旦的！局勢難道連一絲絲迴轉的餘地也沒有了麼？難道他丁汝昌英雄了一世如今就這麼束手待斃了麼？

一聲戰馬的嘶鳴，叫丁汝昌渾身爲之一震。原來親兵見他久立於門前，以爲是要騎馬的，便將提督署多少年來一直爲他養著的十數匹戰馬牽來了，丁汝昌也不多說什麼，接過韁繩翻身就騎了上去，揚手一鞭，帶著一隊親兵就在那崗巒起伏的山間跑了起來。丁汝昌隨劉銘傳剿捻時就曾以參將銜統帶過三營馬隊，他馬上的工夫極佳，橫刀躍馬馳騁縱橫，他在這馬背上也曾氣貫長虹般地威風過。而今又跨在這馬上，往事簡直歷歷在目了。丁汝昌縱馬奔馳，眼前山巒起伏，大海連著山巒，山巒接著大海，就給人一種渾然一體的感覺，他沿著海岸一帶，跑過了老虎嘴、黃金山、威遠、老虎尾炮台，回首望時遠處的白玉山、椅子山、老鐵山、饅頭山，山山雄峙，又如道道屏障環護著旅順口。局面難道眞的不可爲麼？這一圈跑下來丁汝昌心裡已有些明確，只要能守住陸上岸邊諸炮台，一切都將是另一個樣子了，讓他看得更爲清楚的是，他北洋水師的命運與戰局的前途，目前其實是捏在陸軍手中，陸軍守不住，一切便都全完了！然而他不能坐以待斃，他要把個人的、艦隊的，乃至於整個戰局與整個大清國的命運緊緊捏在自己的手中，他必須要拿出些力挽狂瀾的氣概來。

丁汝昌領著他的親兵們縱馬直奔龔照璵的水陸營務處。

龔照璵聽說丁汝昌來了，連說：「請！請！快請！」及至迎到門口見著，便把丁汝昌像姑娘樣的左一望右一望，忽地單腿跪地，「丁軍門！弟盼你，猶如久旱禾苗之於甘霖，涸轍之魚渴望杯水，再不來，我眞要上艦抓你去了。」

丁汝昌一陣高興，彎腰要把他扶起來，龔照璵就是賴著不動，又一次望著丁汝昌，可憐巴巴淚也快流下來了，「汝昌兄，你不走麼？」

丁汝昌連說：「不走，不走。」可龔照璵死活也不信，咧咧嘴反倒神情古怪地笑了起來，「灣裡的軍艦都微火不熄，不是說走就走的麼？」這一逼，逼得丁汝昌發起火來，「老子要走，還上這來幹什麼？」

「那還站著幹什麼？」龔照璵爬起來叫一聲「看茶」，就把丁汝昌拉進來坐了，「那就心定定地用茶！我正有一事要就教於丁軍門。」說著他從案頭拿來了一份電稿給丁汝昌，「此電剛剛擬就，還請兄台潤潤色。」

龔照瑗是個監生出身的讀書人，但其後的爲官之道，都是一路用錢捐來的，一直捐到道員。最初是在北洋製造局當差，辦事堪稱幹練，被李鴻章看重。四年前被連保帶捐了個從二品頂戴，派到這旅順水陸營務處來了。因有一個「捐」字，在同僚中就有個拿錢買官的意味，總有些拿他側目而視的，這龔照瑗心裡有數。然而對於常處的武員，他又常以監生出身自詡，有意無意地愛在他們面前賣弄些文采。請一介武夫的丁汝昌爲他潤色文筆，著實是個抬舉巴結人的意思了。電稿中寫道：「現存『瓦瓦叭』及『阿姆士莊』各一尊，有炮無子，即築台安設，亦屬無濟。惟中堂速調勁旅，星夜援應金州，堵剿敵人來路。聞昨日倭擁多兵屯紮，皮口（貔子窩）旅地，驚恐至極，各局員司及匠徒紛紛求去，激勵、恫嚇堅不爲動。急煞，自愧才短而已。東戌稟。」龔照瑗見丁汝昌手捧電文字斟句酌看得十分認真，似乎真有個隨時要爲他潤色的樣子，閱畢卻又久久不語，心裡有些嘀咕起來，他輕輕從丁汝昌手中將電稿抽了出來，禁不住說：「爲電文又與八股不同，要旨在於達意，須文白而曉暢。」

丁汝昌說：「丁某是個粗人，文字上倒是一無見地。但字裡行間汝昌覺得龔道已有些驚恐了，下面望著上面，龔道是萬萬驚恐不得。我來便是就商於龔道，汝昌準備率兵自守後路。」龔照瑗望著丁汝昌，一拍大腿說：「好！好！」可他隨之眼睛眨了兩眨，說：「好，當然是個好！請問丁軍門兵員從何處來？」

丁汝昌說：「我北洋水師各艦可抽一半上岸，連同水師在旅的魚雷營、水師營、提督署，守護營等，約可得兵員二千五，此軍盡皆訓練有素，裝備精良。龔道，我自思若將他們與水陸營務處的兵員，以及旅大船塢的工匠們混編，少也有五千之數。只要好生激勵，都是久駐旅口的人，能不以死效力？此軍一成，可對海岸及陸路各炮台機動應援，日軍來侵，大可一搏。」

龔照璵道：「新添人等，子藥裝備何來？」

丁汝昌笑了起來，「你那『瓦瓦叭』與『阿姆士莊』各一尊，能哄過李中堂，還騙得了我麼？只要龔道將子藥庫打開，盡情分發就是了；餉銀也不缺，立馬就開庫，隨軍分銀，以安人心。」

龔照璵聽了丁汝昌的話，臉上的肉由不得一塊塊地抽動起來，而心裡早已是翻江倒海了。多年來一把一把地混，銀子一箱一箱地捐，官場的情形他算得上是盡熟了，他後悔把擬好的電報給丁汝昌看，原指望巴結他是留條粗粗的後路，說聲到了玉石俱焚的時候被他接到艦上衝出去，還能保住一條命呢！看來是看錯人了，「哄過李中堂還騙得了我麼？」此人隨時都能參自己一本，斷了自己一世的前程！日本人還離得遠呢，眼前的便是個近敵了。但爲今之計怎麼辦？依了他說的，不定還眞能守住旅順，但守住了旅順，首功是誰的？再則，陸上的吃乾飯，卻要水裡的爬上岸來協守，他這個陸上的統帥將來又要置於何地？就等著這個丁汝昌到時候來好好參他以請功了。這一瞬間便已把龔照璵想得個心驚肉跳，但他不得不想，要是不取丁汝昌的謀劃，眞個把旅順丟了呢？

丁汝昌見他老也是愣愣的，說：「龔道，丁某都想過，只這條路了。」

龔照璵卻只是說：「懸了，懸了，斟酌，我還要斟酌。」

「報！」此時有親兵長呼一聲闖了進來，「稟龔主管，趙懷業趙總兵派員來報，徐邦道已率軍助守金州了。」言畢又遞過一紙電報。龔照璵接過來看著，原來是李中堂來的，說已調營口程之偉率四營星夜兼程，日前已到熊岳，距金州只有二百五十里路程了。龔照璵急步來到牆上掛著的地圖前一個勁兒地望著，熊岳一時沒找到，卻把思路找得豁然洞開。即便丟了旅順，也不是他一人之責，徐邦道不是去守金州了麼，不是還有緊靠在一邊守大連灣的趙懷業麼，旅順不是還有姜桂題、張光前、黃仕林、程允和諸將麼，具體的兵權都在他們手上，論起責任來，再加上丁汝昌，他頂多不過八分之一而已。再顛倒過來想，依了丁汝昌的謀劃旅大依然失守了呢？這一失守便是連同北洋水師一齊賠進去，丁汝昌反正破罐子破摔，倒把他拉進來墊背了。所謂當局者迷呀！這盤棋到現在，他才算看透了。龔照璵禁不住又打開電報來看，忽地又瞥見了一個新的名字，頓時心口鬆了下來。九分之一，現在又添了個程之偉了！

龔照璵將電報遞給了丁汝昌，就又在地圖上找熊岳，熊岳找著了，用手量量估計距金州確也是不過二百五十里的行程，便扭頭瞥一眼丁汝昌，不緊不慢地說：「據報，日軍登岸後連馬也暈船了，都躺在海邊將息，日行不過二十里……」

丁汝昌說：「程之偉一軍倘遲遲不到呢，他也可日行二十里。」

龔照璵道：「丁軍門，話可不能這麼說，聖命難違，他就不怕皇上要了他腦袋？」

丁汝昌不明白姓龔的態度怎麼一下子反了過來，就爲了杯水車薪般地來了程之偉四個營麼？

就爲還有個徐邦道去了金州麼？他再也耐不住火了起來，「龔道，丟了旅順你就不怕皇上要了你的腦袋？」

「九分之一，頂多九分之一。」龔照璵激動得脫口而出後立即意識到了自己的失態，反過來他又這麼說：「丁軍門，我倒是認爲，丁兄上陸若艦隊有失，那個紕漏就出大了。再者，我敢說援軍絕非這一支，援軍節節來援，旅順的局面也未必不可收拾。」

「呸！」丁汝昌一下子跳了起來，「你就坐在這裡無所爲，坐以待斃，坐以待斃好了！」見龔照璵手裡已端起了茶碗，便憤憤地說一聲：「告辭。」

龔照璵回了他一句：「不送。」

丁汝昌出了旅順口水陸營務處，急急地翻身上馬後禁不住身子晃了晃，一腦子的便都是天旋地轉的感覺，在茫無所覺中他帶動馬繮，戰馬便風馳電掣般地跑了起來，此行何處去？一旦他醒覺一手帶住馬繮時，戰馬已吁吁喘息著停在了旅順口的棧橋上。丁汝昌艱難地下得馬來，他不得不面對他的艦隊，然而旅順不可恃，天將爲之傾，地亦將爲之陷了！這時他看見棧橋另一端的定遠艦上有人在向他奔過來，是劉步蟾。

劉步蟾說：「丁軍門不在，我們心中虛得慌，這兒不能沒主帥！」

「一言難盡了。」丁汝昌有些感動，他拉住劉步蟾的手，朝艦上走去。

在定遠艦的臥艙裡，丁汝昌說了與龔照璵相商的情形，先還是一臉焦慮坐立不安的劉步蟾突然一拍手直說：「有了！有了！」接著他附耳向丁汝昌低低地說，說得丁汝昌直點頭，「對，對，手心手背都是肉，中堂心疼旅順口，同樣也心疼北洋水師。步蟾，這回你算真救了北洋水師，救了老夫一回！」

約莫一小時後，一封向天津的電報發出，對丁汝昌在旅順口與龔照璵會面晤談的情形敘之甚詳……

隨著電報的發出，北洋水師各艦上的煙霧漸漸滾得濃了，它們似乎是悄然無聲地從旅順那三百公尺寬的海口滑了出去，一艘緊跟著一艘。轉出了灣口，北洋水師便直向著海對面的山東半島疾駛而去，一路濃煙滾滾行色匆匆，似乎連回頭向著它們的母港道一聲「再見」，也不願說。

## 6

徐邦道立於金州城北大道兩側的山頂，舉目四望，北原莽莽，南山綿綿；東西兩側，把陸地望盡便覺是一片無盡寬展的大海了。他久久地凝視著，又側耳凝聽，於無聲處卻似澎澎湃湃，聽到了無盡的洶湧濤聲。他的身後，金州城猶如一道雄關，卡在這遼東半島的脖子上。

「一夫當關，萬夫莫開」，眼前情景心中事，令徐邦道想起這一句，便就禁不住地襟懷激盪不已。在這旅大垂危，千鈞繫於一髮而衆守將一律畏縮不前之際，他徐邦道獨率一軍孤旅北上，此行何壯哉？若守住了金州，便是保住了大清國苦苦經營了十五年的戰略基地，獨木支於大廈，一戰成名，他便就是大清的擎天一柱了！然而當他的目光收回來望著大道對面的彼山時，心中又有一種空落落的感受。久經沙場的他不得不承認，金州的地理位置重要而山卻多平緩，沒有一夫當關的險來給他守的，這裡應是一個厚集兵力層層設防的地方，若有兵，他便早已謀劃得詳盡了，先金州城北山上，後金州，再就是金州城西南二十里的南關嶺。倘有五七千人，子彈糧餉充足，守它五六個月當在把握之中。然而他現在只有他的拱衛軍三營與趙懷業的二哨人馬，再加上連順的練兵一營，總計也不過一千八百人而已。以一千八百人在此抵擋數萬之衆，他就談不上把握，只有盡力而爲了。他看看山形地勢，覺得首先要把重兵布於這夾峙著由貔子窩至金州大道的兩側山上，而後才能顧及其他，倘若再有，哪怕一千人就好，那一千人他便要布置於西南向的南關嶺，萬一不測，身後就有接應，便又是一番轟轟烈烈了。徐邦道把眼向東西兩側望去時，又格外地不是滋味了。東西兩邊連著海，寬十五里，卻又如何布置？於是他面東而立，牙關也咬得緊緊地，久久發不出一聲言語來。

「砰」地一聲槍響，緊接著又是「砰砰」數聲，槍聲撕破了這黃昏時寒冷的空氣，十分淒厲地在空中迴盪。瞬間徐邦道身後的戰馬一聲長嘶，驚得高高直立，而身邊的親兵卻已撲過來，徐邦道只覺得身上被數人疊壓著喘息不得，雙手撐地一用勁將親兵從身上紛紛揪下來時，他愣住了，身邊一個親兵大口地喘息著，胸口一咕嚕一咕嚕的血正伴隨著一個個紅通通的大氣泡在朝外湧著，而他腿部的戰袍上早已被射來的子彈擊穿了兩個窟窿。

此時山頂上早已一陣大嘩，士兵們有臥在地上一動不敢動的，也有撒開腿連滾帶爬向山下狂奔的。徐邦道見了簡直怒不可遏，他翻上馬伸手又從腰間抽出了腰刀，他要親自手刃數人以收回軍心，否則這金州還能守麼？然而又是兩聲槍響，子彈在他的耳邊嗖嗖飛過，他猛然一勒馬繮翻轉過身來，看見東面百米之遙有兩三個人正在向他射擊，便大喝一聲縱馬向那裡衝去。子彈不住地從身邊飛過，他身子一斜人便栽倒下來。隨著他的栽倒，身後臥著的士兵們驀然嗚地一聲嚎叫，從地上跳起向這邊衝過來，然而徐邦道的馬依舊在迅跑著，忽地士兵們看見馬的一側緊緊地貼著個人，在接近開槍人的一瞬間突然亮出刀來，刀隨著馬的奔跑一動不動地橫掃過去，開槍的人慌了，轉身要逃之際刀已掠過，那頭似在無聲無息中脫開了脖子滾落下來；那刀又翩翩地向上飄去，緊接著突然翻轉過來一個斜劈，奔逃著的第二個人連脖子帶半個肩膀被砍了下來，而徐邦道已是身子一滾又坐在了馬上，並且將馬繮一把死死勒住，當馬第二次揚起前蹄高高而立的時候，徐邦道的身子早已遠遠地傾向了一側，在馬落前蹄的瞬間他的刀自上而下從肩膀處劈進了最後那人的胸腔。刀被卡住不動，徐邦道已是翻身下馬與那人臉對著臉雙手緊握刀柄，較勁著，突然他抬起一腳蹬過去，那人像枝巨大的木樁，轟然倒地。

後面的士兵砰砰地放著亂槍呼號著向這裡奔來時，徐邦道卻在死死地盯著地上被砍倒的穿著百姓服裝的人，當他用正滴著血的刀尖挑開那人的褲腿時，白壯的粗腿和那丟在一邊的日本造步槍叫他明白，這三人都是日本的探子了。徐邦道似乎是十分遲頓地轉過身來望著他的士兵們，槍聲與莫名其妙的吶喊嘎然而止。徐邦道極其冷漠的目光在那一張張帶著惶惑又不失爲激動的臉上掃過後，低沉地問：「見著了麼？」

士兵們齊齊答一聲：「見著了。」

徐邦道驀然一聲長嚎，「日本人他媽，也是肉做的！」

徐邦道讓士兵們列隊，在這高高而平曠的山嶺上，挨個兒用刀用槍，砍刺三個日本探子的屍體，讓他們試試自己手中的傢伙入不入日本人的肉。而此時的徐邦道卻一屁股坐在了一方大石頭上，他翻腕將手中的刀提至眼前看看，刃口血淋淋，看不大清，便撩起戰袍在刀上一抹，雪亮的刀刃便又重露峥嶸了，他低低自語一聲：「好刀！」便是一個後悔躍上了心頭。日本人好端端送來的舌頭，卻叫他稀里糊塗地給砍了。然而更叫徐邦道惶惑的是，鴨綠江九連城那邊，日本人就不是人，大清士兵手裡的刀就不是刀了麼？

想著想著，徐邦道有些悵悵的。

是時漫天重雲堆砌，夕陽已是依在西邊的天際，唯露一線血紅，將盡了。

7

區區一千八百人的大清防衛金州之軍，本也可奏出一曲相當雄渾悲愴的守城高歌的。但是徐邦道伸手彈撥琴弦時，卻發現此琴發音滯澀，那弦也太朽了。

一八九四年十一月五日上午，日軍第二軍第一師團第一旅團長乃木希典少將，指揮兩大隊的兵力，向徐邦道拱衛軍陣地發起攻擊。徐邦道指揮新募不久的拱衛軍憑壘據守。激戰三小時，日軍退去。

是日下午四時，日軍再次進攻，又被擊退。

十一月六日凌晨，日軍占領了距拱衛軍陣地前一千米的高地，用大炮向拱衛軍兩側山頂堡猛轟，炮火過後便是步兵壓上來的衝鋒。日本陸軍在初次用新式武器作戰時，應該說他們對近代新式武器的感應與體驗是相當不錯的，由此產生的戰術動作——步炮協同也初露鋒芒。炮火的輪番轟擊與步兵的頻頻衝鋒，壓得徐邦道的拱衛軍三營喘不過氣來，他們只有匍匐在山頂的陣地上等日兵衝近，才能突然躍起，用他們的刀去試日軍的肉，一旦日兵退下後，他們也只能用自己的血肉之軀來抵擋對方的大炮轟擊了。徐邦道沒有大炮，他的兵由於是新募，對於哈乞開司步槍的運用也僅僅是停留在放響了的水平上，因此徐邦道這個慣於中國式傳統陸戰的將領，已在這初次運用新武器的實戰中領悟良多。在這本可能是一邊倒的戰鬥中，他的陣地仍能屹立不動，他便又感到將士們血肉之軀的可貴，爲此他稍稍地鬆下一口氣來。

隱憂很快變成了現實。日本第一師團的大隊繞過了激戰的金州城北，抄襲了徐邦道的拱衛軍的後路，駐守後路崎嶇山道上的是趙懷業調來的二哨人馬二百餘人，他們在洶洶湧湧滾過的日軍大隊面前略一抵抗便潰散下來，徐邦道只好令士兵們向日軍大肆放了一通槍後，就退到了金州城裡來。

當徐邦道的拱衛軍飛跑進城，城牆上的一通排槍擊退了追來的日軍，城門轟隆隆地關閉了。

徐邦道指揮他的士兵登上城牆布防，零星落在城頭的炮彈立即又叫他改變了主意，他只讓少數士兵在城上觀望監視，而把絕大多數人撤了下來。金州城在朝日的斜照下一片寧靜，徐邦道快馬在城中巡視著，百姓們幾乎是一跑而空，金州已是一座空城了。此刻他忽地想起一個人來，就是金州城那一營練兵的統領連順，便立即驅馬去了連順的府衙。

連順的府衙在金州城的西南角兒上，府衙前大街上空蕩蕩的一石頭砸出去都能聽見骨碌碌一串響。徐邦道進了府衙的大門，見一扇扇的門迭次洞開著，在第一進的院中轉了圈竟連隻狗也找不到，就奔了第二進，二進依然。他心裡的火一拱一拱的，命令親兵們朝空中放起槍來。在乍起的槍聲中，響起了一陣女人撕心裂肺的號哭，「日本人殺進來了！」隨著哭喊，黑洞洞的灶房突然跳出一個人來，提著刀見人就砍。大吃一驚的徐邦道一眼看清，喊聲：「連大人！」只一聲就把那人喊得釘住了，隨著鋼刀「噹啷」一聲落地，那人說癱就癱在了地上。

徐邦道有些感動，走過去扶起連順。連順的腳下一個勁兒地打滑，站不起他就這麼坐在地上，一把死死抓住徐邦道的手熱淚漣漣，「是我錯看徐大人了！我在城頭看見拱衛軍退下來，就以爲金州休矣。」

徐邦道有些詫異，「連大人，金州還在我們手裡。」

連順痛心疾首，伸手就抽了自己一個嘴巴子，他說他本以爲徐邦道會從北門進南門出，退往旅大的。

徐邦道忍不住問：「連統領豈不也可先出南門自便？」

連順眨眨眼定定神慢慢站起來，硬是把徐邦道請至府衙的大廳內，又把人按得坐下來後，面朝西便是一臉的肅穆，他慢慢地跪下了，說：「連某身爲金州守將，城危之時若不以死相報，有何面目面西朝聖？」他跪著就地轉向北面，「又有何面目朝北以望陵廟？」

徐邦道哪裡還坐得住，過去一把將連順扶起來說：「請起，請起，言重了。」

連順站起來望一眼徐邦道，「我知道現在是有點不大看得起我們旗人了。我連順正白旗籍人，祖先也曾效命沙場叱吒風雲，我要告訴世人，咱旗人也不是個個都怕死的，旗人的子孫也有好兒郎！徐將軍來，我們正好一齊死守金州。」

徐邦道趕緊問：「城中糧草有幾何？」

連順說：「無多，我的一營練軍需用，都是往大連調撥。」

徐邦道問：「子藥槍彈呢？」

連順說：「亦然。」

徐邦道望著連順有些發呆了，然而他咬牙一跺腳，「也罷！我立馬就去城中巡視，爲今之計只好以安軍心爲先了。」

連順站起身來就是個立馬要去的意思，走兩步卻又猶豫，突然他回過身來抬高了喉嚨就是一嗓子：「徐大人，你把我當成個蠢才耍了！我等千餘人，且內無糧草外無救兵，日軍兩萬人壓過來，整個都守不住！還要巡城勞那神幹什麼？」

徐邦道驚訝得話都說不出來，半天才出兩個字來：「依你？」

連順若有所思，「既是守不住，我連順也不是落水就非要死拖住一個，你徐大人盡可速速離城好了。」他見徐邦道不吱聲，便又是一番苦口婆心，「徐大人你本無守城之責，率師北上已是令人可敬可佩，名聲自然是會揚播於朝野的，而我連順是駐守的將領，若有城而不守，即便逃脫了性命，將來也必定是在拿的欽犯，捉住了不是斬首，至少也是個斬監候。押在死囚牢裡候斬，那個日子……我還不如現在就效命沙場了的好哇！」

這倒是大實話了，徐邦道覺得這個旗人倒眞是有些可愛，說：「連大人放心，徐某既來，誓與你戮力同心，死守金州。」

連順說：「也好。」忽地問：「猜我連某守城，將要怎麼守？」不等徐邦道作答，他又說：「連某人要置酒高會，坦然臨敵，豈不又是一番慷慨快活？豈不又是一番大將風度？史册上定然留下一段佳話，你我今日便是一番生死之交了……」他手一揚，「傳後院眷屬來參見貴客！」及至他的眷屬們從後面哭哭啼啼地轉出來，連順臉一板，「哭什麼？大爺我還沒死呢！」他臉一轉向徐邦道介紹，「這是我的原配大太太鈕祜祿氏，鑲黃旗籍，京城慶王府保的媒。」

徐邦道不由自主站起身，愣愣然，點點頭。

連順又介紹，「這是二太太，也是咱旗人。她們二人一正一偏，有媒有保都算是明媒正娶的。」又介紹第三個，說：「這是個犯官的女兒，罰沒爲奴的，再好，也只能算作妾，爲妾的了。」一二三四五，介紹到第六個，連順咂咂嘴說：「這是最後一個小妾。」他將嘴湊近了徐邦道的耳朵低低說：「因我等生死之交也不瞞你，她年方十八，是個金州城裡出名的婊子。二月前才三百兩銀子納下的。」

徐邦道感覺到他的五臟六腑都給人一下子掏得空虛了，腮上的肌肉死板板地扯不動，硬生生地扯動了，便感覺篤定是一絲絲一縷縷的苦笑了，這金州還能守麼？他驀然一拍桌子把連順嚇了一大跳，在連順一大群妻妾丫頭們的哭聲中，徐邦道卻又轉過神來，喝一聲：「來人！」他對連順笑笑賠禮說：「失禮，我想起件緊要的事，萬萬耽擱不得，有紙筆麼？」紙筆上來後，徐邦道寫：「趙懷業總兵：金州危在旦夕，金州不保，大連必失，望公傾其所有，速派援兵。公若恐大連有失，盡在邦道一人，此信爲據。邦道跪求！」他將信封好派人飛馬送往大連後，就坐在那裡對一切視若無物樣的，心中卻在一個勁兒地翻江倒海起來，此處距大連最近處的和尚島炮台，頂多二十里路程，快馬頃刻能到，他只要能守三四個鐘頭援兵一到，金州便尙有可爲了。可援兵能到麼？看見連順一個勁兒地在覰他的臉色便說：「連大人，大連來了救兵，局面還可望一變。」

連順說：「正是，正是，大連的兵一來，槍炮豐足，動起眞格的，死守它個一年半載，以你我二人之才，之膽識氣魄，那是不成問題的。」他見徐邦道不語，忙說：「守它三四個月不成問題吧？再說朝廷就不拚死督軍來援？徐大人，這回是我給你打氣了。」他說著望望徐邦道，似乎全明白了說：「放心，城守住，首功自然是徐大人的。」

徐邦道心中只好兀自嘆息，他忽然想要戲弄一下這個滿人，說：「我想大約是日本人新到地理環境不熟，目前金州西門、南門還不敢貿然圍緊；倘趙懷業一到，日本人把金州圍它個鐵桶一般。他攻我守，若城中數千人馬守幾個月，吃什麼呢？」

連順的雙眼瞪得一般大，「那……那怎麼辦？」

徐邦道呵呵一笑：「張巡、許遠你知道麼？」

連順懵懵然搖搖頭，「眞不知在哪州哪道當差了。」

徐邦道說：「唐朝的。唐朝天寶年間安祿山叛亂，御史中丞張巡與太守許遠死守睢陽，擋住了安祿山的大軍南下，保住了大唐半壁河山，使得江南向北方供應軍需的漕運源源不斷，可謂守一城而捍天下，創立了蓋世的奇功。你我守住金州，此功也可與當年睢陽比美了。」

「那倒也是。」

「可守城的關鍵在於糧食。張巡、許遠守城一年多，當年睢陽斷糧，先是天上的鳥，再是地上的貓狗，後來連老鼠也吃光了，怎麼辦？又是戰馬，後來就是吃戰死的人。」

「吃？吃人？」連順突然之間的表情幾乎是要哭。

「不忙。吃死人還好些呢，再後來死人也敲骨吸髓吃光了，只見一城的白骨呀，怎麼辦？就吃活人。許遠把他的大老婆和小老婆都統統獻出來讓士兵們分而食之了。」見連順正一個勁兒地渾身顫抖，抖得嘴裡說不出話來，徐邦道還是狠狠心說：「連將軍府中正好女眷甚多，到時以就軍食，也是不得已而爲之了。」

「殺！殺了我呀！」連順捶胸頓足著伸手又來拔腰間的刀，拚死勁兒地拔，就是拔不出，恰在此時外面傳來了天崩地裂的炮聲，在炮聲中連順說癱就癱，人已倒在了地上。

徐邦道奔出來時，金州城內的炮彈已墜落如雨了。他帶親兵趕到城北登上城頭時，看見日軍在炮火的掩護下已蜂擁著向城下衝。守城士兵憑高用槍還擊，相持了一陣終於將日軍擊退了，然而日軍在城東北三里莊方向集中起近四十門大炮又一齊轟隆起來。這一回的轟擊目標十分明確，炮彈大多集中在城頭上爆炸，那城頭上也就在一陣陣的爆炸聲中煙塵滾滾血肉橫飛了。徐邦道塵垢滿面地從城牆上下來後，便知金州城已到了最後的時刻，他本是要將人馬撤出城的，但不甘心，猶豫了一下，將三營人馬分成了兩半，一半直撲西門與南門，這樣做守住了自己的退路，另外還有個隱隱的希望，那就是趙懷業來援，也有個接應入城的方向；另一半則埋伏在了這北大街的兩側，準備日軍一旦入城後便是迎頭一棍子，打不出城便也可展開一場巷戰的。

城牆上的炮彈漸漸零落稀疏下來後，隨著一聲驚天動地的爆炸，金州的北門被日軍的工兵用棉花炸藥炸得四散迸裂，連同上面的城樓一齊被拋上了半空，在紛紛灑落的磚塊泥土中，日軍嘶號著從這豁然洞開的北門蜂擁而入。入城的日軍立即遭到了拱衛軍的射擊，由於相距得近，由於日軍被夾在街道中，所以命中率很高，然而異常凶悍頑強的日軍竟不顧死傷，踏著同伴的屍體一群群衝進來，當他們占據了城牆的制高點時，拱衛軍從屋上紛紛跳下來，用他們傳統的腰刀與日軍肉搏在了一處，一時間槍聲、炮聲全消失了，只聽見了刀槍的撞擊與人搏殺時的嘶吼。

搏鬥在進行著。徐邦道率領他的拱衛軍邊打邊向城南門與城西門的方向漸漸退去，而越向這個方向退，日軍遭到的抵擊也就愈加猛烈。

趙懷業是不會來了，旅順、大連的局面將一發而不可收拾。徐邦道想到此，火速傳令將軍隊收住盡快退出城去，再占領入旅大的第二道險口，南關嶺。就在退到西大街的時候，徐邦道想起了連順。在這生死的關頭，他覺得連順依然是個比較可愛且不失爲一個可交的人，比他媽趙懷業至少厚道多了。徐邦道帶人急奔連順府，遠遠地就看見一柱濃煙從那裡升了起來，接著便是烈焰衝天，連順在燒房子了。當徐邦道一腳蹬在那府邸沉重的大門上，立即被狠狠地彈了回來。門被上了杠子，在後面閘死了。

有親兵越牆而入打開門來，裡面的房屋都已著了火，而院中的一幕卻演得比那濃煙烈火還要熱烈得多。已有兩個女人著了刀正血淋淋地躺在地上呻吟，而活著的一群無不像下了油鍋的鯽魚活蹦亂跳的。連順正提著刀在追趕他那第六個當過婊子的小妾，小妾滿院亂竄著，狂呼救命，連順說：「救妳，妳不怕日本人日了妳麼！」小妾一把抓住了大太太，用大太太的身子抵擋著，「黑了心的！你不怕日本人日了她麼？」大太太在小妾的搖晃中，一把揪住了對方的頭髮，兩個女人便滾作了一處。連順的手直抖，沒處下刀了。徐邦道一頭闖了進來，連順看見就撲過去，指著他的那一大群女人說：「徐提督幫幫我，不曾想死也這麼難吶！」

徐邦道急得抬腿踢了他一腳，「昏！還不快隨我跑！」

連順嚇得囁囁嚅嚅著直朝後退：「哪裡逃？我，我不敢跑……」

徐邦道吼道：「你活回頭了，我帶三營人都守不住，你就一營的大爺兵！」

連順一蹦一跳地指著徐邦道說：「昏！你才活回頭了！廷議，你一介武夫懂不懂廷議？死的也能議出個活的來。我是沒指望，死得透透的了！」

徐邦道上前一把揪住了他的辮子，將他的臉揪得正對了自己的臉，「有我？懂麼？邦道願用頂子脫開你的干係！」

連順動彈不得的頭顱上漸漸溢出了一個笑來，「眞的？」徐邦道點點頭手一鬆，連順肅立著「拍拍」兩下甩下馬蹄袖，俯身一個頭就叩在地上，「恩公，沒想漢人也有爲咱滿人說話的了！」言罷他從地上跳了起來，扯直了嗓子喊：「都他奶奶的還愣著幹什麼？」他跑過去踢了那小妾一腳，「有救了，還不快快跟著爺跑！」

徐邦道退出金州，金州於一八九四年十一月六日午後失守了。日軍並未追來，金州的方向傳來了陣陣集合的號聲，不一會兒便見一隊隊身著黑衣的日本兵大踏步向大連方向疾行而去。出城行不足十里，見日軍沒追來，連順就與徐邦道分手了。他不願再向西南旅順的方向去，他要帶著他的一行人北上，去與程之偉會合而後以圖再舉。徐邦道覺得也好，卻毫不客氣地將他的一營練兵留了下來。

四營人馬進行了合編，人數已不足兩營半了。

日將晚徐邦道的人馬路過了南關嶺，這裡又是一道通往旅順的雄關。嶺上只有趙懷業的人馬兩哨，正慌慌的不知所爲。趙懷業知金州緊急而不救，又置南關嶺而不守，徐邦道望著自己的二營半疲憊已極，且整整一天半沒好好吃上一頓飯的士兵，只好又是一聲浩然長嘆了。他不願這嶺上的二哨人馬給日本人捲過來當了小菜，一揮手帶著這兩哨人退嶺向旅順而去。

徐邦道的目的很明確，旅順口還有大淸的駐軍近萬人，更還有他的拱衛軍兩營在那裡。大敵臨近又都有守城之責，這一萬人依傍陸岸炮台拚起命來，局面應還是大有可為的，打仗不摶到極處哪能輕言勝負？另外帶著無限遺憾的心情慘別南關嶺還是有一個收穫，那就是從守軍的口中得知，李中堂已將駐天津大沽的衛汝成成字步隊五營海運至旅順了。旅順又得到了一支生力軍！

## *8*

十一月六日中午，距金州最近的大連和尚島炮台已隱隱聽見西北邊傳來了大炮的轟鳴。炮聲震顫在人們的心頭，越聽彷彿越顯得近切，都快把人的心也要震顫得酥了。

島上的空氣凝滯著，凝滯得幾乎叫人窒息。營官、哨官們正為要打要守，還是要逃，爭執得幾乎動起手來；而整個炮台要塞的士兵除少數值哨瞭望的外，都被命令在壘中聽令，令卻遲遲不下，於是個個像熱鍋上的螞蟻坐立不安；有人開始紮行囊，便個個紮起行囊來，用以在這莫名的氣氛中無奈地排遣著。行囊紮好了，軍心卻紮得如一盤散沙。

忽地，隨著一聲「日本人打來了！」的嘶喊，外面又響起了兩聲淒厲的槍響，立時島上像炸了營樣的，士兵們紛紛從營壘中衝出到處亂竄，有的奔了炮位，有的奔了營門，見營門緊閉，有的乾脆就跑上壘牆尋稍矮處眼一閉朝下就跳了。

及至見到只有一騎向這邊衝過來時，人們這才看清原來同樣頭上盤一根大辮子，是自己人。壘門打開了又立即合上，衝進來的人是徐邦道派來求援的，人未下馬身邊已圍上了七八個官，不住地問：「金州怎樣了？」

來人氣喘吁吁，「快救金州！險了！」

營官、哨官們剛才唇槍舌劍，這時反倒啞口無言了。終於有人說：「我等守壘，此事實要趙總兵將令。」

送信的人四處望望喊一聲：「趙大人！」他翻身下馬，通地下跪在了地上，手便在貼身的衣中摸出一封信來高高地舉著，「徐大人有信在此，趙大人你快出來，我代徐大人跪下向你求救兵了！」

有營官接過一看，慘笑著突然高喊：「姓趙的你在哪裡！」

送信的人抬起頭來望著圍著的一群，淚水立時奪眶而出，「趙大人？」

「吒！趙大人沒了影子，這大連還怎麼守哇！」

送信的立即站了起來翻身上馬，有營官關照他：「快，你到大連諸炮台看看，說不定……」

信使不辱使命一勒馬繮，壘口的大門又打開來，信使揚鞭飛馬而出。

一個意想不到的情形隨著信使的奔出而發生了。炮台內的士兵紛紛向壘門衝去，瞬間匯成一股巨大的洪流，壘門口立時如濁浪滔滔，人的嘶喊叫罵聲與相互踐踏時傳出的呼救聲沸沸揚揚，一旦湧出壘門後便轟然炸開四散流溢。

有營官長嘆一聲，「一槍未放，大連拱手讓敵了……」一言未了，肩上卻被人猛地推了一把，「快！跑吧！」

## 9

信使馳馬飛奔，跑了大連灣南邊的老龍頭炮台、黃金山炮台，一大圈近百里轉下來，從中午至現在粒米未進，急火攻心已是不像個人了。但他終是沒找著趙懷業，是時已是夜幕沉沉了。

也許是這夜幕讓他完成了使命，他在黝黑的海邊望見了十數盞燈籠火光的明滅，驅馬奔去時，那燈籠上碩大的一個「趙」字便越來越清晰了。他拚盡了最後一口氣喊了聲：「趙大人！」聲音啞啞地卻像一個人在獨自低語。信使勒住馬繮要下來，身子晃了晃，馬也風一吹便要倒似地晃了晃。他咬著牙極艱難地挪動著肩膀，將哈乞開司快槍拿在了手中，拉動槍栓只一扣扳機，「砰」然一聲槍響便撕裂了這夜空。他從馬上轟然摔了下來。

槍聲使得燈籠處也有人突然栽倒，隨著一口木箱撞在了岸邊的岩石上炸裂開來，海灘上滿地滾動著的銀元寶，便在燈籠晃動的光線下流光溢彩了。

趙懷業在這槍聲中打了個寒顫，猛地拔出槍來，他覺得天旋地轉，一切都完了，帶著一種拚個魚死網破的心情，他與親兵們圍過去，在燈籠的照映下發現了已昏了的信使。在看過了搜出的求援信後，趙懷業來到信使身邊，原本一切都神不知鬼不覺，天公不作美，卻都盡壞在了這麼一個不相干的人手裡。彎腰看看，信使生死莫辨，趙懷業飛起一腳狠狠踢過去，信使在痛楚中「哎喲」一聲忽地坐了起來，趙懷業此時抽出雪亮的腰刀，一刀揮過，那信使聲也沒來得及哼就又躺了下去，「探子！日本人的探子。」趙懷業一手提著刀，一手向大海指著吼了起來，「把他扔到海裡去！」才吼過他的眼卻在指著的手中愣住了，一把將信塞進了嘴裡。滿嘴的咀嚼，趙懷業頗為讚許自己的俐落，心也一點一點地鬆下來，反身向散開的那銀子走去時，口中的咀嚼停止了。有人在撿滿地白花花的銀子，趙懷業一個箭步衝過去，當那些手下意識地朝回縮時，他一刀已剁在了一錠大銀上，隨著銀子綻開裂為兩半，所有撿銀的人彷佛是彈起來跳開，「嗖」地一下，他們一律抽出了腰刀，憤憤地望望趙懷業，又虎視眈眈地望望銀子。

趙懷業愣了下，他立即改變了主意，「一人兩錠一百兩，權當先發餉了。」聲音剛落，圍著的人像群餓急了搶食的狗，一哄而上。當趙懷業提刀監視著散銀頃刻瓜分一空時，可惜得熱淚奔眶而出，他喊了起來，「這是半年的餉銀吶，我們要對得起旅大數十營的兄弟們！」見懷揣兩錠大銀臉色已變得比較平和了的士兵，他那顆「砰砰」跳著的心這才又感到了一個落實。自原駐大連灣劉盛休的十二營數月前開赴大東溝後，趙懷業就悄悄將這上百萬兩銀子改裝進了彈藥箱內。原準備用魚雷艇裝運的，灣內還有兩艘應急用的魚雷艇，但因怕銀子一上艇他就作不得主了，所以改用漁船。月黑殺人夜，風高放火天，在他趙懷業沒有什麼敢不敢的。倘這上百萬兩銀子被他一口吞下來，那便是一輩子也大為快慰的事。這輩子仗沒少打過，混了個總兵。混了個總兵又怎樣？於錢財上不過有權吃些空額，剋扣些軍餉而已，難得遇上這麼個千載難逢的機會了。這些銀子本是可以神不知鬼不覺地消失的。日本人幫了他的忙，若問，銀子哪去了？銀子被日本人擄走了。就這麼輕輕巧巧簡簡單單。及至將來問起戰爭的責任，金州只有一營兵，旅大的兵也都調空了，便又是一個公說公有理，婆說婆有理，死扯皮的事；最主要的是，只要有了銀子他被押在了死牢裡也不怕，在大清他有把握用二三十萬兩銀子把一切都轉圜過來，盡點心說不定還能官復原職再加上它一級。

然而老天偏就和他作對，一聲槍響一個跟頭，摔散的一箱銀子叫一切都大白於天下了。

然而即便如此，這銀子他還是想一口全吞了。事後他不怕人告，只要脫出這險惡的大連灣，以中國之大，天高皇帝遠，隱姓埋名後盡情地享用，誰還找得到他？頂不濟他奔了日本、法蘭西，皇上總不能派人在外國人那裡去捉他吧？問題在於，他撞到一個想也想不到的坎上了，身邊這數十個知情的人一律都把眼盯到了這銀子上，說不定就會要了他的命！

一切他都要從頭想一想。趙懷業聲色俱厲地一邊督催著快些把銀子上船，一邊侃侃大談這餉銀對於旅順口弟兄們的重要性。說著說著看見得了銀子的親兵正把那信使的屍體朝海裡抬，他想起還有個徐邦道，現在攜銀是肯定走不脫了，殺信使滅口，但願日本人也把個徐邦道滅了。見死不救，僅此一條，將來徐邦道就可以告他罪不容誅！趙懷業一頭的冷汗直朝下。他已拿定主意，先一步不能遠，到了旅順再說，頂不濟到時把銀子獻出來，至少也是爲大清護住了上百萬兩的餉銀，罪乎？功乎？可立馬他又覺得有些不對頭，大連就這樣丟了？大連光儲備的輕重大炮就有一百二十餘門，炮彈就有二百六十萬發呢，還有堆積如山的糧食被服……趙懷業驀然間跳了起來，大叫：「來人！傳令，傳令！給我炸掉軍火庫！」他聲嘶力竭，神經質般地在這黑夜的海邊喊著，而在他的意念中軍火庫已是點燃起來，炸得個天翻地覆，燒得個烈焰冲天數日火光不熄，十分地悲壯了，誰還能說他沒打，是他的抵抗已把大連燒成一片焦土了……

因了他突然在黑暗中爆發出的野狼般的號叫，也因了燈籠如同一隻隻血紅的眼睛在海邊不停地閃爍，遠處立即傳來了陣陣槍聲的應和，接著一股股，後來竟是一大片潮水般的人群向這邊擁來，擁來的人群帶來了一片驚天動地的狂呼，「日本人追來了呀！」「船，有船！」「先搶船！」

趙懷業幾步跳上了船時，漁船上同時幾枝篙子撐下，便悠悠地離岸了。潰散的兵勇擁到岸邊已如止不住的狂潮，後浪推湧著前浪。他們涉水向漁船衝過來時，卻被漁船上的人發瘋般地向他們擲來的東西打得七零八落，突然發現是銀元寶，這海灘水邊便立時又是另一種混亂了，後到的人群頑強地踩過在海灘與水裡爭搶的人的身軀，如同掀起的一個巨瀾，直要把這漁船掀翻捲進這海裡去，但是在還僅剩一步之遙的時候，漁船上的槍響了……

擁來的士兵們紛紛栽倒的同時，船上的燈籠忽地一齊熄滅了，唯見趙懷業手裡抱著的機槍噴吐著火舌，還在狂掃著。

茫茫大海一片漆黑，似在無聲地應對著這一片絕望的慘叫，和遠處越來越近的日本人淒厲的槍聲……

漁船在夜幕的掩隱下，很快消失在汪洋一片的大海之中。

是夜無明月，真的。

## 10

西元一八九四年十一月六日夜，金州、大連灣相續丟給了日本人。

十一月七日（陰曆十月初十日）是慈禧皇太后的六十誕辰。

按理說過生日祝壽這應當是個好日子，因爲此時正值深秋，天高氣爽。可住在頤和園玉瀾堂裡的慈禧沒來由的一夜都沒睡好，後面德和園大戲樓雖能透著窗看見它隱隱的燈光，卻是一片的靜寂了無聲息；而能聽見的則是秋風掠過昆明湖，湖水拍打岸邊的澎湃聲，一夜臥聽水拍岸，只叫這玉瀾堂裡似乎都是濕漉漉的氣息了。慈禧在床上坐了起來，她側耳佇聽著，大連灣、旅順口那邊，怕也是一片大水濤聲頻頻吧……她有些驚訝，怎麼想到了這上頭？她感到有些晦氣，今兒個是什麼日子，是她朝思暮想準備了數年之久過壽的日子，是人人見了她都要道聲吉祥，高頌萬壽無疆的日子，她應當高興才是。慈禧再也睡不下去了，她是應當高興，就算什麼不高興的事兒都不想吧，可這感覺中的濕漉漉氣息總叫她有些悶，感到些許的壓抑。她起身下床，夜遊神般地沿湖岸朝西面的佛香閣走去。她的身後，跟著了一長溜兒捧著各色器物的太監，燈籠不敢打，大氣也不敢出，一律盡皆是默默的。

登上佛香閣時天色啓明了，慈禧舉目四望，山川大地攏在一片薄薄的霧靄裡，霧靄中因了秋色，隱隱地正透出了紅黃相間的色彩來。紅紅的太陽彷彿是在一瞬間又升高了些，近前的昆明湖在薄霧中顯現了出來，秋風似在湖面滑過，碧波漣漣滿湖耀金。這就是她的生日，這就是她生日的早晨。早年聽母親說，她就是在這天將啓明的時候呱呱墜地的。已是六十個年頭了。

按理說，她的生日是從二個月前，八月十四日那一天給她加封了「崇熙」徽號後就開始了的。原訂十月初三日安排皇上率王公百官到頤和園仁壽殿筵宴，初四日皇后率妃嬪、公主、福晉、命婦等亦在仁壽殿筵宴，初十日生日這天，她將正式在這頤和園排雲殿接受宮裡宮外聲勢浩大的朝賀。一切都將比照著乾隆給其母過壽時的排場進行，一切都將有過之而無不及。可現在「崇」不必談，那生日卻是越過越「稀」了。一切都因了對日本人的戰事，被翁同龢與一班起鬨的朝臣上了一疏「請停頤和園工程」，停辦「點景」移作軍費而攪得七零八落。慈禧當即怒不可遏，說：「今日令我不歡者，吾亦將令彼終生不歡！」然而火是這麼發了，國事、民情、輿論卻又不得不顧及，在頤和園中一切慶賀停辦了，改在了宮中；原定初五、初六的兩次筵宴，也「暫行緩期，候旨遵行」了。六十慶典違著她的意志，並且是由她親手一改再改，慈禧分明是感覺出來冥冥上蒼有一隻手在支派著她，她感到了一種勢不可違。其實勢不可違的事多著呢，轉神的工夫她就記起了另一樁，扭頭問李蓮英：「皇上今兒在哪過夜的？」

從李蓮英一臉賊兮兮的笑容中，慈禧立即明白皇帝又在珍妃那兒過夜了，她的臉立馬沉了下來，陰雲密布。皇后是她哥哥的女兒，皇上是她妹妹的兒子，她是極願意光緒馬上就有一個兒子，並且這兒子應該是同皇后所生。無奈皇上不喜歡他的表妹，幾乎是天天叫皇后獨守空房，哪怕是在母后過壽的前一夜也不放一馬。慈禧暗自嘆出一口無可奈何的氣來，她把頭慢慢抬起時，忽地看見下面排雲門那邊已是錦旗飄拂了，又問李蓮英：「那邊人聲喧喧的在幹什麼？」

「太后慶典，」李蓮英吃了一驚，「那邊都是爲太后慶典還宮的清蹕儀仗呀！」

慈禧恍然若有所悟，當她的目光望見已在朝陽中隱隱可見的，一路向紫禁城中鋪過去的「點景」，心中便比較舒坦了些，可她的嘴裡卻在慢悠悠地問：「這是在催我早早地上路麼？」

李蓮英嚇得一下子趴在地上，聲也不敢吱了。

「我還沒吃早飯吶！」

「正請太后的示，早膳已在介壽堂備好了。」

「介壽堂？我要清華軒。」

及至到了排雲殿前左面的清華軒，慈禧一見鋪排好的早膳就望著李蓮英一個勁地冷笑，尖著嗓子學著李蓮英的腔調：「請太后的示，早膳已備好了。」她忽地一揮手，「誰讓你準備這些的？撤了。」

「撤了！」李蓮英回身也叫一聲，轉臉卻又竊竊地低低喚一聲：「太后……」

太后說：「我要吃湯圓。」

正說著，光緒皇帝帶著皇后嬪妃們來給太后請早安了。慈禧只一眼便就夠了，皇后落落寡歡跟著皇上，都像個隨侍的宮女，落兩步走著的兩個妃子，瑾妃一臉的淡漠，而珍妃卻是滿臉止不住的喜氣洋洋。見他們要跪下，慈禧說：「免了罷，待會兒有你們磕個夠的時候。」熱騰騰的湯圓端上來了，見皇上魂不守舍要離去的樣子，慈禧又說：「都在這用早膳罷，樂和和就先取個團圓的意思。」

有太監用托盤又端來了幾碗湯圓，李蓮英過去爲皇后指點著，「皇后，您用這一碗。」皇后白了他一眼，卻偏偏把手伸過去把珍妃要端的那碗捧了過來。珍妃一賭氣就端了皇后那一碗吃起來，吃幾口便是「哎喲」地一聲，她捂著嘴，從口裡吐出了一個小金元寶來。皇后已咬著的一口湯圓便就堵在嘴上，兩行熱淚滾滾而出了。

珍妃放下碗走到慈禧面前，「太后六十大壽，奴婢託太后的福。」她雙手獻上小金元寶，「祝太后福如東海，壽比南山。」

慈禧拿過小金元寶看看笑著說：「太小了，我要四萬兩銀子鑄它一個大的來……」

嬪妃與太監們一律討好地傻呵呵地笑了。珍妃愣住了，她忽地裝起傻來跪在地上問太后：「四萬兩銀子的金元寶有多大？」她望著太后嫣然一笑，「太后要是賞我四萬兩，我就眞的鑄一個獻上來。」

慈禧冷笑著說：「去問問一個叫魯伯陽的人，就知道有多大了……」她轉眼望著光緒皇帝，「皇上，魯伯陽你知道麼？」見光緒正捧著碗發愣，又說：「皇上，這湯圓子你吃得眞是如癡如醉，怕是吃出滋味來了。」

光緒捧著碗中的湯圓，忽地回過神來，跪到了地上，「皇兒食不甘味，嚥不下去，皇兒五內俱焚……灣，灣旅那邊電信已斷，情形萬分緊急……援旅之師卻又杳無聲息。」

慈禧一臉十分驚訝的樣子，「說這些幹什麼？皇上不是早已親政了？」她轉過頭來對衆人說：「我好不容易才熬到六十慶典，他連一口湯圓也不肯吃。」

光緒發狠挑起湯圓一口咬下去，滾熱的湯汁濺了滿嘴，口中燙得著說不出話來。

「心急吃不得熱湯圓……你太心急了。」慈禧冷笑著放下碗來，「還宮，即刻還宮，傳我的懿旨，滿朝文武賞戲三天，我要普天同慶！」

浩浩蕩蕩的儀仗出頤和園東門向著紫禁城的方向行進，鼓樂聲聲，禮炮陣陣。慈禧太后與皇上帝后們所乘的金輦轎輿以及明黃色漆車，在早晨的陽光中一片金碧輝煌。沿途人流滾滾，在各點景迎候的文武百官人潮湧動，於是輦轎車馬便宛若舟船，浮泛在這一片喧喧不已的人海之上。

慈禧向外望了一眼，她分明地看到她是駛馭在這一片金碧輝煌之上，登峰造極了；卻又分明感到這金輦行進中的震顫與顛簸，恰如一葉扁舟，一不留神便會被顛翻下來。慈禧在顛簸的金輦中又不覺轉身去將後面的窗幔掀起了一個角兒，只一眼她的心就無端地跳了起來，後面金輦的窗幔也掀起了一個角兒，光緒正在偷偷地窺探著她。僅僅只一眼，後面的窗幔立即垂了下來，她沒能看清光緒已是湊得很近的臉，卻分明已體察到了那十分陰鬱的眼神。這分明給了她一個感覺，她在明處，他在暗處，慈禧立即感到了渾身的不自在，如坐針氈。他在暗處早已算計著她了。一心一意地要與日本人開戰，命從己出，調理李鴻章，重組軍機處……可一想到今兒早上光緒那個急猴猴的樣兒，慈禧心中就又透出了幾分舒泰，如今的皇上是太心急了，這回讓日本人這顆熱滾滾的湯圓燙得他五內俱焚，活該著了。她覺得光緒雖然心越來越大，心眼變得越來越多，但畢竟還是嫩了點兒，他哪知道一個做皇帝的難處。她慈禧卻知道，她是從咸豐身上，從咸豐當年面對的那些奏章中知道了，因此她懂得當皇帝的處境，因而她懂得咸豐那樣的一個皇帝，也就懂得光緒這樣一個皇帝。

當年咸豐皇帝也是苦惱已極，南面有太平天國搞得他國事日危，北面有英法聯軍要同他動武，最終還是給洋人一把火燒了圓明園，讓他遠逃熱河避暑山莊，並在那兒崩駕。駕崩前的那幾年，咸豐已將國政全權交給了自己的弟弟恭親王奕訢和軍機大臣肅順，自己鑽進圓明園成日與被稱爲「圓明園四春」的四個女人作樂解愁，作樂解愁也不得安閒，還要不斷對付來自她慈禧的爭寵。慈禧正是在當年的爭寵之中，漸漸窺視到了一個皇帝處在不可自拔境地中的困頓。那時她在暗處。不是麼？咸豐皇帝明知道以他的病體是不可能把凡他喜歡的女人一個個都寵遍的，但一如陷在泥潭中越掙扎就將陷得越深一樣，爲解愁就得去與女人作樂，作樂過度就必然要傷身子，回過頭來，面對的便又是無窮無盡，其中充滿了哀號的奏章了；於是情形變得分明，問國事，國事慘不忍睹，卻就是傷及心與神的事了，兩相比較，自然傷身體是比較容易做到的事。當年的慈禧常常面對哀聲嘆氣的咸豐，便漸漸一切都明白了，如此的國事，如此的江山，如此的他，他是分明隱隱預感到自己大約是不會長壽的。但慈禧對陷於極度苦悶的咸豐皇帝的窺視與認識，當時僅僅限於這一步而已，而以後的事卻讓她把一切都看得十分透闢。想到這裡，慈禧坐在金輦中淒淒地一笑，當今的皇上光緒能把一切看得入木三分的麼？

後來慈禧才知道，最後已不能迷戀女色，並且病入膏肓的咸豐帝，成日面對著在一旁侍奉湯藥，而又時常代閱奏章行文批覆的慈禧，動的卻是另一番念頭。

皇帝身邊總不乏忠心而能洞穿皇上心事的臣子，當年是誰？是肅順。肅順向咸豐帝意味深長地講了一個鉤弋夫人的故事。當有太監將這個偷聽來的故事又講給慈禧聽時，便叫她出了一身冷汗幾乎昏了過去。鉤弋夫人是漢武帝的妃子，住鉤弋宮，時稱鉤弋夫人，她的兒子就是將要繼承江山大統的皇太子。漢武帝為了防止呂后篡權的事再度發生，在臨死前藉故，毅然決然將做母親的鉤弋夫人給殺了。肅順講這個故事給咸豐皇帝聽是什麼意思？因為當年西漢宮中的情形幾乎與二千年後的大清如出一轍，都是妃子生子得寵，都是子少母壯，都是當母親的擅長機變而熱中於權術。肅順這畜牲是在暗示咸豐皇帝把她當作鉤弋夫人給殺了！這以後慈禧再也不敢恃寵頂撞皇上了，再也不敢接近奏章了，一時間對皇上百依百順柔情似水，叫咸豐皇帝就怎麼也狠不起心來對她下手了。那次她躲過了這六十年中的第一次大劫難。但咸豐皇帝一死，慈禧就借恭親王奕訢之力，內外聯手殺了以肅順為首的八個顧命大臣。肅順要殺她，她不殺肅順殺誰？

人雖被殺了，可慈禧總感到他們的陰魂久久不散，似乎老在若隱若現地纏繞著她。這種感覺變得明確起來，是在過去了整整二十年以後的光緒七年（西元一八八一年）。那是將過春節的前一天。東宮慈安太后忽然喊她去。當慈禧一剛跨進門檻就愣住了，她看見慈安寢宮中御案擺了起來，慈安本人已身著盛服端端地坐在了御案的後頭，而御案的兩側，宮中的侍衛早已手按在腰間的刀把上，個個一臉的殺氣分列左右了。慈禧的另一隻腳卻就怎麼也邁不動了。當時慈安只把眼盯在她的臉上掃過來又瞄過去，望得慈禧的臉紅一陣白一陣，就快要再也綳不住的時候，終於用手指指御案。御案上焚香供著的是一道黃綾裱就的咸豐帝的遺詔，立時一種不祥的預感便就濃濃烈烈地籠罩著慈禧，她一頭撲過去抓過遺詔就讀起來，詔曰：

**西宮**（指慈禧）**援母以子貴之義，不得不並尊爲太后。然其人絕非可倚信者。即有事，汝**（指慈安）**就當專決。彼**（指慈禧）**果安分無過，當始終曲全恩禮。若其失行彰著，汝可召集廷臣，將朕此旨宣示，立即賜死，以杜後患。**

猶如青天霹靂，「哇」地一聲慈禧悲痛欲絕的號啕大哭了，淚眼中她只覺得那朱筆遺詔上像汪了一灘血，正在一滴一滴流下來，她的頭只是不住地一下一下，扎扎實實地在地上磕碰著。也不知過了多少時辰，慈安走來用手扳扳她的肩，正笑嘻嘻地看著她呢，接著便是在絮絮叨叨地責備，說她哪件事欠妥了，哪件事專斷了，說著說著慈禧的心神反倒定了下來，都是些芝麻綠豆般的小事，於是慈安說一個，她便道一聲「知罪」，再說一個她便哀切切地言一聲「請死」。說到後來慈安竟揮手讓侍衛們退下了，又把遺詔拿在手上說：「並不是別的意思，只望以後姊妹協力同心便了。」示之以誠，把遺詔燒了。那是一團黃黃的跳躍著的火焰，隨著閃閃爍爍的火光，咸豐的臉猙獰恐怖地現了出來，又隨著火光一點一點地消失了。

遺詔意外地灰飛煙滅了，慈禧卻整個兒癱在了地上。

那次慈禧在自己的寢宮內兩眼直直盯著床頂五日五夜沒闔眼。整整過去二十個年頭了呀！原來一直有把血淋淋的刀架在她的後脖子梗兒上，天下沒有比這更可怕的事了！這是一個在她心中天地翻覆狂瀾迭起的五天，她深深地後悔了，入宮後學皇上喜歡的吳歌南曲兒，不把歌聲唱得那麼動聽就好了；不時時穿著咸豐皇帝喜歡的漢女裝束也好了；選秀女時，她若呆板板不著力表現，不一腳跨進宮中來就更好了！若當年嫁個官人也罷，哪怕是嫁個吃鐵杆莊稼的旗人也成，平平常常，過日子生孩子，聊聊天兒，摸個小牌聽聽戲兒，她本是個並不十分特殊的旗人家的女兒，現在想來若再過上那種平平常常的日子，都是個了不得的福分呵！

但晚了，一切都晚了！慈禧在那不闔眼的五天中後悔也罷，不後悔也罷，叫她思索得再清楚不過的事就是：一旦她跨進了這宮門來，就一如穿上了一雙魔鞋，便非在這方舞台上跳下去不可，欲罷不能了。那如同蘸著血寫成的朱筆遺詔，時時在她的眼前晃動，一簇火苗竄起，它又變作縷縷青煙化成了灰燼一團。又一次大難過去了，大難真的過去了麼？慈禧當年心有餘悸地反覆推敲著。假使自己的手中有道殺慈安的遺詔怎麼辦？會燒掉麼？絕不會！遺詔燃燒時的那團火又在慈禧的眼前變得鮮活起來，火光中，她丈夫咸豐皇帝的那張和善中掩蓋著無比險惡的臉，便又鮮淋淋地顯現出來。咸豐是把她視為死後的大忌的，假若，假若咸豐的陰魂在向她使著連環計，再有一張誅殺她的遺詔在慈安的手裡怎麼辦？慈禧再清楚不過地記得當時她一想到這上頭，伸手一把就將被子在了頭上，渾身不住地顫抖，她的整個兒靈魂兒也在戰慄了。她感到豈只是自己的丈夫咸豐，是整個兒這幽深宮內的，又豈只就是這深宮之內，那是自春秋戰國，自秦漢以降的，也說不清這數千年中多少個帝王的幽靈在向她撲來，死死扼住了她的喉嚨……她感到蒙在被子裡的自己幾乎是被掐死了，而一旦她幽幽地舒過一口氣從被子裡伸出頭來時，她便有些恍恍惑惑，她覺得那些個幽靈全都附在她的軀體之中了！她在五天之後終於掀開了被子，慢慢地從裡面爬了出來。

半月後東宮慈安皇太后突然暴病而亡。死後面色鐵青，十指紫黑。

金輦在不知不覺中停了下來，外面燦爛的陽光從簾帷的縫隙中絲絲縷縷地透了進來，慈禧感覺到了，大約是已入了紫禁城，大約是這金輦已停在了皇極殿前，只要等她一出現，便就是鼓樂齊鳴萬方來賀的盛大場面了，然而慈禧坐在那裡不動，她怕驀然掀開簾帷，這六十年的一切便就無遮無擋地暴露在光天化日之下，她寧可就這麼地坐在半昏半暗的光線之中，細細地品味咀嚼這一切……忽然有手伸了進來，在緩緩地動作著，慈禧吃了一驚，她的感覺中，那手帶著些光亮伸進來的顏色是紫黑的，然而那手把簾帷掀向了一邊，眼前出現了皇后的那張始終都是鬱鬱寡歡的臉。那張苦臉上擠出了一個笑，「太后，下輦了。」慈禧的眼越過皇后的肩，她望見珍妃正站在皇上的身邊依舊是笑嘻嘻的模樣，一遇上她的目光，便立時道了一個蹲安，「太后萬壽無疆，我們正等著給您朝賀呢！」慈禧的眼在這一瞬間模糊起來，她好似分明看到了那個當年活潑靈動的蘭子，分明是看到了那個充滿心機而又野心勃勃的蘭貴人，分明看到了四十多年前的自己。她一把抓住皇后伸過來的手彎，腰鑽出了金輦時，鼓樂聲無比喧昂地鳴響了起來，她在皇后的挽扶下走向接受朝賀的寶座，她分別感到她的手在微微地顫抖著，她看見珍妃在輕輕扯動著光緒皇帝的龍袍，光緒皇帝這才一步一趨地向她走來。蘭貴人只有一個，她是絕不允許當今皇上身邊再出現一個蘭貴人了。

慈禧安坐於高高的寶座之上，在盛大的慶典儀式中接受王公大臣、文武百官的朝賀，她微笑著，她看見朝賀的人們也是微笑著的；她忽地感到心中有些空落落的，再看向她朝賀的人們，感覺中也都一律是在強顏作笑；禮炮此刻突然轟轟轟地在遠處轟響起來，她的心一驚，她看見朝賀著的人們一律都身不由己地顫抖了下，又全都心懷叵測地向炮響的方向瞥去。這一眼是真切而分明的，慈禧忽地心頭湧起了一個悲哀，全不能與乾隆年間比了，一切全都是在強作歡勢，虛圖了一個外表而已。

## 11

朝賀過後便是太后親自「行慶施惠」，「加恩」賞王公大臣、文武百官以及公主命婦們各種禮品。冗長的賞賜過後便宣布「賞戲三天」，三天內不辦一切國家事務，只是看戲吃喝作樂而已。戲是福、祿、壽三台壓軸戲。正演著第一軸福台群仙上壽的時候，如坐針氈的光緒皇帝藉故解溲就溜了出來。

養心殿中空空蕩蕩，身邊只跟著了兩個沒心沒肺的小太監。光緒皇帝在養心殿中來回走動著，又心緒煩亂地要喝茶，小太監把茶奉上來了，上好的碧螺春被他們一泡就是半碗；要個手巾把子擦擦臉，手巾竟然溫吞吞沒多少熱氣兒；再看看這兩個小太監，卻都是褲襠裡夾著了一泡尿，急惶惶的，他們都還惦著外頭的那戲！光緒一把將手巾把子到了太監的臉上，高喝一聲：「來人！」

聲音空蕩蕩的半天也沒見外面擁進十個八個人來，倒是兩個小太監自個兒「喳」地一聲後，跪在了地上。光緒帝本是要把這兩個奴才著人掀翻了，扒下褲子在屁股上飽打一頓的，此時心裡反倒透出了一絲的慶幸，正是顧此失彼的時候，眞就是在太后過大壽的時辰把兩個太監打了，豈不又徒生出些事端來？他說：「你們就去聽戲吧！」兩個奴才說：「皇上爺也一齊去聽，我們才去聽。」光緒一口噎著了。聽聽多貼心，皇上爺去聽他才去聽；可皇上爺已是百爪撓心去了是受罪，他們就不知道麼？盡都是太后派來的奸細。「滾！」光緒一拍桌子吼了起來，「滾！」兩個小太監又「喳」了聲，爬起來滾，可沒滾到足夠遠的地方就在養心殿格子窗外豎著了，躬著身，不時還賊溜溜地向裡面瞥上它一眼。

光緒頹然坐在了寶座之上，他想，他們大清國的列祖列宗，恐怕沒有一個像他這樣，走到了內外交困進退兩難的境地。其實僅僅對付日本人只要協力同心倒也並不難，難就難在他什麼也指揮不動，聖旨沒出京城便就全都搞得個似是而非。原指望起用伯父恭親王奕訢出來幫他一把，可人家卻一屁股坐到了太后那邊主起和來，且都是餿點子，一會兒請俄國人調停，一會兒又要用銀子引誘英國人出面干涉，軍機處有了他這個首席大臣，仗還怎麼打？這樣的軍機處已經難纏，前幾日（十月初三）太后忽地又發一道懿旨，還要成立個什麼督辦軍務處。大老爺二老爺，誰聽誰的還沒分得清，太后便又朝這個督辦軍務處裡一個勁兒地摻起沙子來，除了首席仍是他的那個伯伯奕訢而外，光摻進一個實掌兵權的步軍統領榮祿，就把他的人翁同龢、李鴻藻、長麟給統統蓋死了。

光緒心緒越想越煩，起身走進了養心殿西暖閣，盤腿坐在了臨窗的小炕上，炕桌上放了一連串的電報，金州告急！大連灣告急！旅順口告急！日軍二萬多人忽地從花園口登了岸，忽地到了貔子窩，數日後前鋒已進到金州城外了。他早已嚴辭切責，要李鴻章派艦往花園口尋探，去海上劫日軍的後路，可李鴻章就是不肯，言之鑿鑿一說艦未修好，二言怕北洋艦隊去了「徒遭損毀而資敵」。好、好、好，就算是保持最後的海軍實力不輕手一擲罷了，那麼陸路呢？得知日軍登陸後，就急令李鴻章調一軍赴援金州了，可程之偉帶的五營由營口出發，走了十多天也沒到達金州，最後竟在金州北面一百多里處的復縣銷聲匿跡了！程之偉不是淮系，就算這也不怪李鴻章，然而調駐山東的淮軍嫡系衛汝成五營赴援呢，他皇上的本意是將此援軍投向遼陽，一則牽制由花園口登陸日軍的後路，二則可作鴨綠江方面清軍的後援，同時也可作陪都奉天（瀋陽）的一道屏障，簡直一石三鳥！可李鴻章偏偏要把這支生力軍由旅順登陸，要去加強旅順的防務。皇帝的聖旨沒有一道得到切實執行的，皇上的聖旨都好像不聖了。

光緒望著玻璃窗外發呆，他看見養心殿外園中的花草已在凋零了，發黃的枝葉正在秋風中瑟縮著。忽地養心殿的大門處有幾個太監奔了進來，高呼：「皇上，皇上爺。」光緒勾起手指在窗子上彈了彈，那幾個太監奔過來隔窗一齊跪下來，其中一個說：「皇上，太后著奴才們過來問一聲，今天是什麼日子？」光緒的眼眨了眨，沒吱聲。那太監又說：「太后請皇上去聽戲……」光緒忍無可忍一拍炕桌，「回太后，就說，就說金州與大連灣丟了，叫日本人占去了！滾！」

太監們「滾」了，光緒皇帝的心中陡然升起了一種酣暢淋漓的痛快來。慶典，慶典，太后正在興致勃勃地聽戲，被他兜頭一盆冷水潑過去卻又發作不得……然而金州、大連灣丟失了麼？（此兩處確實在此日失陷，但京城中知道還是在數日後的事。）此話從天子嘴中脫口而出，於江山社稷大不吉利了。再說太后當眞會敗了興致？敗了好勝也好，皇上你不是親政了麼？人家慶壽照常賞戲三天，人家聽著應該是格外地助了興致……光緒悵悵地將目光收回來，看見炕桌上一疊疊報告敗績的電文，就差嗚嗚然一聲哭下來。怎麼說旅大對於大淸國也是太重要了，旅順、大連一丟，京城頓失屏障，日本人就可以由海路取天津，而後直搗京城。他忽地又感到李鴻章不把衛汝成的淮軍五營調遼陽也是有道理的。然而淮軍不可恃，李鴻章整個兒就是太后的人了，由此他想到半月前調山東巡撫李秉衡轄下的章高元嵩武軍八營增援旅大的事，至今也久久未能成行。那個李秉衡在回電中一會兒說車馬尙缺，一會兒說糧草未備，就一直拖到了今天。李鴻章不聽調遣，難道李秉衡也跟朕陽奉陰違起來了？還有劉銘傳，朕屢屢去電催行，回電卻說：「兩耳聾閉，左目早廢，僅剩右目一線之光……耳聾目暗，軍事機密，豈可大聲疾呼？」言辭中隔岸觀火，又頗多調侃之意也！已是給他個北洋會辦大臣了，他，他就是不肯來！

一陣東風掃過養心殿的庭院，和著風外面傳來了琴瑟之音，和一陣陣悠悠揚揚的吟唱，想是群臣正在高歌著，在給太后祝福萬壽無疆了。光緒微微闔上了眼，他彷彿看見太后在他的后妃以及衆多的太監的挽扶簇擁下，正笑吟吟地對戲子們，對伺候得她感覺十分舒適了的太監們當台封賞著，大把的珠寶金銀從她的手中撒出，她正享受著當太后的尊嚴與愜意……光緒不想睜開眼來，就這麼坐著，他感到了有些孤獨……

「醒醒，醒醒，萬歲爺。」光緒睜開了一隻眼，看見那個小太監湊近耳朵，正有些賊頭賊腦地低低喚著他，一股無名火便衝了上來，正待發作，忽地他又似有省悟，問：「金州傳捷了？」小太監地直搖頭時，已被光緒一把揪住了辮子搖晃著，「金州失守了？」小太監只是在驚恐中顫顫地掙扎著，「萬歲爺，是戶部尚書，翁同龢翁師傅來了。」

光緒皇帝起先雙眼有些茫茫然的時候，翁同龢翁師傅已是急步走到近前伏地行著了大禮，「老臣叩請皇上聖安。」

光緒身子動了動，「師傅快起，坐。」他望著他的師傅突然沒來由地問：「師傅不是參加慶典的麼？」見翁師傅把半個屁股擱小炕沿上危坐著不吱聲，立馬理會過來，一揮手叫那小太監：「出去！」這才定下神來等他的翁師傅。

翁師傅說：「皇上披肝瀝膽日夜焦慮，老臣敢苟且偷安乎？」

「師傅！」光緒只喊了聲雙眼就有些濕潤了。

翁同龢說：「金州那邊暫無聲息。」他遞過一封電報，「倒是新上任的兩江總督張之洞有消息。」

光緒接過電報，手竟有些抖動著，「今日來電議事，足見體察聖心……」他展開電報，電報中曰：「旅大戰事日迫，聞有與日議和一事，臣徒甚焦慮。無論或戰或和，總非有船不行……」光緒看著看著，慢慢抬起頭來望著翁同龢，「丁汝昌帶北洋水師還在威海……購船，朕早已著李鴻章，著駐英公使龔照瑗連絡，可急切哪能購得著？」

翁同龢見皇上言到艦船時的形狀，便覺出皇上是在責怪他三年前停了海軍經費的事，倘當年歲歲增添戰船，哪還需要臨戰急購？只是一時不好明說罷了。他理了把鬍鬚，嘴裡「嗯嗯」著掩過一個尷尬，官場磨礪多年的體驗立即又讓他生出了一個急智，他說：「既是張督言及艦船，兩江總督轄內正有戰艦多艘，可調北上以助旅大之戰。張之洞數日前恰蒙皇恩赴任兩江總督接替劉坤一職，此刻能不全力以赴？」

光緒帝情緒一振，立即用朱筆寫了道聖旨遞給翁同龢，想想又問：「天津那邊可有電報來麼？」

「有。」翁同龢說，他又從懷裡掏出了一封電報來。

光緒接過看時，上曰：「寄譯署（總理各國事務衙門之別稱）。滬局沈道電：探聞倭政府亦議借洋債，並有英富商願借兵債與倭。聞倭主（日本天皇）減膳，每日理事，由卯至戌……」光緒看著看著就把電報按在了小炕桌上，說：「朕還擬發兩旨，一給山東巡撫李秉衡，要章高元八營即日東渡，並著李鴻章派船速往載運。另一道是單給李鴻章，叫他就把購巴西快輪一隻的事立即給我定下來。」翁同龢微微地笑著，他覺得皇上要說的還不止這些。果然光緒抬起頭來望著他，眼眨了眨，終於忍不住說：『聞倭主減膳，每日理事，由卯至戌。』此言說給誰聽的？朕與倭主比，有過之而無不及……」

翁同龢咂咂嘴，「老臣也看出味來了，他這是有意說給皇上聽，仗是打得一敗再敗，倒好像是皇上貪享安逸所致，日夜辛勞的反倒是他了。」

「偃蹇傲悍之疆臣，好在朕已急調江督劉坤一、雲貴總督王文韶火速進京陛見……」忽然「叭」地聲響，光緒禁不住渾身哆嗦了下，一把抓住了翁同龢的手，這才滿是惶恐地望著窗外，原是那兩個小太監在養心殿的院子裡放天地響玩。宮中防火燭，是從不許放這玩藝兒的，乍響起來，卻簡直猶如驚雷也！又是爆竹落地時「叭」的聲，他感覺到翁師傅寬厚而溫溫的手在他的手上輕輕拍了拍，便立時有些百感交集了，他從小就怕聽見個雷聲，每每在上書房讀書，一聽見驚雷，總是奮不顧身一下子撲進師傅懷中去的……不過是一轉念的工夫，光緒已把手從翁同龢的掌中退了出來，他感到自己在大臣面前失態了，而自己已不是當年，他已是個親政的皇帝了。

光緒的臉色由白變紅，一股怒氣勃勃欲發，翻身下炕趿著鞋便衝到了養心殿的屋檐下，正要發作可轉念之間他又是一個回過神來；沒有人讓他們來「樂一樂」，送個膽子這些奴才也是不敢的。見兩個小太監畢竟有些驚慌失措，光緒反倒笑了下說：「再放兩個聽聽，朕還是第一次聽見過呢！」他扭頭問跟過來的翁同龢，語氣中便是一派胸納四海的氣派，「東邊槍炮是不是也這般地響？」話一出口，光緒便又是一個懊悔，東邊何處？鴨綠江邊的九連城，遼東半島的金州、大連、旅順口呀，那是令他日日坐立不安的隱痛，他卻偏偏自己一伸手，戳到這個痛處上來了！光緒掛不住拉下臉來，咬牙切齒罵一聲：「混帳的奴才！」

翁同龢連忙在一邊說：「小公公，還不快給皇上跪下！」

兩個小太監跪在地上直磕頭，「皇上，皇上……」

「不懂事的東西！」光緒手一揮，「權當看在太后六十慶典的面上……罷了。」

兩個小太監的心鬆了下來，「喳」的一聲。

沒想光緒反倒又發起脾氣來了，「喳！奴才，喳一聲就算了？」他忽覺得自己的肚子餓了，這才記起今兒一早吃湯圓的那一齣，也不等奴才再有表示，急急地說：「傳膳，朕要用膳！」

其中一個小太監立馬脖子一昂，「傳御膳！」一聲喊出他側頭聽聽，也納悶，竟沒聽見一聲接一聲的「傳膳」遞出去，理味到是因了太后過大壽的緣故，便機靈地一下子從地上蹦起來，奔了御膳房。

光緒反身踱進了養心殿，剩下的那小太監已是立即把一杯新沏的茶送了上來，翁同龢卻跟在身後說：「老臣請辭了。」光緒一把抓住了翁同龢的手說：「師傅與朕一同進膳。」翁同龢推辭再三，終於還是坐下來直說皇恩浩蕩了。

光緒此刻的心情比較自在，對於小太監他可謂恩威並施處置得當，在師傅面前他覺得臉上比較地風光了。忽地又想到船的事，就與翁師傅商議起來，一會兒是張之洞，一會兒又是丁汝昌；說到丁汝昌免不了有些咬牙切齒的，言及張之洞，心裡便舒坦。正說著，七八個御膳房的太監捧食而至，正在打開食盒朝桌上一樣一樣擺時，光緒言了一個「慢」字，他斜著頭問太監們：「這是幹什麼？朕這一頓要花銷多少銀子？邊患緊急，朕不是早已傳諭減膳了麼？」他讓人都撤了，只留下四菜一湯兩碗米飯而已。光緒捧碗舉筷讓翁同龢也用，他說：「這兩樣菜是特爲師傅加的，已是破費了。」見師傅拘謹，光緒覺得可能是剛才言及破費，讓師傅不自在起來，便一邊吃著一邊假作閒談，替翁同龢排解起來，「師傅一早上朝，早餐用過點心麼？」

翁同龢說：「老臣家計甚貧，家風也素來儉省，每晨早餐不過雞子四枚而已。」

沒想光緒愣愣然地放下碗筷，望著翁同龢過半天才說：「雞子（雞蛋）一枚需十兩銀子，四枚便四十金矣，朕尚不敢如此縱慾，師傅怎能說家貧呢？」

眞正驚呆了的是翁同龢，明白一定是御膳房太監們作的鬼，卻一下子又不知說什麼才好，但他立即又轉過彎來，「皇上所用雞子，乃光滑無隙者，所值理當十金一枚；臣所用雞子，皆乃陋巷之中矮檐之下所售殘破者，價賤，每枚不過數文而已。」

光緒帝「啪」地放下筷子，恍然大悟了，急急離開餐桌奔了東暖閣，不一會兒出來，喚過太監便丟下了一道聖旨，上曰：

「朕確聞外間雞子有兩價也，倭氛日熾，朕猶節食尚不及，何能安享十金一枚之雞子。朕欲用乃殘破有隙之雞子，數文可也。著御膳房採買太監遵辦。欽此。」

正這時殿外脆生生一聲「皇上」。抬頭望去，見珍妃已急急地走了進來。

珍妃說：「偷偷溜過來臣妾只爲一件事氣不過。魯伯陽的事皇上是知道的。」

「魯伯陽是誰？」光緒卻茫無所知，他扭頭望著翁同龢。

翁同龢想起來了，魯伯陽這人半年前是被皇上放了上海道缺的，卻不知什麼緣故，剛上任不出一個月，就被兩江總督劉坤一給罷免了。但此事有皇上的愛妃摻在裡面，而皇上又一時記不大清了，便也不好貿然多嘴，說：「臣也不知道，怕要往吏部查一查。」

光緒嘖嘖連聲指指頭，「頭痛，愛妃，怎麼忽地又跑出個魯伯陽來了……」

珍妃有些急了，「皇上，你這要是記不起，臣妾可就懸在半空中了！」

## 12

一八九四年陽曆十一月七日是個非常有趣的日子。

京城的皇太后慈禧正在過六十大壽賞戲三天，而皇上光緒卻在焦慮不安中手足無措。

這一天凌晨，大連灣讓守將趙懷業連同軍械物資一齊送給了日本人，他自己帶著軍餉白銀一百多萬兩逃到了旅順。

同是在這十一月七日，近中午時分趙懷業來了，旅順口水陸營務處會辦龔照璵卻走了。

龔照璵是大白天乘著一艘魚雷快艇走的。走的時候他的氣很壯，因爲去搬救兵的理由亦不謂不充足。可一旦到了海上，魚雷艇小遇風浪顛簸得他哇哇嘔吐時，他的心也就吐得虛了下來。此行何處去？威海還是煙台？威海北洋水師提督丁汝昌前幾日才與他有過不愉快，現在去無疑是伸過臉等人家搧他的嘴巴子了；然而就算是讓人搧了嘴巴又如何？是個漢子就要能屈能伸的道理他是再懂不過的，到了這地步他算是明白，原來他有一怕，怕到了威海劉公島見著了那個丁汝昌，人家本來就有統帶水陸兵將自守後路的意思，假如這個丁汝昌初衷未改，一咬牙一跺腳立馬就率艦隊疾駛旅順赴援，那麼他就還是要隨著北洋水師回來的，好不容易出來了，豈不又重入虎口？

因此龔照璵奔了煙台。

煙台的情形於他龔照璵肯定會好些。煙台並不直轄於北洋大臣李鴻章，而是歸山東巡撫李秉衡管轄，而李秉衡的駐節地在濟南，這樣他要去要見李秉衡，首先就可在煙台與途中盤桓它數日。及至數日後他見著李秉衡，其情形在這一路的顛簸之中他邊嘔吐邊想好了，並且在腦子裡演繹過數回，現在簡直可以說是歷歷在目。見著李巡撫他首先是要歷陳旅順情形，而後請援，情詞懇切且要聲淚俱下。李秉衡是封疆大吏，於這一種情形一定會沉吟一番以作權衡。他龔照璵是由監生捐納府經歷，光緒十一年捐道員，十六年保二品頂戴，馬馬虎虎也算得一個二品的大員了，此刻他便要不惜降尊辱貴，以他二品的大員之身給人家跪下來磕頭，硬是要把頭磕出個響來，想到這裡他心裡反有些不過意，覺得如是一來，委實是把人家一個封疆大吏迫得過甚了。李秉衡不援，便有見死不救之嫌；援，何處來的艦船運兵？便又是同李鴻章或是直接與丁汝昌會商，便又是數日，這樣一來旅順口那邊的茶怕是早已就涼了。龔照璵盤算著，心才算是有點寬寬的，忽地腦海中又冒出一個細節，倘李秉衡先不置可否，而按官場的慣例設宴為他壓驚洗塵，利用席間與他軟磨硬泡又如何？龔照璵把個主意拿得定定的，此宴定然不赴，若李秉衡不答應他的請援，就絕食。絕了！絕他一回食給李秉衡看看。越往深裡細裡想，他便是越發地得意，李中堂已有「以北洋一隅之兵，敵倭全國之力」的推託之意了，他現在來豈只是單單一個請援？是來代北洋大臣將了山東巡撫與皇上一軍，妙，簡直是一著絕妙的棋！

魚雷艇到了煙台得到的第一個消息是，李秉衡就在煙台。在海上差不多什麼都想到了，偏偏就沒想到這一點上去，眞給他龔照璵來了個措手不及。正謀算著應對，卻見碼頭上士兵們突然跑來跑去直嚷著戒嚴了，正在打愣，那邊碼頭上又有人偷偷傳過話來，「李秉衡馬上就派人抓你來了！」他問「爲，爲什麼」的時候臉上已變了色。傳話的人等拿到龔照璵一大錠五十兩的銀子，這才道出原委來，「巡撫大人說大連失守而旅順口吃緊，在此關頭爲什麼你單單一個跑到煙台？」不等龔照璵開口，傳話的人已知道他要說什麼，「即便請援，電報；電報不通你還可另派得力幹員，何需親往？你身爲旅順水陸營務處會辦，理應坐鎭協調水陸諸將，如此而來難免不無藉故脫逃之嫌！」

龔照璵一頭的冷汗被說了出來，打發了來人後立即叫魚雷艇解纜直奔了海上。海上白浪滔天四顧茫茫，旅順是絕不能回去的，請援的題目只好硬著頭皮做下去。做下去只有到天津，中堂是他的老上司，總不能像李秉衡似地翻臉不認人的吧？他有些冷靜下來，只要中堂問他點什麼，他的文章便就有個開頭了。魚雷艇向天津方向駛著，龔照璵暗自慶幸又從煙台逃了出來，然而隨著又開始的嘔吐，嘔得什麼也吐不出來時，他便又理會過來；李秉衡要抓他，是並不需虛張聲勢搞什麼戒嚴的，明明是個不要他上岸，先一把將他的口封住，是不許他把什麼難題送到他面前的意思。想透了這一層，龔照璵確實是佩服李秉衡棋高一著，不愧爲一省巡撫，老辣得透了！

## *13*

一八九四年十一月九日，皇上在一天中向天津發了三道聖旨。

下午時分，天津直隸總督署後進的一間密室內，應急召來天津商討戰局對策的丁汝昌和漢納根與李鴻章相對而坐，空氣顯得十分沉悶。終於丁汝昌禁不住李鴻章的逼視，說：「聖旨所言護送運船運送兵員糧械，標下不敢信口承諾，若在海上遇日艦大隊，只怕會重蹈豐島一戰中高陞輪的覆轍。」

漢納根接著開口了，「如果運送軍資的目的達不到，反倒會『適以資敵』的。」

李鴻章翻翻眼望著漢納根，說：「旅順口危在旦夕，難道水師就一無作爲？不用皇上問我，我也要問。我大清所耗巨資辦起的北洋水師究竟派了什麼用場？」

丁汝昌說：「標下的意思是護送運船實在危險，而水師本身倒並沒有懼怕出洋拚戰的意思。」

「那好！」李鴻章鼻子裡哼哼著，「既是這麼說，老夫就回皇上，言丁提督擬帶北洋水師火速赴旅順口外巡徼，遇敵即擊，相撞即攻如何？」

漢納根說：「中堂，北洋水師此行的目的是什麼？我想提醒中堂，難道此行就爲拚個魚死網破？」

李鴻章發起火來，「那你要老夫怎麼辦，眼睜睜看著旅順口落入敵手麼？眼睜睜等著皇上嚴責降罪麼？」

漢納根說：「旅順口，北洋水師，用中國老百姓的話說，『手心手背，都是身上的肉。』」

李鴻章的雙手下意識地抽搐了一下。

丁汝昌說：「皇上嚴責是一回事，北洋水師到底還在，若北洋水師有失，皇上降罪情形就不同了……」

正說著有長隨進來報告：「旅順口水陸營務處會辦龔照璵求見。」

「龔、照、璵？」李鴻章都不相信自己的耳朵。

長隨有些遲疑地說：「他正在二廳內跪著呢，說不見中堂他就不起來。」

李鴻章起身就奔了前面的二廳。

龔照璵聽見了腳步聲，立馬高呼一聲：「中堂吶！」聲音高亢悲愴久久地迴旋於房樑之上，並不見人答應，他的眼悄悄順著面前的一雙腳朝上看，卻見李中堂臉色鐵青地站在面前，他牙一咬說：「卑職冒死前來求援，旅順口危在旦夕了！」他看見中堂依舊是久久地不吱聲，也不喚他站起來，便感到這麼跪著的尷尬了。倒是跟來的丁汝昌走到了他的面前問：「兄台此來是求援？」

「正是。」

「求援又何必親往？」

李鴻章一拍桌子，「起來！」

龔照璵再也不敢起來了，只死死低著頭不吭聲。

李鴻章怒髮衝冠，「雕蟲小技竟也跟老夫施展。」他大叫一聲：「來人！」外面立即奔進了幾個親兵，李鴻章走過去伸手就摘下親兵肩上的長快槍，「嘩啦」一下拉開了槍栓。

龔照璵嚇得就要跑，可已被兵士們按住了。李鴻章把槍對準了龔照璵，「怕日本人槍彈，就不知老夫也有麼？」

龔照璵再也撐不住，望著丁汝昌喊：「丁軍門救我！」總督署裡的幕僚們聽見失聲的喊叫奔了出來，紛紛攔著李鴻章。丁汝昌見狀說：「早不聽我言。中堂，就看在……」

李鴻章被圍得有些動彈不得，「老夫的臉都快給你丟盡了！」他跺跺腳指著龔照璵，「立即給我星夜回駐旅防，稍離一步你便是提著頭來，滾！」

龔照璵立即滾得沒了影子，李鴻章對眾幕僚說：「還站在這裡幹什麼？要看見老夫急到絕處涕泗橫流麼？要看老夫一頭撞到牆上去麼？」眾幕僚朝下退著，李鴻章急轉身來望著丁汝昌，「汝若稍有良心，帶艦出去，拚戰！拚戰！汝昌，或許還能置之死地而後生呀！」

丁汝昌默默無言地走了。李鴻章站在二廳裡卻是愣愣地，他有些回過神來後又揮揮手讓親兵們退下去，便一屁股墩在了寶座上，深深嘆息一聲，喃喃自語道：「亂了，老夫的方寸亂了，大亂了……」

這時有人喊了聲「中堂」。李鴻章一望，卻是漢納根，漢納根還沒走。從這個洋人像貓一樣閃動著的藍色眸子裡，李鴻章看出他有話說。果然漢納根說道：「黃海大戰卑職九死一生，率眾幾次撲滅定遠艦上大火，望中堂明察。」

什麼意思？李鴻章說：「皇上除賞你二等第一寶星一座外，不是又賞加雙眼花翎授提督銜了麼？」

漢納根說：「中堂，再戰卑職也是生死未卜，還請求得到最高榮譽，賞穿黃袍馬褂……」

另一口氣油然而生又堵在了李鴻章的心口，他直直地望著對面的牆壁，緊閉著嘴就是不吱聲。

漢納根又說：「出生入死連一件黃袍馬褂也得不到，令人心酸。中堂，那我只有辭職一條路了。」

這種要命的關頭提出這樣的要求，簡直是要脅，簡直是趁火打劫了！李鴻章的臉上擠出了一絲絲的冷笑，說：「納根先生主意已定，假如老夫也不便挽留了呢？」

漢納根立即就從椅子前站了起來，「那就告辭了。我想我們過去的合作，應該是愉快的。」他向李鴻章深深鞠了一躬，轉身走了。

轉眼之間，北洋水師的總教習辭職了，李鴻章坐在那裡只一個勁兒地發呆，半天也緩不過神來。他本想讓人把天津海關稅務司的德璀琳找來，漢納根就是他一力保舉的不算，且還是他的女婿。出事找保人，即便依萬國公理，也是理所應當的事；可就算是把個漢納根逼回了頭又如何？強扭的瓜已是不甜了。想想這一天中，皇上的三道聖旨，丁汝昌的不願出航，龔照璵的臨陣脫逃，再加上幾日來大連幾乎沒放一槍的失守，簡直樁樁件件都令他左右為難痛心疾首。想到這一層上，李鴻章明白過來，漢納根的走，根本在於他不願賠進去，他對戰局失掉信心了，要賞黃袍馬褂，不過是個託詞而已。他忽地一點也不怪漢納根了，拆爛污的事不都是從自家人手裡起的頭麼？就拿前幾日（十一月十一日）南洋大臣張之洞，為奉旨調南洋四艘兵輪打來的電報而言，電文中說：「查此四輪，既係木殼，且管帶皆不得力，炮手水勇皆不精練……」要他李鴻章速派人去接船，或者到上海臨時招募廣東人去開。簡直滑天下之大稽，張之洞簡直好像以為中日戰事都是在他南洋沿海打的了。見李鴻章不回電，張之洞又忽來一電，寥寥數語極其微妙，「北洋洋弁素多，如有熟於水師尚可任用者，望遣來南洋用之，切盼示覆。」張之洞張南皮還要洋將，且若去了是否駕艦北上增援呢？語焉不詳，一字不提了。這一切能怪一個外國人漢納根麼？整個兒都是種哀哀的格調……

天將晚了，有長隨隨即撳亮了電光燈，霎時間廳內的擺設格局一律都顯現得鮮明起來，一切都叫人看得太清楚了。李鴻章叫人又把燈關掉後，二廳內的一切便重又陷入朦朧，還是朦朧一點的好，否則渾身就像要酥掉了樣的。突然他的腳不知被什麼絆了下，身子一衝差點撞到牆上去，扭頭望望四下裡，這二廳裡的朦朧再給他的，便盡都是一派家徒四壁的感覺了。李鴻章手按在牆上摸摸，忽地熱血上湧，眞想一埋頭衝到牆上去，絕不是尋死，只爲著撞它個頭破血流才會覺得痛快些。扶牆而立的李鴻章想到了那個任他怎麼說硬是不肯出山的劉銘傳，劉銘傳看來也和漢納根一樣，把什麼都看到底了。李鴻章此刻覺得對不起一個人來，就是前任北洋水師總敎習琅威理，他聽說幾月前琅威理還在英國登了一次報，大讚北洋水師的軍力，但現在想到琅威理又如何，人遠在萬里之外不說，人家也一如劉銘傳，也是寒透了心走的。琅威理不再，一切也盡都遲了……遲了。

立在黑暗中的李鴻章便又把事情想得具體而瑣細，走了漢納根固然是無可如何，但這種時候水師是斷不能少外國顧問或是總敎習之類招牌的。他想到了一個人，英國船主馬格祿。

如果把馬格祿弄到船上去，便就是把英國人與北洋水師綁在一起了。當年琅威理走，英國人豈不是又照會又抗議的麼？不是把大淸在英國的海軍留學生統統趕走了麼？當年趕走了英國人琅威理，他請來了德國人漢納根；現在走了漢納根，他便要請回英國人馬格祿，這就是一種政治，一種政治手腕，所謂「以夷制夷」。然而一旦思緒排去了激情與衝動，進入了純理智的軌道，一個悲哀便又強烈地衝撞起來，李鴻章想到豐島一戰，日本人公然擊沉了英國輪船高陞號，且當時在高陞號上死的英國人也不少，英國人向日本人開戰了麼？英國人不過虛張聲勢地喊了一通罷了。李鴻章手撐著牆在黑暗中一個勁兒神經質般地苦笑起來，轉而一想，讓馬格祿去總比不去的好，倘北洋水師有個差池，也好讓英國政府爲他們這個頗有身分與錢財的公民心痛一下子的了。

就在這天將黑下來的時候，李鴻章獨自一人站在了天津直隸總督衙門的二廳內，心裡對外國人湧起了一個小小的歹毒。

李鴻章想，這就是所謂的「以夷制夷」麼？他自嘲般地又苦笑了。

## *14*

幾乎是在漢納根辭職的同時，萬水千山之外的英國倫敦，卻發生了一件殊爲怪異的事。大淸國的皇帝在十一月十三日向英國皇家海軍退役軍官琅威理上校發去了一道聖旨，聖旨大意是要琅威理召募英國海軍人才二、三百人火速來華。

這消息一經傳出，立即在英國倫敦引起了軒然大波，還是那家《倫敦日報》熟門熟路捷足先登，在晚間他們敲開了琅威理上校的家門。開門後的景象則更叫他們大吃一驚，迎接他們的琅威理上校已是頭戴二眼花翎，足登朝靴，並且是身著黃袍馬褂，一副大清國官員的模樣了。記者們面面相覷尷尬了一陣子後，繞了個彎子把問題這麼問：「上校閣下，你認爲一個外國自高自大的皇帝，向一個英國公民下聖旨，是不是有些荒唐？」

琅上校說：「我久在中國，了解中國人的思維習慣，這僅是大清國皇帝對我依然信任，並不把我當局外人看的一種表示。」

記者問：「尊敬的上校，你從中國去職早已就是不爭的事實。」

琅威理答：「大清國皇帝與太后親授我的提督銜、黃袍馬褂，在我辭職時並沒有收回去。可以說我與大清國的皇族依舊保持著良好的關係。」見記者不時在偷視著他的服裝，琅威理笑了說：「這是一種服飾，就像一種勳章，可以說英國只有我一人得到過。」

記者發難說：「可上校先生總也是大英帝國的臣民。」

琅威理斷然說：「不錯，我是英國退休軍官，可是大英帝國卻徹底地把我忘了，數年來我只能在無所事事中孤獨地度著晚年。是遠在萬里之外的中國人還記得我，還在召喚我，僅僅是這樣就夠了。」

記者問：「數月前中日間剛剛發生戰爭時，你發表看法說：『中國海軍絕對不能輕視，他們的陣法精湛，大炮的射擊極其準確，艦隊的管理也非常嚴格。他們的水兵年輕活潑而富有朝氣，打仗不怕犧牲。如果用這樣一支海軍與日本比，中國也不見得就差……』現在上校先生不得不面對一個事實，黃海一戰，中國艦隊失敗了。」

琅威理極其難堪，過半天他才嘆出一口氣來說：「那些都是我對過去中國海軍的看法，兩年，僅僅才兩年……眞是個讓人難以接受的事實……」

記者問：「難道一切都可以用兩年來解釋麼？作爲失敗，我們想它總應該有更加根深柢固的原因。」

琅威理陷入了痛苦的思索，他說：「問題可能出在中國考試海軍軍官的問題上，與英國比較，他們的選才不精，尤可惜的是，中國文官常常藐視海軍將弁，以爲赳赳武夫，何足與論大事？所以中國的名門望族，世食國祿的人們都不屑從軍。而近在他們身旁的日本，則十分重視武官，親王子弟、宗室近支紛紛以投效海軍陸軍爲榮，如果從這個角度看，中國的海軍便大有不及日本的地方了。」

記者問：「中國難道就沒有好的海軍軍官？那麼豐島海戰，方伯謙一艦敵三又怎麼解釋？」

琅威理說：「所以我一直堅持認爲中國海軍有不容輕視的地方。方伯謙就是我們英國培養出來的，可以告訴諸位，北洋水師還有許多我的學生，都是最優秀的，比如楊用霖，足足可以稱之爲亞洲的納爾遜……因此，我認爲中日之間還有一搏！」

記者問：「大清國皇帝的聖旨你是否準備執行？」

琅威理答：「當然。」

記者問：「那麼作爲大英國的臣民，你是否覺得這樣有點背棄了你的祖國？」

這句話問得琅威理十分氣憤，他說：「大英帝國並沒有向中國宣戰！是日本，不是我們！再說，我通過海軍部了解到，日本訂購的兩船軍火，戰爭期間我國中立，本不放行，可是我們放行了，卻又偷偷把消息報告了大清駐新加坡公使黃遵憲，結果讓中國人在台灣以東把軍火扣了下來。這又作何解釋？所以我的行爲完全合乎法律。」

記者問：「如果上校閣下帶人去了中國，即使不產生外交糾紛，可否改變中日戰局？」

琅威理說：「我想肯定對戰局多有裨益。」

記者問：「上校閣下，假如你現在就出發的話，還來得及麼？」

這回眞的把琅威理上校給問住了，過半天才喃喃答道：「等把人募齊，再到中國，至少也在半年之後，遲了，太遲了……」

琅威理上校悵然若有所失。

## *15*

龔照瑗返回旅順後，旅順城毀滅的序曲早已就十分悲哀地奏響了。

旅順的搶掠是在大連的潰兵擁入後不久開始的，潰兵們先是找帶跑了餉銀的趙懷業，可趙懷業卻像土遁了般地硬是挖地三尺也找不著；當官的跑了，士兵們身無分文將來可怎麼活？於是就搶。由搶食品開始便一發而不可收拾，雜貨鋪、綢布莊、鐵器行，乃至於發展到搶銀號，旅順口像陡然間被投進了瘟疫之中，滿城的亂槍聲、打砸聲、號哭聲如同開鍋般地沸揚起來了。

搶掠的瘟疫由槍聲傳到了旅順船塢，本來就人心惶惶的官員與工匠們逃跑前唯一做的一件事便是就地搶掠。官員們先下手指使隨從搶庫銀，工匠們在搶了剩下的庫銀後，又搶船塢內的各種器材，於是如同一大片黑鴉鴉的擁動著的蟻群，將船塢裡修船的電線、鋼纜、銅軸瓦、鋼鉚釘，大凡能搬動的，都成筐地抬著、挑著、揹著向碼頭的方向跑……潰兵們被驚動了，一律鳴槍過市衝了過去，對船塢的工匠與官員們大肆進行了第二番的掠奪。正在打鬥與叫喊愈演愈烈而見血的槍聲頻頻響起時，旅順水雷學堂的學生兵步伐整齊地開過來了。學生兵們的搶掠嚴格地按照西洋教習所授的操典行事，他們組織嚴整地對亂糟糟的人群進行分圍包抄，稍作反抗便是在口令的吆喝下開槍齊射，怒罵與哀號和著血肉便立時四處橫飛起來。

人們都瘋了！

正在這時，徐邦道的四營人馬退到了旅順。當徐邦道見了分別不過數日的旅順口城裡城外這一派潰亂搶掠的景象，簡直是不寒而慄、痛心疾首。他曾想要帶隊入城進行肅淸鎭壓，可他立即又打消了這個念頭，在此人心渙散之際，他的區區兩千個疲憊之兵一旦投入這潰散的狂潮中，怕也要分解得了無踪影的。於是他傳出嚴令：拱衛軍四營駐紮城外，入城一步者，斬！

局面勢不可爲而爲之，徐邦道很快從這城外的紮營地又派出數匹快馬，分向旅順四周的各處炮台狂奔而去。快馬傳出的信息是：得李中堂來電，請衆守將前來會商軍情。

約莫下午三時許，旅順口右翼二龍山炮台守將桂字四營統領姜桂題、旅順口東海岸黃金山炮台四營總兵黃仕林、西海岸威遠炮台四營提督銜總兵張光前、旅順口西北面椅子山炮台三營提督銜總兵衛汝成等人，都不約而同地來了後，向徐邦道要李中堂的電報看，徐邦道說：「金州一失，電報線已為日本人割斷。不用此法，怕請不來諸位將軍。」

眾將不快活，黃仕林說：「此舉不善。」

徐邦道說：「不過是再請諸位於西邊土城子設伏而已。諸位將軍，為大局想，我們也只有這一個機會了。」

眾將回道：「還要商量一下。」言罷一律甩袖子到別室商量。

徐邦道一人坐在大堂就不是個滋味，半個月前他提議北上守金州時，眾將沒一個人響應的，當時那語氣那眼神，分明是以為他徐邦道為了獨樹一幟，標新立異而在給他們出難題，要他們難堪的。現在日本人大兵壓境近在咫尺了，請他們來會商設伏的事，卻又是個不痛快，難道大清的旅順口就是他徐邦道一個人的了？

徐邦道有些耐不住，昂首問一聲：「好了麼？」

裡面應一聲：「我們還沒回過神來了呢！」

徐邦道一個倒憋氣。

一陣炒豆般的亂槍從外面傳來，徐邦道奔至營帳大門時，黑鴉鴉一大片散兵潰勇與船塢的工匠正朝這邊衝來，大約是搶昏了頭，以為這才起的營帳也是個好撿的便宜，且來勢洶洶鼓噪吶喊著，這架勢叫拱衛軍的士兵有些手足無措，他們一齊望著了徐邦道。徐邦道淡淡問一句：「手上的槍呢？」士兵們舉槍朝天放了一排，徐邦道壓抑不住吼了聲：「吃素的了！」第二排子彈朝衝過來的人放去，散兵游勇如夢方醒，丟下十幾具躺倒的，調過頭來哄然而去。

驟起的槍聲叫衆將領都跑了出來，看得呆了。徐邦道驀然回首問：「這回商議好了麼？」

黃仕林回道：「好了，去不去土城子，我們共推姜總兵爲主。一律都由他定奪。」

徐邦道堆下笑臉來，說：「姜總兵，是我也推舉你主持大計的。你就立馬拿下這個主張來，往土城子設伏去！」

黃仕林卻板起長臉對姜桂題說：「姜總兵，黃金山炮台若是讓日艦打進來，中堂找的可是我黃仕林。」

姜桂題一臉的無可奈何，「衆將說的也不是沒道理，各人都守土有責。」

徐邦道說：「望姜總兵能從大局著眼才好！」

黃仕林說：「這講得就有點欠妥了，各人都是大局，各人守的都是要隘，哪一處丟，都是損了大局的。」

徐邦道望著姜桂題急了起來，「姜總兵，姜大人！」

姜桂題說：「你別逼我了好不好？設伏不設伏，都是朝廷的命官，板凳桌子一般高，他們不過給我個臉，我當眞就沒顏色不知趣？當眞什麼事就一齊推到我頭上來了？設伏不設伏，你還是直接請教各位好了。」

徐邦道氣已是洩得透了，卻又不死心，於是便問過去，問到張光前，張光前說要守海口的威遠炮台；問到程允和，程允和又執意要守陸路的白玉山；終於最後一眼徐邦道看見了衛汝成，「衛將軍。」

衛汝成開口就是個氣不順，「他媽的，你一個個吃不動，就吃到我頭上來了？」

徐邦道說：「只問你，你增援來旅順，還有什麼地方要守？」

衛汝成說：「過去你和我哥哥有氣，也不能朝我身上撒。我推舉姜大哥，我就聽他的！」

徐邦道呵呵一陣慘笑，「明白了，原來都把旅順口看成我徐邦道一人的了。來人！」門外和兩廂一下冒出了百十個揣著槍的士兵，徐邦道說：「今天一個不要走！」

黃仕林牙齒打著哆嗦說：「你，你沒王法了！」

徐邦道仰面朝天大呼，「中堂，皇上，你們養的都是一群什麼東西呀！」他對已是大驚失色的將領們說：「與其眼睜睜望著丟了旅順口，不若現在就讓日本人稱心了！」他衝圍著的士兵一招手，「連我徐邦道統統一起，聽口令！瞄準！一、二、……」三字還沒喊出口，眾將領齊呼一聲：「徐大人，有話好說！」就撲了上來，其中一雙手死死卡住了徐邦道的脖子。

等徐邦道掙脫了出來問：「去土城子設伏了？」

有人說：「不就是個設伏麼？設伏就是了。」

徐邦道卻嘆下一口氣來，「捆綁不成夫妻，諸公答應，不過是怕死罷了……」他衝士兵們擺擺手讓收起槍來，說：「送各位將軍出門罷。」

各位將領鬆下一口氣來，此地不可久留，拔腿就走，腳還沒跨出大門，卻聽徐邦道又喊了聲：

「慢！」眾將領立時呆若木鷄，有的腿也抖起來。只衛汝成邪性，再也耐不住，撲過去揪住徐邦道的衣領狂吼起來，「一驚一乍，你到底要怎麼著？」

徐邦道喝住了要上來的士兵，動也不動，一任衛汝成揪著，說：「這輩子揪過我衣領的，就算當年劉銘傳劉帥。你確實有膽子！」

衛汝成說：「這麼多朝廷的命官都敢殺，你膽子更頂破天了！」

徐邦道把眼移向了眾將領，「都走吧，我只跟姓衛的有句話說。」眾將領偏偏就是一個也不走了。徐邦道轉臉向著衛汝成，「你什麼膽子？和令兄一樣，假的！你哥衛汝貴素日在中堂面前把大話都說破天了。」徐邦道一臉的譏笑，「可在朝鮮平壤，卻懷揣老婆的訓誡跑得比誰都快。」

「胡說！」

徐邦道就從身上掏出一張紙來，「你哥哥跑得太快，把婦訓也跑丟了，結果讓日本人撿到，用中日兩文印出，在金州城下散發，用來羞辱大清，鼓舞士氣。」徐邦道望著那紙念一句道：「『君起家戎行，致位統帥，家旣饒於財，望善自爲計，勿當前敵。』衛總兵，令嫂的口氣你怕不會陌生吧？」

衛汝成盯著那張紙，眼直了，他的手不由自主地鬆開來。

徐邦道臉色一正，「我在想，難道你們衛家就沒一個好種的麼？」

「哥哥是哥哥，我是我！」衛汝成捶胸頓足，一副恨不得把五臟六腑也要扒出來的摸樣。「我衛汝成從天津大沽率兵剛到，徐總兵你就已去了金州，我當時就要率部赴援金州的！」他問眾將：

「都說呀，衛汝成我說謊了麼？」

徐邦道攤開手說：「可我根本沒見到你的一兵一卒！」

衛汝成說：「他媽的做人怎麼比吃屎還難啊！我剛到旅順總不能反客爲主，不聽衆人的吧？再說，我赴援了，槍彈糧餉接濟不上，仗又怎麼打？」

姜桂題開口了，他說：「我等的算計是與其勞師遠行，不若以逸待勞的好。」

徐邦道說：「日本人直趨炮台下，就無路可退了。出擊一下豈不依舊可以退守炮台？」

姜桂題十分爽快，說：「這樣說，二位不要爭了，我可分出兩營親自率往土城子。」

衛汝成幾乎是喊了起來，「五營人馬倘留下一兵一卒，我衛汝成對不起祖宗！」

徐邦道再問其他人，衆將依舊面有難色，說實在是守旅順口的大隊給宋慶帶到鴨綠江邊去了，人本來就少，眞的分不出人來。

徐邦道見狀說：「罷了，我們往土城子一仗，敗下來望諸位出來接應一把，將來朝廷問下來，可作個見證。若勝了，望各位速速帶兵往援，多帶糧餉彈藥接濟也就感激不盡了。」說著他淚流滿面「通」地聲跪了下來，「這回算我求諸位了，徐邦道求過人麼？」

於是，衆將一一應承諾諾。

那邊徐邦道好不容易把往土城子設伏的事搞得有了眉目，這邊在天津的李鴻章爲了戰事也日夜電報交馳，才和遼東島半島北的宋慶在電報中商議好，將由宋慶組織數萬兵力襲擊金州，以圖會合還守在旅順的淸軍，對日軍進行一次南北夾擊，一舉奪回金州與大連。

可是幾乎就在欲襲金州的同時，李鴻章突然在十一月十七日接到了光緒皇帝的一道密諭，明確要他出面派天津稅務司的德國人德璀琳前往日本試探議和的事。李鴻章手捧密諭感到詫異的同時又感到有幾分欣慰。但凡是能將戰爭停下來的事都該去試試的，哪怕是一廂情願也在所不惜，他想到皇上大約是準備趁著旅順還在手裡是個籌碼，而北京方面在外交上又出現了某種轉機？

李鴻章當即召來了德璀琳。

德璀琳是個中國通，喝茶的招式已是磨礪得十分地道：一手端著茶碗的托底，另一手兩個指頭捏起茶碗的蓋頂，用蓋子的邊沿壓著些茶葉用嘴一吸溜，滋味便顯得十分地悠長了。當他的眼越過碗蓋觀察李鴻章時，分神後，茶葉便片片魚貫而至朝他的嘴裡鑽去，情形就有些尷尬了。吐出來有失禮貌不說，卻又哪像個在中國待了幾十年的人？他不動聲色，就著滾熱的茶水便一齊將它們吞了下去。德璀琳本來就準備吞下這一個個尷尬的，是他推薦了漢納根，中國人找保人論理無可非議，更何況漢納根還是他的女婿？他發現李鴻章已率先把茶碗放了下來，語氣卻十分親近地問他說：「光緒二年，依西曆該是一千八百七十六年吧？」

德璀琳立即也丟下了一個尷尬說：「中堂的記憶一點不差。」

李鴻章說：「更沒記錯的是，爲處理英國人馬嘉理私帶探險隊進入雲南而被殺的事，光緒二年我正在山東煙台與英國全權代表威瑪妥談判。是先生周旋其間，才使當年劍拔弩張幾度將破裂的談判，有了圓滿的解決。」

德璀琳終於放下心來，「以後中堂調聘我這天津稅務司，也有將近二十年了。」他突然滿臉溢起了笑紋，探問道：「中堂今見面提到往事，我以爲非比尋常。」

李鴻章說：「對，你我之間一向直來直去，何必又要過節？」他隨即將皇上密諭的節錄拿給德璀琳看。

德璀琳看後沉吟良久，說：「用一外國人作外交使臣，此行動非同一般，我到了日本的行止，所授予權限等等都還要仔細斟酌的……」

李鴻章說：「本朝看重先生，是因爲你久受我朝廷優厚豢養之恩的緣故。然而此事干係確非一般，詳加斟酌又在常理。德先生可過數日來，我們再商量也不遲。」

德璀琳當即告辭了。

李鴻章明白，德璀琳回去除諸多的考慮而外，最緊要的便是還要請示於德國駐華公使。再見到此人，就此也可察知德國的態度了。

果然，第二天德璀琳就來了，開門見山地說：「據我斟酌德國政府的意思，並不反對西洋各國共同壓服東洋談判，但只要中國先探得日本的意向。如果東洋日本願望太過分，那麼必有友邦會出來調處的。」

李鴻章含糊其詞地「嗯嗯」著，似乎並不在意，卻又直截了當地問：「先生對於出使的事斟酌好了麼？」

德璀琳說：「唯一的障礙就是一個名分的問題。」

李鴻章說：「我們不必虛禮，先生請回，餘事由我酌辦。」

德璀琳走後，李鴻章已經明白德國政府的態度是還要看下去，而又並不反對德璀琳作爲中國的使臣出使東洋。也就是說皇上密諭中的事，只須一個回奏就可以了。但光緒皇帝辦事的性情，通過這數月來的電報交往李鴻章已是知之甚詳。皇上給他的是密諭，一旦德璀琳在日本露了面就全然是公開的了，談得好則已，一旦談不好而風聲又走漏，皇上在朝臣及國人面前不願承擔求和的名聲，推說一個不知，他李鴻章有膽子把密諭拿出來同皇上去對質麼？那時他李鴻章跳進黃河裡也洗不清了。想到這一步李鴻章就分明感覺到這密諭的學問，是有高人在給皇上出的主意了。李鴻章於是提筆給恭親王奕訢、慶親王奕劻去了一道密函，函中就當二親王不知道皇上密諭的事，只向二位親王請示德璀琳出使的一些細節問題，函中說：「密肅者，十月二十一日欽奉二十日密諭一道，遵即延令德璀琳來署密商……囑其迅速前往東洋，相機妥辦……惟恐人（指德璀琳）微言輕，不足見重於彼族（日本），稔念外邦以品級爲重，該稅司本有二品頂戴，求轉奏加頭品頂戴，以示光榮。無論款議成否，事竣不妨繳還。」以下內容就是請二位親王轉奏皇上，報告德璀琳此行的目的與行期了。

此函隨即用電報發出後，李鴻章就全神貫注思索起德璀琳赴日的事來。他想到了老對手伊藤博文，便不由得又把筆捉到手上，凝思之間筆走龍蛇，頃刻一封將由德璀琳親手交給伊藤的信也就寫成了，信中說：

「光緒十一年，因朝鮮事，貴伯爵大臣惠莅津門，與本爵大臣面商條約，兩國平安，關係東方大局，和光洋溢，實獲我心。」說了幾句閒語之後筆調一轉，「夢想所不到者，際我身世尚茲禍亂也。……至戰事既興，條約已棄，本爵大臣深嘆息焉……但是勝敗無常，莫知究竟，如兵連禍結，年復一年，至民窮敗盡之時，兩國之力必竭，此中損益，不待智者而知，因思再試通辭，兩國自行解說。奏蒙我皇上欽派德璀琳前來晉謁貴爵大臣，代達情愫……」

寫完後李鴻章靜靜神又通看了一遍，覺得言詞懇切，柔中寓著剛，筆意尚屬矯健，然而他的眼卻不由自主地凝在了那「如兵連禍結，年復一年，至民窮財盡之時，兩國之力必竭……」一句上頭，想的就全都是信以外的事了。皇上打仗的決心，能年復一年地打下去麼？能拖到日本民窮財盡的時候麼？能決心遷都？能決心以一個龐大的中國去耗得日本力竭麼？皇上的密諭，便不失爲皇上決心的一個注腳了。

李鴻章揉揉眼睛，終於把他的目光從信上移了開來。

## *17*

土城子是個小村，在旅順口正北面二十里，它是金州，大連通往旅順的必經之路，其向東約十餘里，便是守衛旅順口後方的椅子山、二龍山諸炮台了。

淮軍徐邦道、姜桂題、衛汝成部拂曉時分來到土城子後，隨即在土城子村外沿路分成左右兩個集團隱蔽待命，同時對四周嚴密警戒，過往行人一律扣留。

上午八時許，日軍近百名騎兵從雙台溝方向疾行而來，徐邦道與姜桂題、衛汝成商量，本是想把這一群日本騎兵放過去而伏擊日軍大隊的。可是受到前線連連敗仗影響，同時又是第一次見到一律西式軍服，黑衣黑帽的日軍，姜桂題與衛汝成的士兵望著滾滾而來的煙塵，隊伍中隨即出現了不安與騷動。

不得已臨時決定出擊。

與日軍騎兵相距三百米的距離時，清軍的槍響了，當時將日軍騎兵四五人打下馬來，在日軍懵住的一瞬間，近二千名清軍一擁而上，短兵相接，清軍似乎更善於直接運用傳統兵器進行大砍大殺的戰鬥，日軍騎兵在慌亂中且戰且退，直被追殺了數里才能夠反身向清軍射擊。清軍的刀箭搆不著時，才想起用步槍與日騎兵對射起來。

這時日軍步兵第三聯隊一個數百人大隊趕到，戰鬥陡然之間激烈起來。但是清軍在正面交鋒的隊伍向後作退卻狀的時候，兩翼卻悄悄地包圍上來。根本不把眼前這支中國軍隊放在眼裡的日軍萬萬沒料到這一手，被團團包圍住了，一時間突圍與反突圍、衝擊與反衝擊頻頻反覆演繹著，槍聲與廝殺呼喊聲此起彼落。這支僅有五六百人的日軍，在數番衝擊而沒能突圍後，只好邊戰邊就地掘壕防守。然而在幾乎是兵不血刃便占領大連灣以後，日軍大約是太輕敵了，他們的大部隊遲遲沒有出現。相反，清軍椅子山守將程允和倒是帶了幾門大炮在正午的時候趕到，鏖戰著的清軍得到了增援。

轟隆隆的炮聲立時打破了戰場上的相持局面，清軍漸漸消沉下去的士氣復又大振，炮聲攪和著槍聲重新又揚揚烈烈地喧嘯開來。在擊退了清軍的兩次衝擊後，日軍向東北方向發起了魚死網破的衝擊。清軍野戰炮的射擊不甚準確，不是落在了日軍原有的陣地上，就是緊跟在日軍的屁股後面爆炸，反而趕得日軍哇哇叫著一往無前地奔跑衝鋒起來。東北面正是清軍兩支隊伍的結合部，指揮不統一，被日軍一擊很快就潰散開來。於是日軍在後面炮火與清軍的追趕下，從突破口一擁而出。

於是接下來的戰鬥，數百日軍在前面拚命奔逃，後面追趕的清軍幾乎是一字平推過來，氣勢恢宏波瀾壯闊，槍聲夾雜在鋪天蓋地的喊殺聲中顯得零零落落。這樣的一種擊潰戰不過是個聲勢而已，戰果甚微。清軍在如此這般地追殺了二十里後，在雙台溝與營城子附近停了下來。戰後統計戰果，斃敵十一人，擊傷三十五人。但這已是日軍進犯中國以來，中國軍隊所取得的第一次重大勝利。

土城子伏擊戰是大清國陸軍在己方與日軍之間壘起的一座雪峰。當雪峰壘到極頂時，它的基座卻不堪重負，頃刻之間崩潰坍塌下來。這是包括徐邦道在內所有的人都始料不及的。

崩潰的現象在日軍剛剛被擊退時就出現了，大半夜的行軍設伏，又幾乎是大半個白天的鏖戰追擊，五千清軍疲憊已極，而後方的給養卻一點也沒送上來。擴大戰果是不可能了，望著遠去的日軍，清軍幾乎是立即鬆散下來，人仰馬翻地躺得遍野都是。緊接著周圍臨近的村莊出現了騷動，老百姓像炸了群般地蜂擁而出四散奔逃，士兵們在稍事休息後便一群群地進村，進行著大肆的搶掠。徐邦道要派隊阻止，違者格殺勿論。沒想此舉卻與衛汝成發生了衝突。衛汝成說：「士兵打了一天仗都還餓著，就地覓食也是常理。」

徐邦道火了，說：「這是縱兵搶掠。日本人搶，我們也搶？」

衛汝成聽著一個勁地冷笑起來，「遠行設伏我聽你的了，現在士兵不搶可以，那我這二千人就問你要吃的！」

徐邦道被問住了，給養上不來，即便送上給養又如何？他忽然間明白過來，大清國的軍隊早已不中用了！即以剛才的戰鬥爲例，五千打六百，幾乎是十比一，並且是預先設伏，都沒把日本人一口吃下去，僅僅勉強打了個擊潰戰而已。打死了多少日本人？十一，十一！他看著眼前混亂的景色，一派悲哀噴湧而至，已不須日本人再打什麼，旅順口現在等於已經丟了！他幾乎是在掙扎著說：「不是爭的時候了，衛總兵。」

衛汝成依舊不依不饒，問：「給養呢？」

徐邦道說：「立即撤回旅順防地，現在的情形如果日本人的大隊撲過來，我們這五千軍就徹底完蛋了！」

天將薄暮時分，五千清軍撤回了旅順口。是時，西天的黑雲籠罩，夕陽在雲層的邊沿灑出一柬柬紅光來，像從天上窺視著、鳥瞰著行將傾覆的旅順口。

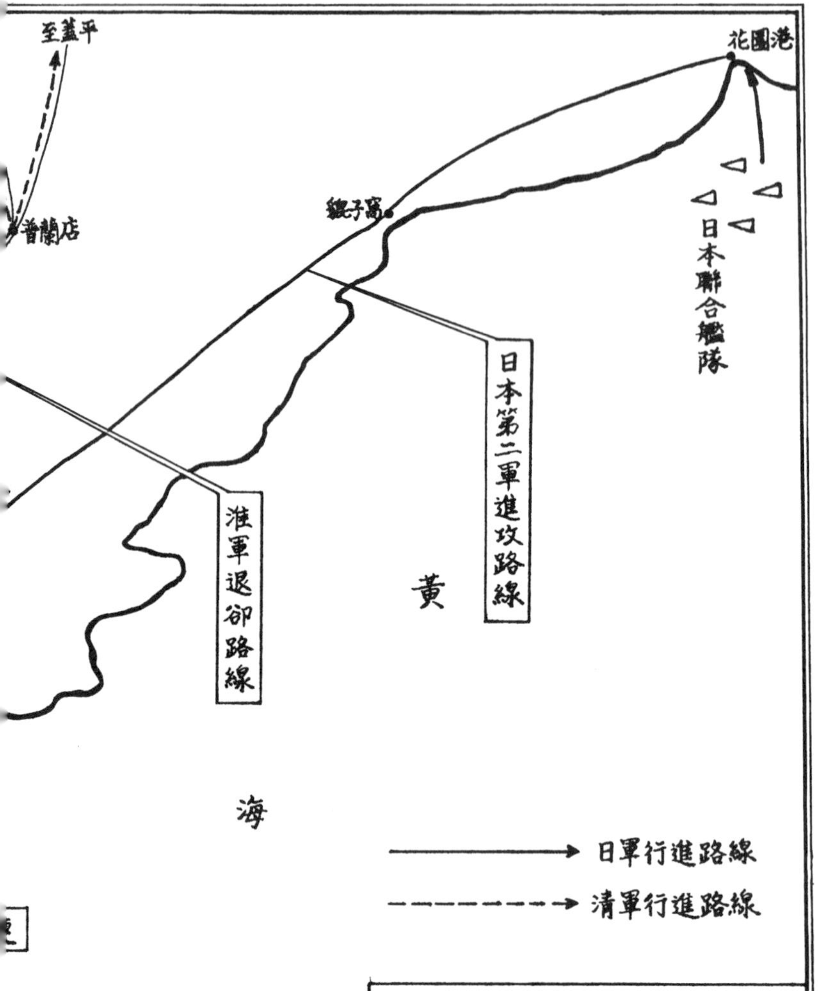
至蓋平
普蘭店
貔子窩
花園港
日本聯合艦隊
日本第二軍進攻路線
淮軍退卻路線
黃
海
日軍行進路線
清軍行進路線
中日甲午戰爭
旅順大連保衛戰示意圖
1:400,000
0 5 10 15 20公里

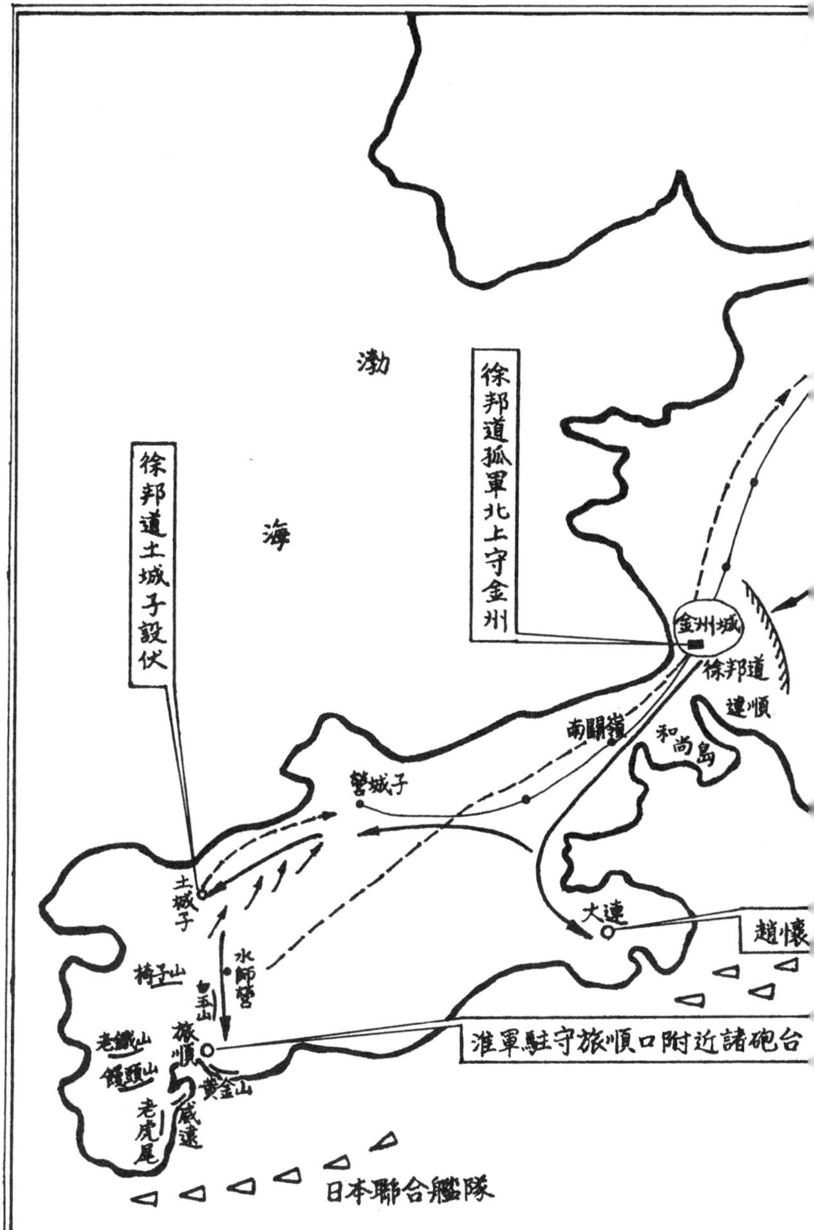
渤
海
徐邦道孤軍北上守金州
徐邦道土城子設伏
金州城
徐邦道
連順
南關嶺
和尚島
營城子
土城子
大連
趙懷
水師營
椅子山
白玉山
旅順
老鐵山
饅頭山
黃金山
老虎尾
威遠
淮軍駐守旅順口附近諸砲台
日本聯合艦隊

繪圖／陳玫娟

## 18

同一天的深夜，天空轉爲晴朗，暗藍的天空上星星時閃時爍，望去顯得十分深邃。

黃仕林睡到半夜被人叫醒，站在了旅順口北岸的黃金山炮台上。旅順口外開來了一支龐大的艦隊，首尾相接像一群巨鯨正在靜悄悄地游動逡巡，似在觀望口內的動靜。黃仕林有點慌了，「管他媽是誰，開炮！」

黃金山上能四面射擊的克虜伯巨炮「轟隆」一炮打過去，擊碎了這一片黑暗中的沉寂。遠處海上如同驀然出現海市蜃樓般的幻覺，送來了一片充滿希望的光明，艦隊幾乎是在同時打開船上所有的燈，並且信號燈不斷向這邊閃閃爍爍。原來是自家的艦隊回來了！因爲水陸有約，如果炮台失守，巨炮應該同時炸毀的。

黃仕林急忙用燈光信號不斷詢問：「是否進口？」

然而艦隊發來的信號卻有些答非所問，「陸路有戰事否？」

黃仕林答：「有。」

艦隊問：「能否保證陸路之安全？」

黃仕林爲難了，不能講能，也不願說不能，過了會兒才遲遲疑疑答：「願與艦隊和衷共濟，死守旅順口。」

艦隊上的燈相繼熄滅了，旅順口外的一片蒼茫大海，彷彿是一點一點重又掉入了無盡的黑暗之中。星光之下艦隊依舊首尾相接魚貫著默默行進，它們調轉過頭來，艦尾孤獨的燈光便就一盞盞向著旅順口的方向閃爍著了。

忽地北洋水師十數艘大小艦隻上的汽笛同時嘶鳴起來，綿長而淒切，像是在向著它們的基地作著最後的道別。

## *19*

一八九四年十一月二十一日，日軍分為左右翼兩個縱隊急攻旅順口。

旅順口幾乎是在一日之中陷落了。

日軍右翼縱隊分三路進攻旅順口西北面之椅子山、案子山一線。椅子山在前，案子山在後，其中案子山高八十六米。

晨曦初露的七時，日軍先用數十門山炮、野炮、攻城炮，從西面和北面組成交叉火力向案子山狂轟。在炮火的掩護下，日軍的步兵與騎兵緊跟著炮火衝鋒，衝到距椅子山還有三千米時，程允和指揮的各種火炮開始還擊了。一時間炮彈在天空你來我往，宛若群鴉亂飛，轟隆隆的炮聲驚天動地，大地在長久的炮擊之下不住地震顫著。

畢竟是彼攻我守，畢竟是有炮台作為依託，日軍的正面進攻歸於挫敗，案子山下死傷累累。

日軍最初的進攻受挫，卻使他們窺察到了對方防禦陣地的一個致命弱點。這個當年由漢納根主持修建的炮台竟然有一處炮火射擊的死角。在集中炮火向案子山炮台展開又一次轟擊的同時，日軍冒著紛飛的彈雨，迂迴到了案子山西後側，清軍火炮射擊的死角裡，不失時機地向山上炮台發起了衝鋒。七時半，僅僅開戰半個小時後，日軍已從這個死角衝到了距案子山低處炮台近百米處。是時程允和指揮守軍冒著炮火紛紛從炮台裡衝出來，與日軍展開了白刃格鬥。轟隆的炮聲瘖啞了下去，而案子山上的側後陣地上卻是一片刀光劍影，喊殺聲聲。無奈日軍越殺越多，而守台的清軍多爲新募的士兵，相持了一個小時後，這案子山低處炮台失守了。接著日本人順藤摸瓜，立即又向案子山高處東西兩座炮台攻擊。炮台的致命弱點暴露無遺，對於就在它鼻子底下的敵人，它上面那粗大雄壯的炮口亦只能指向天穹，彷彿是發出了聲聲無奈的嘆息。

案子山、椅子山失守了。按理說椅子山在前，案子山在後，相對安全一些的案子山反而先失。日本人在這場戰鬥中，又從身後打了清軍一個措手不及。

守衛案子山、椅子山的清軍將領程允和率殘部退往東南面的黃金山炮台。

旅順正北面的二龍山炮台，高八十二米，處於日軍左右翼的中部，由日軍第十二旅團擔任攻擊。

旅順口保衛戰中最殘酷的戰鬥就在這裡發生了。清軍守將姜桂題在上午受到攻擊時即用大炮鳥瞰射擊，造成了日軍重大傷亡。日軍在炮火中不顧死活踏屍猛進，衝至炮台前三百米處，正好又踏響了清軍埋設的地雷，一時間陣地前硝煙爆騰，火光飛迸，整個兒的，或是被炸得零散了的日本人在聲聲巨響中此落彼起。儘管這樣，日軍仍然衝到了壘下，逼迫清軍與之肉搏。這場進行了數小時之久的白刃肉搏殺得天昏地暗，清軍此時已嘗到各守防地而無全盤指揮的苦頭了，二龍山的二千多新兵拚一個少一個，卻得不到一兵一卒的增援，眼看著頂不住了，守將姜桂題不得已下令用可以俯射的速射炮進行轟擊，於是雙方搏鬥著的人群在炮火硝煙中被炸得四散倒開。同歸於盡的射擊殘酷異常，終是沒能擋住日軍大炮與如水如潮般步兵的輪番衝擊。

時至中午，二龍山炮台陷落了。

日軍左翼縱隊攻擊旅順口東北方的鷄冠山。

鷄冠山高一百二十六米，炮台由徐邦道率領的拱衛軍守衛。在徐邦道率部抵抗日軍攻擊的一個多小時後，形勢就急轉直下了，鷄冠山西側的案子山、二龍山相繼陷落，徐邦道孤軍難守，退入旅順城。

白玉山炮台位於旅順城西，守將衛汝成。

白玉山炮台東、北、西三個方向有案子山、二龍山與鷄冠山，三處大炮台成扇形環護著，守備條件相當優越。或許是太優越了，守著白玉山的衛汝成儘管三個方向的槍炮喊殺聲陣陣傳來，他卻始終按兵不動。衛汝成是準備與白玉山炮台共存亡的，所謂「一將成名萬骨枯」的道理他懂，更現實的地方還在於，他要藉此一戰爲他們衛家雪恥！但如何成名與雪恥？本身就相當於旅順口保衛戰總預備隊統領的衛汝成，卻有著他相當獨到的一己之見。敵攻我守，我方占著地利不說，且槍彈糧餉都不缺，東北西三處炮台守它十天半月當不成問題。等到十天半月後日本人即便攻下了三座山，怕也是兩敗俱傷了。那時他衛汝成統帶的軍隊，便就是這旅順口獨獨的一支勁旅。日軍倘再來攻，他便死守它十天半月，哪怕是不惜拚盡最後的一兵一卒呢？那時大清國的援軍怎麼說也該趕到了。守著白玉山這是好運落到了他的頭上，天使其成名也！

抱定了這樣的成算與見識的衛汝成，便是一任天塌下來也不管了。爲了避開槍炮聲與不斷來報軍情的慌慌張張士兵的打攪，他鑽進了炮台的最底層篤篤定定地飲起酒來。可是近中午時分他被闖來的一個人徹底地打亂了陣腳。

來人就是龔照璵，彷彿是突然從土裡冒出來的。

龔照璵見著衛汝成就喊：「衛總兵，前面三處炮台都失守了！」

衛汝成像聽到天方夜譚一般不相信，眨眨眼忽地一拍桌子，「你敢來攪亂我軍心？」

龔照璵急得直跺腳，他說：「潰兵都退進城了！」彷彿是爲了應證他的話，頭頂上炮台的大炮驟然間響了起來。

衛汝成奔出來一望，全都明白了。潰兵之所以繞彎奔了旅順城，是因爲黑鴉鴉一片的日本兵正朝他這頭開過來了。他立時呆若木雞，打？當然要打！可他突然發現他的手與心都有些硬不起來，他的戰鬥全然是定位在至少十五天之後了。他對著跟出來的龔照璵簡直是悲憤欲絕地喊了起來，「三座山頭十來個炮台，半天，他們只守了半天吶！」

龔照璵說：「前面的人不願給你墊背，這分明把你我都賣了！」看見衛汝成眼一黑差點要摔倒，他又說：「命一丟，全都丟了！跑吧，灣裡我還藏著一艘魚雷艇！」

衛汝成兩片嘴唇哆嗦著，「跑，跑，跑，」他忽地破口罵了起來，「他媽！現在老子死娘嫁人，各人顧各人了！」

於是白玉山上空放幾炮，不戰而潰。

魚雷艇又在冒著寒風顛簸於黃海之上。

從天津返回旅順後，龔照璵就躲了起來，一直在窺視尋覓著能夠脫身的機會，現在他認為已把握了最佳時機，逃跑的理由已是十足的了。其一，他是在旅順失守時離開的；其二，一同跑出來的還有個提督銜將軍衛汝成，有軍隊的將軍都守不住，何況於他？退一萬步說，要砍腦袋，他已拉著個墊背的了。

一八九四年十一月二十一日下午，徐邦道、姜桂題退下來的隊伍，在旅順城內與日軍展開了激烈的巷戰，死傷慘重。

與此同時程允和帶著從案子山撤下來的隊伍奔了黃金山炮台。可是在黃金山炮台早已就不見了黃仕林的影子。

黃仕林在前幾日北洋水師出現於外海洋面又匆匆離開以後，就將細軟都悄悄裝上了船，人雖在炮台，心卻早已繫到了船上。今日上午遠處傳來炮聲以後，他便第一個從黃金山炮台跑了。此人做事精細，逃跑也跑得精巧。他從黃金山奔向老蠣嘴上船前，守台的官兵看見他依舊一身總兵的戰袍，竟然以爲他是去巡視的。即至到了老蠣嘴炮台，在他換上老百姓的服裝前，他竟能靜下心來寫了一紙電報，派人冒死送到營口謊報戰況，以作將來他沒有先逃的證明。電報一送出，衣服也就換了，人也就跑得沒了影子。

好在天公在上看得分明，也覺得欺人太甚！航行途中突然風浪大作，船翻了。黃仕林落海差點被淹死，後來給路過的輪船救出。

威遠炮台在旅順口西南面，隔著一道寬約三百米的海峽與黃金山相望。十一月二十一日旅順失守的當夜，守將張光前夾雜在亂軍中大奔而逃，向北過金州，投奔了來援旅大的宋慶。也是這一夜，徐邦道、姜桂題、程允和等率殘部沿遼東半島西海岸退出南嶺關，過金州，與宋慶部會合。

至此，中日甲午戰爭旅大保衛戰終於淒然地落下了帷幕。

這是場幾乎是一邊倒的戰役，連日本人也沒想到，他們只用一天就攻占了旅順口，並在旅順城進行了慘絕人寰的大屠殺。這裡委實叫人可惜的是，徐邦道在城頭用懸掛敵軍首級的非常手段，卻並沒有激起中國人的鬥志，反而引發了日軍屠城的獸性。

哀莫大過於此矣！

一場關係到中日甲午戰爭勝敗的戰役過去了，守衛旅順、大連的八個將領一概完好無缺。人既沒死，就有必要對他們的結局作最後一筆交代，這樣或許能對這一戰役乃至整個戰爭得到某種回味。

徐邦道在退出旅順後不久被撤職，他在第二年初保衛奉天（瀋陽）、爭奪海城的戰役中竭盡全力。中日甲午戰爭結束的第二年病死，死後官復原職。對這樣一個很不錯的將領，於大淸國來說再活下去已沒有什麼意義了。死是人生的一個句號，這個句號於徐邦道來說或許並不甘心，其實恰是時候，很不錯的了。否則他若再多活一兩年見到其他人的種種，也非活活氣死了不可。

姜桂題退出旅大後，即被詔令「革職留營，以觀後效」。在以後遼東半島的陸路戰役中，據說他還出力。値得一提的是，此人兩年後竟被新貴袁世凱看中，招入新建陸軍。仕途一年年地走，官一步步地做，到了辛亥革命的前一年（西元一九一〇年），已是直隸提督兼統武衛左軍，直接擔任起了警衛京津的重任；而到了民國十年，竟當到了陸軍檢閱使。這樣一位在中日甲午戰爭中雖不太可憎，卻被諸家史書中一致認作「庸常無能爲」的人，竟歷經滿淸、辛亥革命、袁世凱復辟、北洋軍政府這樣一系列政治上的驚濤駭浪而不倒，能很平穩地把官一路做上去，能說他「無能爲」麼？看來史家只注意到了他的一面，而忽略了他另一方面很不錯的才能。

對一個人的平庸與否，要看從哪一個視角去考察了，往往是此才缺而彼才長的。

張光前退出旅大後，在以後的遼東半島一系列戰鬥中屢屢想雪恥，但一到血肉橫飛的時候總是先軟下來「率軍先潰」。

趙懷業，一槍未放丟了大連，到了旅順見龔照璵已奔了，遂也逃走。一八九五年甲午戰爭還沒結束時，皇上就下旨「嚴拿務獲」，交刑部議處，並查抄家產。至於拿獲了沒有，最後的結局怎樣，也同那一百萬兩的餉銀一樣，不得而知。

黃仕林逃走後的經歷一波三折。

黃仕林一個月後以臨陣逃脫罪被逮捕，定成「斬監候」，押在牢裡等待處決。但此人以區區三萬兩銀子就買通了那個督辦軍務處裡手握兵權，且又和慈禧關係非同一般的榮祿搭上，「竟獲開釋，官復原銜」，授武衛軍統領。簡直滑天下之大稽了。這裡不得不叫人往小處思索，既然逃跑時一船的細軟都翻到了海裡，那白花花三萬兩銀子又是從哪裡來的？送到榮祿手裡的是三萬，上下打點花在別處就肯定遠不只這個數。看來此人平日斂財有道，貪婪如虎不會有錯。他早已把後路準備得十分充裕了，因此定成「斬監候」也能十分從容應付。

由此叫人不得不想起那個趙懷業。趙在丟大連時從容瀟灑，卻只顧了一百多萬兩餉銀的舉動，其目的與黃仕林大約是異曲同工。

衛汝成，同龔照璵乘魚雷艇四日後到了煙合，他隨即改裝成船戶模樣，便逃得不見了踪影。以後皇上發旨捉拿也好，抄家也罷，就是不見他的影子，史載其「不知所終」。都說「天網恢恢，疏而不漏」，看來亦不盡然。

在衛汝成來說不難理解，他不得不逃，因為他的哥哥淮軍大將衛汝貴就是在京城菜市口被砍掉腦袋的。但若以他在旅順口的表現，有功有過，與其他將領比起來大約是不會被判了斬首的。由此看來衛汝成畢竟有一好，畢竟在國法面前還有一顆膽怯的心，因而也就沒有試圖走那條在押後行賄，圖謀它個官復原職的路。至於銷聲匿跡後的生活，倒不用為之擔心了，一任提督下來，即使抄了家，過它個溫飽日子總該是綽綽有餘的。

龔照璵，與衛汝成逃至煙台，自然是絕不敢上岸的。他的靠岸，僅僅是因為身穿棉袍嫌冷，為了派人偷偷向他的前任，時任東海關道的劉含芳借一件羊皮袍禦寒而已。羊皮袍借著，龔照璵隨即便搭一大輪到了天津。

依常理而言，天津當是他的死地，然而他卻十分從容地去了。結果被李鴻章拿獲，送交刑部後亦被定罪「斬監候」。「斬監候」這個清代法典中的專有名詞。字面上看，它委實與現在的「死刑，緩期若干年執行」，也就是通常所說「死緩」為一回事的，有那麼一種以觀後效，在押期間如表現得好便可能改判為有期徒刑的意思。但在清代的法律概念中，並不是這個解釋，因為清代處決人犯，除了特殊情況，一般都是到秋後殺一批，即所謂的「秋後處決」。因此龔照璵腦袋搬家，實在是應在一八九五年秋天的事。然而龔照璵押在大清國刑部大牢內足足六年，年年都有秋後，竟然就是沒斬了他的首級，因之就叫人從「斬監候」這一名詞外表的嚴厲處，看出了它的微妙，似乎是特地為龔照璵與黃仕林之流而設定的，否則便會埋沒了他們身上與生俱來的那麼一種奇才的。

果然龔照璵押在死囚牢裡大展奇才，「運動十分得法」，拖到一九〇〇年八國聯軍入侵北京時，皇上、太后從京城裡跑了，他也順便從獄中溜了出來。格外令人拍案叫絕的是，一九〇〇年和議成了以後，龔照璵似乎是並不滿足於一個逃字，而非要在世人的眼目中將他奇絕的才能施展得淋漓盡致不可；又似乎像個十分上進的學生，絕不甘心只將試卷寫了一半。這個龔照璵又回到京城。看來龔照璵是對的，回京後僅在關鍵處稍事點撥，便獲開釋，得以名正言順地南歸，回老家去了。

得以脫身南歸的這一年八國聯軍侵華，於龔某卻委實是一個吉祥的年頭，是年六月六日，正好是他的六十大壽。他預定宴客三日以示慶賀。開宴的第一天，忽然有一個叫張陸的人身穿一身孝服闖了進來，長長作了個揖問：「六哥（龔照璵）今天非常快樂，可否容老弟進一言？」龔照璵答曰：「請見教。」

張陸說：「弟近看新書數本，始知國民乃國家之主體。因此知道弟也應對中國土地的存亡，負有一分之責任。那麼請問，前些年六哥將老弟的旅順送到何處去了？今日能否見還？」

龔照璵大窘，狂呼逐客。

可是第二天，龔宅的大門上又被人貼了一幅對聯。

上聯是：「稱六爺，上六旬壽，欣占六月六日良辰，六數適相逢，曾聽張陸先生，大踏步闖進門來，口叫六哥還旅順。」

下聯曰：「坐三年監，陪三次斬，賺得三代三品封典，三生願已足，最可憐達三故友（衛汝貴字達三），小錢頭不如咱灑（說衛汝貴花錢運動不如龔來得灑脫），冤沉三字赴黃泉。」

龔照瑗見聯憤甚，大索數日，不得其人，恨恨而已……

過壽一節逕摘自《清代軼聞・卷七・檮杌近志》。看後倒覺得是爲龔照瑗添了光彩的一筆，原因是此人竟能憤怒得起來，並且還大肆搜索貼對聯的好事者數日，畢竟還算是個人的。假如龔照瑗見聯壽宴照開，依舊談笑風生呢，豈不更是一番風景？

清末年間的風景多了，藉此只作一笑談罷。

## 第七章

# 進退維谷

## *1*

這是在旅順口丟失的第四天（西元一八九四年十一月二十六日），天色將明未明，北京紫禁城裡的晨鐘還沒敲響，軍機處值房裡的燈火已是通明，五位軍機大臣就差孫毓汶沒到了。

戰局的發展已經到了一個令人如坐針氈的地步，來的人似乎都有一肚子的議論要說出來，卻又是一動不動地坐著，坐到煎熬不住便滑下小炕來在屋裡悶聲不響地走動，藉著伸手向火取暖，就把眼光向首席軍機大臣奕訢投去那麼深深的一瞥。

奕訢安坐不動，像僧人入定了般。

李鴻藻終是忍不住走過來，壓低了嗓子向奕訢請教日本人下一步棋將會如何走，「是會戰於奉天（瀋陽）一帶而後進逼山海關呢？還是將艦隊開至大沽，下天津再直趨京城？」

奕訢只含糊其辭地動了下頭，看不出是搖頭還是點頭。

李鴻藻卻愈發認真緊追不捨，他說：「咸豐六年（西元一八五八年）英法聯軍就是從大沽上岸打天津，而後侵擾京師的。」見奕訢一臉都是回憶得十分投入的模樣，便覺明顯是個做作了，李鴻藻也就毫不客氣地一語捅破了窗紙，「恭王忘了麼？當年正是你留在京城支撐局面主持議和的。」

恭親王奕訢三十多年前是主張和局的，今天這仗更是沒法打下去了，不主和還主張什麼？然而這僅僅不過是個腹案而已，現在戰局正走在一個節骨眼兒上，太后大約傾主和而皇上傾主戰，但兩人的底牌都還未丟出來，他便還要等一等看一看，要仔細地斟酌著了。他現在還不願因主和而暴露在輿論的火力之下。但這個李鴻藻一大老早的像隻甲魚，不問好歹一口就咬住了他，卻不見翁同龢正朝這邊望著呢！奕訢把垂著的眼皮翻了翻，終於說：「現今非比當年了。當年是二對一，如今是一對一，仗也並非就是打不下去的。再說，日本人直下天津，就不怕北洋水師開出來斷了他的後路？」

問題在於軍機大臣戶部尚書翁同龢喜歡攪和，他老遠地就接過話來，「不見得吧，恭親王講的是一步無理棋。」他捻著鬍鬚似在沉思了下，「聽說皇上已給李鴻章下了密諭，要他請德國人赴日試探議和了。看來皇上也未必就非要把仗打下去的。」

恭親王奕訢吃了一驚，「誰說的？」

翁同龢面露得意之色，「慶親王。聽他說李鴻章同時也寫信給恭王爺。」

恭親王坐著立時覺得尷尬得猶如芒刺在背，覺得他媽今日簡直邪了，主和的偏偏要言戰，主戰的偏偏又要議和。然而他王爺畢竟還是王爺，一切也不能太遷就了，於是臉上就有些不是顏色，「這說明皇上已不是當年拜師求學時的皇上。然而皇上派人去試探和議，欲擒故縱，麻痹一下日本人也未可知。皇上自有主張了，天意也不見得是師傅與我就能一下測到的。」

翁同龢被這一席話講得有些臉不是臉，鼻子不是鼻子，覺得就非要扳過一下面子來，他說：「但恭王說北洋水師能斷日本後路，顯然就欠妥了。」他走到奕訢面前，伸著手扳起指頭說：「這一，北洋水師已是敗過一陣子了；這二，如果它能打，爲什麼眼睜睜地望著旅順、大連失守而不出海一戰呢？」問得委實是有道理，委實是無懈可擊，翁同龢把話一問出口就像打了勝仗般地越發來了精神，「此話問恭親王，委實是老臣同龢的不是了，這話本該差人當面問問那個李鴻章李中堂！……」

恭親王奕訢正要回駁，那邊的徐用儀故意咳嗽了聲，見翁同龢止住了話，就悄無聲息地來到翁同龢的身邊，壓低了嗓子問：「記得翁師傅不是到過一趟天津麼？好像師傅回來後數日，總是悶悶不樂。」

翁同龢反問：「徐軍機不是悶悶不樂，難道敗仗之後倒是心曠神怡了？」見徐用儀說不出話來，又問：「旅順口只守了一天，倘我這一介讀書人去守，也不至於一天就叫日本人攻下來。」

徐用儀火了，「請教一聲，李鴻章是老邁昏庸、好漢不提當年勇了，聽口氣，師傅也想親領一軍到前邊小試牛刀，守它一回奉天？」

翁同龢一身便是老夫聊發少年狂的味兒了，張口發現嗓子有點糙，隨即捧起茶碗咕嚕嚕一氣喝過，這才把句話講出來，「只要皇上一道旨，老夫即刻披掛上陣，及至馬革裹屍也在所不辭。」

恭親王見李鴻藻又要開口，急忙直擺手，把話岔開了，「罷、罷、罷，怎麼孫毓汶還沒來？」

徐用儀用肘子碰碰李鴻藻，「懂恭王的意思了麼？」

李鴻藻笑了說：「一知半解似懂而非懂。」他問翁同龢：「翁師傅你懂麼？」

翁同龢說：「話說明白了我全懂，不明不白我也是個似懂而非懂。」

正說著，孫毓汶一撩門上厚厚的棉簾子進來了，他直走到火盆前伸手取過一回暖，才說：「辛苦半夜，今早差點都爬不起來的。」言罷竟還長長打了個呵欠。

徐用儀笑呵呵地問：「孫尙書不會在這當口還心事冶遊吧？」

孫毓汶大度地笑起來，「依大淸律令，去逛窯子就是革職永不繼用的罪過，別忘了，本軍機還兼著刑部尙書。」

恭親王站了起來，打骨眼裡他看不起孫毓汶，可在軍機處他又絕對離不開這個人，他說：「孫軍機我們就言歸正傳吧。」

孫毓汶又烘過了一回手這才坐下來，見衆人都不吱聲地望著他，頗似得意地問：「諸公急欲知道的，不就是近日來太后背頭風的毛病犯沒犯麼？」

恭親王漫不經心地聽著，忽然又拍拍炕桌，「按說我該去看看，給太后請個安了。」說完他就眞的要從炕上下來。

孫毓汶上前一步攔住了說：「太后的『背頭風』沒犯，恭親王大約是有點底數了。諸公還要聽點什麼？我就不打啞謎，和盤托出。皇上近來都在珍妃宮裡過的夜，昨晚直嚷著頭痛，今早給太后請的安，怕是要免了。」

軍機處的各位都不吱聲，一律坐在炕上一個勁兒地望著對面的窗櫺子凝起神來。太后、皇上這幾日的飲食起居、心思狀態，直接關係到大淸國對時局的看法與把握，這太重要了，同樣也直接關係到作爲臣子們眼前的行止與作爲，翁同龢不一會兒就有些坐不住的模樣，前幾日他請皇上下密諭給李鴻章，讓德璀琳赴日試探議和，思慮不爲不周至。一箭數鵰不說，目的之一便是糊弄一下日本人是假，糊弄一下太后倒是眞的了。因爲密諭不密諭，世間從來都沒有不透風的牆。讓太后也知道皇上有意議和，有百利而無一害，讓母子關係緩和下來，今後皇上行事，便會少受些牽制。一番苦心用了，皇上近來本該疏遠一些珍妃，而格外親近些皇后才是，可皇上卻偏偏意氣用事起來。他感到有些痛苦萬分，節骨眼兒上委屈求全的道理皇上本該是懂的呀！忍不住了，他問孫毓汶：「消息不會錯麼？這可是謬之毫釐，失之千里喲！」

孫毓汶立時一句話就甩了過來，「翁尚書是皇上的師傅，自可見見皇上，一望便知。」

翁同龢覺得忍無可忍，孫毓汶是從來也不把他這個帝師放在眼裡的，可他自己又是什麼東西！他眼一翻便也把話甩得擲地有聲，「打探皇上、太后飲食起居，我這個帝師哪比得上孫軍機有個結拜金蘭的把兄弟李蓮英呢？」

這句話說得另三人在心裡都忍不住笑了起來，臉上卻是板得一點兒見不著聲色。正當孫毓汶滿臉脹得通紅時，有太監進門傳報，說太后要在儀鑾殿召見眾軍機。

於是眾人起身煞有其事地問：「孫軍機，既是太后的『背頭風』沒犯，這大清早便召見全班軍機大臣又有何意？」

## 2

晨鐘早已在不知不覺中響過，太陽早已在一片渾沌中升起。空氣中到處都幻化著一派霧濛濛的水氣，金色的屋頂、漢白玉的欄杆都一律被浸在其中了，人的步履在青磚鋪就的地上走過，留下了串串濕漉漉的印跡。

紫禁城裡到處都在經歷著一個少有的晴朗而溫濕的冬日。

慈禧太后坐在儀鑾殿上，看著軍機五大臣魚貫而入，又匍匐在地上給她磕首請安。

慈禧說：「該先給皇上請安才是。」言畢扭頭四顧，禁不住地有些驚訝，「皇上呢？李蓮英。」

軍機五大臣面面相覷，丈二和尙摸不著頭腦。

李蓮英出來面稟：「皇上頭痛的毛病犯了……」

恭親王奕訢說：「太后一早急召臣等，想是爲國事憂慮甚深。」

孫毓汶奏道：「旅順口三天前落入敵手。臣等以爲局面不容樂觀。」

慈禧太后說：「日本人把兵輪開到天津，不就又要演一回英法聯軍進北京，再燒一次圓明園了？李蓮英，快去把皇上請出來，就說，『黎明即起，萬機待理』……」

李蓮英說：「太后，皇上近來的脾氣不好。」

慈禧問軍機大臣：「皇上知道旅順口丟了？」

軍機五大臣垂眼說：「知道。」

慈禧說：「讓我也脾氣好不了。可『背頭風』我就硬忍著沒讓它犯出來。」她扭頭問李蓮英：「皇上近來的飲食如何？」

李蓮英咂著嘴，「聽說，聽說皇上進膳時老也心神不定，筷子伸到哪個碗裡，就問哪個碗裡的價。」

慈禧太后說：「皇上有皇上的苦衷，外面打著仗，他這是在仿效人家日本皇上，正在節衣縮食吶。」

「……奴才們也難，眞把便宜的送進去，皇上又嚥不下去，愁眉不展……」

慈禧說：「做奴才的這還要我教？白天就由著皇上作表率，晚上再送些精緻的進去不就得了？」

「欺君之罪，奴才不敢。」

慈禧說：「皇上龍體，現在直接關係著大清社稷江山的安危。對，就這麼著！晚上把好的送進去，皇上問，你就說這是太后自己掏的私房錢。」

孫毓汶說：「太后，形勢實在是刻不容緩……」

恭親王奕訢道：「皇上龍體欠安，可軍機處裡的軍情電報、奏摺議章已是堆積如山了。」

徐用儀、李鴻藻齊說：「臣等的意思是，現在就請太后以大清的社稷爲計，出面早定大局。」

慈禧把案子一拍，臉上勃然變色，「皇上婚後親政，這是大清祖制！你們想置我一個婦道人家於何地？」她一個勁兒地冷笑起來，「再說，前幾日皇上不是親自給李鴻章下過一道密諭，有意與日本議和麼？誰說皇上沒主張？誰說皇上沒有把著全局？皇上不再是小孩，你們也太輕看皇上了。」

軍機五大臣噤住口，再不敢多說什麼。

慈禧太后反倒是和顏悅色侃侃而談起來，「皇上主政於外，太后主家於內。諸位大臣的心情我懂得，該我問的若不問，滿朝文武豈不要失望而至人心惶惶了？今有一家務事，因它也關係國家安危，因此特地就商於各位。」她頓了頓，「我把要珍妃貶爲貴人，降她一級！」說著她一眼望見翁同龢的身子動了下，問：「翁師傅有話？」

翁同龢搖搖頭，「老臣無話。」

孫毓汶出來代翁同龢把話問了出來，「太后，此事皇上知道麼？」

慈禧瞥了孫毓汶一眼心領神會，「當軍機大臣的竟也糊塗，就不問問我爲什麼要處罰珍妃？」

她見下面沒一個吱聲的，又問：「知道一個叫魯伯陽的麼？」

李鴻藻想了想說：「好像皇上曾當朝著吏部查核有無此人。」

慈禧問：「查著了？」

李鴻藻裝起傻來，「餘下的事臣就不得而知了。」

慈禧說：「本來我和你一樣也是個不得而知。此人被放了個上海海關道的實缺，上任後群議紛紛，被江督劉坤一參了下來，這才知道的。經查此人是個木材商，幾幾乎目不識丁，用四萬兩銀子買通了珍妃，這才給放了個天下第一肥缺。可惜只當了兩個月……呸！皇上在這邊與日本人打仗，打得夜不成眠寢食難安，他的妃子倒在後邊挖牆角，中飽起私囊來了。翁師傅，皇上是受了蒙蔽，皇上若明白眞相，他能不處置麼？」

翁同龢直說：「當然，理當，理當。」

慈禧說：「我是怕皇上爲難，紙包不住火，終是知道了，處置吧，日日夜夜和珍妃在一處，面子上難看；若不處置，聖上明君又當如何面對天下？只好，這個惡人也只好由我來代皇上做了……合諸君一句話，我這是爲了大清的江山社稷著想。」

五大臣異口同聲頌道：「太后聖斷，英明，英明，英明。」

慈禧慢慢地又說：「英明不英明的，倒是還有個問題，光珍妃一人在宮中深居簡出，那麼老大一張銀票是怎麼送到她手上的？」

五人問：「誰？」

慈禧說：「珍妃的哥哥志銳。這回倒是我明察聖斷了，這個人沾著點皇親外戚的味，時時出入後宮，盡幹的就是如此勾當。衆卿說，當如何處置？」

恭親王奕訢說：「這等惡例不能開！」

徐用儀、孫毓汶同聲說：「怎麼處置也不爲過，太后！」

慈禧說：「說得對，怎麼處置也不爲過。翁師傅，你說呢？」

翁同龢翁師傅氣得咬牙一跺腳，「皇子犯法尙要與庶民同罪，何況乎志銳。殺！」

慈禧連連擺手，「不行，不行。沒曾想翁師傅秉公起來，手一點不軟。我看，還是將志銳遣戍烏蘇里台得了。再說珍妃受了賄不過貶爲貴人，而將通賄的哥哥殺了，豈不有失公允？」

五人喏喏，說：「臣等謹遵懿旨。」

軍機五大臣走出儀鑾殿，都暗暗地長長舒出一口氣來，天很冷，一個個卻掏出方巾，擦拭著一頭的汗。

*3*

北洋水師大隊是在旅大激戰的當天落潮時分（西元一八九四年十一月二十一日），由北口駛向威海灣的。

林泰曾站在「鎮遠」艦高高的望台上，指揮鐵甲巨艦隨著前邊的「定遠」向口內駛去。漸漸地遙遙在望的劉公島，像一隻孤零零不動的巨艦已浮入了眼簾。

一炮未放就撤離了旅順，日本人如若駕艦從旅順口軍港撲來，也只一夜的航程了。旅順口、劉公島互爲犄角之勢，唇亡則齒寒；北洋水師還能怎麼退，大清國的這支海軍將是怎樣的一個結局呢？林泰曾四顧茫茫海天一色，倏忽之間劉公島已是近在咫尺了，他禁不住回過身來望著尾隨跟進的艦隊，艦隊不似先前，整整短了一大節，致遠、揚威、廣乙、廣甲、超勇、經遠已是葬身海腹，永遠也歸不了隊了，眼中的情景不禁叫他的心裡一陣淒淒然，鄧世昌不在了，林永升不在了，濟遠艦在，而它的管帶方伯謙卻被斬首死於非命。軍中的傾軋令人生畏，而藉戰事的諉過誣陷，就更叫人不寒而慄了。他只覺得自己渾身乍暖還寒直打起抖來。怕了？他問自己。可明明艦隊是在駛入一個暫還十分安靜的港灣，他一時間有些惶惑，惶惑中他緊捏著的拳頭狠狠地捶在了面前的鐵案上，他不怕！他是軍人，他絕不怕打仗的。「對，對！」林泰曾的嘴唇哆嗦著自言自語，與其避入威海灣，不如駛往海上尋日艦拚死一仗來得痛快；即使死，也死得個明明白白！

突然，前方的「定遠」艦一聲短促的汽油嘶鳴，令林泰曾回過神來，定睛看時他的心也提到嗓子眼兒上了。「定遠」駛入威海灣北口時，艦身擠出的一排排巨浪又被北幫炮台山崖下的礁石彈回，將設於航道一側的一顆水雷推進了航道。停車是來不及了，只好連連發令將「鎮遠」向劉公島一側避去。巨大的艦體在距水雷不遠處駛過時，「鎮遠」艦上隨之像發生了地震，城堡般的艦上建築左右搖晃著，漸漸便向一邊傾斜了過去。

正是落潮時，「鎮遠」觸礁了。

艦上的汽笛拉響了，「嗚嗚嗚」一溜淒厲的長音，林泰曾親手把舵，極力使軍艦保持著相對的平衡。在艦體下不斷發出的「吱吱嘎嘎」的擠擦與崩裂聲中，他的軍艦駛入了港內。艦上的搖擺與抖動消失了，唯有汽笛還在鳴響著，林泰曾卻癱在了甲板上，他只感到惶恐不已，只感到止不住地心驚肉跳，可是他卻在驀然間跳了起來，「堵漏，全都給我堵漏去呀！」

「鎮遠」艦傾斜著，當林泰曾飛快地奔至底艙時，看見海水正從艦左舷近底部一條約三丈長的裂縫中像道瀑布，噴濺而出。他立即命令水兵堵漏的同時，就又奔上艙面，聲嘶力竭地指揮「鎮遠」向威海灣內劉公島一側有淺灘的地方靠。可是很快地，林泰曾發現軍艦的吃水已下沉了好幾吋，便又跑下艙，此時他看見艦底已是一片忙亂一片恐慌。棉被在這艙底漂得到處都是，裂縫小的地方被堵上了棉被又壓上了木板，水兵們有的在上面壓著，有的七手八腳找支撐用的鐵棍與木杠，三四處噴湧著水柱的地方因爲水力太大，人擁著棉被才靠近就被沖倒在水裡。就在這時，已壓在裂縫上的水兵頂不住了，一個起來，其餘便都一律跳了起來，林泰曾傻了，他站在通到艙底的鐵梯上喊：「壓住，兄弟們，壓住哇！」

兄弟們說：「不行了，就快凍死了！」

「不凍死，也給淹死了！」

林泰曾大叫一聲撲了下去，他跪在水裡說：『鎮遠』一沉，就完了。兄弟們只當救我！林某平日待兄弟們不薄！」

兄弟們一律愣愣地站在水中望著他，「我們已經用過命了。」

「林管帶，沒法了呀！」

林泰曾哭著說：「兄弟們都上去吧！」他忽地伸手撈過一床棉被，「林某今天就死這裡了！」說著將棉被頂在胸前就一頭扎去，可是水柱卻將林泰曾頂住了，頂得他東倒西歪就要倒下時，被近旁的兩個水兵一把扶住，順勢就壓在了水柱上。艙底的人哄地一聲，數十人如法炮製，瘋了般地用被，用木板，用一層層人的身軀壓在了裂口上，水柱也終於一個一個地被制服了。

艦上的木材、床板都被拿來支撐防護，漸漸將那些凍得奄奄一息的人們從水中接替出來。林泰曾被拖出來後已幾乎是皮色青紫面目全非了。在臥艙裡水兵替他換上棉袍，才稍稍緩過一口氣來，便讓人架著來到艙面，指揮水兵們用手壓水泵向艙外排水，水泵的揚程不夠，便只好用桶，用帆布的水兜朝上提著抬著。正在林泰曾看著眼前的情景漸漸緩過一口氣來時，丁汝昌來了。

林泰曾慌亂地有些眼睛發直，說：「落……落潮……」

「堵住了？」

林泰曾擠出一個笑，抬起頭來卻在丁汝昌的肩後看到了另一張臉，他的笑立即僵死在了臉上。

劉步蟾用目光直視著林泰曾，也一甩袖子，腰一彎，跟著丁汝昌鑽下艙察看去了。

林泰曾感覺已痲木了，他的船觸礁了？他又似明白過來，什麼船，軍艦！大清國的，亞洲的最大軍艦！林泰曾只覺心中一陣發抖，他將頭竊竊地伸進艙口去看看，一旦聽見了從那邊傳來的腳步聲，便就一動不動地在艙門口肅立著。裡面傳來的腳步聲，一聲聲似乎都在敲擊著林泰曾的耳鼓。腳步聲終止了，丁汝昌、劉步蟾相繼從艙裡鑽了出來。

丁汝昌站在林泰曾的面前，不吱聲。

劉步蟾咂嘴說：「林兄，八吋厚的鋼板，炮彈也打不透。如若今夜日本人來了，怎麼辦？」

林泰曾一個勁兒地說：「標下該死，罪該萬死，罪不容赦……」

丁汝昌忍不住說：「都像剜著老夫的肉。」他問劉步蟾：「你看怎麼辦？」

劉步蟾說：「應手工匠跟來了些，還好。只怕是瞞不過去，不得不報至中堂了。」

他們走了。

林泰曾也不知怎麼就恍恍惚惚回到了臥艙。一旦關上門，他就似乎變得清醒了，仗正打得死去活來，劉步蟾說得不錯，萬一日艦今夜眞的開來怎麼辦？大隊衝出去了，「鎭遠」就放在這裡給人轟散麼？他哭了，他猛然之間站起來，只把頭朝艙壁上撞。他不覺得痛，他只覺得「鎭遠」受重傷的電報發至天津傳進朝廷，不論是李中堂或是皇上都容不得他了，判他一個「斬」字猶算輕饒了他！這能怪得劉步蟾麼？怪得丁軍門麼？都怪不得，要怪，只有怪他自己了，他果眞是罪不容赦的呀！他想到了方伯謙。方伯謙就是當衆受辱，接著被一刀砍過去頭顱滾落，淋淋的一腔血噴薄而出……

性格內向一向少言寡語的林泰曾把自己關在艙內，左思右想痛不欲生，思維與理智漸漸走入了一道死胡同，巨大的壓力與恐懼使他尋覓到了一個解脫的辦法——自殺。

據載：林泰曾在是日卯時（約晨五時至七時）呑下鴉片煙自盡，當辰時（晨七時至九時）被人發現時，已經氣絕，可是身子還軟著。

*4*

光緒皇帝將朱筆拋於案頭，終於長長舒過一口氣來。這一天他伏案所批的文字，大多是對旅順失守的善後處理，捉拿龔照璵，捉拿衛汝成，捉拿黃仕林、張光前等等、等等，將丁汝昌暫處置爲留營戴罪立功，對李鴻章也作了革職留任的處罰。

光緒的目光久久凝視著窗外，夕陽西下，將宮牆的陰影投照得老長。光緒分明覺得這陰影是一種莫名的力，正在將宮牆朝著一個方向竭力地拉扯著，正不知何時宮牆便會轟隆一聲坍塌崩潰下來。那麼他的眼界便就再也不受約束，變得拓展了。光緒皇帝想像著，眼前已出現了金碧輝煌的太極殿、保和殿……然而那裡除了兀立著的輝煌而外，便是一片鋪滿了青磚的空曠廣場，幾乎寸草不生，連一棵樹也沒有。他的心境立即又變得淒淒然了。

這紫禁城已有數百年的歷史，實在是久經滄桑了。自前朝明成祖朱棣始，這裡有過數次金戈鐵馬風捲落葉般的改朝換代；出過叱吒風雲威風八面的開國皇帝，也出過風聲鶴唳四面楚歌的亡國之君。這裡更多的，則是產生過數不清的陰謀，發生過一次次的宮廷政變。許許多多的人在這裡或輝輝煌煌地登基，或慘不忍睹地人頭落地。光緒記起來了，這宮中的樹就是在本朝雍正年間被砍伐殆盡的。因爲有刺客欲圖刺殺雍正皇帝，曾懸足於水上涉過了護城的筒子河，攀入紫禁城後就藏身在那些高大的樹冠之上。但先祖雍正帝依然沒能逃脫被刺殺的命運，據說雍正死後無頭。爲了這麼一個輝煌的皇位，他殺的人太多了，他的政敵仇家也太多了。

然而爲了安全的緣故就必須砍掉宮中的樹麼？那個據說能懸水過河，身不沾濕的刺客藏在宮殿的樑上，或無數的匾額後豈不更好？雍正帝砍盡宮中樹木的另一番隱機，光緒此時此境卻似有所悟了。面對夕陽西下，秋風瑟瑟，滿宮重重落葉飄飛，殺了那麼多人的雍正帝該是個什麼心境？如若夜來，在嘩嘩的樹葉響動中，在搖曳的樹影中，該是一種什麼樣的感覺？那些被殺的魂靈必然在此情此景中變得倏來忽去，魔影重重，定會叫他的先祖雍正帝心寒膽顫毛髮悚然的了。

這裡的陰氣太重了。先祖給他留下的不過是無遮無掩、無躲無藏的一派可怕的孤獨。光緒在這將晚的時分想起了珍妃。

今晨貶珍妃爲貴人的懿旨下來時，光緒皇帝好似前面剛被日本人逼到了牆角，背後又讓不知是誰往腰眼兒上狠狠捅了一刀。他當時的第一個反應就是問珍妃有無此事？

跪接懿旨還沒起來的珍妃哭了，「皇上是一點兒也記不起來了？」

光緒聽著「嘿」地一聲，氣就洩得透透的，彷彿又像在掙扎著，「魯伯陽的事是想起來了，指望他有才，依妳放了他個缺的。可我不知妳背後收了人家四萬兩銀子！」

珍妃說：「收了怎樣？若沒收呢？」

「沒收，朕就代妳伸冤，咱們找太后伸冤去。我只當面問一聲，日本人逼，太后妳也在逼！」「問。皇上是一國之君，怎麼就不好問？」珍妃從地上站了起來，「就去問問太后收了多少，一個大清國的海關、稅關、鹽政、織造，處處肥缺她又賣了多少，又何只幾千萬。臣妾就爲四萬兩？臣妾是心裡不服！這偌大的宮裡，也就是只許太后放火，不許別人點燈了？……」

光緒突然火了，「太后歸太后，妳是妳！」

珍妃起身向皇上道了個萬福，話語已變得輕軟而柔和了，「只『上樑不正下樑歪』一句，皇上就是捨不得說出來。是有罪，臣妾貶爲貴人，這怕是就要遷宮了。」說完她款款地走了，頭也沒回。

夕陽完全沉落了。晨鐘暮鼓，宮中的暮鼓咚、咚、咚地響了起來，顯出了幾許的無奈與沉悶。光緒皇帝這才發現養心殿裡已是華燈初上，一片通明了。

有太監過來提醒：「皇上，該用晚膳了。」

「不用。」內外交困國事日非，他又怎能嚥得下飯去？他還不是昏君！光緒看著那太監躬身退了下去，心緒便翻覆到了另一面，仗是被日本人打得一敗塗地，如何收拾？這個皇帝固然當得沒什麼趣味，但他畢竟是愛新覺羅氏的子孫，他不能讓大清二百多年的江山到了他手上就完了……權宜之計便是和，然而和也是要被世人唾罵的……

這時又有太監悄無聲息地走近，跪了下來。光緒以爲又是來請他用膳的，他的肚子確實有些餓了。扭頭卻見太監把一只盤子高高托過了頭頂，他渾身的熱血一下冲了上來。盤中放著數只精巧的銀牌，上書各宮名稱，他翻過哪只，就表示今晚要去那裡過夜的。

此時此境誰的主意，也太缺德了！然而他壓抑住了，只臉上不易察覺地掠過了一絲冷笑，伸手便把象徵著皇后隆裕的那張牌子翻了過來。

托盤的太監退下了，光緒突然發現他的心情無比地痛快起來，「用膳！」他聲音高亢地喝了一聲，於是在「傳膳」聲中太監們車水馬龍般進進出出，很快「膳」擺好了。

光緒的胃口很好，再也沒了這些日的挑剔，非常自如地用了起來。邊吃他就邊禁不住想像著久未受寵承恩的皇后，在得到太監傳報時喜不自禁的形狀，篤定是立馬香浴更衣，忙得不亦樂乎了。皇后自得於有太后撐腰，皇上終於就範了，那麼日後就格外要到太后面前去告狀，去哭訴了？那麼今天便就先由她洗去、搓去吧！不但讓皇后，也讓太后先開開心好了……

隆裕皇后與光緒皇帝有血緣關係，緣就緣在慈禧太后身上。隆裕皇后是慈禧弟弟都統桂祥的女兒。光緒皇帝是慈禧太后妹妹的兒子，表兄妹結婚親上加親這是太后慈禧的意思，對親姨侄的皇上不放心，那麼就還有個親姪女在一旁代她看著。於是這段親緣從一開始的設計上，隆裕就有了那麼種作了人家奸細的意味了。

光緒每日一見到要他「擇宮」的托盤時，便如面對一道永遠無解的難題，感情上都要經歷一種艱難的歷程。這種死去活來的感受是在光緒十三年（西元一八八七年）的冬天，那次選后與妃的儀式上就開始的。那年光緒十七歲。

選后妃的儀式是在保和殿進行的。那次供他這位婚後就要親政的皇上擇優的人選只五位。除了他的表妹隆裕而外，就是江西巡撫德馨的兩個女兒，加上禮部左侍郎長叙的兩個女兒。那日的情形，慈禧上坐，光緒侍立一旁。殿上廳堂放了一張小長桌，上置鑲玉如意一柄，紅繡花荷包兩對。未婚的皇上看中誰爲皇后，授一玉如意；相中誰爲妃，給以花荷包。應該說這形式有著相當的浪漫色彩，與千金小姐登高樓拋繡球擇婿有著異曲同工之妙。當時五個女子排列著依次款款地進來了，先齊齊地向太后請安，而後便或立或動，或正或側，讓太后並皇上過目。在女子們輕曼的行動中，光緒皇帝看見了一些他從沒有感受過，而又與太后絕然不同的女性，十七歲的皇帝意醉心迷了。他只把眼緊緊盯在德馨的兩個女兒身上，燕瘦環肥各有韻致，太靈動太俊美了，他老也在心裡掂量，將把唯一的那柄玉如意授給誰？但是他的「皇爸爸」在一旁見了卻如坐針氈，突然提醒他：「皇上，定定神，不要把眼看花了。」

光緒猛然從沉醉癡迷中醒悟過來時，心一慌，眼就眞的有些花了，他緊攥著如意來到德馨兩個女兒面前，正要抬手時，突然身後又是一聲：「皇上！」猶如聽到一聲驚雷，光緒的手一顫，由不得轉回頭去看「皇爸爸」臉色，「皇爸爸」一臉的不快，正在用眼神，後又用嘴急切地在向他暗示，要他把如意遞給站在第一位置上的，他的表妹。命運的安排就是如此，多年來養成的習慣在一瞬間攪得光緒皇帝方寸大亂，不由自主又是鬼使神差般地將如意乖乖地遞給了他的表妹。他的表妹就這麼成了他的妻，當皇后了。

立時滿殿的公主、太監、宮女們一片恭維聲，稱頌：「皇上好眼力。」

當時「皇爸爸」慈禧太后也似乎十分滿意，似乎是在乘著一腔勃發的興致說：「皇后，皇上作主已選了下來，妃的事，我就替皇上作回主吧！」她命陪選的公主們不由分說將兩對紅荷包分別遞給了禮部左侍郎長敘的兩個女兒。這樣也就避免了日後德馨女兒與自己姪女的爭寵，把一種不祥、一種危險扼殺在了剛露端倪的那一剎那。慈禧坐在上面呵呵呵地笑了，而還沒反應過來的光緒則呆若木鷄。

光緒此時的用膳，彷彿口口吞進的都是歹毒。百姓也罷，皇上也罷，夫妻間的日子還得自己過；就讓皇后守活寡，太后管天管地，就是讓她稱心不到這上頭來。

果然這邊膳罷，養心殿門外的太監手裡提著的紅燈籠已排成了一長溜了，燈燭明滅間，光緒斜一眼，不理他們，便又端起茶細細地品起來。

養心殿的管事大太監這時踏著輕步進來請示：「皇上……」

光緒白了他一眼，斥道：「急什麼？」他有些得意便十分難得地說了一句俏皮話，「當真皇帝不急太監急起來了？」

大太監躬下腰連聲喏喏，將一份摺子遞了上來，「這是總署轉來李鴻章急電。」光緒愕然了，他示意大太監將電報放在案頭，大太監便向後退了兩步要走時，突然他伸手抽了自己一個大嘴巴，口中的話就變得清晰起來了，「奴才嘴臭！奴才就沒見著皇上正爲東邊的仗急著呢！嘿，奴才該死！奴才怎就不知替皇上分憂呢？」

光緒一聽臉也氣白了，手指著大太監「篤」了一聲就說不出話來。他本可以把他打個皮開肉綻的，但隔一日太后問起來，便會成了奴才痛惜主子，卻打成這樣，顯見得皇上生性暴戾，不是個明君了！再說拖出去小太監打大太監，眞能打個皮開肉綻麼？這裡頭的戲法他知道，不惹這個麻煩了！然而一口惡氣實在忍不住，抓起只茶盅就扔了過去，可惜宮中的茶盅都是景德鎭的薄胎細瓷，並不怎麼響的，便只好咬牙切齒仰頭望著房上的棟樑，發出一聲長長的嘆息了。

光緒的眼終於慢慢低下來望著了電報，伸手要拿，卻又怕燙著了似地縮了回來，只眼巴巴地盯著。李鴻章發來的，一天，只一天他就把大淸整整籌備十幾年的旅順要塞給丟了。凶多吉少，肯定凶多吉少！他沉重地拿起電報，看罷才知，原是「鎭遠」號觸礁差點沉了，一槍一炮沒放撤回劉公島不算，還差點沉船？還死了一個巨艦的管帶？他想到這對於北洋水師，對於整個一個大淸國，委實不是一個好兆頭了。他想連晚召見軍機大臣。日子還要過，是戰還是和？還有這大淸的北洋水師怎麼辦，都容不得耽擱，都要立馬拿出個主張來。

光緒喊了聲：「來人！」聲音才止，太監們便又提著紅燈籠在外排成了一長溜，大太監說：「奴才們早都準備好了……」

「幹，幹什麼？」光緒忽地明白過來，吼一聲：「不！都給我滾！」

太監們滾了。

空曠天地間，恍惚中好像只有光緒皇帝一人在此獨坐。

有孤雁掠過，淒淒的哀鳴聲聲傳來，光緒抬頭向窗外的夜空凝望著，「碧雲天，黃花地，西風緊，北雁南飛。」他嘆息了聲，便又想起了下一句，「曉來誰染霜林醉？總是離人淚。」盡染的霜林這裡沒有，遺下的便只有離人的淚了。

光緒皇帝愁腸百結地走到床前，一下子仰倒在上面。迷迷糊糊之間就想著了愛妃昔日的種種好處，她現在貶爲貴人住到哪裡去了？她還想著朕麼……光緒模糊的意識漸漸歸於沉寂，他睡著了，而潛意識中珍妃便一如既往躺在了身邊，他一翻身緊緊地摟著了，依舊是輕軟綿柔的感覺，依舊是暗香徐來溫馨得不可言喻，夢中的激情越釀越濃，昂揚而又激越……

光緒警醒過來，一骨碌從床上翻坐起來，屋內空空，只有他一個獨地坐著。悵然之間便覺若有所失，又覺兩腿間有些異樣，手一摸，濕的。他遺精了。

光緒忽地笑了，在電光燈的搖曳中，他想到了皇后隆裕，苦心經營今天照舊是獨守空房，一種報復後的快感便在全身上下洋溢開來，酣暢淋漓……然而殿內畢竟空空，他是皇上，皇上竟也在獨守空房……在電光燈的搖曳中，滿屋光色淒迷，如泣如訴，而他支撐著的江山，卻也一如這殿內的情景，風掠滿屋，如泣如訴了！他忽地打了個寒顫，他在幹什麼？他在意欲尋歡！陳叔寶、隋煬帝、李煜李後主都是在尋歡中搞得江山易主的亡國之君！朕不是亡國之君，朕是個欲圖振作的皇上吶！

深夜，在這養心殿中，光緒皇帝獨自一人面對滿目秋風，他哭了。

屋外的太陽雖是高照，北風卻一個勁兒地颳，颳得黃沙飛揚天色昏昏氣溫陡降，太陽也就像有一陣沒一陣的。因了這番情景，天津直隸總督衙門裡所有的門窗都關了。

李鴻章的屋內已生起了火爐，無奈哪怕是上選胥各莊的白煤，生起來也要引得他心跳氣悶，有一陣沒一陣地咳嗽。這幾日他幾乎是被釘在了桌子旁，除了睡覺差點沒能起來走動過。

僅僅一日就丟了旅順口這座軍事重鎮，這是李鴻章作夢也沒想到的。然而叫他百思不得其解的是，淮軍這支大清國的勁旅，怎麼僅僅三十年工夫，就變得不堪一擊，一觸即潰了？他那些曾經是勇猛善戰的將領，怎就個個都變成剋扣軍餉、貪財好貨、貪生怕死的豬狗了？他李鴻章就駕馭著這樣一支軍隊竟然多年來還渾然不覺？每想到這上頭，他就心跳氣悶，咳嗽便也就噴然大作了。問題歸結到一點，他李鴻章也變成了個昏聵無能之徒？李鴻章把埋著的頭慢慢抬起，把因了這咳嗽而蜷縮的身子稍稍伸直時，他看見了桌上已擺著一道黃綾裱著的聖旨，一定是剛才長隨們進來過，他們不敢打攪他。李鴻章顫抖著手把聖旨展開來，眼前竟是一片模糊，老眼昏花了！兀自一個悲愴襲上心來，當年意氣風發的李鴻章當眞老了麼？

預感中李鴻章已猜到這定是份責問處罰他的聖旨了。假如對黃海大戰中北洋水師的敗績他尙有辯詞，現在卻一切均是難辭其咎，難辭其咎，任皇上怎麼嚴責，怎麼處罰，他都甘願領受無話可說了。他抬手揉揉眼，鼻涕卻又下來了，掏出汗巾好好抹過後，眼前這才稍稍清晰起來，匆匆幾眼掃過，忽地便又咳起來，蜷頭縮腦，一聲催著一聲。伺候在門外的幾個長隨再也不敢耽擱，推門一擁而入，爲他倒水的倒水，捶背的捶背，誰知李鴻章一掙扎，惡狠狠地喊了聲：「查！」見長隨們目瞪口呆，他一跺腳幾乎是聲嘶力竭地喊了起來，「給我把這天津直隸總督衙門翻過底來查！非，非，非……」他又咳了起來。長隨們把他扶出門外時，那話終於從李鴻章的嘴裡呼嘯而出，「非把衛汝貴、葉志超，還，還有那個龔照瑗給我在衙門裡查出來！」

長隨們扶著李鴻章在花園裡走了圈，咳嗽停止了，而滿臉憋出的潮紅卻並未退。聖旨上說：「前將軍營失事各員，拿交刑部治罪，現聞龔照瑗等有在天津藏匿者，著李鴻章迅即查明，即派員押解來京，不得任令隱匿逗留。欽此。」

仗是打敗了，現在皇上又懷疑他在包庇藏匿身負重罪的敗軍之將，爲什麼？因爲這些人都是淮軍一系，皇上是認他這支老根說話了，如若淮軍不首當其衝打這仗呢？如若沒有了淮軍，豈不一切都清爽了麼？李鴻章說：「回屋，回屋，我要親擬覆奏！」回到屋裡卻見一屋子的人都在忙碌，並向他稟告，說是正在安裝俄使喀西尼送來的洋鐵煙管火爐。李鴻章咂咂嘴，再沒吱聲了。

俄國人與這場戰爭的利害關係應該說最大。大清若在東北一敗無遺，俄國人直接面對的，便將是日本這隻隔海跳過來的狼，李鴻章這樣想，此時俄國人送來取暖的爐子，是不是對大清派德國人德璀琳去日本試探議和的一個反應？提醒中國人不要忘了俄國人在其間舉足輕重的地位？但俄國人的情報又是從哪來的？德璀琳固然已經赴日，但外面是一點風聲也沒透過，或許是他李鴻章多慮了。李鴻章坐在了堂屋的寶座上，來來回回思謀著。最近以來除了戰敗的事，就是被幾個外國人纏著了。先是美國駐華副領事畢德格由美國回天津時路過日本，與日本外務省司員密議和款，回來後將當時的一份談話記錄呈給了他。後來又是那要出賣化學作霧奇技的美國人宴汝德與赫密威。此二人到了山東威海後，就與丁汝昌進行了實質性的談判，丁汝昌幾乎是一天一個電報來稟報情況，丁汝昌要他們先拿出祕方來，他們要大清先拿出美金一萬元才肯出示祕方。談到最後先由現任水師總教習英國人馬格祿電購怡和洋行的藥料，等運回威海試驗了再說，試驗的情形如何，暫也就不得而知了。事無巨細，都來了，大的固然大，小的也不能說小，都得防著它變成個大的來。

爐子裝好，火也點著了，李鴻章回到屋裡就覺橫貫於屋上的洋鐵管礙眼，暗嘆一聲要是有南方的木炭就好了，向盆取暖，也是冬日的一樁雅趣，可是北方出煤不出炭卻又奈何？繼而他揭開了鑄鐵的爐蓋看看，裡面烈火熊熊，由不得深深吸了一口氣，便覺屋裡的空氣委實清潔了許多，身子也覺暖和了許多，又望著頭頂上的洋鐵皮管，便是若有所悟。同樣一件事，中國人想的是換煤取木炭，而洋人卻想到因勢利導把煤煙疏出去。因此對於聖旨，他又何必非鑽到一個「頂」字上，而不尋覓一個疏與導的方法呢？

李鴻章坐到椅子上去閉目凝神，可是閉上眼，滿腦子轉的全都是另一番情景了。旅大失陷，宋慶帶著數萬人直撲金州，能奪回來麼？宋慶來電只言會合了從旅大方面逃出的徐邦道、姜桂題部，原先赴援的程之偉五營呢？德璀琳到日本，日本人開價也一如美國駐津副領事畢德格傳言的那麼高麼？更叫他揪心的便是山東半島，爲「鎭遠」事，皇上早有聖旨嚴責了，然而在目前的情形下，這支已經受到重創的艦隊是戰，是退？戰的結果容不得一點點樂觀，那麼退守在威海劉公島就保險了麼？難說，難說了。李鴻章的腦海裡翻過一個念頭，爲保住這支艦隊，留下一條根，爲將來大清國海軍的東山再起，最好不過就是將其撤進長江口內；但是，可能麼？遇戰退避，皇上不說，光朝廷言官們的議論就要把屋頂也掀翻開來！李鴻章想到這裡，心裡竟止不住地顫抖起來。都是一派棘手而使人戰戰兢兢的事，哪還分得出心事來應對疏導皇上？笑話了。但京城裡的皇上竟然一口咬定龔照璵躲在天津，就差說破是他李鴻章幫著藏起來的！分明是有人在提醒皇上了。一裡一外的兩場戰事，他李鴻章不分心又如何？

正在思謀著，又有電報發來的聖旨到了，李鴻章接過一看，太陽穴上的青筋就突突跳了起來。皇上又降旨，將他與北洋水師提督丁汝昌都作了革職留任的處置。如果這道聖旨在先，他便會是另一種感受，現在卻是先污辱了他一把，再來個革職留任，委實令他憤憤難當。再者聽說皇上正在急調雲貴總督王文韶進京，意在任命爲北洋會辦大臣，難道李鴻章一生的事業就將到此爲止了麼？淮軍，淮軍，淮軍當初何必搞得這麼大？他本是可以急流勇退的。

清同治三年（西元一八六四年）湘軍攻陷天京，太平天國滅亡了，而湘淮數十萬大軍雲集江南何去何從，便引得朝廷顧忌重重坐立不安，舉國矚目。

當年曾國藩洞若觀火，不等朝廷開口，便就先行裁撤起湘軍來，取一個低姿態。淮軍卻反其道而行，藉著緊接著剿捻的爭戰格外地發展起來。李鴻章在想他當年這是爲什麼？這時他又記起了另一件事……

當剿捻的征戰已近尾聲時，他的營地突然來了一個行踪詭密的外國人。李鴻章以爲是來商談將在上海開辦船廠的事，是來搶這筆生意的，怎料談至深夜那外國人忽然策動他反清，一舉奪下大清的政權來。那外國人開導說：「巡撫學貫中西，有魄力，是中國唯一且能開闢新時代的人。李巡撫想想，你這樣竭智盡力爲的是怎樣一個政權？是一個腐敗了的政權，更主要的是它老了，它已經喪失了活力。依李巡撫的眼光，一定能看透這一點。難道李巡撫就不想建立一個漢族人自己的政權？舉事成功，你就可以效法我們西方，對中國進行徹底的變革了。」

李鴻章當時目瞪口呆，冷汗浹背，他說：「我對大清絕無二心，我若不依你呢？」

那外國人說：「那李巡撫將面臨的是裁軍，裁掉軍隊，李巡撫就什麼也沒有了。」那外國人見李鴻章不作答，便讓他仔細斟酌。

那外國人走了後，李鴻章便是徹夜未眠了。當年以他手中的實力，依著他與湘軍的淵源，依著他與西洋人旁人無法可比的交情，依著滿清在粵捻之亂後空前的虛弱，依著堂堂中華大地四萬萬的漢人，一舉反掉滿清簡直就如同大人向小兒揮掌，一掌摑過去大清是再也難爬起來的了。但他接受的是儒家名敎義理之學，深知明禮、遵禮、守理的大義，是接受了這種教育後一步步在大清的科舉考場上考上來的，十八歲春風得意中了秀才，二十歲中了舉人，二十五歲中進士；就大清來說，大清並沒有虧負他事小，就滿人、就大清的皇上而言，雖說是異族，卻早就被漢人同化了，他們所全盤繼承的，則是漫漫數千年延續發展下來的漢族文化，從心理、從文化傳統上，李鴻章是怎麼也提不起反清的勁頭來，儘管他也曾有過叱吒沙場，殺得血流成河的經歷，但他拿不出一代梟雄翻手爲雲，覆手爲雨，改朝換代的氣魄來，本質上他還是一個受盡傳統文化薰陶的讀書人。

第二天，那個外國人就再也無法見到李鴻章了，李鴻章永遠迴避了他，並派人客客氣氣將其送出了營門。

李鴻章所選擇的路，就是在忠於大清、忠於皇上的基礎上對國家進行變革。因爲世界的大局正在徹底變化著，再也不是一個可以閉關自守妄自尊大的時代了，他看到這一點，他要在這樣一個時代做一個中興的名臣。然而那個外國人說得對，他的手中必須要有一支軍隊。有了這樣一支軍隊，國家才能有一支應付外強的軍事力量，而在朝中他說話才能有分量，才能產生足夠的影響力，才能支持他的改革舉措，施展他的政治抱負，才能使老大中華帝國跟上時勢的潮流。初衷如是也，當年他認爲他是懂得世界大勢，也是懂得老大中國的。

三十年的時光幾乎是彈指一揮間地過去了，三十年來他嘔心瀝血，修了鐵路公路，開了礦山工廠，造了船，電報也算得上是四通八達了，連罕見的電光燈也從紫禁城裡一直亮到了天津的海河之畔，然而這一切都如一大通表面的文章，大清還是部愈加老朽的機器，一如既往地慢吞吞地運轉著。難道這三十多年來他把一切都白忙了麼？

勢，大勢之所趨也，三十年前同時起步的日本突飛猛進，早已跑在了前頭。兩國大勢之所在，他李鴻章就不信經營了數十年的淮軍一敗塗地，而湘軍卻能挽狂瀾於既倒。數十年的努力難道眞的就付之東流一無是處了麼？李鴻章絕難甘心的，他要給皇上一個明白無誤的答覆。略一思索，他忽地想到美國駐津副領事畢德格交給他的那份與日本外務省官員談話的節略來，便覺是歪打正著，乾脆把這份東西作電報發往北京代爲作辯，正是件十分妥帖的事了。

李鴻章隨即找到了該談話的節略，細細地看起來。節略中云：

畢德格云：「德法之役，德勝而法敗，法國賠款之外，復加以割地，故德法始終猜嫌，常設重兵，以相防備。」

日本外務司官云：「中國幅員甚大，割地似亦無傷。」

畢云：「損大人之肢體與損童子之肢體有以異乎？」

日本外務司官云：「日兵如入直隸界內，向北京進發，中國皇上自必遷都，北京內亂大作，斯時國事何人主政？」

畢云：「中國皇上從前曾經北狩，都城絕無內亂。日兵如果犯都城，督辦軍務大臣自必督師抗拒。所有軍務自由督師大臣主政。」

日本外務司官云：「中國皇上以及樞府是否仍以李中堂爲可靠，信任無疑？」

畢云：「李中堂勳業冠絕，近今平日復極忠誠恭順，雖有震主之功，不改忠君之志。故朝廷倚畀極隆，頻頒異數，現方督師，此豈非皇上信任不疑之據？」

日本外務司官云：「李中堂督師無功，朝廷積漸生疑，一切恩賞勢必盡行奪回。」

畢云：「李中堂惟有盡其力之所能爲而已。中國素不以與外國戰爭爲事，其兵畢散布各省，由各督撫主政，兵部堂官並無調度會合之權。兵散則力分，故不能與外國爭鋒。日本改用西法，陸軍、海軍皆歸部臣節制，故能通力合作，積健為雄。此中（中國）東（日本）之所以異也。言官見東（日本）勝而中負，乃任情誣損，歸咎於李中堂一人，此等言官以捕風捉影之談，冀動朝廷之聽，而思自壞其長城，其害中國較之敵人而更甚，殊為可哀之至。試問朝廷不用中堂，更有何人足與東洋抗手乎？」

日本外務省司官云：「中國如罷斥李中堂，我等軍務更易成功矣。」

遂寒暄數語而別。

看畢，李鴻章執筆用不大不小的中楷字，放筆一路書到底，抄了遍。抄別人的文章，這在李鴻章卻是數十年來的第一次；而借別人的嘴，特別是洋人、敵人的嘴，漫無顧忌地說出自己心裡想說而不便、不敢說出的話，則除了些許九曲迴腸般的曲而外，剩下的便盡是宣洩後酣暢淋漓般的快意了。

李鴻章抬起頭來看看頭上曲折而出的洋鐵皮通煙管，深感這屋裡的空氣著實是清爽了，洋人不相干的兩樣東西，卻都幫了他李鴻章一回，收到了異曲同工之妙。

6

山東半島飄起了似雪的東西，攪得天地渾濛濛的，落下來便又頃刻化成了水，浸在人的臉上身上，一片潮濕陰冷冰涼。

丁汝昌在這冬夜中，獨自一人在劉公島的山路上鬱鬱獨行著。

他已被革職留任了，林泰曾的死更使他雪上加霜，在晚飯後送來的李中堂的電報中，他看到了皇上的聖旨：

「林泰曾縱因船損內疚，何至遽爾輕生？來電叙述，既屬含糊，情節更多疑竇，殊堪憤悶，難保該船無奸細勾通，用計損壞！著李鴻章嚴切查明，據實詳晰覆奏，不得一字疏漏……諒該大臣亦不敢代爲掩飾也。欽此。」

林泰曾作戰奮勇，爲人忠實他是深知的，但是林泰曾遽爾輕生了，他也殊爲可惜心痛不已。以個人的盤算，船回劉公島後，本是準備命「鎮遠」爲旗艦，他也是要隨之移駐該船的，現在卻是一個措手不及！現在「鎮遠」還有何人可頂上去，更重要的是，北洋水師退入這威海灣內就了結了麼？他丁汝昌都不敢想下去，濕淋淋的雪落在了他的臉上，他感到陣陣的寒一直鑽到了心裡。

北風被劉公島上的山峰擋住了，沸揚而上只在高天中肆虐，山西南處只有緩風徐徐，脫盡了葉的枯枝在風中抖動著，散發著含糊而微妙的音響，遠遠的這山間不知何處卻傳來清脆而沉悶的聲音，「篤篤、篤、篤篤篤……」丁汝昌舉目四望，天地已是一片漆黑，世間萬物皆如被扣進了鍋底，山下的提督署看不見了，海邊的鐵碼頭看不見了，泊了一灣的軍艦也看不見了……可是遠處的「篤篤」聲又傳了過來，尋聲望去，他看見了一點燈火似隱若現。丁汝昌不由得尋覓過去，原是山半坡上的一個草棚子。走近了他透過門縫朝裡望望，棚內的燈火悠悠人影晃動，使他老也看不大清，驀然間他用力一把推開了門。棚內的人在一片驚叫之中，而那裡放著的東西卻叫他驚呆了。棺材，一口碩大的棺材！

草棚內四五個人終於看清了他，一律跪下請安，「丁大人！」

丁汝昌說：「又是誰的棺材？」

那五個人都十分吃驚地望著丁汝昌了，「丁大人，不，不是林總兵，林管帶死了麼？」

丁汝昌只覺一陣暈眩，可是他撐住了，他說：「林管帶的棺木不是早已置好了？」

有人說：「劉總兵看過，嫌料不好，也薄了點，要我們用柏木重打副厚實些的。」

丁汝昌點點頭，讓匠人做。「咚咚、篤篤篤」的聲音重新響起來。

丁汝昌看著看著似乎就愣在那裡了，戰時死傷無常，有幾個不是屍橫沙場的？日曬雪埋終免不了惡臭荒野。而林泰曾卻在這戰爭期間得一口如此厚重的棺材，能十分安適地躺在裡面，也算是道福氣了。倘來日死於疆場，自己也能得這麼一口棺材麼？丁汝昌突然走過去自顧把棺材仔細地看一回，禁不住又伸手把棺木的四壁撫摸著。

匠人們見狀有些誤會了，紛紛說投好了榫再刨幾遍，上面還要雕上花，而後再加漆的。

丁汝昌說：「誤會了，我是覺得這副棺材太好了。等林管帶入殮，棺木運往老家，你們到我府上來，本提督格外有賞。」

眾人一律非常感激，丁汝昌只擺擺手，就走出了這草棚。

人一出來眼前又是四顧茫茫，伸手不見五指。林泰曾爲什麼要自殺？丁汝昌此時似乎一下子明白過來。前面的路旣已看不出幾許的明亮，不若一死百了的好，只可惜還留活著的人在消受了；一炮未放撤出了旅順已被朝廷革職留任，這支艦隊若在他的手中喪失，莫說棺材，朝廷非一刀一刀地活活剮了他！有山風掠過，丁汝昌感到陣陣的寒冷直穿而來，在「篤篤、篤篤篤」的敲木聲中，他回過身去，望著了那草棚中透出一絲光亮，身不由己便又扒在門縫上朝裡望。

棚內的一個正提了斧子站在棺材旁，另四人退後了幾步在不時指點著，要那人用斧背這敲幾下，那邊校一校，擺弄得停當了，所有人便一擁而上在朝接榫處釘起木塞來，頃刻間一片「咚咚篤篤」之聲紛紛揚揚，轉眼就好便幾乎同時歇下手來，一齊退了幾步望著，一個說「好了」，個個都說「好了」。終於有人在欣賞之餘發問道：「看看這棺材像什麼？」

有個年輕的突然叫起來，「像條船。不！更像條大軍艦！」

丁汝昌在門外雙眼一陣發黑，金星四冒，草棚裡的話卻依舊直朝他的耳朵裡鑽。

一個老者的聲音，「棺材就是條船，是幫死人渡到彼岸的，江浙那邊講究點的都做成船的式樣，我見得多了……」

另一老者的聲音，「林管帶是個搞船的，有這口棺材也不虧負他了。」

年輕人的聲音，「等一上黑漆，就眞的像條軍艦了……」

其餘人說：「咦，眞眞……」

「眞像，眞像！」

丁汝昌覺得今晚是晦氣極了。但，但倒也是眞的，過去這麼多年，他怎麼就沒發現軍艦就像口大鐵棺材呢？

7

劉公島上近一個月來都是在備戰與弔喪的情形中度過的。

北洋水師代理提督劉步蟾每日關注著往返的電報，因爲這是維繫著劉公島與李中堂、皇上之間最敏感的一根神經了。

一個隱約的預感終於在西曆一八九四年十二月十四日的來電中被證實了，電報是經李中堂傳來皇上的聖旨，旨曰：「丁著仍遵前旨，俟經手事件完竣，即行起解，不得再行續請。」在這北洋水師處境極微妙的關頭，逮京問罪，卻恰恰是將丁汝昌解脫了。繼任是誰？接踵而來的電報表明不是他劉步蟾，而是個叫徐建寅的人。此人當過駐德國使館參贊，後來又到金陵機器局當過會辦，督煉鋼鐵並兼造後膛快槍，一介書生，他懂軍艦，他從過軍打過仗麼？臨陣換將本是大忌，換上的卻又是這麼一個人，由此看出他在皇上與李中堂心中的位置了，不免憤憤然倒在其次，他的心中雪亮，現在水師提督一職簡直如同一塊烤紅的鐵板，燙手了！重要的在於他卻要陪著那個徐建寅一同煎熬，萬一戰敗，新提督可以推託，而他這個代理的卻要一肩擔起所有的責任了。

權衡利害之後，劉步蟾令人將電報傳到了南北幫炮台以及威海衛水陸營務處各地，而他本人卻親自在水師奔走起來，奔走之間他是極想一頭撞見丁汝昌的，他要向他一傾憤憤之情，他要丁提督以大局爲重……都不對，他其實是要看看丁汝昌的反應如何，可是轉了半天也沒見著人影子，這就想起了丁汝昌近一月以來的情形，他似乎是被那兩個美國人宴汝德與赫密威的所謂化學作霧奇技給迷住了，先是去宿館同人家談價錢，後來又是忙著讓馬格祿購買化學藥劑，不放心再電請中堂要盛宣懷去上海採買，結果在青島弄到了，於是乎丁汝昌便成天在海上與洋人用民船作試驗，據說確有靈驗，但用於作戰又將蓄備多少？與此相關艦隊的演練又將如何進行？試驗到最後，終於把他劉步蟾不需試驗也得出的結論。結論出來了，丁汝昌這才致電稟報，如同學生交上了答卷一般。想到這些劉步蟾心中不免疑惑，難道丁汝昌對自身處境當眞一點感覺都沒有？

劉步蟾在碼頭與軍艦上沒碰見幾個人，這就想起來了，直奔了林泰曾建在劉公島西南坡上的宅邸。

林宅的屋裡擠滿了前來弔唁的人，燭光明滅映照著人們臉上的悲淒，長噓短嘆中又似有訴不盡的不平與憤懣。劉步蟾來到時被守在門前的水兵擋住了。

劉步蟾說：「步蟾，前來弔唁。」

那水兵一揮手，「人正多，不缺你一個。」

劉步蟾一指水兵，「你是誰？」

來遠艦管帶邱寶仁立即站在了那水兵的身後說：「林宅的管家，他不讓進，誰也沒辦法。」

劉步蟾望了屋裡一眼，無言，低頭怏怏而退時突然回身衝了進來，撲在林泰曾遺體上大呼一聲：「泰曾兄！」就號啕了起來。

一屋的人都乾笑著，福龍魚雷艇管帶蔡廷幹說：「劉大人慢哭，哭也要哭出個名目來。當時你若緩一步發電稟報，現在也就用不著哭了……」

劉步蟾辯解道：「站在我的立場，這麼大的事隱匿不報，朝廷追查下來怎麼辦？禍及全軍怎麼辦？就算我等不報，有小人先報上去又該怎麼辦？諸位，爲什麼就不代我劉某想想呢？」

左一魚雷艇管帶王平搶上一句說：「我們這裡沒小人。」

劉步蟾的淚水滾滾而下，他回首對著林泰曾遺體說：「泰曾兄你說，我劉某是小人麼？是小人麼？」說到這裡他只覺一股眞情在胸中湧了出來，「北洋水師只你我二人管駕七千噸巨艦，近十年來往返操作橫行海上，不是麼？出入海口汽笛之聲互答，你應我揚；更有黃海一役，二艦並肩惡戰，互爲依託，雙雙中炮各千餘發，雖爲二艦，實則血肉之軀相連！如今你艦已有不測，我艦亦受創至深也！」

王平說：「林管帶也是遵照你的名言，『決守艦亡與亡之義』了。」

劉步蟾說：「皇皇蒼天在上，可是鎮遠並沒有亡的呀！不該，他不該丟下我一人就這麼去了！」言罷他一抹淚，拍著棺木說：

「這棺木不行，我，我現在只能再備一副柏木的送與林兄了……」

靈堂內的管帶與水兵們都禁不住哭了起來，蔡廷幹哭著高呼，「林兄實在是高，一死把什麼都排解了不說，連劉步蟾也來爲你哭，爲你弔喪來了！」

邱寶仁忽地大發感嘆，「智者千慮也必有一失，劉步蟾你，你是沒想到泰曾兄會死的呀！」劉步蟾說：「死者長已矣，活著的人怎麼辦？」他顫抖著手拿出那份電報，「聖旨下，就要將丁軍門逮京問罪了……」

邱寶仁一把將電報拿過看著，「是，是……兄弟們，這是眞的了！」

靈堂內「轟」地聲亂了起來，「丁軍門一萬件不對，也是與我等出生入死過的人吶！」

「我北洋水師人氣還沒喪盡！」

「走，我們向皇上討公道去！」說著號叫著的人群一擁而出，朝鐵碼頭的方向奔去。

威海衛水陸營務處裡，丁汝昌正與徐建寅辦完交接，就聽見劉公島方向起了陣陣汽笛的嘶鳴聲，有水雷營的弟兄來報告說，那邊有多艘魚雷艇開過來了。

「不會吧？」丁汝昌有些愣住了，他問牛昶昞：「開雷艇過來幹什麼？」

水陸營務處提調牛昶昞一笑說：「畢竟相處多年，前來送別也未可知。」

丁汝昌沉吟著，「不對！」他忽然對前來押解他的人說：「快，我們快走！」言罷轉身就朝外跑。

丁汝昌帶著解差們剛從威海衛城南門出來，遠遠看見水師的人迎面趕來了，覺得不妙，反身回城又領著解差奔了西門。誰知他的部下深諳戰術，早已繞道西門在那裡等著他了。丁汝昌由不得嘆一聲道：「苦也！」

北洋水師趕來的人一下子圍上來說：「丁提督，就這麼說被押走就押走了？」

「天道不公，丁軍門我等不讓你走！」

衆解差一齊吼，「閃開！閃開！」

水師的人說：「他媽你們自己當是誰？敢在這裡瞎喝？」

解差們說：「有聖旨在，你們反了！」

「對，我等都是死過一回的人了！」

領頭的解差一眼看見了跟來的牛昶昞，急忙拉住他說：「牛，牛道，你說，求你老人家幫一把……」

牛昶昞就站在了那人的前面，「區區一牛道，今天說句話了。」他忽地回頭對解差們說：「要我怎麼說？前面是水師的人，依講和我還是一家的；身後呢，你們是奉旨行事，我爲朝廷命官又哪來的膽子？」

水師的人一齊吼了起來，「沒膽子你就滾開來！」

牛昶昞一笑說：「站出來就這麼容易滾開來？那也太對不起人家老遠跑來的皇差了。」他的眼一直在人群中尋覓著，突然提高了聲說：「劉總兵，你說呢？你也該說說話了。」

劉步蟾撥開人群站了出來，「牛道好眼力！明人不作暗事，今天人都是我帶來的。」

丁汝昌一見就吼了起來，「什麼意思？老夫哪點對不住你了？」

劉步蟾說：「相處多年，倒是甚覺對不住丁軍門。今天步蟾此來正是要代丁軍門起解，赴京請罪。丁軍門，水師此刻離不開你呀！」

「胡說！」丁汝昌轉身對解差們說：「聖旨呢？拿出來，拿出來。那上面要起解的是我！」

劉步蟾說：「不明不白起解，也是兄弟們覺得對不起你了。」

丁汝昌說：「兄弟們，你們這分明是把我害了呀！」

劉步蟾說：「臨陣易帥，丟下水師你這是把兄弟們害了！」

丁汝昌一聲冷笑，「皇命不可違，你今天哪來的膽子？」

劉步蟾也一笑，「患難之際，上對得起大清國，下對得起北洋水師，今天我是豁出去了。」

「豁出去了？」丁汝昌哀哀地喊一聲，忽地淚雨滂沱，「老夫這是要被你逼，逼……」

牛昶昞立即扶住了丁汝昌說：「丁軍門走又走不脫，可暫留。都留住半句話，只半句話，不必說破了的好……」他對衆人大聲說：「劉總兵可與衆水陸將領聯名致電皇上，徐建寅徐道也可致電皇上，說明這裡一切。一切由皇上定奪好了。」

水師的人齊齊一呼，「好！」「好啊！」

劉步蟾淡淡地笑了，乘人不備拉過了牛昶昞低低地說：「牛道。你實在是高！」

幾天後皇上覆電，取消了將丁汝昌逮京問罪的成命。

第八章

# 浴血劉公島

1

光緒二十年十一月十七日（西元一八九四年十二月十三日），被軍事家們視爲「遼瀋之門戶，海疆之咽喉」的海城被日軍攻陷。大清國陪都盛京（瀋陽）受到直接威脅。

西元一八九四年十二月，大清國的特派議和使節，德國人德璀琳赴日後，日本認爲其不具備代表中國人的資格，拒絕接見。德璀琳鎩羽而歸。

十二月二十二日，大清國重新派遣戶部左侍郎張蔭桓、前台灣巡撫邵友濂赴日議和。

西元一八九五年一月，清廷繼任命劉坤一爲督辦關內外軍務的欽差大臣後，又任命原雲貴總督王文韶爲幫辦北洋事務大臣。同月，原湖南巡撫吳大澂被任命爲幫辦東征軍務，率湘軍二十餘營出山海關。

一月十七日，大清國爲奪回海城，急調湘軍、楚軍與已在關外的淮軍、東北地方軍共同作戰，總兵力計有一百七十餘營共約八萬多人。於一月十七日至三月三日間先後組織了五次反攻海城的作戰，最後均以清軍的軍事失敗而告終。

西元一八九五年一月六日，赴日議和大臣張蔭桓出京，十三日抵達上海與邵友濂會合。一月二十六日率隨員自上海出發，赴日本長崎。

西元一八九五年一月當日本第一軍進攻遼東海城之際，日本第二軍已在作向山東半島登陸之準備，並於一月中旬由海路分次向山東半島最東端的榮城灣進發。

## 2

自旅大失守以後，日本艦隊不斷巡弋山東海面，實行偵察騷擾，它們往往深夜駛至威海洋面施放大炮，及至大清國海陸軍開炮回擊後，它們又消失得踪影全無。而清軍陸上艦上的槍炮卻往往盲目地響至天明。

時過陽曆新年，到得西元一八九五年的一月以後，形勢就更趨嚴重，日艦常常白天開來，在威海灣口外巡探並與大清國的炮台軍艦互擊一通後，又遠颺而去。這是一種囂張的精神戰，搞得威海水陸守軍時時都處在一種極度緊張的精神之中。

冬日的北風呼嘯著掠過山東半島，樹木那光禿禿的枝頭在寒風中戰慄著，大地都凍得磁實了，乃至於南北幫炮台守軍在陣地前開挖阻擊地溝時，一鍬下去便是火星四濺，而海中的情景卻又形成了截然不同的奇觀，北風捲起陣陣海浪砸在劉公島外側壁立刀削般的懸崖上，濤聲陣陣，有若雷鳴；由於海濤的拍擊，冰層累累附著於崖下，宛若銀白色的鎧甲，每至過午，天稍暖，往往聽見冰層跌落時那丟盔棄甲般的聲音，嘩啦啦啦，瘖啞而又驚心。大約是因了劉公島的庇護，威海灣內如一面平滑的鏡子，波濤不舉風浪不興。北洋水師艦船大多像條條巨鯨，靜臥在劉公島的內側，它們的近旁時有魚雷艇駛過，艇身劃起高揚的浪花，彷彿才在這平靜而壓抑的表面激起了某種活力。

劉公島提督署內原本上午九點召開的水陸守軍聯席軍事會議，是在一派讓座的繁雜中開始的。

水師的管帶們剛剛讓座定了，那邊守衛北幫炮台的道員戴宗騫，與威海衛水陸營務處提調牛昶昞也來了，坐下的丁汝昌復又站起，一個勁兒地讓戴宗騫坐到上頭來，戴宗騫就一個勁兒地謙讓著，不肯，丁汝昌忽地覺得是不是又有點兒把牛昶昞冷落了，就去拖牛昶昞，牛昶昞便就不說坐也不說不坐，態度極其地曖昧起來，他這一曖昧事小，把個大廳裡的氣氛搞得有些尷尬，都已站起來的管帶總兵們一律便都是個站著不是，坐著也不是的感覺。最終倒是劉步蟾過來拉著丁汝昌說：「丁軍門，你還是該坐哪裡，就還坐哪裡好了。」

戴宗騫一聽也說：「對了，丁軍門你坐定，衆人反倒都自在。你讓了我，牛道坐何處？牛道一齊上坐了，南幫炮台劉超佩劉總兵先客坐了，牛道又怎能坐得安呢？再說座中的洋將馬格祿、泰勒、端乃爾呢，還有代理水師提督步蟾兄呢……」他的話還沒說完，丁汝昌已經沒了脾氣，一屁股墩在了主席的椅子上。可他立即又從椅子上彈了起來，欠身向諸位招呼道：「丁某乃戴罪之人居此上座，如坐針氈，如坐針氈……」

劉步蟾道：「丁軍門，在座都是聯名通電給李中堂爲你辯罪的人，就不必見外了。」

南幫炮台守將劉超佩站起來，說了聲「其實」，便向衆人拱拱手道：「其實今來如坐針氈的又何只丁提督一人？即以敝人而言，守南幫炮台，要對付海上，又要應付陸上，劉某正竭盡全力窮於安排，中堂在天津卻不知聽了什麼流言，來電給我說，『聞威海南岸布置旱雷太少，汝亦無固守之志。將來如有失事，定即正法，凜之！』這叫我能不如坐針氈？旱雷太少，稟報的人爲什麼不說我兵力太單，統共六營只有三千人？」

戴宗騫說：「我守北幫炮台，亦只三千人……」

劉超佩說：「戴道文員出身，給中堂獻上〈平捻十策〉還可以，在天津新農鎮墾荒修了六萬畝水田，農作當也不是外行，可經歷的征戰畢竟就少了……戴道，只一事請教，日本人如若抄襲威海後路，當從何方來？」

丁汝昌連忙攔著說：「劉總兵，慢，慢，現在大敵當前，總期合力同心……」

戴宗騫手一揮，「說，丁軍門你讓他說！」

劉超佩說：「劉某久歷戎行，身經百戰。依劉某的感覺，日本人當在榮成灣登陸，自東而來。戴道，那時就是我首當敵鋒擋在你前面，你說三千軍少不少？」

戴宗騫反微微笑了起來，「原是笑我沒打過仗了，可劉總兵跟隨李中堂多年總不該不知道，中堂出道時也是文員，也沒打過仗的。另外，聽口氣劉總兵自信得很，一口咬定日本人要從東邊的榮成來，榮成三面臨海一面背陸，世人都會這麼以爲。可劉總兵既自稱身經百仗久歷戎行，怕不會不知兵行詭道吧？近來日艦時常出現在煙台以西之登州，若從登州、煙台方面來，就是我戴某爲你先擋敵鋒了。」

劉超佩說：「東洋人騷擾登州，正是兵行詭道聲東擊西。日本人從東路先攻我時，戴道能否替我擔當南幫炮台？」他突然激動地站了起來，「不敢了吧？諸位，日本人如從西先攻北幫炮台，我就當衆一頭撞死，還何勞別人在中堂那裡告我的黑狀麼？」

座中的人哄地聲亂了，紛紛相勸，說什麼都有，水師的精練左營游擊薩鎮冰說：「劉總兵，照意思你是覺得難守，我代你守如何？」

半路上砍進的一斧子，叫劉超佩愣住了。

丁汝昌喝住薩鎮冰，「薩游擊住口，南幫炮台你守得起？」

薩鎮冰叫了起來，「平日一個個老滋老味，事到臨頭又孬，我薩某為什麼守不起？」

丁汝昌被嗆得按不住火，「那是劉總兵歷建軍功，朝廷叫他守的，你要守，還要打它幾仗讓人見識見識。」

薩鎮冰不服，說：「不見得，首先要憑守台人的見識，和有無死守的志氣了。慢，我還要請問丁軍門，南幫鹿嘴、灶北嘴、龍廟嘴炮台，克虜伯巨炮能擊四面，那裡一失，我北洋水師艦船就統統成為籠中之獸、盆中之鱉了！丁提督你知道這些麼？」

丁汝昌的臉一下子變得慘白，原先開會，都是大艦管帶說話，可現在小小練習艦管帶，官銜不過是個游擊的，竟然也亮起喉嚨在大庭廣眾之下教訓起他來了，他一臉都變成了慘慘的笑，說：「罷，罷，罷，設若如你所言，南幫炮台一失，我丁汝昌唯有船盡人亡而已……」

眾管帶都講薩鎮冰不對，說他一點不知丁軍門身上的擔當了。薩鎮冰說：「我怎麼了我？現在這地步我是為水師急。」

眾人說：「你講的道理，丁軍門、我們都不懂麼？可是，可是……」

眾人不由地把眼望著了劉超佩，望得在一邊的戴宗騫一個勁兒竊笑，終於把個劉超佩望得跳了起來，「都他媽，日本人還沒來，南幫炮台還沒丟呢！搞急了，老子就真讓你們當水中的王八、盆裡的鱉又如何？」

衆人一律給他把心講拎了起來，有勸的，也有聲色俱厲斥責的。說得劉超佩比死了一回還難過，終於知道衆怒難犯，連說：「都饒劉某一回，劉某只是信口胡說的，劉某不死守南幫，這顆頭中堂已說過，就要搬家的呀！你們還信不過麼？」

定遠艦的幫帶英國洋員泰勒這時推推迷糊著的同鄉馬格祿，馬格祿彷彿是置身事外地睜開眼來望望，依舊將手抱在胸前，眼又要慢慢地闔上時，泰勒把鼻子就在了他的鬍子上嗅了嗅，用英語問：「早晨又喝酒了？」

馬格祿說：「不多。」

泰勒問：「多少？」

馬格祿這回是將眼睜得徹底了，「幾瓶啤酒算不了什麼，不過讓你，早也就醉倒，坐不到這裡來了。」

泰勒問：「你，你知道他們在爭論什麼？」

馬格祿說：「泰勒，中國人的是非我們不參與。」

泰勒追問：「他們在爭論什麼？」

馬格祿說：「你以爲我醉了？我全知道。爲威海陸上防守的事。泰勒，醉的人往往最清醒，知道麼？」他說著忽然站起來，雄赳赳地舉起手臂呼道：「諸位先生們，先生們。」所有人一律都十分驚訝地望著他了，一時間大廳內鴉雀無聲。

馬格祿聲音十分宏亮而又是抑揚頓挫地說了一通，就讓泰勒翻譯，泰勒一則漢語不太熟，二則覺得爲同鄉翻譯這樣的話十分尷尬，搖著手一個勁兒地「no!no!」著，倒是能通三國語言的德國人，劉公島上的炮術總教習端乃爾站起來，流暢自如地用漢語爲他作了翻譯。

「諸位將軍，諸位艦長，我來說句話。我們都是軍人，軍人還有怕打仗的嗎？軍人是一個職業，就像我，先爲金龍貨船船長，職業就是開船一樣，軍人的職業就是打仗。打仗有什麼不好，打仗正是一個軍人建功立業的千載良機，士兵可以通過打仗一躍而成爲將軍。艦長通過打仗也都有當上司令的可能，光這一點就比別的職業強，現在我在大清國北洋水師爲提督銜，試問，我當貨船船主時，有這個可能麼？」

蔡廷幹等問：「試問，馬先生打過仗嗎？」

馬格祿不理他們，依舊侃侃而談，端乃爾翻譯如儀，「所以軍人應當熱愛打仗，應當服從命令，叫怎麼打就怎麼打。再說，任何國家都不虧待了軍人，尤其是在打仗的時候，大清國也是這樣。我，馬格祿，北洋水師的總教習，平時在水師的軍餉是每月三百兩白銀，戰時就是六百兩，整整翻了一倍！」

在座的中國軍人都帶著些許譏笑，轉而又是憤憤地望著馬格祿了，一時間會議由紛亂轉而變得有些沉寂，泰勒起來轉圜說：「馬教習是覺得氣氛太激動了，他用了點英國式的幽默，是爲了大家都放鬆一些的。」

劉步蟾對泰勒的話嗤之以鼻，對身邊的牛昶昞說：「牛道，生死關頭，李中堂怎麼三百兩銀子請了這麼個人來？連他們英國的水師提督在煙台都表示莫名驚詫。」

牛昶昞面無表情，就像沒聽見，被劉步蟾推了下，他這才說：「但得多磕頭，少說話便是了。」

劉步蟾說：「局面垂危，一旦威海有失，牛道也同我一樣做在裡頭了。」

牛昶昞說：「不是還沒到那個時候麼？機緣重重，天機莫測，信我一句話，船到橋頭自然直。」他忽然笑了下，把嘴就近劉步蟾的耳朵，「送君新得的一首〈一翦梅〉如何？『仕途經濟在從容，莫顯奇功，莫說精忠。萬般人事要朦朧，駁也無庸，議也無庸。』」

劉步蟾聽得直眨眼時，卻見左一魚雷艇管帶王平說：「馬格祿教習玩了一回英國人的幽默，敝人曾留學美國，若美國人玩幽默怕就另是一個樣子了。薩鎮冰說得絕對有道理，我只願劉總兵萬一情形不對，萬一死守不住，萬一三千士兵盡皆陣亡時，千萬千萬要把炮彈打完，千萬千萬要留著一口氣代我們水師把那些克虜伯巨炮給炸毀了，不然我們海軍與劉公島上數千海陸弟兄就慘了！」

福龍魚雷艇管帶蔡廷幹聲色俱厲插上來說：「都不是玩笑話，守口的岸炮，特別是灶北嘴炮台調頭向內俯射，我北洋水師便死無葬身之地了呀！」

丁汝昌痛心疾首地雙手抬起，連連在案上拍著說：「忠言逆耳，良藥苦口，說得極是。下屬已說出口，老夫就乾脆把這個意思講完全了。劉總兵，你若覺得守南幫炮台心中底氣不足，我水兵可以上陸與陸軍弟兄混編，人無分老幼，地無分水陸，同心協力死守的。」

劉超佩說：「今天是怎麼了？老子還沒丟，還沒把南幫大小七八座炮台丟掉呢！今天你們就乾脆先把我這顆吃飯的傢伙先拿去當尿壺算了。」

丁汝昌眞急了拍拍胸口說：「老夫不是這個意思……」

劉超佩一跺腳，「那是什麼意思，我劉某這總兵也和你丁軍門一樣，不是靠玩嘴耍筆頭子得來，是靠血乎乎殺人殺出來的，老子還怕打仗殺人？今天言明了，老子做事有擔當，不貪功，也不諉過，南幫有我在，誰也休插手！」

戴宗騫說：「都不必鬥氣了，愚以爲敵無論何處登岸，以抽兵往剿爲重，應扼外險，寧力戰圖存，不能坐以待困。」

鎭遠新任管帶楊用霖問：「公言扼外險，何處爲外險？南北幫炮台不爲險麼？」

戴宗騫說：「爲將而於戰守者，必須要目光拓展，若令守一炮台眼睛只局限於一炮台，那麼勢必不守：楊管帶試想，若日本人一到，就環攻於炮台之下，是個什麼感覺，那便是眞正的險了。」

丁汝昌問：「公言不能坐以待困是什麼意思？」

戴宗騫道：「我欲率北幫炮台綏鞏軍主動出擊。各炮台炮兵不動，時時擔任警戒，丁軍門若能派人協守北幫，一切便如虎添翼了。」

丁汝昌嚇了一跳，連說：「不行！不行！」他想說南幫劉超佩無固守之志，協守是迫不得已的事，而你戴道的北幫怎能輕易帶兵出擊呢？他一眼望見了劉超佩，正急著該怎樣把這層意思說出來，那邊劉步蟾倒是先大聲疾呼起來，「荒唐，荒唐啊！作海軍的上陸，那要陸軍幹什麼？」

戴宗騫不屑一顧說：「作海軍的本應決勝於海上，那你現在縮進威海灣內幹什麼？」他扭頭向著了丁汝昌，「再說，上南幫協守，不也是丁提督親口說的麼？」

丁汝昌恨不得一巴掌抽到自己臉上去，可他還是把一口氣沉了下去，臉上卻是變顏變色地，終於猛拍案台一聲高呼：「吳敬榮！」

吳敬榮「喳」地一聲慌慌地跑出來，打一個千單腿就跪在了地上。

丁汝昌說：「廣甲艦丟失，是老夫稟中堂說你尚還明白可造，這才得以革職留營以觀後效的。」

吳敬榮明白了，「喳」地一聲，只是把頭低得更低。

丁汝昌問：「原廣甲艦還有多少人？」

吳敬榮說：「還餘八十幾。」

丁汝昌說：「命你再帶二百人上北幫協守，將功補過，明白了？」

吳敬榮又是「喳」地聲，就退下去了。

沒想戴宗騫得隴望蜀，提出了進一步的建議，「在下倒以爲，丁軍門可將海中之事盡託於步蟾兄，而從海軍抽人與水師學堂學生，再加上牛昶昞的水雷營合編成軍，親率上北幫，而戴某則率兵凊剿力戰於外，則威海可保萬全。」

丁汝昌心裡苦笑著，自己現在只能是「柿子撿軟的捏」了，還要怎麼辦？他於是咬著牙關長久地沉吟不語。倒是劉步蟾急了起來，「斷斷不可，水師內我已與丁提督分好了，他率艦守南口，我守北口，刻刻不能離人。」說到這裡他忽地將話頓住，反問戴宗騫：「請問，丁軍門到底是水上的提督還是陸上的提督？」

戴宗騫反問：「你不也是水上的提督麼？」

劉步蟾說：「提督不過代理而已，我主要還是定遠旗艦管帶。」

戴宗騫說：「不錯，是旗艦管帶，那一切就可坐享其成？打起仗來也可擅改隊形，讓別艦都護著你了？戰敗則更有丁軍門這樣的提督出來代你擔著了？」

劉步蟾吼一聲：「胡說！」

戴宗騫說：「我再請問，南口好守還是北口好守？北口。那劉提督爲什麼要守易而不守難？不就是因爲丁軍門有口說不出麼？先前聽水師人說你的爲人，不信。現在才看出來，你爲什麼要出頭抗旨不使丁軍門逮京問罪？不就是要丁軍門的擔當麼？」

劉步蟾指著戴宗騫氣急敗壞地問衆管帶：「我等共事多年，他，他是不是胡說？」

衆管帶面無表情，一律不吱聲了。

戴宗騫說：「胡說不胡說，大約已是司馬昭之心路人皆知了。」

劉步蟾轉而問丁汝昌：「丁軍門，你就不能說句公道話？」

丁汝昌聽了彷彿從沉沉一夢中驚醒，立即就變得心力交瘁、痛不欲生起來，「威海灣若被日艦從海路攻陷，水師人船盡失，老夫休矣。老夫這顆頭是早就寄在皇上那裡的！」

劉步蟾說：「聽聽，聽聽，可是有人還要叫丁軍門棄船上陸置整個北洋水師而不顧，說到底只能是一句話，戴道可恥！」

戴宗騫立時站起來，「劉提督言說戴道可恥，殊不知在座豈只丁軍門的一顆頭寄在皇上那裡，威海與劉公島若失，在座的下場都不會好。然，若都把眼睛盯著自己的一顆頭，委實小器了，諸位爲什麼不從授命於危難，匡扶中華，救我大清這頭想想呢？因此，我戴某委實要說一句，豎子不足與謀哇！」衆將都被他一席話說得若有所動，愣在那裡了。戴宗騫繼續言說：「禦敵於境外，尚可以戰爲守，若縱敵深入腹地，容敵盡集精銳環攻威海各處，我則勢成坐困，與其束手待斃，不若先發制人！」

戴宗騫說完已是激動得面色潮紅不能自已，他環視了一圈座中的水陸將領，禁不住又說道：「在這裡我和你們談這些又有什麼用呢？不錯，當年我向中堂上〈平捻十策〉，中堂以爲然，中堂是識我的呀！」

劉超佩冷冷地送上一句，「據我所知，中堂在來電中也是叫你謹守炮台，與北洋水師互成依託，不能步旅大之覆轍。」

戴宗騫委實愣住了，他也搞不懂中堂怎麼也糊塗起來？於是十分憤懣而悲愴地說：「徒以口舌之辯又何益，戴某先告辭了。」言罷一甩袖子便走，走到門口處仰面望著了天，禁不住大呼一聲：「蒼天在上，見著了麼？世人皆醉，唯我獨醒吶！」

丁汝昌見會議開成了這等模樣，連連嘆息不已，「散會！散會！老天，丁某亦只能盡人事而隨天命了！」

會議就這麼散了，水陸將領都是神色悵悵地離席而去。

劉步蟾與牛昶昞一齊走出時，忍不住說：「牛道，再多一句嘴，若威海有失，壞事只怕是就要壞在這個姓戴的身上了。」

牛昶昞依舊是緊緊不語的樣子，走了幾步突然又開口了，說：「其實戴宗騫是對的，可惜，可惜，他手中只有三千兵，卻想做一篇統盤全局大文章，又是至蠢至愚的事了。」

劉步蟾問：「此話怎講？」

牛昶昞說：「不想想，李中堂不比他戴宗騫老辣十倍？爲何只叫他死守炮台？山東是新任巡撫李秉衡指揮的兵，就是中堂也插不進手的。」

劉步蟾渾身打了個寒顫，「依，依公所言，這，這威海是無，了無指望了？」

牛昶昞說：「誰這麼說了。」

劉步蟾說：「牛公還與我見外麼？可否到舍下再談？」

牛昶昞止住步，「不必。我看劉提督年已入壯，卻火氣還像沒消盡。」他望劉步蟾笑了笑，「也罷，再送你〈一翦梅〉一首如何？」不等對方答應，他已信口念了起來，「時勢究研要精工，京信常通，人情常豐。莫談時事逞英雄，一味圓融，一味謙恭。」

正這時有水兵跑來喊住劉步蟾，說丁軍門請水師各管帶回去再議戰守。

牛昶昞說：「步蟾兄，告辭了。丁軍門眞是難了，他是喊你們回去議萬一南北幫炮台失守怎麼應對，去拿主意呢。」

3

西元一八九五年一月二十日晨，日軍在山東半島最東端榮成灣之龍鬚島進行登陸，小火輪拖舢板渡兵時，即被清軍用七點五公分野炮擊沉舢板二隻，日本聯合艦隊旋以艦炮猛烈還擊，據守翟軍不支，退奔榮成縣城。

守城團練聞日軍登陸，率先奔逃，榮成縣內由是慌作一團，導致城門大開而無人關閉，日軍得以闊步入城。唯城內電報局尚能忠於職守，臨危時將日軍入城的電報發往威海與煙台。

駐守榮成附近的山東河防五營，由副將閻德勝統領。當閻德勝得令向榮成赴援時，半途突然向西逃去，遂導致榮成不戰而陷。

後閻德勝在西逃途中先後與來援的孫萬齡嵩武軍三營、戴宗騫所派劉澍德三營、李楹所率福字三營共十四營六千餘人，會合於威海南幫炮台東南二十餘里處的橋頭集一帶，並沿白馬河西岸構築工事，準備對日軍進行阻擊。

一月二十四日，日軍在山東榮成登陸完畢，分兵兩路西進。日軍第六師團由北路，向威海南幫炮台以東十里的鮑家村三官廟方向推進；日軍第二師團由南路向威海南幫炮台東南約二十里的橋頭集方向推進。其目的在於最終實施對威海南幫炮台的攻擊。

一月二十五日，日軍先頭部隊近四千人進至白馬河東岸，孫萬齡率隊正面迎敵，令閻德勝從側面包抄日軍後路。晚七時，日軍「以行軍電燈照我軍畢見，我昏黑不見敵，遂匍匐避彈」。是時孫萬齡率倉卒招募集結之軍，「且軍械不預具，率配以舊土槍及故前膛來福槍」的三營苦戰，堅持不退，殺敵甚眾，共斃敵軍官一名，士兵百餘，並俘虜三名。然負責包抄的閻德勝又不戰而退，使得孫萬齡不得已退向威海以西之羊亭。

此時，戴宗騫曾派綏軍三營進駐南幫炮台以東二十里的三官廟。但三營才到，旋又接令悉數返回。戴某自視頗高，但在關鍵時刻卻猶豫了。

大清國在山東半島報警後，急令皖南總兵李占椿率十五營，徐州總兵陳鳳樓率五營，與剛到沂州地面原擬赴關外作戰的總兵丁槐所率五營，即日開赴威海增援。

一八九五年一月二十六日，大清國議和使團共二十人從上海出發前往日本的廣島。

議和全權大臣張蔭桓於一月六日離京赴滬，當他行至京郊通縣時，忽接好友翰林院學士準良的一封信，信中勸他「勿以一身任天下之怨，到滬後宜疏陳敵貪狡，不可議和」。

張蔭桓自山海關乘招商輪於一月十三日到滬與邵友濂會合後，接連收到匿名的勸說信，而十里洋場的上海灘，大街小巷都已貼滿反對議和的「揭帖」了。

4

派出的探子不斷帶回的報告忽左忽右，但從這些戰報中，丁汝昌已知道橋頭集方向在激戰數小時後，清軍已有了後退的跡象。退不怕，清軍十四營如果邊戰邊退，將日軍引向威海的方向，並依託那裡的山嶺丘陵逐次防禦就好了，那時威海一帶的炮台就可以對大清的軍隊提供火力支援，更重要的一個現實，守衛威海衛的兵力，無形之中就增加了十數營。

在這一八九五年一月二十六日的凌晨，丁汝昌從提署院內的東廂房出來，腳下「扎扎」作響，積水已結成了薄冰，似在呻吟著。他立在院子的中央側耳細聽，他覺得應該是能聽見槍炮聲了，可是滿耳都是呼嘯的北風，抬起頭來看看已現曙色的天穹，若隱若現的，天上已飄起了小雪。丁汝昌久久抬著頭，承受著這風與雪粒給他帶來的寒意，他已是一夜未眠了，然而勁起的北風，使他明白過來。戰事發生在南邊，他怎麼可能聽見槍聲與炮聲呢？

猶如在頭頂上霹靂一聲響，劉公島西面黃島炮台傳來了炮聲。是日艦進攻威海灣了麼？丁汝昌快步向提督署大門奔去，在門口他停住了，僅孤零零的數炮表明了什麼？他認爲陸上戰鬥沒有一個清楚的格局，日本聯合艦隊暫時還不會大規模貿然進攻的。他感到他的神經已被海上日艦不時前來的襲擾搞得疲憊不堪，有些麻木了，便回到廂房內斜倚在床榻上微閉雙目，接過了長發遞來的煙槍深深吸一口，混濁的煙霧從鼻孔中徐徐噴出，這屋裡便漸漸洋溢著一種奇異的香味。

急促的腳步剛響過，有人進來報告說：「剛才炮響誤會了，是英國軍艦NEVRS號。」丁汝昌驀然坐了起來，他看見來人是福龍魚雷艇的管帶蔡廷幹。蔡廷幹上前兩步雙手遞上了一個十分莊重的信封，「日艦託英國人轉來一份文件，囑咐親交丁提督。」

丁汝昌滿腹狐疑地接過拆開就粗粗地看，看著看著他的手竟微微抖了起來。見蔡廷幹也在朝這邊望，就將信合起放在桌上又壓上了鎮紙，咬著牙不吱聲，只將手按在太陽穴上輕揉著。正這時長發進來報：「探子回來了。」那探子也一頭跟著鑽了進來說：「丁軍門，孫萬齡將軍頂不住，敗退了。」

丁汝昌鬆開手來，臉上的肌肉抽了抽，「敗退何處？」

「往西。下半夜邊戰邊退，現在怕已到草廟集了。」

丁汝昌揮揮手，探子退了下去。蔡廷幹見狀進言道：「陸軍敗退，現在我北洋水師的命運就等於攥在戴宗騫和劉超佩的手裡了。此二人一個心無鬥志，一個又一心想砥柱中流，以一仗而流芳千古，都不可恃。」見丁汝昌嘆口氣點點頭，他接下來說：「如今尚有一線可乘之機，趁天未大明，日艦還沒封死威海灣，丁軍門率艦衝出，遇敵即戰，而後南下入長江口。丁軍門，保住北洋水師，也是您的一件沒世之功！」

丁汝昌點了兩下頭，突然又把頭連連搖起來說：「不對，得不到命令，我丁汝昌怎敢擅自率隊撤離？」

蔡廷幹說：「古已有之，豈不聞『將在外，君命有所不受』？」

丁汝昌站起來只是在屋中走動著，一下子又站到了蔡廷幹的面前，「我豈能不知『將在外，君命有所不受』？廷幹，你畢竟年輕，只見其一不見其二，堅守威海未必無望，水師被困，朝廷勢必拚死來援，如果違令衝出去了，岸上陸軍自亂，本身就是朝廷追究的一樁罪過，衝出去若水師失去炮台屏障，再被日艦全部殲滅呢，那就是死有餘辜了。另外，水師一炮未放撤出旅順口，老夫我，我再一炮不放而他往，將要貽罵於天下，再者，皇上、朝廷也不會饒過我的。拚殺一世，我就甘心讓一家老小被抄家沒籍發配充軍麼？」

蔡廷幹說：「明白了，眼瞪著水師在這威海灣內坐以待困，丁軍門原是惜名、惜家、惜一死也！卻就不惜讓一支艦隊來爲你墊背了。」

丁汝昌說：「錯了，錯了，惜名、惜家，猶可說，說我惜死？呸！滿朝上下包括皇上，包括李中堂，都以爲我怕死；從一介軍卒一直殺到海軍提督，我夠了，我足了！我怕死？與其違令軍法從事被斬首，不若我遵令死守與日本人拚個你死我活。保我個一生的清白，還我個一生的清白！」

蔡廷幹還要說什麼，丁汝昌一揮手道：「什麼也別再說了，老夫意志已決，你快去代我通知各艦管帶，速來海軍公所議事，老夫要布置一切！」

蔡廷幹剛走，威海電報局的電報生送來了李鴻章的一封急電，丁汝昌打開看時，上云：

**日兵撲南岸，計尚須二三日。屆時察看劉鎮（超佩）如能死守，如何設法幫助，若彼不支，密令台上各炮拔去橫門，棄入海旁。若水師至力不能支時，不如出海拚戰，即戰不勝，或能留鐵艦等退往煙台。希與中外將弁，相機酌辦爲要。鴻。**

看畢，丁汝昌的眼從電報上移開，便又將目光投到散亂在桌上的另一些電報上了。皇上在一月二十二日電報中說：「敵載兵多係商船，若將『定遠』等船齊出衝擊，必可毀其多船，斷其退路。」蔡廷幹的衝出是南下，皇上的衝出是擊敵，那麼之後再朝何處去，沒說，顯見得是一廂情願了。而中堂的電報中也是在守口與保艦二者之間徬徨著猶豫著，那麼我丁汝昌怎麼辦？他的眼久久地凝視起窗外來。

院落中已是白雪紛飛著了。落雪時風是小了的，成了朵在那窗外如梨花輕曼地飄著，大約是地上還有餘溫的緣故吧，雪落在粉紅色花岡岩石條鋪成的路徑上便都融化了，於是石板路一如水洗過的一樣清潔。丁汝昌此時想到他是從皖北廬江的那個窮鄉僻壤中走來的，已經走了整整五十九個年頭了，一路上歷盡艱難，高山峻嶺大江大河，而終點落在了這劉公島上的提督署內，這石板鋪成的路大約該就是他人生的盡頭了。他的眼長久地注視著院中的石板路，便覺得石板路鋪得格外地平實嚴整，賞心悅目了。

在飛雪中丁汝昌看見親兵長發又出現在二進大門的檐下，檐上的水滴在了後脖子裡，他縮了一下回身朝這東廂房內走來，而他的身後像線扯著似地又跟出了五個人。五個人一律的黑棉襖裹著身子，腰間用長巾亂紮著，一律都把雙手抄在袖筒內保暖，微微躬腰縮著頭，下身的褲子是雜色的，卻就顯得孤零與單薄了。丁汝昌注意到了他們的腳時，不快便無情地襲上心頭，破爛不堪的鞋帶來了一路的泥濘，就踏在這石板路上，清潔的石板路也就印上了一串串污濁而雜沓的泥印，有些叫人慘不忍睹、不堪入目。一旦長發進了屋來，丁汝昌皺了下眉問：「何事？」

長發說：「有幾個鄉親要見你。」

那鄉親們就都把手從袖筒裡抽出要下跪，被丁汝昌一把擋住了，說：「有事都說好了。」

那些人還是跪下了，相互推讓了下，有個年紀大的說：「我們是來向丁大人討賞錢的……」

「賞，錢……什麼賞錢？」

所來的五個人相互望望，都有些詫異了，有人說：「丁大人不記得了，賞錢，林管帶棺材的賞錢……」

丁汝昌想起來了，瞬間一股透骨的涼氣直穿骨髓。

長發說：「丁軍門，年交歲末兵荒馬亂的，匠人在外不容易，他們還急著回膠州去……」

丁汝昌聽著連說：「給，給。」他的手顫抖著在身上摸索，終是抓出了一把散碎的銀子轉身就攤在了桌上，扭頭問：「夠了麼？」見著匠人咧嘴現出的笑容，這才一屁股墩在了椅子上，長嘆一聲說：「銀錢都是身外之物喲！」他看著眼前的五個人跪在地上嘴裡正在囉裡囉嗦說著感恩戴德的話，忽然說：「回去？不回去了行不行？」

五個人都呆住了，丁汝昌卻拉開抽屜，從裡面拿出了足足一封一百兩的銀子說：「還有活做，就是再替老夫打一副棺材板子如何？……」言罷他笑了，笑得似乎很快意，卻又是慘慘的。

就在長發把匠人領去後，各艦管帶都陸續奉命來了。丁汝昌拍拍桌子說：「廷幹先來，我還拿不定主意給不給他看。現在招諸位來的意思，就是一齊看。」他從鎮紙下拿出了那封信，「這是日本聯合艦隊司令官伊東佑亨寫來的勸降信，要老夫投降的，聽聽，其中這條寫：『夫大廈將傾，固非一木所能支。苟見勢不可為，時運不利，即以全軍船艦權降與敵，而以國家去廢之端觀之，誠以些些小節，何足掛齒！僕於是乎指誓天日，敢請閣下暫遊日本。切願閣下蓄餘力，以待他日貴國中興之候，宣勞政績，以報國恩。』」他讀到這裡就將信一把摜到了桌上，「日本人也太把我小瞧了，『誠以些些小節，何足掛齒！』小節？此大義也！我若降了日本，豈不將永世作流落外邦的孤魂野鬼了？汝昌我絕不棄報國之大義，唯以一死來盡臣職也！」

邱寶仁、葉祖珪、林穎啓、楊用霖等紛紛應和，要聽丁汝昌的進一步布置。於是丁汝昌就十分俐落而從容地布置起來。除他提督本人與劉步蟾各帶一半軍艦守南北口，與已去北幫協守的原廣甲艦管帶吳敬榮的前令不變而外，令濟康練習船管帶薩鎮冰守劉公島與南幫炮台之間日島上的炮台；令左一魚雷艇管帶王平即刻組織一支二三十人的敢死隊，日夜監視南幫炮台，倘炮台一失，就登上炮台，將臨海的灶北嘴、鹿角嘴、龍廟嘴三處炮台卸去炮栓後炸毀。布置已畢，丁汝昌見有管帶要開口，緊接一句道：「此番非常時刻，有違將令者，軍法從事。」

衆管帶見丁汝昌殺氣騰騰，於是盡皆諾諾，只劉步蟾上前來問：「丁軍門，有沒有第二預案？」

丁汝昌說：「若有第二預案，劉公島還怎麼守？」

劉步蟾說：「如此布置，就盡都是往死裡去，不想活了。」

丁汝昌望著他一個勁兒地冷笑，「講別人怕死我信，獨獨你劉步蟾我不信，不記得掛在嘴頭上的那一句『設有不測，決守艦亡與亡之義』？」

劉步蟾臉一下子漲紅了，問：「此案中堂知道否？」

丁汝昌說：「豈不聞『將在外，君命有所不受』？」他拿眼望著了衆人，眼都望得鼓鼓地，猛一擂桌子，「有喪我軍心士氣者，殺無赦！」

## 5

虎山位於南幫炮台西南，虎山與南幫一帶高地間有一峪口，淸軍在峪口兩側各設了兩座大型堡壘，南虎口與北虎口。南北兩虎口與南幫炮台互為依託，都是威海灣的陸路屏障。戴宗騫統領著綏軍兩營駐守在南虎口一帶。

一八九五年一月三十日，日軍全面進攻南虎口的炮聲瞬間就將破曉時的寧靜撕得粉碎。威海灣南岸的山嶺與谷地幾乎隨著炮聲爆出了朶朶巨大的蘑菇雲。是日微風，灰白色的蘑菇在隨風飄蕩著的同時，新的爆炸在火光中又隆隆傳出，此伏彼起……對於戴宗騫來說這個殊為黑暗的日子，就這麼降臨了。

南虎口一帶淸綏軍的十數門八吋口徑野炮、行營炮很快與日軍對射起來。日軍的炮彈不時在南虎口陣地上爆炸，濃煙滾過，碎裂的肢體懸掛於枝頭或散布遍地，到處都是血淋淋的屍塊與血跡。戴宗騫傻了，不由自主蹲在那門還散發著硝煙的大炮後面，他咬牙喝住了正要搬抬屍體的士兵，要他們補上，發炮！發炮！在不斷的呼喊中他的聲音有些沙啞與顫抖了。過去他在淮軍後營的帷帳中似寫過無數的軍令與奏章，在不斷飛來炮彈的爆炸聲中，他恍然明白過來，他一開始的軍事生涯中就少了這血肉橫飛的一課。有炮彈在側後七八米處爆炸，被氣浪掀翻後碎石與泥土像雨點般地灑在了他的身上，接著他聽見了吱吱嘎嘎的斷裂聲，一棵碗口粗的松樹頂著龐大的樹冠晃晃悠悠倒下，就壓在了他的身上，在灰沙彌漫中掙扎了一下，他動彈不得。一個悲哀襲上了心頭，中堂也是讀書人，也是幕僚出身，爲什麼當年人家能指揮若定而自己卻不能？他雙臂撐在地上動了動，已有人掀開樹冠把他從泥土的覆蓋中拖出來，並且拽住他一口氣鑽進了堡壘。

戴宗騫彎腰大聲咳嗽著睜開眼來，循著腳步聲在幽幽的黑暗中他看見了營官劉澍德，剛才是他救了我？戴宗騫看見劉澍德走到地堡瞭望孔旁的石墩子上拿起旱煙桿就吸起來，殷紅的火頭一閃一閃，他看見劉澍德蹲在了石墩上，不吱聲，也望著他戴宗騫。戴宗騫明白了，劉澍德一直躲在這地堡裡看著他，看他督戰，看他的笑話了。爲什麼？不就爲他戴宗騫命二營綏軍來增援南幫炮台的劉超佩麼？不就爲二營綏軍從南幫以東三十里的三官廟退守到這南虎口，他戴宗騫因怕軍無鬥志又來親自督戰了麼？難道錯了？那麼現在救他，將他戴宗騫拖到這地堡裡來，就是要再看看他怎麼收拾殘局了？戴宗騫火了，身子一弓準備衝出去，可是外面除了炮聲又響起了排槍聲，接著帶來的那挺機關槍也噠噠噠地響了起來，戴宗騫的腿軟了下，又蹲下來，日本人的炮彈不斷在堡壘四周爆炸著，外面的槍聲稀疏了，機槍也啞了，接著便聽見日本人嗷嗷地衝上來。戴宗騫通過堡壘的凹口處看見士兵從彌漫著一片硝煙的地上跳了起來，胡亂而張惶地打了幾槍就向後逃，情形相當嚴峻而垂危，戴宗騫不顧一切地衝出堡壘抽出戰刀呼喊著，「頂住，給我回去。」他覺得軍中主將不惜生死出現在第一線，倉皇退卻中的士兵應該精神一振調回頭去拚命的，可是士兵們只是頭也不回地繼續向後狂奔。戴宗騫準備將戰刀劈過去，可是一瞬間他看見那士兵迅速將槍口對準了他。他的手軟了，就在這一愣神的工夫，那士兵早已跑得遠了。這就是征戰，這就是駁兵麼？戴宗騫頭腦中一片嗡嗡然，唯一叫他清醒的是，南虎口營壘怕是要丟了，他分明是已經看見了坡下樹林與硝煙的縫隙中日軍衝上來的身影，極少的幾個綏軍弟兄從地上躍起，搏殺著，很快就被統統擊倒，無一倖存。正在這時，驚天動地的炮聲又響了，戴宗騫臥倒在地一滾，又滾進了堡壘之中。

透過堡壘的瞭望孔，戴宗騫看見炮彈像一群群黑鴉紛飛而至，在敵群中觸地開花，當即日軍被炸得血肉橫飛。戴宗騫好久才判明是從北虎口方向飛來的，劉超佩的鞏軍弟兄救了他一把。百十名衝上來的日軍開始退卻了，在堡壘裡戴宗騫望著了劉澍德，劉澍德將煙杆朝地上一墩，說：「該反擊他一馬了！」說畢鑽了出去，「兄弟們，反擊，統統給我殺回去！」漫山遍野正在停下來觀看炮擊的兄弟們開始慢吞吞地朝回走，劉澍德也不說什麼，從地上拾起一枝快槍，抬手就把一個站著沒動的士兵斃了，餘眾彷彿被猛然一激，「嗷」地聲叫起來，向日軍衝去。日軍的衝鋒就這樣意外地被擊退了。

戴宗騫望著眼前的場面百感交集，士兵們不聽他的，剛才逃跑的那士兵差點一槍都要把他崩掉了，他隱隱約約感到是他錯了，大錯特錯了。早在幾個月前旅順口吃緊的時候，北幫炮台就已人心惶惶，為安定軍心，為了防止可能出現的逃跑，他把數千人的軍餉扣下一個沒發。理由是與炮台共存亡，勝了以後軍餉連同朝廷的犒賞一齊發，一個不少。殊不知士兵的命假如都丟了，那餉銀發給誰？那餉銀對死人還有什麼意義？他的錯僅僅就在這裡麼？戴宗騫又想起了劉澍德，劉澍德固然是一介武夫，目光短淺那是沒說的，但他不願出擊到三官廟，後又不願守這南虎口，難道就沒一點道理了？說到底這裡是人家劉超佩的防地，不打仗就不知道血肉橫飛，也就不知道日本人的厲害，死守自己的北幫炮台還猶可說，假如在他人的防地捐了軀，別說士兵們的餉銀犒賞保不住，就連他戴宗騫被朝廷追究起來也是未盡職守，玩忽職守，別說是封賞他的家人了，且還是死有餘辜！更何況假如北幫炮台被日本人偷襲了去呢？戴宗騫想出了一身冷汗，他承認，劉澍德絕對是有道理的。

戴宗騫從堡壘中鑽出就被燦爛的陽光刺得幾乎睜不開眼來，人影晃動中漸漸看清士兵們在坡上坡下跑動著，劉澍德也在向他走來了。一手提著快槍，一手抓著腰刀，戰袍已是脫下來橫紮在腰際，胸前敞開大汗淋漓，手一動，刀在陽光下直閃直閃的，戴宗騫特別注意到了那隻捲起了袖子的手臂，一臂的黑毛恣肆張狂，而順著刀刃，正在一滴又一滴向下流著的血。他發現劉澍德簡直像變了一個人，正在大大咧咧地對他說，乘日本人一時半刻還不會攻上來，他已令士兵向前，沿坡次第掘壕了，並將大炮統統後置，剛才是太向前了。戴宗騫眨巴了下眼，心裡疑惑，並且百思不得其解，這仗把他打清醒了，怎麼反倒把個劉營官打糊塗了？到底武夫一介粗人吶！劉澍德向他建議：「乾脆把北幫炮台的弟兄再調上一些來，咱就在這裡跟日本人玩上了。」

戴宗騫吼地一聲：「不！」就板下臉來說：「撤，統統給我撤回北幫炮台去！」

劉澍德目瞪口呆。

戴宗騫一跺腳說：「還不明白麼？丟了北幫炮台，我們統統死無葬身之地！」

劉澍德死死盯住戴宗騫，終於笑了，笑的模樣極其古怪，他驀然一舉手中的腰刀喊了起來，「撤，弟兄們，戴大人要我們撤回北幫炮台去！」

戰場上的士兵們愣住了，經過短暫的沉悶之後，他們開始像散了架子般地騷動著，接著有如一顆炸彈投了進去，人群轟然一聲炸開來，又如同水銀瀉地般四散流溢開去。形勢就這樣在瞬間變得不可逆轉，戴宗騫傻了，直喊：「炮！還有炮！」可是他的聲音早已被士兵們奔逃時的喧嚷聲淹沒，他只好乾瞪著眼看著士兵們一團一團像潮水般地向南虎口以西退去。很快地，他自己也被裹挾進了這退卻奔逃的潮水之中。

隊伍奔過虎山的峪口後，就徹底地潰散了，能聽令於戴宗騫的，僅殘卒十幾人而已。當午後戴宗騫撤至北幫炮台這個他準備死守的根本之地時，他差點從北幫祭祀台、炮台上跳到威海灣裡去。

駐守北幫炮台的綏軍與廣甲艦管帶吳敬榮所帶協守之水兵，乘戴宗騫不在已是逃離一空，唯有北幫之北山嘴炮台有學生兵二百人，堅持未退。

當戴宗騫從南虎口率軍後撤而導致大潰散時，守衛北虎口的鞏軍七百人依然堅持戰鬥了六七個小時，終因失去了南翼的屏障而遭到日軍的夾攻，衆寡懸殊，傷亡過重，而將北虎口炮台丟失。

## 6

一八九五年一月三十日黎明，當日軍南路第二師團進攻虎山南北虎口陣地的同時，日軍北路第六師團也發起了向南幫炮台的進攻。

是時北洋水師鎮遠、靖遠與鎮南、鎮北、鎮西、鎮邊諸炮艦已在威海灣南岸列陣，以便隨時對南幫炮台施行火力支援，而此時唯有來遠一艦行至劉公島以南與威海灣南岸的日島炮台附近就停了下來。這裡靠近與外海交界的設障處，能看見的是拉起的數道鐵索以及鐵索附近隱約可見的水雷，看不見的則是沿鐵索一線打下的無數根木樁，和填石沉船後在海中形成的一道暗堤了。

邱寶仁站在來遠艦的望台上，久久凝望著這海上固若金湯的防線，面對南幫炮台與虎山方向傳來的隆隆炮聲，他的心也隨之戰慄了……南幫炮台守將劉超佩且不說他，這南幫的最高點摩天嶺他已是數次登臨，那裡的炮台是旅大傳警後趕修的，不過是在嶺端闢出平地一塊用土夯成圓形圍牆，再每隔十餘步留一垛口，以備炮手瞄準射擊而已；說到炮，那裡已不可能安置火力強大的克虜伯巨炮了，用的便是八門八吋口徑的行營炮。守這炮台爲新招募的鞏軍士兵一個營，不到四百人，營官周家恩。情形就這麼個情形，邱寶仁想，南幫炮台一失，一切都將顛倒過來，就在身邊，身邊這道阻擋敵艦衝擊進灣的屏障，若等到日艦將其一南一北兩個口門封住，它就將統統變作禁錮北洋水師自身的鐵壁，一切都完了！邱寶仁暗忖，若依了他定然現在就衝出去，即遇敵艦，則也有放開手腳的一番施展拚搏，即使船盡人亡，卻也不失爲轟轟烈烈的一場！

南幫炮台那一面升起一片霧濛濛的硝煙，時間正在這炮聲與彌散著的硝煙中分分秒秒流逝著，便令人產生一種不可名狀的坐以待斃的焦迫感。突然，在來遠艦前方的靖遠與諸炮艦一齊開火了，邱寶仁舉起單筒望遠鏡，在南幫炮台上逡巡著，看見成群的日本兵已越過了南幫的山脊，從背後向摩天嶺炮台包抄，而此時北洋水師的大炮轟得日軍塊塊肢體不斷地橫飛天際。那些日本人簡直瘋了，幾乎連腰也不彎，不斷地湧現，不斷地向山上衝擊。邱寶仁放下望遠鏡的手輕微顫抖著，他慘笑著，不住地慘笑著。來遠的大副已將艦橫過來對著了南幫炮台，艦上的前後主炮與舷炮炮位一片雜亂的忙碌，水兵兄弟們瞄準，裝彈，就等著他一聲發令了。邱寶仁斜睨著這一切久久地不吱聲，突然腳一跺，發起火來開口就罵人，莫名其妙大罵了一通後，便又命令將艦首依舊調過來直愣愣地衝著了南幫炮台的方向。是時日軍的此番攻擊在北洋水師的火力支援下已被擊退，南幫炮台所在的山巒漸漸地又歸於清晰，平靜的海面波濤蕩漾，來遠艦在這戰鬥的間隙隨著海浪在搖曳著。前面靖遠艦上發來信號，丁汝昌質問：「來遠爲何不發炮！」邱寶仁罵一聲：「去你媽的！」就向前主炮手吼道：「放！」轟隆一聲一發炮彈飛了出去，少頃在對面的山上升起了一團黑煙。邱寶仁看見前面艦上的人有點莫名其妙，在向他招手呼喊著，他理也不理，下令拋錨。幾支巨大的鐵錨瞬間嘩啦啦帶著金屬的鏗鏘聲滑出艦的首尾，來遠艦立時便像被釘在了這碧波萬頃的大海上。靖遠艦上又傳來信號，是管帶葉祖珪發來的，罵他：「你瘋了。」邱寶仁有些癡癡地望著對面的信號旗，口中禁不住一個勁兒地喃喃自語，「瘋了，是瘋了！老子眞是瘋了！」他跑上炮位親手修正後又放了一炮，炮手說：「不能再放了，要打上摩天嶺了。」邱寶仁像沒聽見似地親手搬來一發炮彈狠狠塡進了炮膛，騰出手來就把那炮手推得老遠。此刻近旁的日島炮台上卻驟然迸發了群炮的轟鳴，宛若天崩地裂，來遠艦上的官兵一齊指著外海叫了起來，「日艦，日艦，來了！我們被封住了！」接著南幫炮台的海岸巨炮也悶雷般地響了起來，遠遠的外海一時間水柱林立。此伏彼起，蔚成大觀。

來遠前方諸艦都開動起來，亂紛紛卻不知應付哪一頭，沒經過海戰的四艘鎭字號炮艦竟莫名其妙地在那裡打起了轉轉。日本陸軍的大炮不失時機地響了，紛紛落在摩天嶺上，彈如雨注，狡猾的日軍再也不越過那道山脊而出現在北洋水師的視界，只有漫山遍野衝鋒時的號叫聲浸透在炮聲中越過山嶺，飄蕩在這威海灣之上。

邱寶仁佇立在來遠艦首的炮位後方，手舉著單筒望遠鏡，鐵鑄了一般，像尊塑像。

望遠鏡裡他看見了摩天嶺上大清國陸軍的行營炮被炸得四分五裂。

看見了陸軍兄弟一次次跳起來揮動著大刀向鬼子們的頭上砍去。

他看見了陸軍兄弟們將敵人打得稍退後，隨即又倒在了一群群飛來的炮彈之中，血肉橫飛慘不忍睹。

他更看見了摩天嶺血戰的最後一幕：日軍狂妄而驕橫地踏上了摩天嶺炮台；然而在血泊中，在屍山上，突然躍起了幾個血人向日軍撲去，卻又紛紛倒在了日軍的槍刺之下。

他看見了摩天嶺上最後一個大淸國的軍人周家恩揮著戰刀將敵人砍得頭顱飛迸時，四五支日軍的槍刺也同時戳進了他的軀幹，並將他挑了起來又重重地摔在地上。

他看見北洋水師的艦船在散亂之中紛紛發炮，摩天嶺四周升騰起了硝煙團團，可惜都沒打中；摩天嶺頂端的土築炮台，在這蒼茫的天地之間似乎是顯得太小了，太小了！

摩天嶺的戰鬥歸於沉寂了，邱寶仁卻從他的望遠鏡裡看見了日軍在炮台上揮刀，毫無人性地進行著第二番的屠戮，於是在躺倒的軀體中不時有人驀然坐起又頹然倒了下去。

邱寶仁這個鐵血的漢子流淚了，望遠鏡裡一派模糊，他放下望遠鏡一抹順頰長流的濁淚，毅然決然地將望遠鏡重又合在了眼眶之上。這一次他看見了日軍在摩天嶺炮台上舉槍歡呼狂蹦亂跳的身影。他伸手緊緊握住了發炮的牽繩，可這時他看見炮台上的日軍士兵紛紛退散開來，莫非是日本人知道他要發炮？瞬間一個巨大的悲哀湧上了邱寶仁的心頭，頭在嗡然作響，再看時，他幾乎不敢相信自己的眼睛，讓開的日本士兵群中一幫胸掛照相機的文員擁著一名日本軍官出現了，天不絕人也！邱寶仁手中的牽繩顫抖著了，他看見了那日軍軍官手提出鞘的東洋刀，一躍跳上了摩天嶺炮台那高高的土築圍牆之上……

邱寶仁一拉炮機上的牽繩，來遠艦上發出的最後一發炮彈，在一聲爆響之後帶著嘯音呼呼飛了出去。少頃摩天嶺炮台上火光一閃硝煙升騰……

在來遠艦官兵們齊聲歡呼的時候，邱寶仁的眼卻穿過了人牆直直地指向了莽莽蒼天，仰首一聲大呼：「我北洋水師亡了！」

那一刻邱寶仁變得大失其態涕泗橫流，他不斷地呼喊著，直至嗓音的嘶啞。

因爲威海灣南北兩口已被日艦封住，北洋水師衝出的時機幾乎就在這一刻宣告喪失殆盡。

然而來遠艦最後發射的悲壯一炮，終是不負邱寶仁激憤的苦心，竟將日軍第十一旅團長大寺安純，以及隨軍採訪的日軍戰地記者數人斃命西天。

## 7

摩天嶺炮台在上午八時左右失守後，爭奪整個南幫炮台激烈的戰鬥開始向東，移向了南幫的次高點楊楓嶺。本是青翠一片的楊楓嶺在炮火的耕犁中漸漸失卻了本色，先是翻出了掬掬黃土，很快就染成了一片焦紅。丁汝昌被這怵目驚心的景象深深地震撼著，從滅粵平捻，僅僅才過去三十年光景，這仗的打法已變得面目全非，他預感到楊楓嶺炮台目前不過是在苦撐局面、苟延殘喘而已，而照預案炸毀楊楓嶺下對威海灣構成最大威脅的灶北嘴炮台，已是刻不容緩的事了。

丁汝昌下令敢死隊出發，務必炸毀灶北嘴。

左一魚雷艇在炮火紛飛之中像條魚，靜靜地向南駛去。艇上坐著在北洋水師精選出來的敢死隊二十七人。左一魚雷艇管帶王平此番出擊時的感覺不怎麼好，因爲有個十分微妙的問題，就在於炮台現在還沒落入敵手，守台的陸軍能容他炸麼？倘若炮台一旦落入敵手，他又能炸得成麼？最要命的就在於劉超佩這狗娘養的，事先就是不肯與海軍約定好萬不得已時炸炮台的事，現在是讓他拿命去作難了。王平駕著左一魚雷艇駛近南岸後就循岸往來游著，靖遠艦上丁汝昌不斷發出催促登岸的信號搞得他火燒火燎坐立不安，終於他將左一艇依傍山岩停下後，頭頂上灶北嘴炮台克虜伯巨炮的轟鳴聲簡直已搞得他震耳欲聾了，他咬著牙，按兵不動。

不久日本陸軍對楊楓嶺又展開了一輪炮擊，衆多炮彈越過山嶺而順帶著在灶北嘴炮台周圍爆炸時，那裡向日艦轟擊的炮聲頓時止息了，傳來了一片混亂聲。「靜若處子，動若脫兔」，王平此時說動就動，一招手帶著二十六個水兵朝上爬去，一時間灶北嘴炮台下方筆立的岩石上就像附上了一群靈活的壁虎。當他們剛從炮台用花崗岩砌成的永久性圍牆上翻進去時，把台上的守軍嚇得幾乎靈魂出竅，一陣失神的驚呼後，「砰砰」又是幾槍。槍子從王平的頭皮上擦過，把身後剛剛翻進來的二個水兵兄弟已躺倒在地。王平一頭撲過去抬起了對面士兵手裡的快槍，隨著快槍又一次在頭頂上的鳴放，他大叫起來，「放不得，自己人！」但已經遲了，後上的敢死隊水兵已被統統打了下去，炮台的下面傳來了一片呻吟。王平被一擁而上的陸軍士兵綁了起來，一個哨官模樣的頭目奔過來不由分說就甩了他個大嘴巴，「自己人？奸細，分明是奸細。」

「不，我是水師管帶，奉丁軍門之命來，來……」

「來？來幹什麼？」那哨官仔仔細細分辨著他，「嗯？日本人來了你不在船上，好好的摸上來幹什麼？」

王平本想說炮台將不守，他是來炸炮台的，但這時一個機靈救了他，他說：「我是奉命來協守的。」

那哨官沉吟著，有炮彈的呼嘯聲凌空而近，那哨官一下子躲到了克虜伯巨炮的後面，等轟然的爆炸聲響過，那哨官立即又蹦了出來，他望望威海灣內的北洋水師艦隊，「爲什麼不知會一聲？

爲什麼要偷偷摸上來？分明是奸細。」他望著王平冷笑起來，「夜裡已捉幾個要來破壞炮台的奸細了，就你的膽子嚇人地大，白天也來……」他伸手就把腰刀抽了出來。

王平的心裡一片灰暗，就這麼丟掉一條命那就冤了，也就在這關頭王平兀自喊起來，「下面有左一魚雷艇！我是左一管帶王平呀！」

那哨官急奔幾步在炮台邊看看，回頭問：「那艇是你的？」

王平說：「日本人的艇現在進得來麼？進來，水師的軍艦不先轟散了它？」

那哨官相信了，叫人放開了王平，又說：「你們摸上來幹什麼？肯定不是協守！」

王平說：「我先找劉超佩總兵說話。」

那哨官說：「老子想找他還找不著呢！」又傳來了炮彈的呼嘯聲，這回那哨官知道炮彈離得遠，沒躲，在炮彈的爆炸聲中他突然衝著王平吼：「找著那小子我還要問問他，這頭上的楊楓嶺給人占了我還怎麼守！」

王平乘機說：「那就乾脆把炮台炸掉算了。」

那哨官大吃一驚，「炸？炸台？你他媽要我炸台？」

王平說：「要是你守不住白白送給了日本人，這些大炮就都能轟水師了。」

那哨官有些猶豫，突然又說：「我不守台炸了台，豈不死罪？」

王平急得喊了起來，「功，這是大功呀！」

那哨官說：「你總跟我反著來，一個死罪一個大功，哪個說的算？不管，我要劉總兵的將令！」

王平看出來了，這哨官是那種思想總有那麼點錯位的人，你要跟他纏，炮彈就是落在眼前，日本人就是從上面衝了下來，他也會跟你糾纏不休的，他說：「別急，別急，我去找劉總兵討個將令來。」

那哨官有些得意，「行，咱回見！」一回身他又衝一邊看著的炮手們嚷嚷，「打炮，怎麼看著海上的日艦還不給我打炮！」

王平在台上隆隆的轟響聲中奔上左一艇就命令開船，見到二十七個敢死隊弟兄已傷了七八個時，他感到晦氣極了……

就在左一魚雷艇駛離岸邊一百多公尺的時候，身後傳來了一聲聲天崩地裂的爆炸，回頭看時，高居於灶北嘴炮台之上的楊楓嶺炮台已是火海一片，它的彈藥庫被擊中了，它的整個半座山頂似乎都被炸得掀翻開來，台上的碎石黃泥被騰上了半空，又像雨點般地紛紛撒落，連這海中也被激起了一片水花。

王平看得十分真切，爆炸過後楊楓嶺已改變了顏色，原先已變成焦黑一片的泥土，此時又被紅黃的土色統統覆蓋了……

王平看看日頭，日頭已在正南。他想北洋水師的厄運怕就從這時開始了。

整個下午，北洋水師的艦船對峙於威海灣的南端。眼睜睜地看著楊楓嶺炮台在慘烈的爆炸聲中歸於最後的毀滅；眼睜睜地看見日軍不顧死活從摩天嶺、楊楓嶺炮台上越嶺而下衝向海岸炮台；又眼睜睜地看見灶北嘴、鹿角嘴、龍廟嘴三處海岸炮台上的守軍腹背受敵，潰不成軍，四散奔逃。

守衛威海灣北口的定遠等艦也開來了，它們唯一能做出的事便是用不斷的炮擊阻攔日軍，使他們不能登上炮台，登上炮台也不能自如地開啓大炮轟擊自己。

日艦在外海時遠時近地向灣內炮擊著，能有效地阻擋他們的，便只有劉公島上最東端的東泓炮台與海中的日島炮台了。

天黑下來，這才將整整進行了一天的激戰不得已地拉下了帷幕，炮聲漸漸地止息了，北洋水師退到了劉公島的西側停泊下來……

晚間的劉公島在寒風中戰慄著，由於怕引來意外的炮擊，島上黑燈息火沉陷在一片黑暗之中，島上的陸軍士兵們不知爲什麼奔忙著，山上海邊，滿島亂竄，唯有從他們在黑暗中放大了的嗓音裡，才知道島西沿海一線正對著威海城的方向已在趁夜掘壕設炮了。

水兵都沒上岸，艦船一律沒有熄火，枕戈待旦以便應付夜間隨時可能發生的意外，十二艘魚雷艇與飛霆、利順兩艘汽艇都派出去了，在威海灣南北兩口巡遊警戒著，只有左一艇停在定遠的身邊，直至等天黑得十分濃厚時，這才啓動在艦群中穿梭開出。當它駛近威遠號練習艦時，卻被艦上投來的一束燈光照住了，王平將左一艇靠了過去，看見威遠艦管帶林啓穎、來遠艦管帶邱寶仁與廣丙管帶程璧光都站在艦舷上向他招手。

廣丙管帶程璧光在高高的艦舷上有些不安地問：「又去炸灶北嘴？」

王平有些悲壯地向艦上拱拱手。

邱寶仁鐵板著的臉上終於露出了一絲慘慘的笑，「『風蕭蕭兮易水寒，壯士一去兮不復還。』應該叫劉超佩去才好！」

林穎啓說：「告訴你，威遠一直守在島邊，看見日本人一攻楊楓嶺，劉超佩就乘著汽船上島了。」

「把他拎出來，」王平一聽就跳了起來，「和老子炸台去！」

於是左一艇悄無聲息地繞了一個彎停在了威遠艦的另一面，王平帶著二三十個亡命徒般的敢死隊員由威遠艦上了島，直奔劉超佩的同鄉林琅齋家而去。

林琅齋是劉公島守將張文宣下屬的一個文員，住島北面距丁汝昌家不遠，老遠望去黑洞洞的一座院門看似很深邃。王平帶著敢死隊來後撞開大門，就衝了進去。那前後兩進的房子在瞬間的窒息過後，便發出一片哭喊聲。

當王平一腳蹬開了房門時，那個生得極瘦小的林琅齋已嚇得直抖，坐在堂屋的桌旁站不起來了。王平向他吼一聲：「把劉超佩交出來！」

林琅齋的眼有些突，他瞇起眼來把王平看定了以後，終於有些鎮靜，「劉超佩？你，你們造反了！」

王平一招手，身後如狼似虎的一群就撲進內房，姑娘、大姊、小老婆地拎著衣領，揪著頭髮給拖出來，堂屋裡立時一片殺豬般地叫，林琅齋雙手直抖，一個勁兒地要說話卻就是說不出來。

王平走近細聲細氣地像在勸林琅齋說：「都是要上灶北嘴有去無回的人，死都不怕還怕什麼反？」他在臉上擠出了一個笑，驀然把聲音提得老高，「兄弟們還要快活一回呢！」聲音才罷，一屋子敢死的人就動起手來了，那殺豬般的聲音立即又高昂得進入了一個全新的境界。林琅齋受不了，一頭扎過去，被王平閃過後一把抓住他的肩，又提著墩在了桌子上，一舉手敢死隊的人就齊刷刷地按住地下的女人不動了，他憤憤地喊：「劉超佩，出來！」屋子裡立時靜得鴉雀無聲，「孬哇！」王平對林琅齋喊道，「一個孬種竟然交著你這樣講義氣的人？可老子管不得了！」話聲才了，林琅齋翻身就從桌上爬下來，便用頭「通通」一下一下朝板壁上撞著，喊：「劉兄，你就出來吧！」

劉超佩一身的青衣小帽從後面出來了，水兵們放下女人就撲上前，立時把他揪得定定的，一齊望著王平等著發落。

王平怒不可遏拔出刀來逼在劉超佩的胸前說：「棄台資敵，我捅你一刀！」

劉超佩哈哈一聲大笑，說：「那就用不著刑部大堂了。那本總兵就是被造反的亂兵所殺，老子就是被日本人的奸細所殺。除非你們就殺了林某全家，否則你們一個也脫不了干係。」

林琅齋急起來，「劉公，慢慢慢，這我林琅齋就要細細和你論理了，話怎能這麼說？」

王平一把推開林琅齋時，水兵們已是一條聲直是罵起姓劉的畜牲來，都說馬上就把他捆起來先扔到海裡去。這邊氣憤的還沒說完，王平已一巴掌甩到了一個士兵的臉上，說：「當眞幹了他，一個個都不想活著回來了？」

劉超佩說：「原來你們也怕死？」

王平直起眼來瞪著劉超佩，「還有臉？就是你叫兄弟們現在去送死的！」

「我？」劉超佩倒是發起火來，「還不快讓本總兵坐下來！」見揪著他的人不動，就說：「本總兵是腿帶傷硬給親兵抬下來的！」

王平一腳踢過去，劉超佩「哎喲」一聲後竟然還說：「不是這一條，是那一條。」

王平令水兵撩起他的褲腿來，見大腿上血淋淋一片，問：「既是傷了，島上有英國人克爾克的醫院，爲什麼不去？」沒想倒把姓劉的問住了，再要說時王平已不由分說一刀挑開了綳帶，看一眼，便是一個勁兒地冷笑了，「這一槍擦過腿皮，太淺了，也太假了，怕是矇不過刑部大堂的。」他一個勁兒地瞅著劉超佩，漸漸咬起牙來，「本管帶倒是怕你跑！」言罷一刀就扎進了對方的大腿，劉超佩驚叫一聲咚地栽倒在地。王平順勢抽出刀來時，那血如泉湧噴了他一身，王平提著刀就在劉超佩身上左一擦右一擦的，又望著一屋子林宅的女人，望一個，便是一聲驚叫，王平笑了，又望著躺在地上呻吟不已的劉超佩，說：「快去看克爾克院長吧，這回像了，也能上刑部大堂了。」繼而一招手，「走，該我們爲大清國去賣命了！」

於是，一群敢死隊的兵隨著王平呼嘯而出，月黑風高，奔向要命的灶北嘴炮台，炸那裡幾尊要命的克虜伯巨炮去了……

這是個伸手不見五指的夜晚，北風卻劇。

左一魚雷艇在威海灣內的驚濤駭浪中駛近灶北嘴炮台後，敢死隊水兵紛紛跳水上岸，口啣大刀攀崖而上。鏖戰了一天的日軍疲困已極，只餘少許士兵值哨，做夢也沒想到潰敗後的大清國軍隊還有勇氣摸上來。王平殺掉了日軍哨兵後，便用炸藥炮彈之類將灶北嘴炮台送上了天，由此引來日軍盲目地向灶北嘴炮台開炮還擊，一直持續了很長的一個時辰。已是到手的炮台反被夜襲炸毀，日軍的狂妄與對清軍的輕視，亦由此可見一斑了。

王平率敢死隊夜襲炮台比起他預想的，顯出了意外的順利。

*8*

西元一八九五年一月三十一日，大清國的議和使團在張蔭桓、邵友濂的率領下，踏上了日本的廣島。

議和使團的重要成員，道員伍廷芳曾就讀於香港聖保羅書院，後留學英國專攻法律，畢業後在香港做過律師，又當過香港法官兼立法局議員，由於精通西洋事務，於一八八二年被李鴻章聘爲幕僚。

根據伍廷芳事後給好友盛宣懷的信，我們可以看到大清國議和使團初至日本時的情形。

**初六**（西元一九八五年一月三十一日）**抵廣島令居旅店，同人分爲三處，均有日弁兵監守。有事出門，須先通知巡捕兵同往，名爲護送，免生意外事端，實則防我窺其虛實底蘊。該處坐無轎馬，出入皆乘洋車，星使**（赴日議和大臣）**亦然。書信往來，先拆閱而後送。其防閒如此，而居處直似牢籠，不令自如。**

（以下是根據伍廷芳書信整理出的赴日後歷次議和談判情形，人物對話幾用原文。）

第二天日本內閣總理大臣兼議和全權大臣伊藤博文與外相陸奥宗光在廣島縣廳會見了大清國的使臣。

伊藤博文對大清使臣要求遞交日本天皇的國書，不屑一顧，說：「兩國兵連，恐怕未便面呈。」他見張、邵二位面面相覷，又問：「二位大臣既是來談判，可有全權的憑信文件？」

邵友濂說：「另有大清國皇上的敕書兩道，以足見信。」

於是伊藤博文也拿出了日本天皇頒發給他的全權敕書，相互交換校閱。閱畢，伊藤說：「二位可先回旅店，餘事明日再說。」

張蔭桓當時見邵友濂起身要走，就低聲耳語道：「還有國書，這是來時我在京總理各國事務衙門一再交辦的事。」

邵友濂亦低聲說：「仗還在打著，人家怎麼能讓你見他們的皇上面遞國書呢？現在我們是敵國的使臣。總理衙門糊塗，此事已讓人家恥笑了……」

張蔭桓點點頭，便又對伊藤博文說：「內閣總理大臣閣下，我們一行昨日抵廣島欲寄北京密電，至今日仍未見允許。另又聽說中國有電報一份，亦未見送來。我們未出京時，駐北京美國公使田貝說，照國際慣例，本大臣可與本國往返密電，斷不阻止。而今日之情形迥然不同。」

伊藤博文立即回駁道：「這件事要看怎麼說。據我所知，在兩國未宣戰時，日本公使在北京欲發密電，而中國的總理衙門不准；既開戰以後，中國公使汪鳳藻在東京往北京發密電，日本也未嘗阻止，可見是貴國不依公法。」

張蔭桓說：「貴大臣此時如是說，似乎也有失氣度了。」

伊藤博文說：「欲發密電亦無不可，但貴大臣須先將密碼送交譯看，我電局方可接遞。」

邵友濂插上說：「密碼既給，我方又有何祕密可言？」

伊藤博文一笑，說：「廣島為日本屯兵之所，軍事要衝。兩國正在交戰時，二大臣也請體諒本大臣的難處。」

張蔭桓、邵友濂遂起立，悻悻而去。

議和第三天（西元一八九五年二月三日）一早，張蔭桓、邵友濂依約帶員往廣島縣廳會談。會談剛剛開始，日本內閣總理大臣立即就拿出一紙說帖（發言稿）來宣讀：

**……查中國向不講外交，惟知閉關自守，不信外國，是以與鄰邦相交不能開誠布公。從前曾有派大員與人定約不肯蓋印之事。又有條約已經定妥，無故不批准之事。其故在並非眞心商議，因所派**

**大員權力不足之故。本國有鑒於此，怕蹈前轍，是以我國家須中國所派大員，必其權力足以定和方能與議。……再以彼此互換之敕書兩相比較，不同之處甚多，姑勿詳論。即就大概言之，本大臣等所奉敕書係照萬國公法成式，貴大臣所奉敕書大相懸殊。中國派貴大臣，此來商辦何事，敕書內並未載明。又無定約畫押之權，亦無定約後批准之語。是貴大臣有將所商何事報明國家之權而已，本大臣斷難與議。如果說貴國向章如此，本大臣不能視以爲然。中國內治向章本大臣不必過問。現與本國商議要事，即須遵照萬國公法，不能僅照中國向章。**

**議和之事，關係最大。如議定約章，不惟畫押，且應遵守。此議和事本國並未向中國先說。中國現欲議和，亦國亦願商辦。若所議未必能成，及議定畫押後，視同廢紙，本國皆不肯爲。蓋議定之約，日本所允之事必定照辦，中國亦須亟待。中國不論何事，果有誠心講和，所派大臣確有切實全權字據，其聲名位望足將所議各款決能批准，本國仍可與之商議。**

伊藤博文的書面發言剛完，張蔭桓馬上開口，「如議定條款，本大臣即可畫押。這並沒有什麼懷疑的。前日面交國書，實爲確據。」他似乎對日本天皇沒能面接國書，一直耿耿於懷，就又把事情提到這上頭來，「此項國書，原應面呈貴國大皇帝，惟不見允，則中國情誼不能透達……」乘著翻譯在用日語表達他的這番意思，邵友濂忍不住與之耳語，張蔭桓的臉才刷地下紅了。

翻譯已畢，邵友濂便接著說：「伊藤內閣總理大臣閣下，本大臣是否有全權問題，從北京出發前貴國已問過駐京的美國公使，我國總理各國事務衙門當即言明，本大臣有商議畫押之權。至於本大臣所帶敕書語句略有缺簡的事，我們願即電奏補足，可是貴大臣又不見允。據我所知，中國所發的敕諭，往外國議約，其格式都與此次相同，向來沒有聽說他國不接收的。」說到這裡，他目視翻譯。

伊藤博文說：「我都聽懂了，貴大臣可盡暢其言。」

邵友濂接著說：「再者，本大臣與本國往返之電報被阻止，這也是件可嘆的事。至於貴大臣說帖中多有詆訕之詞，因本大臣此來是爲了修復舊好，也就無煩置辯了。本大臣受命而來，竭誠其事，希望釋兩國之嫌而能表達我大皇帝之美意就可以了。」

伊藤博文說：「我沒有什麼多說的了。」他問坐一旁的陸奧宗光：「你呢？」陸奧宗光略一搖頭，伊藤便慢慢說道：「總而言之，中國敕書與萬國公法程式大相懸殊，貴大臣此來商辦何事，敕書內並未載明。即此已見全權之不足，斷難與議。貴大臣可早日回國，我們馬上備船隻護送出境。」

張蔭桓、邵友濂起身告辭，誰知伊藤卻又走過來握住了隨員伍廷芳的手說：「廷芳君別來無恙？」

伍廷芳說：「託福，還好。」

伊藤博文說：「公事已畢，廷芳君可留下來，我們敘敘舊。」見其餘人都回去了，又說：「你們來商議無成，甚爲可惜。你回國時，請代問候李中堂，現在他的身體怎樣？」

伍廷芳答：「託福了，甚好。然位尊事多，未免辛勞。」

伊藤又說：「如貴國誠意欲和，再派員來時必須給予切實全權字據。廷芳君，你在香港是議員，熟諳公法，你們大臣所帶之敕書，何以不照國際向章格式？」

伍廷芳說：「頒發敕書時，廷芳尚在天津，其詳不知。」

伊藤說：「若再欲議和，愈速愈好。如果不來廣島也可。這裡太不方便了。」

伍廷芳問：「如果另選地點。上海可行？」

伊藤搖搖頭，「上海非會商之地。」

「那麼香港呢？」

伊藤又搖頭，「也不合適。」

「依貴大臣意見，什麼地方合適？」

伊藤思想半天說：「旅順口或許可以……」他揮揮手，「到時再說吧。」

伍廷芳說：「剛才您所讀之說帖，講中國再派大員，必須聲名位望等語。是不是暗指現派二位大臣非位望的人？」

伊藤一笑，「不是，我不過泛泛說說而已。乙酉年（西元一八八五年）因朝鮮事，我到中國，先進京，得有中國給予李中堂全權字據，才答應去天津與李中堂會議的，此時廷芳君已在李中堂府中作幕，想必是知道的。」

伍廷芳說：「知道了，告辭。」

第四天（西元一八九五年二月四日）中方將前幾日與日方會商辯論的內容寫成致伊藤與陸奧之公函，派伍廷芳送去，以正中方觀點，作爲外交文件，亦是留底備查的意思。

伍廷芳奉命前往，寒暄畢，呈上公函。伊藤接過來說：「張、邵二大臣此來，以我觀察，其意不過在打聽日本國索賠款的多少，並不是來眞心議和的。」

伍廷芳說：「貴大臣想得差了。如果不是眞心，我國又何必一舉派兩位大臣前來？所費實多。請貴大臣勿聽外面的浮議。」

伊藤問：「中國既有實意，何以不給切實全權？」

伍廷芳答：「令張大人、邵大人帶來國書、敕書，照我中國的看法，便是有全權辦事的權力。」

伊藤又說：「敕書內並未予約定畫押之權。何談授予全權？」

伍廷芳答：「伊藤閣下，如有疑竇，我們大臣可以電奏請旨，以釋疑心。今閣下竟不開議，未免過於拘泥。」

伊藤說：「即便是有所拘泥，也是不得已的。記得咸豐戊午年（一八五八年英法聯軍攻天津大沽），英國額公使（額爾金）與桂（大學士桂良）花（吏部尚書花沙納）二大臣訂約後，復又翻臉失和。前車之鑒，故此次不能不格外愼重。譬如一人欲買東西，必先備好銀兩方可交易。今日全權即銀兩，無全權，豈可開議？」

伍廷芳答：「我卻以爲大凡賣物，亦先必須以價格告人，以便議價備銀。今貴國所欲，祕而不宣，不知何意。但終究不能久祕，倒不如及早言明了好，也好讓我國早些知道貴國的欲望，設法了結，以免兵事纏綿兩家勞民傷財也。」

伊藤說：「你說的也對。作爲我個人並不是不願告知，但這於一國來說，應算得上第一等的機密要事，只好等貴國派出有切實全權的大員來後，方可說出。我不明白，貴國何不派像恭親王或李中堂這樣的人來，以示鄭重其事？」

伍廷芳答：「恭親王與李中堂均有緊要職任，一時恐走不開。張大人、邵大人均係中國大臣，聖眷甚隆特派來議和，亦是一樣。」

伊藤說：「議和，對於一國還有比這更重要的事？貴國爵位最崇的人不能來，怕是還在準備打仗吧？貴國一向以爲日本既小且窮。殊不知自開仗以來，我們並沒有向國外貸款，所需軍費全由本國自籌。已向本國百姓商借一萬萬日元，現又準備再借五千萬元。現在我日本的軍隊正在猛攻威海，大約指日可下。你知道，軍情萬變，時刻不同，早和爲宜，也可免得我們再花上五千萬元的軍費了。」

作爲大清國議和使團重要成員的伍廷芳，卻並非是議和大臣，聽了伊藤最後的一番話，自然吱聲不得，但胸中所憋著的一腔憤怒是可以想見的。他在給盛宣懷的信中便將這憤怒一瀉無遺了。

**張、邵二憲暨各隨員於初十（二月四日）離廣島，十一抵長崎。此係通商之埠，（日本）仍添派巡捕看守，其接待之禮脫略已甚。從人咸謂無故被幽（禁），我將卒苟能勇於疆場，不容其猖披，何**

**致就彼而受其欺慢。欲消此恨，其在將兵焉。和局易成與否，亦在戰爭之勝負判也！**

## 9

一八九五年二月一日，也就是在大清國議和使團登上廣島的第二天，山東半島一帶海面颶風輒起，驚濤裂岸，日本陸軍由於對威海南幫炮台一天一夜連續不斷的攻擊，顯得疲憊不堪，是日休戰，以養精銳。

除了零零星星的槍炮聲而外，駐守在劉公島上的大清國海陸軍，對於西北面與之隔海相望的威海衛城與北幫炮台方向的靜寂，更是感到膽戰心驚，因爲駐守在那裡的大清國綏軍昨日便已潰逃了，而那個戴罪立功去協守的原廣甲艦管帶吳敬榮，竟然也帶著二百名水兵跟著溜之大吉了。

一艘汽船滿載水兵在風浪中顛簸著向北岸駛去，丁汝昌佇立於船頭，望著處在波濤中沉沉一線的海岸與那似兀然立起的北幫炮台百味咸集。趁日軍未來，炸毀北幫炮台本是再順理成章不過的事。可今早他剛把這件事提出來，王平就問：「炸了北幫炮台我北洋水師就有生路了麼？」蔡廷幹說：「經營了數十年的炮台我大清國陸軍也只守了一天，哪裡還會有什麼援軍？笑話了。守在這裡無異於坐以待斃，不若魚死網破衝出去。」新任鎭遠管帶楊用霖又說：「他願帶人去守。」問題是大艦的管帶離不開，小艇的管帶又不願去，能去的也只有他這個水師的提督了。「炸了北幫炮台我北洋水師就有生路了麼？」丁汝昌望著已漸漸近在眼前的北幫炮台，苦笑了一下，如今之計，炸總之是比不炸了的好哇。

在勁烈的寒風中登上北幫一帶高地，此地五處炮台四處已是人去台空，只有數十尊巨炮像一群冷漠的巨獸伏在那裡，炮口仰天長嘯，一如極力發出啞啞然的嘶吼。在相距劉公島最近的海岸炮台北山嘴，丁汝昌很快說通了堅守在那裡的二百個炮兵學員，同他們一起分赴各炮台卸炮栓，布置炸藥已畢，正要把那二十二尊大炮連同彈藥庫一同送上天時，丁汝昌忽地想起什麼，問：「戴大人戴宗騫呢？」他舉目似在搜尋著，問：「也逃了麼？」

有學生兵答：「沒有。」

「你們上岸的時候，他還在台上張望過呢。」

丁汝昌立即吩咐快找。不知怎麼他現在心裡委實想見見這個志大才疏的人，威海陸防能這麼快地淪落到這一步，不正是這個戴宗騫一手所爲麼？找著戴某親眼見一見他現今的精氣神，好好地羞他一羞倒在其次了，丁汝昌更是留著一個心眼兒的，以現在的情形戴宗騫是該期望與二百學生兵守一下，再不論逃到哪裡便也都似乎有理由了。然而是他丁汝昌的到來，打破了他的如意算盤！

正想著，有人在那邊喊了起來，「找著了！」丁汝昌循聲奔過去一望，心中便生出種淒淒然的感覺，那是一座依坡而築的彈藥庫！他奔進了彈藥庫那由花崗岩砌成的拱形通道，然而一股鴉片煙奇異的香味引著他奔向了這堆滿彈藥的深處，黑洞洞一片中，他看見了一株殷紅的火頭閃爍著。

丁汝昌在微微亮光中看見了一個人影坐在炮彈箱上，立即明白了，對方也是尋著一個死來的，他的心裡又一個悲淒的浪頭襲來後，便又是一陣陣的欣慰，再再沒想到在這絕地他竟然覓著了知音！他脫口大呼一聲說：「戴大人！宗騫老弟，想開些呀！」

丁汝昌見那個人影手中煙媒子亮了下，就喊：「你狠心也要把我炸在裡面？」

「我戴某實不願累及他人也，快跑！」

「走，就走。」丁汝昌口中說著，人卻湊上去猛地一撲，搶著了戴宗騫手裡的煙媒子，大呼：「來人！」於是門外的水兵一擁而入，將又蹦又跳掙扎著的戴宗騫抬了出去。

丁汝昌率水兵與二百學生兵分乘上船，便合上引爆的電閘，北幫五處炮台便同時飛上了天空，接著又與前來接應的魚雷艇將威海灣內的漁船一一點著，於是威海灣內在這近午的時分，爆炸聲隆隆，不絕於耳，而海中漁船上滾起的百十處烈火濃煙在北風的鼓噪下越燃越烈。

在返航劉公島的途中，戴宗騫要跳海自殺，被水兵抱住拖到了汽船的艙內。戴宗騫青灰著臉質問丁汝昌：「兵失地盡，為什麼不讓我死？」

丁汝昌為戴宗騫的舉動也有些動火了，「明明知道跳下去我還是要把你撈上來，何苦再要到海裡凍一遭？」

「為將我逮送朝廷獻功麼？」

「將逮送朝廷的是我！我已經被逮過一回了，是公等將我救下來的！」丁汝昌一拳擂在桌子上，「難道至今我們還不是生死之交？」

戴宗騫淚如雨下，「戴某是個知恥的人，即以做人而言，我還有什麼臉苟活於世上。丁軍門，你該成全我。」

丁汝昌也悵悵然坐了下來，「若在彈藥庫內炸了個屍骸全無，對不起父母不說，戴氏的墳墓也將空起一座衣冠塚，你又如何對得起祖宗？看這麼多年書你是白讀了！」

戴宗騫愕愕然一句話也講不出，他失神了。

丁汝昌說：「度量我也是個將死的人，所謂人之將死其言也善。到了劉公島上，你要再死我不攔你。丁某與你同鄉，還要送你一具棺材的！」

戴宗騫淚眼模糊望著丁汝昌喃喃而言：「這我就懂了，原來你也是欲求一死的……」言罷他一頭伏在桌上，便是號啕哭起來。

## 10

一八九五年二月二日，日本陸軍兵不血刃占領了威海衛城。威海電報局落入敵手後，日軍亂擊電鍵聲隨之為煙台收到，由是劉公島守軍和北洋艦隊與外界的一切聯繫均遭切斷。占領威海衛城後，日軍隨即分兵進占北幫炮台。

令人想不到的是，在二月二日這天，日軍竟將南幫炮台修好，作為對進攻威海城與北幫炮台的呼應，南幫炮台的大炮便轟隆隆向威海灣內炮擊起來，北洋水師諸艦尚可在灣內游擊，相距最近而又不動的，卻是海中的日島炮台了。

日島是一座約十四五畝方圓的礁石島，孤懸在南幫炮台與劉公島之間的海中，島上設有二十公分的地阱炮台兩座，其他大炮六門。它承受著來自海上與陸上的三面炮擊，在康濟練習艦管帶薩鎮冰的率領下與敵展開了猛烈炮戰。

當時在外海觀戰的英、法、俄、德等國軍艦雲集，蔚成一派奇觀。據當時隨艦觀戰的香港《孖剌新聞》戰地記者肯寧咸記述，日島炮台日日夜夜戰守的情形，則由此可見一斑了。

**守著這島的，有三位洋人，四十名步兵，二十五名水兵。後來薩管帶帶領了三十名水兵來守這炮台。他在被攻時非常地奮勇。雖然冒著不絕的炮火，他親自把守著速射炮。從戰爭開始到停止，日島當著南岸三炮台的炮火地阱炮升起來後，更成了三炮台的目標。這些炮並沒有附著鏡子，所以升炮的一定要到炮台上面去，結果這人立即受對方炮擊，這是很危險的職責。可是那些年輕的水兵仍堅守著這些炮，奮勇發放。**

是時劉公島上諸炮台、日島炮台與威海灣內的北洋水師軍艦向著外海的日艦，向著南岸與北岸，向著威海衛城，向著一切出現了日軍的地方炮擊。前所未有的猛烈炮戰，曠日持久地在這一片海灣內進行著……

在這日軍對威海已形成合圍的當天，二月二日晚九時，光緒皇帝同時向直隸總督李鴻章與山東巡撫李秉衡下了一道聖旨：

**李秉衡奏，倭人登岸，應以兵船奮力攻擊，毀其運船，於保全威海有裨等語。昨因劉公島及北岸三台情形危急，特飭丁汝昌帶水艦會合拒戰，或帶船出口，盡力轟擊，毋使船爲賊有。若船被賊擄去，貽害尤巨。著李鴻章督飭海軍將士，力籌保全海艦之法。如威海不守，各艦何處收泊？**

這是份少許有點清醒而又有著絕大糊塗的電報。清醒的地方在於「若株守口內……必至全船饋敵而已」，根本的謬誤在於皇上傾向於李秉衡的看法，他督飭了李鴻章而沒有同時督飭李秉衡在陸上解威海之圍的軍事行動，他似乎是忘了威海是被日軍抄了後路才陷於絕境的事實。

在這之前的一月三十日，皇上曾電諭這個山東巡撫李秉衡，認爲煙台爲「通商口岸，防務較緩」，要他派兵增援威海。駐節煙台的李秉衡則以「煙台守將只孫金彪一人，若再調往，無人守禦，煙台必危」爲藉口拒絕了。李秉衡在這之後僅派軍隊扼守威海西路，而對於威海的死活卻置之不理。皇上於是再無下文，實際上是認同了李秉衡的觀點。皇上的糊塗就在於，威海灣陷著大清國整整一支艦隊，以及劉公島上經營了數十年的軍械廠、水雷營以及水軍學堂，它與煙台比誰輕誰重？同時皇上也沒看出若陸路全力援救威海，也正是對煙台的最好防衛。再者，煙台是個通商口岸，各國都在此駐有辦事機構，港口亦有外國軍艦駐留，即使進攻煙台，日本人也是會投鼠忌器的。但大清皇上與他身邊的人卻沒想到這上頭去。

現在我們不得不佩服李秉衡這個官場上的行家，那出手不凡的大手筆了。就在二月二日，日軍占領威海衛城與北幫炮台時，李秉衡竟向皇上發電報，請旨將自己「交部嚴加議處」，因爲他畢竟是山東巡撫，是守土有責的；但同時他又把一個大局端了出來爲難皇上，他在同一電奏中稱：威海已失，登州、煙台必爲日軍所爭，「秉衡即死守煙台，於大局毫無補救，獲罪滋大。日前統籌全局，似應移扼萊州（今掖縣）一帶，催集兵力，自西而東，節節進規，以固省城（濟南）門戶，以顧南北大局。」這委實是一個老謀深算的電奏，先用煙台壓威海，現在又用濟南來壓煙台，他竟然連一再強調的煙台也不願守了，最後端出一個南北大局來，果眞就把皇上嚇愣住了。皇上不再爲陸援威海而吱聲便是事實。皇上胸中是有大局的。

倒是時任煙台東海關監督，一個叫劉含芳的，在威海失守，李秉衡退往萊州後，有駐煙台外國領事問劉含芳爲何不同避？劉含芳極帶譏諷與憤懣地說：「巡撫，大臣也，可去。某守土吏，去何之？今死此矣！」

那外國領事說：「日軍前鋒距煙台只有十餘里了。」

劉含芳說：「日軍未下劉公島，豈能攻煙台？」

外國領事說：「倘日軍果眞一鼓而下呢？」

劉含芳一指案頭便肅然而坐不再吱聲。那案頭已擺著了一碗毒藥。

不得不說劉含芳是個有氣節而同時又是個有些見識的人。日軍未拿下劉公島，沒有最後毀滅他的大敵北洋艦隊，怎會放心全力來攻煙台呢？作出攻煙台的態勢，不過是給大淸國造成一種錯誤的判斷，使之不便全力援救威海，以便他們更順手地去打劉公島罷了。

李秉衡未必沒看出這一點，但日本人確實給了他一個口實。

同是在這一八九五年二月二日的晚間，戴宗騫自殺了，臨死前他還說，他是知恥的。

## *11*

西元一八九五年二月五日零時左右，汽笛的嘶鳴忽然震盪著了這如磐的黑夜。

劉步蟾一骨碌從床上翻下跑了出來。甲板上雨雪交加，而汽笛聲似乎顯得格外地響亮而悽惻，劉步蟾看見日島與劉公島東端一帶已燃起報警的熊熊大火，一如幅幅血色的旗幟在這暗夜的大風中恣意地飄搖著，而各艦在拉響汽笛的同時燈光也都亮了。

這一切表明在有烽火的方向出現了日艦，而趁夜可能來襲的，便只可能是魚艇了。倘定遠將有不測，自己也決然與艦同沉麼？劉步蟾心頭又猛地打了個寒顫，後悔不該將「決守艦亡與亡之義」這句充滿晦氣色彩的話掛在嘴頭，說得太多了。劉步蟾的眼極力在海上逡巡著，此時丁汝昌與英國人泰勒、馬格祿也都跑上了望台，泰勒伸手打開了探照燈，被劉步蟾毫不客氣地將它關了，並狠狠用英語罵一句：「你蠢！」

艦隊背依劉公島，依然以蝦鬚陣呈環形將艦首衝著灣內不同的方向，這時劉步蟾發現己方魚艇突然紛紛朝日島與劉公島之間的地方駛去，接著艦首朝那一方向的北洋水師軍艦也放起炮來，一時間在燈光的照射下，一枝枝水柱隨著轟響像從海中突起的枝枝利劍。

肯定是發現目標了，劉步蟾想著，果然看見左邊的軍艦紛紛將燈光熄滅了下來，接著便聽見從那邊傳來了一陣「打中了，打中了」的歡呼。在呼聲中劉步蟾一顆懸著的心也漸漸鬆弛了下來。忽然他在一片黑黝黝的海中聽見了隆隆的機器的律動聲，是朝定遠這邊過來的，他毫不猶豫打開了探照燈，在光柱中他看見了三艘魚雷艇，一艘爲右一，一艘爲左二，中間的那艘被海中巨浪衝打過，一身都披掛著白凌凌的冰甲，「日艇？」在這一瞬間劉步蟾失聲地驚叫起來，「開炮！」在探照燈的照耀下定遠艦一炮打過去，日軍魚雷艇中彈，頃刻間化成了烏有。然而就在這稍後的數秒鐘內，定遠艦的右側偏後部卻傳來了悶雷般的爆炸聲，整個巨艦在爆炸聲中高頻度地顫抖著了。

劉步蟾感覺到他的頭陡然膨脹欲裂，定遠艦就要沉沒了麼？他無法接受這個事實，定遠是他的生命之舟！他只將手死死拉著汽笛不鬆，同時呼吼著，「起航，起航！」定遠艦中央兩支粗壯的煙囪在呼吼了幾下後便大口大口噴吐著黑煙，隨即全艦一震便衝出蝦鬚陣，滑向了被黑夜圍罩著的威海灣。「我的定遠艦沒有沉啦！」劉步蟾的心似乎被深深地陶醉著了。

艦上的混亂彷彿在劉步蟾的呼喊中猛然加劇了，人們呼喊奔向各自的艙口去搶衣被，艙下的人衝上來卻抓著救生圈就朝海裡跳，於是艙面上的人便像明白了什麼，幾隻救生艇也在七手八腳中蕩悠悠朝下放著，劉步蟾手一鬆，汽笛聲忽地嘎然而止，艦上的人在這一瞬間都不動了。「閃開！閃開！」劉步蟾衝進人群，奔向已傾斜了的後艙，在艙內氣若游絲般慘黃色的燈光中，劉步蟾看見艦的右舷炸出了一個巨大的洞口，海水早失卻了最初湧入時的洶湧，正在快速地上漲著，他的腳在梯子上下了三四檔就慢慢地縮回來，腿卻不聽使喚，一軟便坐在了甲板上，「完了，定遠真的完了！」

水兵說：「艦亡，你也完蛋了！」劉步蟾突然發瘋了似地朝艦首跑，他一頭衝進了舵艙操起舵就把定遠來了個一百八十度的大轉彎，定遠艦像一頭垂死的野牛，蹣跚著掙扎著向劉公島衝去，臨近劉公島時，它的艦首似乎是不忍與島邊礁石作著最後的親吻，忽地朝著威海衛城的方向陡然轉了個急彎，它已拚盡了最後的氣力，便緩緩地，緩緩地停了下來。它再無從前進了，它的艦首已沉沉地插進了島邊的淺灘淤泥之中。「定遠沒有沉！」劉步蟾哈哈怪笑著癱了下來，而定遠鍋爐底部已漸漸浸在了海水之中，乳白色的蒸氣從艙下無孔不入地鑽了出來，彌漫在甲板之上，很快便把整個定遠籠罩著了。

是夜日軍共二艘魚艇闖入威海灣內，一艘被定遠擊碎，另一艘則冒著衆多的炮火在灣內四處奔逃，後不得已又衝向劉公島東岸企圖由偷渡的來路而出，結果被島上炮台擊毀。

一八九五年二月六日很快就在炮火紛飛中度過了。

入夜後海濤一陣陣拍擊著劉公島的海岸，拍擊著鐵碼頭，拍擊著軍艦，發出的澎湃聲，又被威海灣內怒號著的北風化解得乾淨了。

邱寶仁是在夜半的時候從鐵碼頭登上劉公島的，他感到這座住了十年的島子很陌生，似乎一切都被這風這夜掃蕩得一乾二淨，昔日的喧鬧沒有了，昔日島上夜晚的一處處燈火也沒有了，他那山坡上家裡的家眷們也在數月前離去了，只有偶爾被北風送來的一兩下槍響，卻是那般地淒厲。正走著，他被黑暗中一座隱約而現的高聳門樓驚住了，這是島上有名的處所——依翠樓。他十分驚訝於他怎麼走到這裡來了。反過來想人都要不知所以然了，就是玩他一回婊子又如何？

邱寶仁邁了進去，院落中巨大的石板上傳來了他沉沉的腳步聲。這是座一進兩廂的磚砌木樓，他看見了一扇扇花櫺格子門的影子，走過去一推便是「吱呀」的一聲，再推一扇卻又是被鎖絆著「嘣嘣」地一聲響了。邱寶仁心裡湧出的便盡都是種莫名的淒涼，這島上是個婊子的都走了，不是婊子的卻都還留著。似乎聽見了什麼動靜，他跑到天井裡張望，在二樓角落的那扇窗縫中，似乎透出了一絲幽幽的光，他踏著腳步尋上樓來再看，遂又將耳朵貼上去聽，那門卻「嘎吱」聲開了，邱寶仁幾乎嚇得靈魂出竅，他看見個一身素衣的女人站在了門裡。

邱寶仁有些鎮靜下來，「專候著爺的？」

那女人慘笑了下，「還不知你是哪一個。」

「來遠管帶邱寶仁，妳就不請大爺我進去坐坐？」言罷一腳就跨進來，看看堂前戳著兩支白蠟燭的桌上放了些菜還有一壺酒，便拿起酒壺朝杯中倒，那女人已是一把搶了過來，說：「如果兩人同溺一妓，大人你就不嫌髒？」

邱寶仁一個寒顫，人便從桌前彈了起來，用眼在這屋裡仔細地逡巡，接著走過去撩開床頭遮著馬桶的那一方簾子，伸手就拽出個人來。那人跌跌撞撞出來時直說：「輕些，你輕些。」

「林國祥?!」邱寶仁見著又是一驚，「躲裡面出不來，不怕憋死了？」

林國祥說：「反過來，看見你們上床正是一樂。娟娟，妳說是不是？」

邱寶仁吃驚地望著那女人，「妳是娟娟？」

娟娟說：「娟娟是個婊子。」

林國祥說：「是個俠妓，可惜鄧世昌就從來也沒上過身子。」

邱寶仁說：「一個方伯謙不夠？還不忘再來滅鄧世昌一把？」他一轉臉憤憤地望著了娟娟，「世昌生前不是接濟妳從良了麼？」

林國祥笑了說：「婊子都是假正經。」言罷在桌旁坐了下來。

娟娟連忙說：「林大人是要我來敬一杯。」

林國祥擋住了，另一手卻抓著酒壺往杯裡倒著酒，「自己來，你先伺候邱大人。」

邱寶仁手一揮把林國祥那杯酒打翻了說：「姓林的，你就不怕我滅了你。」

林國祥說：「整個水師都快滅了，我又算什麼？」一旦他看見邱寶仁慢慢朝他走過來，立即嚇得躲閃著朝門口奔去，門卻「豁通」聲被撞了個大開，有人從外面闖進來，一腳就把林國祥踢翻了。

來人是林穎啓，他一把按住了地上的林國祥，「說得對，整個水師都快滅了，就先滅了你再說！」接著他與邱寶仁一齊揮拳猛揍，揍得沒了聲音，兩人才搭起林國祥把他從樓梯上掀了下去。

回到房裡他們望著娟娟，林穎啓罵一聲：「婊子！」

邱寶仁問一聲：「妳就是這樣從良的？」

娟娟一下子顯出了無限的愁悵，「鄧公那一去就沒有回來，娟娟還跟哪個從良？娟娟就想著每日看見大清國的軍艦在灣裡進進出出，可連這也快看到最後了……」

邱寶仁說：「林國祥什麼東西，他妳也……」

見林穎啓正朝杯裡倒酒，娟娟苦笑著款款地走過去趁其不備一把接了過來，「你們來幹什麼？這酒還是我自己喝下去好。」言罷頭一仰便都灌進了嘴裡，「婊子的營生，他我也接，可我是想殺了他！」說著娟娟哭起來了，「知道姓林的畜牲，這酒是讓他吃的，倒是你們救了他。」她忽地過去廝打著邱寶仁，「劉公島毀了，北洋水師毀了也滅不掉他呀！那畜牲不是給日本人寫過服狀又好好地回來了麼？」娟娟已是捂著胸口喊：「痛，我痛，痛殺我了！」邱寶仁、林穎啓這才明白桌上滿滿一壺都是毒酒，慌手慌腳過來救人，卻被娟娟一把推開了，「他糾纏了好多天，是你們叫我全功盡棄了！」她痛苦萬狀地掙扎著將一壺酒全都傾倒在自己身上，「走，沒，沒你們的事，這兒的事完了。」說著娟娟已一把搶過了蠟燭。

邱寶仁、林穎啓呆住了，再要衝過去，娟娟已將帳幔窗簾點著了，瞬間娟娟的身上也著了，通身都跳躍著奇異的光影。火光中娟娟呼喚著，「鄧公，娟娟來了，娟娟清白了，娟娟一身都是清白的！」

騰躍著的一團火向邱寶仁、林穎啓移動過來，二人傻了般地一步一步退出門時，娟娟一下子將門關上了。瞬間，屋內的火已是凶凶地從窗從門的縫隙朝外撲了，邱寶仁、林穎啓拍打著門，喊：「娟娟，娟娟呀！」裡面只有火的嗶撲聲，再也沒了娟娟的聲音，邱寶仁不由得一聲狂嚎，「鄧世昌！値了，你値了！」

依翠樓在大火中焚燒著，半個劉公島也被映紅了。島上因了這火而出現噪動，人群向這邊擁來時，海上卻響起了密密麻麻的槍炮聲，接著三聲巨大的爆炸響起，威海灣也像被炸得裂了開來。

## 12

在黑夜中的三聲爆炸引起了島上極度的混亂，槍炮聲一直響到黎明。

黎明了，一切便都大白於天下，原來在黎明前日本人的魚雷艇又鑽了進來，擊沉了北洋水師的來遠、威遠艦與小炮艇寶筏。

由是島上的守軍人心慌慌。

丁汝昌出來四處安撫軍心，效果不大，回到提督署內想到在島上四處遊動的來遠、威遠、寶筏上的水兵，就派人去找邱寶仁、林穎啓。

不久邱寶仁、林穎啓來了。丁汝昌便問起了艦上兄弟死傷幾何，意欲讓他們先把水兵安定下來。誰想二人一問三不知，邱寶仁說：「丁軍門，昨夜我二人都不在船，你沒見依翠樓的那把火麼？」

丁汝昌一口氣深深地吸進了肺裡，瞬間便噴發而出，「難怪是你二艦中雷，不在艦上，原來嫖婊子去了。罪，罪不容赦！來人！」

門外親兵一擁而入正欲動手時，邱寶仁道：「慢！邱某只向丁大人討個明白。丁大人既有臨機處置之權，爲什麼把艦隊向死裡引？爲什麼偏偏不衝出去拚它個魚死網破？從開戰以來九死一生，死，邱某不怕！」

林穎啓道：「再說，既是在灣內死守，怎能讓日本雷艇鑽進來？先這一點，也是丁軍門疏於布置了！」

邱寶仁接著又放縱無忌地哈哈大笑起來，「以爲威海灣裡的軍艦能逃得脫麼？都是甕中之鱉了！現在被轟沉的好，我還要表功呢？免得日後都被日本人擄了去，大清的臉面就丟得一乾二淨了！」

丁汝昌氣得剛要發作，外面蔡廷幹、王平與各船管帶幾乎同時闖了進來，「丁軍門，中堂派人來了！」

丁汝昌一下子眼都睜得大了，「中堂！派人來了？」

王平從身後讓出個人來說：「他泅水差點在灣內凍死，被我們魚雷艇救上來的。」

丁汝昌等不及了，問來人：「從哪裡來？天津？」

來人已換了衣服，但臉色依然發青著說：「不，從煙台，是劉含芳大人所派。」

丁汝昌問：「有信？」

來人從髮辮上端掏出一個蠟丸遞給了丁汝昌，「是李中堂傳來的急電。」

丁汝昌一把搶到手上拆開來，看著看著臉就沉了下來，半天也不言語。蔡廷幹忍不住將頭伸過去，只一眼禁不住就喊一聲，「好了！」他說：「李中堂來電令我們全隊衝出去！」他顯得十分地振奮，對邱寶仁、林穎啓說：「若要是你們不沉，現在豈不又多三艦？」

邱寶仁冷笑著只是拿眼瞅去丁汝昌。

丁汝昌已是頹然失神，一屁股坐在了椅子上，只是口中喃喃道：「現在衝出，豈不是要全隊毀於一旦？」

蔡廷幹急得跳了起來，「中堂的意思還不明白？要的就是個魚死網破了！」

「好！好！魚死網破！老夫就來個魚死網破！」丁汝昌突然像爆發了似地跳了起來，「老夫拚了，拚它個死無葬身之地了！」他將桌上的硯台筆筒一齊摔在地上猶嫌不足，再要拿起他那方錦緞包裹著的大印砸出去時，手卻在半空停了下來，他把戰袍的前襟一撩，就把大印死死勒在了腰帶上，忽地一聲喊，就全都是個悲哉壯哉的韻致了，「水師聽令，各管帶登船，即刻開火。」

此刻各船管帶聽令便要離去時，卻聽林國祥在人後喊了起來，「慢，丁軍門，集隊衝出，哪一艘船定爲旗艦？」

丁汝昌愣了一下，「靖遠爲旗艦，各位聽清，我在靖遠。」丁汝昌鬆下一口氣來，靖遠目前的速率是水師中最快的了，每時有十五海浬。沒想這時林國祥又問：「那我們衝出去，邱管帶、林管帶怎麼辦？」

丁汝昌就把牙關咬了起來，「先押上鎮遠再說！」他說著就定定地盯著了邱林二位，「衝不出去便罷，衝出去就有細細算帳的時候！」

正說著，提督衙門外響了幾槍，望時劉公島守將張文宣已站在了院子裡，他的身後跟著撤上島的威海衛水陸營務處的提調牛昶昞和一大群提刀持槍的守島陸軍兵弁。

張文宣問：「丁軍門召集會議爲什麼不通知我一聲？」

王平搶來上說：「海軍會議原並不要通知你！」

張文宣手裡提著的槍一下子就頂住了王平，盯一眼卻又望著了丁汝昌，「打開天窗就都說白了，你們是想衝出去！」他回過頭來對陸軍的士兵們喊道：「兄弟們！我們答應麼？」

一院子上百個陸軍士兵瘋了樣的一聲，「不答應！」隨即他們把手中的槍就衝著天上放了一排，一排才了，提督衙門外空場上就又響起了一大陣。

丁汝昌反倒十分鎮靜下來，他冷笑著走到張文宣面前，舉起手中的電報說：「中堂電令在此。」他抬起另隻手一撥張文宣對著王平的槍管，就衝著了自己，「身爲朝廷的命官，聚眾鬧事，我看你是反了！」

張文宣怔怔地望著丁汝昌，他的手慢慢鬆開了槍，「文宣一死何足惜，你們一走，島上的北洋護軍就唯有死路一條了。」說著他號啕大哭起來，「沒聽說旅順那邊屠城的事麼？丁軍門，陸軍的二千多弟兄同北洋水師一齊拚命守島，誓同生死，你丢下他們，於心何忍，何忍啊！」

丁汝昌不爲所動，就又盯著站在他身後的牛昶昞，「牛提調也要同反？」

牛昶昞說：「不是的。」他臉上的肌肉抽動著，似乎笑了一下又說：「我牛某就是暗自請丁軍門將我帶出，想這點面子還是會給我的。慢，再退一步說，以我一個道員的身分就是明著要丁軍門將我押往京城問罪，想也是有緣之請，丁軍門職分所在，也推諉不得。但我不願這麼做，因我手下還有威海帶來半個水雷營的殘兵剩卒，丟下他們撒手不管，牛某我就不是人了！……」他的話被外面驟起的炮聲打斷了。牛昶昞聽聽，望著也在分辨著的丁汝昌淡淡地說：「是島上東泓炮台與日島那邊的，日本人又來攻了……」忽地他話鋒一轉，「不錯，中堂是有令叫你衝出去，可是現在人家來攻，你率艦衝出，硬碰硬衝得出麼？再說，島上的北洋護軍不說，日島上也還有北洋水師的水兵在拚死守護，薩管帶鎮冰率領他們已經守在上面拚了十天了，丁軍門如若丟下他們，即便是衝出去，於心何忍？一世的英名也就蕩滌殆盡了！」

丁汝昌仰天「唉」地一聲長嘆，「於心何忍，於心何忍，丟下薩管帶，丟下這麼多水陸弟兄，我等於心何忍啊！」

蔡廷幹急了問：「整個水師就坐以待斃麼？丁軍門！」

林國祥說：「不，是固守待援。」

北洋水師在場的管帶們紛紛說：「水師完了，完了！」

牛昶昞說：「中堂的令也不可違，衝出去的事至少現在不可爲吧？應該預先妥爲布置，將島上的陸軍統統帶上艦趁夜衝出爲最好！」

邱寶仁突然衝牛袒眪罵了起來，說：「天下人腦子都長在你身上了，陸軍都登了艦，水師沒有島上炮台掩護還都他媽怎麼衝？」

丁汝昌呸地啐了邱寶仁一口，「不衝又怎樣？今日爲了成全一島的生靈，有死而已，老夫的一條命豁出去了！老子固守待援！」剛罵完，外面便在隆隆的炮聲中夾進了一陣槍響，似乎是從海上傳來的，正在不知所以，有水兵奔進來報，「定遠艦上的水兵嘩變叛亂了！叛亂了！」

定遠艦上已是亂作一團，水兵們在舉槍朝天射擊了一通後，就把艦上所有能啓動的大炮都對準了靖遠、鎮遠數艦，黃亮亮碩大的炮彈也都塡進了炮膛，而人就全都站在炮位旁與艦舷邊，又是一陣鳴槍一陣吶喊，他們要那邊「把登陸的小船划過來」。

定遠艦中雷後它就熄火了。大半個身子陷在海裡，夜間艦內凡是進水的地方都結了堅冰，寒冷難禁的水兵因衣被全都漂去或浸濕，遂將艦上凡能砍下的木料都堆起來，在沒進水的艙中焚燒取暖，一夜下來幾乎個個蓬頭垢面，而講好明天後將送來的飲食卻又遲遲不見，飢寒交迫加上夜間又沉了三艦，於是統統絕望了，嘩噪著非要上岸不可，否則「艦上有的只是炮彈了」！

終於他們看見一隻小艇在寒風中向定遠划來，送來的是艦上的幫帶（副艦長）洋員泰勒。泰勒一上艦就被水兵們圍了起來，水兵們開口不馴地說：「單單叫你個洋麻雀來？中國人都死了？」

泰勒說：「我自告奮勇來的。我是問候大家的……」

水兵們一鼓而噪起來，「老子餓死了！」

「你大爺都凍出尿來了！」

「上岸去，我們都要上岸去！」

泰勒喊道：「靜，靜，聽我說！」

「不聽你說，我們要聽劉步蟾說！」

「姓劉的現在躲在哪兒？」

「他，他不是說要決守艦亡與亡之義麼？」

「對了哇！看姓劉的現在怎麼說！」

於是眾水兵齊聲呼叫起來，「把姓劉的給我們交出來！」

泰勒一見勢頭不對，「這樣，我代你們喊劉管帶去。」說著轉身就要走，旋即就被快發瘋了的水兵一把拖住了，「狗日的你想跑！」

「捆起來！對，先割了他的洋麻雀！」言罷眾人一擁而上，一邊揍著一邊就把泰勒給綁得結實了。

泰勒口鼻流著血，掙扎著一個勁兒地喊起來，「太不講理，太失去理智了！冤枉啊！」

正這時，遠遠的岸上傳來了幾聲槍響，有水兵拿望遠鏡一看，說是丁提督。眾人說：「我們正要問他討生路呢！」

於是隔著海兩邊喊話，一邊命令艦上先把泰勒放了有話好說，一邊說，請丁軍門上艦說話，就放泰勒。

沒想喊著喊著丁汝昌就真的乘著小艇來了，上了艦他就說：「把人先放了！」

「那我們就扣你！」

「老夫抵泰勒好了。」

泰勒被放了開來，可是他不走，他對丁汝昌說：「定遠已不可守，這就棄船吧！」

丁汝昌一跺腳說：「那艦上的炮呢，艦上好生生十幾門炮呢？」

有水兵問：「關你屁事，你是艦長？」

眾水兵一齊吼起來，「對，姓劉的呢！」

丁汝昌仰頭，一腔憤懣就傾了出來，「劉步蟾！」聲音剛喊出口，彷彿是故意與之應和似的，南幫炮台日本人就已向著日島開炮了，轟隆的炮聲中，日本聯合艦隊二十餘艘軍艦就一齊擁近了南口一線，向日島、向劉公島開起炮來。泊於劉公島以西的北洋水師軍艦已在炮聲中啓動，紛紛向南口那邊開去，以炮還擊了。

定遠艦上，丁汝昌忽然大步向後主炮跑去，抱起一顆炮彈就衝水兵們喊：「呆著幹什麼？先打日本人，再殺老子好了！」

水兵們「噭」地一聲叫，就散了開來。

微微傾斜在海灘淤泥中的定遠艦，它上面的大炮最後一次向著南北幫炮台，向著日艦，向著所有的目標，轟隆隆轟隆隆地發射起來了。射擊之猛烈，炮彈所落之處無不火光沖天，一片狼煙在隨風恣肆地彌漫著……

苦守在劉公島與威海灣內中國人的一切紛爭，似乎都被日軍在西元一八九五年二月七日晨的海陸攻擊所平息下來，北洋水師的軍艦，劉公島、日島上的炮台都展開了對日軍的還擊，炮聲陣陣不絕於耳。其中日島炮台首當其衝，它承受著來自日軍海上與陸地的雙重打擊已整整十天了，在這第十天的早晨，它在襲來的炮彈不斷爆炸之中，便像要沉沉地墜到海中去了，它卻又似在極盡全力地掙扎著，時斷時續的還擊便是它在掙扎時發出的嘶吼。終於日軍的炮彈擊中了它的彈藥庫，在備受壓抑之後，它終於像一座火山樣地爆發了。

在日島炮台面臨最後毀滅的這一刻，守島的康濟練習艦管帶薩鎮冰帶著僅存的十數名水兵被船接出，由是脫險。

日島炮台的毀滅使得劉公島的整個防線上無可挽回地出現了一個缺口，日本聯合艦隊隨即加重了對日島南北兩側海中屏障的轟擊，水雷不時被炮彈擊中引爆，掀起了聳天的水幕。日本聯合艦隊乘勢企圖從這裡衝入，卻受到了北洋水師數艦的全力阻擊，雙方相隔在劉公島南線一帶海中暗堤的炮戰由此達到了白熱化的程度。

這時情形起了某種微妙的變化。

先還在威海灣內避彈的北洋水師十三艘魚雷艇與飛霆、利順兩汽船，突然由左一、福龍領頭全速向北口衝去。立時整個戰場變得紛紜翻覆，驚心動魄，首先是堵在北口外的十多艘日艦以爲北洋水師突圍，不顧一切地開炮攔擊，引得進攻南口的日艦突然後撤紛紛直奔北口。守在北口的北洋水師的大型戰艦在震驚中醒悟過來向魚雷艇開炮，接著劉公島上的黃島與公所後炮台，也都一齊向著這些企圖衝出去的魚雷艇展開了轟擊。十三艘魚雷艇、二艘汽船大約是沒想到自己人從身後的打擊是那麼無情，一時間在威海北端的出口處打得團團亂轉，終於左一、福龍等四艘魚雷艇被迫衝至北岸北山嘴炮台下，已占領該炮台的日本陸軍無法擊中他們，而日艦則又怕誤擊自己人，所以才得僥倖從海中木樁橫欄與水雷之間鑽了過去，後續的雷艇與汽船卻在越來越瘋狂的敵我雙方來自海上與陸上的炮擊之下一窩蜂地衝向了自己設下的屏障。開戰以來最慘烈的一幕出現了，魚雷艇有的衝到了海中橫欄上撞得粉碎，有的觸上水雷被送上了半空，有的中彈後在原地像無頭蒼蠅般地團團亂轉。終於又被重炮擊中了鍋爐，爆炸了，乳白的蒸氣像從一隻奇異的動物身上噴出的血液，彌漫在它的葬身之處。

北洋水師戰艦追了上來，沒衝出的六艘魚艇被捕獲。

左一與福龍等四艘魚雷艇衝過北山嘴炮台下的屏障後，便受到了日本在外海聯合艦隊的集中打擊，其中兩艘魚雷艇中彈起火，被炸得粉碎。左一與福龍進退無路之時，卻奇蹟般地鑽出了四周不斷升起的密集水柱，發瘋般地向著日本艦隊衝去，日艦顧慮著將可能被魚雷擊中而猶豫的一刻，這兩艘魚雷艇突然轉而向西疾駛。日本人知道上當了，立即由航速最快的吉野艦追了上來。

王平駕著左一、蔡廷幹駕著福龍衝出來時的心情已是不得而知了，但二人的相互配合卻相當默契。左一在前，福龍埶後，他們向西疾駛著。是時中方兩魚雷艇的最大航速是二十四海浬，日本吉野艦的最高航速是二十三點五海浬，照理說是能夠逃脫的，但因相距不出一千米之遙，兩艇受到吉野艦的炮火攔阻，而作著曲折的避彈航行，所以距離逐漸縮小了。這時中方兩艇行駛在前的左一向西疾駛，而稍稍滯後的福龍卻折而往南向海岸駛去。日方吉野艦只好捨左一而追福龍。福龍艇駛近海岸便又折而往西，貼著海岸邊走，這是一種詭祕的謀略，它試圖誘使有著四千數百噸的吉野在拚命追擊中衝上淺灘擱淺，或撞上淺海中的暗礁。吉野很快明白過來，它立即改變了戰術，盡可能靠近海岸的同時，卻向西直線航行，這樣最大的一個悲哀便只有留給福龍艇，留給蔡廷幹了。福龍艇在緊貼海岸曲折行駛的同時，它與吉野間的直線距離越來越短，於是吉野上的高射速格林機炮便有了充分施展的餘地，密集的火網幾乎是罩在了福龍艇上，福龍艇上滾起了濃煙，終於它一頭撞在了海邊嶙峋的岩石之上。福龍艇上除了死傷的而外，其餘人員全部被俘。

福龍艇最大功績在於它成功地掩護了左一艇，此刻的左一艇早已遠飆而去，直達煙台。

對於一八九五年二月七日大清國北洋水師十五艘艇船的行動，足足在中國一百年的歷史上都被斥之爲「逃」，說這是一次大逃亡，因了這一次的大逃亡，攪得劉公島守軍軍心渙散，直接導致了劉公島與北洋水師的最後毀滅。另外更有人認爲，中方魚雷艇還不算少，卻絕無攻擊精神，只有日軍魚雷艇二度鑽進海灣內擊沉中方巨艦，而中方雷艇卻沒有攻擊過日軍一次。

我對全盤否定這次「大逃亡」抱有某種疑惑。固然，這是一次有違軍令的行動，於軍紀所不容。然而它只應是北洋水師全軍覆沒中的一個過程或環節，它應是某種錯誤決斷造成的一個結果。將這次「大逃亡」說到極致，也只是個「逃」字，它絕不是降。

事過一百多年後，當後人捧著這一頁沉甸甸的歷史，試圖站在一個民族的角度來回首觀照，假如斗膽將「逃亡」一詞轉換成「突圍」呢？或許能獲得某種新的感知。那麼，當時魚雷艇上，爲所有中國人所體現出來的，大無畏的、視死如歸的精神，豈不是立時顯得光華爍爍了嗎？須知此刻北洋艦隊的主要將領早已沒有攻擊精神了，他們對魚雷艇在灣內的作用，亦只限於用它來防護大型軍艦之上；遍查史料，並沒有發現有關命令魚雷艇趁夜鑽出屏障攻擊日本軍艦的記載，也沒有查到任何關於魚雷艇拒絕執行有關命令的痕跡。而對於北洋海軍中諸多將領要衝出去的記述，倒是屢見不鮮。然而可悲的是被圍在灣內北洋海軍當時一切合法的行動，都還要得到提督丁汝昌的認可。正是因爲這次突圍的行動沒有得到認可，所以一百年來它都被說成了是一次對大清國的背叛。

北洋水師在數日後即全軍覆滅了，所剩多艘艦艇全部歸入日本國聯合艦隊，它們最終是懸著日本國的太陽旗才駛出威海灣而駛向日本列島的。應該十分肯定地說，如果二月七日魚雷艇不突圍，也絕然改變不了北洋水師最後的毀滅，到時不過又爲日本艦隊的軍列多添了幾艘魚雷艇而已。因之，我多少有一些爲左一、福龍等魚雷艇，公然掛著大清國青龍三角旗試圖衝出威海灣絕地這一事實而感到自豪。

由此，我想到大清國魚雷艇的官兵們其實並不缺乏攻擊精神的，王平曾駕左一艇於白天與黑夜兩次冒死偷襲灶北嘴便是明證。

北洋水師在劉公島最後毀滅了，大清國北洋水師碩果僅存的，亦只有一艘名叫「左一」的魚雷艇了。我倒認爲中國人爲什麼不對左一、福龍艇上體現出的視死如歸的精神，給以足夠的重視與肯定呢？

當時大清國皇帝對於二月七日魚雷艇「大逃亡」的舉動大爲震怒，嚴令地方官「雷艇管駕臨敵輒逃，如有由淺沙登岸者，著飭令該地方官拿獲，而行正法」。

衝出重圍的左一艇管帶王平，其結局不得而知。但有皇上的旨諭在此，他的結局想來也好不到哪裡去了。

## 14

西元一八九五年二月八日，日軍水陸兩路又對北洋水師展開輪番攻擊，旗艦靖遠受傷。

入夜，劉公島卻又陷入了另一番的混亂之中。守島士兵聚衆嘩噪而出，擁向提督署，人流喧沸中響起陣陣驚心的槍聲，士兵們呼喊著要向提督覓生路。

提督署的大門緊閉，戒備森嚴。雙方對峙正是箭拔弩張時，遠處鐵碼頭那邊也亂了起來，上千的士兵忽然像潮水一般朝碼頭那邊湧去。

鐵碼頭上燈火通明，艦上的水兵已是紛紛棄艦上岸，也要加入陸軍的行列，卻被擁來的陸軍衝得七零八落；雙方都表現出了相當的執著，陸軍士兵紛紛爬上軍艦要求立即開船離開劉公島，而水兵卻是一旦上岸，死活也不願再回軍艦上去了，於是這海邊、這夜裡，人喧槍鳴一陣蓋過一陣，都被這冬季的寒風吹得遠了……

牛昶昞暫住在島上的水師學堂的一處靜室之內，室內有些陰濕，一盞油燈如豆，若明若現地晃動著。數日來牛昶昞獨處此室，他彷彿已與外間的世事全然隔絕了。當今晚的夜幕低垂下來時，他聽見了水師學堂學生們對時局的議論，聽見了他們焦躁的喧嘩，又聽見了槍械的碰擊聲與雜亂的腳步聲，正在品味再三時，他的親兵一頭闖了進來，向他稟報說：「島上全亂了！連水師學堂的學生也拿槍去向丁提督討生路了……」

牛昶昞將頭慢慢抬起來，逼視著他的親兵，油燈的火光在他的眼內閃閃爍爍，親兵有些慌了，他卻笑，「跟誰說話？莫非你也來問本道討生路不成？」看見親兵退出門時偶一抬頭眼內閃出的凶光，他又悠悠地喊一聲：「回來。」回來後他就讓那親兵坐。

親兵說：「不敢。」

牛昶昞就站起硬把親兵按得坐了下來，拿起壺來往杯裡倒著說：「這不是茶，是酒……」

親兵坐不住忽地下子站了起來。

牛昶昞見狀哈哈笑了說：「你以爲本道現在巴結你了不成？」

親兵說：「不是的。」

牛昶昞說：「是又怎樣？外面現在是兵荒馬亂，槍聲四起，常言道：『月黑殺人天，風高放火夜……』你就是現在一刀殺了本道，本道一介讀書人，手無縛鷄之力，也只好盡由你了……」

那親兵立時瞪起眼，似乎原形畢露似地把牙咬得咯咯響，兩手也成捂了拳莫名地哆嗦著。

牛袓昞又說：「其實你又以爲，牛某幾乎孤身，雖爲一道台，現在已是落草的鳳凰不如鷄，若遇危難，正還要你助一臂之力呢？」

親兵冷笑著說：「怕也是。」

牛袓昞道：「因此本道才會不惜紆尊降貴要敬你的酒了。」他端起酒杯送到親兵的面前，卻忽地將酒潑在了地上，說：「但有一點你要想周全了，單憑著你，或是你們幾個人能逃出一條生路？日本人早已把劉公島圍死了！」

那親兵垂下了眼。

「因此，」牛袓昞說，「要想從這裡掙得一條性命去，要想一島的數千條性命得以成全，就需有一個統籌全局的人。你說這人是誰？」他見那親兵若有所悟地慢慢抬起頭來望著他，嘴一咧笑了，頗有些耳提面命卻又是意味深長地輕輕說：「是我。」

親兵諾諾，退了下去。

牛袓昞望著親兵退去時虛掩著的門，坐了一回，終禁不住島上不時響起的零亂槍炮聲與人潮陣陣隱約的喧沸聲，踱到外面的操場上望了一回，似乎要對一切作一個判斷。然而一切判斷都在不言之中了，素日的操場一片空曠，素日燈火如星的校舍一片黑暗，學校東西轅門素日的哨兵不見了，風在高天中激盪著，風又在這操場上低空迴旋流竄著，攪得東西兩個圓形轅門如同空穴來風……牛昶昞聽著望著，便有一種難耐的情緒在胸中湧動，他覺得自己委實是有些技癢難熬起來，數九寒天，外面冷得很，著衣不多的他禁不住打了個寒顫，那親兵不知什麼時候，也不知從什麼地方出現了，爲他披上了件張家口外羊羔皮的袍子，牛昶昞卻似沒察覺地又回到了他的屋裡，而渾身上下卻是熱氣沸騰了似的，他望著油燈在風中竄跳著，而陋室中的一切景象卻都顯出了撲朔迷離般的魔幻，他感到自己也變得有些捉摸不定了，他覺得必須把自己捉摸淸楚了才行。

劉公島與北洋水師早已是風雨飄搖如大廈將傾，自古以來城破之時都是要玉石俱焚的，隔海相望的旅順口不是給日本人屠了一回城麼？更何況這劉公島還是孤懸海上。那麼他究竟怕不怕死？當這個非常切實的問題一如攤牌般地端到他的面前時，他幾乎是有些驚異地發現他的回答僅是十分乾脆的兩個字：不怕！身首分離不過是一死而已，該著了，要躲是躲不過的。另外他感到自己在官場混跡多年的一種情緒，一種被壓抑得太久了的情緒，此時正在他的身上奔突著，現時要他去死，也委實難著呢！從實說他是個自視頗高的人，然而又很實際，太平時節的官場，卻是處處激流險灘，必須要不動聲色地去熬打，謹防一不小心就被人踩了下去，官大一級壓死人，他的上司委實也太多了。首先他這個威海衛水陸營務處就非旅順口的龔照璵可比，龔照璵管著那邊的水雷營、船塢、水師學堂，手上還有數營護兵，再加上協調海陸諸軍的權力，儼然就是個水陸的統領了；而他在威海，除了官稱與龔照璵相仿而外，其餘幾乎無一處可比。行事說話，先要看看丁汝昌的眼色不說，還要兼顧著戴宗騫、劉超佩等等的方方面面，所有的人都是李中堂的原宿舊將，都沒把他放在眼裡，他手中能指揮的，僅僅是威海灣北口的水雷營而已，這樣的情形，他也就只好熬打著，所謂「莫談時事逞英雄，一味圓融，一味謙恭」了。因此牛昶昞覺得這時才像把自己看清了，打骨子裡算起，他就不是個圓融與謙恭的人，只是天下本就這麼個世事，是天道將他壓迫得太久了。他覺得他骨子裡本就應當是個生逢亂世的梟雄。

想到此，牛昶昞心裡便有一種按捺不住的情緒在湧動，所謂「天將降大任於斯人也」，倒並不是爲了島上的什麼人，也不單單是個不怕死的緣故，緊要的則在於他要將他的一條命洋洋灑灑地發揮開去。然而凡事又都有個事理，即以事理來論，此事他又絕不能先出頭。於是牛昶昞走到椅子前一屁股坐了下來，望著黑洞洞的門窗發起呆來了，將島上艦上的數十個將領一一在心裡又過了遍，覺得此刻能頂起大樑的，也只有一個他了。但是眼前的無奈竟在於，你縱有天大的本事，世人不識，無人尋上門來卻又如何了結？主動出去麼？外面又正是是非窩兒，倘將來掙出一條性命去，又被知情的同僚參上一本，擔上「謀逆」的罪名，豈不「哀莫大焉」了麼？無奈中的他忽地口中喃喃竟吟起了「楊家有女初長成，養在深閨人不識」來，大一個大清國，無人識得他牛昶昞豈又不是另一番「哀莫大焉」了麼？然而天道正理，理應是「天生我材必有用」的呀！

門被敲了兩下，不等應那親兵的頭已伸了進來說：「牛大人，有人求見。」隨即親兵手扒著的門就被推開了，擠進了馬格祿、泰勒、端乃爾三個洋人來。牛昶昞雙眼亮了下就把一身的精氣神斂起，只嚷了聲：「坐，坐。」便將雙眼閉起，作養神的狀態，及至他又慢慢睜開眼時，已是圍桌坐著了三個洋人，貓樣黃黃綠綠的眼珠子瞪圓了正盯著他。牛昶昞只作解嘲般地一個笑，對親兵說：「茶。」

親兵與牛大人心領神會似地說：「水還沒燒呢！」牛昶昞說：「就冷泡，洋人吃牛羊肉，心火大不考究。」說完就像等著親兵端茶上來樣的，再也不吱聲了。到底是洋人耐不住，泰勒將指頭在桌上敲出「的篤」的一串響後，說：「牛道台，您還無動於衷？」

牛昶昞面無表情地將他望望，直等到劉公島上的炮兵兼陸軍教習、德國人端乃爾將泰勒的話翻譯過來，他才挪了挪屁股，極其認眞地將頭伸過去問：「爲什麼事無動於衷？」三個洋人莫名驚詫，立即又異口同聲地說：「嘍，嘍，不同你繞，中國的官場，我們不是對手。」

牛昶昞問：「來，就是爲了說這個？」

北洋水師現任教習馬格祿說：「我們三人同來，是同你商量一個辦法的。」

牛昶昞說：「官場的一套長處在於會繞，牛道性爽，就不同你們繞了，你們是來商量一個把我腦袋玩下來當球踢的辦法，領教了。」

端乃爾將他的話一通結結巴巴地翻譯後，緊著問：「牛道知道要商量什麼辦法了？」

牛昶昞哼哼一個笑。

端乃爾說：「請說出來，我們聽聽是不是一樣？」

牛昶昞這回便哈哈笑得抱著肚子彎下腰來，他說：「我不同他們繞，該死，洋人倒先同我繞起來了。三位洋大人，有些事作爲中國人的我是知道了也不說，因爲一言以蔽之，中國的皇上砍不了洋人的腦袋。」

泰勒急了說：「結束，結束！我們再不能玩這文字遊戲了！」端乃爾立即板下臉來將話翻譯了。

牛昶昞無動於衷，說：「那你們先說出來。」

泰勒道：「我們是來同你商量一個解決的辦法：投降。」

牛昶昞說：「看看，乾脆，一下子不是很乾脆麼？」

端乃爾說：「牛道的意思，願不願意？」

牛昶昞說：「倒不明白，你們為什麼找上我了？」

泰勒說：「我們看出，一個島上，牛道是個最有道理的人。」

牛昶昞長嘆一聲：「洋人識人，還是旁觀者清喲。」他望定了三個洋人，「可是你們錯了！找我何用？本道手上並無一兵一卒，你們應該找丁提督才是。」

端乃爾來不及翻譯，直接對牛昶昞說：「牛道在丁提督面前還是有面子的，我們是想通過牛道說出這層意思來。」

「假如，」牛昶昞說，「丁提督一意要拚戰到底呢？」

三個洋人說：「我們已連絡好島上艦上的洋人，誓作牛道的後盾。」

牛昶昞摸摸自己的脖子，「那正好丁提督用我的腦袋來祭旗，它早就掛在旗杆的頂上了！」

三個洋人都一律張口結舌，說不出話來了，牛昶昞又說：「所以這話還要你們直接找丁提督去說。」洋人們有些沉默了，牛昶昞就問馬格祿：「馬教習一直都不言語。」

端乃爾翻譯了，馬格祿說：「我還沒明確的想法，牛道到底願不願降？」

牛昶昞忍不住笑起來，說：「傻！」端乃爾翻譯後，馬格祿差點跳了起來，泰勒在一邊牽牽端乃爾的衣角，用英語說：「我有些懷疑這人的人格了。」

牛昶昞說：「端教習別翻了，只和你說，洋人中竟然也有犯傻的，眞是叫人莫名驚詫。有些事，有些事……」他本想說：「背主作竊，只可意會豈能言明？」可他忍住了，怕說豁了嘴，同時覺得這層中國式的意思也很難對洋人一句兩句說得清楚。於是牛昶昞把話拉回來，說：「由洋人去勸丁提督，從事理上說也較爲妥善，萬一回絕了，丁提督是不便馬上就翻臉的，此其一；另外，別人也可有個轉圜的餘地。這樣說清楚了麼？」他見端乃爾向另二個洋人翻譯著，也都似有個心思活動的模樣，又說：「再換個說法，你們洋人先去勸，以動丁提督的心思，他即便不願，別人也可去活動其他守將，造成一個形勢，時下先有士兵作亂，難成氣候，也難收一個好結果的。成事不足敗事有餘，那是胡鬧！」

泰勒聽著翻譯，插嘴問：「別人指的是不是就是牛道？」

端乃爾急翻了這一句，翻得牛昶昞兀自一聲嘆息，「瞧，瞧，又一個犯傻的不是？」倒是端乃爾直接用漢語和牛昶昞說了起來，「我倒是完全明白您的意思了，看來找您沒找錯人了。別急，我來向他們二位解釋。」

端乃爾向馬格祿與泰勒一通洋話把在一旁的牛昶昞聽了個天昏地黑，直至見到那兩個洋人點頭，乃至於一個勁兒地頻頻點頭這才寬下一顆心來，可正在這時，他忽地見到馬格祿向泰勒與端乃爾直搖手像在推讓著什麼，忍不住問：「馬教習怎麼了？」

端乃爾說：「馬格祿說他就不去了。」

牛昶昞冷笑了起來，「馬教習是不是還念著戰時六百兩銀子一月的薪俸？你跟他說，如若李中堂親派的北洋水師洋教習都不去，你們兩人一個是不相干的島上炮兵教習，一個是艦上管帶還是個副的，怎能說動丁提督？別人不去可以，此事還就偏偏非他去不可。」

端乃爾立即用英語向他們二人說了，語勢洶洶，後來泰勒又參加了進去，只說得馬格祿的臉紅了，點頭諾諾。

三個洋人於是告辭，走了。臨出門時馬格祿忽地回過頭來向牛昶昞躬身微笑了下，並脫帽表示了一個敬意。

洋人們走後，夜深風急，在一派逼人的寒氣中牛昶昞出門了，他首先要去找的人就是島上北洋護軍的統領張文宣。

時間已在北風中悄然滑過了子時，依照時日而論，現在已是一八九五年二月九日的凌晨了。北洋水師提督署外已在這如墨般的凌晨漸漸歸於沉寂了，偶爾傳來孤寒寒的槍聲，有如裂帛，顯得格外地遼遠而驚心。

丁汝昌數日以來都未脫衣安寢，一種焦慮不可名狀的情緒攪得他坐臥不安。北山牆下條案上的那座西洋自鳴鐘，在子時頂端骨碌碌轉出兩個洋人，手持銅錘「噹、噹、噹……」一直敲了十二下，於是丁汝昌心裡便像有甘露流而過，又一天過去了，新的一天又來了，他的心裡升起了一個希望，七日趁夜派往煙台求援的信使，今日總該回來了吧？至於信使能否安全到達煙台，又能否安然返回，關鍵更在於能否搬到援兵，他那思想的觸角一碰上去，就連忙縮了回來。於是在麻木的情緒中，似又在傾聽著自鳴鐘走時那「格達，格達，格達……」的聲響，他希望在這時光的流洩中突然得到意外而豐厚的回報，突然外面的門響了，滾進一個凍得半死而又是渾身濕漉漉的人來報告說：「大清國的援兵到了！」於是山重水盡柳暗花明，花團錦簇中，一切便就到達了一個全新的境界……

耳邊的「格達」聲依舊，在這昏沉的夜中，隨著外面如電光雷火般地響起的一聲槍響，猛然丁汝昌抬起頭向北山牆那邊看去，這一眼卻叫他怵目驚心，時鐘早已滑過了兩點！一點不敲也罷，可，可那鐘內的兩個西洋人兩點也不敲！明明是勢利，分明是躲在那洞裡，偷偷用冷眼嘲笑著他，嘲笑他這個落難的大清國海軍提督了！

這時有人敲門，丁汝昌了愣下，盯著門眼眨也不敢眨，隨之一陣狂喜掠過心頭，使得他熱淚盈眶！莫非？莫非……他的嗓音也爲之有些顫抖了，「進來……去煙台的人回來了麼？你進來！」門在猛然用力下，被推開了，站在門口的卻是三個洋人。

丁汝昌依然是直愣愣地望著，呆住了，他又伸手讓了下，三個洋人進屋就坐了下來。泰勒說：「目前的形勢非常嚴峻。」端乃爾作了翻譯。

丁汝昌憋著一口怒氣鎮靜下來，他說：「我北洋水師被圍已有十天，而英國、德國的艦船卻在每日隔海相望，不知作何道理？」

端乃爾說：「英、德並未向日本宣戰，這是恪守中立的成例。」

丁汝昌說：「作壁上觀，看熱鬧罷了。可要知道我大清的北洋水師艦船都是購自英德兩國，若眼見著被打沉，想貴兩國的臉面也不好看。」

泰勒說：「丁提督須知，日本所用艦船也是購自英、德，人家的更新式，而貴國卻……」不等端乃爾翻譯完，丁汝昌就打斷了他的話，他說：「那我們聘用的西洋教習呢，日本卻沒有，這話怎說？」

端乃爾說：「我們洋員僅僅是教習而已，所以我們對貴國之勝敗並不負有責任的，這一點非常明確。」

丁汝昌問：「三位來有何貴幹？」

泰勒道：「不妨直說了，以劉公島以及北洋水師目前之境地，可戰則戰，若士兵不願戰，那麼考慮到請降應該作爲一個必要的步驟了。」

丁汝昌斜眼望他們，只是冷笑。

「丁提督應早作主張。」

丁汝昌說：「馬格祿先生，你的意思呢？」

馬格祿忽然機靈起來，「我們來，就是意思了。」

丁汝昌說：「老夫不明白。」

馬格祿說：「據，據我所知，島上的糧食還可供一月之用，彈藥卻不多了。事已至此，抵抗下去實在沒有多大的利益；若以我們西方的慣例，丁提督與所有的人都已算盡職，此時盡可以將船械讓敵，以保全士兵與島上百姓的生命……」

丁汝昌一拍桌子，「不但投降，你，你還要把船械讓敵？」

泰勒說：「細節我們當然還可再商量。」

丁汝昌說：「商量個屁，老夫只問馬格祿，你，你不是口口聲聲都說軍人的天職就在於打仗麼？」

馬格祿說：「從本質上說，我現在並不是一個道地的軍人。」

丁汝昌說：「戰時六百兩銀子的月俸拿著，可你要降？來人啦！」門外只有一個長發灰頭灰腦地跑了進來。

端乃爾見長發手裡捧著燒好的煙槍，就接了過來，對丁汝昌說：「丁提督這是為什麼嘛，首先我，作為軍人，佩服丁提督的血性，人不得已投降就是了，將船械讓給日本人，作為日耳曼人，也覺這是件奇恥大辱的事。」他將煙槍遞給了丁汝昌。

丁汝昌接過立即就狠狠吸了口，一撒手便將煙槍狠狠摜到了桌子上，說：「別說了！投降為不可能的事。老夫其實早已算到有今天，一言講明，除非我先死，斷不能坐視此事！」

看見三個洋人碰了一鼻子灰退了下去，丁汝昌渾身的情緒陡然鬆了下來，現在已不是幾個散兵游勇聚眾嘩噪了，洋員出面要降影響著全部將領的態度，現在他預想中的那個死期，悠然之間離他是那麼地近，在沉沉地吸了口鴉片之後，他忽地高聲問：「長發，我的那口棺材呢？」

一八九五年二月九日的清晨，天色晴朗海波不興，東邊的天空已映出了一片日出之前的曙色，滴血般的通紅。此時南幫灶北嘴一聲炮響猶如報曉的雄鷄，立即引來了群炮的轟鳴。東方的太陽在這群炮的鳴響聲中升起來了。

劉公島上此時光火沖天，硝煙四起，它像一頭伏波於海上的巨鯨，正在掙扎抗拒著四周的圍捕，島上諸炮台斷斷續續發炮還擊的聲響，便是它最後掙扎時發出的吼聲了。

日出的方向，日本聯合艦隊大小四十餘艘艦船似乎是在悄然無息地開來，駛近威海灣南口時它立即變換了隊形，以炮艦在前，巨艦押後向南口衝擊，一時間，一團團、一柱柱污濁的黑煙肆意地塗抹在背後那輪通紅而巨大的太陽之上，在濃密的黑煙中突然火光閃爍，艦上的數百門大炮向著劉公島，向著南口的防材，向著南口密集地開炮轟擊起來……

北洋水師在威海灣以及劉公島堅守的第十一天，就這樣撕開了帷幕。北洋水師所餘艦隻也一律開到了南口附近，在日本海陸軍兩面炮火的夾擊下展開了殊死的抗擊。炮戰由晨至午，日本聯合艦隊兩艦受到重創，它那由南口衝入威海灣內，從而全殲北洋水師的企圖終於沒能實現。

此日的戰事，暫作旗艦的靖遠號在中午時分被擊中要害差點沉沒，而在艦指揮拚戰的丁汝昌數次迎向飛來的炮彈意欲以此殉國，但是炮彈偏偏沒有擊中他，冥冥蒼天大約是對他有著一種別樣的安排了。

此日靖遠艦的管帶葉祖珪留岸沒有登船。

此日重傷的靖遠艦擱淺在劉公島以南的海灘上。

15

就在劉公島與整個北洋水師面臨最後崩潰的前夕，京津一帶，乃至全國各地通都大邑的輿論民情已是一片嘩然。舉國上下，文人市士感情上怎麼也接受不了這樣的事實，堂堂大清怎能敵不過一個近鄰，一個小小的日本呢？於是民情洶洶，一致指向了李鴻章。

但是戰爭就是戰爭，已經更易了將帥的遼東戰場的統帥劉坤一終於駐節山海關，指揮著新到的湘軍加入了對日作戰。然而在遼東處於絕對優勢的清軍七八萬人竟然奈何不得區區二萬日軍，收復金州、旅順早已成了泡影，九次進攻遼東重鎮海城而不下，與日軍暫時形成了對峙的局面，並已出現了支撐不住的種種跡象。

在山東，李秉衡以自保省城濟南為目的，對於威海衛的垂危之局坐視不救。

戰局如此而民情洶洶，主戰並且追究戰敗責任的奏章早已紛揚於朝廷了，這一輪的諫議奏章出現了一個不同尋常的特點，幾乎是件件一面呈上朝廷，另一面卻同時傳播於天下。其中最有名的是〈安維峻劾李鴻章疏〉，此疏奇絕，全文如是：

**奏為疆臣跋扈，戲侮朝廷，請明正典刑，以尊主權而平眾怒，恭折仰祈聖鑒事。**

**竊北洋大臣李鴻章，平日挾外洋以自重。當倭賊犯順，自恐寄頓倭國之私財，付之東流，其不欲戰固係隱情。乃詔旨嚴切，一意主戰，大拂李鴻章之心。於是倒行逆施，接濟倭賊煤米軍火，日夜**

望倭賊之來，以實其言；而於我軍前敵糧餉火器故意勒扣之，有言戰者動遭呵斥。聞敗則喜，聞勝則怒。淮軍將領，望風希旨，未見賊，先退避；偶遇賊，即驚潰。李鴻章之喪心病狂，九卿科道亦屢言之，臣不復贅陳。惟葉志超、衛汝貴均係革職拿問之人，藏匿天津，以督署為逋逃藪，人言嘖嘖，恐非無因；而於拿問之丁汝昌，竟敢代為乞恩，並謂美國人有能作霧者，必須丁汝昌駕馭。此等怪誕不經之說，竟敢陳於君父之前，是以朝廷為兒戲也！而樞臣中竟無人敢為爭論者，良由樞臣暮氣已深，過勞則神昏，如在雲霧之中。霧氣之說，入而俱化，故不覺其非耳。張蔭桓、邵友濂為全權大臣，未明奉諭旨，在樞臣亦明知和議之舉，不可對人言，即不能以死生爭，復不能以去就爭，只得為掩耳盜鈴之事，而不知通國之人，早已皆知也。倭賊與邵友濂有隙，竟敢令索派李鴻章之子李經方為全權大臣。尚復何成國體！李經方為倭賊之婿，以張邦昌自命，臣前劾之。若令此等悖逆之人前往，適中倭賊之計。倭賊之議和誘我也，我既不能激勵將士，決計一戰，而乃俯首聽命於賊，然則此舉非議和也，直如納款耳，不但誤國，而且賣國，中外臣民，無不切齒痛恨，欲食李鴻章之肉！而又謂議和出自皇太后意旨，太監李蓮英實在左右之。此等市井之談，臣未敢深信，何者，皇太后既歸政皇上矣，若猶遇事牽制，將何以上對祖宗，下對天下臣民？至李蓮英是何人斯，敢干預政事乎？如果屬實，律以祖宗法制，李蓮英豈復可容？惟是朝廷被李鴻章恫喝，未及詳審利害，而樞臣中或係李鴻章私黨，甘心左袒；或恐李鴻章反叛，姑事調停。初不知李鴻章有不臣之心，非不敢反，實不能反，彼之淮軍將領，皆貪利小人，無大技倆，其士卒橫被剋扣，則皆離心離德。曹克忠天津新募之卒，制服李鴻章有餘，此不能反之實在情形。若能反則早反耳。既不能反，而猶事事挾制朝廷，抗違諭旨，彼其心目

**中，不復知有我皇上，並不知有皇太后，而乃敢以霧氣之說戲侮之也。臣實恥之，臣實痛之，惟冀皇上赫然震怒，明正李鴻章跋扈之罪，布告天下。如是而將士有不奮興，倭賊有不破滅，即請斬臣以正妄言之罪。祖宗監臨，臣實不怕，用是披肝膽，冒斧鑕，痛哭直陳，不勝迫切待命之至。**（清代軼聞卷四之四頁）

安維峻何許人也？此人光緒六年中的進士，此時爲諫官監察御史。自中日開戰以來一力主戰，爲此已先後上過六十餘疏了。

這篇劾疏利筆從容，它對朝廷、對戰局起了多麼大的影響，暫不得而知。但此疏最令人欽佩的是膽量，他和皇上打賭說，皇上如果問了李鴻章的罪，而日本不被打敗，那麼就寧受斧鑕之險，砍了他的頭好了。安維峻看得很準，此時殺一個主戰的言官，皇上便得罪於天下，更是一個昏君了。果然皇上殺不了他，對他作了「諭令革職，遣戍軍台」的處分。於是一個令人津津樂道而頗有餘味的結果，便在安維峻的預料之中出現了。朝命一下，他的名聲立即聲震天下，「訪問者萃於門，餞送者塞於道，或贈以言，或資以贐，車馬飲食，從皆爲供應。」更有後兩年在「戊戌變法」中幫助維新黨的大俠王五，親自一路護送他到所遣戍的軍台張家口，並爲他備衣籌資，租用住房，一文不收。到達張家口，依身分，安維峻本是一個犯官，但是那裡「都統以下皆敬以客禮」，並且聘其主講於「掄才書院」。

據說安維峻呈上〈劾李鴻章疏〉當天，恭親王奕訢請假在家，爲皇上在日本人軍事與外交的雙重壓力下，欲派李鴻章爲議和大臣赴日，卻又不讓李來京請訓商計議和方案的事苦思冥索，及至一日後上朝見到此疏並知已被朝中主戰的人們廣爲傳抄了，拍案而言曰：「安維峻欲爭名，諸公使之成名也！」

## *16*

安維峻的〈劾李鴻章疏〉與皇上擬派李鴻章爲赴日議和大臣的消息，幾乎是在同一日傳到天津的。

天津當地的輿論立即變得沸沸騰騰，一時間往總督衙門欲進言求見，欲傳達民意而爲民請命的人絡繹不絕。

李鴻章閉門謝客。吃過晚飯後，他卻一改與幕僚們或閒聊或議事的習慣，只獨自一人在直隸督署的後花園裡徜徉。對於外間由安維峻那篇劾疏而掀起的嘩然輿論，他覺得他是完全不必太朝心裡去，因爲縱古觀今，所謂立大功而成就一番大事業的人，差不多都是謗書盈篋的。這數十年來污毀他的謗書，多得又何只這幾箱幾篋？虱多不癢，他李鴻章還是有這個氣度來再容下這一篇的。

一彎半圓的月，早已躍出了東山，只清冷地斜掛在這後花園寒風瑟瑟的枝頭，李鴻章抬頭望去，發現皎潔的月光灑瀉下來，將自己照得實在清潔得很，而舉步移動時，他又發現自己影子時而被拉長於小徑之側，時而被折於池塘之中，又時而被彎曲扭折於假山之上。李鴻章忽然停步凝視著自己的影子，他覺得影子就是他的「謗」了。他有些懊悔起來，他懊悔他今日不該閉門謝客的，外間的議論怎麼說也代表了一方民意，安維峻那樣的謗言他都容下了，那麼這世間他還有什麼不能聽而又聽不進去的呢？回頭一想，李鴻章又不得不為自己排解起來，山東半島那邊，大清國的北洋水師正在炮火烈焰中拚戰，眼看著就要歸於不救了，而皇上卻在此時有了派他去日本議和的打算，他哪還來得心思去關心什麼民情輿論呢？然而他忽地像是明白過來，民間的輿論對於中日的戰事，特別是對於他極可能的赴日議和到底怎麼看，著著實實又是他不得不關心注目的！須知道他這直隸總督兼北洋大臣駐節的地方是天津！而天津，又絕非是個尋常的所在！

李鴻章此時清楚地記起來，當他第一次走近這座城市的時候，就強烈地感受到一種不祥的徵兆了。

那是同治九年（西元一八七〇年）八月，李鴻章在赴陝增援左宗棠鎮壓回民起義的途中，突然接到了要他調補直隸總督的上諭，在詫異不已中他恭設香案，望京城叩頭謝恩了之後，才得知就在他即將赴任的天津，兩月前發生了一起震驚世界的事件「天津教案」。他的恩師曾國藩，已在那裡被搞得狼狽不堪、焦頭爛額了。

那次李鴻章本是應救恩師於危難的，但他卻帶著人馬遠遠地駐於天津城外，斷不肯貿然進城。

那年的「天津教案」起事於一個名叫武蘭珍的女人。武蘭珍是個拐賣小孩的騙子，這年六月被天津官府抓獲，情急之下，她一口咬定拐騙小孩的迷藥是從天津法國天主教仁慈堂提供的。誰知此事不脛而走，引得天津當地輿論嘩然。一時間天津的民衆官紳群情激憤，集合於孔廟示威，天津的書院也爲之停課聲討，最終都不約而同來到仁慈堂外，人數早已上萬了。洋器、洋物、洋教堂本身就是中國這個社會中的異物，而此時洋人、洋教士那些「禽獸生番」，「挖人眼，剖腹取胎，煉丹採生」的傳言更是被宣講得沸沸揚揚了。然而此時偏偏參加調查該案的法國領事豐大葉性格乖戾暴躁，數語不合竟開槍打傷了同來調查的天津府官員，於是就像引發一座火山，聚集的民衆當場毆斃豐大葉和他的隨從。接著全城又響起了鑼聲，聚集到仁慈堂的人越來越多，他們衝進教堂，殺死法國神父、修女、洋商、洋職員和他們的妻子兒女二十多人，還有十多個被視爲「漢奸」的中國職員也一同斃命。緊接著轟轟烈烈的一把火燒起來了，半個天津城也被騰起的濃煙烈焰遮蔽，法國教堂、育嬰堂、領事館和英國、美國的教堂統統付之一炬。

坐鎮天津的直隸總督曾國藩奉命查處此案，他的調查結果是：一、仁慈堂內男女幼童一百五十餘人，均稱由其家屬送至教堂養育，並無拐騙實據。二、也無天津城內外兒童遺失的報案。三、派人挖出埋在教堂內嬰兒的屍體，一一解剖，盡皆有心有眼。因此一切關於「拐賣兒童，剖心挖眼」的說法，沒有任何證據支持，只能是那個武蘭珍信口雌黃了。然而這個結論卻又與民願相違，朝野的士大夫也極力駁斥，內閣學士宋晉奏稱：「仁慈堂有罐裝幼孩眼睛。」慈禧太后也舉出了證據，詰問曾國藩：「百姓毀堂，得人心人眼，呈交崇厚，而崇厚不報，且將其銷毀。」於是從天津到北京，從地方到朝廷，乃至大半個中國，沒有人不罵曾國藩是吃裡扒外的。而「天津教案」又引來了英、法等七國列強的聯合抗議，法國的水師也開始調動頻繁了。內外交困中的曾國藩也只好「外慚清議，內疚神明」，而「引咎自責」一下子病倒了。

李鴻章就是在這種形勢下接到擔任直隸總督聖旨的，他當時就體會到了這其中隱藏著更深一層的東西了，於是久駐天津城外拒不上任，非要曾國藩處理清楚了該案他才進城。這實際上是他與曾國藩之間一次心領神會的配合。只有這樣對他們師生二人才都好，既避免了曾國藩徹底的身敗名裂，也使得李鴻章他自己躲開了半途接手此案將要陷入的進退兩難的處境。事後果如李鴻章所料，在朝廷的清議派們乘機力請停辦一切洋務時，他才有餘力力爭，保住了剛剛才開始十年的洋務運動。

「天津教案」已過去二十五個年頭了，事件本身的是非對於李鴻章已不足論，然而時時讓李鴻章產生那麼一種醍醐灌頂般的感覺，並而使他警醒的，則是民間深深埋藏著的那麼一種情緒，這情緒是愛國的、民族的，然而又是絕對排外的。現在，就在這天津，他又可能要將從這裡走出去，將要背著屈辱的使命與一個中國人眼中的小國議和去了，戰敗而議和，國人會怎麼看？在國人的眼中，其實這場戰爭就是他李鴻章打敗的。

李鴻章感到身上陣陣發寒，他抬頭欲望那輪月亮時，發現月色中無數的銀粉在閃爍著，再望望樹上的枯枝，早已是披上了一層白霜了。他站在這園中的時辰確實久了，踩踩腳要走時，卻聽得外面的更鼓敲響了，「咚，咚，咚咚，咚……」似乎在這夜中震撼得十分遼遠而深沉，繼之而起的則是衙門內清脆的梆子聲，「三更的鼓哇，這夜正深得醉著了。」李鴻章在這後花園內踱著，他想，又有誰知道他現在還在這園中獨自徘徊睡意了無呢？他忽地自省到，徘徊至這深夜，其實他的心還是被安維峻的那篇奏疏牽著的，他心裡惶惶不安的，其實就是外間對此的種種傳聞反應了。

在這寒冬的深夜中，李鴻章向督署外走去。當他還立在署前高大寬展的台階上時，眼前就已一派眼花撩亂了。都白了，彷彿是夜落大雪，又被朔風一吹，就都吹到了這一街的粉牆、鋪板、電燈杆以及店家夜間照明的燈籠上。李鴻章下意識地揉揉眼，揭帖，這是揭帖，漫街都是揭帖了。他茫茫然地站在那裡不知作什麼是好，民間對贓官心懷怨憤而又無處訴說，都是往牆上貼揭帖以洩憤懣的。不看也就罷了，可是他胸中一腔突起的情緒卻又強扭著他慢慢再轉過身去，他不信他如此叱吒慷慨的一生，就當不起這區區的揭帖了，他偏偏就是要直面他這一生，連同這些映在牆上散布於滿街遍巷的他的影子。

李鴻章拒絕了親兵們的陪護，一步步有些顫巍巍地走下台階，去面對他的影子了。

第一張揭帖寫的是：「李鴻章，倭人到底給了多少錢？你才非要把中國人賣出去？」

第二張曰：「日本兵艦用中國煤，日本兵吃的是中國蕪湖米，唯中國之人統統都死絕了麼？」

第三張上書：「原來李大公子娶的是東洋老婆，等仗打敗了帶回來，我等一齊開開東洋葷。」

李鴻章看了覺得盡都是從安維峻那劾疏上販來的東西，了無新意，但百姓不問情由就對他大肆攻訐，也委實可恨了，但對日本兵艦用中國的煤，他覺得委實是有口難言，若開灤的煤不出口，他的淮軍、北洋水師豈不更難維持麼，一旦開了戰，連禁帶封，卻早已被日本人多年囤積了去，再說大清的煤有洋人的股份，日本人還是可以從洋商手中買的！及至說到米，聽說開戰後安徽蕪湖那邊是被日本人套購了不少去，可他李鴻章問得了嗎？接著朝下看到的是幅貼在一店家大紅燈籠上的對子，上曰：「楊三已死無蘇丑，李二先生是漢奸！」漢奸，何謂漢奸也！一股怒氣突然由胸而發便頂上了喉嚨，禁不住低頭悶咳了幾聲，一抬眼就又看到了貼在這家門板上的另一張，「到日本去講和，李鴻章你是我孫子！」

李鴻章頭腦地響，他的眼昏花著，似看到了眼前有一堵大堤在發著某種嘯聲，正在坍塌下來，繼而洪水像猛獸般地傾瀉而出向他撲來，他急惶惶倒退兩步，抽身奔進了總督署。

李鴻章又置身在後花園了，他抬頭望望月亮，月亮已是西移了，一個人的吟唱隨著瑟瑟寒風越過了這後花園高高的院牆，隱隱的，卻又是那樣地清晰：

幸遇那東公得方便，他將我隱藏在後花園。

一連幾天我的眉不展，夜夜何曾得安眠。

李鴻章覺得這吟唱的腔調與詞句處處都和自己的心境暗合著，京戲，這是京戲的哪一齣呢？

俺伍員好一似喪家犬，滿腹的冤恨向誰言？

《文昭關》，這是《文昭關》了，切！切，唱得切呀，李鴻章雙目凝望著高牆靜靜地聽下去，可是那人卻不唱了。伍子胥過不得文昭關急得一夜就白了頭，而今自己也在過這文昭關吶！議和就已是叫他的鬚髮全白了，還有威海衛那邊已成了甕中之鱉，正危在旦夕的北洋水師也在時時揪著他的心了。前幾日他曾讓在煙台的劉含芳派人潛上劉公島去，要丁汝昌不惜一切衝出來。近日連連電詢煙台，又派人往大沽去英、德等國從威海那邊觀戰回來的軍艦上打探，可是音訊杳然，然而卻確知北洋水師還在大清國，還在丁汝昌的掌握之中，北洋水師現在還在進行著最後的抗爭，還沒有艦盡人亡！近日他連日去電京城建議援救辦法，也連連去電山東與李秉衡商量全力解威海之圍的事，因爲此刻哪怕作出一些援救的舉動，也可激勵死守將士的軍心士氣吶！可是聲息全無！傳來的聲息卻是皇上要派他去議和了，這豈不就意味著大清國的北洋水師已在皇上的心目中抹去了麼？此時外面的吟唱又傳了進來，其聲韻顯得越發地哀悵與憤懣了：

我好比哀哀長空雁，
我好比龍游在淺沙灘。
我好比魚兒吞了鉤線，
我好比波浪中失舵的舟船！
思來想去我的肝腸斷，
今夜晚怎能夠盼到明天……

明天丁汝昌能率隊衝出威海灣與日本人拚個魚死網破麼？他李鴻章是寧願艦隊覆沒於拚戰而不願它們被日本人哪怕是俘獲一條船的，那將是他不堪忍受的奇恥大辱了。然而最不堪忍受的奇恥大辱，還是日本人勒索皇上派他去議和，極盡努力了三十多年，力求改革大搞洋務的一個大清國臣子，面對著自己一敗塗地了的事業，去向自己的競爭對手乞和，將是一番何等難以忍嚥下去的滋味！何況大清國的民情也容不了他，想到這裡他不由得朝大門那邊望去。總督署沉重的大門關閉了，大門關了可它擋得住這鋪天蓋地的揭帖麼？擋得住這遍天下的民情與輿論麼？於是通身都是一種叫他不寒而慄，將要被淹沒與吞噬的恐懼。「思來想去我的肝腸斷，今夜晚怎能夠盼到明天？」明天他一腳從這直隸總督衙門裡跨出去，從這個他經營了二十五年的天津衛城裡走出去，便很難再回來了，隨著中日戰爭的失敗，隨著他去日本的議和，他後半生所追求的自強事業，也將如滾滾硝煙，灰飛煙滅了。

這一切他李鴻章難辭其咎，但這一切難道盡在他一人身上麼？在寒冷的夜中李鴻章禁不住連連地咳嗽起來，李鴻章老了，大清國也老了，更老了！欲徹底改變這一切，並不是做些表面文章便能辦到的事。在外面一鷄獨唱萬鷄啼鳴聲中，李鴻章望望東邊，天卻還似深得沉邃，還根本看不出東方欲曉的樣子，可是他卻無端地想起了一個年輕人。李鴻章覺得現今茫茫四宇，還只有這個名叫孫文，字德明，號日新的年輕人理解他。

去年初，這個人託人帶給了他一封洋洋達數千言的信，這個叫孫文的青年在信中熱情洋溢地說：「我中堂佐治以來，無利不興，無弊不革，艱難險阻，尤所不辭。如籌海軍、鐵路之難，尚毅然而成之，況於農桑之大政，爲生民命脈之所關，且無行之之難，又有行之之人，豈尚有不爲乎？」然而就在這個青年又一聲恭敬地稱呼他「太傅爵中堂鈞座」之後，卻急切地向他講出了另一番話，「歐洲富強之本，不盡在於船堅炮利，壘固兵強，而在於人能盡其才，地能盡其利，物能盡其用，貨能暢其流……」「方今中國不振，固患於能行之人少，而尤患於不知之人多……」李鴻章對這封信是極盡欣賞的，但他看後卻沒有再示他人，一把火將其燒了，更沒有給這個青年人回一個字的信，因爲他已從這封信的字裡行間中，嗅出了另外的氣息……

沒想到的是幾個月之後，這個名叫孫文的華僑青年千里迢迢從廣東赴天津來求見，他李鴻章深思之後竟然也見了他。

那是四月的一個午後了，也是在這後花園內的一間側房密室中，李鴻章久久地望著這位不速之客，果然少年英俊。相互寒暄過一聲，李鴻章讓他坐，那青年爲了表示敬重，只在椅子上放了半個屁股，卻將上身挺得筆直。李鴻章一笑道：「就不看茶了。」

孫文說：「中堂接見晚生，一切當在不言之中。」

李鴻章問：「汝來欲何爲？」

孫文說：「我千里來津，本來也是無所爲而無所不爲。」

李鴻章意在試探道：「老夫深惜你的才能，本也想留你在幕府之中，可是……」

孫文笑起來，「我不是這個意思。只是近觀時局，有可能釁自東起，所以急見中堂以圖一傾己見。」

李鴻章心中一動，卻裝起糊塗來，「何以釁自東起？怕也不見得吧。」

孫文說：「中堂到過日本麼？」

李鴻章搖搖頭，反問他去過沒有。

孫文還是沒有正面作答，只是說：「如有機會中堂倘能不只去日本，而是周遊一下西洋列國就好了。」

於是他們就此談到了孫文的家世，由此李鴻章才更深地知道了這位時年已是二十八歲青年的經歷。孫文出生在廣東香山縣，六歲便常幫助家人勞作田間，十歲時入塾讀書。十二歲隨母去了太平洋上的檀香山，先後就讀於英、美教會所辦的義奧蘭尼學校和奧阿厚書院。十八歲時又轉入香港拔萃書室與多利書院讀書。二十歲時先後在廣州南華醫學校與香港的西醫書院學醫。談及這些，孫文說：「其實我的學醫，亦還得力於中堂。」

李鴻章問：「何以見得？」

孫文提醒道：「中堂忘記了麼？你曾給香港西醫書院捐過款，還是書院的名譽董事呢！」

李鴻章笑了起來，「學醫最好，良醫良相，本不可分的。」

孫文道：「我自光緒十八年畢業，先後在澳門與廣州開設過西醫房，即使為良醫，治病救命，終其一生，又能醫得幾人？假如國之有病呢？我能醫否？事實上現在國之病，已病入膏肓了！」

李鴻章緊緘其口，只望著孫文。

孫文卻再也忍不住，將一腔青年人的熱血衷腸傾倒了出來，他從政府的橫暴腐敗說起，談到了滿人的異族統治，談到了西方的情形與大清的對照，談到了日本近年來的變革與迅速的崛起，談到了中日開戰可能的結局與李中堂可能的境遇。他說中國有賴於中堂這樣的人的變革，而中堂卻終不能按其所願而行事。中國的病根就在這裡，因此還需中堂抓住這最後的一次機會加以根除！何以根除？大約是生怕這位坐在對面已聽得微微閉起眼來的老人聽不明白，這位青年特別加重語氣作了說明，就是用李中堂手中還掌握的力量，發動革命，推翻滿清！

當時聽著的李鴻章再也鎮定不下來，雙目一張，一道銳利的光就直刺到了孫文的臉上。孫文再也坐不住一下站了起來，「孫文今來此，已作獻上一顆頭顱的成算。」他頓了一下，也直視著李鴻章，「唯願中堂將此事曉白於天下，我的一腔熱血也就不會白灑了，它必然化作碧血之花而喚起中華之人。」

李鴻章依舊沉語不發，終於迸出兩個字來，「差矣。」他的牙骨在一陣緊緊地挫動之後，又說：「老夫數十年閱歷，見的、想的多了，中國的走勢君所言也是一種可能，將來可能之革命，我亦知其不可已。今天若對君有所非想，則將來老夫必然成為中國之罪人了。然老夫已是七十有二的人，精力既衰此其一，同時畢竟也是個舊式的人，只能盡力，抱殘守缺而已。不能與君等少年英俊攀比，斷不能大有所為的，然而一代一代的人卻如長江後浪推湧前浪，今幸得君努力為之，中國前途唯君是賴，老夫倘可能將來必為後援。」

那天他李鴻章說完這番話就走了，而將這個叫孫文的年輕人關在這側室內，直到後半夜時分才從這後花園的後門放了出去。這一次的接見是他一生中最大的一個隱祕，在此更鼓又響起來的時分，李鴻章翹首東望，天已是隱隱地泛出一線白了。對於中日戰爭的結局，對於老大中國的後勢，不但是那個南國出生的年輕人早有領悟，連他李鴻章也看出些端倪來了。但他李鴻章即如對這中日戰爭，明明知道不可爲，卻不得不爲之，那麼他李鴻章到底是個什麼樣的人呢？在這一人深夜獨處後花園的時候，他李鴻章望著一地降下的白霜，有些困惑了，他久久地凝思著，隨著一聲雄鷄的鳴啼，他的心中豁豁然有所悟：李鴻章生於亂世，處在老大中國越發老邁，而世事已發生天翻地覆的情變之中，他其實是個一腳跨在新的時勢的門裡，另一腳卻又牢牢地踏在舊地步的門外的人。時勢巨變，爲使中國自強而擺脫頹勢，他又不得不尋尋覓覓，學習西洋以圖變革。然而舊的東西又是他與生俱來的：傳統的古老中國文化、科舉入仕、平亂救世力挽狂瀾、官場的周旋傾軋、步步青雲，使得他不得不爲之盡忠效力。即如現在，面對著三十年來勵精圖治後所得成果的毀於一旦，面對他可能不得不去日本議和的事，便像是一杯劇毒的鴆酒，他也非得仰脖一口喝下去，而聲言不得，而不得不忍受著舉國萬衆的唾罵。

在這天將破曉而愈加黑沉的時候，李鴻章想到了這些。他覺得他第一次將自己看得這麼清楚，他就是這麼一個人了。他以爲世上已沒人能理會到他這切膚的苦楚，連那個名叫孫文的青年也不能。

而這一切，卻又只能深不可測地埋藏在他心裡，由他獨自一人，去默默地品嘗了。他忽地想到那從院外傳來的戲詞，「俺伍員好一似喪家犬，滿腹的冤恨向誰言？」此詞不確也確，他是有點像隻喪家之犬，所謂品嘗，也就是在此時此刻默默舔吮著身上的創口而已。

註：此作既背上了「紀實」的名分，寫作起來尤有負重而行之感。對於李鴻章與孫中山的相見，此處特作說明。據上海「自由出版社」一九一二年的《中國革命記》所載，「孫中山曾冒死密謁李鴻章，力陳清政府之腐敗，革命之不可緩。李謝之曰：『今日之革命，余亦知其不可已。然余年七十有九，精力既衰，斷不能大有爲。幸君努力爲之，中國前途惟君是賴。』」後經史學家黎澍考證，此說除「七十有九」有誤外，孫見李應是完全可能的。

但我寫此作，這麼重大的事件，關係到李鴻章這個歷史人物形象與藝術形象的可信性、眞實性，關係到此人物塑造的成敗，不得不再三考慮。我的依據除此而外應還有兩點，一點是本書中已提到的在一八九四年初孫中山上書李鴻章的事，此史料是確定的，多種史書中都有詳載，此處不一一舉例。第二點本書中不可能提到了，那就是在李鴻章一九〇〇年一月任兩廣總督時，與廣東的保皇黨、革命黨所處的一種微妙的關係，便又是一個證明。因之，我這裡採用李、孫一八九四年相見的說法，絕非僅是杜撰了。

*17*

劉公島上一夜都沒斷過零零星星的槍聲，孤零而淒厲的槍聲劃破夜空，時時引來了顆顆流星的墜落。

終於天破曉了。

西元一八九五年二月十日清晨的一輪太陽，彷彿是被劉公島四周海上與陸上日軍的大炮轟出來的。它在炮聲中一顫一顫地頂出了海面，海天都被燒紅了，太陽便也就如浴在一片血海之中。

也彷彿是為了迎接這初升的太陽吧，眾多的士兵們嘩亂了，他們奔向了海岸，奔向了鐵碼頭，對著停在碼頭邊的鎮遠號狂呼亂喊，鳴槍陣陣。他們知道自靖遠中炮擱淺後，昨夜起丁汝昌就住在鎮遠鐵甲艦上了，他們怕丁汝昌不辭而別地跑了，他們已將「向丁軍門討生路」的口號，在今日變成了要丁汝昌投降，以保住眾人的生命，他們現在是在實行「兵諫」了！

「鎮遠」艦會議艙裡的會議因外面士兵的鳴槍喧嘩而無法進行。丁汝昌幾次欲言，都被外面的喧囂打了下去，他的目光在十來個管帶的臉上掃過，管帶們的表情一律顯得木然，正與洋員端乃爾私語的牛昶昞低著的頭上彷彿也長了兩顆眼睛，彷彿知道他的目光移過來了，便立即抬起頭來說：「丁軍門提督閣下，端先生深通華語。」

丁汝昌長長嘆了一口氣對端乃爾說：「端先生，還請你出面安撫士兵，也好叫會議有個結果。」

端乃爾立即站了起來，望丁汝昌抱拳拱拱手，領命而出。他站在鎮遠號高高的船舷上，對岸上與碼頭上的士兵說：「安靜，大家安靜！」

士兵們安靜了一下，可還沒等端乃爾再說什麼，「砰砰」兩槍凌空而起，士兵們一律大呼：「把丁提督叫出來！」

端乃爾說：「丁提督正在與眾將會議……」

士兵們喊：「要會議就和我們一齊來會他娘的議！」

「到這種地步，仗我們是不打了！」接著又是放一通亂槍，「洋麻雀給我們滾進去！」

「叫丁汝昌！」

「還有劉步蟾！」

「還有所有當官的！」

端乃爾說：「我滾進去可以，可我要提醒大家，現在不論洋麻雀還是中國的麻雀，中國的話，都是一根繩上拴著的螞蚱……」

「放屁！日本人打進來，能拿你們洋人怎樣？」

端乃爾說：「講得好！依國際公法，日本人不會拿我們怎樣，頂多是個名譽問題，並沒有過分的生命問題……」

忽然有士兵用英語發一喊：「Ready!（預備！）」數百條槍齊刷刷地舉了起來，一律將槍口衝著端乃爾。

端乃爾嚇傻了，顯得有些語無倫次，「悲哉！簡直敵友不分，敵友不分！……」

岸上的士兵卻都一律傻呵呵地笑了，說：「狗日的，嚇唬嚇唬他！」

端乃爾回過神來連說：「幽默，幽默，中國式的幽默！可我要告訴大家，就是投降也有投降的程序，日本人只會找軍官們說話。」

「胡說！」

「現在這樣誰知道你們投降？語言不通，日本人只能一通殺！」

有人又問：「那要我們怎樣？」

「所以，」端乃爾說，「軍官要對士兵負責。我請求大家安靜，讓我們把會議開完。我端乃爾負責把結果告訴大家。」

岸上碼頭的嘩亂終於暫時平息了下來，端乃爾又回到了會議艙，走近丁汝昌附耳道：「兵心已變，血戰到底已經不可能了。」

丁汝昌將手抱住了頭，深深地埋了下去，半天，終是長長嘆息一聲，「如臨深淵，如履薄冰，明白嗎？一失足成千古恨！」

端乃爾也陪著嘆息一聲，「所以我們降應有一個前提，前提就是沉船毀台，唯有這樣才能既挽救了島上衆多的性命，又保全了作爲軍人的面子。」

丁汝昌望著衆將良久，終於喉頭翻動了幾下，似乎是將一個決心嚥了下去，「有誰的英文尚可，可先照國際公法草擬降表，再會同泰勒譯成英文。其餘諸將聽我布置，毀台，炸船……」

大堂內出現了意外的沉默，衆將一個也不吱聲。

林國祥把拳擂在桌子上「通」地一聲響，「投降也要有資本，船一炸，衆人性命照樣是難保的！」

邱寶仁「呸！」地一聲。

林國祥望著了邱寶仁，忽地笑了，「邱寶仁，還有穎啓兄，你們的艦沉了，現在哪來講話的資格？」

邱寶仁與林穎啓幾乎同時要發作，卻被丁汝昌猛一拍桌子，「放肆！」兩人手中的槍幾乎同時被身邊的管帶搶了過去。

林國祥說：「是太放肆了。你們爲什麼不問問友艦管帶的意思？」他一個個喊著廣丙管帶程璧光、平遠管帶李和、康濟管帶薩鎮冰的名字，問他們願意不願意炸艦而降。

被問的管帶緊咬其口，不說願意，也不說不願意。

林國祥還要問下去，丁汝昌氣得手直抖，指著林國祥說：「住口，老夫還是水師的提督！」

牛昶昞終於說話了，「丁軍門，林國祥意氣用事，不必計較了。但北洋水師尚存巍巍巨艦鎮遠，實力所在，我等還應聽聽現任楊管帶的意見，才最爲妥帖。」

楊用霖拍案而起，「我楊某寧死不降！」

牛昶昞擊掌而言曰：「寧玉碎，不瓦全，北洋水師眞義士，唯楊管帶用霖莫屬！楊管帶但你應爲全局而謀，當有何具體布置。更近一點說，外面的兵變，你又當作何舉措？」

楊用霖說：「既不怕死，又何懼兵變。我鎮遠上尚有兵員七百，人心一致，更恃鋼甲，唯請丁軍門一聲令下立即實行彈壓！看在座還有誰再敢言一個『降』字！之後我願爲衆開路，率先衝出……」

邱寶仁道一聲：「快哉！死也死得硬朗了！」

林穎啓道：「林某願助你一臂之力！」

「胡說！」丁汝昌大聲喊了起來，「日本人還沒打進來，豈不自己人就打了起來？如何對得起中堂，就是死，又如何叫我丁某向朝廷交代？簡直形同謀反了！」

楊用霖頹然坐到了椅子上，「記得方伯謙說過，北洋水師就壞在你這個提督身上了……」

丁汝昌的臉青一陣白一陣，說：「力保用霖爲鎭遠管帶，得其人也！」他忽然看著了一直不言語坐在角落裡的劉步蟾，「但用霖你豈能盡怪老夫一人？劉管帶步蟾，他也是北洋水師的提督！」

林國祥說：「據我所知，定遠好像已經沉掉了。」

劉步蟾說：「沒，沒沉……那，那是擱淺……」

林國祥說：「在艙外聚衆嘩亂多有定遠艦水兵，劉提督，再說旗艦應該是定遠。我們怎麼都到鎭遠上來了？」

劉步蟾指著林國祥的鼻子說：「小人，今天我算把你看透了。」

邱寶仁說：「『決守艦亡與亡之義』，艦旣沉，劉管帶還在此議事，豈不怪哉？」

泰勒插上來說：「諸位，我來解釋一下，解釋一下，嚴格意義上說定遠沒有沉，是擱淺，擱淺與沉是兩個不同的概念，儘管它像人快要死亡，已經奄奄一息了。因此劉提督對於降不降，對於戰爭的結局，公正地說應該還是有發言權的。」

劉步蟾臉色青灰地站了起來，「盡皆落井下石，小人，盡皆小人啦！可我劉步蟾，我的定遠沒沉，我的定遠艦，林國祥，就是死了的駱駝也都比馬大！」

丁汝昌說：「那好，就照未沉一說，那麼劉管帶是否即刻召集定遠官佐士兵重上定遠艦？」

劉步蟾愣愣然，一屁股便墩在了椅子上。

丁汝昌道：「呸！你不過是也想用定遠作個投降的籌碼罷了。諸位管帶，我丁某今日已是山窮水盡，降絕不願降，今日不過一死而已。」他一一掃視著眾將，「念在水師多年的份上，我只求諸位再堅持最後兩天，兩天後老夫將以一身頂下所有過失，朝廷追究，一切便不與爾等相干了。老夫是在等，等煙台送信來，或許援兵還有一線的希望呀！」

接著他宣布散會，並請牛昶昞與各艦管帶出去安撫士兵將人各自帶回，布置已定卻將來遠管帶邱寶仁、威遠管帶林穎啓、靖遠管帶葉祖珪與鎭遠管帶楊用霖留了下來。

葉祖珪還不知所以，問：「丁老軍門，你還有何布置？」

邱寶仁說：「還有何布置？炸艦！」

丁汝昌說：「對！炸艦，我今天就要把定遠與靖遠徹底炸散開來！」

楊用霖與林穎啓同呼一聲：「快哉！我北洋水師又少兩艦徒手獻敵了！」

## *18*

定遠艦在二月七日水兵聚衆鬧事的當晚就人去艦空了。

定遠艦一八八〇年自德國伏爾鏗船廠下水後，已經整整十五個年頭了。如今它斜倚在海灘中的身軀依舊狹長而龐大，如一道巍巍的城垣。

海水漲潮了，一波一波的海浪衝撞著它，濤聲澎湃，這道鋼鐵的城垣便也似被微微動搖著，撼動著了……定遠中央被魚雷擊中的部位黑洞洞豁然可見，海水衝進這巨大的洞中發出了令人心悸的嘯聲。

定遠的甲板以上建築完好無損。

定遠艦上的前後雙桅完好無損，只是它們雙雙出現了巨大的傾斜，傾斜著直戳蒼穹；唯有桅上的大清國黃色青龍三角旗破損了，不知是在這些日子的炮戰中被濺上了炮火，還是爲冬夜凜冽的北風所撕裂……

兩艘炮艦遠遠地出現了，它們各自用繩索牽引著一顆巨大的水雷小心翼翼地在定遠數百碼外停下來，牽引水雷的繩索越放越長，水雷隨著海潮翻覆著，時隱時現，漸漸地越來越隱約了，終於在確定無疑的時候炮艦上的繩牽爲鋒利的太平斧所斬斷，水雷乘著海浪忘情地向定遠奔去……

就在水雷觸上定遠的一剎那，定遠震撼了，艦首艦尾幾乎在同時閃過一道燦爛的紅光之後，便是硝煙與海浪同時沖天而起，定遠就是在這一瞬間被肢解，遍海落滿了它破碎的軀體……

大清國的海軍軍魂，旗艦定遠號的葬禮完畢了。

同日被水雷炸沉的，還有受重傷而擱淺的驅逐艦靖遠。

又是黃昏了，落日了，太陽意欲展現出它最後的輝煌，卻被西天上的雲層遮蔽在了後面，它憤怒，它卻又似羞怯，便將彌漫著的雲一律渲染得彤紅。

屋裡悶沉沉的，沒有點燈，很靜，劉步蟾昏昏地躺在床上。

劉宅的門外卻是一派喧嘩，來自定遠以及其他艦上的官佐士兵與少數幕僚數百人將這座宅邸圍得水洩不通，人們的情緒激動而憤憤，放肆得毫無顧忌。

「定遠炸沉了！」

「劉大人，您殉國了嗎？」

「殉國前您老人家可要通知一聲啊！」

「我們也好集隊，向您作最後的敬禮！」

「對，決守艦亡與亡之義，決守艦亡與亡之義！」

「砰，砰，砰！」一陣悽惻的槍聲飛向天空，雲層並沒被它劃破，劉宅的門卻被「咚咚」擂得山響了。

劉宅厚重的大門被杠子頂著。

劉步蟾在屋裡昏昏地睡著。

定遠艦竟然沉了，這能算他劉步蟾的錯？它明明是被自己人轟沉的！錯，當然有，錯就錯在窩裡鬥，錯就錯在大淸國的國勢衰微了，他是被攪混在這麼一個情勢中被輾了進去的……

門外的喧囂聲與擂門聲陣陣傳來，懾人心魄。

天全黑了下來，現在這個情勢就活生生地作崇於門外，人們要他死！處在這個情境之中，一萬個羞辱便湧上了劉步蟾的心頭。丁汝昌，是他叫他死的，他不怪別人。可當初皇上要將丁汝昌逮京問罪時，在他看來丁汝昌本可能逃過這一劫。等到劉公島這邊敗下來，丁汝昌就更沒責任了，而責任全都卸在了他劉步蟾身上。他帶人抗了皇上的旨，實際上是將丁汝昌留在了這死地。可是最終他也沒能逃得脫，丁汝昌是看出來了，所以便也給他致命的一擊。正所謂時也，命也，運也！事已至此，朝廷的追究也將使他在身敗名裂中度過惶惶的一生，而最切實的便就在門外，那些落井下石的人要他「決守艦亡與亡之義」了！

當斷不斷，反遭其亂！劉步蟾躺在床上眼瞪得老大，直視黑洞洞的房樑，便就認認真真思考起他將如何殉國的情節上來。趁著天黑悄悄蕩一葉小舟入海，墜海而死？他一骨碌坐了起來，渾身禁不住打了個寒顫，隆冬歲月，水委實太冷了……那麼上吊，他的手下意識地摸著了腰間的褲帶，眼也不由向著漆黑一片的房頂上尋尋覓覓……上吊是窒息而亡，舌頭能從嘴裡吐出一尺多長，殉國後這模樣談不上壯烈，反倒落人笑了……劉步蟾的手從腰間垂下來，卻又鬼使神差般地在枕下觸到了槍，槍有些微熱，不冷，然而一旦他將槍口對準自己的太陽穴時，手又無端地抖了起來，這樣未免太過於清醒，也未免太殘酷了……他悄悄將手槍好好地送至枕下，便想到了古已有之的一個老方子：吞金，但一旦推敲到一塊金子吞下後墜在腸子裡，硬要將腸子墜破一個窟窿，想到了在極端痛苦中的掙扎，他的身子便一個勁兒地打起寒顫來……

大門被敲響了，外面士兵們的聲音便一聲聲又傳了進來。

「劉管帶怎樣了，殉國了沒有哇？」

「沒聲音！」

「怕是逃了吧？」

「衝門！衝門！」一個聲音卻格外恣肆地飛了進來，「他跑不了！圍牆一圈都有我們兄弟守著了！」

院門被衝得如擂巨鼓，嘎嘎響得似乎隨時都要倒下來。

劉步蟾的牙齒也挫動得嘎嘎直響，何必如此，簡直逼人太甚了！然而叫他心慌氣虛的是，眞的要尋死了，竟沒想到死有這麼難，這麼難！

劉步蟾只感到精力有些不濟，想要抽上一口提提神，就在這一刹那，如同在暗夜中猛然窺見到一線曙光……鴉片！劉步蟾顫顫地點亮了燈，從抽屜裡拿出了一包鴉片，試想著將其吞下去他就受著極度的麻醉了，但他要保持清醒，他要好好地再躺下來，臉上的表情一定要是堅毅的，毅然決然的！遂又將鴉片的紙包攤開來，面對這黑乎乎的東西看了看，便一把將鴉片到了嘴上，爲了杜絕最後可能出現的猶豫，他極力朝下吞著，急忙又抓過茶壺打開蓋子嘴對嘴地一通猛灌。茶終於被他一飲而盡了。

一種解脫，一種酣暢淋漓的感覺溢滿了劉步蟾的全身，他脖子一昂，吼一聲：「二子。打開門來！殉國了，我劉步蟾殉國了！」

「劉大人殉國了！劉大人殉國了！」院內的親兵用各種聲調呼喊著。

門被打開了，圍在外面的人群一擁而入，衝到房門口就不約而同止住了腳，問：「劉，劉步蟾殉國了！」

「當真殉國了?」

二子哇地哭了出來，「吞煙自殺，劉大人是殉國了呀!」

衆人踮眞的不相信劉步蟾竟然會有膽子敢自殺，但見二子哭便覺可能是眞的了。此時外面北幫炮台傳來了幾聲巨炮隆隆的轟響，轟得人們的心陡地一沉，也覺這島上已是到了最後的時刻，密密匝匝站了一院子的人，心境便都變得肅穆了起來。

劉步蟾在裡面喊：「都給我進來吧。」

衆人踮起了腳，面子多少帶著些許的愧色一步一步探了進去。

劉步蟾已是直挺挺地躺在床上了，他牙關咬得鐵緊，雙眼直愣愣地盯在房樑上。衆人望著時，他的牙關鬆動了，終於兀自嘆出一口長氣來，說：「敝人雖善西學，然則猶重古訓，決守艦亡與亡之義!敝人問心無愧，問心無愧了!」

「敬禮!」衆人齊刷刷雙腳一碰，一律都依西洋操典肅立著。然而一種複雜的情緒又使他們沒有堅持多久，復又一齊單腿跪地，將頭沉沉地垂在了胸前。

屋裡靜得全無聲息。

躺在床上的劉步蟾嘴角動了動，接著牙關便磕動起來，咯咯有聲。衆人抬頭望時，突然劉步蟾從床上蹦了起來，雙手抱著肚子說：「痛，痛!痛殺我也!」他旋即痛得跪在了地上，抬頭一眼看見了二子，眼一翻一翻地說：「快!快!代我喊克爾克院長去!……」言罷他就著肚子在地上滾起來，喊：「諸位，就算我死過一回了!」

那晚，因大清國軍隊中的行政隸屬問題，醫官護士多不歸戰地指揮官指揮，山東半島的戰事開始不久便都紛紛逃離；劉公島上只有戰地醫院的英國人克爾克院長帶著幾個西洋醫護人員極力維持著。當二子來喊時，克爾克院長與醫生們正各自爲傷兵們實行著手術，無法分身。然而劉步蟾處的親兵緊接著一個個接踵而至了，盡皆跪地請求，終於將克爾克院長催得火了起來，他說：「我的眼中，軍官與士兵都是同樣的性命。手術一半停下來，會死人的！」這個外國人斷然拒絕了親兵們的請求。等堅持將手術做完後趕到劉步蟾的寓所，終於晚了一步。

是夜，大清國北洋水師代提督、定遠旗艦管帶劉步蟾，走完了他四十三年的人生旅途，殉國了。

## *19*

一八九五年二月十一日是個愁雲慘澹的日子，怒號的西風將雲層堆砌得格外厚重而濃稠。這天，日軍海陸夾攻的聲勢浩大異常，而實際上卻並沒什麼得力的舉措，嗅覺敏銳的日軍已明確察覺到了劉公島與北洋水師可能出現的情況。所謂「不戰而屈人之兵」，爲上上兵，他們在保持著壓力的同時，卻又在觀望著，靜待其變。

日軍轟轟然的炮擊隨著白晝的逝去漸漸稀疏下來，劉公島上伴著黑夜的降臨又喧嘩起來了，而西邊大清國增援的音訊依舊杳然。丁汝昌把翹首西望的雙眼收回來時，人卻依舊久久佇立在鎮遠的艦尾，一任寒風在他的臉上、身上無情地洗刷著。

天剛黑時，丁汝昌就派親兵將他的那口黑棺材抬到了鎮遠艦上來。

丁汝昌的意識中，劉公島與北洋水師的末日已挨不過今晚了，他也將與這島子和艦隊同歸於盡。他本欲抖出一腔豪情，面對死亡哈哈大笑的，可卻又怎麼也擠不出那份心勁兒來。北洋水師自成軍以來只他這一任實授提督，北洋水師全軍也將在他任中歸於覆沒，無論如何難辭其咎，千夫所指，後世唾罵，他能逃脫得了麼？要想逃脫便唯有扭轉眼前的局面了，可能麼？他覺得眼前唯一能做的事確確實實還是一個死，死出了個氣魄來。帶艦趁夜衝出去，衝它個魚死網破，衝它個艦毀人亡，全軍大毀滅，豈不壯哉！他在一片悲淒的心境中忽然感到了某種自慰，誠如是，他的死便可贏來今人和後人一個美好的口碑了。

丁汝昌的眼極力地在這夜色中尋尋覓覓，劉公島上閃爍的燈火，他盡皆一一分辨著，島上各處的炮台、長長的鐵碼頭、水師學堂、修械場、望海樓還有被燒毀了的依翠樓，最後他的眼光便久久地停在了提督署的方向，那是他的官衙，過去與現在都是他一生官階與成就的象徵，都將離他而去了，人一死，口碑再好他還能留下什麼？他感慨唏噓，他忽然想到將能伴隨他而去的，除了口碑便只有一口屬於自己的棺材了。他急速地回過身來問親兵：「我的棺材放哪兒了？」一當得知棺材已抬進了他的臥艙，這才感到有些滿意地點點頭。然而他還是進得艙來，用手撫著這棺木，踱步躬腰仔細地察看著，最後他佇足於棺木的一頭，便命令親兵們將黑亮亮的棺材蓋掀了開來，他看見裡面已鋪好了全新的被褥，他很滿意，然而他又用疑惑的眼光審視著，他覺得這塞滿被褥的棺材內似乎是小了，便按著棺沿爬進去，又慢慢地躺下來，這才發現不長不短恰恰的好。他舒服地躺著，都懶得動了，又讓親兵們將棺材蓋子闔上來再給他試試，於是眼前變得一片漆黑，新木的香味漸漸漫過來，他感到很舒適，冥冥之中一切都萬籟俱寂，彷彿乾坤顛倒，使他進入了另外一個世界……於無聲處似有響動，恍惚間他看見了林泰曾，向他走來了，並對他淒然一笑，說：「丁軍門的棺材比我的好。」丁汝昌一陣愕愕然，感到有些心慌與氣悶時，他想起這臥艙是現任鎮遠管帶楊用霖讓出來的，而在這以前則是林泰曾居住，林泰曾就是在這裡服毒自殺的……那麼就是林泰曾的鬼魂同他說話了。「捫心自問，」他說：「林泰曾，活著死後，老夫可從沒虧待你的。黃泉之下難道就不能見面了麼？」可是眼前一閃，有人把林泰曾推到了旁邊，手裡卻提著血淋淋的人頭，丁汝昌看清這是一腔無頭的血屍，那頭是誰？方伯謙！方伯謙的手提著自己的頭，頭上的嘴卻侃侃而言，「我呢？梟首示衆，我的頭整整掛在旗杆上八天，看看變色了麼？沒變。丁某，如何，果如我所言，我們在地下相見之期，不遠了！」眼前的二人忽地被擠開了，有人渾身濕淋淋地站在了丁汝昌面前，只是一個勁兒地冷笑，丁汝昌說：「鄧世昌，你也有帳欲與老夫清算於黃泉之下？」鄧世昌顧左右而言他，說：「水中其實不冷的。丁軍門既然連死都不怕，還怕冷麼？何必又打這麼一尊厚重的棺材？」鄧世昌忽地仰天長嘆，「我的妻兒從廣東千里而來，在旅順只迎回了一口空空的棺材，無情未必眞丈夫，唯此，我深感對不起他們了！」接著丁汝昌彷彿感到艙門被擂得咚咚響，外面擁進了黃建勳、林永升、林履中、沈壽昌……丁汝昌只感胸口似被壓迫得緊了，心在一個勁兒急速地狂跳，忽地發一聲狂吼：「老夫還沒有死吶！」雙臂發力向上一推，棺材蓋轟轟然被掀翻在了地上，丁汝昌驚得如炸屍一般直愣愣從棺材裡坐了起來。

親兵們在屋裡已退到了牆根，看著丁汝昌，一律臉上都是變了色的。這時外面傳來了陣陣嘈雜聲，坐在棺木中的丁汝昌透過舷窗看見岸上出現了無數的火把，盡皆朝著鐵碼頭蜂擁而來，鎮遠號在響了聲短促的汽笛之後，就聽見管帶楊用霖嘶喊著要艦上的水兵警戒，他的聲音是顯得那麼地孤單與淒厲，與之相應和著，外面甲板上傳來了水兵們雜沓而寥寥的腳步聲。

門被撞開了，楊用霖闖了進來，「丁大人，島上今晚怕有變，我們怕是只有魚死網破了！」

丁汝昌跨出棺木說：「正爲它個魚死網破，老夫才把棺材也抬上艦的。」見楊用霖看著他，又說：「切記，你先穩住艦上，其餘老夫應付就是。倘有不測，一定把我放進這棺木裡就是了。拜託，拜託。」

楊用霖點點頭走了。鐵碼頭那邊也已是喊聲陣陣，在一片火把喧騰沸揚的輝煌之中，幾對寫著「北洋護軍」白底紅字的燈籠閃現了出來。丁汝昌看見北洋護軍總兵張文宣帶著一隊人上了鐵碼頭，略一沉吟，對親兵們說：「都在會議艙周圍埋伏，沒我的令，都不許動！」親兵們領命而去。

張文宣上艦，丁汝昌迎出來將他引到了會議艙裡。

張文宣說：「丁軍門，我想援兵是徹底絕望……」

丁汝昌「哦哦」連聲，他竟裝起糊塗來。

張文宣說：「其實丁軍門都明白，無奈也，丁勇們是找你我討生路來了。」

丁汝昌咧著嘴突然笑了起來，「假如有援兵了呢？」他從身上摸出了一張紙條，將它在張文宣的面前晃動著，「老夫正欲布置突圍，你來得正好。是劉道含芳派人送的信來，說援兵子時至，欲急襲北幫炮台後身，是時請我載上水陸兵士，並炮擊北幫以為呼應，再乘勢衝出……」

張文宣愣了一下，問：「那麼何日子時？今夜還是明夜？丁軍門，如果來解圍，又何必要我們衝出？水兵上岸衝出，還是艦載陸軍從海上衝出？」說著乘其不備將信從丁汝昌手中抽了過來，丁汝昌一愣也就罵了起來，「張文宣！老夫屢屢代你在中堂面前舉薦，可算待你不薄！」

張文宣說：「我這是代全島的弟兄請一條生路。」

「怎麼說？」

「降！」

丁汝昌怒不可遏剛一抬手，張文宣手下的士兵已將兩把鋼刀毫不留情地架到了他的脖子上。丁汝昌說不動就不動了，他垂下眼簾望著刀，忽地縮身後僅是一眨眼的工夫，人又竄到了張文宣的面前，並將自己腰中的劍架在了張文宣的脖子上。所有人都看傻了，丁汝昌說：「張文宣！帶軍謀亂，可是背君、背父、背祖宗的事！殺無赦呀！再說你如此，即便今日逃脫了一條性命，可你身為朝廷命官，就不怕他日皇上滅你家九族百千餘口？」

張文宣嗚地一聲哭起來，他說：「身不由己也，丁軍門！我的妻小子女已為人所質了！」

丁汝昌說：「這是你的話？老夫還不糊塗，把背後唆使你的人叫出來！」

張文宣說：「可他，他……」

丁汝昌問：「牛昶昞，對不對？」言罷他的手一鬆，劍「噹」地聲落在了地上，轉身對北洋護軍的士兵們說：「老夫歷來愛兵如子，何嘗不想挽救衆生。降也可，戰也可，都要有個商量，牛昶昞所爲，不是要壞人的性命嘛！」

北洋護軍士兵一齊說：「丁提督，聽你的，你要怎麼辦？」

丁汝昌說：「給我把牛昶昞請來。」

北洋護軍士兵嘶喊著一擁而出，站在船舷上齊呼：「請牛道！」「請牛昶昞道台吶！」

牛昶昞被碼頭上的士兵擁著上了艦，他低垂著眼簾，腳下的步子踏得聽不出一點聲響來，及至站到了丁汝昌的面前，眼皮也沒略略動一下，只像是緊盯著丁汝昌腳，胖胖的身子屈下一低，單腿跪地就給眼前的丁汝昌打了個千，「丁軍門，你誤會了。」

丁汝昌的嘴咧了咧，陡然之間神情大變，彎腰扶牛昶昞說：「牛道，這是幹什麼？請起，請起。就是誤會了你也站起來說。」等牛昶昞站了起來，說：「其實一點都不誤會，都以爲大勢已去，無力回天了是不是？」他嘆了口氣，「丁某素來體恤下情，本提督不怪你就是，有事盡可以同我說。」

牛昶昞說：「牛某區區道台，本就是唯提督之命是聽的。丁軍門，誤會就在這裡了。」

丁汝昌說：「現在就商於你，想也不遲。牛道，島上士兵喧鬧，假如逼急了，軍艦統統解纜離岸，島上就是要降，也無從降起，四海茫茫，連個送信的也沒有。再者若刀槍相見，戰降未決自家人先火拚，島上的陸軍怕也不是水師的對手。細想到這一層，就覺張文宣還是缺少歷練……」

牛昶昞說：「說得是。沒能將這層意思說與張總兵是卑職的失職，愧對丁軍門了。」

丁汝昌說：「本提督也絕非鐵石心腸，本提督也不忍眼見著自相殘踐生靈塗炭，我以爲趁你與張總兵都在，我們召各艦管帶來一同會商。降，若能叫日本人接受，又能見容於朝廷，那降就是兩全其美的事。」

牛昶昞退一步，終於抬起頭來望了一眼丁汝昌，便又垂著眼說：「牛某手下現在僅區區幾個大兵，一個人總好了結，沒資格，也絕不願妄議一個『降』字。」

丁汝昌說：「正因爲如此，老夫是特別要借助於你來同他們談這個『降』字，才見旁觀者清，才覺穩妥。」

牛昶昞沉吟著，忽然對張文宣說，「要不要把洋人請來？」

丁汝昌說：「不必，議妥再請洋人居間調停更好。」

不一會兒北洋水師各艦的管帶因了一個「降」字，就隨去召的士兵來了，只是同來的還有洋員泰勒、端乃爾與馬格祿，這就叫丁汝昌略略有點詫異，及至他看見邱寶仁與林穎啓也到了，便就把這詫異說到了嘴上，「你們來幹嘛？」

邱寶仁淡淡一笑不說，林穎啓說：「雖沒有了軍艦，死也是大清國北洋水師的鬼。」

「講得好！」丁汝昌言罷便是一臉的慷慨悲壯了，「諸位，老夫今夜寧爲玉碎，決意率艦衝出！今日有誰敢言一個『不』字……」丁汝昌環視著管帶，陡然之間變了個臉色，「來人！」

只一聲，伏在外面的親兵都鑽了進來，會議艙內紛亂了一下，一旦親兵們二人夾一個，將刀架在了他們的脖梗上，管帶們都不動了。

「痛快也！」邱寶仁一聲大呼，「我就知道今番丁軍門終是要動殺氣了！」

丁汝昌吩咐親兵放開邱寶仁、林穎啓與葉祖珪後，就冷笑著走過一個個管帶們的面前，咬牙切齒地說：「困獸猶鬥，魚死網破，他媽的置之死地而後生。有敢說一個『不』字的麼？」人沒一個吱聲的，會議艙內的空氣彷彿被灌進了鉛，丁汝昌嘶啞著嗓子一聲怪喊：「邱、林、葉三管帶聽令，速帶原艦水兵上濟遠、廣丙、平遠接管……」

「可惜遲了！」林國祥忽地一聲大笑，「濟遠上都是我原廣乙艦的人，盡皆誓同生死，現在去人接得了麼？」

丁汝昌說：「國祥小人！可知今天你就先死？」

幾個洋人要動，立即被親兵們用刀按住了，端乃爾說：「我有話說。」

丁汝昌一擺手，「洋人優待。」於是三個洋人脖上的刀被撤了下來。不等端乃爾再說，泰勒說：「丁軍門，你要理智。」

林國祥說：「他瘋了！可我沒瘋，老匹夫，都沒死在日本人手裡，卻死在你手中，你問問管帶他們心裡服麼？朝廷知道，朝廷也非活活剮了你。再者你以爲你入土就爲安了嗎？在地下我們也都合起來要與你拚命的！」

丁汝昌兩眼瞪得血紅，噌的一下就抓過刀來，一步步逼向林國祥，走過牛昶昞面前時，牛昶昞說：「死既不可免，丁軍門可容我自尋一個死法？」

丁汝昌眼一橫煞住步子，「怎講？」他令親兵將牛昶昞也放了開來。

只見牛昶昞從腰間摸出一個紙包走到桌前，打開那個碩大的茶壺就將一包黑乎乎的東西倒了進去，手隨即伸進壺裡又是好好一通攪和，之後就把壺裡的水往一隻隻的杯子裡斟，事畢便畢恭畢敬向丁汝昌抱拳一拱手，說：「丁大人，都死，你就讓我們落個全屍吧！」言畢他轉身向管帶們說：「昨夜劉步蟾死，我去看過，甚不得法也！他是將鴉片吞下而後喝水，毒性在肚內發作，十分地痛苦；我這裡是將鴉片泡成水，且又多加了一味藥，飲下去死就無大礙了，篤定是十分自在的。」

丁汝昌說：「有不聽令者，可飲此毒！」

衆管帶不動，也不吱聲，然而只把眼怒視著桌上。牛昶昞端起一杯走到林國祥面前，「林管帶可飲此杯。」

林國祥恐懼地望著杯中那黑而濃稠的東西，忽地他哭著大叫起來，「不飲！嗚嗚嗚，我非叫姓丁的砍了我！我要讓朝廷代我跟他索命去！」他忽地頓住了，問牛昶昞：「爲什麼你不先飲？」

「他媽！」牛昶昞也望望杯中，「也對。爲什麼我不飲？」他向衆管帶們舉舉杯要喝，陡然間被撲上來的洋員泰勒一把打翻了，腰卻被後面膀大腰圓的馬格祿抱住。牛昶昞一時間掙扎著大呼小叫起來，「倒忙，你們幫倒忙了！爲什麼不讓我喝？」

洋員端乃爾說：「顧全大局，牛道，現在你還不能先喝！」

泰勒頗爲義憤，他對丁汝昌說：「丁提督，牛道是個連絡水陸兩方的人，要喝也應最後喝。

我們可以保證最後執行，保證絕對的公正。」

「假的！」丁汝昌掂量著手裡的刀，對牛昶昞說，「我怎麼越看，越覺是個假模假式的味兒呢？」他立在那裡四顧，淒淒地笑了起來，「衝出去是個死，殺頭是個死，服毒也是個死，我北洋水師不怕死的人都死盡死絕了麼？」他跺腳大吼一聲：「有不怕死的，就給我站出來！」

一個聲音驀然從角落裡響了起來，「我怕死！」衆人望去時，只見康濟練習艦管帶薩鎮冰通地聲跪倒了地上，「當擔十倍於我的炮火薩鎮冰怕死過麼？沒有哇！丁軍門，北洋水師給你弄到這一步，你什麼都不顧，還要叫我們搭上去，我不是怕死，我不情願死哇！你就不想想還爲大清留幾個海軍的人才？」

丁汝昌正在愣愣然，李和與程璧光也撲倒在地跪了下來，李和說：「丁軍門，黃海大戰時我駕平遠艦兩次擊中日本旗艦松島號魚雷艙，後又擊中日艦嚴島號，相距不過二千八百公尺，怕過死麼？可現在我深惜一死，窩囊呀！」說完程璧光卻從地下跳了起來，他拉開褲帶又摟起上衣拍著肚皮上十五公分長一條鮮嫩通紅的鋸齒形傷疤說：「當時我廣丙只差一步就把西京丸擊沉了，松島號炮彈炸中我腹，我抵死了也是打！我怕過死麼？丁軍門！我等現在都不願死，捫心自問，你不自愧麼？死你就死，我們不願死。」他向李和與薩鎮冰喊：「起來，起來，丁軍門要殺我等，還跪著幹什麼！」兩人爬起來了，另一邊鎮中炮艦與六艘魚雷艇的管帶卻都異口同聲地喊了起來，「今日我們死，死也死得不服！」

「冤啦！五天前，五天前我們朝外衝，是被自家人打回來了！」

「今日要衝，士氣喪盡只能徒遭日本人轟毀，只有艦沒人亡了！」

「丁軍門，我等就是死，陰曹地府也同你永無了結了！」

「還有方伯謙！」

「還有鄧世昌！」

「多了！今日不過一死罷了！」

「丁汝昌！」牛昶昞彷彿在這一瞬間爆發了，「好端端水師走到這一步，你還有何顏面叫別人死？今日最當死的是誰？就是你！」

丁汝昌了愣一下，失神了，手中的刀驀然掉落了下來。

牛昶昞對丁汝昌的親兵們說：「還不把刀給我收起來！」親兵們有些落魄樣的，不由自主收起了刀，「大勢去矣！」丁汝昌見狀說倒就倒在了椅子上，「也罷，要殺汝昌，快快動手罷了。」

牛昶昞指指桌上的杯子，說：「即以死而論，提督大人可滿飲此杯，又何必臨死前還要牽累於他人？」

丁汝昌猛然之間就撲到桌上抓起了杯子，卻被牛昶昞一把打翻了，牛昶昞說：「慢，提督大人的職責還沒最後完成，又豈可輕生？」

丁汝昌的臉色一片青灰，他伏在桌上的身子慢慢扭過來望著牛昶昞，望得臉上的肌肉一團一團地顫動著，慘慘地笑了，他說：「嗚呼！老夫瞎了眼，深悔當初沒重用牛道。是個人才吶！還欲如何？」

「降。」

丁汝昌便是一個清晰的冷笑了，「那就沉船，炸台！」

林國祥說：「廢話！炸艦毀台，降也沒得資本，日本人只有殺人了！」

諸管帶一齊拱手道：「還望丁提督以島上近萬人的生命爲念。」

丁汝昌咬著牙不吱聲，他默默地閉上了眼。

牛昶昞將嘴湊近丁汝昌的耳邊輕輕說：「我知道丁大人的棺材已準備好了。」

丁汝昌安然一笑，「老夫早算著有這一天了。」

牛昶昞嘖地聲說：「丁軍門死後，衆將若不將你置於棺木內又如何？再者，軍門即使盛殮於棺木，安睡得穩妥否？不怕島上數千個冤鬼來向你索命乎？」

丁汝昌愣愣然，他睜開眼把艙內一一望過，點頭道：「說得是。」繼而他又望著牛昶昞淡淡地笑著了，「所以老夫這才看清你是個人才，相識恨晚了。可否先請人出去，我要好好就商於你。」他的話才完，會議艙的門口亂了，邱寶仁、林穎啓、葉祖珪欲出，卻被林國祥擋住了。

在紛亂中張文宣一聲喝，外面北洋護軍的士兵早已是應聲而入，短暫的混亂之後，丁汝昌的親兵未作劇烈的抵抗，局面便被北洋護軍控制了。

是時丁汝昌掙扎著坐正了身子，「放他們出去！」他對牛昶昞說，「事已至此，大器一點，何必又記著宿怨？」

牛昶昞說：「國祥，就請邱、林、葉三管帶自便，都留著最後的一份顏面罷！」

林國祥與北洋護軍的士兵閃出了一條道，可是邱寶仁不走了，他反身來到丁汝昌的面前，「丁軍門，最後這一別，我們要道一聲謝了?!」他哭了起來，「我等來，就是要看看最後這一場的！北洋水師，完了，完了哇！」言罷抽身就走，出艙，消失在了鐵碼頭的盡處。

丁汝昌望著三個管帶離去了，臉上毫無表情，忽地看著一艙的人都用著別樣的眼神在望他，陡然之間他變得狂怒不已，在一陣極盡掙扎之後，大吼：「出去！統統都給我滾出去！」

在會議艙內迴盪著丁汝昌裊裊餘音的時候，一切徹底靜了下來，牛昶昞目視人衆，擺擺手，衆人盡皆輕手輕腳退了出去。牛昶昞再望著丁汝昌，丁汝昌似乎在聲嘶力竭之後再也說不出話來，他只望著牛昶昞，用手指指舷窗，牛昶昞有些不解，走到舷窗處望望，立即明白過來，他將會議艙內所有舷窗的簾子都拉上了，便又回到丁汝昌身邊俯下身子說：「提督大人可與我言了……」

丁汝昌從腰間摸出了紅綢包裹著的提督大印，哆嗦嗦捧著望望，手便又在上面好一陣地撫摸，最後他終於將大印毅然拋於桌上，眼裡卻是著一汪滾滾欲出的淚了，他說：「兵敗身亡，古已有之，老夫……」

牛昶昞說：「古之常情也，勢不可爲，丁軍門也是極盡全力了。」

丁汝昌點點頭，淚水從他那乾澀的眼眶內滾落了下來，「現在能統大局者，非牛道莫屬，老夫愧對你了……」

牛昶昞說：「丁軍門有話盡可對我說……」

「能毀艦而降最好，以艦獻敵，老夫實不甘心也，九泉之下老夫愧對中堂，愧對朝廷也……拜託，拜託。」

牛昶昞深深一鞠躬，「卑職盡力而爲。」

丁汝昌雙手托起提督大印，「此印老夫身經百戰九死一生之物，現交與牛道，萬望老夫死後，即行裁角作廢……」

「是。」

丁汝昌的身子一掙俯向了桌子，可他在椅中站不起來，只用手極力地搆杯子。牛昶昞默不作聲雙手捧起一杯，畢恭畢敬送到了丁汝昌的面前，丁汝昌接過來望也不望仰首便是一飲而盡，飲罷閉目凝神靜默地坐著，忽地他口中喃喃道：「老夫這就要死，撒手人寰了麼……」他的眼也隨之睜開了，充滿疑惑地望著空酒杯，雙手一按竟站了起來，只是神情有些恍惚，身子晃了晃被牛昶昞一把扶住了，丁汝昌說：「好，好，扶著我，扶著我……」他在牛昶昞的攙扶下走向了會議艙的頂端，牛昶昞明白了，伸手爲他拉開了門。

還是那間臥室，丁汝昌走進去，他好好地撫摸一回那黑亮的棺材，就好好地爬了進去躺下了。

牛昶昞問：「丁軍門，要把壽木的蓋子闔上麼？」

「稍等！」丁汝昌一臉安祥地躺在棺材裡說，「老夫還怕死得不透，你，你代我再拿一杯毒藥來……」

丁汝昌，北洋水師提督，於一八九五年二月十一日服毒自殺。

隨著丁汝昌的死，光陰在黑暗中不知不覺滑過了子夜，其餘的一切都應算成一八九五年二月十二日的事情了。

牛昶昞悄悄走出臥艙來到鎮遠號船舷的甲板上，衆管帶一律圍了上來，問：「怎樣了？」牛昶昞只是悄聲說：「靜，靜。」他將衆人又引到了會議艙後，一眼看見三個洋人也跟了進來，就說：「端乃爾先生、泰勒與馬格祿先生你們停一停。」

馬格祿問：「事情怎樣了？」

牛昶昞說：「這一方暫沒你們的事了，外國人摻和在裡頭反倒不方便。你們先可到泰勒先生艙中緩緩神，喝喝西洋咖啡，可是別走遠，有事我就派人喊你們。」

端乃爾將話翻譯後，泰勒說：「我們聽牛道安排。」

端乃爾與泰勒相視會意說：「如何，我的眼光沒錯，我們的眼光都沒錯。」

牛昶昞目送走了洋人，就再也不說話了，只是不時以手指點，讓衆人一一坐了，而後就望著艙壁上掛著的那架自鳴鐘的砣不緊不慢地搖晃，會議艙裡靜極了，令人奇異的是鎮遠號上也靜極了，彷彿所有人都莫名其妙地陷入了一場測驗著耐心的比試。終於這沉寂、這耐心爲艙上鐵門的撞響所打破，鎮遠號管帶楊用霖也出現在門口，他的神情似乎有點兒古怪，咦地一聲說：「怎麼都悶不作聲地坐著？」他驟然提高了聲音，「天都快亮了！」嗓音剛落恰恰自鳴鐘「噹、噹、噹」地敲了四下……

牛昶昞有些詫異地望著他，向他直擺手，「靜，靜，靜。」說著自己卻從座中站起來，悄無聲息地走到了頂頭的臥艙門口，站住了，將耳朵貼了上去，聽聽，這才拉開門看看，一旦轉過身來朝著衆人時，那一臉都是抑制不住的燦爛的笑了，他笑著說：「丁軍門終是睡著了！」

有人一陣歡呼，「一馬平川，總算透過一口氣來了！」

「去他娘，降！降！」

也有現出些許的悲哀，「丁提督殉國了！」

「勢不可爲，我們也只好對不起他了……」

牛昶昞說：「未必。」他從腰間拿出了提督印來，在手上晃動著，「丁軍門要我在他死後裁角作廢……可値得玩味的是他爲什麼不自己動手呢？原是用刀劈幾下，或投於火或抛於海，舉手之勞的事呀？」牛昶昞望著還沒有轉醒過來的人們，莞爾一笑，問：「劈？還是不劈？」

林國祥一聲高呼：「劈不得！一劈反違了丁軍門的心願，我們就對不起他了！」

牛昶昞說：「對！丁提督一死，若三三兩兩地投降日本人，未必降得成；將來朝廷追究，一個個也都逃不脫的。有了提督印，就可以下降表簽降約，丁軍門臨死也不便明說，他這是將責任都一身擔過去了……」

衆管帶醒悟「哦哦」復「嘖嘖」感嘆不已，有人竟控制不住感情，道一聲：「丁軍門在積陰德，到底是個大好人啦！」

「難爲丁軍門了！」衆人紛紛跪了一地，竟哭了起來。

「哭不得！」牛昶昞有些急了，「哭不得，現在要做的事是保密！祕不發喪也！否則軍心更亂如何了得?日本人知道我們三軍無帥一盤散沙,還怎麼降?正好開殺戒了!」於是所有的哭聲一律都憋了回去,哽咽著。

「降的事已成定局了,我等都放下顆心來。一切都虧牛道。」楊用霖這時說,「天也不早,大家都可各自回艦休息,天明後再議吧。」

衆管帶也都覺著睏得不行了,起身準備往外走,忽然林國祥厲聲說:「不對!」他錚地拔出刀來頂在楊用霖的胸前,緊盯著對方的眼說:「若人一走,你開艦去和日本人打起來,我們都做在裡面了,還降個屁!」

當楊用霖迸著一口氣把牙齒咬得咯咯響時,牛昶昞卻望著楊用霖一個勁兒地笑著了,他叫林國祥放下刀來,他說:「文明人,智者用刀就太低級。」林國祥死活也不放,牛昶昞又說:「你放下刀來,讓楊管帶喊人來把我們了結了就是。」他走到楊用霖面前問:「問題是你喊得動麼?」

楊用霖被擊中要害渾身震顫了一下。林國祥說:「牛道!他只要說開艦去降,遇上日艦叫幾個人開炮還是有的,那時不打也是打,我們離不得!」

牛昶昞說:「誰說要離開了?我說了?他媽的我說的不是這回事。」他向楊用霖深深打了一躬,「君現爲北洋巨艦管帶,實力所在,君若不降,日本人是絕不會認帳的。那就誰也降不成;爲大局計,爲水陸近萬生靈計,也爲你鎮遠艦上七百餘兄弟的性命計,君今日非但不能打,我等還願一致公推君爲北洋水師首領,出面主持與日商降事宜。」他臉一轉衝林國祥厲聲道:「還不放下刀來!我牛某願與楊管帶攜手出艙,向鎮遠艦弟兄說明一切……」

林國祥放下刀來後，楊用霖已是語不成聲，他說：「牛昶昞，你眞狠！」說著他淚如雨下，哭了，他說：「知事不對，我今夜久久隱而不發，以待時機，鎭遠不爭氣也！大勢果眞已去了！中堂，皇上，我的大淸國呀，楊用霖用心良苦你們知道麼？再也無計可施，用霖休矣！北洋水師休矣！」他顫抖著手抹著淚，左一抹，右一抹，終是抹不盡，他說：「我還有一事未了。」

牛昶昞問：「何事？」

楊用霖道：「鎭遠的航海日誌，請關照大副記上最後一筆，光緒二十一年二月十一日，鎭遠泊於劉公島鐵碼頭，是夜槍炮俱寂，星辰寥寥明月無光，鎭遠艦管帶楊用霖絕死拒降。錯了，天啦！現在早已是二月十二日了……」

牛昶昞道：「區區小事也……」

楊用霖說：「在你看來，大事不過就是我的死了。」他凄然的臉上溢出了一絲笑來，伸手將杯子掀翻，一一倒扣在桌上，毒水在桌上恣肆地橫流著，漫至桌沿，落下了，一瀉如注。楊用霖說：「我北洋水師沒人用著它了，諸位再也用不著它了。我楊用霖不是不用，是羞於用它了。」他的話嘎然而止，他扭頭問牛昶昞：「牛道，你說怎麼死，才死得慘不忍睹？」他又望著艙中的人，衆管帶一律都不忍也不敢再看他一眼，盡皆把頭扭了過去。楊用霖說：「即以自斃而論，應數咬槍自殺。」說著他將腰間的手槍迅速地掏了出來，對著了牛昶昞，又對著了林國祥。

會議艙中誰也沒想到會有這一手，立時亂了，聲短氣長地驚呼不已！

楊用霖哈哈大笑著了，笑得滿臉涕泗橫流如同開了花般的燦爛，手卻持槍緩緩而從容地將槍口塞進了自己的口中。衆人一驚一乍過後，都傻了，愣愣地一律屏住氣微閉著眼，傾聽著砰然一聲的槍響。槍聲卻久久地沒響起來，等衆人的眼重又睜開來時，卻見楊用霖的手顫抖著又將槍從口中拔出，並且哇地聲號啕大哭了，他哭著說：「同事一場，我臨死，何必要嚇人一跳呢？再說，劉步蟾說了一世不怕死，爲什麼我就不能眞格兒地仰慕一回古人，仰慕一回文天祥呢？」他不哭了，轉身朝曾是林泰曾住的那間臥艙走去，一步一吟：

辛苦遭逢起一經，
干戈寥落四周星。
山河破碎風飄絮，
身世浮沉雨打萍。
惶恐灘頭説惶恐，
零丁洋裡嘆零丁。
人生自古誰無死？
留取丹心照汗青！

吟畢剛好步到臥艙的門口，伸手拉開了門，衝著黑洞洞的艙內猛然大呼一聲：「文公天祥！後人楊用霖辱沒了你的千古絕唱麼？沒有，沒有哇！楊用霖隨你來了！」臥艙的門被他轟然一聲帶上了。

鎭遠號鐵甲巨艦這間充滿神奇色彩的臥艙內，這是第三個，響起了一聲沉悶的槍聲……

感覺中這艘亞洲無可匹敵的巨艦在這沉悶的槍聲中深度地震顫著；感覺之中，巨艦失魂了，它在下沉著……

四十歲，剛剛步入不惑之年的楊用霖，這個鎭遠巨艦最後一任的管帶艦長，這個琅威理的高徒，這個被琅氏盛讚爲「有文武才，進而不止者，則亞洲之納爾遜也！」的大淸國海軍幹才，他，咬槍自殺了。

槍彈從楊用霖的口內射入，將他的後半個腦袋打個粉碎，開花了！

楊用霖橫撲在丁汝昌的棺材上而死，腦漿與血液流溢在棺材蓋上，令人目不忍睹……

或許楊用霖是有意死在丁汝昌棺材前的，因爲他一腔的憤懣，已是再也不能當面向著丁汝昌傾訴……

楊用霖咬槍自殺了，死尤何烈！可以說他沒有辱沒了文天祥的詩章，而恰恰爲其作了一個壯美的注腳！

已近黎明，火把與燈籠將盡了，夜幕卻依然深沉著。岸上、鐵碼頭以至於鎭遠鐵艦上，水陸士兵們彷彿已經感覺到了鎭遠艦上發生的事情，他們苦守著這決定命運的時刻。因之此刻世間萬物盡皆寂然……

鎮遠艦的會議艙內依然燈火通明。

牛昶昞低垂的眼皮動了動，他緩緩地站了起來，將摘下的帽子畢恭畢敬捧在胸前，「用霖死了，諸位，我們爲他默哀……」眾管帶紛紛起立，一時間會議艙裡的空氣顯出了些許的凝滯與沉悶。

「用霖的死，是再可惜不過的事，他就是一個門檻沒邁過去。」牛昶昞的眼皮終於抬了起來，用手指指通向甲板的艙門，「我們是該要邁過去了，但群龍無首不行，諸位，牛某推舉林管帶國祥，主持水陸一切。」

「我？」林國祥打了個寒顫，他慌了起來，「我林某本是南洋過來的，在北洋並無根基……」

牛昶昞打斷了他的話，「不然，大家共度患難，現在又何來南北洋畛域之分？國祥，以資歷，以人情的練達，以你身經豐島海戰的才幹，出面主持一切最合適，你就不要推了，也免得冷了眾人的心。」他兩眼望著眾管帶神采奕奕地問一聲：「諸公，你們說是不是？」

眾管帶都說：「是，人一死再死，國祥你就不能再冷眾人的心了。」

林國祥急了說：「你們不懂，北洋水師也委實沒什麼好主持的了。」

牛昶昞說：「你忘了？還有降。」

林國祥的臉苦了下來，說：「降，我已降過一次，這一次委實不能再來。」

牛昶昞說：「那你的意思是駕艦再打？」

林國祥說：「我，不是這個意思是那個意思，我的意思是說，因投過一次降，出面主持，怕日本人會以為我的信譽差，要累及衆人的！」

牛昶昞說：「林管帶多慮了，信譽不信譽，有提督的大印在這裡，我們不是還在祕不發喪麼？另外，到時還可請洋人出面作保，日本人是不會計較你信譽的，格外的就在於，我等如擬個服狀，連格式都不懂，外交公文一如八股，我們有誰摸過這洋八股？聽說皇上派往日本和談的人，就因為這格式，被人家趕回來的。再者日本那邊你人熟，至少也是一面之交了。國祥，你切切不可推辭。」

「你是在逼我死！」林國祥憤怒地跳了起來要撲過去，被衆人抱住了，林國祥極力掙扎了下，動不了，便也就不動了，他忽地笑了起來，說：「牛道，你狠，國祥一生也沒佩服過一個人，今天就佩服你一回了。我出面主降，事後朝廷追究，就叫我一個人吃不了兜著走了！放開！放開！」他猛然一掙扎，大呼：「可牛道你錯了，我林國祥一路掙扎到現在就是為了一個『活』字，我怎麼可能會去死呢？狗日的放開來！我有話要說。」見抱著他的人有點猶豫，他又說：「眞的，眞的，我也向大家舉薦出一個人來……」及至將他放下後，他就站在地上將一身揉亂了的衣裳左一拉右一扯的，兩眼卻在骨碌碌四處張望著，終於在人群的後排定了下來，手一指，隨之便是一聲放肆般的狼嚎，「就是他！」

程璧光在衆人驀然回首的目光下，便是一種原形畢露的感覺，他不由自主地瑟縮著，渾身抖了幾下，「我，我怎麼了我？」

林國祥撥開衆人一步一步向程璧光走來，「你現在怎麼縮頭了？還記得去年你向李中堂苦苦請留北洋效力的情形來？何等的英雄氣概！」他向衆人說，「你們不必抱呀攔的，我與程君心裡話，今日一吐衷腸……」

程璧光說：「慢，當初請留北洋，你不也是極力贊成？事後你不是一直耿耿於懷，說我搶先向中堂一表忠心了嗎？今日話怎麼變過來了？」

林國祥：「這是你的說法，可整個北洋水師都知道，我廣東三艦的弟兄都知道，是你請留北洋的。正是這一請，廣乙、廣甲都沉了，差點廣東兄弟二百餘口人的性命都送在了你手上。」林國祥一下變過臉來，「所謂衆怒難犯，一切都由不得你了。要麼今天你就駕廣丙去跟日本人打，去死；但你廣丙上的人肯麼？要嘛今天下降表的事就是你了！去不去？免得我廣東數百個兄弟統統來剝了你的皮！」

衆管帶此時一律牆倒衆人推，說：「林管帶雖激烈，話說得也有理。」

「程君，今日看在眾人的面上，還是屈尊就駕罷了。」

程璧光猛然將一口痰吐到了林國祥的臉上，「也望衆人作個見證，林國祥！程某只要還能掙扎出一口氣來，將來非告你！」

林國祥哈哈笑了起來，「去下降表罷！告我？此一戰北洋水師喪盡，李中堂也是生猶如死，將來還不知怎麼個下場呢？還向誰告？京城裡的衙門深著呢？只怕你連門也摸不著！回南洋向張南皮張之洞告？可不想想你輕巧巧將南洋三艦喪盡，張大人正尋你不著，你豈不是自投羅網麼？」他這才抬手一把將臉上的痰抹了下來。

程璧光一聽便失了精神，他說：「服了，國氣將盡了……怕再難掙扎出個頭緒來了！」

林國祥說：「你看，牛道，事情已了結了。」

程璧光說：「不過找了個區區下降書的，投降大計還要林管帶這樣的人主持。」

林國祥說：「牛道，就不要猶抱琵琶半遮面了，以牛道之才，其實早已在主持一切了。」

「你以為我要推辭？」牛昶昞一笑之間猶如變了個人，「不推辭了！事已至此，豈能讓大局毀於一旦？」接著他讓諸將出去向守候的士兵盡快說明情形，以安軍心。程璧光要走時，卻被他留了下來。

程璧光停在門口愣了下，說：「大清國是瞎眼了，牛道委實厲害。」他盯著牛昶昞問：「你是怕我此一去再不回頭麼？」

牛昶昞說：「此言差矣！現在此地去者已去，來者而未來，只你我二人，你心中怨恨，腰中有槍……」

程璧光恍然大悟一把將槍抽出，對準了牛昶昞。

牛昶昞淒然一笑說：「牛某自知，我是夠壞的了，但我有一點好，橫豎也是不怎麼怕死的。」他把話頓了頓，衝程璧光擺擺手，「等我把話講完了，你再開槍也不遲。」接著牛昶昞彷彿不是面對程璧光，而是在對著面前的那隻黑洞洞的槍口侃侃而談起來，「以我的眼光，若不是甲午年中日爆發這場戰事，南洋三艦，林國祥輩非你可比，你敢作為而不欠誠，已深得中堂賞識了，本是前程不可限量的。可我牛昶昞呢？在北洋水師有誰來賞識？放望眼，滿朝盡皆碌碌之輩當軸，尸位而素餐，李鴻章處處自命不凡，但恰恰就是他無察人之明，只把我看成缺少歷練又尚可一用的文員，而將北洋水師交給一個狗屁不通的匹夫丁汝昌，然北洋水師盡皆留洋的科班出身，連丁汝昌也不放在眼裡，順帶就更不把我當一回事了。何時我才能有出頭的機會？但皇皇蒼天，正所謂『天生我材必有用』，牛某一輩子不甚得意，今番終是舒展一回眉眼，作成一番大事了！足慰我心，快哉快哉！」說著他竟忘情地笑了起來。

程璧光提槍的手抖了下，「原來如此，其心狹而毒矣。」

牛昶昞搖搖頭說：「說我狹而毒？現在我將你一人留下，就是一個絕世的大度，是把降與否的全權拱手送給你了。」他伸手將桌上丁汝昌的提督大印推了過去，「不降，你手指一扣，牛某當即斃命。」對面的槍口顫動了下，牛昶昞笑了，便是格外恣肆地滔滔不絕起來，「牛某也堂堂一軀，活了五十出頭，牛某早已是一腔憤懣，今日特地選你來一吐衷腸的，否則我這輩子怕再也沒機會說出今天這番話了。程君，望著曾是好端端的北洋水師最後經我手喪得乾乾淨淨，以為我牛某的心裡好受麼？這並不是一場揚揚烈烈光彩照世的事呀！蒼天不公！蒼天不公，卻偏偏安排我牛某作出這種狗屁的事來，背對祖宗，背對皇上，背對天下人了！天理不公呀！你？你為什麼不開槍？」

程璧光長嘆一聲，將槍扔到了桌上，說：「不必了，勢敗又何必追究到你我身上來？軍無戰心，軍心喪盡，又何必讓日本人再來屠戮殆盡？算了吧！」

牛昶昞渾身的勁兒一鬆，他如一灘泥癱在椅子上，再也懶得動一動了，說：「程君，我們只留著一口氣，一雙眼，一如看著一隻好端端的瓷花瓶被砸得粉碎罷了。精彩，卻也不失之爲精彩呀！做個明白人也，也不枉爲人生一世了！」

兩行淚從他的眼中緩緩地溢了出來。

天明了。陸上海上日軍的炮擊聲又隆隆響了起來。

## 20

天明了，劉公島的主峰上冉冉升起了一面白旗。

西元一八九五年二月十二日，在一片哀哀的曙色中，程璧光駕著已將炮口高高朝天仰起，並懸掛著白旗的鎮北炮艦從北口緩緩駛出。

日本人停止了炮擊，派兩艦將鎮北押靠在日本聯合艦隊旗艦松島號旁，旋即又派四艘主力戰艦死死扼住了北口，以防詐降而導致北洋水師乘機衝出。

在松島旗艦上，日本聯合艦隊司令長官伊東佑亨召集各艦長官的緊急會議畢，旋又召見程璧光。

程璧光出示了以丁汝昌名義簽署的降書，並以英文一一念出，降書曰：

**革職留任北洋海軍提督軍門統領全軍丁爲照會事，照得本軍門前接佐世保提督來函，只因兩國**

交爭，未便具覆，本軍門始意決戰至船沒人盡而後已。今因欲保全生靈，願停戰爭，將在島現有之船及劉公島並炮台軍械等獻於貴國，只求勿傷害水陸中西官員兵勇人民等命。並許其出島還鄉，是所切望。如彼此允許可行，則請英國水師提督作證，爲此具文咨會貴軍門，請煩查照，即日見覆施行，須至咨者。右咨伊東海軍提督軍門。光緒二十一年正月十八日（西元一八九五年二月十一日）。

伊東佑亨聽畢，久久不語，將降書的英文本接過又詳細看一遍，問：「丁提督與我交友甚善，現在尚安否？」

程璧光答曰：「丁軍門有病。」

伊東又問：「各總兵是否還好？」

程璧光答曰：「還好。」

伊東問：「島上糧食有否？」

程答：「米與蘿蔔、膠藥均有。」

這回伊東望著程璧光一笑，久久地不作聲，他似在想著什麼，終於又問了一個讓程璧光百思不得其解的問題，「牙山之役，方伯謙甚諳海戰，何故殺之？」

程璧光只覺得渾身震悚了一下，說：「這是上頭的命令，丁公殊不願也。」

伊東佑亨問：「那麼威海何以失守？」

程璧光答：「陸軍與水師不相顧也，又無戰律，再戰徒傷生命，無濟於事。」

伊東佑亨說：「表面看確實這樣，但我們日本人隔海感覺到的可能就更有意思了。劉公島近況如何？」

程璧光答：「官眷及有財者皆去，窮民不能去，受貴軍轟炸，其苦實深。」語畢伊東佑亨讓程璧光稍等，隨後擬好接受投降的覆書，將其交給了程璧光。

伊東覆書盡用英文，大意爲：「接納降議，將於次日點收清方戰艦及其軍用物資，至於請英國人擔保一節，無此必要。」

一八九五年二月十二日下午，程璧光再至日艦送書，並報知日本人，丁汝昌提督軍門的死訊，希望日本人將接受投降的日期延展至二月十四日。

日本人表示同意，但提出十四日需清方再派一名軍官來議簽正式降約。

一八九五年二月十四日，大清國威海衛水陸營務處提調、道員牛昶昞，乘艦來到日本聯合艦隊旗艦松島號上，與日本聯合艦隊司令伊東佑亨共同簽訂了《威海降約》，共十一條。

## 21

一八九五年二月十五日，因信息的阻塞，對於已簽了降約的北洋水師詳情，京城幾乎一無所知。然而這對於同樣處在絕望中的京城，已顯得不那麼重要了。

二月十五日那天，李鴻章為赴日議和事匆匆奉命趕到京城，正將面君請訓時磕下的最後一個頭剛剛抬了起來。

皇上在逼視著他，直截了當地問：「李卿，這境地，你的感觸如何？」

李鴻章低著頭說：「敵欲甚奢，注意尤在割地。」

「豈止割地，是在割朕身上的肉！」皇上見群臣寂寂，忽地怒眼圓睜，「說話，你們都說話，世食朝祿，承受國恩，此時怎能默默而無一言？」

徐用儀接過話來說：「皇上，戰事已實難相續。日本重在割地，若駁斥不允，則都城之危，即在指顧。」

光緒皇帝又問李鴻章：「天津大沽海口，能否拚力一搏為朕死死守住？」

李鴻章說：「實無把握，不敢粉飾。」

皇上說：「衆卿，就非要朕割地了不成？」

翁同龢翁師傅說話了，「本朝自道光年以來，雖外患連連，英法聯軍亦曾入侵過京城，可地從來也沒割過。地，乃大清二百餘年江山的根基也！此例一開，而西洋紛紛效法，如何止遏？那樣便國將不國，亡國之日無遠矣！」

翁師傅永遠都是對的，當時李鴻章想，即使是大清倒了，翁師傅也還是對的。因此李鴻章再一開口，就叫所有參與召對的人都目瞪口呆了，他說：「皇上，臣與師傅所慮者相同，絕不能割地！」

孫毓汶立即緊逼上來問：「那李相是要決心緊守大沽海口了？」

徐用儀加了一句，「遼東劉坤一一敗再敗，中堂又當如何？」

李鴻章也只好咬緊了牙關說：「皇上，臣已爲議和大臣，誠如翁師傅所言，身擔著大清二百餘年江山的干係。」他轉身向衆軍機大臣拱手連連，「因此割地之說絕不敢擔承。另外，假如占地索銀，亦殊難措，戶部恐無此款。」

翁同龢立即說：「以銀易地，中堂此法實是難得的變通之計。但得辦到不割地，則多交與日本一些錢款，我自當竭盡努力。」

恭親王奕訢嗓子癢了似地咳了幾咳，掏出塊絲絹來將痰吐在上頭，卻不說話了。倒是徐用儀忍不住，走出一步說：「翁師傅，當年北洋水師軍款難以籌措，今日怎麼突然來款了？」

翁同龢不看他，卻對著皇上說：「皇上……」

光緒皇帝說：「又是口舌之辯，當初……當初不是都……以爲日本區區小國的麼？」

翁同龢噤口不語了，光緒皇帝卻衝李鴻章說：「淮軍與北洋水師，西法操練多年，更兼洋槍洋炮洋教習，朕不明白，如何就不經打，如何一打就一敗塗地！」

恭親王奕訢終於開口說：「皇上，一切都非同往日了。師傅說得對，能以銀易地當然好。但仗打了大半年，軍需軍餉的籌措已是挖肉補瘡，這賠款的銀子臣實不知道翁師傅還從何處籌措？」

光緒皇帝一時答不出來，望著翁同龢。翁同龢沉吟一下走出說：「償勝於割，此是明擺的事。李中堂身繫重任，赴日商談，亦可提出分期付款一法。」

徐用儀問：「這是我們戰敗議和，如若日本人不肯當如何？」

翁同龢說：「畢竟我堂堂大淸國，怎肯，且怎會失信於天下？」

光緒皇帝說：「也好，賠款一事朕已有定見，現唯責成李鴻章赴日後妥辦。」

衆軍機一律都把眼望著了李鴻章，譏諷竊笑的神色溢於臉上。

李鴻章再也禁不住，面朝皇上通地聲磕了個頭說：「皇上，割地不可行，分期付款臣自度也難辦到，老臣赴日，自當力爭，若辦不到，議不成則歸耳。」

光緒帝坐在上面，向著李鴻章盡是冷笑了，「朕對你戰敗且不言罪，議不成則歸，那朕還要你赴日議和談什麼？」

恭親王奕訢這時已在李鴻章身邊跪了下來，驀然間兩顆淚珠夾在眼眶內滾動著，啓奏道：「皇上，遼東戰敗，威海陷落，而劉公島北洋水師覆沒的日子想不遠矣，日本人的兵鋒立馬就可兩路夾擊，直下津京，再怎麼打？又拿什麼去打？國勢垂危，即將一發而不可收拾了。」

徐用儀、孫毓汶也一齊隨後跪了下來，孫毓汶說：「此時議和，實不得已，如不開議，如議不成，則津京危急，若皇上意欲遷都再戰，實恐太后不肯。」

徐用儀道：「皇上主宰天下，聖心定是以天下、以大局爲重。以今日情勢，若議和不成而斷送了大淸江山，委實難以設想吶！臣等唯請皇上以宗社江山爲重，邊患爲輕，切實權衡利害！」

光緒高高坐於龍椅之上，神色陡失地說：「宗社爲重，邊患爲輕，這仗如何打成這樣了！朕，朕莫非就眞是要當亡國之君？」他忽地哭出了聲來，「朕自登基以來，每日勤政，不敢稍怠；黎明即起，常至五更，處事以謹，辦事以勤，上對列祖列宗，下對臣民百姓自問無愧……可，可天道不公，天道不公呀！爲什麼偏偏要我來當這個亡國之君？亡國之君？」

光緒皇帝見群臣低著頭，一個也不說話，抓起案頭的硯台就砸了下來，「爲什麼！說！」

李鴻章稍稍抬起頭來，望皇上一眼說：「皇上，海疆大開，千古未有。大清是在應對三千年未有之一大變局，實是天道不同了……」

翁同龢略搖了下頭，「三千年之一大變局？」

徐用儀立即接過話來說：「皇上，海疆大開，釁自東來不錯。而燃眉之急卻在於眼前，中堂開首便說日本注意尤在割地，何故中堂卻又極力反對割地。我覺今日明亦中堂，暗亦中堂！」

李鴻章說：「非議割地而不能開議。然，如割地，北則礙於俄，南則礙於英、法、德、美。」

光緒皇帝長嘆一聲，「世道是不同了……連割地也還要看列強臉色。」

李鴻章說：「倘能事先將日要求昭示於西洋列國，以拒東洋之要求，或可一試。此實在是老臣還心存的一點僥倖也。」

翁同龢兩個眼都一齊亮了起來，「此法甚善，不謀而合！」

光緒皇帝也爲之一振，連說：「李，李卿，朕即著你去連絡各國，以求伸正義於一張！」

一八九五年二月十五日，大清國北洋水師所餘鎭遠、濟遠、廣丙、平遠、康濟、鎭中與五艘魚雷艇共十一艘艦船，它們的艦首與桅杆上已懸掛著日本帝國的太陽旗，正在淸晨曙色的映照下獵獵飄揚著。此十一艘艦已全部改爲日方海軍人員駕駛，正緩緩地開出了威海灣的南口。

大清國北洋水師餘艦從此化入了日本聯合艦隊的作戰序列。

大清國北洋水師掃地以盡，從此再也不復存在了。此國恥，民族之恥也！今後的中國人大約是不會忘記，這中國第一支曾稱雄亞洲、位居世界第六位的近代海軍是怎樣在威海灣內歸於大毀滅的。

日本人並沒有忘記他們在一百年前曾有過的輝煌，據說他們曾將鎭遠鐵甲艦上的巨錨卸了下來，陳列於東京的上野公園內，供世人參觀。

但中國人在鐵壁森嚴的包圍之中，畢竟還衝出過一艘名叫左一的魚雷艇，然而卻將它作爲一個恥辱的印記，在一百年的悠悠歲月中提起它來，不是咬牙切齒，便是故作淡忘狀，對此諱莫如深……

一八九五年二月十五日面君召對後的幾天，李鴻章馬不停蹄地訪問英、法、美、德、俄諸國公使，請他們「將日本議和條件電知本國」，一面又通過總理各國事務衙門電令中國駐英、俄等國公使，「速赴外交部密商託。」然而數日來的努力，得到的回答竟都是，若不以土地事談判，怕中日間事「不能結局」。

於是李鴻章在二月二十五日的召對中，也就只好如實面奏曰：「借助仍難著實，西洋不肯用重力，恐無濟於事。」

在衆人愕愕然了一陣之後，召對便又翻回到了前十日的情景。然而就在這天，皇上卻作出了個微妙的決定，皇上說他將面稟太后，一切由太后決定。皇上的意思再明白不過，皇上也怕承擔這天大的責任，皇上也怕落下這千古罵名。消息當天就從內廷傳了出來。老於成算且久經世態風雨的慈禧皇太后，舉重若輕只輕輕一句就又將一切推了回來，「任汝爲之，毋以啓予也。」意思是，事情到了這一步，你看著辦好了，不要再來告訴我了。

皇上是焦頭爛額了，然而皇上在一八九五年三月四日最後召見李鴻章，決定給他以「商讓土地之權」時出語卻是周到而微妙，「赴日議和，一切權衡利害之輕重，情勢之緩急，統籌全局，即與定議條約，以紓宵旰之憂，而慰中外之望。」經過了一場戰爭，皇上確實是歷練出來了，統籌著全局的皇上，卻又要李鴻章來統籌全局了……

李鴻章就在這天，捧到了那本燙手的全權敕書。

然而在這一百年間，所有的歷史記載中都沒有忘記，並且都不約而同地記上了這樣一筆……

一八九五年二月二十一日下午，天是灰濛濛地陰沉著，已成了日本聯合艦隊一員的原北洋水師練習艦康濟號重又駛進了威海灣，靠上了已經陷落了的劉公島，艦上的炮以及多餘的設施盡皆被拆除了，改成了一隻巨大的靈船，在鐵碼頭邊裝上了丁汝昌、劉步蟾等的靈柩後，改由它的原任管帶薩鎮冰駕駛。康濟艦在威海灣內兜了一個彎，經過東泓炮台、日島炮台緩緩地沿來路而出，在經過曾是北洋水師死死扼守著的南口時，它低低地拉響了汽笛……於是這蒼茫灰色的天空與灰渾一片的大海之間，也一律回響著這瘖啞的嗚嗚之聲，似乎天地與大海都在為剛剛寫過的那不堪回首的一頁啜泣著。

然而，此時日本聯合艦隊已在口外列成了嚴整的隊形，在康濟的一聲短暫汽笛過後，突然一聲聲鳴響了它們的大炮。拔除了彈頭的炮彈鳴放起來格外地響亮，猶如山崩地裂，隨著日本人一陣陣致哀的炮聲響起，日本聯合艦隊的數十艘戰艦都一律緩緩地降下了他們的國旗……

這，大約是丁汝昌、劉步蟾生前想也沒想到的；也許一切盡在他們的預料之中……他們的自殺殉國似乎深深地感動了日本人，日本聯合艦隊司令伊東佑亨在得知丁汝昌的靈柩將用小木舟送往煙台時，胸中不禁感慨，「丁汝昌雖力盡戰敗，但如他的遺體載於一葉之舟，實為有血肉之日本男兒所不忍……」應該說，以日本國大和民族的民族精神來評判，此舉日本人是誠摯的，似無非議。

但一百年來國人對此卻偏偏隨了日本人的態度，似乎一死百了，似乎遵從著一種「避死者諱」的態度絕不願深究。

如此，確實避了諱，卻將一些屬於民族與傳統文化中的弱點與缺陷深深地掩埋了。

然而深究起來，恰恰又將中華民族的弱點暴露了出來，至少暴露在了這歷史的白紙與黑字之間……

一八九五年，曾有過的北洋水師的輝煌與不忍卒睹的大覆沒，作為歷史終於翻過去了，但是大清帝國與日本帝國在甲午年間爆發的戰事還並沒有完，它們都在尋求一種共同的了結。

# 第九章 百年榮辱

## 1

又將是一年中春和景明的日子了，可是天卻暗著。

一艘英輪頂著朔來的東風行駛在渤海之上，風掀起了如山的巨浪一峰一峰地壓來，船首似被它深深地活埋了，復又高高地聳起，海水由是形如百川，沿著甲板奔流傾瀉，然而另一個浪頭又已轟轟然撲上了這船……

李鴻章的眼透過舷窗緊緊盯著大海，海天往南，就是威海衛，就是劉公島。他的北洋水師早在一月前就全軍覆沒了。

覆滅了？覆滅了。李鴻章扭過頭又悵悵地望向北面的舷窗，窗外依舊是海天一色，灰濛濛的，他忽然問：「今天是幾日了？」

隨從有人低低地答：「三月十四日。中堂。」

李鴻章依然望著北面的窗口。三月九日，十數萬清軍在欽差大臣劉坤一的指揮下與日軍相持數月後，終於不敵日軍數萬人的攻擊敗下陣來，遼東重鎮田莊台失守了；由是，山海關已暴露在日軍的視野之中，由陸路進犯京城的門戶似已豁然洞開。李鴻章將目光收了回來，他說：「那是西曆，本朝用陰曆，若依陰曆應是？」

「二月十八。」

「哪年二月十八日？」

「乙未年（光緒二十一年）……」

航船在風浪中又連著顛簸起來，李鴻章有些想吐，他忽地問自己，乙未年二月十八日，我此行何處去？心似被緊揪了一下，李鴻章默默閉上了眼。出京時他的好友吳汝綸為他悄悄送行時說：「此時言和，直乞降耳，乃欲以口舌爭勝，豈可得哉？」其實吳汝綸僅僅論及了事情的一點皮毛而已，此時細想，他李鴻章眞恨不得這艘船被一個巨浪打來，從此傾覆葬身於這大海之中就好了。

李鴻章有些禁不住，他躺到了床上去。

風浪在不知不覺中平息了些，艙外的天上，厚重的雲層堆砌，如巨浪狂濤般地翻捲著。偶爾它們被風撕裂開來，一道白熾的陽光便如利劍，直刺到這依舊捲騰著的、鉛灰一片的海上……蒼天與大海的光與色交織，便顯出了一種浩大的慘烈。

「嗚，嗚，嗚……」所乘英輪上的汽笛驀然間拉響了，猶如這灰濛濛海天之間傳來的哀哀啼哭。躺在床上的李鴻章一動不動了，他的臉色變得蒼白，他屏著呼吸在傾聽著，過半天他的眼珠才開始轉動了一下，兀自坐起問：「這，這是到馬關了麼？」

隨侍在身邊的人告訴他說：「中堂，不，這是本輪在海上與德、英兩國的兵輪相會了。」

「嗚、嗚、嗚……」三短一長的汽笛在這海天一色的空間又一次震響迴盪起來，並且很快地響成了聲勢浩大的一片。這次李鴻章再也忍不住，毅然起身，於行船的顛簸之中深一腳淺一腳地在衆人的挽扶下，走出艙室。鉛灰色一片滔滔濁浪之中，英國與德國的軍艦各四五艘，正從所乘的英輪兩側駛過，隊形嚴整，艦首高聳正劈波斬浪，一切叫人見了恍惚如墜夢中……

也就是在約莫一年以前，他李鴻章也是乘舟行駛在這渤海灣，那時他還在大閱他的海軍，北洋水師數十艘艦船也還威風赫赫地行駛在這一片汪洋上，他還曾立於船上感嘆於海疆天險化爲通途的滄桑巨變，苦思於如何應對這「三千年來之一大變局」……不過彈指一揮間，他的，更是大清國多年培育的精華——北洋水師已是掃地以盡了；當年茫然於浩浩水師巍巍艦隊向何處駛？何處又是彼岸？而今已是有了一個了結。

李鴻章回到艙裡，又躺到了床上。一個巨浪打來，摧擊得船身如巨雷般地鳴響，臥在床上的李鴻章翻了一個身，沒等身邊的人來扶助，再也忍不住，他爬在床邊吐了，一口黃水一口黏液不斷從口中湧出，散落黏連於他的鬍鬚之上……這個了結委實太殘酷了，畢生的事業掃地以盡，千古奇恥，他還得顛簸於這浪濤之中東渡日本，同日本人去議和，向日本人去乞和了。割地賠款再所難免，落下的便是千古罵名……

本來他李鴻章是可以躲過這一番赴日議和的，可是天意，卻不能。

那是在李鴻章受命赴日行前的一天深夜，恭親王奕訢來到了他下榻的冰盞胡同裡的賢良寺。這是十多年來他與恭親王的第一次單獨相見，四目相顧一時間竟什麼也說不出。良久，恭王終於一屁股坐了下來，說：「李相，你不要怪我。」

李鴻章這才記起了禮數，「恭王，不怪你，怪你的話又怎麼說？」深深的一鞠躬後他仰起了身，聲音卻抑制不住地高了起來，手指著東面的窗子，便是直欲要把那窗紙也戳它一個窟窿的模樣，「要怪，鴻章我怪日本人，我恨日本人吶！他們是嫌還把我李鴻章打得不夠慘，還要我再顛著這張老臉去向他們跪地乞和呀！」

恭親王奕訢說：「皇上對你李鴻章深惡痛絕，派你爲議和大臣又不許來京請訓，是年輕少歷練，任性使氣的所爲。我從旁看得清楚，這本是你開脫議和干係的最後一次絕好機會。是我單獨求見太后面陳其中利害，這才有太后斷然令你赴京會商議和一事的……」

李鴻章說：「恭王，不說，讓我蒙在鼓裡豈不更好？」

恭王奕訢尷尬地一笑說：「我是怕，人到了逼急處，就會有些顧不過來的……」

李鴻章問：「此話怎說？」

奕訢說：「李相叱吒風雲了一輩子，此番一去，也實在是委屈得很了。不若一切說到明處，也不枉我們相交多年。我是怕你到得日本，便可以作一回安維峻，狂發一通宏辭，力拒日本要脅，而博千古之美名的。那時國人盡皆稱頌，皇上一個安維峻都奈何不得，又奈你何？」

李鴻章半天也吱不出聲來，終是又很不自在地笑了一下，說：「恭王是怕萬一，萬一我到了日本心有旁騖。恭王來，是欲將一顆釘子敲打死的……既然對我擔心，恭王也完全可以力主遷都再戰的。」

恭親王奕訢說：「遷都再戰？」他連連苦笑著，「滿朝文武都可以這麼說，百姓們都可以這麼說，但世人不清楚，我這個皇叔心裡再清楚不過，不是那個時候了。李相！」奕訢的眼中已溢出了閃亮的淚來，「大清早已不是二百多年前進關入主天下的時候了，它拿不出那麼大的氣派，也做不出那篇鏗鏗鏘鏘的大文章了！病入膏肓，病入膏肓吶！再則，太后剛剛過了六十大壽，肯遷都？單憑這，咱大清國就能遷都？面子，咱大清國要的是面子，它，它面子上過不去的呀！因此唯有議和一法，才能給咱大清先緩過一口氣來。我此番前來委實是要把一顆釘子敲打實在的。李相，大清不肖子孫，恭王奕訢，我求你了！」說著他便要倒地一拜，被李鴻章一把拉住了。

李鴻章說：「恭王的來意領了。耿耿才爲老臣心吶，恭王亦算是爲大清國鞠躬盡瘁，鴻章，鴻章豈能不死而後已？」

恭親王乘李鴻章不備還是深深一鞠躬，「是大清國對不起你李鴻章了。人到晚年還圖什麼？此一去，李相一生的功名建樹都將蕩然無存，而落下千古的罵名！」

李鴻章聽了，愣愣然地坐在了椅子上，過半天才喃喃猶如自語道：「我辦了一輩子的事，練兵也，海軍也，都是紙糊的老虎，何嘗能實在放手辦理？不過勉強塗飾，虛有其表，不揭破猶可敷衍一時。又談何功名建樹？如一間破屋，由裱糊匠東補西貼，居然成一淨室，即有小小風雨，打成幾個窟窿，隨時補葺，亦可支吾對付。乃必欲爽手扯破，又未預備何種修葺材料，何種改造方式，自然眞相破露，不可收拾，但裱糊匠又何術能負其責？恭王，若說我李鴻章一輩子有什麼建樹，自不敢應承了，我其實就是個裱糊匠呀，你也是個裱糊匠，我們都是裱糊匠。若說這輩子有什麼遺憾，也唯有這一件，一輩子都沒放手辦過一件事的呀！」

這艘載著屈辱、氣憤與幻滅的航船終於駛出了渤海灣。向東，消失在一派波濤洶湧的天際。

*2*

一八九五年三月十九日，由李鴻章帶領的大清國議和使團到達日本馬關。第二天與日本國代表內閣總理大臣伊藤博文、外相陸奧宗光會議於馬關春帆樓。會談中李鴻章首先作了長篇發言，「亞細亞洲，我中（中國）東（日本）兩國最爲鄰近，且係同文，詎可尋仇？今暫時相爭，總以永好爲事。如尋仇不已，則有害於華者，未必於東（日本）有益也。」接著他讚揚了日本「近年來的改革成就」，同時對大清國的改革深表嘆息，「我國之事，囿於習俗，未能如願以償，轉瞬十年，依然如故，本大臣更爲抱歉，自愧心有餘力不足而已；貴國各項政治，卻日新月盛，由是反觀我國，亦深知必宜改變，方能自主。」

說了這些，李鴻章不得不談及導致他到日本和談的中日戰爭，他斷言：「中國（通過中日甲午戰爭）僥倖得以從長夢中覺醒，此實爲日本促成中國發奮圖強，幫助其將來之進步，可謂得益非常巨大。」

而對於中日兩國將來的關係，李鴻章作了這樣的描繪與預測，「兩國應爲維亞洲大局，永結和好。日本有不弱於歐洲各國之學術知識，中國有天然不竭之富源，如兩國將來能相互合作，則對抗歐洲列強亦非至難之事……」

然而現實的談判地位，卻又不得不使李鴻章深陷在泥沼中竭力地掙扎著……

在第三次會談的三月二十四日，爲停戰一事雙方反覆辯論，伊藤博文步步緊逼，「初戰之始，我兩國譬如兩人走路，相距數里耳，今則相距數百邁，難回首矣。」

李鴻章答曰：「少走幾邁不亦可乎？縱令再走幾千里，豈能將我國人民滅盡乎？」

伊藤博文突然話題一轉，「我國之兵，現往攻台灣，不知台灣之民如何？」

李鴻章答曰：「台灣係潮州漳泉客民遷往，最爲強悍。貴大臣提及台灣，想遂有往踞之心，不願停戰者，因此。但英國將不甘心……」

伊藤云：「有損於華者，未必有損於英也。貴國如將台送與別國，別國將笑納。」

李源章答曰：「台灣已爲一行省，不能送與他國。二十年前貴國大臣大久保以台灣生番殺害日商，動兵後赴都議和，過津又與我相晤。我言生番殺害日商，與我無涉，切不可因之起釁。我說話甚直，台灣不易取，法國前次攻打，尚未得手。海浪湧大，台民強悍！」

伊藤云：「我水師兵弁，不論何苦，皆願承受。一冬以來，我兵未見吃虧，處處得手。」

是日談判散後，李鴻章從會場返回寓所途中，竟然遭到日本浪人小山牛太郎槍擊，一顆子彈擊中頭部左側，深深地嵌在面頰內，血流不止，七十三歲的李鴻章「登時暈絕於地」。

一個外國使臣被所在國暗殺，世界輿論爲之嘩然……

日本國深恐李鴻章以負傷爲藉口，中途返國，並巧誘歐美各國干涉。因此立即自動宣布除台灣、澎湖地區以外，立即停戰。

## 3

李鴻章以身負一槍的代價，終於使中日間的戰爭大部分地停了下來。

日本人避過了這場大風波，依舊抱定不與中國講道理、只要大清談事實的態度，於一八九五年四月六日發出照會，脅迫李鴻章對日方講和條款作出明確答覆。

從李鴻章到日本議和後，每日談判的每一個細節，都無不當日電知朝廷，以求得到皇上的指示而爲自身留下可退的「地步」。

一八九五年四月九日，李鴻章將大清國的和約修正案交給了日方。

四月十日，日本內閣總理大臣伊藤博文交給了李鴻章一份覆文，文中要求大清國賠款二萬萬兩白銀，割讓遼東半島與台灣、澎湖。面對李鴻章的反駁與乞求，伊藤博文蠻橫地聲稱，「日本的條款已讓至盡頭，」他指著覆文對李鴻章說：「不必多言，只要你說兩個字，『是』與『否』！」

李鴻章急電本國總理各國事務衙門請示：「鴻力竭計窮，宜速請旨定奪。」

一八九五年四月十七日，李鴻章與伊藤博文在《馬關條約》上簽字。

由此，伊藤登上了他一身事業輝煌的頂峰，而被煌煌地載入大和民族的史冊之上。

由此，李鴻章亦不可免地被釘在了中華民族的恥辱柱上，而必然地受到了國人一百多年來的唾罵。

## 〔尾聲1〕

一年後的一八九六年九月間，李鴻章出使歐美五大國，返程時搭美輪途經日本橫濱換乘。時日本早已在岸上大肆鋪排，行館妥備，人員列隊於岸恭迎，待若上賓。

李鴻章出艙見此場面，扭頭便回，一任隨行規勸萬端，誓不再登日本之岸。換乘之中國招商局「廣利」號駛近時，需有小船擺渡，當李鴻章得知擺渡之舟也爲日本船時，遂不肯行。船家無奈，只得於兩艙之間架設一形似獨木橋似的跳板，讓李鴻章由美輪而上「廣利」。

時海上浪湧甚大，兩船高下，此伏彼起，並時有浪頭激盪於兩船間，浪花飛越數丈。七十四歲的李鴻章在從人的牽引推扶下，行上獨木跳板，一步一顫，一步一顫登上了「廣利」號返國，從而實踐了他「終身不再履日地」的誓言。

## 〔尾聲2〕

一八九六年李鴻章出使歐洲，參加某國重大慶典時，各國使臣盡皆站起，樂隊依次高奏各國國歌。

輪到中國，樂隊吹奏之聲嘎然而止。大清國有著悠悠千古的文化傳統，竟然沒有一首國歌，全場啞然而尷尬。時滿臉脹紅的李鴻章突然從隊列中走出，頭一昂，用蒼老而略帶沙啞與倔強的嗓子高歌起來……

李鴻章唱了一曲他們家鄉的地方戲，以作國歌。

此戲為流行於安徽一帶的廬劇，俗稱「七板子」。其節律，極為悠揚與鏗鏘，常透壓抑與幽憤之音。

各國元首使臣聽著，譏笑的神色一律從臉上蕩盡，無不變得肅然。

看來他們是聽懂了。聽懂了一個無國歌國家的國歌，聽懂了一個文明古國在世事巨變中從胸臆間迸發出的悲壯之音……

【附錄一】

# 重塑一八九五年的李鴻章

◎黃毓璜

在《一八九五，李鴻章》這部長篇歷史畫卷中，我們不難看出李鴻章處於結構中心的位置。第一章展現北洋水師軍中情勢，實際上可以看做「李鴻章在軍中」；第二章鋪敘滿淸政府的朝中狀況，也正可以看做「李鴻章在朝中」。前者把豐富的歷史內容、心理情境突顯在李鴻章的滄桑感受之中，「募兩淮子弟自成一軍」及其「光輝戰績」的緬懷，自然已經是「往矣」的追尋了；「自辦洋務以來，畢三十年之功」而「總算使北洋水師自成一隊」的卻顧來徑，也分明滲溢著「歷盡艱辛」的慨嘆。如同有感於爲接見海陸文武而設的那張沙發如今已空下了一邊，李鴻章的孤獨無助感和歷史失落感已經於他一出場就有所表現。一方面是歷史的無可奈何的失落，另一方面則是與之相應的現實壓迫，「日思夜想」的、「求得國爲一國之尊嚴」的心志，被列強壓迫爲「淤積在胸中的一口悶氣」，久矣，苦矣。方伯謙的一番精闢之論使他感到說不出的痛快，實際也就是其人代他一吐而快了。對於一種內心激賞的言論卻在公開場合下斥之爲「荒唐之至」，除了他自身難以逾越的局限外，大體就緣自存在另一面的無法言說的壓迫，那就是來自那個需得「拱衛」的「京畿」，亦即必須將其安危放到第一位的那個「社稷」的種種掣肘。第二章正是就此所做的藝術展開，藉助建造園子與皇族權力、建造園子與北洋海軍這些本來風馬牛的事情的複雜攪和與緊緊扭結，藉助帝后、滿漢以及壽事和戰事諸多矛盾的交錯勾連，具體突現出李鴻章左支右絀的窘困處境和如履薄冰的舉步維艱。所謂「坐鎮北洋，遙執朝政」實在是坐著說話不腰疼，是他執了朝政還是朝政執縛了他？箇中滋味恐怕確乎是局外人難以遍嘗的。

李鴻章的這種歷史失落感和現實壓迫感，在長篇中是不時展現而有所貫串的。如第四章中，大戰在即，愁腸百結的李鴻章於芒刺在背、前後受到夾擊下進入夢境，復現十年前跟日相伊藤博文充滿機鋒的一席交談，體味到忽視開發民心民智造成的失落；第五章寫他在黃海大東溝之役水師戰敗，真真假假的戰報使他萌生與辦洋務的痛苦反省，體會自己跟大清國一起衰老的歷史事實和人生情味；第七章寫了軍事重鎭旅順口失陷後，皇上的聖旨接踵而至，追究淮軍一系逃匿的敗將，對他作出革職留任的處置，由此引發出人物對於自身的剖析，對於選擇忠於清室的前提下實施國家變革這條道路的思考……

作者的一系列心理描繪，是建立在可以證諸中外文獻事實的基礎之上的，比如那份由美國駐津副領事提交，與日本外務省官員談話的節略，那份出自監察御史安維峻之手的《劾李鴻章疏》，那份經過史學家考證的《中國革命記》等等，當然還可以包括當年劉捻征戰已近尾聲時，一個行踪詭密的外國人令他「冷汗浹背」的「開導」，赴日議和前夜恭親王奕訢對他表示深深內疚的一席談，甚至也應該包括和議之前，國人充滿激憤的街談巷議和到處張貼的揭帖……中外文獻的參照，包括某些大相逕庭之處的比照，是作者對於材料的倚助方式，也是作者以眞情之火去點燃這些材料，從而在材料的燃燒中照亮歷史和人物的途徑。這使得《一八九五，李鴻章》中呈示的李鴻章其人在事業困境中的激憤和掙扎，在事業煙滅下的淒愴和酸楚，拌和著眞實的歷史，並在這種拌和中理所當然地生發出藝術的傾向。當我們沿著長篇的規定情景，注目李鴻章從駕乘海宴輪在海上馳驅而來，到乘坐進一艘英輪之上，以其七十有三的老邁之軀，去完成一件把自己釘在恥辱柱上的事，並以身負一槍的代價，爲甲午之戰畫上一個可悲的句號，我們不能不在歷史的深味中生發對於一個歷史人物的悲憫。

李鴻章事業的覆沒誠然是他的悲劇，誠然是一次失敗的紀錄，但無論是從既往的精神還是從現實的觀念看，這都是一幕充滿教益而值得憑弔的關於「誕生」的悲劇。「三千年未有之一大變局」是個很具分量也很富於啓示意味的短語。同時，戰爭並不能單純是個人活動和統治者的舞台，歷史的偉大成功和可恥失敗，也並不能像我們所相沿成習，總是歸結向個人的功罪。人無法脫離他的歷史環境而被認識，歷史本身也不能脫離「所有可能之歷史的總和」而被理解。這是經由《一八九五，李鴻章》的閱讀留下的一種感受，也應該是這部長篇給歷史小說藝術運思和表現途徑提供的一種借鑒。

【本文作者簡介】

◎黃毓璜，男，江蘇省泰興人。中國作家協會會員，江蘇省作家協會理事、創研室主任，一級作家。七〇年代末開始從事當代文學研究，著有當代文學論述近三百萬字，並有大量的散文隨筆作品問世。

【附錄二】

# 《一八九五，李鴻章》的藝術獨到之處

◎陳遼

《一八九五，李鴻章》之所以成功，因爲它在藝術上爲同類題材和類似題材的文學作品提供了一些新東西：

一是把寫甲午戰爭的過程和寫戰爭中人物的命運結合了起來。鄧世昌全力抗戰，後因艦身中彈過多行將下沉，他推走了游過來救他的太陽犬而英勇殉國。方伯謙打得頑強、機智。他在黃海大戰中不僅救援了來遠艦，還以向西疾駛的行動吸引了吉野等敵艦，但由於他最先率艦離開戰域，後來竟以「臨陣退縮」罪而受到「軍前正法」。光緒帝參與了甲午之戰的全部過程，但甲午之戰的敗局也導致了光緒命運的改變，他的實力在與慈禧太后的爭權中受到了削弱；另一方面，他在甲午之戰過程中受到了歷練，懂得了世事，乃於一八九八年發動了戊戌變法。《一八九五，李鴻章》比較自覺地、藝術地處理了寫戰爭過程和寫人物命運的關係，既使小說具有很強的可讀性，又使小說有了「意識到的歷史內容」，成功地塑造了許多個有深度、有厚度、有力度的人物。

二是在甲午之戰的描寫中把宏觀的歷史眞實和微觀的細節眞實結合了起來。上自慈禧太后、光緒帝，下至水兵；敵方日本，軍政兩界；「中立」者英、德、俄、美諸國的使臣和代表，無不盡入眼底，統收筆下。它是一部全景軍事文學作品，在宏觀上再現了甲午之戰的歷史眞實：甲午之戰的失敗，敗就敗在北洋水師力量不如日本艦隊；敗就敗在清朝政治腐敗，貪污受賄上下沿襲，將校惜命，軍紀鬆弛；敗就敗在爲起造頤和園，爲慈禧做六十大壽，花錢如流水，財政已經掏空；敗就敗在光緒帝不懂軍事，卻又在搞電報指揮，一會兒要水師主動尋敵決戰，一會兒又要水師堅守劉公島，而懂軍事的李鴻章卻又受到各方面的掣肘，內外交困，不能不依違於光緒帝的命令和前線發來的戰報之間；敗就敗在北洋水師內部，提督與管帶之間，管帶與管帶之間，軍官與士兵之間，矛盾重重，誰也不服從誰，而北洋水師與駐守旅順、大連、劉公島、威海各陣地的陸軍之間，也是各樹山頭，誰也不買誰的帳，沒有統一的指揮；敗就敗在，在統治集團核心，慈禧與光緒，翁同龢與李鴻章，滿人與漢人，又是水火不相容，你向我捅刀子，我朝你屁股踢一腳，直隸總督李鴻章與山東巡撫李秉衡，也是「以鄰爲壑」，視同路人；敗就敗在西方列強，名爲「中立」實爲坐山觀虎鬥，企圖讓中日之戰彼此削弱，坐收漁翁之利。

小說中描寫濟遠艦與吉野艦的決鬥，無論是兩艦炮戰的交鋒、方伯謙的指揮與詐降、吉野中計中炮的細節描寫，無不經得起現代海戰實際的檢驗。戰鬥結束後，方伯謙坐在後主炮的前面，「呆呆地望著已變成一個小黑點的日艦，突然爆發出一陣撕心裂肺、悲憤欲絕的號啕大哭」，這一細節，更顯示了方伯謙在贏得這場海戰後的憤怒又失望的心情：北洋艦隊的主力和大清國號稱亞洲第一的定鎮兩鐵甲巨艦爲什麼不來接應以擴大戰果呢？丁汝昌自殺前早已爲自己準備了一口鋪上了錦繡被褥的上好棺材以便他死後睡得舒服，更揭露了丁的自殺完全是出於逃避朝廷的處死並取得死後聲名的個人考慮。劉步蟾服毒後大叫：「諸位，就算我死過一回了！」同時命令親兵二子：「快！快！喊克爾克院長去！」更把劉步蟾的服毒是假、惜命是眞，作了徹底暴露，只因醫生晚來一步，他才因搶救不及而死去。《一八九五，李鴻章》把宏觀的歷史眞實和微觀的細節描寫，如此完美地統一在作品中，這是它對當代軍事文學的又一超越。

三是對在甲午之戰中主角之一的李鴻章的形象塑造。小說寫此時的李鴻章已從高峰跌落下來，無論是在軍事上指揮水師，還是在官場上進行鬥爭，都已力不從心。但他希望中國富強之心依舊，保存和壯大北洋水師之心依舊。他洞明世界局勢，深知中日此時開戰，於中國大大不利，但他又忠於清王朝，絕不抗旨。他敢於接見孫文（孫中山），對這個青年人大爲激賞，但他絕對不接受孫文「發動革命，推翻滿清」的建議。可是他並不逮捕孫文，卻是在夜晚悄悄把孫文放走。小說最後寫李鴻章某次參加外國慶典，因中國那時還沒有國歌，全場因樂隊未奏中國國歌而啞然而尷尬。此時，滿臉漲紅的李鴻章突然從貴賓的隊列中走出，頭一昂，用蒼老而略帶沙啞的嗓子倔強地高歌起他家鄉的地方戲，以作國歌，其節律極爲悠揚與鏗鏘，時含壓抑與幽憤。各國元首使臣聽著，譏笑的神色一律從臉上蕩盡，無不變得肅然！

《一八九五，李鴻章》寫出了李鴻章晚年性格的複雜性，把李鴻章定位爲「是個一腳跨在新時勢的門裡，另一腳卻又牢牢地踏在舊時代門外」的悲劇人物。如此寫李鴻章，不只是寫出了眞實的晚年李鴻章，而且對我們的作家們如何寫好晚清的洋務派、改良派、改革家的代表人物也不無參照意義！

【本文作者簡介】

◎陳遼，男，一九三一年生。中國作家協會聯絡委員會委員，中國《三國演義》學會副會長，江蘇台港暨海外華文文學研究會會長，中國國家級有突出貢獻的專家，江蘇省社會科學院研究員。有著作二十五部，主編的論著十三部行世。

【附錄三】

# 歷史的悲劇和悲劇的歷史

◎丁　帆

王明皓在長篇小說《一八九五，李鴻章》中，以其悲憤的筆觸重新詮釋和抒寫了一百年前的那場震驚世界的甲午海戰，把歷史的複雜與可笑，以及人物性格的多重與乖張複合疊印出來，突顯出大清帝國必將沉淪的根本緣由——面對世界歷史現代化的巨變，中華民族的劣根性充分暴露在這場黃海大戰之中。作者向我們傾訴著這一歷史事件中的許多偶然因素，也不啻是集中筆力雕刻著一個個栩栩如生的人物塑像。他在叩問滄海，叩問蒼天，叩問十九世紀末的世界與中國——歷史的巨輪爲什麼是這樣而不是那樣行駛？它的航向爲什麼老是悖離人們預設的軌跡？

在林林總總的人物組合排列中，我們透過歷史的硝煙，不僅僅看清了他們的眞實面目，而且亦看清了歷史硝煙散去後，塵封在人物和民族心靈深處，那些本來處於模糊朦朧狀態的，那個叫做「民族意識」的東西。也許給一個歷史人物重新定位並不難，難在人物的描寫背後，你能爲讀者提供什麼更新鮮更深刻的東西。所謂歷史的眞實正如一位哲人預言：它都是「一部當代史」。只有用你自身的體悟去重新認識那堆僵死的歷史資料，用心靈去喚醒它，才有可能使它重新復活！才有可能使它走近現代讀者，從而歷史的眞實也就在你的筆下重新豎起了一座豐碑。我以爲，王明皓的這部長篇歷史小說是按照這樣的歷史邏輯和觀念來抒寫的，他的心血融在了人物的血脈之中，更熔鑄在歷史的「銅鏡」之中。

我堅信，眞正好的歷史作品並非在於它的形式，而是在於作者新的發現和新的認知經驗的裸現，在於它能否突現出歷史深處那些不易捕捉的東西。從這個意義上來講，《一八九五，李鴻章》尋覓到了它所需要開掘的歷史寶藏。

【本文作者簡介】

◎丁帆，男，一九五二年生，山東蓬萊人。南京大學中文系教授、博士生導師，教育部中國當代文學研究中心副主任，《文學評論叢刊》副主編，中國現代文學研究學會理事，中國當代文學研究學會理事，中國文藝理論研究協會理事，中國作家協會會員。

# 歷·史·導·遊

穿越悠遠時空，觀賞歷史奇景

## 李鴻章與北洋水師之研究



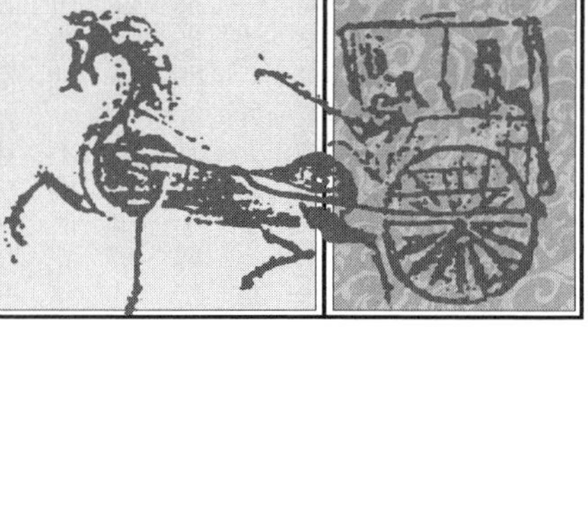

企劃◎實學社編輯部

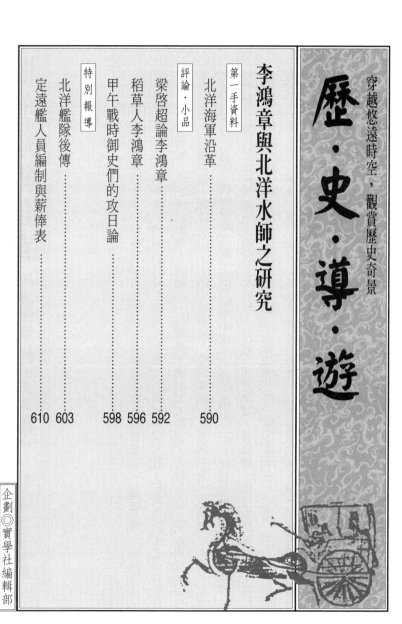

【第一手資料①】

# 北洋海軍沿革

《清稗類鈔・兵刑類》

◎徐珂

海軍經始於咸豐之季，初購英國戰艦數艘，並議聘英水師兵官統之，旋寢其議。同治壬戌，曾國藩、左宗棠合詞奏陳，請開船政局於福州、上海。而福州規模尤壯，船政大臣主之，設船政學堂，分習造船，水師成材漸衆，薩鎮冰、羅豐祿、劉冠雄、嚴復，皆學生也。同治甲戌，以日本窺台灣，海疆無備，遽締和議。朝議急興海軍，李鴻章請分立外海五軍，以饟絀，不果。光緒乙亥，設北洋水師，購鐵甲船八艘，而別購中小鐵甲二艘，防長江口。時日本滅琉球，俄據伊犁，將啓釁，海關總稅務司赫德請購蚊子船快船，分駐大連灣諸隘，備敵師。總理衙門從其議，擬以赫德總司南北海防。薛福成時以道員在直隸，上書鴻章，謂一國兵權饟權，付諸一外人之手，其事至危，議遂罷。庚辰，鴻章議減水師裁綠營以治海軍，立水師學堂於天津，主辦者閩人，生徒遂大半閩產。及甲午中日之戰，海軍將領僨事者，亦多閩人，而濟遠管帶方伯謙先遁，是役也，海軍熸焉。

甲申，從鴻章議，大治海軍，乃立海軍衙門於京師，以醇親王督辦，鴻章會辦，山東巡撫張曜、奉天將軍善耆幫辦，建旅順等處炮台，爲海軍根本，大購鐵艦。丙戌，醇親王奉旨周歷旅順、大連灣、威海衛、煙台諸要隘。戊子，定海軍制，以丁汝昌爲海軍提督，英兵官琅威理爲海軍總教習。設提督一，總兵二，副將五，參將四，游擊九，都司二十七，守備六十，千總六十九，把總九十九，皆隸北洋大臣。鐵甲二，鎮遠、定遠。快船六，致遠、靖遠、經遠、來遠、超勇、揚威。蚊子船六，鎮中、鎮邊、鎮東、鎮南、鎮西、鎮北。練船三，威遠、康濟、敏捷。合魚雷艇六艘，運船一艘，大小二十五艘。以山東之威海衛爲宿泊海軍之所，奉天之旅順口爲修治鐵艦之所。大連灣建炮台，固，旅順後路。總兵張光前統親慶軍三營，駐西炮台，總兵黃仕林統親慶軍三營，駐東炮台，四川提督宋慶統毅軍九營，專防旅順，陸軍提督劉盛休統十二營，駐大連灣，接受轄於北洋大臣。恐倉卒不及稟節度，乃設北洋前敵營務處，以道員充之，盡護諸將，隱帥旅順，前者劉含芳，繼者龔照璵也。

辛卯，北洋海軍遂大成立。總之，我國海軍發軔於福州船政，成軍於北洋艦隊，至晚近，始設專部。

【評論．小品①】

# 梁啓超論李鴻章

節錄

◎梁啓超

西哲有恆言曰：時勢造英雄，英雄亦造時勢。若李鴻章者，吾不能謂其非英雄也。雖然，是爲時勢所造之英雄，非造時勢之英雄也。時勢所造之英雄，尋常英雄也，天下之大，古今之久，何在而無時勢，故讀一部二十四史，如李鴻章其人之英雄者，車載斗量焉。若夫造時勢之英雄，則閱千載而未一遇也，此吾中國歷史，所以陳陳相因，而終不能放一異彩以震耀世界也。吾著此書，而感不絕於余心矣。

史家之論霍光，惜其不學無術，吾以爲李鴻章所以不能爲非常之英雄者，亦坐此四字而已。李鴻章不識國民之原理，不通世界之大勢，不知政治之本，原當此十九世紀競爭進化之世，而惟彌縫補苴，偷一時之安，不務擴養國民實力，置其國於威德完盛之域，而僅摭拾泰西皮毛，汲流忘源，遂乃自足，更挾小智小術，欲與地球著名之大政治家相角，讓其大者，而爭其小者，非不盡瘁，庸有儕乎。孟子曰，放飯流歠，而問無齒決，此之謂不知務，殆謂是矣。李鴻章晚年著著失敗，皆由於是，雖然，此亦何足深責，彼李鴻章固非能造時勢者也。

李鴻章必爲數千年中國歷史上一人物，無可疑也；李鴻章必爲十九世紀世界史上一人物，無可疑也。雖然，其人物之位置果何等乎，其與中外人物比較，果有若何之價值乎，試一一論列之。

第一，**李鴻章與霍光**：史家評霍光曰不學無術，吾評李鴻章亦曰不學無術，然則李鴻章與霍光果同流乎？曰李鴻章無霍光之權位，無霍光之魄力；李鴻章謹守範圍之人也，非能因於時勢，行吾心之所安，而有非常之舉動者也。其一生不能大行其志者以此，安足語霍光，雖然其於普通學問或稍過之。

第二，**李鴻章與諸葛亮**：李鴻章忠臣也，儒臣也，兵家也，政治家也，外交家也。中國三代以後，具此五資格，而永爲百世所欽者，莫如諸葛武侯。李鴻章所憑藉，過於諸葛，而得君不及之。其初起於上海也，僅以區區三城，而能奏大功於江南，創業之艱，亦略相類，後此用兵之成就，又遠過之矣，然諸葛治崎嶇之蜀，能使士不懷奸，民咸自厲；而李鴻章數十年重臣，不能輯和國民，使爲己用。諸葛之卒，僅有成都桑八百株，而李鴻章以豪富聞於天下，相去何如耶？至其鞠躬盡瘁，死而後已，犬馬戀主之誠，亦或彷彿之。

第三，**李鴻章與郭子儀**：李鴻章中興靖亂之功，頗類郭汾陽，其福命亦不相上下。然汾陽於定難以外，更無他事；鴻章則兵事生涯不過其終生事業之一部分耳，使易地以處，汾陽未必有以過合肥也。

第四，**李鴻章與王安石**：王荊公以新法爲世所詬病，李鴻章以洋務爲世所詬病。荊公之新法與鴻章之洋務雖皆非完善政策，然其識見規模，絕非詬之者之所能及也，號稱賢士大夫者，莫肯相助，且群焉鬨之，掣其肘而議其後，彼乃不得不用僉壬之人以自佐，安石鴻章之所處同也。然安石得君既專其布畫之兢兢於民事，局而宏遠有過於鴻章者。

第五，**李鴻章與秦檜**：中國俗儒罵李鴻章為秦檜者最多焉，法越中日兩役間，此論極盛矣。出於市井野人之口，猶可言也，士君子而為此言，吾無以名之，名之曰狂吠而已。

第六，**李鴻章與曾國藩**：李鴻章之於曾國藩，猶管仲之鮑叔，韓信之蕭何也，不寧惟是，其一生之學行見識事業，無一不由國藩提撕之而玉成之，故鴻章實曾文正肘下之一人物也。曾非李所及，世人既有定評，雖然曾文正儒者也，使以當外交之衝，其術智機警，或視李不如，未可知也。又文正深守知止知足之戒，常以急流勇退為心，而李則血氣甚強，無論若何大難，皆挺然以一身當之，未曾有畏難退避之色，是亦其特長也。

第九，**李鴻章與張之洞**：十年以來，與李齊名者，則張之洞也，雖然，張何足以望李之肩背。李鴻章實踐之人也，張之洞浮華之人也；李鴻章最不好名，張之洞最好名；不好名故肯任勞任怨，好名故常趨巧利。之洞於交涉事件著著與鴻章為難，要其所畫之策，無一非能言不能行。鴻章嘗語人云，不圖香濤作官數十年，仍是書生之見。此一語可以盡其平生矣。至其虛憍狹隘，殘忍苛察，較之李鴻章之有常識有大量，尤相去霄壤也。

第十二，**李鴻章與俾斯麥**：或有稱李鴻章為東方俾士麥者，雖然，非諛詞，則妄言耳。李鴻章何足以望俾士麥。以兵事論，俾士麥所勝者敵國也，李鴻章所夷者同胞也。以內政論，俾士麥能合向來散漫之列國而為一大聯邦，李鴻章乃使厖然碩大之支那降為二等國。以外交論，俾士麥聯奧意而使為我用，李鴻章聯俄而反墮彼謀。三者相較，其霄壤何如也，此非以成敗論人也，李鴻章之學問智術膽力，無一能如俾士麥者，其成就之不能無彼，實優勝劣敗之。……

第十四，**李鴻章與爹亞士**：法總統爹亞士，巴黎城下盟時之議和全權也，其當時所處之地位恰與鴻章乙未庚子間相彷彿。存亡危急，忍氣吞聲，誠人情所最難堪哉，但爹亞士不過偶一爲之，李鴻章則至再至三焉；爹亞士所當者只一國，李鴻章則數國，其遇更可悲矣。然爹亞士於議和後，能以一場演說，使五千兆佛朗立集而有餘，而法蘭西不十年，依然成爲歐洲第一等強國。若李鴻章則爲償款所困，補救無術，而中國之淪危且日甚一日。其兩國人民愛國心之有差率耶，抑用之者不得其道也。

第十六，**李鴻章與伊藤博文**……伊有優於李者一事焉，則曾遊學歐洲，知政治之本原是也，此伊所以能制定憲法爲日本長治久安之計，李鴻章則惟彌縫補苴，畫虎效顰，而終無成就也，但日本之學如伊藤者，其同輩中不下百數，中國之才如鴻章者其同輩中不得一人，則又不能專爲李咎者也。

以上數條不過偶所觸及，拉雜記之，以觀其人物之一斑而已，著者與李鴻章相交既不深，不能多識其遺聞軼事，又以無關大體，載不勝載，故從缺如。然則李鴻章果何等之人物乎，吾欲以兩言論斷之曰不學無術，不敢破格，是其所短也，不避勞苦，不畏謗言，是其所長也。

# 稻草人李鴻章

【評論・小品②】

「宰相有權能割地，孤臣無力可回天。」這是清末台灣聞人丘逢甲所寫的詩，針對李鴻章簽訂《馬關條約》割讓台灣，作了悲情的控訴。

李鴻章因爲割地之舉，留下千古罵名，一句「賣國賊」，更讓他萬劫不復。李鴻章以淮軍起家，繼曾國藩之後，成爲權傾中外的重臣，也是當時國際間承認的清朝代言人。清光緒三年，他替「屈臣氏大藥局」題賜匾額時，頭銜是：「欽差大臣太子太保文華殿大學士兵部尚書督察院右都御史直隸總督一等肅毅伯李」，足見其舉足輕重之地位，這時，還未擔任北洋大臣呢！

然而，在滿清權力核心看來，李鴻章不過是個「外省人」，非我族類。他是個弱勢族群（漢人）在檯面上的代表人物，手握大權，「遙執朝政」。權力核心對待他，簡直像是「一鳥在手」，捏住怕牠死，放了怕牠飛。

李鴻章在這麼詭譎的政治氣候下，奉命辦大事、擔大局，權力被軍機大臣掣肘，軍費被慈禧太后挪用，多半時候他是有名無實。他像個稻草人：打扮得一身鮮亮，手上搖著令旗，卻喊不動，也走不動。

——他一手帶大的淮軍將領，驍勇善戰之氣消失殆盡，變成了貪生怕死之輩，經營幾十年的砲台，這些將領在半天之內棄守；他一手建立的北洋水師也像一群紙老虎，未戰先潰，爭功諉過。——清朝早已病入膏肓：慈禧太后顢頇、無知，當北洋水師血戰東海之際，她卻忙著把自己的六十大壽辦得風風光光，以便超越古人，她治國的眼光只及於此；光緒帝在夾縫中力圖表現，但他在甲午戰爭中遙控前線，只是擾亂軍心；權力新貴徒託空言，以反李鴻章為急務，臨危只有扯後腿的能力。

諷刺的是，軍事、外交事務，都要李鴻章出面，列強都以李鴻章為窗口。名與實脫鉤，權與責悖離，李鴻章在無意間成為清朝國務上的「瓶頸」，什麼事都要經過他這個作不了主的北洋大臣之手。甲午戰後，清廷派張蔭桓、邵友濂、伍廷芳赴日簽訂降約，被日本回絕，他們指名李鴻章，使他踏上了「賣國賊」的不歸路。

北洋水師的覆滅，導致簽訂喪權辱國之約，李鴻章固然要負最大責任，然而，北洋水師的覆滅，卻是一種可以預知的結局。小說中寫道，一八八五年，日本伊藤博文到中國，清廷不讓他到北京，處處防範著他，怕他洞觀京城形勢，伊藤博文後來在天津見到李鴻章，對他說：「中堂，你不必擔心，我什麼地方也沒去，我只抽空看了天津的幾家書店，可是竟連一張世界地圖都沒見著，也就什麼都知道了，再進一衷言，我們日本每一間小學裡都掛著世界地圖，圖書館裡的西學書籍排積成山。」

這一席話對李鴻章如同醍醐灌頂，但是，他能力挽狂瀾嗎？物必自腐而後蟲生，大清的頹勢已成，只是在等待亡國的吉日而已。

（黃漢／文）

【評論·小品③】

# 甲午戰時御史們的攻日論

節錄

◎莊吉發

甲午戰爭期間，清朝軍隊雖然在海陸戰場一敗塗地。但不少官員仍以日本只是蕞爾小國，不堪一擊，或有承認日本兵力雖強，只要能善用謀略，則仍可制敵機先。獻策之論，不勝枚舉，雖多屬書生之見，而其愛國熱忱，則應受到肯定。清議者流的用兵理念，大多是不切實際，但可以反映朝野對甲午戰爭的看法。

## 書生論政　矇瞽之箴

光緒二十年七月一日，中日正式宣戰，但在正式宣戰前的豐島海戰和成歡陸戰，北洋海陸大軍都受到了重創。八月以後，日軍的攻勢，進展神速，只用了一天時間就攻下了重兵防守的平壤，把葉志超等人統率的淮軍一舉趕過了鴨綠江。就在第二天，日本艦隊決定性地在鴨綠江口外的黃海，以半天的時間就摧毀了北洋艦隊，使日軍開始享有制海權。日本態度咄咄逼人，經過三十年師夷長技的自強運動，卻落得這場恥辱的失敗，中國朝野在精神上受到了一次猛烈的打擊，翰詹科道相繼上書條陳對策，積極主戰，匯聚成爲一股清流。清議雖然是書生之見，每見嗤於人，但能先時而發，知無不言，亦可爲矇瞽之箴，正是所謂「用當其急，一壺足抵千金；言值其時，下位不嫌越俎」。

翰林院侍講學士四川學政瞿鴻機具摺指出：日本疆域，不過中華二、三省之大，其民窮，其國不富，其兵亦未必強，自同治末年一窺台灣，再滅琉球，焰乃日張，不僅欲併吞朝鮮，且有覬覦台澎之志，若不痛加征剿，變故正未可知，當以堅忍之力，與之決戰，必使朝鮮寸土不失，然後可以許盟，否則朝鮮失，則東三省的藩籬盡撤，京師根本必動搖。

福建道監察御史安維峻也是京中著名的主戰論者，曾屢次疏參李鴻章誤國，其原奏略謂：

> 夫必能戰而後能守，能守而後能和。不能戰之將士，即守亦不可恃。倘因不能戰不守，而改計議和，無論彼多方要脅，和終難成。即和矣，而我若撤兵，則彼必復來肆擾。我不撤兵，而長年糜餉，財力實有不給。夷情變詐貪婪，毫無信義，得步進步，難滿慾壑，非大加懲創，使彼懼而求我，將朝鮮退還，則萬萬不可和。和者自損其威，而示人以弱也。既知和之不可，而主戰矣，則當相機進剿，以爲決勝之計。

優貢候選知縣言有章也積極主戰，他具呈指出：「古今制敵之大要，皆必能戰而後能和，戰少卻而降而請和，戰甫勝而急於言和，均非也。」言有章認爲日本地小力薄，並非西洋英法諸國之比，因此呈請奮武興師，「勿沮於先難，勿搖於邪說，用以堅忍持久，戰勝取威，雪積恥而戢他族，實天下臣民之幸也。」

## 攻其必救　出奇制勝

光緒二十年七月二十三日，翰林院檢討陳存懋具呈歷陳籌備戰守，建議飭令總兵劉永福統領舊部，直擣日本的本土；另飭閩浙總督譚鍾麟、台灣巡撫邵友濂、布政使唐景崧接應軍火。劉永福舊部衝其前，福建、台灣援軍踵其後，聲勢聯絡，決盪縱橫，日軍自救不暇，必將撤兵回援。

吏科給事中余聯沅積極主戰，甲午戰起，即密陳直搗日本之策，他認爲兵貴制人，不必盡師西法，直搗長崎、橫濱，最爲上策。福建道監察御史安維峻目睹北洋艦隊屯聚一處，名爲防守，實則藏匿。因此奏請將海軍船隻分撥一半，遊弋洋面，相機進剿，直駛日本沿海空虛處，乘勢搗攻，日軍必返而自救，他認爲兵不厭詐，聲東擊西，多方誤之，是爲上策。

漕運總督松椿也主張選派宿將，率領兵輪，遠征日本。其原摺略謂：

> 查日本離廣東之香港，福建之台灣不過六、七日水程，我國兵輪到彼，若該國無防，直登彼岸，以攻擊之。若該國有防，則駐守邊界，以牽制之，一面於朝鮮進剿，使之內外不能兼顧。聞日本神户、長崎等口皆以民充守口之役，足見兵數無多，該國餉絀兵單，相持日久，自不能支，則必不敢言戰矣。

直搗日本本土，一方面是攻其所必救，一方面可收牽制之效，不失爲兵法上策。此外，同時於朝鮮進剿，使日本內外不能兼顧。

## 伐楚救江　釜底抽薪

湖廣道監察御史蔣式芬密陳伐楚救江之計，密遣水師騷擾日本沿海，飄忽不定，使其枕席不安，有反顧之虞，以勞其師，而自形委頓，亦爲兵法上策。翰林院侍講學士瞿鴻機認爲漁船商船咄嗟可辦，駕駛亦靈，船多勢分，不虞截擊。漁人蜑戶熟習風濤之險，膽壯耐勞，部勒成軍，操演刀矛鎗砲，得力必倍。

戶科掌印給事中洪良品也是積極主戰的京官之一，他蒿目時艱，極力反對和議，亦密陳直搗日本之計。其原奏略謂：

> 凡兵法制人，不制於人，彼能闖我堂奧，我亦能擾彼庭户。彼能渡鴨綠江而來，我亦可渡對馬島而東往。彼全師遠出，本國必然空虛，請旨飭下兩江總督張之洞、閩江浙總督邊寶泉、台灣巡撫唐景崧密籌會議，各選得力將弁，專募沿海漁丁蜑户、亡命之徒，計二、三萬人率以直搗日本，擾其長崎、鹿島、橫濱、神户等處，逕逼王京，彼必回師救援，再有宋慶、依克唐阿等兩面夾攻，擊其惰歸，使彼受一大創，庶知中國之不可侮。

戶科掌印給事中洪良品主張專募沿海魚丁蜑戶及亡命之徒，以騷擾日本沿海各港口。他認爲中國能遠征日本，紓近憂而弭後患，方爲自強之策。

直搗日本，騷擾其海岸，攻其所必救，不失爲釜底抽薪的上策。河南道監察御史易俊，卻持不同看法，他具摺指出：「議者有爲督率兵輪往攻日本之說者，攻其所必救，原是一策，但管駕不能得力，海上且未能一戰，勞師襲遠，更不可恃，似不如固守海口，尚足以助聲威之爲愈也。」在無可戰之船，管駕不能得力，海戰節節失利的情勢下，直搗日本，勞師襲遠，主張互異，以便朝廷集思廣益，其愛國熱忱是可以肯定的。

甲午戰爭爆發以後，西方觀察家一再讚許日軍精於戰略和戰術，稱揚日軍在運輸補給及醫藥設備方面的突出表現，日軍勇敢善戰，紀律嚴明，贏得了更多的掌聲，北洋海陸軍的失敗是不可避免的。翰詹科道的建言，是書生之見，多不切實際，但將中國的失敗，歸咎於清議的不負責，是不客觀的。

——本文出自《清史隨筆》，莊吉發著

**【本文作者簡介】**

◎莊吉發，台灣省苗栗縣人，台灣大學歷史所碩士。曾任國立故宮博物館研究員，師範大學、政治大學、淡江大學兼任教授，講授清史、滿洲語文、中國邊疆史、中國秘密社會史等課程。

◎著有《京師大學堂》、《清代天地會源流考》等書，及關於清代政治、經濟、社會、語文、教育等方面論文三百餘篇。

【特別報導①】

# 北洋艦隊後傳

◎姚開陽

一八九五年中日甲午戰爭北洋艦隊幾遭全殲，除了一艘「康濟」練習艦（管帶薩鎮冰）獲釋，載著丁汝昌、劉步蟾等七名自裁將領靈柩，與一千多倖存名官兵離開威海衛外，殘餘各艦全被日軍俘虜進入日本海軍服役，現在讓我來說說這些北洋軍艦後半生的故事。

## 鎮遠

北洋第一大艦「鎮遠」號於一八九五年二月十七日在威海衛被俘後，二十七日即由日艦「西京丸」拖到旅順船塢緊急修理，三月十六日日軍宣佈該艦入籍日本海軍，仍名「鎮遠」。（日文發音：Chin Yen，可笑的是「鎮遠」竟是日本海軍所擁有的第一艘戰鬥艦。）四月四日「鎮遠」艦入旅順塢，六月一日修畢出塢，七月三日試航，四日啓程赴日，二十八日到達橫須賀，自八月十日起在橫須賀工廠將原來的 150MM 克魯伯副砲拆除，換裝英國阿姆斯壯廠的四〇倍徑 152MM 砲，原有砲盾亦一併拆除；還另外換裝了十門47MM砲與兩門37MM砲；全部工程在一八九六年中完成。

「鎮遠」艦在加入日軍後成爲第三艦隊第五戰隊一員，日俄戰爭中兩場關鍵性海戰：一九〇四年四月十日的黃海海戰、一九〇五年五月二十七日的對馬海峽之役她都曾參加。一八九八年三月二十一日定爲二等戰鬥艦級，一九〇五年十二月一日改爲一等海防艦級，一九〇八年五月一日改爲練習艦，一九一一年四月一日除籍做爲武器試射靶艦，一九一二年四月六日出售拆解，所遺船錨、錨鍊、炮彈等多年來一直陳列在東京上野公園。

這批代表國恥的遺物直到抗戰勝利後，方由國府駐日軍事代表團的鍾漢坡海軍少校向東京盟總交涉索回，它們於一九四七年五月一日在東京芝浦碼頭移交簽收，共計有「鎭遠」、「靖遠」兩艦鐵錨各一具，「鎭遠」錨鍊二十濤，主砲彈頭十顆；這批遺物由戰後日本歸還我國的海關緝私艦「飛星」號與貨輪「隆順」號分別於一九四七年五月四日及十月二十三日載運返抵上海。「鎭遠」鐵錨首先置於青島海軍官校內，北京人民解放軍史館成立後移置館內展示。

## 定遠

北洋艦隊的旗艦「定遠」號，在日軍佔領威海衛前已被炸成殘骸，日本人檢視後發現破壞太嚴重而放棄修復，於一八九六年交由民間打撈，「定遠」的艦體有部分成爲北九州太宰府天滿宮的建材，至今該廟還有一個「定遠館」，陳列有少許「定遠」艦的遺物。而「定遠」的舵輪後來竟成爲長崎港邊一個英國人 ThomasGlove 住宅中的咖啡桌（五呎的舵輪幅軸間隙則鋪上桌板，舵輪底下加裝單軸三腳，舵柄仍伸向四方而成爲一可轉動的咖啡桌）。一九七〇年後該住宅成爲長崎的一個觀光景點 Glover Garden，「定遠艦舵輪咖啡桌」至今仍偶在該屋的起居室中展出。

## 致遠與經遠

「致遠」艦是於一八九四年九月十七日在大東溝海戰中沉沒的，實際地點在現今遼寧省東港市大鹿島西南十六・九公里的海域，近年中共已經開始計畫將她打撈出水。最初「致遠」艦的主桅在低潮時仍是露在海面上，但因常勾破漁網，後來被當地漁民將上半截給鋸掉變賣了。二次大戰期間日本人亦曾來此打撈過一些東西帶走。至於姊妹艦「經遠」，則是於一八九五年二月八日在威海衛被日軍魚雷艇擊沉，她的殘骸早在一八九七年就已被撈起拆解。

## 濟遠

以「畏戰擅退」罪名被斬首的方伯謙所帶之「濟遠」艦，在方被斬後遺職由原「廣乙」艦管帶林國祥接任，一八九五年二月十七日「濟遠」在威海衛與其他清艦一同向日軍投降，同年三月二十六日編入日本艦隊服役列爲巡洋艦級，艦名仍用「濟遠」(日文發音：Sai Yen)。一八九八年三月改爲三等海防艦級。一九〇四年日俄戰爭爆發，本艦隸屬日本第三艦隊，十一月三十日支援旅順二〇三高地攻擊行動，在旅順港外的羊頭洼海域觸水雷而沉沒。一九八二年四月，煙台救撈局的打撈船撈起「濟遠」艦的前後主砲與右主錨，現皆存放在劉公島「甲午戰爭博物館」中展示。

## 平遠

二月十七日同時投降的「平遠」艦，是第一艘國產的裝甲巡洋艦，被日軍接收後仍沿用原艦名（日文發音：Hei Yen）。本艦於一八九五年三月十六日入籍日本艦隊，一八九八年三月二十一日再改列爲一等砲艦，日俄戰爭爆發時本艦爲日本第三艦隊第七戰隊之一員，九月十八日在砲擊金州灣俄軍要塞時，於鳩灣洋面觸雷沉沒。

## 廣丙

「廣丙」是廣東海軍支援北洋艦隊的三艘巡洋艦之一，一八九五年二月十七日在威海衛港與其他清艦同時投降；本艦管帶程璧光當時奉命代表北洋艦隊持降書向日軍統帥伊東佑亨請降（程璧光於民國後官至海軍總長，在廣東被刺身亡）。「廣丙」於投降後亦以原艦名（日文發音：Ko Hei）加入日本艦隊服役，旋即於當年十二月二十一日在澎湖遇風暴而沉沒。

## 「鎮」字號

在威海衛投降的還有六艘「鎮」字號蚊砲船：「鎮東」、「鎮西」、「鎮南」、「鎮北」、「鎮中」、「鎮邊」，這六艘船皆未參加海戰，只擔任運兵船的護航任務。六「鎮」艦雖然沒有任何戰績，但在洽降過程中卻擔任了全部的交通工作，如一八九五年二月十二日載運程璧光送降書的「鎮北」與十九日兩次載運代表洽談的「鎮中」與「鎮邊」等。

六艦投降後，於三月十六日全部被編入日本聯合艦隊服役，艦名不變（日文發音：鎮東 Chin To，鎮南 Chin Nan，鎮西 Chin Se，鎮北 Chin Hoku，鎮中 Chin Chu，鎮邊 Chin Pen）。一八九八年三月二十一日改列爲二等砲艦級。一九〇三年八月二十一日六艦一同除籍成爲雜役船。其中「鎮東」於一九〇六年六月八日報廢，一九〇七年轉售；「鎮南」於一九〇八年五月十五日報廢，於一九一三年轉售；「鎮西」於一九〇八年五月二十三日轉隸文部省；「鎮北」於一九〇六年六月八日報廢一九〇九年轉售；「鎮中」與「鎮邊」二艦在一九〇〇年庚子事變八國聯軍之役時，曾被派赴中國大沽執勤，兩艦同於一九〇六年六月八日報廢；「鎮中」於一九〇九年轉售；「鎮邊」則於當年七月十六日改隸司法省。

## 魚雷艇

北洋艦隊還有一批魚雷艇，在困守威海衛時，由於提督丁汝昌見先前日本魚雷艇數次深入灣內突襲清艦頗具成效而心思仿效，於是便命令「左隊一」號艇管帶王登雲，於二月七日率領所有魚雷艇出擊，不料王畏戰竟率各艇共計十三艘由威海衛北口逃離，途中遭到中日雙方砲擊，混亂之中僅「左隊一」號逃至煙台，其餘不是擱淺就是被日軍俘獲。丁汝昌最後出擊的希望落空，才於五日後自殺身亡。

脫逃各艇的命運如下：「左隊二」在煙台，「鎮一」在威海西麻子港，「定二」在小石島，「中隊甲」在威海北山嘴附近擱淺，上述四艇後被破壞。「右隊二」、「左隊三」、「定一」在威海西岸郝慶口附近，「中乙甲」在威海西小石島附近擱淺，這四艘艇曾被日軍拖出但在陽山口被風浪打壞。「福龍」、「右隊一」在威海西金山寨附近，「右隊三」在煙台東養馬島附近擱淺，「鎮二」在劉公島鐵碼頭前沉沒，這四艘魚雷艇在被日軍拖出後於二月二十七日編入日本海軍使用，「右隊一」改名「TB-26」，「右隊三」改名「TB-27」，「鎮二」改名「TB-28」。最大的「福龍」號則以原艇名（日文發音：Fu kuriu）加入日軍，日俄戰爭擔任第五艇隊指揮艇，一九〇八年四月一日除籍。

畏戰而逃的「左隊一」管帶王登雲又名王平，天津人；在黃海海戰後清廷派道員徐建寅察訪困守威海衛北洋艦隊的報告中，對各艦管帶曾有極不客氣的批評，如對「定遠」管帶劉步蟾的評語是「該員言過其實，不可用……」；獨對王登雲的評語是「勇敢」二字；事後證明這份報告偏差！

## 操江

最早在一八九四年七月二十五日豐島海戰中，被日艦在牙山連同所載餉銀一起俘虜的「操江」號運輸艦，同年九月十二日即編入日本海軍籍，仍沿用「操江」艦名（日文發音：So Ko），該艦於一八九八年三月三十一日重新劃分爲二等砲艦並兼做測量艦用，一九〇三年五月二十二日在根室灣觸礁擱淺，十月二十六日自海軍除籍改爲內務省神戶港與兵庫縣的檢疫船，在一九二四年以機帆船「操江丸」登錄船籍，到了一九六五年才除籍，是日本海軍曾經轄屬艦艇中最長壽的一艘；

而當時兩岸的中國政府完全不知「操江」艦仍在日本，未曾留下任何記錄。

## 「敏捷」與「湄雲」

北洋艦隊的「敏捷」號夾板木製練習船，是於一八九四年十一月二十一日在旅順被日軍俘虜，日本人沿用原艦名（日文發音：Bin Sho），於一八九六年四月二十二日將該艦編入日本艦隊，但旋在同年九月二十六日除籍，改為雜役船。還有一艘很特別的船是「湄雲」，她是一八九五年三月六日在營口被日軍俘獲的，當時威海衛早已投降近一個月。日人俘獲本艦後以「湄雲」原名（日文發音：Bi Un）將她入籍日本海軍，但不久因三國干涉還遼，日本又在七月七日將她除籍，於七月十二日連同另一艘小輪一起交還中國，隸於日軍編制僅短短的一個月。

【本文作者簡介】

◎姚開陽，一九五二年生，輔仁大學大眾傳播系畢業，中國艦船與近代史研究者，博物館高科技展示設備專家、資深導演、專欄作家、插畫家、音樂創作者。現任中國軍艦博物館館長，躍獅影像科技公司執行長，及台北市兒童交通博物館顧問。

◎中國軍艦博物館展出自一八六二年清廷籌建現代海軍以來，包含大清帝國、中華民國北洋政府、廣東政權、東北政權、滿州國、汪偽政權、台灣及中共所管轄的海軍、水警與海關所使用過每一艘艦艇的技術諸元、艦史及照片。中國軍艦博物館網址為：www.yaox.com/cwm

# 定遠鐵甲艦人員編制與薪俸表

| 職稱 | 階級 | 人數 | 官俸（兩／月） | 船俸（兩／月） |
|---|---|---|---|---|
| 管帶 | 總兵 | 一 | 一五八四 | 二三七六 |
| 副管駕 | 遊擊 | 一 | 九六〇 | 一四四〇 |
| 幫帶大副 | 都司 | 一 | 六二四 | 九三六 |
| 駕駛大副 | 守備 | 一 | 三八四 | 五七六 |
| 魚雷大副 | 守備 | 一 | 三八四 | 五七六 |
| 槍砲大副 | 守備 | 一 | 三八四 | 五七六 |
| 砲務二副 | 守備 | 二 | 三八四 | 五七六 |
| 船械三副 | 千總 | 一 | 二八八 | 四三二 |
| 舢舨三副 | 千總 | 一 | 二八八 | 四三二 |
| 正砲弁 | 把總 | 一 | 一九二 | 二八八 |
| 正巡查 | 把總 | 一 | 一九二 | 二八八 |
| 水手總頭目 | 把總 | 一 | 一九二 | 二八八 |
| 副砲弁 | 經制外委 | 一 | 四九六 | 一四四 |

| | | | | |
|---|---|---|---|---|
| 副巡查 | 經制外委 | 一 | 四九六 | 一四四 |
| 總管輪 | 管輪遊擊 | 一 | 九六〇 | 一四四〇 |
| 大管輪 | 管輪都司 | 二 | 六二四 | 九三六 |
| 二等管輪 | 管輪守備 | 二 | 三八四 | 五七六 |
| 三等管輪 | 管輪千總 | 三 | 二八八 | 四三二 |
| 魚雷管輪 | 管輪把總 | 二 | 一九二 | 二八八 |
| 艙面管輪 | 管輪把總 | 三 | 一九二 | 二八八 |
| 水手正頭目 | 兵　匠 | 八 | 一四 | |
| 水手副頭目 | | 一〇 | 一二 | |
| 一等水手 | | 四〇 | 一〇 | |
| 二等水手 | | 五〇 | 八 | |
| 三等水手 | | 五〇 | 七 | |
| 一等管旗 | | 一 | 一二 | |
| 二等管旗 | | 五 | 八 | |
| 魚雷頭目 | | 三 | 一六 | |
| 一等升火頭目 | | 六 | 一六 | |

| | | | | |
|---|---|---|---|---|
| 一等升火 | | 二四 | 一四 | |
| 二等升火 | | 二四 | 一〇 | |
| 三等升火 | | 一二 | 八 | |
| 一等管艙 | | 一 | 二〇 | |
| 二等管艙 | | 六 | 一六 | |
| 一等管油 | | 六 | 二〇 | |
| 三等管油 | | 一二 | 一六 | |
| 管傢具 | | 三 | 一五 | |
| 一等管汽 | | 九 | 一八 | |
| 油漆匠 | | 一 | 一六 | |
| 帆匠 | | 一 | 一六 | |
| 木匠頭目 | | 一 | 一六 | |
| 一等木匠 | | 三 | 一二 | |
| 電燈匠 | | 一 | 三〇 | |
| 鍋爐匠 | | 一 | 二二 | |
| 鐵匠 | | 一 | 二〇 | |

| | | | | |
|---|---|---|---|---|
| 銅匠 | | 一 | 二〇 | |
| 洋槍匠 | | 一 | 二〇 | |
| 魚雷匠 | | 二 | 二四 | |
| 夫役 | | 一六 | 六 | |
| 二等文案兼支應委官 | 差缺 | 一 | 二四 | |
| 三等文案兼支應委官 | 差缺 | 一 | 二〇 | |
| 二等醫官 | 差缺 | 一 | 二四 | |
| 管病房司事 | 差缺 | 一 | 一六 | |
| 教習無定額 | | | | |
| 學生無定額 | | | | |
| **總共用人** | | 三二九 | | |

| **其它費用** | |
|---|---|
| 行船公費 | 八五〇兩／月 |
| 醫藥費 | 三〇〇兩／年 |

資料來源《北洋海軍章程》

國家圖書館出版品預行編目資料

**1895**，李鴻章／王明皓著．--初版．--臺北市：實學社出版：遠流發行，2001〔民90〕
面；　　公分．--（小說人物；147）

ISBN 957-2072-28-5（平裝）

857.7　　　　　　　　　　　　　　90020029